All In – Gefährliches Spiel

Für S. und S.
In ewiger Liebe.

Und für alle, die lieben, träumen, glauben.
Die Liebe ist alles, was zählt.
Unsere Träume treiben uns an.
Und unser Glaube rettet uns.

Sandra Parker

All In
Gefährliches Spiel

Bibliografische Information der Deutschen Nationalbibliothek:
Die Deutsche Nationalbibliothek verzeichnet diese Publikation in der Deutschen Nationalbibliografie; detaillierte bibliografische Daten sind im Internet über http://dnb.dnb.de abrufbar.

Umschlaggestaltung durch ungecovert - Buchcover und mehr (Kim Leopold) unter Verwendung von Bildmaterial von shutterstock.com / Kuklos und shutterstock.com / Sathaporn
Lektorat: Alina Enbrecht
Text: Sandra Parker

Herstellung und Verlag: BoD – Books on Demand, Norderstedt

ISBN: 9783744871709

Vorwort

Es war einmal ein Löwe, der dem Mädchen aus Kansas in
einer mondbeschienenen Nacht begegnete.
Der Löwe und das Mädchen schlossen einen Pakt.
Der Löwe dürstete nach Rache, denn ein Zauberer stahl
ihm etwas sehr Wertvolles.
Das Mädchen aber wollte ihre Freiheit zurück, die sie sich
selbst verwehrte.
Und so trafen sich die hochmütige Feigheit und die stolzen
Ketten der Vergangenheit, rangen um die Oberhand und
merkten nicht, dass sie Worte, Zeit und Gelegenheiten
versäumten, um die Dinge finden zu können, die wirklich und
wahrhaftig wertvoll waren.
Worte verklangen.
Zeit verstrich.
Gelegenheiten wurden versäumt - und kehrten
niemals zurück.
Und am Ende gab es keinen Mut für den Löwen und keine
Erlösung für das Mädchen aus Kansas.
Denn der Zauberer war ein Scharlatan und sie beide
ertranken in ihrem eigenen Stolz.

Entnervt und völlig k.o. stopfte Liliana den Collegeblock in ihre Tasche, bevor sie sich seufzend auf ihrem Stuhl zurücklehnte und die Augen schloss. Ihr Kopf tat weh. Sie war vollkommen übermüdet, hatte den ganzen Tag lang nicht mehr als einen Apfel gegessen und fragte sich nun, wie zur Hölle sie die morgige Klausur bestehen sollte. Und das auch noch in ihrem meistgehassten Kurs! Sie verabscheute Testtheorie und es fiel ihr unheimlich schwer, ihren ansonsten hervorragenden Notendurchschnitt trotzdem zu halten. Dazu hätte sie dieses Mal allerdings mehr lernen müssen. Verdammt - sie hätte mehr Zeit gebraucht! Mehr Zeit, um sich durch den Stoff zu wühlen und ihre Unlust wenigstens ein bisschen beiseitezuschieben.

Keine Chance ...

Mit einer riesengroßen Portion Glück würde sie eventuell eine halbwegs anständige Note zustande bringen. Und wenn nicht, könnte sie die Klausur wiederholen. Ein Gedanke, der angesichts der bleiernen Müdigkeit in ihren Gliedern um einiges verlockender war als noch vor ein paar Stunden.

Aber es nützte nichts, sich den Kopf zu zerbrechen, richtig? Was blieb ihr schließlich noch anderes übrig, als es darauf ankommen zu lassen?

Frustriert stieß sie den angehaltenen Atem zwischen ihren Zähnen aus. Egal. Alles egal. In den nächsten Jahren würde sich nichts an ihrer Lage ändern - vollkommen gleich, was sie tun würde. Sie hatte schließlich alles mehr als tausendmal durchgerechnet. Jeden einzelnen Cent, den sie zurücklegen könnte. Jeden verdammten Dollar, den sie nicht zum Leben brauchte und der stattdessen in die Spardose unter ihrem Bett wanderte, bis sie genug zusammenhatte.

Genug, um Moms Wunsch zu erfüllen. Und wer könnte einer sterbenden Frau schon den letzten Wunsch abschlagen? Erst recht nicht den der eigenen Mutter. Ich sicher nicht!

Seufzend streckte Liliana die Beine unter ihrem alten klapprigen Schreibtisch aus und reckte sich gähnend. Eigentlich müsste sie ihr winziges Ein-Zimmer-Appartement auch mal wieder aufräumen. Ein unordentlicher Bücherstapel vor ihr auf dem Tisch, dazwischen haufenweise Notizen und Klebezettel und so viel Chaos auf dem Boden, dass sie kaum ein Bein an die Erde bekam, als sie sich ächzend erhob. Unschlüssig schaute sie sich im Raum um. Vielleicht könnte sie morgen aufräumen. Nach der Klausur und vor ihrer Schicht in der Bar. Ein bisschen Wäsche waschen, die Fachbücher wenigstens thematisch sortieren und den Müll rausbringen, der sich neben dem Eimer in der Küche in einer Plastiktüte angesammelt hatte.

Morgen. Es wäre vermutlich klüger, die verbleibenden sechs Stunden Schlaf zu nutzen, wenn sie eine Chance bekommen wollte, die Klausur nicht ganz in den Sand zu setzen. Durchfallen kam schließlich nicht infrage!

Schließlich ignorierte sie das latente Knurren ihres leeren Magens, ging zu ihrem Einbauschrank unter der Schräge neben der Tür und nahm nach einem kurzen Zögern das vorletzte abgetragene und ausgeleierte Shirt heraus. Wenigstens war es sauber.

Waschen. Dringend.

Sie zog das schwarze T-Shirt über ihren Hintern und riss das Fenster neben ihrem Schreibtisch auf. Es war brütend heiß unter dem Dach. Eine Klimaanlage konnte sie sich selbstverständlich nicht leisten und musste darauf hoffen, dass sich die Nachtluft weit genug abkühlte, um wenigstens irgendeinen Effekt zu erzielen.

So sehr sie diese ›Wohnung‹ auch hasste - sie war bezahlbar, die Nachbarn und ihre alte Vermieterin ließen sie weitestgehend in Ruhe und sie war nicht gezwungen, sich eine Bude mit anderen Studenten auf dem Campusgelände der Uni zu teilen. Ein entscheidender Vorteil, denn Liliana war nicht gerade der geselligste Typ. Oder der beliebteste. Eher letzteres, aber gut. Das war schließlich schon seit Jahren so und hatte sie nach der Verhaftung ihres Vaters vor ein paar Monaten noch nicht wirklich gebessert. Die Leute vergaßen eben nicht so schnell, wie sie es gern gehabt hätte ...

Bevor sie sich ins knarzende Bett fallen ließ und die kleine Schreibtischlampe ausmachte, stieg sie noch in die kurzen Shorts, die sie immer zum Schlafen trug. Am liebsten hätte sie sich die Decke über den Kopf gezogen. Nichts hören, nichts sehen, alles verdrängen. Eine dumme affige Angewohnheit aus ihrer Kindheit. Aus Zeiten, in denen sich ihre Eltern beinahe rund um die Uhr gestritten hatten. In denen sie als kleines Mädchen in ihrem Bett im baufälligen Haus ihres Vaters am Stadtrand gelegen und sich gewünscht hatte, sie würden endlich damit aufhören! Doch das hatten sie nie. Niemals, bis zu dem Tag, an dem ihre Mutter schließlich krank geworden war. Kurz bevor sie starb.

Liliana schloss die Augen, bemühte sich, die immer noch schmerzenden Erinnerungen an diese Zeit zu vertreiben und hoffte, dass sie schnell einschlafen würde. Das laute Kreischen der Polizeisirenen in der Nähe machte es nicht besser, doch auch das blendete sie aus. Schlafen, vergessen, Kraft tanken und -

Es war ein Rumpeln und ein leise ausgestoßener Fluch, der sie wieder hochschrecken ließ. Kerzengerade saß Lil in ihrem Bett und starrte in der Dunkelheit zu ihrem Zimmerfenster. Der Mond schien hinein und sein Licht reichte aus, um die Konturen ihrer Möbel gut erkennen zu können. Ihr Herz machte einen Satz. Das Geräusch von draußen kam ihr mehr als nur ein bisschen bekannt vor! Es war die rostige Feuerleiter vor ihrem Fenster. Der einzige Fluchtweg, sollte diese alte Hütte eines Tages unter ihrem Hintern abfackeln. Sie hatte diesen Weg hier hoch selbst einmal in Anspruch nehmen müssen. Als sie mitten in der Nacht aus der Unibibliothek gekommen war und ihren Schlüssel vergessen hatte. Bei jeder Leitersprosse hatte sie gebetet, dass das Ding nicht unter ihr nachgeben würde ...

Ihr Magen zog sich schmerzhaft zusammen und ein heftiger Adrenalinschub sorgte dafür, dass Lil mehr oder weniger galant aus dem Bett sprang und zum Fenster hastete, um es zuzuschlagen. Ihr Puls raste und ja - sie bekam Panik! Noch nie hatte jemand anderes außer ihr diesen Weg ins Haus genommen! Das bedeutete, dass sich gerade offensichtlich ein Einbrecher anschlich, der seinen Job wirklich nicht gut beherrschte!

Ein weiterer Fluch eines Mannes, als sie den Fenstergriff zu fassen bekam. Ihre Handflächen waren schwitzig, aber ihre Finger zitterten und fühlten sich plötzlich ziemlich taub an.

Großartig, schoss es ihr absurderweise in den Kopf. *Es reicht nicht, dass ich mein Dasein in diesem stinkenden Affenzirkus fristen muss - ich muss auch noch mitten in der Nacht vor meiner Prüfung in meiner eigenen Wohnung überfallen werden!*

Die winzige Sekunde, in der sie zögerte, war zu viel. Zu lang. Zu viel. Zu -

Lil erstarrte, als sie eine Hand am Fensterrahmen sah. Zu spät!

»Na na! Du willst doch nicht das Fenster schließen, bevor der holde Prinz einsteigen kann, oder Prinzessin?«, hörte sie den Einbrecher knurren, bevor sie reagieren und ihm mit dem Fenster einfach die Finger zerquetschen konnte. Verdammt!

Plötzlich fiel die Starre weit genug von ihr ab, damit sie ihre Beine bewegen und rückwärts ins Zimmer stolpern konnte. Im selben Augenblick, in dem sich der Kerl vor dem Fenster hochdrückte und sein Bein über die Fensterbank schwang. Völlig verwirrt und noch immer verängstigt riss sie die Augen auf und schnappte nach Luft, als sie erkannte, wer gerade beinahe dafür gesorgt hätte, dass sie an einem beschissenen Herzinfarkt verreckte.

»Man, ist ganz schön anstrengend hier hochzuklettern«, rief Raven Rhys und stand nur einen Atemzug später vor Liliana in ihrem Zimmer. Sie konnte ihn im Schein des Vollmondes gut genug erkennen, um ihn zweifelsfrei identifizieren zu können.

Ungläubig starrte sie ihren Kommilitonen an, war absolut unfähig, auch nur die Zähne auseinanderzukriegen und dachte absurderweise daran, dass sie aller Wahrscheinlichkeit nach aussah wie ein dummes Schaf. Und sie war verdammt noch mal nur eine Millisekunde davon entfernt, einen hysterischen Lachanfall zu bekommen! Raven Rhys - der beliebteste Typ in ihrem Studiengang, der Sohn des Senators und der Einzige, der jede einzelne Diskussion während der Kurse bis zum *Erbrechen* ausfocht - stand in ihrer Wohnung. Einfach so.

»Hi.«

»H- hi?«, stieß sie kopfschüttelnd hervor und glotzte ihn an. Ein besseres Wort gab es irgendwie nicht dafür. »Sag mal spinnst du, Raven? Was zur Hölle machst du hier? Wieso kletterst du mitten in der Nacht in mein Schlafzimmer und woher weißt du überhaupt, wo ich wohne, verdammt?«

Unfassbar. Das war nicht real. Der monatelange Schlafmangel, die Mangelernährung, der Stress mit der Uni und dem beschissenen Job - das war offenbar zu viel für ihren Verstand. Sie war längst eingeschlafen und träumte das nur. Eine andere Erklärung für diesen bizarren Misthaufen gab es einfach nicht.

Aber Ravens Lippen verzogen sich nur zu einem sichtlich amüsierten Grinsen, als er seinen Blick seinerseits an ihr herunterwandern ließ, als könnte er sein Glück kaum fassen. Der Moment, in dem ihr ungefragterweise bewusst wurde, dass er sie noch nie derart leicht bekleidet gesehen hatte - »Zufall. Ich musste einfach irgendwo rein und von der Straße verschwinden. Hab gesehen, dass dieses Fenster offenstand. Es war dunkel, also hab ich gedacht, es wäre niemand da. Tja. War wohl Pech. Oder auch nicht, je nachdem.«

»Von der Straße -«, wiederholte sie entgeistert, fing aber endlich wieder an, ihre Finger zu spüren. Erst jetzt merkte sie, dass sie sie in den Saum ihres viel zu kurzen hässlichen Shirts gekrallt hatte. »Okay«, setzte sie abermals an und würgte einen Kloß in ihrem Hals hinunter. »Ich habe keine Ahnung, wo du herkommst oder was das zu bedeuten hat, aber du verschw-«

»Ich gehe nirgendwohin, Prinzessin«, unterbrach er sie mit einem boshaften Blitzen in den Augen, und bevor Liliana auch nur nach Luft schnappen konnte, griff er nach hinten unter sein schwarzes Shirt und hielt urplötzlich eine *Pistole* in der Hand. Die Mündung zielte direkt zwischen ihre Augen.

Liliana wurde schwindelig und eiskalt, obwohl sie fühlen konnte, wie ihr der Schweiß ausbrach. Sie spürte förmlich, wie ihr alle Farbe aus dem Gesicht wich. Ihr Appartement war so klein, dass sie nicht mehr als zwei weitere Schritte rückwärts stolpern konnte, bevor sie mit dem Rücken gegen die Tür prallte und mit zitternden Fingern nach dem Türgriff suchte.

Weg! Raus hier - schnell! Das war -

»Hier geblieben!«, zischte er und schien wesentlich weniger von der aberwitzigen Situation beeindruckt zu sein, als sie es war. Mit drei großen Schritten war er bei ihr, bevor sie auch nur zucken konnte!

Lil japste auf und zuckte so heftig zusammen, dass sie sich auf die Zunge biss, weil er seine freie Hand neben ihrem Gesicht gegen die Tür stemmte und so verhinderte, dass sie sie öffnen konnte. Er übte so viel Druck aus, dass sie sich keinen Millimeter öffnen ließ!

Verdammt - was soll das? Wenn das ein beschissener Traum ist, wieso wache ich dann nicht auf?

Ihr Mund war staubtrocken und ihr Herz hämmerte wild gegen ihre Brust, als ihr Kommilitone erneut die Pistole hob. Sie fühlte das kalte Metall, als er den Lauf lächelnd unter ihr Kinn schob und sie dadurch zwang, ihm ins Gesicht zu sehen, obwohl alles in ihr danach schrie, die Augen zuzukneifen. Sie zweifelte keine Sekunde daran, dass die Waffe echt war. Ebenso wenig wie an seiner Entschlossenheit, sie zu benutzen.

»Oh oh, Prinzessin. Du solltest dich beruhigen, wirklich. Nicht, dass du durch deine viel zu laute Schnappatmung noch jemanden anlockst.« Er lachte leise, rührte sich aber keinen Millimeter. »Also. Wahrscheinlich wäre es bedeutend leichter für mich, wenn du dich bequemen würdest, in Ohnmacht zu fallen. Damit ich ein paar Stunden in Ruhe schlafen kann, bevor ich mich morgen früh auf demselben Weg wieder aus deinem Zimmer schleiche, wie ich hereingekommen bin. Aber den Gefallen wirst du mir vermutlich nicht tun, oder?«

Ohne zu wissen, woher sie den Mut dazu nahm, obwohl sie vor Angst eigentlich schlottern und beben sollte, biss sie die Zähne zusammen und schüttelte trotzig den Kopf. »Du bist irre, wenn du denkst, ich würde den Mund halten! Ich schreie! Und dann kommt meine Vermieterin und -«

Weiter kam sie nicht, denn Raven brach in Gelächter aus, das sich in ihren Ohren unendlich laut anhörte, obwohl es vermutlich nicht einmal ausreichte, um die alte Dame in der

Etage unter ihnen dazu zu bringen, sich in ihrem Bett herumzudrehen.

»Liliana Crane, richtig? Sorry, ich hab so meine Schwierigkeiten mit Namen. Aber den Namen deines Vaters - *den* kenne ich. Und soll ich dir etwas verraten?« Das teuflische Grinsen auf seinen Lippen wurde noch breiter, als er sich so weit vorbeugte, dass sie seine ungestylten wirr fallenden Haare an ihrer Stirn spüren und den Geruch von frischem Schweiß und Männerparfüm einatmen konnte. »Ich bin ziemlich sicher, dass *niemand* angelaufen kommt, wenn du tatsächlich schreien solltest. Manche Gerüchte verbreiten sich schnell. Und über dich gibt es so viele, dass selbst ich schon davon gehört habe. Und eigentlich kümmern mich andere Menschen nicht sonderlich. Interessant, nicht wahr?«

»Ich weiß nicht, was du meinst«, presste sie bis zum Äußersten angespannt zwischen ihren Zähnen hindurch.

Ihr Magen lief mittlerweile Amok. Eine absurde Mischung aus Todesangst, weil er die Waffe fester gegen ihre Kehle presste und vorsichtigem *Verlangen*. Weil Raven Rhys nämlich einer der Kerle an der Uni war, denen man hinterherschmachtete, wenn er über den Gang lief und der einem ein verhaltenes Seufzen entlockte, nur weil er existierte! Und das nicht nur deshalb, weil sein feiner Dad der Senator des Bundesstaates Kansas war! Dass er außerdem von einer verboten düsteren Aura umgeben war, die einen gleichzeitig aber dazu bringen wollte, das Weite zu suchen, machte es nur noch verlockender. Nicht nur für Lil, die sich in diesem Augenblick nichts mehr wünschte, als in einem schwarzen Loch im Boden zu versinken, weil sie ihre verdammten Hormone in einer völlig verrückten Situation wie dieser nicht im Griff hatte! Lächerlich! Krank!

Raven lachte leise, als könnte er jeden ihrer Gedanken an ihrem Gesicht ablesen. Was vermutlich auch so war. Lil war noch nie besonders gut darin gewesen, sich ihre Emotionen eben nicht anmerken zu lassen. Etwas, das ihr heute wohl ernsthaft zum Verhängnis wurde.

»Was mache ich jetzt mit dir, hm? Irgendwie erscheint mir die Situation gerade etwas verfahren.« Die Tonlage, in der er redete, ließ keinen Zweifel daran zu, dass er sich köstlich amüsierte und sich schlicht und ergreifend über sie lustig machte, während er eiskalt zu ihr hinunterlächelte. Vor lauter Schreck konnte Lil nicht einmal mit den Knien schlottern, als er seine Hand von der Tür löste und damit so sanft über ihr kochend heißes Gesicht streichelte, dass sie zusammenzuckte.

»Okay, Prinzessin, hör zu. Wir können das hier natürlich auf die harte Tour regeln. Das bedeutet, ich würde dich auf jeden Fall fesseln und knebeln. Und wenn du mir dann noch Scherereien machst, und mich an mein wohlverdientes Nickerchen hinderst, würde ich dir für die Dauer meines Aufenthaltes hier einfach die Lichter ausknipsen. Wie stehst du dazu?«

Weil Lilianas Kehle so zugeschnürt war, dass sie nicht einmal richtig atmen konnte, brachte sie keinen Ton hervor. Ihr blieb nichts anderes übrig, als schnell den Kopf zu schütteln. Sie betete, dass er ihre Angst nicht allzu deutlich sah, weil sie sich immer noch nach Kräften bemühte, ihm so standhaft wie möglich ins Gesicht zu schauen. Ein Verhalten, das ihr auf groteske Weise irgendwie - richtig vorkam. Und dabei konnte sie nicht einmal sagen, wieso sie sich so verrückt verhielt! Schließlich hätte sie ihm am liebsten die Eier abgerissen und ihm die Pest an den Hals gewünscht und ein Teil von ihr tat das auch.

Ich bin doch lebensmüde, schoss es ihr in den Sinn und sie musste sich zwingen, nicht in einen hysterischen Lachanfall zu gleiten.

»Wie sieht denn die Alternative aus?«, quetschte sie zwischen ihren fest zusammengebissenen Zähnen hindurch und widerstand dem Bedürfnis, den Schweiß von ihrer Stirn zu wischen. Ihr war so entsetzlich heiß - und das nicht nur wegen der verdammten Hitzewelle, unter der diese beschissene Stadt schon seit mehr als einer Woche zu leiden hatte!

Raven lächelte kühl. Ein perfektes Zahnpastalächeln in seinem verflucht perfekten Gesicht! »Ich verzichte auf den Teil mit dem Ausknipsen. Aber fesseln würde ich dich trotzdem.« Er nickte zur Seite. Zu ihrem Bett unter der Schräge, ohne sie aus den Augen zu lassen. »Damit du nicht auf die Idee kommst, mich im Schlaf zu überrumpeln.«

»Du bist verrückt!«, platzte sie heraus, bevor sie auch nur einen Gedanken daran verschwenden konnte, dass es vermutlich höchst unklug war, ihren offensichtlich gestörten Kommilitonen zu reizen. Immerhin hatte er eine Waffe und schien nicht sonderlich abgeneigt zu sein, die auch zu benutzen. »Wenn du denkst, ich würde morgen nicht sofort zu den Bullen latschen und dich -«

»Und genau das wirst du nicht tun, Prinzessin. Weißt du auch wieso?«, unterbrach er sie erneut und lachte schon wieder! Dabei war das hier echt alles Mögliche - aber nicht witzig! »Weil dir niemand glauben würde. Wer war mein Vater nochmal? Ach ja - der Senator, richtig? Und dein Vater -«

In seiner Stimme lag so viel unverhohlener Spott, dass Lil am liebsten in Tränen ausgebrochen wäre. Sie zuckte heftig zusammen, als er seine Hand beinahe sanft in ihr langes blondes Haar schob, bevor er seine Finger darin vergrub und mit einem unmissverständlichen zweideutigen Grinsen im Gesicht daran zog.

»- hat seine schmutzigen Finger *sehr* tief im großen bösen Drogenhandel der Stadt gehabt, oder? Ist er nicht deswegen im Knast? Oder war das doch wegen dieser Sache mit der Nutte, die angeblich an einer Überdosis verreckt ist, nachdem sie es sich von ihm hat bes-«

Liliana ließ ihn nicht ausreden. Sie bebte vor Angst, Wut und Zorn und wusste ganz genau, dass sie es bereuen würde. Und trotzdem gelang es ihr irgendwie, die Hand zu heben und Raven eine derart kräftige Ohrfeige zu verpassen, dass er überrascht die Augen aufriss und sein Kopf tatsächlich zur Seite flog.

Ihre schwitzige Handfläche pochte, das Herz schlug ihr bis zum Hals und ihr Magen schien den Apfel von heute Mittag keine Sekunde länger bei sich behalten zu wollen. Am liebsten hätte sie gekotzt! Aber ihr Verstand hämmerte ihr ein, dass genau das der Moment war, auf den sie gewartet hatte: Sie musste sich wehren! Und zwar jetzt! Wenn es ihr gelang, den Überraschungsmoment weiter für sich zu nutzen, konnte sie ihm ihr Knie in die verdammten Eier rammen und ihn dadurch hoffentlich weit genug aus der Bahn werfen, damit sie die Tür aufreißen und runterrennen konnte. Sie musste sich nur - bewegen.

Doch das war nicht möglich. Als wäre sie auf der Stelle mit dem Boden verwachsen, war sie nicht im Stande, auch nur einen Muskel zu rühren. Weder ihre Hand, die noch immer pochte, noch ihre Füße oder sonst etwas!

Ein Albtraum! Gleich wache ich auf ...

Aber Lil wachte nicht auf. Die Sekunde verstrich. Und mit ihr ihre einzige Chance, dieser völlig verrückten Situation zu entkommen.

Bevor sie wusste, wie ihr geschah, fing sich der nächtliche Einbrecher wieder und reagierte so rasend schnell und erbarmungslos auf ihre Verzweiflungstat, dass sie nach Luft schnappte und sich erneut auf die Zunge biss: Ravens bisher eher amüsierter Gesichtsausdruck verhärtete sich und sie sah die unverhohlene Bösartigkeit in seinem Blick, bevor er mit einer unheimlichen Geschwindigkeit nach ihrem Handgelenk griff. Er quetschte es zwischen den Fingern seiner freien Hand zusammen, riss ihren Arm herum und drehte ihn so schmerzhaft auf ihren Rücken, dass sie nach Atem ringend zulassen musste, dass er sie vor sich her auf das Bett zu trieb. Sie kniff die Augen zusammen und geriet ins Stolpern. Ihr Schienenbein stieß gegen die Bettkante und Lil keuchte vor Schmerz, als Raven sie nur einen Atemzug später unsanft aufs Bett schleuderte.

Selbstverständlich ließ er sie dabei nicht los. Im Gegenteil! Sämtliche Luft wurde aus ihren Lungen gepresst, als er sich über sie schwang und sie mit seinem ganzen Gewicht unter sich auf der Matratze festnagelte; die Mündung der Pistole an ihren Hinterkopf gepresst und ihren rechten Arm weiterhin schmerzhaft auf ihren Rücken gedreht.

Oh, Gott - er kugelt mir den Arm aus, wenn er nicht locker lässt ...

Der einzige Gedanke in ihrem Achterbahn fahrenden Schädel, der überhaupt einen Sinn ergab!

»Au! D- du tust mir weh!«, rief sie verzweifelt und versuchte angestrengt, sich gegen den schraubstockartigen Griff seiner Finger zu wehren. Sie strampelte mit den Beinen, versuchte ihn abzuwerfen und sich irgendwie mehr Freiraum zu verschaffen, um wenigstens atmen zu können, aber Raven ließ sich nicht erweichen und zerrte ihren Arm noch höher! Vor Schmerz schrie Lil auf, presste ihr Gesicht aber ins Kopfkissen, um den Laut zu ersticken. Aus Angst davor, was er mit ihr anstellen würde, wenn sie vielleicht wirklich so laut schrie, dass sich einer ihrer kleingeistigen Nachbarn bequemte, nach der Ursache für all den Lärm zu suchen. Aber wahrscheinlich wäre selbst das vergebens gewesen. Ein Gedanke, der einen mehr als bitteren Beigeschmack mit sich brachte und ihr tatsächlich Tränen in die Augen trieb.

Lil wimmerte in ihr Kopfkissen. Ihr Schädel dröhnte und schien von innen zu zerbersten, während sie ihren Widerstand allmählich einstellte. Nicht freiwillig. Sie ahnte, dass sie den Irren über ihr nur so dazu bewegen konnte, etwas lockerer zu lassen.

»Tu das nie wieder, verstanden? Oder ich vergesse mich wirklich!«, flüsterte Raven bedrohlich leise in ihr Ohr, bevor er tatsächlich ein kleines bisschen lockerer ließ. Weit genug, damit sich ihre Lungen endlich wieder mit Sauerstoff füllten, auch wenn das nichts daran änderte, dass ihr das Herz vor lauter Panik bis zum Hals schlug. »Ich werde deinen Arm jetzt kurz loslassen, Prinzessin. Aber du solltest nicht auf die dumme Idee kommen, dich zu rühren. Mein Spielzeug bleibt da, wo es ist. Kapiert?«

Liliana antwortete nicht, nickte aber schnell. Tatsächlich ließ er sie einen Moment später los und vor lauter Erleichterung über den nachlassenden Druck auf ihren Körper hätte sie beinahe aufgeseufzt. Aber die anfängliche Erleichterung wehrte nicht lange, als sie hörte, wie er mit der freien Hand offensichtlich seinen Gürtel öffnete, ohne die Waffe von ihrem Hinterkopf zu lösen. Sie versteifte sich sofort und riss die Augen weit auf, schaffte es aber nicht, auch nur ein einziges Wort über die Lippen zu bringen.

Das kann nicht sein Ernst sein, dachte sie panisch. *Erst bricht er hier ein, überfällt mich und dann vergewaltigt er mich auch noch? Fuck!*

Angst kroch in ihre Glieder, lähmte ihre Finger und ihr Herz hämmerte so schnell gegen ihre Brust, dass sie das Klopfen überlaut in ihren Ohren hören konnte. Die albtraumhaften Bilder in ihrem Kopf liefen wie ein schlecht gemachter Horrorfilm vor ihren geschlossenen Augen ab, doch ihr Verstand weigerte sich verbissen, irgendwie nachzugeben oder -

»Hey, bleib locker!«, knurrte er hörbar angepisst, als hätte er ihre Gedanken erraten. »Ich bin zu kaputt, um dich anzufassen. Dein Glück, Prinzessin. Auch wenn ich meine Eier darauf verwetten würde, dass es bestimmt spaßig wäre, dich aus einem anderen Grund zum Schreien zu bringen, hm?«

Anhand seiner Stimmlage konnte sie immerhin erahnen, dass er grinste, während ihr selbst das Blut ins Gesicht schoss und sie absurderweise anfing, sich zu schämen. Als wäre diese ganze Situation nicht schon grotesk genug!

»Das würdest du nicht wagen«, zischte sie kaum hörbar und ohne zu wissen, woher sie auch jetzt wieder diesen verzweifelten Mut nahm, überhaupt etwas zu sagen. »Ich würde dir deinen stinkenden Schwanz einfach abbeißen!«

»Oho. So unbarmherzig? Wie schade. Dabei bin ich sicher, dass ich damit verdammt gut umgehen kann.« Er lachte leise. »Okay. Ich werde deine Hände jetzt auf deinen Rücken fesseln. Und du wirst schön brav liegenbleiben und mich machen lassen, verstanden? Sonst überlege ich es mir vielleicht anders.«

Liliana keuchte auf, als sie die kalte Gürtelschnalle an ihrem Oberschenkel spürte. Raven ließ sie langsam höher gleiten und ein eiskalter Schauer jagte über ihren Rücken, weil er seine warmen Finger im nächsten Augenblick unter die weiten Shorts schob, die sie über dem Tanga trug. Es schien ihm unendlich viel Spaß zu machen, ihren Hintern anzutatschen, während sie vor Angst und Scham beinahe den Verstand verlor.

»Netter Arsch. Schade, dass du ihn in der Uni immer unter deinem Schlabberlook versteckst. Ich wette, die Kerle würden sich darum prügeln, wenn du ein kleines bisschen mehr Haut zeigen würdest. Schaden würde es dir sicher nicht.«

»D- du bist ein kranker Wi-«

»Na, na! Wir wollen doch nicht ausfallend werden. Ich sage nur die Wahrheit. Aber egal. Beweg dich nicht!«, befahl er hörbar belustigt und tat schließlich genau das, was er angekündigt hatte: Er drehte ihre Arme wieder nach hinten und wickelte mit geschickten Bewegungen seinen Gürtel um ihre Handgelenke, als hätte er das schon tausendmal gemacht.

Es war unangenehm, tat aber nicht weh, wenn sie stillhielt und die Arme nicht bewegte, wie sie schließlich feststellte, als er sie endlich losließ und sein Gewicht auf ihr nach hinten verlagerte.

»So. Muss ich dich auch knebeln? Oder wirst du ab jetzt brav sein?«, fragte er, als er von ihr runterrutschte und sich schwerfällig neben sie auf die durchgelegene Matratze setzte. Das Bett gab ein protestierendes Geräusch von sich. Das schien ihn allerdings nicht sonderlich zu kratzen.

»Warum machst du das hier? Hab ich dir irgendwas getan? Oder macht es dir Spaß, nachts in die Häuser fremder Leute einzusteigen und sie zu quälen?« Ihre Stimme zitterte nur ein bisschen. Trotzdem bemühte Liliana sich angestrengt, soweit von ihm weg zur Wand zu rutschen, wie es ihre eingeschränkten Möglichkeiten zuließen. Er hinderte sie immerhin nicht daran.

»Hab ich schon gesagt«, knurrte Raven und fuhr sich offensichtlich erschöpft mit den Fingern durch die Haare, bevor er den Kopf schüttelte und zu ihr herunterstarrte. »Ich musste weg von der Straße. Schnell. Keine Zeit, um lange zu suchen. Das Haus war dunkel und das Fenster eben offen. Ich wusste nicht, dass du hier wohnst.«

»Und warum musstest du so unbedingt weg von der Straße?«, hakte sie nach und zwang sich, sich ein bisschen auf ihre Atmung zu konzentrieren und sich zu beruhigen. Einfacher gesagt als getan.

»Geht dich nichts an. Die Bullen waren leider hinter mir her. Musste schnell gehen.«

Liliana lachte trocken. »Selbstverständlich! Du brichst nur hier ein, fesselst mich an mein eigenes Bett und -«

»Ich habe dich nicht an dein Bett gefesselt«, antwortete er zynisch, aber nicht mehr annähernd so bösartig, wie noch vor einer Minute. Als reichte ihm die Tatsache aus, dass sie keine ernstzunehmende Gefahr mehr für ihn war, um sich zu entspannen. »Kannst du jetzt die Klappe halten? Sonst überlege ich mir das mit dem Knebeln auch noch mal! Morgen früh ist Uni und ich glaube, wir schreiben eine Klausur, richtig? Also schlaf endlich, Prinzessin!«

Ungläubig starrte Liliana ihn an und tatsächlich war ihr jedes weitere Wort einfach im Hals stecken geblieben.

Das war - unfassbar! Vollkommen verrückt und bescheuert! Fast so absurd wie die Tatsache, dass Raven schließlich die Augen schloss, auf dem Bett neben ihr herunterrutschte und sich darauf ausstreckte, als gäbe es nichts Entspannenderes für ihn.

»Du hast sie nicht mehr alle«, murmelte sie und zog die Nase hoch. Wenigstens heulte sie nicht mehr. Das änderte allerdings wenig daran, dass sie immer noch vor Angst zitterte.

»Hab ich nie behauptet«, antwortete er tonlos und schloss tatsächlich die Augen. Die Pistole legte er neben sich auf die Matratze. So weit aus ihrer Reichweite, wie es ging. Offenbar, damit sie nicht auf die Idee kommen und sich über ihn hinwegrollen konnte, während er selig schlief. Klasse.

Eine ganze Weile lang schwieg er und Lil war schon fast sicher, dass er eingeschlafen war, weil sie außer dem dröhnenden Rauschen ihres eigenen Blutes in ihren Ohren rein gar nichts hörte, aber dann bewegte er sich plötzlich und zog eine Hand unter seinem Kopf hervor.

Sofort schoss ihr Puls wieder in die Höhe, weil sie einen weiteren Übergriff von ihm erwartete. Vielleicht hatte er es sich anders überlegt und wollte sie doch weiter angrabbeln! Doch dann sah sie in der Dunkelheit, wie er seine Hand in die Hosentasche schob und etwas daraus hervorzog.

Fast ungläubig starrte Lil die Rolle Geldscheine an, die er so hielt, dass sie sie gar nicht übersehen konnte!

Was wird das denn jetzt?

Verwirrt sah sie zu, wie er wortlos das Gummiband abzog und die Scheine durch seine Finger gleiten ließ, als würde er sie zählen.

»Ich geb dir hundertfünfzig. Fünfzig ziehe ich ab, weil du mir Eine geklebt hast, Prinzessin. Dafür wirst du brav deinen hübschen Mund halten und so tun, als wäre nie etwas gewesen. Hast du das verstanden?« Raven bewegte sich neben ihr, rollte sich auf die Seite und stützte lässig grinsend den Kopf auf seine Hand.

Lilianas Verwirrung nahm exorbitante Ausmaße an, weil er seine andere Hand so unvermittelt und beinahe sanft an ihre Wange legte, dass sie erschrocken zusammenzuckte. Eine Berührung, die im krassen Gegensatz zu dem stand, was er ihr in den wenigen Minuten seiner unwillkommenen Anwesenheit alles angetan hatte. Weil ein Teil von ihr nach wie vor eher damit rechnete, dass er wieder ekelhaft zu ihr sein würde ...

Ravens Grinsen wurde breiter, als amüsierte ihn ihre ungewollte Sprachlosigkeit. Dann fuhr er mit dem Daumen über ihre fest zusammengepressten Lippen und sie musste sich zwingen, sich nicht zu rühren, weil sich das elektrisierende Kribbeln umgehend auch in ihrem Unterleib ausbreitete. Ihr wurde unfassbar heiß, alles kribbelte und vibrierte und Lil erschrak über sich selbst. Sie wusste, dass sie feucht war und das war wahrscheinlich das Schlimmste an dieser ganzen Sache. Dass sie *wollte*, dass er sie anfasste. Jedenfalls ihr Körper schien förmlich darum zu betteln, obwohl Raven ihr unendlich Angst machte. Er - oder vielmehr die Waffe, die nach wie vor hinter ihm auf dem Bett lag. Wenn die Pistole und diese verflucht absurde Situation nicht gewesen wären, dann -

»Süß«, sagte er leise, als könnte er jeden ihrer Gedanken an ihrer Nasenspitze ablesen. »Okay Prinzessin. Ich bin echt im Arsch. Ich halte mich an mein Wort und fasse dich nicht an. Aber du darfst es gerne als Kompliment nehmen, dass ich es unter anderen Umständen sofort versuchen würde.«

»Ach ja?« Liliana lachte unbeabsichtigt auf und wich noch weiter vor ihm zurück, um seiner Berührung zu entgehen, die dieses abartige Verlangen in ihrem Unterleib entfachte. Weil es sie krankhafterweise anturnte! Er! Diese beschissen verrückte Situation! Er -

»Ja«, antwortete er schlicht und grinste ihr diabolisch ins Gesicht, bevor er sich wieder auf den Rücken drehte. »Schlaf jetzt endlich! Du kannst es brauchen, wenn man sich deine gruseligen Augenringe erstmal genauer angeguckt hat.«

Lil würgte einen Fluch hinunter, der ihr bereits auf der Zunge lag. Irgendwie gelang es ihr sogar, die Wut in ihrem

Magen zurückzudrängen und das unnormale Verlangen zu ersticken, das wirklich nichts zwischen ihren Beinen zu suchen hatte! Gar nichts!

Und trotzdem -

»Wieso gibst du mir Geld?«

Es dauerte ein paar Sekunden, bis Raven ihr antwortete. »Damit du mich endlich in Frieden lässt und so tust, als hättest du mich nie gesehen. Du kannst du es als Belohnung ansehen. Außerdem scheinst du es echt nötig zu haben.«

Verwirrt starrte sie ihn an. Woher wusste er, dass sie Geld brauchte?

»Ich denke, es ist bedeutend leichter, dein Schweigen zu kaufen, als dich dauerhaft dazu zu zwingen, dein hübsches Mundwerk zu halten. Das ist alles. Ich bin kein Idiot, Prinzessin. Und vergiss dabei nicht, was ich vorhin schon gesagt habe. Niemand würde dir glauben.«

Mit diesen Worten seufzte Raven leise und klang dabei tatsächlich ziemlich erschöpft. Er fügte nichts hinzu, gab ihr keine Erklärung für all das hier, und während sie selbst einfach dalag und ihr der Kopf schwirrte, schien er wirklich einfach - einzuschlafen. Unfassbar!

Ihr Kommilitone - mit dem sie in der Uni sonst nur ein paar Worte während der Seminare gewechselt hatte, lag in ihrem Bett - nachdem er sich Zutritt zu ihrem Appartment verschafft hatte! Nachdem er sie überwältigt und sie mit seinem verdammten Gürtel gefesselt hatte und - schlief!

Das ist ein Albtraum, dachte sie immer wieder und war sicher, in dieser Nacht kein Auge zuzumachen. Sie war viel zu aufgewühlt, durcheinander und angespannt, um auch nur an Schlaf zu denken! Tausend Fragen wirbelten in ihrem Kopf herum, aber sie traute sich einfach nicht, noch einmal den Mund aufzumachen und sie zu stellen. Aus Angst davor, dass er seine Drohung dann wahrmachen und ihr wirklich etwas antun würde.

Ich kenne ihn gar nicht! Niemand *kennt ihn! Er ist verrückt und irre ...*

Doch Liliana schlief ein. Irgendwann siegte die Müdigkeit über die Angst, ihre konfusen Gedanken gerieten ins Stocken und ihre Lider wurden schwer. Sie schlief ein, obwohl sie es nicht für möglich gehalten hätte. Ohne es zu merken.

An diesem Mittwochmorgen kam Raven zu spät, aber das war schließlich keine Seltenheit und kratzte ihn tatsächlich nicht im Geringsten. Er machte sich nicht die Mühe, seine Hand vor den Mund zu halten und schlurfte gähnend durch die Halle der Univerity of Kansas. Er nahm sich sogar noch die Zeit, sich einen Kaffee an einem der Automaten vor den Hörsälen zu ziehen, bevor er sich bequemte, die schwere Tür zu Hörsaal 3 zu öffnen. Professor Carter war - wie nicht anders zu erwarten war - längst mitten in seinen Monolog vertieft und registrierte den Neuankömmling nicht einmal.

»... Jungs Ansicht nach ist das der bedeutende Schlüssel zur vollständigen ...«

Raven hörte nicht wirklich zu und suchte stattdessen schnell mit den Augen die Reihen ab. Nach einem freien Platz und - ihr. Sie saß relativ am Rand zur Treppe in einer der hinteren Reihen und zuckte nicht einmal, obwohl sie die Tür gehört haben musste.

Er spürte die Blicke der anderen Studenten auf sich, die nicht längst eingepennt waren, ignorierte sie aber, als er die Stufen am Rand des Saals hinunterging. Die Blicke der Weiber waren besonders lästig. Dumme Hühner, die ihn anstarrten, als ob sie ihn mit ihren Augen ausziehen wollten. Von wegen, es waren immer die Kerle, die schmutzige Gedanken hatten. Also wirklich!

Ihr langes blondes Haar hatte sie zu einem Zopf gebunden. Ein halber unordentlicher Dutt, aus dem strähnenweise Haare heraushingen, als wollte sie Fenster putzen. Grässlich.

Bedauerlicherweise spürte er mit jedem weiteren Schritt, wie sich sein Schwanz in seiner Hose regte, nur weil er an das Gefühl dachte, seine Finger in diesen langen Haaren zu vergraben und die Furcht in ihren durchaus hübschen hellblauen Augen zu sehen. Wie gestern Nacht, als sie in ihrem knarzenden alten Bett unter ihm gelegen hatte. Ihr Arsch war wirklich nicht übel. Leider würde er davon heute nicht allzu viel zu Gesicht bekommen, schließlich trug sie auch jetzt wieder diese langweilige schlabbrige Jeans, in die sie wahrscheinlich zweimal hineingepasst hätte. Möglicherweise wäre ihr das Ding einfach vom Hintern gerutscht, wenn sie es nicht mit einem Gürtel zusammenhalten würde. Was für ein Glück, das er wusste, was sich darunter verbarg ...

Ein winziger Teil von ihm musste ihr sogar zugestehen, dass sie ihn überraschte. Er hatte fast nicht damit gerechnet, dass sie heute überhaupt auftauchen würde. Viel eher wäre er davon ausgegangen, dass sie sich in ihrem Bett verkriechen und heulen würde, weil er ja *so* fies zu ihr gewesen war. Er hätte erwartet, ihr so viel Angst eingejagt zu haben, dass sie sich nicht traute, ihm je wieder unter die Augen zu treten. Da war es vermutlich wenig förderlich, dass sie die meisten Kurse zusammen besuchten.

Tja. Sie ist da. Interessant.

Mit einem breiter werdenden Grinsen auf den Lippen beugte er sich zu ihr hinunter, ohne die letzte Stufe zu nehmen, sodass sie ihn hätte sehen können. Sie roch - gut. Das musste er ebenfalls zugeben. Das Parfüm war zweifellos billig, aber irgendwie passte der leichte Duft von Blumen zu ihr.

»Rutsch rüber, Prinzessin«, flüsterte er ihr zu und musste sich innerlich kneifen, um nicht laut loszulachen, als er ihre umgehend einsetzende Reaktion registrierte: Sie riss den Kopf hoch und starrte ihn an, als hätte sie seine Existenz einfach bis jetzt gerade aus ihrer Wahrnehmung verdrängt. Er sah eine Mischung aus Angst und Wut in ihrem Blick. Ihre Augen weiteten sich vor Furcht, als ob sie ernsthaft davon ausging, er könnte ihr vor versammelter Mannschaft etwas antun. Aber er sah auch Trotz. Zu niedlich. »Los!«

Liliana Crane gehorchte. Hastig griff sie nach ihrem Block und schmiss ihn zusammen mit ihrem Kugelschreiber auf den Platz links von ihr. Ihre Tasche riss sie an sich und presste sie wie einen Schild vor sich, bevor sie auf der Bank weiterrutschte.

Raven sah die hektischen roten Flecken auf ihrem hübschen schlanken Hals und zweifelte keine Sekunde daran, dass sie bereits nach einem Fluchtweg Ausschau hielt. Es gab keinen, wenn sie nicht über die Bänke klettern wollte. So ein Pech aber auch. Der Student neben ihr warf ihr einen schiefen Blick zu, schien sich dann aber doch mehr für die lahme Vorlesung über die Geschichte der Psychologie zu interessieren. Sein Glück.

»Hast du brav den Mund gehalten?« Er lächelte, ohne auch nur mit der Wimper zu zucken. Es überraschte ihn wenig, dass sie umgehend nickte, ihn aber weiter mit unverhohlener Verachtung anstarrte, als hätte er ihr wer weiß was angetan.

Dabei fing er tatsächlich gerade an, es zu bereuen, genau *das* nicht getan zu haben.

Bisher hatte er ihr nie allzu viel Beachtung geschenkt. Nicht grundlos. Die gruselige Hose war ja nur das i-Tüpfelchen ihres grässlichen Outfits. Das viel zu weite ausgewaschene Shirt machte es nicht besser. Alle ihre Shirts sahen so aus. Auch das ehemals wahrscheinlich gelbe Ding, das sie jetzt trug. Mit einem langweiligen Rundausschnitt, der kein Fitzelchen ihres Dekolletés preisgab. Dabei erinnerte er sich nur zu gern daran, wie sich ihre festen Brüste darunter an seinem Unterarm angefühlt hatten, als er sie letzte Nacht zum Bett bugsiert hatte. Von ihrem weichen perfekten Hintern ganz zu schweigen.

»W- wann bist du -«

»Gegen halb sechs«, antwortete er leise, um nicht noch mehr unnötige Aufmerksamkeit auf sie zu lenken. Erst recht nicht die des Profs. »War eine kurze Nacht. Leider musste ich heute Morgen noch dringend etwas erledigen.«

Er sah ihren fragenden Blick, reagierte darauf aber lediglich mit einem Schulterzucken.

Nachdem er sie heute Morgen vorsichtig von seinem Gürtel befreit und dabei gehofft hatte, sie nicht aufzuwecken, war er auf demselben Weg aus ihrem Zimmer verschwunden, wie er hineingekommen war. Dem integrierten Wecker in seiner Armbanduhr sei Dank, hatte er nicht verpennt. Dabei war er so höllisch müde gewesen, dass es ihn nicht einmal gewundert hätte. Seinen anschließenden Abstecher zum ›Käfig‹ verschwieg er selbstverständlich. Und bedauerlicherweise hatte er dafür eigens ein Taxi nehmen müssen, um noch dort aufzulaufen, bevor der Laden zumachte. Das Trinkgeld, das er dem Fahrer vor die Nase gehalten hatte, würde zweifellos ausreichen, um ihn Ravens Gesicht vergessen zu lassen, sollte er jemals danach gefragt werden. In dem Club, der den schönen und nur zu passenden Namen *The Cage* trug, konnte man praktisch alles bekommen, wenn man sich an die passenden Leute wandte. Nutten, Ecstasy, Koks, Waffen. Alles von der osteuropäischen Edelhure bis hin zur AK-47, sofern man Verwendung für dieses Zeug hatte. Und die passenden Kontakte.

Gestern hatte er sich dort eine solche Waffe besorgt. Um sie weiterverkaufen zu können. Etwas, das ihm eigentlich nicht lag und auf das er lieber verzichtet hätte, aber auf diesem Weg konnte er an andere Kontakte kommen. Man musste schließlich klein anfangen, wenn man sich auf unbekanntem Terrain bewegte.

Raven hatte die CZ Phantom vorhin an einen Spinner verkauft, den er vor ein paar Tagen dort getroffen hatte. Viktor. Ein *Kontakt*. Leider kein sonderlich nützlicher, wie sich herausgestellt hatte. Raven hatte gehofft, der Typ wüsste besser, an wen er sich wenden könnte, um das zu bekommen, was er eigentlich wollte. Einflussreichere Kontakte zum Beispiel.

Was man nicht alles dafür tut, die Hand abzuhacken, die einen füttert, dachte er grimmig.

Jedenfalls war er vorhin zu der Erkenntnis gelangt, dass es Zeit wurde, andere Wege zu gehen. Vielversprechendere, wenn auch schwerer zu erreichende. Jedenfalls *allein*. Gut, dass er sich bereits einen Plan zurechtgelegt hatte, bevor er hergekommen war.

Raven warf der Kleinen neben sich einen Blick zu. Sie starrte angestrengt nach vorn auf die Tafel, auf der der Prof gerade irgendetwas hinkritzelte, während er weiter stumpf seinen Monolog führte und ihm eh keiner zuhörte. Auch die Kleine nicht. Netter Versuch.

»Begleite mich gleich runter in den Coffeeshop, Prinzessin«, sagte er leise und stützte das Kinn auf seinem Handrücken ab. Die Mühe, seine Tasche überhaupt auszupacken, machte er sich nicht. Er hatte nicht die Absicht, sich mehr mit der Thematik des Kurses zu befassen, als unabdingbar war. »Das ist keine Bitte!«, fügte er hinzu, weil sie offensichtlich trotzig den Kopf schütteln wollte.

»Warum sollte ich das tun?«, zischte sie zurück und lief - sofern das möglich war - noch dunkler an. Eine reichlich ungesunde Gesichtsfarbe, die sich ziemlich krass von der Farbe ihres Shirts abhob. »Du hast sie doch nicht mehr alle! Lass mich endlich in Ruhe, kapiert? Ich habe den Mund gehalten und damit sind wir fertig!«

Raven widerstand dem Drang, zu lachen. »Hm, ja. Und die Kohle hast du auch gern genommen, oder?«

»D- das war -«

»Halt die Luft an«, unterbrach er sie eisig. »Ich habe ein ziemlich gutes Angebot für dich, das du sicher nicht ausschlagen kannst, wenn du erstmal zugehört hast. Bist du sicher, dass du nicht noch mehr Geld gebrauchen kannst?«

Er ließ seinen Blick absichtlich an ihr herunterwandern und sah, wie sie die Finger so fest zu Fäusten ballte, dass ihre Knöchel weiß hervortraten. Eine Reaktion, die er erwartet hatte.

Raven wartete, bis sie den inneren Kampf mit sich selbst offenbar weit genug niedergerungen hatte, um ihm das Gesicht erneut zuzuwenden. Es schien ihr mehr als nur ein bisschen innerliche Qualen zu bereiten, aber sie sah ihm in die Augen. Immerhin.

»W- wovon redest du?«, flüsterte sie zurück und leckte sich sichtlich nervös mit der Zungenspitze über die vollen Lippen. Wenn sie wüsste, wie extrem ihn dieser Anblick gerade anturnte ...

»Das verrate ich dir dann, wenn du mir artig hinterhergedackelt bist.« Er grinste kalt und rieb sich innerlich bereits die Hände.

Sie würde sein Schlüssel sein. Herrlich. Immerhin war sie nicht irgendwer. Allein ihr Name würde reichen, um ihm die Tür zu öffnen und wenn er erst einmal fertig mit ihr war, würde niemand irgendeinen Verdacht schöpfen. Er jedenfalls fand seine Idee ziemlich genial. Jetzt musste er sie nur noch überzeugen. Aber etwas sagte ihm, dass es leichter werden würde, als er dachte.

»Mr. Rhys, wären Sie so freundlich, den Kurs an ihrer zweifellos tiefgründigen Unterhaltung mit Miss Crane über das Leben und Wirken von Mr. Jung teilhaben zu lassen?«

Die penetrante Stimme des Professors riss Raven bedauerlicherweise kurzzeitig aus seiner ziemlich intensiven Vorstellung davon, wie das Prinzesschen ihren hübschen Mund öffnen und etwas gänzlich anderes darin verschwinden lassen würde als ihre Zunge. Zu schade. Er hasste Unterbrechungen.

»Aber sicher, Professor Carter. Bedauerlicherweise ist unsere Unterhaltung über die überaus verworrene Beziehungsebene zwischen Jung und Freud ein wenig abgedriftet«, antwortete Raven so gelassen, dass er den ungläubigen Blick seiner unfreiwilligen Sitznachbarin beinahe körperlich spüren konnte. »Ich versuchte gerade, Miss Crane davon zu überzeugen, dass Jung keinesfalls ein sexuell geprägtes Interesse an seinem Freund gehabt habe. Leider widerspricht sie mir ständig und ignoriert dabei den letzten Brief Jungs an Freud, in dem er schrieb -«

Der Professor, der ihn nicht minder entgeistert anstarrte und offensichtlich kurz davor war, die Beherrschung zu verlieren, wedelte ungestüm mit seinem Zeigestock in der Luft herum. Ein alter Mann der ›alten Schule‹, der nicht viel von Computerpräsentationen hielt. Es sah aus, als hielte er ein Laserschwert in der Hand, während sein unrasiertes Gesicht knallrot anlief.

»Wagen Sie es nicht, mich für dumm zu verkaufen, Mr. Rhys! In meinem Hörsaal spielt es keine Rolle, wer Ihre Studiengebühren überweist, vergessen Sie das nicht!«, rief der Dozent derart zornig, als hätte Raven tatsächlich einen ziemlich schmutzigen Witz zum Besten gegeben. »Wenn Ihre abgegebenen Hausarbeiten nicht so unverschämt brilliant wären, hätte ich Sie längst des Kurses verwiesen! Sie sind unpünktlich, ordinär und absolut außer Stande, einen sinnvollen Beitrag zum Diskussionsinhalt beizutragen.«

»So, denken Sie das, Sir?«, widersprach Raven amüsiert, ohne seine wachsende Belustigung über den Ausbruch des

Dozenten zu verbergen. »Wiederholen Sie freundlicherweise Ihre Ausgangsfrage. Ich bin sicher, dass ich Ihnen eine adäquate Antwort darauf geben kann.«

Einen Augenblick lang sah Professor Carter tatsächlich aus, als hätte Raven ihm ins Gesicht geschlagen. Aber dann schien er sich und seinen unverhältnismäßigen Wutausbruch doch wieder unter Kontrolle zu bekommen und räusperte sich ein paar Mal, als hätte er einen Frosch verschluckt.

»Also schön. Sie wollen, dass ich Sie auf die Probe stelle? Bitte sehr, das können Sie haben, Mr. Rhys. Was sagte Carl Gustav Jung noch gleich über den Individuationsprozess und dessen Bedeutung für die Selbstwerdung?«

Im Hörsaal war es totenstill, aber das kratzte Raven nicht sonderlich. Er wusste, dass er inzwischen von jedem Studenten im schwach belüfteten stickigen Raum angestarrt wurde. Wahrscheinlich warteten sie allesamt wie die Geier darauf, dass er einen Fehler machen und sich blamieren würde. Typisch. Aber leider war es ganz und gar ausgeschlossen, dass er ihnen diesen Gefallen tat.

»Individuation *ist* Selbstwerdung«, antwortete er kühl. »Jung versteht es als einen lebenslang andauernden Prozess der Selbstfindung, deren Ende erst mit Eintritt des Todes erreicht wird. Die ewige Suche nach Individualität und Einzigartigkeit. Mit Verlaub - eine ziemlich löchrige Theorie. Jedenfalls in meinen Augen.«

»So?« Professor Carter stieß ein Bellen aus, das wahrscheinlich eher wie ein sarkastisches Lachen herüberkommen sollte. »Erhellen Sie uns mit Ihren Ansichten diesbezüglich, Mr. Rhys. Ich bin sicher, dass Sie im letzten Mastersemester besser über derlei Dinge Bescheid wissen, als manch angesehener Jungjaner des letzten Jahrhunderts.« Der Dozent lehnte sich gegen seinen Schreibtisch und verschränkte auffordernd die Arme vor der Brust. Den Zeigestock hielt er an sich gedrückt, als müsste er sich daran festklammern.

Raven fand, dass das ziemlich affig aussah, kam der Aufforderung aber auch dieses Mal umgehend nach. »Gerne«, antwortete er grinsend. »Jungs Ansatz schließt die äußeren Ursachen unserer Verhaltens- und Denkweisen komplett aus seinen Überlegungen aus und er beharrt darauf, dass alles was wir tun oder denken, ausschließlich zweckmäßig darauf ausgelegt ist, dem unbewussten Ziel der Individuation näherzukommen, ohne dass wir es jemals erreichen können. Schließlich endet der Prozess mit unserem Tod.«

»Weiter«, bestand der Professor hörbar ungeduldig, als Raven eine kurze Pause einlegte. »Das ist noch nicht alles.«

»Richtig«, antwortete er seelenruhig. »Ich denke außerdem, dass er sich hinsichtlich seiner eigenen Aussagen deutlich widerspricht. Jung behauptet, der Individuationsprozess sei unabdingbar und man könne sich ihm nicht widersetzen. Damit setzt er aber alle soziologischen Komponenten der Sozialisation und ihrer Prinzipien aber außer Kraft.«

Der Professor fuchtelte ungeduldig mit seiner Hand in der Luft herum und das Prinzesschen rutschte tatsächlich noch nervöser neben ihm auf der Bank rum, als könnte sie der Unterhaltung kaum noch folgen. Dabei war Raven hinreichend sicher, dass sie genug auf dem Kasten hatte, um genau dazu sehr wohl in der Lage zu sein.

»Ethik. Altruismus. Gleichartigkeit. Diese Dinge machen eine funktionierende Gesellschaft aus - neben einigen anderen Aspekten selbstverständlich. Wenn sich jeder von uns genau so verhalten würde, wie Jung es beschrieben hat, würden wir in Chaos und Anarchie versinken und mal ehrlich - ein bisschen Egoismus und Individualität schadet keinem von uns. Aber niemand will in einer Welt leben, in der nur egoistische Psychopathen leben und in der ich mir meinen Kaffee im Coffeeshop selbst eingießen muss, weil der Typ, der dafür bezahlt wird, zu sehr mit seiner Individuation beschäftigt ist.«

Damit schloss Raven seinen Monolog unter allgemeinem Gelächter der anderen Studenten ab und schaute gelassen auf den Professor hinunter, dem es tatsächlich einen Augenblick lang die Sprache verschlagen zu haben schien. Herrlich.

Es überraschte Raven wenig, dass der Dozent es dabei bewenden ließ. Stattdessen machte er sich mit verkniffenem Gesicht und unverständliche Flüche vor sich hinmurmelnd wieder daran, mit seiner Vorlesung fortzufahren. Endlich.

»Coffeeshop. Gleich. Keine Widerrede, Prinzessin«, flüsterte er der Kleinen neben sich zu, ohne sich die Mühe zu machen, in ihr knallrotes Gesicht zu sehen. Sie wäre zweifellos noch immer mit dem Versuch beschäftigt, ihn in eine ihrer niedlichen Schubladen zu pressen.

Raven trank in aller Ruhe seinen leider erkalteten Kaffee aus, lehnte sich so entspannt wie möglich auf der unbequemen Bank zurück und wartete auf das Ende dieser lahmen Vorlesung. Und er konnte es in der Tat noch weniger erwarten, als er das Nicken seiner Sitznachbarin registrierte, als sie sich schließlich in ihrem unausweichlichen Schicksal ergab. Perfekt.

Liliana schwirrte der Kopf! Sie wusste nicht wirklich, was sie von der ganzen Aktion hier halten sollte. Nicht nur, dass Raven einfach in der Vorlesung auftauchte, als wäre nie etwas geschehen. Als hätte er sie nie in ihrem eigenen Zimmer überfallen und gefesselt und mit einer verdammten Waffe bedroht! Und als wäre das allein noch nicht verrückt genug, konnte er sich sogar eine absurd intellektuelle Unterhaltung mit Professor Carter aus dem Ärmel schütteln, obwohl er sie nur Sekunden zuvor schon wieder bedroht hatte!

Und mir krankerweise auch noch einen Job angeboten hat, beharrte ihr Verstand, als sie mehr oder weniger protestlos zuließ, dass ihr verrückt gewordener Kommilitone sie aus dem Hörsaal bugsierte.

Ravens Griff um ihren Ellenbogen war fest, als er sie vor sich her die Stufen hochtrieb, ohne auch nur die geringste Emotion dabei zu zeigen. Er lächelte, aber seine dunkelbraunen Augen blitzten bedrohlich kalt zu ihr hinunter, als es wagte, ihn über ihre Schulter hinweg anzusehen.

Ihre Finger krallten sich um den Henkel ihrer Tasche. Er hatte ihr gerade genug Zeit gelassen, ihren Kram wieder einzuräumen. Und nun hatte sie nicht mehr die geringste Chance, ihm zu entkommen.

»Was hast du vor?«, zischte sie ihm zu, als sie die Halle betraten. Ihre Stimme zitterte, aber daran ließ sich wohl so schnell nichts ändern. »Lass mich los! Ich komme freiwillig mit!«

Raven antwortete nicht. Er lachte nur, als hätte sie einen Witz erzählt. Dabei zog sich ihr Magen mehr und mehr zusammen und ihr war nicht wirklich danach zu Mute, tatsächlich einen Kaffee mit ihm zu trinken. Etwas, das er ohnehin nicht vorzuhaben schien. Wahrscheinlich hatte er nicht eine Sekunde lang beabsichtigt, in den Coffeeshop neben der Bibliothek zu gehen, der um diese Uhrzeit eh immer überfüllt war.

Die Unihalle war brechend voll. Sie schlängelten sich zwischen den Studenten hindurch, von denen ihnen keiner Beachtung schenkte, dabei hätte Lil am liebsten nach Hilfe geschrien, auch wenn ihr das ein kleines bisschen albern vorkam. Immerhin war das hier immer noch die Uni - und kein dunkler einsamer Hinterhof, bei dem ihr niemand hätte helfen können, oder?

Er bestätigte ihre vage Vermutung, indem er sie einfach am Coffeeshop vorbei auf die Bibliothek der Fakultät für Physik zuschob. Die automatischen Flügeltüren sprangen auf, bevor sie ihrer Verwirrung Ausdruck verleihen konnte und dann war es eh zu spät. In allen Bibliotheken auf dem Campusgelände durfte man sich maximal im Flüsterton unterhalten und Lil hatte zu viel Angst davor, ihre Stimme könnte sich einfach hysterisch überschlagen, wenn sie den Mund aufmachte.

Trotzdem schlotterten ihre Knie. Trotzdem schlug ihr das Herz bis zum Hals. Und trotzdem hörte sie ihr eigenes Blut in ihren Ohren rauschen. Vor lauter nervöser Angst waren ihre Handflächen ganz schwitzig, auch wenn ein Teil ihres Verstandes nach wie vor darauf beharrte, dass Raven ihr in der Uni nichts tun würde. Immerhin waren sie hier nicht allein und sie müsste nur schreien und sofort würde jemand angerannt kommen und -

»Bis ganz zum Ende«, knurrte er ihr leise zu, ohne seinen schraubstockartigen Griff zu lockern. Ihr Arm fühlte sich bereits taub an, aber das schien ihn nicht einmal zu kratzen.

Liliana war noch nie in der Bibliothek für die Physiker gewesen. Wozu auch? Sie studierte schließlich Psychologie im Hauptfach und musste lediglich hin und wieder einen Abstecher in die Abteilung der Literaturwissenschaftler machen. Wenn sie etwas für ihren Zusatzkurs in englischer Literatur recherchieren musste, den sie eh nur gewählt hatte, damit sie sich zwei Stunden länger pro Woche hier auf dem Campus aufhalten konnte. Um nicht -

»Hey, pennst du? Geh weiter!« Ihr gestörter Kommilitone stieß sie unsanft mit dem Ellenbogen in den Rücken. Sie hatte nicht einmal bemerkt, dass sie wie angewurzelt stehen geblieben war. »Los, Prinzessin. Meine Zeit ist kostbar.«

»Warum verschwendest du sie dann mit mir?«, presste sie hervor, während ihr das Herz immer mehr in die Hose rutschte, weil sie sehr *wohl* sah, in was für eine verdammt dunkle Ecke er sie gerade bringen wollte.

»Sagte ich schon«, knurrte er wesentlich ungehaltener und drängte sie vorwärts an den letzten beiden Regalreihen vorbei in die fensterlose düstere Ecke, in der ein Haufen Kartons mit ausrangierten Büchern herumstand.

Kein Mensch war in ihrer Nähe und niemand hatte sie auf dem Weg hierher nennenswert beachtet. Jedenfalls nicht über das Maß geringfügiger Neugier hinaus, weil man verdammt noch mal *allen* Studenten schon ab dem zweiten Grundsemester die Fachrichtung an der Nasenspitze ablesen konnte! Selbst Lil mit ihren ausgetragenen Klamotten bildete da vermutlich keine Ausnahme. Von Raven ganz zu schweigen, der in seinen üblichen Designerklamotten und den scheißteuren Armani-Schuhen nun wirklich nicht wie ein typischer Nerd aussah.

»H- hilf mir auf die Sprünge!«, konterte Lil wesentlich mutiger, als ihr zu Mute war. Sie schickte ein Stoßgebet in den Himmel, dass ihr ihre Aufmüpfigkeit nicht noch zum Verhängnis wurde. Erst recht jetzt nicht!

»Ein Job«, sagte er ungerührt und ließ sie endlich los.

Liliana stolperte einen Schritt vor und konnte nicht verhindern, dass ihr ein erleichtertes Seufzen entwich, als der Schmerz in ihrem Arm endlich nachließ.

Raven grinste sie an. »Ich dachte, du hältst es aus, wenn man dich etwas gröber anfasst. Müsstest du bei deinem Alten doch gewohnt sein, oder?«

Bevor sie auch nur den Mund aufbekam, schoss ihr das Blut ins Gesicht und ihr wurde so heiß, dass sie glaubte, vor Scham und Wut schmelzen zu müssen. »Was bildest du dir eigentlich ein? Erst brichst du in mein Haus ein und bedrohst mich mit einer verdammten Pistole und dann -«

Weiter kam sie nicht. Ihre Stimme überschlug sich tatsächlich und sie war mit jedem Wort lauter und wütender geworden. Zu laut für Raven, der ihr blitzschnell seine Hand vor den Mund schlug, um sie zum Schweigen zu bringen.

»Psst, Prinzessin. Wir wollen doch keine ungebetenen Lauscher anlocken. Die Wände in der Uni haben Ohren, wusstest du das nicht?« Er lachte leise an ihr Ohr. Seine freie Hand schob sich über ihren Unterarm, bis er ihr den Henkel der Tasche entriss und sie auf den Boden schmiss.

Liliana schmeckte Blut. Weil er seine Hand so fest auf ihren Mund geschlagen hatte, hatte sie sich auf die Zunge gebissen. Schmerzhaft und widerlich. Sie hasste den Geschmack von Blut!

»Kann ich dich jetzt wieder loslassen, ohne dass du noch einmal so einen dummen Ausraster bekommst?«, fragte er in derselben Tonlage, in der er Professor Carters Vorlesung vorhin gesprengt hatte. Als wäre all das hier nur ein Spiel für ihn.

Trotzdem nickte sie und kniff die Augen zusammen, wünschte sich aber inständig, sein überheblicher Schwanz würde ihm auf der Stelle abfaulen! Sie war so angespannt und verkrampft, dass sie das Gefühl hatte, nicht einmal atmen zu können. Vor Erleichterung gaben ihre Knie nach, als er sie endlich losließ und sie musste sich am alten Buchregal festhalten, um nicht einfach umzukippen.

»Was willst du von mir?«, fragte sie leise und war sich dieses Mal sicher, dass sie die Panik nicht aus ihrer Stimme fernhalten konnte. Etwas, das Raven nicht mehr als ein müdes Lächeln entlockte. Natürlich. Wichser!

Er stand einfach vor ihr, grinste sie an und verschränkte die Arme vor der Brust, als wollte er der ganzen absurden Situation noch die Krone des Unmöglichen auf den Kopf setzen. Dabei ließ er seinen Blick auf dieselbe Weise an ihr hinunterwandern wie gestern Nacht!

Eine Gänsehaut kroch über Lilianas Rücken, aber sie widerstand dem dringenden Bedürfnis danach, sich zu schütteln. Diese Genugtuung wollte sie ihm nicht auch noch geben. Erst recht nicht, weil sie sehr wohl die mehr oder weniger unverblümte Gier in seinen Augen sah. Als betrachtete er ein wundervolles neues Spielzeug, bei dem er es kaum erwarten konnte, es zu benutzen. Mist!

»Du«, setzte er schließlich an und zeigte mit dem Finger auf sie, ohne seine Arme runterzunehmen, »brauchst Geld. Und zwar dringend, nicht wahr? Das war mir gestern Abend schon klar, aber ich habe mich ein bisschen nach dir umgehört. Ich musste nicht lange suchen.«

Ihre Augen weiteten sich, aber sie reagierte nicht und zwang sich, ruhig stehenzubleiben. »Warum?«

Er zuckte gelassen mit den Schultern, bevor er antwortete: »Neugier. Wie gesagt - der Name deines Vaters ist mir durchaus ein Begriff. Ich habe ein - zwei meiner Kontakte spielen lassen und es war wirklich nicht schwer, herauszufinden, was bei euch in der Familie schiefgelaufen ist.«

»Und das wäre?«, fragte sie und die Wut kehrte allmählich in ihren Magen zurück. Eine unschöne Mischung aus Furcht und Zorn - genau wie gestern Abend! Mit dem einzigen Unterschied, dass er heute nicht mir seiner Knarre auf sie zielte.

»Bleib locker, Prinzessin. Da das Drama mit deinem sauberen Vater ohnehin durch die Medien gegangen ist, wirst du mir das wohl kaum verübeln können, oder? Ich wollte nur wissen, wieso du nicht abhaust und einfach dein eigenes Ding machst. Du könntest deinen Namen ändern und niemand würde dich je wieder in Verbindung mit einem stadtbekannten Dealer bringen, der auch noch unter Mordverdacht steht. Stell dir mal meine Überraschung vor, als ich den Grund dafür herausgefunden habe.«

»Wie schön, dass du dich amüsierst«, presste sie hervor und schüttelte angewidert den Kopf. Die Fäuste ballte sie so fest, dass ihre Nägel schmerzhaft in ihre Handballen drückten. Am liebsten hätte sie ihrem feinen Kommilitonen den Arsch aufgerissen! »Lass meine Familie da raus, kapiert? Das geht dich einen Scheiß an! Und wage es nicht, mich für dumm -«

Bevor sie den Satz beenden konnte, brach Raven erneut in Gelächter aus. »Schätzchen, du bist sicher alles Mögliche. Aber dumm bestimmt nicht. Ich würde nie auf die Idee kommen, mich in dieser Hinsicht über dich lustig zu machen. Aber bitte. Du willst nicht über deine Familiengeschichte reden? Kein Problem für mich. Kann ich mit leben. Dann reden wir stattdessen lieber darüber, wie es ab jetzt weitergeht, was meinst du?«

Liliana würgte einen gigantischen Kloß aus Verachtung und Zorn hinunter, bevor sie ihm den bösesten Blick zuwarf, zu dem sie augenblicklich fähig war. Sie hoffte, dass sie dadurch nicht aussah wie eine durchgeknallte Irre, die kurz davor war, Amok zu laufen.

»Also schön«, sagte sie leise, als sie sicher war, sich wieder weit genug unter Kontrolle zu haben. Sie ignorierte ihre Angst so gut sie konnte. »Du hast recht. Ich brauche Geld. Und zwar eine Menge. Allerdings bezweifel ich, dass jemand wie du dazu in der Lage ist, mir ausgerechnet dabei zu helfen. Und selbst wenn«, fügte sie schnell hinzu und hob wütend die Hand, als sie sah, dass er sie abermals unterbrechen wollte, »du mir einen Job anbieten solltest, mit dem ich genug Geld verdienen könnte, um mich vorzeitig aus meiner - Lage - zu befreien ... Was springt für dich dabei heraus?«

Ravens Grinsen wurde immerhin deutlich reservierter, bevor er ihr antwortete. Ein Teil von ihr ahnte, dass er sie belügen würde, aber das musste sie in Kauf nehmen. Besser, als gar keine Antwort zu bekommen.

»Dasselbe. Nur wesentlich mehr davon. Oder was denkst du, wieso ich das sonst machen würde, hm? Ich denke, ich könnte jemanden wie dich gut gebrauchen. Du bist intelligent, nicht auf den Mund gefallen und kennst dich dank deiner wunderbaren Familie gut genug damit aus, wie das Leben außerhalb des schönen glitzernden Scheins abläuft, den diese stinkende Stadt aller Welt präsentiert. Und genau das ist es, was ich will! Ich brauche jemanden wie dich, ganz einfach.« Er zuckte ungerührt mit den Schultern und Lil klappte die Kinnlade herunter und sie wusste verdammt noch mal nicht einmal wieso! Das war völlig absurd!

»Okay«, begann sie langsam und wesentlich vorsichtiger als vorhin. »Verstehe ich das gerade richtig? Du brauchst mich für - was? Ich kann dir nicht folgen, Raven.«

So viel zu meiner angeblichen Intelligenz. Super. Oh, Mädchen -

»Als Ablenkung natürlich, wofür sonst.« Raven schüttelte sichtlich amüsiert den Kopf. »Es ist natürlich besser für dich, wenn du dein hübsches Mundwerk hältst und mir nicht allzu viele Fragen stellst. Ich werde dir also nur das sagen, was du unbedingt wissen musst, wenn du einwilligst. Wir stecken dich in ein paar ansehnlichere Klamotten, damit du nicht auffällst, pimpen dich ein bisschen auf und voilà - keiner erkennt dich wieder. Und Sorgen um deinen Ruf wirst du dir wohl keine machen müssen. Das haben andere ja bereits für dich getan.«

Lil starrte ihn bei diesen unverfroren dreisten Worten fassungslos an und war so unendlich wütend, dass sie am liebsten explodiert wäre. Einen Augenblick lang blieb ihr tatsächlich die Spucke weg, aber dann wirbelte sie herum und wollte sich ohne ein weiteres Wort einfach umdrehen und aus der verfluchten Streberbibliothek verschwinden. Was bildete dieser Kerl sich eigentlich ein? Wie dreist und frech konnte man denn sein?

Verdammt! Sie würde einen Teufel tun und auch nur einen Finger für diesen Wichser krumm machen! Und wenn er glaubte, sie auf diese Art und Weise dazu bringen zu können, ihn zu -

»Stop, Prinzessin«, knurrte er deutlich weniger gelassen als zuvor und packte im selben Augenblick ihr Handgelenk, um sie daran zu hindern, einfach davonzurauschen.

Liliana schnappte nach Luft und versuchte sofort sich loszureißen, aber Raven war unerbittlich. Er riss sie zurück und sie prallte mit der Schulter gegen den Feuerlöscher an der Wand, bevor abermals sämtliche Luft aus ihren Lungen gepresst wurde, weil er seinen Unterarm gegen ihre Kehle drängte und sie plötzlich überhaupt nicht mehr atmen konnte. Panisch kniff sie die Augen zusammen und fing an zu zappeln, doch es nützte nichts.

Der Schmerz in ihrer Schulter wurde von dröhnenden Kopfschmerzen und dem Brennen in ihrer Kehle abgelöst, weil sie es nicht schaffte, seinen Arm auch nur ein Stückchen wegzuziehen. Sie spürte, wie ihr Schweißperlen auf die Stirn traten, weil sie panische Angst davor bekam, dass er sie einfach erwürgen würde!

Verdammte Sch-

»Beruhig dich!«, befahl er und starrte aus verengten Augen eiskalt auf sie herunter. »Dann lasse ich dich los. Aber wage es nicht einfach abzuhauen, bevor wir hier fertig sind, kapiert?«

Aus lauter Verzweiflung nickte sie so gut sie konnte und sog gierig den Sauerstoff ein, als er sie endlich losließ! Keuchend stand sie vor ihm, unfähig auch nur einen klaren Gedanken zu fassen. Sie war kurz davor in Tränen auszubrechen, drängte sie aber mit aller Macht zurück. Diese Genugtuung wollte sie ihm nicht auch noch geben. Es war schlimm genug, dass sie ihm rein gar nichts entgegenzusetzen hatte! Er konnte tatsächlich einfach mit ihr machen, was er wollte und spätestens jetzt wussten sie das beide.

»D- du bist ja gemeingefährlich!« Sie kniff die Augen zu und wollte ihr kochend heißes Gesicht abwenden, um ihn nicht eine Sekunde länger ansehen zu müssen, aber er war beharrlich.

Raven umfasste ihr Kinn mit seinen Fingern und hinderte sie so daran, ihm auszuweichen. »Ganz richtig«, sagte er mit einem derart bedrohlichen Unterton in der Stimme, dass ein eiskalter Schauer über ihren ganzen Körper jagte. Und gleichzeitig setzte die gleiche Reaktion ihrer außer Kontrolle geratenen Hormone ein, wie gestern Nacht: Sie *stand* darauf, diesen Ausdruck in seinen Augen zu sehen.

Das war dermaßen abartig und krank, dass sie das leise Wimmern nicht unterdrücken konnte und er den Moment für sich nutzte, seine andere Hand an ihre Wange zu legen und so zärtlich darüber zu streicheln, dass sie anfing zu zittern.

Bei allen Heiligen - lass es ihn nicht merken!

»Okay, Prinzessin. Noch mal zurück auf Anfang.« Er legte den Kopf schief und endlich verschwand das eiskalte Blitzen aus seinem Blick. Etwas jedenfalls. »Dieser Deal könnte für uns beide sehr vorteilhaft sein. Und wenn du deine kindische Aversion gegen mich kurz beiseiteschieben könntest, würde dir das sicher auch klar werden.«

Er fuhr fort, ihre Wange zu streicheln, während Lil förmlich vor Hitze zerfloss und rein gar nichts dagegen unternehmen konnte. Sie schämte und hasste sich für diese Reaktion, aber noch mehr hasste sie ihn, weil er sie erst dazu brachte!

»Du begleitest mich auf meinen Touren und sorgst dafür, dass niemand mir mehr Aufmerksamkeit schenkt als unbedingt nötig. Nichts Wildes, versprochen. Du sollst ja nicht an irgendwelchen Orgien teilnehmen.«

Das Grinsen wurde so breit, dass kein Zweifel daran übrig blieb, dass er haargenau wusste, was in ihr vorging. Vielleicht sogar besser als sie selbst.

»Ich gestehe, dass ich zu diesem Zeitpunkt noch nicht mit Sicherheit dafür garantieren kann, dass dir dort nichts passiert. Oder, dass dir keiner an die Wäsche will, wenn wir dich erstmal in einen vernünftigen Zustand gebracht haben. Ich meine, ich würde es wahrscheinlich wollen. Wieso dann nicht auch andere Kerle, hm?«

Als wollte er seine Worte möglichst gestenreich und zur Vergrößerung ihres Entsetzens untermalen, löste er seine Finger von ihrer Wange und fuhr damit langsam abwärts. Über ihren Hals, zum hochgeschlossenen Kragen ihres T-Shirts und noch tiefer, bis er erst ihre Brust streifte und seine Hand schließlich seitlich unter den Saum schob. Sie zuckte zusammen, als sie seine warme Hand an ihrem nackten Bauch fühlte, und wünschte sich in diesem Augenblick nichts mehr, als dass sich ein schwarzes Loch unter ihren Füßen auftun und sie verschlingen würde.

Aber selbstverständlich geschah das nicht. Liliana blieb nichts anderes übrig, als sich von Raven betatschen zu lassen, ohne dass er tatsächlich sonderlich forsch oder ordinär vorging. Etwas, das er wesentlich besser zu wissen schien als sie. Sie hörte, dass er leise lachte, bevor er ihr in die Augen sah, als wäre nie etwas gewesen.

»Aber du bist ein cleveres Mädchen. Ich denke, du wirst in der Lage sein, ganz allein auf dich aufzupassen.«

»Wovon redest du da?«, quetschte sie zwischen ihren fest zusammengebissenen Zähnen hindurch und schluckte schwer, weil sie das Gefühl hatte, allein durch seinen Geruch schon hypnotisiert zu werden. Sie hoffte inständig, dass er sie endlich wieder losließ, wenn er merkte, dass sie aufhörte, sich zu wehren.

»Kennst du den Käfig?«, fragte er lächelnd und verstärkte für einen Sekundenbruchteil seinen Griff an ihrer Taille.

Lil nickte schwach. »Der Club im Osten der Stadt.«

»Genau. Wir besuchen den Schuppen zwei- bis dreimal die Woche, damit ich dort meine Geschäfte abwickeln kann. Du wirst mich begleiten, ein bisschen mit deinem hübschen Hintern wackeln und die neugierigen Blicke anderer Leute auf dich lenken. Im Gegenzug beteilige ich dich an meinem Gewinn.«

»G- Gewinn von was?« Sein verdammter Atem auf ihrem Gesicht trieb sie in den Wahnsinn!

»Poker, Prinzessin. Kennst du doch sicher, oder?« Raven lachte erneut auf.

»Wie viel?«

Der leicht spöttische Zug um seine Mundwinkel entging ihr keinesfalls. Teufel - nichts an seinem perfekten Gesicht entging ihr, das ebenso gut jede beliebige Titelseite eines Männermagazins hätte zieren können!

»Zwanzig Prozent«, erwiderte er mehr oder weniger belustigt. »Durchaus fair, wenn man bedenkt, dass ich ja die meiste Arbeit mache, richtig?«

»Die Hälfte!«, antwortete sie umgehend und wusste nicht einmal, woher der durchaus riskante Mut plötzlich kam, der ihre Zunge endlich von ihrem Gaumen löste.

Ravens Augenbrauen wanderten hoch an seine Stirn, bevor er den Kopf schüttelte. »Bist du sicher, dass du in der Position zum Verhandeln bist, Prinzessin? Aber gut. Handeln wir. Du bekommst fünfundzwanzig Prozent. Ich will mal nicht so sein.«

»Vierzig! Das ist mein letztes Wort. Oder du kannst dir eine andere Dumme für deine Spielchen suchen!« Lilianas Fingerspitzen kribbelten unangenehm und ihre Handballen brannten wie Feuer, weil sie die Nägel schon wieder tief in ihre Haut schlug. Dennoch gelang es ihr irgendwie, ihrem völlig gestörten Kommilitonen trotzig ins Gesicht zu sehen.

»Vierzig? Und was noch?« Das Grinsen nahm unerträgliche Ausmaße an, als er seinen Blick mit sichtlichem Genuss und möglichst langsam an ihr hinunterwandern ließ.

Warum zur Hölle hört er nicht damit auf, verdammt!, schoss es ihr in den Sinn und sie hielt unwillkürlich den Atem an. *Kein Kerl beachtet mich und jetzt -*

»Hm, wir werden sehen.« Als hätte Raven ihre Gedanken schon wieder erraten, ließ er sie endlich los und trat sogar einen Schritt zurück. Trotzdem konnte sie nicht verhindern, dass sie völlig entgeistert auf die ausgestreckte Hand starrte, die er ihr hinhielt, um den Deal zu besiegeln. »Vierzig Prozent. Unter Vorbehalt, Prinzessin. Bist du dabei?«

Lil zögerte und würgte den Kloß in ihrem Hals hinunter, bevor sie ohne allzu lange darüber nachzudenken nickte und seine Hand ergriff. Aberwitzig und vollkommen verrückt! Trotzdem - tat sie es.

»Ich bin dabei!« *Und nachher rolle ich mich in meinem Bett zusammen und heule. Super!*

»Gut. Wie viele Kurse hast du heute noch?«

»Einen, wieso?«, fragte sie leicht verwirrt und spürte, dass das Blut allmählich aus ihrem Kopf zurück in den Rest ihres steifen Körpers floss. Wenigstens etwas, damit sie nicht einfach umkippte wie ein nasser Sack, weil sie so aufgewühlt war und wahrscheinlich auch unter Schock stand. Wieso sonst hätte sie das gerade zulassen können ...

»Ich auch. Danach fahren wir in die Mall und kaufen dir ein paar ordentliche Klamotten. Das ist ja nicht zum Aushalten. Sieh es als Vorschuss Prinzessin. Ich warte nachher vor Hörsaal 4 auf dich. Bis dann.«

Damit drehte Raven sich um und marschierte mit den Händen in den Hosentaschen davon; seinen Rucksack lässig über die Schulter geschwungen, als wäre nie etwas passiert. Als hätte er Lil nicht schon wieder - völlig aus der Bahn geworfen.

Ungläubig und absolut unfähig, einen klaren Gedanken zu fassen, starrte Liliana ihm nach. Und sie hatte nicht die geringste Ahnung, auf was sie sich eigentlich gerade eingelassen hatte. Aber ein lauter werdendes Stimmchen in ihrem Kopf hämmerte ihr stetig ein, dass sie gerade den größten Fehler ihres Lebens gemacht hatte. Dass sie sich auf einen Pakt mit dem Teufel selbst eingelassen hatte. Mit einem verrückten, irren und völlig gestörten Geisteskranken, der blöderweise der heißeste Geisteskranke war, der ihr je begegnet war!

Mist!

Sie ignorierte ihr Gewissen. Und setzte sich in Bewegung, um nicht zu spät zu ihrer Klausur zu kommen. Durchfallen - war schließlich immer noch keine Option. Auch wenn es sich gerade anfühlte, als hätte sie ihre Seele an den Teufel persönlich verkauft.

Ungeduldig wippte Raven mit dem Fuß auf und ab. Er wartete in der Halle neben dem Kaffeeautomaten, beobachtete den Strom der aus den Hörsälen kommenden Studenten. Und er versuchte angestrengt, sie in dem ganzen Durcheinander auszumachen. Er hoffte, dass sie nicht auf die dumme Idee kam, sie könnte ihm einfach entwischen. Aber das Prinzesschen war schlau. Sie wussten sicher beide, dass ihr das nichts nutzen würde. Außerdem hatte sie in den Handel eingewilligt.

Liliana Crane. Tochter eines stadtbekannten Dealers und vermutlichen Mörders einer Nutte, die vor ein paar Monaten in ihrem Wohnwagen im Trailerpark am Stadtrand tot aufgefunden worden war.

Normalerweise gab Raven nicht allzu viel auf Gerüchte. Er machte sich lieber selbst ein Bild von der Lage. Und genau das hatte er in der Zwischenzeit schließlich gründlich getan.

Bedauerlicherweise deutete tatsächlich alles darauf hin, dass Thomas Crane - besagter drogendealender Scheißhaufen auf zwei Beinen - die Kleine gekillt hatte. Ob absichtlich oder aus purer Dummheit, konnte Raven nicht sagen. Aber das spielte auch keine Rolle. Denn sobald das entsprechende Gerichtsverfahren in die Wege geleitet wurde, würde der saubere Dad der hübschen Prinzessin für sehr sehr lange Zeit hinter schwedischen Gardinen verschwinden. Höchst bedauerlich. Schließlich hatte Raven darauf spekuliert, die Kontakte des Spinners für seine Zwecke nutzen zu können, sobald er die Tochter dazu gebracht hatte, dass sie ihm aus der Hand fraß. Schlägertypen und die ganz bösen Jungs wären vielleicht auf anderer Ebene ebenso hilfreich, wie die subtilere Variante, die er gerade einschlug.

Im Augenblick nicht zu ändern, aber Crane war nicht der einzige Scheißkerl in der Stadt, der sich mit diesen Typen abgab. Es würde sicher Alternativen geben.

Wenigstens das aus der Hand fressen würde nicht allzu lange dauern, stellte er grinsend fest, als er ihren blonden Kopf durch die Menge auf sich zukommen sah. Obwohl sie nicht gerade groß war und ihm nur bis zur Schulter reichte, hatte er sie sofort erkannt. Ihr Gesicht war schon wieder knallrot. Und verkniffen, aber das wunderte ihn nicht. Er fragte sich, ob sie wegen der anhaltenden Hitzewelle so kurzatmig war, oder ob er möglicherweise der Grund dafür sein könnte. Er hoffte auf Letzteres, ließ sich aber nichts anmerken.

»Da bist du ja endlich. Ich steh mir hier die Beine in den Bauch und du säufst entspannt Kaffee. In der Zeit hätte ich drei Mädels flachlegen können. Gleichzeitig - oder nacheinander. Also wirklich«, sagte er grinsend, als sie sich zwischen einer kleineren Gruppe Studenten hindurchzwängte und schließlich mehr oder weniger dicht vor ihm stehenblieb. Ihr Gesicht nahm umgehend einen noch dunkleren Farbton an. Zu niedlich.

»Ich spare mir meinen Kommentar wohl besser«, zischte sie wesentlich angriffslustiger, als noch vor zwei Stunden. »Was Freud oder Jung zu deinen perversen Fantasien gesagt hätten, weißt du schließlich selbst!«

»Oho. So angepisst? Und was bitte ist daran pervers? Darf ich dich daran erinnern, dass der Begriff Perversion längst durch das viel netter klingende Wort Paraphilie ersetzt wurde, Prinzessin?«

Das amüsierte Grinsen wurde breiter, als sie die Stirn runzelte und ihn tatsächlich ziemlich entgeistert anstarrte. Er konnte der Versuchung, sie aufzuziehen, einfach nicht widerstehen. Wenn sie ihm auch schon solche Vorlagen bot, war sie einfach selbst schuld.

»Und soll ich dir noch was verraten? Nach dem aktuellen Forschungsstand befinde ich mich nicht einmal in der *Nähe* einer gestörten Sexualpräferenz, nur weil ich es unendlich genießen würde, dir dein vorlautes Mundwerk zu stopfen, bevor ich ausgiebig deinen Hintern versohle.«

»M- meinen -«

Leider ließ sie ihn über den Rest des Satzes im Unklaren, weil sie den Mund so schnell wieder zuklappte, wie ihre Kinnlade zuvor heruntergefallen war. Stattdessen starrte sie ihn so böse an, dass er wahrscheinlich einfach tot umgefallen wäre, wenn Blicke tatsächlich töten könnten.

»Was ein Sadist ist, *weißt* du doch schließlich, oder?« Lächelnd griff er nach dem braunen Pappbecher, den sie nicht annähernd so fest umklammerte, wie es aussah. Er ignorierte die Tatsache, dass sie ihren Kaffee offenbar mit Milch bevorzugte, und trank einen Schluck der lauwarmen Brühe, ohne sie aus den Augen zu lassen.

Raven ging jede Wette ein, dass sich in ihrem Köpfchen gerade allerhand interessanter Bilder breitmachten. Er hoffte es sehr!

»D- du hast sie nicht mehr alle!«, rief sie schließlich, als hätte sie sich urplötzlich wieder im Griff und riss ihm den Becher wieder aus der Hand. »Hör auf mit dieser Scheiße, oder unser bescheuerter Deal platzt, kapiert?«

Raven lachte leise, beschloss dann aber, sich weitere Kommentare für einen späteren Zeitpunkt aufzusparen. Bedauerlicherweise wurde es in der Halle nämlich mit jeder Minute voller. Die Mittagsvorlesungen würden in ein paar Minuten beginnen. Höchste Zeit, sich ums Geschäftliche zu kümmern. Und wenn er sein widerspenstiges Prinzesschen erst einmal dazu gebracht hatte, die Umstände zu akzeptieren, würde sie früher oder später eh von ganz allein mit ihm vögeln wollen.

Er konnte es jedenfalls kaum erwarten, sie endlich in anderen Klamotten zu sehen. Das heizte seine Fantasie sicherlich noch ein bisschen mehr an und würde es leichter machen, sie als genau das sexy Kätzchen zu sehen, von dem er in der letzten Nacht nur eine ungefähre Vorstellung bekommen hatte. Ihre schlanke zierliche Figur, die makellose Haut, der perfekte Arsch ...

Nur mit ihren Brüsten müssen wir irgendwas machen, überlegte er und ließ seinen Blick abermals über seine Kommilitonin wandern, ohne sich die Mühe zu machen, es vor ihr zu verstecken. *Push-Up. Oder eine OP. Die Dinger sind etwas winzig ...*

»Gleich kratze ich dir deine Glotzaugen aus, wenn du nicht damit aufhörst!« Mit einem mehr als abfälligen Blick drehte sie sich um und stolzierte zwischen den anderen Studenten hindurch auf den Hautpeingang der Uni zu. »Beeil dich endlich, ich habe nicht ewig Zeit! Im Gegensatz zu dir habe ich einen richtigen Job, bei dem ich nicht unpünktlich sein darf!«, rief sie ihm über ihre Schulter hinweg zu, als er ihr nachsetzte.

»Meinst du den Job in der stinkenden Kneipe an der Iowa-Street? Den solltest du kündigen. Bei mir verdienst du bedeutend mehr Kohle.« Mit den Händen in den Hosentaschen schloss er zu ihr auf und verließ das Unigebäude vor ihr, ohne sich die Mühe zu machen, ihr die Tür aufzuhalten.

Offenbar hatte er genau das Falsche gesagt. Liliana blieb wie angewurzelt hinter ihm stehen und rührte sich nicht einmal, als sie irgendein Student von hinten beinahe umrempelte, weil sie urplötzlich mit dem Boden verwachsen war. Mit hochgezogenen Augenbrauen blieb er stehen und drehte sich zu ihr um. Die Lippen zu einem dünnen Strich zusammengepresst starrte sie ihn an, ohne einen Ton zu sagen.

»Was ist?«, fragte er ungeduldig, doch sie rührte sich einfach nicht.

»Die Bar hat meiner Mom gehört«, antwortete sie so leise, dass er sie kaum verstand.

Plötzlich nahm ihr Gesicht einen ziemlich gequälten Ausdruck an, aber irgendwie hatte Raven nicht das Gefühl, dass es an seinem Spruch lag. Seltsam ... Ihre Reaktion machte ihn immerhin hinreichend neugierig, um sie auffordernd anzustarren.

»Ich dachte, du weißt so gut über mich Bescheid«, giftete sie und riss sich wohl weit genug aus ihrer Starre, um sich wieder in Bewegung zu setzen. »Egal. Geht dich nichts an!«

Ohne weiteres Wort rauschte sie an ihm vorbei und schien nicht im Entferntesten vorzuhaben, ihm eine weitere Erklärung für ihr schräges Verhalten zu geben. Anscheinend hatte er einen wunden Punkt bei ihr getroffen, ohne es zu merken. Und offenbar schien sie alles andere als geneigt zu sein, darüber zu plaudern. Interessant.

»Wo werden wir hinfahren?«, fragte sie zwei Minuten später, als Raven sie zur Bushaltestelle an der Ostseite des Campus dirigiert hatte.

»Die Mall«, antwortete er reserviert lächelnd, weil es ihn tatsächlich anpisste, dass sie ihn anschwieg. Es nervte ihn, wenn man ihn ignorierte. »Andere Klamotten, schon vergessen?«

»Wozu brauche ich eigentlich andere Klamotten, hm?«, antwortete sie schnippisch und strich sich eine blonde Strähne hinter das Ohr, die aus ihrem gruseligen Zopf heraushing.

Er hasste diesen Zopf und musste sich zwingen, dem Drang das dämliche Haarband einfach herauszuziehen, nicht nachzugeben.

»Wenn ich dir nicht fein genug angezogen bin, um dich auf deine illegalen Glücksspiele zu begleiten, solltest du - he- hey!«, rief sie wütend, als er es sich eine Sekunde später doch anders überlegte und das Gummiband mehr oder weniger unsanft aus ihren Haaren zerrte.

Sofort fielen ihr die langen seidigen Wellen über die Schultern und sofort regte sich sein Schwanz ungewollt in seiner Hose, weil er sich viel zu deutlich an das Gefühl von gestern Nacht erinnerte, als er an diesen Haaren gezerrt und sie verdammt noch mal *nicht* flachgelegt hatte!

»Spinnst du? Was soll das?«

»Besser!«, antwortete er kalt, drückte ihr das Haarband in die Hand und stieg in den Bus, der praktischerweise in diesem Moment mit quietschenden Reifen an der Straße Ecke Naismith Drive hielt. Er drehte sich nicht mehr um, zweifelte aber keine Sekunde daran, dass sie sich nach ihrem ersten lächerlichen Schreck sofort in Bewegung setzen und ihm folgen würde. Zweifellos, um ihm auf der ganzen Fahrt Richtung Süden anzuzetern. Herrlich.

Genau so kam es. Aber Raven schaltete sein Hirn auf Durchzug, starrte aus dem Fenster, während Liliana sich wenig damenhaft neben ihn plumpsen ließ und er tat, als existierte sie gar nicht. Die ganzen zwanzig Minuten über. Etwas, das nur funktionierte, weil er sich zwang, an den bevorstehenden Abend zu denken. Daran, wie sie sich wohl anstellen würde und ob sie auch da einfach nicht den Mund halten könnte ...

Oh Mann! Wieso fange ich langsam an, es zu bereuen? Wahrscheinlich brauche ich sie nicht mal! Am Ende lade ich mir diese ganze Nerverei umsonst an den Hals ...

Kein schöner Gedanke, aber leider einer, mit dem er sich wohl auseinandersetzen musste. Genau wie mit der Frage, was er mit ihr anstellen würde, wenn sie sich nicht fügen konnte.

»Ich werde dir die Sachen aussuchen und du wirst sie anziehen und nicht einmal mit der Wimper zucken, verstanden, Prinzessin?«, knurrte er schließlich, als er sie durch die automatischen Flügeltüren des Einkaufcenters schob. »Heute Abend wirst du dein Make-Up ein wenig dicker auftragen müssen. Kriegst du das hin, ohne am Ende wie eine hirnlose Barbiepuppe auszusehen?«

»Für jemanden, der seine Manieren eigentlich mit dem goldenen Löffel gefressen haben müsste, bist du echt ein Kotzbrocken, weißt du das?«, antwortete sie biestig und sah für einen Moment wirklich aus, als würde sie ihm am liebsten die Augen auskratzen. »Es muss deinem Vater ja unglaublich peinlich sein, mit einem unkultivierten aggressiven Arschloch wie dir als Sohn gestraft worden zu sein! Sieht man dich deshalb nie auf irgendwelchen Wahlveranstaltungen? Ist es ihm zu peinlich, mit dir -«

Ravens Geduldsfaden riss endgültig. Er würde sich dieses Gequatsche keine Sekunde länger anhören. Bevor Liliana auch nur nach Luft schnappen konnte, griff er nach ihrem Handgelenk und zerrte sie mit einem einzigen kräftigen Ruck zu sich heran. Sie wurde herumgeschleudert und prallte mit dem Rücken gegen eine Steinsäule.

Raven genoss es unendlich, die erneut einsetzende Furcht in ihren hübschen blauen Augen zu sehen - kurz bevor er sich vorbeugte und sie ohne Vorwarnung auf den Mund küsste.

Selbstverständlich presste sie die Lippen sofort zusammen und selbstverständlich beeindruckte ihn das nicht im Geringsten. Er kniff ihr fest in den Arsch und vor lauter Überraschung keuchte sie tatsächlich auf. Der Augenblick, den er nutzte, um seine Zunge mit erbarmungsloser Härte in ihren Mund zu drängen und sie auf diese Weise dazu zu zwingen, seinen Kuss zu erwidern.

Er spürte das Zittern ihres Körpers. Ihren Widerstand. Ihren lächerlichen Versuch, die Hände gegen seine Brust zu stemmen und ihn so von sich wegzudrücken. Aber genauso intensiv nahm er die Reaktionen ihres Körpers wahr, die sie *nicht* steuern konnte. Ihre flachen stoßweisen Atemzüge. Das kaum merkliche Zittern ihrer Finger, bis sie schließlich die Schultern sinken ließ und etwas weniger verkrampft vor ihm stand. Bis hin zur nicht zu übersehenden Tatsache, dass sie diesen verdammt heißen Kuss schließlich um einiges leidenschaftlicher erwiderte, als er zu hoffen gewagt hätte. So, dass es ihn wirklich anturnte, sie zu küssen und er es allein wegen der anschwellenden Erektion in seiner viel zu engen Jeans bedauerte, sie nicht sofort flachlegen zu können.

Trotzdem gelang es ihm irgendwie, sich nach einem letzten unmissverständlichen Biss in ihre feuchte Unterlippe von ihr zu lösen. Es überraschte ihn wenig, dass sie knallrot angelaufen war und ziemlich flach atmete. Außerdem klappte sie endlich den Mund zu und starrte ihn nur völlig entgeistert an, ohne einen Ton hervorbringen zu können. Gut. Dann hatte er damit immerhin das erreicht, was er wollte: Sie endlich zum Schweigen zu bringen!

»Halt - den Mund, Prinzessin!«, presste er um einiges mühsamer hervor, als er gedacht hätte, und strich ihr die Haare so sanft hinter die Ohren, dass sie wieder anfing zu zittern. »Halt den Mund oder ich schwöre dir - ich werde keinerlei Hemmungen haben, dich hier mitten in der Öffentlichkeit flachzulegen, kapiert?«

Lilianas Augen weiteten sich vor Schreck, aber sie nickte schnell, ohne zu antworten.

»Gut! Und jetzt hör endlich auf, mich zu reizen! Wir hatten eine Abmachung, oder?«

Sie nickte erneut, schien aber mehr als glücklich darüber zu sein, dass er sie losließ und einen Schritt zurücktrat. Trotzdem hätte er seinen Wagen und sein Motorrad darauf verwettet, dass das Prinzesschen neben ihrer offensichtlichen Furcht vor ihm mindestens so erregt war wie er selbst. Vielleicht würde es sogar bedeutend einfacher werden, sie ins Bett zu kriegen, als er gehofft hatte.

Irgendwie gelang es Raven, sich ohne ein weiteres Wort umzudrehen, auf eines der erstbesten Geschäfte in der Nähe zuzumarschieren und dabei auch noch den Ständer zurückzudrängen, der ihm andernfalls wahrscheinlich mehr als nur einen schiefen Blick der anderen Leute in der Mall eingefangen hätte. Man musste es schließlich nicht auf die Spitze treiben ...

Die Kleine folgte ihm, ohne dass sie dafür eigens eine Aufforderung gebraucht hätte. Mit einigem Abstand zwar - aber immerhin.

Wenigstens hatte die Aktion gerade tatsächlich dafür gereicht, sie komplett sprachlos zu machen. Mit verkniffenem Gesicht und offenbar außer Stande, sich oder ihre Mimik wieder in den Griff zu bekommen, nahm sie wortlos die Sachen entgegen, die er ihr nach und nach in die Arme drückte.

Schwarze Miniröcke, tief ausgeschnittene Shirts, mit denen sie im Käfig nicht auffallen würde und diverse andere Teile, in denen sie hoffentlich mehr hermachen würde, als in ihrem Schlabberlook.

»Als Nächstes die Wäscheabteilung«, knurrte er und drängte sie ohne lange zu fackeln weiter nach hinten in den Laden. »Wir müssen was mit deinen Titten machen, damit sie in diesen Klamotten besser zur Geltung kommen!«

»Du bist echt gestört!«, murmelte sie hörbar angepisst über ihre Schulter, stellte ihren erneuten kaum ernstzunehmenden Widerstand aber schnell ein und ließ sich wieder vorwärts schieben. »Wenn dir irgendwas an meinen Brüsten nicht gefällt, ist das allein dein Problem!«

»Nein, Schätzchen«, antwortete er gelassen, »es ist unser beider Problem! Wenn sie dich nicht in den Käfig lassen, weil du zu brav aussiehst, war das ganze Theater hier umsonst! Also zick nicht rum!«

»Seit wann muss man wie eine Nutte aussehen, um da reingelassen zu werden?« Liliana funkelte ihn wütend an, drehte sich dann aber selbst zu dem Ständer mit den BHs um und zupfte wenig begeistert an ein paar davon herum.

»Wenn man in den Keller will, schon. Wusstest du das nicht?«, flüsterte er dicht an ihrem Ohr und weidete sich an ihrer umgehend einsetzenden Reaktion: Sie zuckte heftig zusammen und trat hastig einen Schritt zur Seite, als fürchtete sie, er könnte einen erneuten Übergriff auf sie planen. Dabei konnte er nicht verhindern, dass er sie in seiner Fantasie in die Umkleidekabine begleitete und dort ganz andere nette Sachen mit ihr anstellte, sobald sie erst einmal aus diesen gruseligen Klamotten raus war. Vielversprechend.

Liliana schluckte und wandte sich schnell ab, doch die verräterische Röte auf ihren Wangen konnte sie nicht verbergen. Wenn sie vielleicht nicht haargenau wusste, was sie heute Abend wirklich erwartete - sie hatte Fantasie genug, um es sich immerhin vorstellen zu können.

»Los, mach schon. Ich will hier keine Wurzeln schlagen.« Raven nickte ihr ungeduldig zu und folgte ihr schließlich zu den Umkleidekabinen, wartete aber davor. Ganz auf die Spitze treiben wollte er es schließlich auch nicht.

»Kannst du dir in der Zwischenzeit freundlicherweise eine andere Beschäftigung suchen?«, fauchte sie hinter dem Vorhang und er hörte, dass sie anfing, sich umzuziehen. »Ich hasse es, wenn man mich hetzt!«

Raven lachte leise. »Ich hetze dich nicht, Prinzessin. Wenn du dich beeilst, musst du dir absolut keine Sorgen darum machen, dass ich den Vorhang zur Seite reißen und dich eigenhändig in die Klamotten stopfen könnte.«

»Witzig!«

»War kein Witz«, antwortete Raven schulterzuckend, obwohl sie ihn und sein Grinsen ohnehin nicht sehen konnte. »Mach endlich! Ansonsten können wir gerne darüber diskutieren, was Freud und Jung über falsche Schüchternheit gesagt haben. Und darüber, wie man dieses Problem am besten behebt!«

»Ich hasse die Psychoanalyse«, murmelte sie kaum hörbar hinter dem Vorhang und schien eher mit sich selbst zu reden. »Gott! Ich *sehe* aus wie eine Nutte! Wieso tue ich mir das an«, stöhnte sie hörbar gequält, bevor Raven der Versuchung nicht länger widerstehen konnte.

Er riss den weißen Stoffvorhang weit genug zur Seite, um sich selbst ein Bild von ihrem angeblich unzumutbaren Outfit zu machen. Und wie erwartet gefiel ihm das, was er zu sehen bekam. Sehr sogar!

»Scharf«, grinste er und stieß einen leisen Pfiff aus. Proletisch, aber das störte ihn selbstverständlich wenig.

»Hättest du nicht wenigstens warten können, bis ich mir noch was anderes angezogen habe? Arschloch!«

Liliana warf ihm einen derart biestigen Blick zu, dass er sich das Lachen nur schwer verkneifen konnte. Dabei hatte sie wirklich nicht den geringsten Grund, sich zu schämen. Die schwarze Spitzenwäsche, die er ihr in die Hand gedrückt hatte, passte ihr wie angegossen. Der BH erfüllte tatsächlich seinen Zweck! In dem Ding sahen ihre Titten um einiges größer und praller aus als vorher. Der dazu passende Spitzentanga schmeichelte ihrem perfekten Arsch und ließ relativ wenig Spielraum für irgendwelche Spekulationen zu. Ein Blick in den Spiegel hinter ihr auf ihre Rückseite reichte vollkommen aus.

»Gar nicht übel, Prinzessin!«, grinste er überheblich. »Du solltest heute Abend auf dich aufpassen. Und das nicht nur wegen der anderen Kerle.«

Mit diesem Kommentar ließ er den Vorhang schweren Herzens los, erhaschte aber noch einen kurzen Blick auf ihren versteinerten Gesichtsausdruck und die verräterische Röte auf ihren Wangen. Zu niedlich.

Es würde definitiv spaßig werden, sie mitzuschleifen. Und noch spaßiger, wenn er sich ausmalte, sie nachher noch aus besagtem Rest ihrer neuen Klamotten zu schälen, den er ein paar Minuten später kommentarlos an der Kasse mit seiner Kreditkarte bezahlte. Selbstverständlich über das Konto, auf das sein Vater gnädigerweise sein ›Taschengeld‹ überwies. Und dabei stellte er sich den Blick des Alten vor, wenn er die Abrechnung nächsten Monat in der Hand hielt. Zu lustig.

Müde und vollkommen ausgelaugt starrte Lil immer wieder auf die Uhr über dem Schnapsregal der Bar. Sie gab sich Mühe, nicht allzu lustlos zu wirken, während sie mit dem schmutzigen feuchten Lappen über den Tresen wischte, die lächerlich wenigen dreckigen Biergläser abwusch und tat, als wäre alles in bester Ordnung. Als wäre das heute nur ein gewöhnlicher Tag in einer endlosen Reihe gewöhnlicher Tage, die sie damit zubrachte, *Geld* zu verdienen. In der Bar, die ihre Mom vor fast dreißig Jahren mühsam aufgebaut und bis kurz vor ihrem Tod liebevoll geführt hatte.

Und jetzt sehe man sich an, was für ein heruntergekommener Scheißhaufen daraus geworden ist. Erbärmlich!

»Hey Lil, machst'e mir noch'n Bier?« Der alte Edge Johnson rülpste ungeniert und trommelte mit seinen gelb unterlaufenen ungepflegten Nägeln auf dem Tresen herum. Hätte Lil in diesem Moment direkt vor ihm gestanden, hätte sie zweifellos seine mordsmäßige Alkoholfahne riechen können. Allein die Vorstellung der stinkenden Mischung aus Bier und altem Männerschweiß bescherte ihr einen Würgreiz, den sie nur mühsam zurückdrängen konnte.

»Hast du nicht für heute genug, Edge?«, rief sie ihrem Stammgast mit einem falschen Lächeln zu, ohne den Blick von der Uhr zu lösen.

Zwanzig Minuten noch ...

»Zick nich' rum, Lil! Mach dem Mann ein Bier!«, rief Joe ihr zu, als er sich endlich bequemte, seinen überheblichen Arsch vom Klo runter zu bewegen. Ihr Boss verbrachte seine Zeit hier liebend gern damit, stundenlang auf einem der beiden versifften Klos zu hocken und sich nebenbei Pornos auf seinem Smartphone reinzuziehen. Eine Tatsache, die Liliana lieber nicht gewusst hätte. Bedauerlicherweise schien ihr feiner Chef wenig davon zu halten, sich möglichst leise einen runterzuholen. Nein, natürlich nicht. Das musste fast jedes Mal die ganze Bar mitbekommen.

Sie unterdrückte den Ekelschauer, als sie aus dem Augenwinkel sah, wie Joe sich die nassen Pfoten mit einem ihrer Geschirrhandtücher abwischte, und ließ das Ding schließlich so unauffällig wie möglich im Mülleimer unter der Spüle verschwinden. Seine Körperflüssigkeiten womöglich aus Versehen irgendwo zu verteilen, war wirklich das letzte, was sie wollte.

Edge rülpste erneut, als Lil ihm zwei Minuten später das gewünschte Bierglas vor die Nase stellte. Mit zu viel Schwung. Ein ordentlicher Schwall der gestreckten Suppe schwappte über und hinterließ einen kleinen See auf der Theke, den sie leise fluchend beseitigte. Außer Edge, der schon zu besoffen war, um es überhaupt zu merken, hörte sie niemand.

Erneut wanderte ihr Blick zur Uhr über den unsortierten Whiskeyflaschen und ihr Magen schlug einen nervösen Purzelbaum. Ihr eindeutig übermüdeter Schädel protestierte vehement gegen die Vorstellung, sich heute noch wer weiß wie lange die Nacht um die Ohren schlagen zu müssen. Ausgerechnet mit ihrem völlig verrückten Kommilitonen Raven Rhys! Ausgerechnet in einem der angesagtesten und berüchtigtsten Clubs der ganzen Stadt! In einem Aufzug, der so ungewohnt für sie war, dass sie sich noch nicht getraut hatte, sich umzuziehen.

Verdammt! Warum hab ich Idiotin dem zugestimmt ...

Dieselbe Frage zum tausendsten Mal. Und zum tausendsten Mal rief sie sich das Geld in Erinnerung, das sie zusätzlich zu den paar Kröten hier verdienen könnte. Zusätzlich zu dem, was sie Zuhause bei Elsa abdrücken musste. Geld, das sie dringend brauchte! Zu dringend, um sich nicht auf diesen völlig haarsträubenden Deal einzulassen, ohne überhaupt eine Ahnung davon zu haben, was auf sie zukam!

Ich habe - den Verstand verloren. Das ist es. Ich habe zu lange zu wenig geschlafen. Ich bin matschig. Und durch. Und -

»Hey, penn hier nicht im Stehen ein, Liliana! Die Erdnussschalen füllen sich nicht von alleine auf!«, blaffte Joe ihr zu und schüttelte den Kopf, als redete er mit einer Schwachsinnigen. Typisch für ihn. Schließlich hielt er sich für unfehlbar und sein Ego war beinahe größer als das ihres gestörten Kommilitonen. »Manchmal siehst du echt aus wie ein Schaf, Mädchen. Ich dachte, wenn man studiert, sieht man nicht so blöd aus!«

Oh, du verdammter Bastard, dachte sie, zwang sich aber, keine Miene zu verziehen und so zu tun, als hätte sie die Beleidigung überhört. Dabei gab sie sich in ihrer Fantasie der äußerst lebhaften Vorstellung hin, ihrem Boss eine ordentliche Portion Rattengift in sein gepanschtes Bier zu kippen. Überaus verlockend.

Noch zwölf Minuten, bis ihre Schicht endete. Als sie sah, wie die beiden Männer am Tisch in der Ecke neben der Jukebox ihre Gläser leertranken und aufstanden, atmete sie erleichtert auf. Um diese Zeit würden kaum noch neue Gäste kommen. Wenn überhaupt. Nicht mitten in der Woche. Vielleicht konnte sie ein paar Minuten eher Feierabend machen und sich im vollgestellten stickigen Abstellraum umziehen, bevor Raven hier auftauchte. Er hatte gesagt, dass er sie nach ihrer Schicht ›einsammeln‹ wollte. Was auch immer das zu bedeuten hatte.

»Kann ich ein paar Minuten eher Feierabend machen?«, fragte sie gepresst, als die Männer die Bar durch die Tür verließen. Eigentlich rechnete sie nicht wirklich mit Joes Einverständnis, aber ein Versuch könnte wohl nicht schaden.

»Sag mal, wofür bezahle ich dich denn, Prinzessin, hm? Fürs Rumstehen und Löcher in die Luft starren?« Ihr Boss lachte so laut, dass selbst der inzwischen halb komatöse Edge zusammenzuckte. »Vergiss es! Räum die Gläser ein, wasch sie ab und wisch dann gefälligst die Tische ab. Du machst um elf Feierabend. Keine Minute eher!«

Gott, wie sie ihn hasste! Wenn sie gekonnt hätte, wie sie wollte, hätte sie ihm einfach die Erdnussschale vor ihrer Nase ins Gesicht geworfen! Mit etwas Glück hätte er dadurch vielleicht mehr als nur einen Nasenbeinbruch davongetragen.

Sie schloss die Augen, atmete tief durch und zwang sich, die Wut in ihrem Magen weit genug zurückzudrängen, um genau das nicht zu tun. Um sich zu beherrschen und sich in Erinnerung zu rufen, warum zur Hölle sie überhaupt hier war!

Das war doch sonst auch nicht so schwer, verdammt. Sie musste sich einfach daran erinnern, ihrer sterbenden Mutter auf ihrem Krankenbett versprochen zu haben -

»Whiskey ohne Eis, *Prinzessin*«, hörte sie eine ihr sehr wohl bekannte Stimme und erschrak so gewaltig, dass sie das nasse Glas in ihrer Hand beinahe hätte fallen lassen. Sie hatte nicht einmal mitbekommen, dass Raven reingekommen war! Er musste in dem Moment die Bar betreten haben, in dem die anderen beiden Männer hinausgegangen waren und sie damit beschäftigt gewesen war, ihrem tollen Arschlochchef *nicht* an den Hals zu springen.

Jetzt zog ihr Kommilitone einfach den Hocker direkt vor ihrer Nase zurück und setzte sich hin, ohne das überhebliche Grinsen von seinem Gesicht zu wischen.

Sekundenlang starrte Lil ihn an. Unfähig, auch nur einen Finger zu rühren. Absolut außer Stande zu reagieren. Und das tief verwurzelte Bedürfnis danach, irgendjemanden - vorzugsweise den feinen falschen Senatorensohn - zu killen, nahm exorbitante Ausmaße an.

»Sag mal hörst du schlecht, Prinzessin? Der Mann hat was bestellt! Schwing die Hufe, verdammt! Oder ich schmeiße dich achtkantig aus meiner Bar!«

Das ist ein Albtraum, dachte sie und ballte die Fäuste so fest zusammen, dass ihre Nägel tief in ihre Haut schnitten. Das Blut schoss ihr ins Gesicht, weil Raven sie verdammt noch mal beobachtete und ihm garantiert keine ihrer Bewegungen entging - genau wie Joe, der sie anscheinend ebenso wenig aus den Augen lassen wollte. Nur, dass sein Grund eindeutig anderen Ursprungs war. Schließlich wollte er nur ein weiteres Mal seine universelle Macht über sie demonstrieren und scheute sich - oh Wunder - auch jetzt nicht, das vor seiner Kundschaft zu tun. Wie so oft. Und wie so oft hatte er das dümmlich breite Grinsen im hässlichen Gesicht kleben, wie jedes Mal.

Normalerweise nahm Lil die Demütigungen und Beleidigungen kommentarlos hin. Normalerweise ließ sie sich nicht derart aus der Ruhe bringen, dass sie kurz davor war, zu explodieren. Normalerweise verspürte sie nicht das Bedürfnis danach, Joes abstoßendes Gesicht mit irgendeinem Gegenstand zu zertrümmern, um ihn endlich zum Schweigen zu bringen und ihm damit deutlich zu machen, dass er der verschissenste Wichser auf diesem Planeten war!

Aber heute -

»Hey, Kumpel. Redest du immer so mit einer Lady? Das ist ganz schön herablassend und frech, meinst du nicht?«, fragte Raven an Joe gewandt und Lil - starrte ihn einfach vollkommen entsetzt an, weil sie glaubte, sich verhört zu haben. Aber dem war nicht so. Ravens Grinsen wurde breiter und er redete einfach drauf los, ohne sie überhaupt zu beachten. »Schon mal was von Anstand und Respekt gehört? Einer wie du sollte sich freuen, dass eine wie sie«, er zeigte mit dem Finger auf sie, ohne sie anzusehen, »überhaupt für dich arbeiten will.«

Lil würgte das hysterische Lachen hinunter, dass sich ihre ziemlich zugeschnürte Kehle hinaufwand, und warf einen verzweifelten Blick zu Joe hinüber, der seinen vermeintlichen neuen Gast nicht minder entgeistert anstarrte. Er war es nicht gewohnt, von irgendjemandem für sein Benehmen zurechtgewiesen zu werden. Erst recht nicht von seiner Kundschaft.

Joe sah tatsächlich aus, als hätte Raven ihm eins an die Fresse gehauen und lief puterrot an, bevor er den Mund aufmachte und ein bisschen wie ein Fisch auf dem Trockenen aussah. Lil fand, dass ihm dieser Ausdruck sehr gut stand, auch wenn sie sich nicht wirklich den Kopf über die Konsequenzen zerbrechen wollte. Es würde welche geben, das stand ganz außer Frage.

»Sag mal, Freundchen! Hast du sie noch alle?«, rief er entgeistert und schüttelte drohend die Faust, bevor er sein dämliches Handy in seine Hosentasche stopfte und von seinem Hocker an der Ecke der Bar rutschte. »Was fällt dir ein, so in meiner Bar mit mir zu reden?«

»Was mir einfällt?«, konterte Raven gelassen und schien sich sogar noch zu amüsieren. »Sorry. Ich wusste anscheinend nicht, dass man in derart heruntergekommenen Spelunken neuerdings darauf achten muss, was man sagt. Ich kann es natürlich auch anders ausdrücken.«

Bevor Lil reagieren oder den Mund öffnen konnte, um ihren verrücktgewordenen Kommilitonen zum Schweigen zu bringen, hob Raven beinahe gebieterisch die Hand, als hätte er geahnt, dass sie etwas gegen die ungeplante Eskalation unternehmen wollte. Tatsächlich war es, als blieben ihr die Worte einfach im Hals stecken!

»Okay, also diese Diagnose gibt's jetzt gratis, in Ordnung? Beim nächsten Mal wirst du wohl den vollen Stundensatz bezahlen müssen. Das wird nicht billig, Kumpel.« Raven redete weiter, als wäre das alles nur ein riesengroßer Witz für ihn, ohne sie dabei anzusehen. Seine Augen ruhten auf ihrem Chef, der mit jedem Wort noch dunkler anlief. »So wie ich das einschätze - und ich brauche bei einfach gestrickten Menschen wie dir in der Regel nur Sekunden dafür - hast du ein erhebliches Problem mit deinem Selbstbild. Ich tippe auf eine narzisstische Persönlichkeitsstörung mit Hang zu arroganter Selbstüberschätzung. Ich würde dir raten, an deinem Selbstkonzept zu arbeiten, damit du es zukünftig nicht mehr nötig hast, dein unterirdisches Ego dadurch aufzuwerten, andere herabzuwürdigen. Erst recht *sie* nicht.«

Lils Herz setzte aus, als Raven erneut auf sie deutete und sein Gesicht in ihre Richtung drehte. Er lächelte. Aber anders als erwartet weder arrogant noch so herablassend, wie er es bisher getan hatte. Sie sah nur einen Hauch Spott in seinen Augen, aber keinesfalls die widerliche Überheblichkeit, mit der er ihr bisher gegenübergetreten war. Als störte es ihn *wirklich*, wie ihr Chef mit ihr umsprang. Verrückt ...

»Hör auf«, presste sie leise zwischen ihren fest zusammengebissenen Zähnen hindurch und betete, dass Joe nicht explodierte. Sie war sich eigentlich ziemlich sicher, dass er kein Wort von dem verstanden hatte, was Raven ihm gerade an den hässlichen dummen Schädel geknallt hatte, aber genau das würde ausreichen, um ihn ausrasten zu lassen. Joe hasste es, wenn er nicht ernstgenommen wurde. Dass Lil das ebenfalls nicht tat, nahm er nur hin, weil er ihren widerspenstigen Sarkasmus meistens nicht als solchen wahrnahm.

»Wieso? Ist doch die Wahrheit«, antwortete Raven grinsend. »Als wenn du dasselbe nicht auch denken würdest, Prinzessin. Will ich wissen, wieso -«

»Raus!«, schrie Joe, bevor Raven seinen Satz beenden und damit die Frage stellen konnte, die tatsächlich alles auf die Spitze getrieben hätte. Wenn er sie jetzt nach dem Grund für dieses ganze Theater gefragt hätte, wäre nicht nur Joe auf ihn losgegangen. Sondern auch sie.

Mit kochend heißen Wangen und dem unbändigen Wunsch danach, Raven selbst das Maul zu stopfen, sah Liliana zu, wie Joe mit ausgestrecktem Zeigefinger erst auf Raven und dann auf die Tür deutete. Er sah aus wie eine Tomate. »Verschwinde sofort aus meiner Bar oder ich rufe die Bullen! Verpiss dich, Junge! Wird's bald?«

Eine Aufforderung, die ihrem Kommilitonen nicht mehr als ein müdes Lächeln entlockte. Trotzdem schien er aus irgendeinem Grund zu der Erkenntnis zu gelangen, dass es besser wäre, den Mund zu halten und sich tatsächlich aus dem Staub zu machen. Den Grund dafür verriet er nicht, aber das spielte im Augenblick tatsächlich keine Rolle. Liliana wusste, dass sie den Ärger ihres Lebens bekommen würde, sobald die Tür hinter ihm zugefallen war.

Groteskerweise gab Edge ein glucksendes Kichern von sich, als hätte er immerhin die Hälfte von dem mitbekommen, was sein besoffener Schädel eigentlich gänzlich hätte ausblenden sollen.

»Beeil dich, Prinzessin. Oder unser Deal platzt. Ich warte nicht gerne.« Mit einem letzten anzüglichen Grinsen, für das sie ihm am liebsten an die Gurgel gesprungen wäre, drehte er sich um und verließ tatsächlich die Bar, die vor Jahren ihrer Mom gehört hatte und die nun im Besitz ihres rasenden Chefs war. Sie konnte nur hoffen, dass er sie nicht rauswarf!

Mist! Mist! Mist! Wieso zur Hölle konnte er nicht einfach draußen warten? Wieso musste er hier auftauchen? Dieser unverschämte egoistische Spinner ...

Sekundenlang war es totenstill in der Kneipe. Sekunden, in denen Lil nichts außer Edges rasselnden schweren Atemzügen hören konnte. Sekunden, in denen sie sich wünschte, sich in

Luft auflösen zu können. Das war ein Albtraum. Der reinste Albtraum. Und es gab kein Erwachen! Verdammt!

»Was zur Hölle war das denn für ein Pisser? Kennst du den, Lil?« Joe starrte sie so durchdringend an, dass sie das Gefühl hatte, er würde einfach in ihren schmerzenden Schädel sehen können.

Innerlich starr bewegte sie die Hand mit dem Putzlappen und wischte ein und dieselbe Stelle neben dem Spülbecken zum hundertsten Mal ab, ohne darauf zu achten, was sie tat. In ihrem Kopf arbeitete es. Sie wusste, dass sie lügen musste, wenn sie darauf hoffen wollte, ihren Job hier nicht zu verlieren.

Das würde Mom mir niemals verzeihen ...

Der einzige Gedanke, der einen verdammten Sinn ergab! Der einzige, der überhaupt etwas zählte. Also schüttelte sie so langsam den Kopf, dass Joe hoffentlich nicht an ihrer Gleichgültigkeit zweifelte und betete, dass ihm nicht auffiel, wie aufgewühlt und sauer sie war. Auf Raven - und sich selbst!

»Ne, nie gesehen«, antwortete sie so trocken, dass sie sich den unbeteiligten Tonfall beinahe selbst abgekauft hätte. »Irgendein Spinner, der sich verlaufen hat.«

Joe zeterte noch eine Reihe unverständlicher Flüche vor sich her, starrte sie dabei an und wandte sich endlich wieder seinen verfluchten Pornos zu, als hätte er die Aktion gerade längst vergessen.

Allmächtiger ...

Liliana zählte die Sekunden, bis ihre Schicht endlich vorbei war. Sie konnte es kaum erwarten, raus an die frische Luft zu kommen und Raven für die Show, die er hier gerade abgeliefert hatte, ordentlich den Marsch zu blasen! Seine Dreistigkeit hätte sie beinahe ihren Job gekostet! Wenn Joe auch nur einen Funken mehr Verstand gehabt hätte, hätte er ihre Lüge sofort durchschaut. Dann wäre alles aus gewesen. Allein *seinetwegen*!

»Hast du alles saubergemacht?«, knurrte Joe nach den endlos langen fünf Minuten, und glotzte sie an.

Lil nickte schwerfällig. Es brodelte weiterhin in ihr, aber sie musste sich zwingen, sich nichts anmerken zu lassen. Auf dass

Joe bloß nicht auf die Idee kam, sie länger hier halten zu müssen als unbedingt nötig.

»Morgen haste frei?«

Wieder nickte sie wortlos, als sie sah, dass er offenbar nachdenklich die Stirn runzelte. Als zöge er es ernsthaft in Erwägung, ihr den einzigen freien Tag nach Ewigkeiten streitig zu machen. Klasse.

Aber das schien er nicht wirklich vorzuhaben. Mit einer herablassenden Handbewegung fuchtelte er in der Luft herum, als wolle er eine lästige Fliege verscheuchen. »Dann bis übermorgen, Prinzessin.«

Liliana rang sich ein mehr als erzwungenes Lächeln für den sturzbesoffenen Edge ab, der in diesem Moment seinen dicken Schädel von seinen Armen hob und aufsah. Vielleicht war ihm gerade eingefallen, dass er ein Bett hatte, in dem er seinen Rausch ausschlafen sollte. Dass eine stinkende Kneipe nicht der beste Ort war, um ein Nickerchen zu halten. Oder, dass er einfach zu voll war, um noch mehr zu saufen. Was auch immer.

Sie ignorierte sein widerliches Rülpsen, griff mit steifen Fingern nach ihrer Tasche und machte sich auf den Weg zur Tür. Umziehen würde sie sich hier nicht mehr. Auf keinen Fall würde sie heute auch nur eine Minute länger hier verbringen, als unbedingt nötig war.

Ravens Pech, weil sie sich nun woanders umziehen musste. Seine eigene Schuld!

»Sag mal, hast du sie noch alle? Willst du, dass ich meinen Job verliere, weil du dein Maul nicht halten kannst? Was sollte das?«, keifte sie, als sie ihn rauchend ein paar Meter neben der Bar an der Straße an einem Wagen lehnen sah.

Missbilligend rümpfte sie die Nase, als sie erst den Wagen genauer ansah - und dann Raven. Ein schwarzer Sportschlitten, der wahrscheinlich mehr gekostet hatte, als sie in einem halben Leben mit ihrem Job verdiente. Herrlich proletisch! Raven passte in seinen Klamotten nicht wirklich zum Auto. Bluejeans, eine schwarze Lederjacke, für die es eigentlich viel zu heiß war und ein schwarzes Shirt, das so beschissen eng anlag, dass sie seine unfassbar trainierten Bauchmuskeln darunter selbst im Licht der Straßenlaternen erkennen konnte.

Als wollte sie das Leben verhöhnen, indem es ihr diesen Verrückten vor die Nase setzte, der perfekt auf das Cover eines Sportmagazins aus der Hölle gepasst hätte.

»Schön, dass dir offenbar gefällt, was du siehst«, antwortete er grinsend, als hätte er sie gar nicht gehört. Stattdessen trat er seine aufgerauchte Zigarette auf der Straße aus und ließ seinen Blick seinerseits langsam an ihr herunterwandern. »Mir jedenfalls gefällst du«, er deutete mit einer herablassenden Handbewegung auf sie, »überhaupt nicht. Was hatten wir über das Outfit gesagt?«

Lil ballte die starren Finger der freien Hand zur Faust, bevor sie wütend hervorpresste: »Leck mich, Raven! Nach deinem kleinen Auftritt gerade kann ich froh sein, dass ich meinen Job nicht verloren habe! Was für ein arrogantes Arschloch bist du eigentlich, hm?«

»Hey, bleib locker, Prinzessin! Sorry, aber lässt du immer so mit dir umspringen? In meiner Gegenwart bekommst du die Zähne doch auch auseinander. Wo ist der Unterschied?« Er zuckte gleichgültig mit den Schultern, als wäre er sich wirklich keiner Schuld bewusst. »Sind deine Klamotten dadrin? Zieh dich im Wagen um! Los, mach schon, oder muss ich nachhelfen?« Das widerliche Grinsen wurde noch breiter.

Lil musste sich auf die Zunge beißen, um den wütenden Kommentar zurückzudrängen. Am liebsten wäre sie explodiert!

Der Klügere gibt nach, dachte sie bissig und marschierte ohne ein weiteres Wort an ihm vorbei auf das Auto zu. Die Beifahrertür des Mercedes schwang nach oben auf, als Raven einen Knopf auf seiner Fernbedienung betätigte. Wenigstens verkniff auch er sich den Spruch, der ihm zweifellos auf der Zunge lag, wenn sie seinen Gesichtsausdruck richtig deutete.

»Wag es nicht, einzusteigen, bis ich fertig bin, kapiert?«, giftete sie und warf ihm einen letzten vernichtenden Blick zu, bevor sie einstieg und tief durchatmete. Sehr tief!

Sich in einem derart beengten Raum auszuziehen und sich anschließend in dieses verdammte nuttige Outfit quetschen zu müssen, widerstrebte ihr zutiefst. Sie hätte alles dafür gegeben, einfach nach Hause gehen zu können und sich schluchzend in ihrem Bett zu verkriechen. Sie hasste Tage wie diesen! Sie hasste diese Abende, an denen Joe besonders widerlich zu ihr war, nur um ihr ihren Platz in der Nahrungskette aller armen Schweine dieser Welt aufzuzeigen. Nur weil sie eben das Pech hatte, ihrer hochverschuldeten Mom ein dummes naives Versprechen zu geben, dem sie sich auch fast zehn Jahre nach ihrem Ableben noch verpflichtet fühlte. Alles nur, weil -

Herrgott, vergiss es einfach! Tu, als wäre das nie passiert und fertig! Das hat doch sonst auch immer geklappt.

Nur, dass es noch nie so weit gekommen war, dass sie sich tatsächlich wünschte, diesen Schwur überhaupt nie geleistet zu haben. Das Dümmste, das sie je getan hatte. Neben der nicht zu leugnenden Tatsache, dass sie sich und ihre Seele offenbar gerade erst an den Teufel persönlich verkauft hatte. Alles nur fürs Geld, das einfach viel zu verlockend war! Eine Menge Geld - wenn sie darauf vertraute, dass er nicht bloß mit seinen angeblichen Fähigkeiten beim Glücksspiel geprahlt hatte. Ihre Chance, diese Bar zurückzukaufen, bevor sie eines Tages vor lauter Sparen einen Hungertod starb. Wer könnte so einer Versuchung also widerstehen?

»Fertig, Euer Gnaden?«, grinste Raven ihr zu, als er nicht einmal zwei Minuten später die Fahrertür aufmachte und sich schwungvoll neben sie auf den Sitz fallen ließ. Dabei musterte er sie mit derart unverhohlener Neugier, dass sie ihm am liebsten ins Gesicht gesprungen wäre!

Lil fühlte sich mehr als nur ein bisschen unwohl - und dabei hatte sie sich noch nicht einmal ansehen können! Es war unfassbar unbequem, diese bescheuerten halterlosen Feinstrümpfe anziehen zu müssen, die dieses ohnehin schon nuttige Outfit noch unerträglicher machten! Zusammen mit dem Minirock, den er ihr ausgesucht hatte und der gerade so über ihren Arsch reichte. Und das Top, von dem sie das Gefühl hatte, es könnte ihre Brüste niemals dort halten, wo sie hingehörten: nämlich in den ebenso unbequemen Push-up-BH, den er ihr aufgezwungen hatte! Von den Stiefeln an ihren Füßen wollte sie lieber gar nicht erst anfangen. Sie hatte sich mit Händen und Füßen dagegen gewehrt, die Teile mit den mordsmäßigen Zwölf-Zentimeter-Absätzen anzuziehen. Die

Alternative war - zu ihrem großen Missfallen - ein Paar schwarzer Overknees, die jedem gestörten schwanzgesteuerten Betrachter förmlich ins Gesicht schrien, dass er sie ficken sollte.

Eine Katastrophe! Ein verdammter Albtraum!

Ein Gedanke, zu dem ihr unwillkommener Begleiter nach ihrer eingehenden Betrachtung offenbar ebenfalls gekommen war. »Wow! Gar nicht übel, Prinzessin. Wenn du nicht schon sitzen würdest und wir ein bisschen mehr Platz und Zeit zur Verfügung hätten, würde ich dich garantiert mit ein paar schlagfertigen Argumenten davon überzeugen, mir erst einen zu blasen«, sagte er lächelnd und legte den Kopf sichtlich amüsiert schief, als nehme seine kranke Fantasie gerade erst Fahrt auf, »und dich anschließend so lange ficken, bis du von ganz allein zu der Ansicht gelangst, dass Scham ein wirklich störendes Problem sein kann. Zumindest dann, wenn man eigentlich etwas ganz anderes empfinden möchte. Hm?«

Bevor Liliana auch nur den Mund zu einer Antwort öffnen konnte, hob Raven seine rechte Hand und streichelte mit den Fingern so zärtlich über ihre Wange, dass sie entsetzt und - ja verdammt - auch völlig durcheinander den Atem anhielt. Sie roch den kalten Zigarettenrauch in Kombination mit seinem eigenen unverschämt anturnenden Geruch und rührte sich keinen Millimeter. Trotzdem gelang es ihr nicht, die Hitze zurückzudrängen, die sich ungefragt in ihrem Unterleib ausbreitete und sie tatsächlich feucht werden ließ. Sie spürte es und - schämte sich. Unendlich! Aber sie hätte sich lieber eigenhändig den Fuß abgehackt, als ihn das wissen zu lassen!

»Ich denke, ich würde Tisserons Methode zur therapeutischen Schambekämpfung wählen, nach der man eine symbiotische Beziehung zwischen Patient und Therapeut schaffen sollte, um Distanz gar nicht erst entstehen zu lassen und emotionales Verleugnen dadurch unmöglich zu machen. Die Vorlesung bei Johnson letzte Woche. Du bist doch in seinem Kurs, oder?« Sein Daumen fuhr langsam über ihre Unterlippe und löste ein elektrisierendes Kribbeln aus, das sich auf ihren ganzen Körper zu übertragen schien.

Zwei Sekunden lang, die Lil wie eine Ewigkeit vorkamen, starrte sie ihn einfach nur an. Gefangen in einem endlosen gruseligen Traum, aus dem es einfach kein Erwachen zu geben schien.

»Aber das wird nicht nötig sein. Schließlich ist dein aktuelles Schamgefühl nicht pathologisch, richtig, Prinzessin? Es liegt viel mehr an *mir*, fürchte ich. Was ist? Trete ich dir zu nahe?«

»Ja, und zwar viel zu nahe!«, zischte sie angepisst und schaffte es endlich, aus ihrer Starre zu erwachen. Sie schlug seine Hand weg. »Was für ein arrogantes Arschloch bist du eigentlich? Bildest du dir ernsthaft ein, ich könnte ein Interesse an dir haben, das über das Maß unseres Deals hinausgeht?« Sie lachte hohl und schüttelte möglichst angewidert den Kopf. Und trotzdem betete sie, dass er eben nicht merkte, wie sehr ihr eigener Körper sie gerade Lügen strafte.

»Ach, nicht?«, antwortete Raven zynisch, ohne sie aus den Augen zu lassen. »Ich bin eigentlich ziemlich sicher, dass du es kaum erwarten kannst, aber gut. Wie du willst.«

Nach einer wegwischenden Handbewegung startete er den Motor des Sportwagens und lenkte ihn auf die verlassene Iowa-Street. Unter der Woche war um diese Zeit wenig Verkehr. Die Straße war genauso leer und trostlos wie die Bar. An den Wochenenden war bedeutend mehr los, wenn die Soldaten aus dem Army-Trainingslager herkamen. Und trotzdem fühlte Lil sich erschlagen und müde, als sie sich im Ledersitz zurücklehnte und sich zwang, so emotionslos und gleichgültig wie möglich aus dem Fenster zu schauen.

»Können wir das Thema jetzt bitte auf das Wesentliche lenken?«, fragte sie irgendwann unwirsch, als sie links das Campusgelände der Universität von Kansas sah. »Was genau erwartet uns im Käfig? Was muss ich machen? Wozu dieser Aufriss?« Sie zupfte angewidert am Saum des schwarzen Shirts herum, weil sie wusste, dass er sie beobachtete. Natürlich. Wichser!

»Kein Problem«, antwortete er gedehnt und so ironisch, dass sie der Versuchung widerstehen musste, ihm den Absatz des bescheuerten Stiefels ins Auge zu drücken. »Sagen wir, ich habe meine Geschäfte erst kürzlich aufgebaut. Nichts *Wildes*, keine Sorge. Ich deale nicht mit kleinen bunten Pillen oder verkaufe asiatische Kinder an schmierige mexikanische Zuhälter.«

»Was dann?«, fragte sie giftig und fing an, Raven mit jedem weiteren Wort noch mehr zu hassen! Konnte dieser Kerl überhaupt nichts ernstnehmen? Das war wirklich unglaublich!

»Erstmal versuche ich, mir ein Netzwerk nützlicher Kontakte aufzubauen, Prinzessin. Das kann nie schaden, wenn man was erreichen will.«

»Und was willst du erreichen?«

Lil merkte, dass sie kurz davor war, die Geduld mit ihm zu verlieren. Sie wusste, dass Raven alles andere als saubere Absichten hatte, wusste aber nicht, was genau er plante. Ein leises Stimmchen in ihrem Kopf wollte sie davon überzeugen, aus der ganzen Sache auszusteigen, bevor es zu spät war. Es war sowas von klar, dass er nicht einfach nur Poker spielen wollte. Was auch immer Raven plante - es war mit an Sicherheit grenzender Wahrscheinlichkeit nicht so harmlos, wie er sie glauben machen wollte! Und wenn er dachte, sie würde sich von ihm einfach für dumm verkaufen und an der Nase herumführen lassen, hatte er sich geschnitten!

»So neugierig«, seufzte er theatralisch, und grinste ihr zu. »Aber gut. Ich hatte ohnehin nicht erwartet, dass du das Theater ohne Fragen zu stellen mitmachst. Trotzdem werde ich dir nur so viel verraten, wie du unbedingt wissen musst, um deinen Teil der Abmachung einzuhalten.«

»Na dann los! Ich warte!«, antwortete sie und ließ die Hände wieder in ihren Schoß sinken, als ihr auffiel, dass sie kindischerweise die Arme vor der Brust verschränken wollte.

»Ich spiele mit ein paar Jungs Poker. Kohle verdienen und nebenher den einen oder anderen nützlichen Kontakt knüpfen. Das Wieso hat dich nicht zu interessieren. Deine Aufgabe wird es sein, dich bei den anderen Ladys ein wenig einzuschmeicheln und deine hübschen Augen und Ohren offenzuhalten. Erstmal wirst du dich wohl langweilen, weil es ein bisschen dauern könnte, bis man dich akzeptiert. Das ist meistens so, also denk dir nichts dabei, wenn sie dir nicht gleich einen Knopf an die Backe labern.«

»Und wie lange soll das bitte schön gehen? Wie oft muss ich dich begleiten, wenn ich ohnehin nichts machen kann, als rumzustehen?«

Raven lachte leise. »Wer redet von Rumstehen? Wenn sich erst einmal herumgesprochen hat, wer du bist, wirst du froh sein, wenn man dich ein paar Minuten in Ruhe lässt.«

»So?«, antwortete sie schnippisch und fand das Ganze wirklich mit jedem Wort noch weniger lustig. Das mulmige Gefühl in ihrem Magen verschwand auch nicht. »Wer bin ich denn? Die Tochter eines Drogendealers. Und? Inwiefern bringt dich das weiter?«

»Es bringt mir *Vertrauen* ein, Schätzchen. Auch wenn das am Ende vermutlich bedeutet, dass du nicht mein Accessoire bist, sondern ich leider deins. Aber das muss ich in Kauf nehmen.« Raven ließ seinen Blick erneut an ihr herunterwandern, bevor er auf die Indiana-Street einbog, an deren Ende der Nachtclub The Cage lag.

Schön außerhalb zu neugieriger Blicke und weit genug von der nächsten Polizeistation weg, damit man noch Zeit genug hatte, alle Spuren von, was auch immer sich hinter den Türen im Verborgenen abspielte, zu beseitigen.

»Warte - das heißt, du brauchst *mich*, um überhaupt etwas für *dich* ausrichten zu können?« Lil lachte. Es klang ein bisschen hysterisch, aber das ließ sich nicht ändern. »Dir ist schon klar, dass ich dir wahrscheinlich gar nichts nütze, oder? Ich hatte nie irgendwas mit den Geschäften meines Vaters zu tun! Es gibt niemanden auf der ganzen beschissenen Welt, der glücklicher darüber ist, dass der Dreckssack im Knast verrottet! Hast du eine Ahnung, was ich dafür tun würde, wenn sich in den nächsten dreiundzwanzig Monaten herausstellt, dass er wirklich für den Mord an dieser Frau verantwortlich ist? Ich würde diesen verdammten Tag feiern!«

Aber anders als erwartet, zuckte ihr Kommilitone nur ungerührt mit den Schultern und schien sich nicht im Mindesten von seinen verrückten Vorstellungen verabschieden zu wollen. »Lass es niemanden wissen und fertig.«

Über derart viel überhebliche Ignoranz konnte Liliana nur den Kopf schütteln. Sie hatte keine Ahnung, wie zur Hölle sie es schaffen sollte, so zu tun, als wäre ihr Dad nicht der von ihr am meisten gehasste Mensch auf dem Planeten. Und erst recht wusste sie nicht, wie sie es anstellen sollte, dass niemand merkte, dass sie noch nie einen Fuß in diese - *seine* - Welt gesetzt hatte!

Was habe ich mir da eingebrockt, dachte sie mit wachsender Verzweiflung, als Raven den Wagen keine zwei Minuten später auf den Parkplatz des Käfigs lenkte. Ihr Mund war entsetzlich trocken und sie spürte die Angst, die ihr in die Glieder kroch, ohne einen konkreten Ursprung für dieses Gefühl ausmachen zu können.

»Okay. Da wären wir. Kriegst du das hin, Prinzessin? Denk einfach ans Geld, in Ordnung? Du willst doch deine tote Mutter schließlich nicht enttäuschen.« Raven schaltete den Motor aus, stieg aber noch nicht aus und sah sie wieder an. Aber dieses Mal um einiges besorgter als zuvor, als könnte er ihre Furcht riechen. Dabei registrierte sie seinen Kommentar nur am Rande -

»D- du weißt, wofür ich das Geld ... brauche?«, stotterte sie verwirrt und würgte den Klumpen in ihrem Hals hinunter.

Sein Blick und sein knappes Nicken sagten alles. Klar. Wieso fragte sie überhaupt so doof. Wahrscheinlich war ihm in dem Augenblick alles klar gewesen, als er Joe vorhin auf so *galante* Art und Weise in seine Schranken verwiesen hatte. Etwas, das rein gar nichts nützte, aber egal.

»Falls es dich tröstet - ich werde aufpassen, dass dich keiner frisst. Und du bist auch nicht die Einzige, die ihren Alten nicht ausstehen kann.«

»Sorry, aber das tröstet mich nicht wirklich. Los, komm schon. Bringen wir es einfach hinter uns«, knurrte sie und öffnete die bescheuerte Flügeltür seiner noch bescheuerteren Protzkarre. »Lächeln und winken.«

Die Scheinwerfer blinkten auf, als Raven den Wagen hinter ihr verschloss. Mit den Händen in den Hosentaschen stellte er sich neben sie, während sie sich alle Mühe gab, sich zu fangen

und verdammt noch mal nicht vor lauter Angst mit den Zähnen zu klappern.

Liliana riss sich zusammen. Und betete, dass sie diesen
Abend heile überstand.

Pik-Zehn und Pik-Acht. Ravens Blatt war wahrlich nicht das beste heute Abend und er wusste es leider. Trotzdem war er nicht davon auszugehen, dass seinen sieben Mitspielern dieser äußerst lästige Umstand aufgefallen war. Kaum zu fassen, aber an fünf dieser mehr oder weniger hässlichen Gesichter ließ sich sogar ziemlich gut ablesen, womit er es zu tun hatte. Zweimal eine gute bis sehr gute Hand, einmal eher mittelmäßig wie die seine und einmal unterirdisch.

Es waren Stanislav Wagrowski und Alexander Ellingsen, die wirklich gefährlich waren. Weil sie mindestens so gut spielten, wie Raven, aber anders als er nichts zu verlieren hatten. Er hatte nicht den blassesten Schimmer, welche Karten die beiden in den Händen hielten. Bedauerlich.

Der Älteste in der Runde war Wagrowski. Gebürtiger Pole. Ende vierzig. Das größte Drecksschwein, dem Raven je persönlich über den Weg gelaufen war. Schließlich war es ein eher mäßig gehütetes Geheimnis, womit der Dicke mit der Halbglatze und der kubanischen Zigarre im herabhängenden Mundwinkel sein Geld verdiente. Drogenhandel, Prostitution, Schmuggel und Hehlerei waren nur die Spitze des Eisberges. Außerdem bekam der Alte die Zähne nicht auseinander. Hatte einen Handlanger hinter sich stehen, der seinem fetten Boss anscheinend in den Kopf gucken konnte. Jedes Mal, wenn Wagrowski mit dem Finger schnippte, kuschte der lange dürre Mann hinter ihm. Er reichte ihm eine neue Zigarre, füllte sein leeres Whiskeyglas nach oder fungierte als Sprachrohr für seinen feinen Boss. Fehlte eigentlich nur, dass er ihm auch die Nase oder den Arsch abwischte.

Aber es war Ellingsen, vor dem man sich am meisten fürchten musste. Zumindest wenn man nach den unzähligen Gerüchten ging, die um den Kredithai kursierten. Und davon gab es *viele*; eines haarsträubender als das andere.

In Anzug und Krawatte saß er Raven gegenüber und geriet weder ins Schwitzen, noch machte er den Eindruck, überhaupt durch irgendetwas tangiert zu werden. Es hätte den Kerl wahrscheinlich nicht einmal gejuckt, wenn eine Horde Bullen den Keller des Käfigs stürmen und sie alle hochnehmen würden. Inklusive der geschätzten fünfzigtausend Dollar auf dem Tisch. Für alle anderen Männer vermutlich nicht mehr als ein Taschengeld - aber für Raven eine Menge Kohle, die er gut gebrauchen konnte.

Geschniegelt und gestriegelt wie ein Pferd auf dem Markt, dachte er mit einer Mischung aus Furcht und Respekt, als er seinen Blick unauffällig über den Mann auf der anderen Seite des runden Tisches wandern ließ. Er zuckte nicht ein einziges Mal mit der Wimper, egal wie voll der Pott war. No Limits, selbstverständlich.

Der aktuelle Dealer, ein jüngerer Mann, der vielleicht ein paar Jahre älter war als Raven, legte in diesem Moment die River Card neben den Stapel Spielkarten vor sich und schob die letzte Karte aufgedeckt in die Reihe der vier anderen Karten.

»Der Moment der Wahrheit, Gentlemen«, sagte er tonlos und sah einen Spieler nach dem anderen auffordernd an.

Raven machte sich nicht die Mühe, in die beiden Karten in seiner Hand zu sehen. Das machte seine mehr als dürftigen Chancen schließlich nicht besser. Innerlich fluchte er, verzog aber keine Miene.

Der dicke stumme Kerl links von ihm rückte die Brille auf seiner Nase zurecht und kratzte sich verräterisch am glattrasierten Kinn. Raven tippte auf einen Versicherungsfutzi. Irgendein Langweiler, der sich genug Mut angetrunken hatte, um auf diese Weise ein paar mehr Kröten zusammenzukratzen und die völlig überteuerte Hypothek für sein feines freistehendes Einfamilienhäuschen am Stadtrand abbezahlen wollte. Mittelmäßiges Blatt.

Der Mann daneben nickte kaum merklich, als müsste er sich selbst den gleichen Mut eintrichtern, um nicht zu kneifen. Seine Finger zitterten, bevor er die Karten weiter verdeckt auf den Tisch legte. »Ich bin raus.«

Niemand antwortete ihm. Der Dealer nickte lediglich.

»Ich auch«, folgte ihm der Typ daneben. Die beiden, von denen Raven längst gewusst hatte, dass ihre Blätter mies waren.

Raven bewegte den Kopf nicht, als er seinen Blick möglichst unauffällig über die Kartenreihe wandern ließ. Mit ein bisschen Glück - und davon konnte eigentlich mehr als nur das gebrauchen - hatten seinen Konkurrenten nicht wesentlich bessere Chancen als er. Zumindest hatte er zwei Paare. Besser als nichts und mit dem schwarzen Pik-Ass immerhin die High Card auf seiner Seite.

Der Dritte, von dem er angenommen hatte, er hätte ein gutes Blatt, legte seine Karten ebenfalls verdeckt auf den Tisch und hob kommentarlos die Hände. Auch raus. Gut.

Der Mann daneben, der aussah, als hätte er mehr als nur einen Whiskey zu viel intus, deckte seine Karten auf. Er hatte ein Paar. Und nicht mal ein hohes.

Der dicke Stas stieß ein trockenes kurzes Lachen aus, das in Ravens Ohren eher nach einem Bellen klang. »Damit kannst du keinen Kaffeesatz gewinnen, mein Freund! Zwei Paare!«

Es war das erste Mal, das Raven den Pollaken heute sprechen hörte. Sogar akzentfrei. Wahnsinn! Immerhin hatte er nicht die High Card auf seiner Seite. Seine Paare waren weniger wert als Ravens. Ein Hoffnungsschimmer!

»Zwei Paare«, bestätigte der Dealer zerknirscht, während der dicke Gangster fast begeistert in seine Hände klatsche und selbst sein Privathündchen kurz zusammenzuckte.

Alexander Ellingsen runzelte die Stirn und schaute auffordernd zwischen dem Dealer und Raven hin und her, ohne dass seine Mundwinkel zuckten. »Nach Ihnen, meine Herren«, forderte er mit einer arroganten Armbewegung und Raven wartete, bis der Dealer neben ihm seine eigenen Karten auf den Tisch geknallt hatte. So kräftig, dass der Tisch ein bisschen wackelte, eines der Weiber in der Ecke hinter ihm leise vor Schreck aufschrie und der Inhalt der halbleeren Gläser auf dem Tisch bis über den Rand schwappte. »Nur Nieten«, rief der Mann hörbar angepisst und verschränkte tatsächlich beleidigt wie ein kleines Kind die Arme vor der Brust.

»Und Sie?«, fragte Raven kühl als kümmerte ihn das Ganze hier überhaupt nicht. Dabei war er sogar einigermaßen nervös. Wenn Ellingsen ein gutes Blatt hatte, war er im Arsch. Er hatte zweitausend Dollar auf dem Tisch liegen, die mit einem Schlag futsch wären. Und mit ihnen seine vormals einigermaßen gute Laune.

»Ich lasse Ihnen gerne den Vortritt, junger Freund«, antwortete sein Gegenüber ungerührt und mit einem derart breiten Grinsen im Gesicht, dass Raven ihm am liebsten sein Glas in die Fresse geworfen hätte.

Innerlich zähneknirschend, aber noch immer ohne sich seine Emotionen anmerken zu lassen, deckte er seine Karten auf. Kommentarlos starrte er den grinsenden Saftsack an und beobachtete dessen Reaktion. Aber an seinem Gesicht war nichts abzulesen. Außer herablassender Aufgeblasenheit. Bedauerlich.

»Oho. Zwei Paare *und* die High Card. Nicht übel, junger Freund. Leider musst du heute ohne dein Taschengeld nach Hause gehen. Tut mir leid.«

Es kostete Raven wirklich alle Willenskraft, die er aufbringen konnte, nicht die Fassung zu verlieren, als der Pisser seine Karten aufdeckte. Ein einziger Blick reichte. Fuck! Verdammte Scheiße!

»Poker. Damit ist der Pott wohl meiner, nicht wahr?«, grinste der Hai, ohne allzu viele seiner akkuraten strahlenden Beißerchen zu zeigen.

Unfassbar! Der blöde Wichser hatte tatsächlich einen Vierling! Bei allem, was der bescheuerte Dealer ihnen hingeklatscht hatte, das Beste, das man angesichts einer solchen Vorgabe haben konnte! Scheiße!

»M- Mr. Ellingsen gewinnt den Pot«, stammelte besagter Dealer heftig nickend. Plötzlich sah er ziemlich blass um die Nase aus. Als wäre er kurz davor, sich in die Hose zu pinkeln. Was, so vermutete Raven, wohl daran lag, dass er gerade sein gesamtes Monatseinkommen verspielt hatte. Was Mrs. Ober-Dealer wohl dazu sagen würde ...

»Wunderbar. Meine Herren, es war mir eine Freude. Leider muss ich mich nun wieder dem Geschäftlichen widmen. Der

Immobilienmarkt schläft bedauerlicherweise nicht«, sagte er mit einem Blick auf das Handy, das er gerade aus der Innentasche seines Jacketts zog, und stand schließlich als erster in der Runde auf.

Wagrowski grummelte sichtlich beleidigt vor sich hin und ließ sich von seinem Haus- und Hofdiener eine frische Zigarre reichen, während die anderen Männer betreten dabei zusahen, wie der Gewinner seine Scheinchen einsammelte. Schließlich gab man sich im Käfig nicht mit lästigen Jetons zufrieden. Alles lief direkt bar.

So ein beschissener Reinfall! Verflucht! Wenn er jetzt abhaut, kann ich nicht mal mit ihm ins Gespräch kommen!

Ein Gedanke, der noch mehr schmerzte, als dabei zusehen zu müssen, wie Ellingsen seine Kohle einsteckte! Dabei war es eigentlich Ravens Absicht gewesen, mit genau diesem Wichser noch ein wenig bei dem einen oder anderen Schluck Whiskey zu plaudern. Um an seine nützlichen Kontakte zu gelangen, die Raven dringend benötigte, wenn er sein ganz eigenes kleines Spielchen vorantreiben wollte. Schließlich brauchte man gewisse Leute, um gewisse Dinge tun zu können. Damit man sie bezahlen konnte, um sich die Finger nicht schmutzig machen zu müssen.

Mist, Mist, Mist!

Aber heute würde Raven nichts anderes übrig bleiben, als erfolglos die Segel zu streichen. Er hatte versagt - auf ganzer Linie.

Mit fest aufeinandergebissenen Zähnen und schmerzendem Kiefer sah er zu, wie der kriminelle Kredithai mit den leider viel zu interessanten Freunden den stickigen Kellerraum verließ. Das Handy in der Hand, das Bargeld in die Tasche stopfend. Fuck!

»Hey Darling, können wir dann gehen?«, hörte er das Prinzesschen leise neben seinem Ohr säuseln und fuhr so erschrocken zusammen, dass er sich auf die Zunge biss.

Völlig entgeistert drehte er den Kopf nach rechts und starrte Liliana an. Sie war offensichtlich betrunken, strich sich fahrig mit leicht zitternden Fingern die blonden langen Haare hinter das Ohr und lächelte ihn so selig an, dass er nicht wusste, was er davon halten sollte. Vor zwei Stunden, als er sie bei den anderen von den Kerlen angeschleppten Mitbringseln geparkt hatte, war sie noch nüchtern gewesen! Ganz sicher! Aber jetzt -

»Hast du viel Geld verloren?«, fragte sie und verzog die Lippen zu einem Schmollmund, obwohl er das Grinsen in ihren Augen deutlich erkennen konnte. »Das tut mir sooo leid«, säuselte sie weiter und legte zu seinem wachsenden Entsetzen ihre Hand in seinen Nacken. Eine Gänsehaut kroch über seinen Rücken, weil sie mit den Nägeln über seine Haut kratzte. Alles andere als sanft!

Raven packte ihre Hand in seinem Nacken und zerrte sie weg. »Bist du betrunken?«, flüsterte er gerade laut genug, damit niemand sonst ihn oder seine wachsende Wut hören könnte. »Sag mal, was soll der Scheiß, Prinzessin?«, zischte er, als er ihr Handgelenk runterzog und sie zwang, sich noch dichter zu ihm hinzubeugen. »Wir hatten eine Abmachung! Wieso lässt du dich bei der Arbeit vollllaufen?«

»E- ein Ini-tiations-Ritus«, lallte sie Gott sei Dank leise und nickte zu den anderen Frauen am Tisch in der Ecke rüber, die sie offensichtlich beobachteten. Sie kicherten hinter mehr oder weniger offensichtlich hinter den Mund gehaltenen Händen und schienen sich prächtig zu amüsieren! Darüber, dass sie *seine* Begleitung so abgefüllt hatten, dass er keine Ahnung hatte, wie er sie wieder hier rausschaffen sollte!

Liliana schwankte sogar, und wenn sie sich nicht mit der anderen Hand an der Stuhllehne festgekrallt hätte, wäre sie vermutlich der Länge nach hingeflogen.

Das ist ein Albtraum! Wo bin ich hier gelandet? In einem verschissenen Sommerlager der Pfadfinder?

Er hatte es hier mit erwachsenen Menschen zu tun, verdammt! Mit reichen erwachsenen Menschen! Das konnte doch wohl nicht wahr sein! Die Kerle schafften es, sich einigermaßen normal und anständig zu benehmen, während die dummen Weiber hinter ihrem Rücken so eine Nummer abzogen? Fuck!

Raven hatte keine Ahnung, ob das normal war. Es war das erste Mal, dass er seinerseits eine Begleitung mit herbrachte. Es war überhaupt erst das zweite Mal, dass er in diesem Keller saß und eine Menge Geld verspielte. Klar - sein Vater schwamm darin herum und zahlte Raven artig jeden Monat sein vermeintliches Taschengeld - aber das bedeutete schließlich nicht, dass Raven der Wert von Geld nicht bewusst gewesen wäre! Er hatte beide Male viel Geld hier verloren und ging beide Male mit leeren Händen. Keine Kontakte, keine Kohle, keine nüchterne Begleiterin, die nur eine verdammte Aufgabe gehabt hatte: Anwesend sein und den Anhängseln Informationen aus den Rippen zu leiern! Frauen tratschten doch schließlich alles kurz und klein. Wenn er auf seinem Weg nicht an die gewünschten Dinge kam, so sollte wenigstens Lil dafür sorgen, dass all das hier nicht umsonst gewesen war. Und nun -

»He, was guckst du denn so? Lach doch mal«, lachte sie und Raven widerstand dem kurzen aber heftigen Impuls, sie hier vor seinen illegalen Spielpartnern für ihr Versagen zur Sau zu machen. Am liebsten hätte er sie übers Knie gelegt! Eine Vorstellung, der er sich vor ein paar Stunden noch zu gerne ausgiebiger hingegeben hätte, aber mit gänzlich anderem Hintergrund!

Stattdessen atmete er so tief durch, dass er das Gefühl hatte, gleich zu hyperventilieren und stand ruckartig von seinem Stuhl auf.

Wagrowski, der ihn und Lil offenbar beobachtete, grinste ihm dämlich wie ein Pferd ins Gesicht. »Dein Mädchen verträgt wohl nichts, was? Musst mal zu Besuch kommen und sie mitbringen, wenn wir eine Party feiern.« Er schnippte mit den Fingern und eine der anderen Frauen tauchte in Ravens Blickfeld auf.

Eine blonde Frau, die noch nuttiger angezogen war als sein Prinzesschen und wesentlich jünger war als er selbst. Gerade volljährig, vermutete Raven und drängte den Ekelschauer weg, weil er sich ungefragt vorstellen musste, wie der Alte die Kleine fickte. Abartig.

»Olga und ich feiern in drei Wochen unseren Jahrestag. Ich mag dich, Junge. Ich hatte echt gehofft, du würdest den Hund austricksen.« Der Pole lachte und nickte zur Tür, durch die nach und nach auch die anderen anwesenden Männer verschwanden. Gefolgt von ihren weiblichen Begleitungen, die entweder sternhagelvoll waren, oder nur dümmlich kichern konnten. Ein vernünftiges Wort hörte er jedenfalls von keiner. »Komm doch vorbei und bring die Kleine da mit.« Ein weiteres Lachen, gefolgt von einem hörbaren Klatschen, als er seiner - was auch immer sie war - auf den halbnackten Arsch schlug. Besagte Olga lachte, als wäre all das hier nur ein riesengroßer Witz und zwinkerte ihm dann zu, bevor sie sich zu Wagrowski runterbeugte und ihm irgendwas ins Ohr flüsterte.

Ein Augenblick, den Liliana zu seiner wachsenden Wut dazu nutzte, ihr Handgelenk aus seiner Umklammerung zu lösen. Sie fing wieder an, über seinen Nacken zu streicheln und lächelte dabei stetig vor sich hin, als würde sie sich köstlich amüsieren. Fehlte nur, dass sie anfing zu schnurren, verdammt!

»Olga fragt, ob du teilst«, fragte der Kerl mit dem noch breiter werdenden Grinsen und leckte sich mit der ekelhaften Zunge über die wulstigen Lippen, bevor er auf Liliana neben Raven deutete. »Anscheinend hat deine Freundin einen bleibenden Eindruck bei meiner Freundin hinterlassen. Und ich gebe gerne zu, dass ich sie mehr als ein bisschen scharf finde, mein junger Freund. Kannst es dir ja überlegen.«

Bleibender Eindruck? Was zur -

»Oh, aber wir kommen doch gern«, rief seine Kommilitonin, bevor er etwas unternehmen oder sie zum Schweigen bringen konnte. »Jahrestage sind soooo schön, nicht wahr?« Sie nickte Raven eifrig zu. »Ich wünschte, wir wären auch schon so lange -«

»Das reicht jetzt, Darling«, grinste er möglichst nachsichtig und war sicher, diesen Ausdruck mit einem Hammer aus seinem Gesicht meißeln zu müssen, sobald er den Käfig endlich verlassen hatte. Auf einmal hatte er nämlich das Gefühl, keine Sekunde länger hierbleiben zu können, wenn er kein Blut an seinen Händen kleben haben wollte. Jedenfalls nicht *ihr* Blut. »Komm schon, es ist spät.«

Er drängte sie unsanft vor sich her um den runden Tisch herum, nickte seinem Spielpartner knapp mit einem entschuldigenden Lächeln zu und betete, dass der keine Lust hatte, das Geplauder unnötig zu vertiefen. Dabei spürte er Wagrowskis gierigen Blick auf sich und vor allem auf Liliana kleben, die sich mehr oder weniger freiwillig aus dem stickigen Raum bugsieren ließ. »Wir sehen uns, Sir. Vielleicht auf Ihrer Party. Gute Nacht.« Abgehackte Sätze. Mehr bekam er einfach nicht auf die Reihe.

Der Alte rief eine hörbar belustigte Zustimmung hinter ihm her, aber Raven reagierte nicht mehr. Er umklammerte Lilianas Ellenbogen so fest, dass sie aufstöhnte und versuchte, sich zu befreien, doch dieses Mal ließ er sich nicht erweichen. Er trieb sie vor sich her durch den weiß gefliesten Flur des Untergeschosses auf die Treppe zu. Die Stufen hoch musste er sie beinahe tragen, weil sie ins Taumeln geriet und schon wieder zu kichern anfing, als wäre ihr der Ernst ihrer Lage überhaupt nicht bewusst! Die schwere verschlossene Eisentür war alles, was sie vom eigentlichen Club trennte. Sobald sie offen war, wären sie von Lärm, künstlichem kalten Qualm und stinkenden Menschen umringt.

Raven atmete ein letztes Mal tief durch, bevor er kräftig gegen die Tür schlug und darauf wartete, dass einer der beiden Gorillas auf der anderen Seite aufmachte.

Zwei Sekunden später wurde der Eisenriegel zurückgeschoben und die Tür sprang auf. Nach der vorherrschenden Stille im Keller war der erwartete Musiklärm zwar ungewohnt, aber einigermaßen erträglich. Raven nickte den Schränken zu, bevor er Lil mit einem falschen Lächeln an ihnen vorbeilotste.

»Müssen wir *echt* schon gehen?«, schrie sie ihm so laut ins Ohr, dass sein Schädel dröhnte. »Ich dachte, wir amüsieren uns, wenn wir schon hier sind. Deinetwegen hab ich fast meinen Job verloren, ja?«

»Und diesen Job wirst du auch gleich verlieren, wenn du deinen Arsch nicht langsam in Bewegung setzt!«, antwortete er angepisst. Stinksauer starrte er zu ihr hinunter und - schluckte.

Sein kleines Prinzesschen verzog ihr Gesicht schon wieder zu einer Schnute und klimperte mit den Wimpern, als wäre ihr IQ in den letzten beiden Stunden um mindestens zwanzig Punkte gefallen! Und trotzdem fiel es ihm in genau diesem Augenblick wie Schuppen von den Augen ...

»Was hat sie gemeint, als sie gesagt hat, du hättest einen bleibenden Eindruck hinterlassen, Prinzessin?«, fragte er und starrte sie auffordernd an.

Lil schien nicht so richtig zu wissen, was er meinte. Sie legte den Kopf schief und lächelte einfach weiter, aber dann schien ihr völlig alkoholisierter Verstand seine Frage verarbeitet zu haben und sie nickte schnell. »Oh, wir haben uns super verstanden. Sie scheint einen tief verankerten V- Vaterkomplex zu haben.« Sie lachte und Raven verdrehte ungeduldig die Augen. »Hast es ja gesehen. Du würdest sie mögen«, grinste sie. »Sie hat überhaupt kein ... Schamgefühl. Wieso fragst du nicht sie, ob sie für dich arbeitet, hm?« Fahrig strich sie sich die Haare aus dem Gesicht, während es in seinem Kopf zu arbeiten anfing.

Vielleicht war es genau das. Das, was ihm gefehlt hatte. Jemanden wie Liliana Crane, die dazu in der Lage war, eine wie auch immer geartete Beziehung zu den Weibern aufzubauen, die wiederum enge Beziehungen zu ihren Protegés pflegten, die *er* wiederum brauchte. Wenn Lil an die Weiber rankam, kam er an die Arschlöcher ran, die ihm den Weg ebneten, um am Ende an das zu gelangen, was er wirklich wollte ...

Raven musste zugeben, dass er bisher nicht hundertprozentig sicher gewesen war, was er sich eigentlich genau von Lilianas Begleitung erhoffte und hatte nur eine vage Vorstellung von den Vorteilen gehabt. Aber jetzt sah das doch ein bisschen anders aus. Nicht schlecht.

Vielleicht taugt sie doch zu was! Vielleicht war all das nicht ganz umsonst ...

»Komm schon, Raven. Tanz mit mir«, rief sie unbeeindruckt, als hätte sie den Rest ihrer Unterhaltung längst aus ihrem vernebelten Hirn gestrichen und griff ihm - allen Ernstes - an den Arsch!

Er biss sich auf die Zunge, versuchte aber gar nicht erst, ihre Hand wegzuschieben. Sie drängte sich sogar noch enger an ihn, als störte es sie überhaupt nicht, dass er keine Anstalten machte, ihrer Bitte nachzukommen. Er wusste nicht einmal, ob er es bedauern oder begrüßen sollte, dass sich sein Schwanz ebenso wenig dafür zu interessieren schien. Raven war scharf auf sie. Und zwar mehr als nur ein bisschen. Obwohl er eigentlich immer noch wütend sein sollte. Obwohl er nur langsam wieder von dem unwillkommenen Adrenalintrip runterkam, den ihr Aussetzer da unten ihm ungefragterweise beschert hatte.

»Wir können auch zu dir fahren und fi-«

»Gar nichts werden wir tun, Prinzessin«, unterbrach er sie unwirsch. Weil seine Vernunft und sein kläglicher Rest Anstand ihm leider verboten, jemanden flachzulegen, der dermaßen zugedröhnt war. Wenn sie nur ein kleines bisschen weniger besoffen gewesen wäre ... »Wir machen uns vom Acker und ich bringe dich nach Hause! Wenn du wieder nüchtern bist, überlegen wir uns, wie es weitergeht. Vielleicht hast du mit deinem Saufgelage da unten doch nicht alles zunichtegemacht!«

»Hmm, wie schade«, nölte sie, machte aber keine Anstalten, ihre Hand von seinem Arsch zu nehmen. »Dabei glaub ich, ich könnte echt grad hem- hemmungslos sein. Dein Pech!« Liliana zuckte mit den Schultern, ließ ihn dann abrupt los und drehte sich so schwungvoll um, dass sie schon wieder fast das Gleichgewicht verlor.

Es gelang Raven gerade noch, sie festzuhalten, bevor sie in eine Gruppe feierwütiger Kerle stolperte, die am Rand neben einer der Theken herumstanden und glotzten. *Sie* anglotzten. Und ihn, weil er sie nacheinander eiskalt anstarrte, um die vermeintlichen ›Besitzverhältnisse‹ möglichst deutlich zu machen. Damit ja keiner der Typen auf die Idee kam, das sturzbetrunkene Prinzesschen an seinem Arm anzutatschen. Immerhin hatte er sich vorgenommen, hier auf sie aufzupassen, auch wenn er sich selbst kaum beherrschen konnte.

Liliana kicherte nur und zwinkerte einem der Typen zu, bevor sie sich mehr oder weniger widerstandslos von ihm weiterziehen ließ.

Raven wollte raus! Nur noch raus an die frische Luft und sie anschreien, bevor er sie am liebsten selbst flachgelegt hätte. Dieses verdammte tief ausgeschnittene Shirt. Der Minirock, unter dem sich ihr fester Hintern befand und von dem er nur zu gut wusste, wie er sich anfühlte. Und diese Fick-mich-Stiefel, die er ihr nur aufgezwungen hatte, damit ihre ellenlangen Beine besser zur Geltung kamen und sie tatsächlich aussah, als wäre sie nicht nur leicht zu haben - sondern auch klottenblöd.

Aber außer mir sollte das schließlich keiner wissen, dachte er und atmete erleichtert auf, als sie den überfüllten Käfig verließen und frische Luft in seine Lungen strömte. Sofort ließ er Liliana los. Sie schmollte offenbar immer noch und sah dabei leider nicht annähernd so sexy aus, wie sie vielleicht glaubte.

»Warum bist du so scheiße drauf? Ist doch wohl super gelaufen! Keiner hat's gemerkt«, sagte sie und zupfte an ihrem Top herum, als wäre ihr heiß. Dann hielt sie ihm auffordernd die Hand hin. »Wo ist meine Kohle?«

»Die ist weg«, antwortete er sauer, bevor er eine Kippe aus der Schachtel in seiner hinteren Jeanstasche angelte. »Ich habe in der letzten Runde alles verloren. Während du dich abgeschossen hast. Was hast du dir dabei gedacht?«

Liliana funkelte ihn an. Plötzlich machte sie keinen ganz so weggetretenen Eindruck mehr auf ihn und Raven fragte sich, wie betrunken sie wirklich war. »Ist doch nicht meine Schuld, wenn die Weiber ihr beknacktes Leben nur so ertragen können!«

»Aber es ist sehr wohl deine Schuld, wenn diese ganze Aktion deinetwegen auffliegt!«

»Herrgott, bleib locker, Raven! Was bitte habe ich denn deiner Meinung nach falsch gemacht? Ich dachte, ich sollte mich an die Anhängsel dranhängen! Und? Hat doch geklappt!«

Er stieß ein kurzes zynisches Lachen aus und marschierte dann ohne Umschweife an ihr vorbei auf den Parkplatz zu. »Ganz toll, wirklich! Das hat so gut geklappt, dass *Olga* eine Gruppennummer mit dir will! Super!«

»*Ich* will aber keine Gruppennummer! Ist ja widerlich!«, rief sie ihm hinterher und dann hörte er die Absätze ihrer beschissen heißen Stiefel, als sie ihm endlich nachsetzte. »Außerdem bist du doch hier derjenige mit den gestörten Sexualpräferenzen! Gib ruhig zu, dass du dich darüber freuen würdest, wenn er -«

Raven blieb abrupt stehen, sodass sie beinahe in ihn hineingestolpert wäre. Dann warf er seine Zigarette auf den mit kleinen Steinchen übersäten Boden und packte die redselige betrunkene Prinzessin an den Schultern. Eiskalt lächelte er ihr ins Gesicht. Der erschrockene Ausdruck in ihren hübschen blauen Augen gefiel ihm verdammt gut.

»Wenn ich in deiner rosaroten Glitzerwelt doch so ein entsetzliches Arschloch bin - was hindert mich dann bitte daran, deinen Zustand gnadenlos auszunutzen, hm?«, fragte er bedrohlich leise und riss sie enger an sich. So eng, dass er ihr Parfüm riechen konnte. So verdammt eng, dass sein Schwanz in seiner Hose schon wieder Amok lief, nur weil sie ihn reizte - nicht nur wegen ihres Outfits oder ihrer blöden Sprüche. Überhaupt kein Vergleich zu der langweiligen farblosen Studentin, als die er sie kennengelernt hatte. So konnte der erste Eindruck täuschen.

Liliana schien sich schneller in den Griff zu kriegen, als er erwartet hatte. Der ängstliche Ausdruck verschwand und er sah das erwartungsvolle Blitzen in ihren Augen, der ihr komplettes Verhalten ihm gegenüber Lügen strafte! Die Kleine verabscheute ihn zweifellos bis zu einem gewissen Grad und er konnte es ihr nicht einmal verübeln. Aber der Alkohol löste offenbar nicht nur ihre Zunge, sondern auch ihre Hemmungen einfach in Luft auf. Interessant. Verlockend. Und viel zu reizvoll, um das Spielchen nicht wenigstens ein bisschen weiter zu treiben.

»Was ist? Bekommst du die Zähne nicht mehr auseinander, Prinzessin?« Lächelnd legte er seine Hand unter ihr Kinn und hinderte sie daran, das Gesicht wegzudrehen oder sich ihm zu entziehen, als er seine Lippen auf ihre presste. Dabei verschaffte es ihm ein außerordentlich hohes Maß an innerer Befriedigung, sie auf eine Weise zu küssen, die im krassen Gegensatz zu seinen Worten stand. Das komplette Gegenteil seines ersten Kusses von heute Mittag, nur um sie endgültig aus der Fassung zu bringen. Trotzdem genoss er das einsetzende Kribbeln in seinen Fingerspitzen und die wachsende Erregung, als er seine Zunge langsam über ihre Lippen gleiten ließ, bevor er beinahe zärtlich an ihrer Unterlippe knabberte. Ein Kuss, der sich wesentlich besser in einem lahmen Schnulzenfilm gemacht hätte und der eigentlich nicht zu ihm passte. Aber nur *eigentlich*.

Oh ja - es war wirklich ein Heidenspaß, sie auf diese Weise völlig aus dem Konzept zu reißen! Ihren heißen Atem zu spüren und ihren rasenden Puls unter seinen Fingern, als er seine Hand ganz langsam um ihre Kehle schloss. Immer fester. Bis er spürte, dass sich ihr zierlicher Körper in seinem Arm verkrampfte und sie tatsächlich versuchte, ihn von sich wegzudrücken, weil sie keine Luft bekam. Raven ließ sich nicht erweichen.

»Stell mich nicht auf die Probe!«, zischte er ihr ins Ohr, bevor er sie genauso schnell losließ, wie er sie zuvor gepackt hatte. Dabei war es extrem schwer, dem wirklich drängenden Bedürfnis zu widerstehen, sie hier und jetzt in sein Auto zu zerren und ihr in aller Deutlichkeit aufzuzeigen, was für ein Arschloch er wirklich sein konnte, wenn man ihn zu sehr reizte. Dass es gefährlich für sie wäre, ihn nicht in Ruhe zu lassen!

Liliana schnappte hörbar nach Luft und sank ein wenig in sich zusammen, als er sich umdrehte und sie erneut an Ort und Stelle stehen ließ. Innerlich fluchend ging er zu seinem Wagen, der bedauerlicherweise ganz am Ende des überfüllten Parkplatzes stand.

Er wollte sie nur noch loswerden! Ganz kurz zog er es sogar in Erwägung, sie einfach zurückzulassen, aber damit wäre der Deal wohl endgültig geplatzt.

»W- warte!, rief sie ihm atemlos nach und folgte ihm. Dieses Mal mit Abstand. Ihr Glück! »Du bist echt nicht zu -«

»Was bin ich, hm? Sag mal, kapierst du es nicht, Prinzessin? Das hier ist kein Hörsaal! Wir sind nicht zum Spaß hier und ich habe keinen verdammten Grund, in irgendeiner Weise nett oder höflich zu dir zu sein. Unterbrich mich, wenn ich mich irre!« Die Scheinwerfer des schwarzen SLS leuchteten auf, als er den Knopf auf der Fernbedienung drückte. »Warum zum Teufel habe ich gerade den Eindruck, dass du es darauf anlegst, dich so lange von mir ficken zu lassen, bis dir jeder noch so niedliche Verleugnungsversuch im Hals stecken bleibt?«

»Und?«, antwortete sie mit einer Gelassenheit, die nicht wirklich zu ihr passte. Überrascht zog er die Augenbrauen hoch, wartete aber, ob sie noch etwas hinzufügen wollte. Wollte sie. Offensichtlich. Genauso offensichtlich, wie sie ihren Alkoholrausch nur hochgespielt hatte. Klasse! »Hast du eine Scheißahnung, wie mir die Nerven vorhin da unten durchgegangen sind? Du hast mir *nichts* gesagt, mich einfach ins kalte Wasser geschmissen, obwohl du wusstest, dass ich keine Ahnung von all dem Zeug habe, und erwartest dann auch noch von mir, dass ich nicht wenigstens versuche, zu verdrängen, was für ein verdammter Wichser du bist?«

»Wow! Schieb nicht mir die Schuld für deine Unkontrolliertheit in die Schuhe, Kleines«, antwortete er angepisst. »Ich hab dir genug gesagt, damit du dir nicht vor Angst ins Höschen machen musst. Und du hast es schließlich ver-«

»*Was* habe ich?«, schrie sie wütend, ohne ihn ausreden zu lassen und sah tatsächlich auf einmal aus, als würde sie ihm am liebsten an die Gurgel gehen. »Während du dein und *mein* Geld verspielt hast, habe ich dafür gesorgt, dass du ins Haus des fetten hässlichen Typen eingeladen wurdest. Das wolltest du doch schließlich: Kontakte! Wie wäre es also mit einem Dankeschön, Mr. Oberschlau?«

Ein winziger Teil von Raven wollte ihr Respekt für ihre Unverfrorenheit entgegenbringen. Wenn da nicht die nicht zu übersehende Tatsache gewesen wäre, dass sie durch ihr Geschrei die unerwünschte Aufmerksamkeit irgendwelcher Leute in der Nähe auf sich ziehen könnte. Es war stockdunkel! Raven hatte keine Ahnung, ob sich zwischen den Autos irgendjemand herumdrückte, der vielleicht lange Ohren machte! Ein heimlicher Lauscher war das Letzte, das er brauchen konnte.

»Sei leiser, verdammt!«, knurrte er und fuchtelte mit der Hand in ihre Richtung, damit sie näher kam.

»Nein, *verdammt*!«, wiederholte sie sarkastisch aber immerhin ein wenig gedämpft. »Wenn ich dieses Spielchen für dich weiterspielen soll, erwarte ich beim nächsten Mal mehr Informationen, kapiert? Und behandel mich gefälligst nicht wie eine deiner dummen Schlampen!«

»Wie bitte?« Kopfschüttelnd starrte er sie an. »Wann habe ich -«

»Tu nicht so! Du hast mir dieses nuttige Outfit aufgezwungen und redest mit mir, als wäre ich völlig behämmert! Nur weil ich keine Ahnung von diesen ganzen kriminellen Machenschaften habe, heißt das noch lange nicht, dass ich blöd bin!«

»Wow, Prinzessin. Nicht übel, das muss ich dir lassen!« Raven lachte, ohne es zu wollen. Und ohne es zu wollen, wuchs seine Achtung vor ihr gerade ganz schön an. Dabei ignorierte er die Tatsache, dass sie sich von selbst den ganzen Tag lang ziemlich blöd angestellt hatte, und grinste sie schließlich an.

»Also schön. Du willst, dass ich dich ebenbürtig behandle? Kein Problem, das kannst du haben. Aber dafür musst du noch ein kleines bisschen mehr aus dir herauskommen. Morgen kommen wir wieder her. Und dann kannst du zeigen, was in dir steckt, *Prinzessin*.« Die zynische Betonung konnte er sich nicht verkneifen. Unmöglich.

»Und ich will, dass du aufhörst, mich Prinzessin zu nennen!«, fügte sie mit einem reservierten Lächeln hinzu, das ihm immerhin verriet, dass der lästige Streit offenbar vorüber war. Zumindest, was sie anbelangte.

Raven entschied, dass es angesichts seiner einsetzenden Müdigkeit vermutlich nicht die schlechteste Idee wäre, ihr ein wenig entgegen zu kommen. Der Verlust seiner Kohle, der Stress und ihre Zickerei und die bedauerliche Tatsache, dass er sie wohl heute Nacht nicht mehr flachlegen würde, forderten allmählich ihren Tribut. Vom Schlafmangel der letzten Tage ganz zu schweigen.

Und trotzdem ...

»Ich denke, den letzten Punkt überdenke ich noch mal gründlich«, antwortete er grinsend, als er mit einer ausladenden Handbewegung auf seinen Wagen deutete. »Wenn du jetzt die Güte haben würdest, deinen hübschen Arsch endlich ins Auto zu schwingen - ich bin etwas erledigt.«

Liliana warf ihm einen letzten ziemlich biestigen Blick zu, als läge ihr eigentlich ein weiterer blöder Kommentar auf der Zunge, schien dann aber von selbst zu der Erkenntnis zu gelangen, dass es keinen Sinn machte, den Streit jetzt weiterzu-führen. Sie umrundete seinen Wagen und stieg auf den Beifah-rersitz. Auf einmal schien ihre stutenbissige Angriffslust nämlich wie weggeblasen. Als zollte der Alkohol und der für sie vermutlich ziemlich aufreibende Abend allmählich seinen Tribut. Und sie schwieg und hörte endlich auf, ihn zu provo-zieren.

Wenigstens etwas.

Mit dröhnendem Schädel und einem widerlichen Geschmack auf der Zunge, der sich einfach nicht vertreiben ließ, hockte Liliana in sich zusammengesunken auf der Bank im Auditorium. Sie rieb sich mit den Knöcheln über die Schläfen, aber das half nicht, den lästigen Schmerz zu vertreiben. Ihr Kopf platzte. Und zu allem Überfluss war sie nicht sicher, ob sie sich an alle Geschehnisse des gestrigen Abends erinnern konnte. Oder, ob sie es überhaupt wollte. Irgendwie kam es ihr vor, als wäre es besser, es einfach zu verdrängen.

Mist. Warum habe ich dumme Nuss auch so tief ins Glas geguckt?

Ihr blieben keine fünf Minuten, bis die Vorlesung begann und sie sich irgendwie zwingen müsste, inhaltlich wenigstens ein bisschen zu folgen. Aber der Kater war einfach fürchterlich. Abartig!

»Morgen, Lil!«, rief ihre Kommilitonin Joanna zu ihr hoch, als sie die Stufen in der Mitte der Reihen hochstöckelte. Der durchaus passende Begriff, denn Joanna Edingbourgh tat alles dafür, aufzufallen. Egal wo sie sich befand - sie trug die auffälligsten bunten Klamotten, hatte sich die Haare grün gefärbt und sah mit ihrem heutigen Minirock und den Stilettos über ihrer Netzstrumpfhose eher aus, als wollte sie auf ein Rockkonzert gehen. Lil vermutete, dass ihre Kommilitonin wohl selbst auf einer Beerdigung so herumgelaufen wäre.

Unwillkürlich verzog sie die Lippen zu einem schwachen Grinsen und hob zur Begrüßung die Hand. Sie mochte Joanna. Und Joanna mochte sie. Verwunderlich angesichts der Tatsache, dass Lil keinen großen Hehl daraus machte, lieber für sich zu sein. Menschen waren ihr zuwider. Wahrscheinlich war Psychologie nicht das richtige Studienfach für jemanden wie sie, aber das störte sie nicht sonderlich. Ihre Noten waren in allen Kursen schließlich hervorragend.

Was hätte ich auch sonst tun sollen. So mache ich wenigstens irgendwas Sinnvolles mit meinem Leben ...

»Alles in Ordnung? Du siehst echt scheiße aus heute Morgen! Deine Augenringe sind ja gruselig. Und du ... müffelst. Hast du nicht geduscht? Du stinkst nach Rauch und Wodka und -

»Ja danke, Jo, ich hab's kapiert«, knurrte Lil und ließ den Kopf wieder auf ihre Unterarme auf dem Klapptisch sinken. »Keine Zeit zum Duschen. Ich habe etwas - verpennt.«

»So?« Liliana musste ihre Freundin nicht ansehen, um zu wissen, dass sie grinste. »Also ist es wahr, dass du dich gestern mit Raven Rhys im Käfig herumgetrieben hast?« Joanna lachte und ließ sich neben Lil auf die Bank fallen.

»Woher weißt du das«, stöhnte sie, ohne den Kopf zu heben und ärgerte sich bereits darüber, dass sie überhaupt jemand gesehen hatte.

»Max aus dem Physiologiekurs hat dich gesehen. Er meint, er hätte dich fast nicht erkannt, weil du wohl mega nuttig ausgesehen hast. Stimmt das?«

»Wie nett! Sag ihm danke für das Kompliment. Kein Wunder, dass er noch Single ist, wenn er mit derart schmeichelhaften Äußerungen um sich wirft!« Lil biss sich auf die Zunge. Sie hatte keine Ahnung, wie tief ihre Freundin noch nachbohren wollte, betete aber, dass die Vorlesung bald begann und sie sich durch Schweigen aus der Affäre stehlen konnte.

Sie selbst hatte nichts Verbotenes getan - aber das galt schließlich nicht für ihren nächtlichen Begleiter. Auf illegale Glücksspiele standen verhältnismäßig hohe Strafen und sie wusste nicht einmal, ob es nicht schon ausreichte, dass sie anwesend gewesen war. Und Raven wäre sicherlich alles andere als begeistert gewesen, wenn sie mit seinen Aktivitäten hausieren ging.

Raven - mit dem sie sich gestern gestritten hatte. Raven - der sie geküsst hatte. Und Raven, der sie dabei gewürgt hatte!

Ein verdammt eisiger Schauer lief über ihren Rücken, als sie sich an das beklemmende Gefühl seiner eiskalten Finger an ihrem Hals erinnerte. An das Gefühl, nicht atmen zu können, sich deswegen zu fürchten und es gleichzeitig geil zu finden, weil ihr ganzer verdammter Unterleib in Flammen gestanden hatte. Weil es sie nämlich angeturnt hatte. Und das nicht nur ein bisschen ...

Liliana schob es auf den Alkohol, aber ein winziger Teil von ihr wusste, dass das nicht alles gewesen war. Schließlich war sie nicht dumm genug, um sich ernsthaft einreden zu können, sie hätte kein Interesse an ihm. Nur weil sie lieber für sich blieb und eigentlich nicht einmal die Zeit für einen Kerl hatte, hieß es nicht, dass sie sich nicht hin und wieder wünschte, einen zu haben.

Und Raven Rhys zählte auf jeden Fall zu den Kandidaten, die einem nachts im Bett heiße Träume und feuchte Höschen bescherten, nur weil man an sie dachte. Weil sie selbstverständlich unerreichbar waren. Weil sie großkotzige Arschlöcher waren, mit denen man - also alle anderen Weiber, die Zeit für solche Spielchen hatten - allenfalls ein bisschen Spaß haben konnte, bevor sie einen abservierten. Weil Typen wie er nämlich nur darauf aus waren: unkomplizierten Spaß ohne jedwede Verpflichtung.

Und trotzdem war es reizvoll, sich vorzustellen, sich diesen Spaß zu gönnen. Ein bisschen wenigstens.

Aber Lil war sich durchaus darüber im Klaren, dass sie kein sonderlich lohnenswertes Zielobjekt für ihn abgab. Normalerweise jedenfalls. Am Tag. An jedem verdammten Tag, an dem sie sich morgens ihre langweiligen und meistens zu großen Klamotten anzog. Schließlich sah sie darin weder wie eine Barbiepuppe aus, die zu seinem bevorzugten Beuteschema passte, noch überhaupt sonderlich begehrenswert. Egal für welchen Mann.

Aus zwei guten Gründen, wie sie fand. Erstens waren diese Sachen alle gebraucht und billig. Sie konnte sie einfach keine neuen Klamotten leisten und musste eisern sparen, wenn sie in diesem Leben etwas an ihrer Lage ändern wollte. Und zweitens hielt es ihr genau die Sorte Kerl vom Hals, der ihr offensichtlich krimineller Kommilitone angehörte.

Gute Gründe. Auf jeden Fall.

Klar also, dass Raven unter anderen Umständen niemals mehr als einen flüchtigen Blick an sie gerichtet hätte. In den Kursen kommunizierten sie, aber das war auch alles.

Ein klarer Vorzug an ihm, dachte sie und konnte sich das innerliche zynische Grinsen nicht verkneifen.

Egal was er für ein Oberwichser sein konnte, wenn er sich außerhalb der Uni bewegte - Raven war hochintelligent, geistreich und scheute sich niemals davor, eine Diskussion zu jedem beliebigen Thema bis zum Ende auszufechten. Dabei waren seine Argumente zwar meistens mit einer gehörigen Portion Sarkasmus gewürzt, aber durchaus schlüssig und sinnvoll. Es machte ihr tatsächlich Spaß, sich während der Seminare auf genau dieser Ebene mit ihm zu messen. Und es verschaffte ihr ein ziemliches Maß an innerer Befriedigung, dass sie beide wussten, dass sie dazu in der Lage war, ihm die Stirn zu bieten. Dass sie schlau genug war, um es jederzeit mit ihm aufnehmen zu können, auch wenn sie nicht immer derselben Meinung waren. Eine Tatsache, die sich offensichtlich nicht nur auf das Studium beschränkte.

Umso mehr interessierte es sie nun, nachdem sie diese andere alles andere als erwartete Seite an ihm gesehen hatte, wieso er dieses ganze Theater abzog.

Alles, was sie bisher über ihn gewusst hatte, war, dass er der Sohn des Senators von Kansas war. Ein arroganter Typ, der so selbstverliebt und über die Maßen von sich überzeugt war, dass er zwar auf der einen Seite unter den Studenten beliebt war, auf der anderen Seite aber eben auch aus genau diesen Gründen gemieden wurde. Von ihr selbst zum Beispiel.

Über den Rest seiner Familie wusste sie nichts und trotzdem ging sie davon aus, dass er es nicht wirklich nötig hatte, sich Geld mit diesen illegalen Geschäften zu verdienen. Oder mitten in der Nacht mit einer Waffe herumzulaufen. Oder sich nachts in fremde Wohnungen zu schleichen. Oder - Teufel noch mal!

Alles, was Raven in den letzten beiden Tagen getan hatte, passte überhaupt nicht in das Bild, das sie sich von ihm gemacht hatte. Und Liliana wollte wissen, wieso er dieses Drama abzog.

»Hey, warst du wenigstens mit ihm im Bett?«, raunte ihr Joanna mehr oder weniger leise zu und stieß ihren Ellenbogen zwischen Lilianas Rippen. Eine eher unsanfte Methode, um sie aus ihren Gedanken zurück in die Wirklichkeit zu holen. »Und was hast du da überhaupt mit ihm gemacht?«

Mürrisch verzog sie das Gesicht und rieb sich über die Seite. Professor Douglas hatte den Raum gerade durch die Vordertür des Auditoriums betreten und knallte seine Tasche auf den Tisch. Er machte keinen sonderlich motivierten Eindruck, aber das registrierte sie nur am Rande. Viel mehr arbeitete ihr verkatertes Hirn daran, sich eine möglichst unverfängliche Antwort aus dem Synapsen zu leiern.

»Ich war nicht mit ihm im Bett. Und es war - Zufall«, log sie, ohne mit der Wimper zu zucken. »Meine Schicht bei Joe lief miserabel, da wollte ich einfach mal raus und irgendwas - anderes machen.«

»Mit Raven Rhys - schon klar.« Joanna kicherte. »Ich quetsche dich schon noch aus, keine Sorge.«

Es war Lilianas Glück, dass der Dozent seine Vorlesung begann. ›Statistische Erhebungen und deren Auswertung‹. Lahm und einschläfernd, aber leider ihr Schwachpunkt im Studium. Schlimmer als Testtheorie. Also musste sie sich zwingen, ihre Konzentration die nächsten 90 Minuten auf einem Mindestmaß zu halten, um nicht einzuschlafen und genug mitzubekommen, um nicht alles allein nacharbeiten zu müssen.

Irgendwie schaffte sie es, es durchzustehen. Aber leider blieben ihre anschließenden Versuche, sich Joannas Neugier vom Hals zu halten, erfolglos. Sie bestand darauf, Lil auf ihren angeblichen Toilettenbesuch zu begleiten, warf ihre Unterlagen einfach in ihre Tasche und folgte Liliana aus dem Auditorium in die Halle.

Innerlich fluchte sie. Sie hatte keine Ahnung, was sie ihrer Freundin erzählen sollte. Schließlich gab es nichts Interessantes! Nichts, das für *sie* aufschlussreich gewesen wäre. Immerhin gab es keinen Zweifel daran, dass Joanna ausschließlich an Raven und ihren gestrigen Besuch im Käfig interessiert war.

Aber darüber konnte sie einfach nicht mehr erzählen und Lil hasste es, lügen zu müssen.

Also musste sie sich unterwegs zu den Toiletten eine möglichst passende Erklärung aus den Fingern saugen, die ihre Kommilitonin hoffentlich weit genug zufriedenstellte, damit sie sie in Ruhe ließ.

»Wie gesagt, es war Zufall. Ich wusste nicht, dass er auch da war, und konnte sowieso nicht verstehen, wieso er mich da angesprochen hat«, sagte sie schließlich ein paar Minuten später, als sie sich erst die Hände wusch und sich dann eingehend im Spiegel betrachtete. Als gäbe es nichts Interessanteres, ihre frisch gezupften Augenbrauen in Form zu streichen. Etwas, das sie normalerweise eher schleifen ließ. Schließlich gab es keinen hinreichenden Grund, sich das Gesicht anzumalen, wenn man dazu im Schlabberlook und billigen Straßenschuhen herumlief, richtig? Zeitverschwendung.

Aber dank des Deals mit Raven müsste sie sich zukünftig wohl etwas aufmerksamer mit ihrem Äußeren befassen. Schließlich hatte sie nicht vor, ihm einen Grund zu geben, sauer auf sie zu sein, weil sie ihre Rolle nicht gut genug spielen konnte.

Hauptsache, er reißt sich beim nächsten Mal besser am Riemen! Von wegen Poker ...

So viel schließlich zu seiner Selbstüberschätzung. Dafür, dass er so geprahlt und ihr einen Anteil an seinem Gewinn versprochen hatte, hatte er bisher ziemlich wenig geleistet. Wenn das jetzt jedes Mal so lief, würde am Ende sie diejenige sein, die die Segel strich und das Ganze beendete. Es war seine Aufgabe, das Geld ranzuschaffen! Dann sollte er genau das gefälligst auch tun!

»Ach ja?«, antwortete Joanna grinsend, »nach dem, was ich so gehört habe, hast du da aber verdammt heiß ausgesehen, meine Süße. Und unterhalten habt ihr euch wohl auch ziemlich intensiv, hm?«

»Nur über die Vorlesung gleich«, log Lil weiter. »Ich bin danach sofort gegangen. Mir war schlecht.« Nicht ganz gelogen. Immerhin. »Du solltest vielleicht nicht alles glauben, was du so hörst. Erst recht nicht, wenn es dir jemand wie Max erzählt.«

»Ja, ist ja gut«, murrte Joanna und rollte mit den Augen. »Ich war eben neugierig.«

»Es gibt einfach nichts zu erzählen«, beharrte sie und marschierte bereits auf die Tür zu. »Sonst hätte ich es schon getan, glaub mir.« Ein Kommentar, der ihre Freundin hoffentlich etwas milde stimmte. Eigentlich wollte Liliana keine Zicke sein, hatte aber auch keine Lust, sich aushorchen zu lassen. Oder sich noch mehr Lügen aus den Fingern saugen zu müssen.

»Was soll ich dir glauben?«

Vor lauter Schreck ließ Liliana beinahe ihre Handtasche fallen, als sie die Tür mit so viel Schwung aufriss, dass sie fast in Raven hineingestolpert wäre. Sie hatte ihn nicht gesehen und erst recht nicht damit gerechnet, dass er ihr vor der Damentoilette auflauern würde! Verdammt!

»Danke übrigens. Jetzt habe ich einen Kaffeefleck auf meiner nagelneuen Armanijeans«, fügte er mit einem herablassenden Lächeln hinzu und deutete mit dem Kaffeebecher in seiner Hand auf den feuchten dunklen Fleck an seinem Oberschenkel.

»Dann schick mir die Rechnung für die Reinigung und lass mich gefälligst durch«, presste sie nach einem kurzen Schreckmoment zwischen ihren Zähnen hervor und drängte sich bereits an ihm vorbei, ohne ihn eines intensiveren Blickes zu würdigen. Dieser Kerl war wirklich unglaublich! Nicht nur, dass er offensichtlich überhaupt keine Skrupel kannte, sie auch in der Uni weiter zu nerven - seine Arroganz und seine Selbstherrlichkeit schien er auch nicht ablegen zu können. So viel zu ihrer nächtlichen Unterhaltung über Ebenbürtigkeit. Wichser!

»Oh, schon wieder so bissig? Welche Laus ist dir denn heute über die Leber gelaufen, Prinzessin?«

»Du sollst mich nicht Prinzessin nennen!«, zischte sie ihm über ihre Schulter hinweg zu, als sie zu ihrem großen Bedauern feststellen musste, dass nicht nur er, sondern auch Joanna ihr mit einem breiten Grinsen im Gesicht folgte. Joanna schien kein Wort überhören zu wollen und schien sich prächtig zu amüsieren - genau wie Raven! »Und wieso läufst du mir nach? Und lauerst mir auf? Und -«

»Hey, bleib locker! *Liliana*.« Er betonte ihren Namen auf eine Weise, die ihr das Blut ins Gesicht schießen ließ. Am liebsten hätte sie ihm den Hals umgedreht. Oder ihn richtig zur Sau gemacht. Etwas, das sie bedauerlicherweise nicht konnte. Jedenfalls nicht in der Öffentlichkeit und einer völlig überfüllten Unihalle. »Ich wollte dich nur um deine Notizen von der Vorlesung eben bitten. Ich hab es bedauerlicherweise nicht geschafft, pünktlich zu sein.«

»Aber Zeit genug, dir einen Kaffee zu holen und mir aufzulauern hattest du, was?« Ihre Wut wurde immer größer, dabei erinnerte sie ihr Verstand daran, dass es eigentlich keinen rationalen Grund dafür gab. Immerhin konnte sie seine Worte weder beweisen noch widerlegen. Vielleicht war es Zufall. Vielleicht auch nicht. Und vielleicht sollte es sie einfach nicht aus der Ruhe bringen. Verdammt!

»Dafür muss einfach Zeit sein«, grinste er und legte den Kopf schief, als er zu ihr aufschloss. Sie musste ihn nicht direkt ansehen, um zu wissen, dass er seinen Blick über sie wandern ließ, als wäre sie nichts weiter als eine Ware in einem Schaufenster. »Schon wieder dieses langweilige Outfit?«, fügte er um einiges leiser hinzu und der Sarkasmus troff förmlich aus seiner Nase. »Ich hatte dir doch genug Klamotten gekauft, oder? Willst du dich weiter hinter deinem Altkleiderschrank verstecken?«

Das war's. Der Kommentar, der sie tatsächlich zum Ausflippen brachte, ohne dass sie es verhindern konnte.

Joanna trat ihr in die Hacken, als Lil abrupt stehenblieb und ihn so wütend anfunkelte, dass er eigentlich umgehend in Flammen aufgehen müsste. Tat er zu ihrem großen Bedauern leider nicht.

»Sag mal, hast du sie noch alle? Niemand zwingt dich dazu, in der Uni mit mir zu reden, oder? Habe ich auf dich irgendwie den Eindruck gemacht, auf deine Stylingtipps Wert zu legen? Was stimmt nicht mit dir, verdammt!«

»Okay, ich lass euch mal allein, Leute. Ich brauche noch einen Kaffee, bevor die Vorlesung losgeht.« Das erste Sinnvolle, das in den letzten Minuten aus Joannas Mund gekommen war, dachte Lil böse, ignorierte ihre Freundin aber.

Wenigstens musste sie jetzt nicht mehr so genau darauf achten, was sie sagte. »Lass mich in Ruhe, Raven. Wir hatten gestern eine Unterhaltung über Gleichstellung! Weißt du das noch? Wieso zur Hölle fällt es dir so schwer, dich einfach mal an deine eigenen Worte zu halten?«

»An meine Worte?«, konterte er gelassen, ohne das Grinsen von seinen Lippen zu wischen. »Okay. Spulen wir das Ganze hier noch mal zurück. Ich habe kein einziges Wort davon gesagt, dass du dumm bist oder was auch immer du mir gestern alles an den Schädel geknallt hast. Ich habe lediglich festgestellt, dass du offensichtlich Schwierigkeiten damit hast, dich von alten Verhaltensmustern loszusagen. Weißt du noch, wie man das nennt, Prinzessin? Neurotisch!«

»Ich bin nicht neurotisch«, antwortete sie angepisst, »und du lenkst vom Thema ab! Wir können den Spieß aber auch gerne umdrehen, wenn du darauf bestehst. Selbstüberschätzung, Eitelkeit und Selbstbeweihräucherung, um dein kaum vorhandenes Selbstbewusstsein zu kompensieren und von der Tatsache abzulenken, dass du in Wahrheit wahrscheinlich nur einen winzig kleinen Schwa-«

Bevor sie den Satz beenden konnte, warf Raven den Kopf in den Nacken und lachte so schallend, dass sie erschrocken zusammenzuckte. Ein paar der durch die Halle laufenden Studenten drehten sich zu ihnen herum und Lil wäre am liebsten im Boden versunken!

»Du unterstellst mir eine narzisstische Persönlichkeitsstörung? Ernsthaft, Prinzessin? Dann schlag dein Lexikon im Kopf noch mal ein paar Seiten davor auf. Und lies nach, was da zur antisozialen Persönlichkeitsstörung steht. Damit bist du dichter dran.«

Bevor Liliana den Mund wieder schließen oder auch nur etwas erwidern konnte, neigte Raven den Kopf zur Seite und hob seine Hand an ihr Gesicht. Sie wollte zurückweichen, aber ihr ganzer Körper schien wie erstarrt zu sein, als sie seinen warmen Atem auf ihrer Haut spürte. Ihr völlig gestörter Kommilitone küsste sie auf die Wange, ohne sich auch nur einen Deut darum zu scheren, wer das alles sehen konnte. Oder darum, wie sehr sie es *hasste*, dass er das machte. In der Öffentlichkeit. Einzig und allein zu dem Zweck, sie zu ärgern, weil ihm genau das offensichtlich eine krankhafte Befriedigung verschaffte.

»Und was meinen angeblich so winzigen Schwanz betrifft«, flüsterte er ihr ins Ohr und ein eiskalter und gleichzeitig kochend heißer Schauer lief über ihren Rücken, »solltest du keine allzu voreiligen Schlüsse ziehen und die Wahrheit lieber selbst herausfinden. Wenn du dich *traust!*«

Es dauerte eine gefühlte Ewigkeit, bis sich der plötzliche Nebel in ihrem Kopf so weit gelichtet hatte, dass sie es fertigbrachte, endlich seine Hand wegzuschlagen. »Wow! Ich hätte nicht gedacht, dass du es so nötig hast, zu dermaßen plumpen Anmachen greifen zu müssen. Du bist armselig, Raven. Was ist los? Sind dir deine Betthäschen ausgegangen?«

»Nicht doch«, lachte er selbstgefällig, »Vielmehr haben sich in letzter Zeit ein paar wesentlich reizvollere Alternativen aufgetan. Aber gut. Du willst weiter leugnen, dass du eigentlich auf mich abfährst. Wenn du dich damit besser fühlst, versuch es nur, Prinzessin. Wir werden ja sehen, wer von uns am Ende recht behält. Bis gleich.«

Damit ließ er sie endgültig stehen und Liliana blieb nichts anderes übrig, als ihm nachzustarren und sich zu fragen, wieso sie eigentlich immer wieder genau das tat oder empfand, was er wollte, ohne es selbst zu wollen. Wieso sie glaubte, seine warmen Finger noch immer auf ihrer Haut spüren zu können und wieso sich dieses Verlangen in ihrem Unterleib ausbreitete, genau das zu tun, was er angedeutet hatte: Es herauszufinden.

Verdammt! Er macht mich matschig im Kopf und ich schaffe es nicht, mich dagegen zu wehren? Das kann ja wohl nicht wahr sein ... Wie erbärmlich bin ich eigentlich?

Eine gute Frage. Und eine, auf die sie die Antwort lieber nicht wissen wollte.

Die Türklingel zerriss die anhaltende wohltuende Stille in Ravens Apartmentwohnung. Seine Augen wanderten automatisch zu der Uhr über dem Kühlschrank. Kurz vor acht. Entweder war das Prinzesschen überpünktlich oder der Lieferservice extrem schnell. Er hoffte auf Letzteres, weil er schon seit zwei Stunden Hunger hatte. Fast genauso lange, wie er nun hier herumsaß und sich betrank. Es zumindest versuchte. Funktionierte nur mäßig.

Er stellte das angefangene Bier in seiner Hand auf den Glastisch vor seiner Couch und stand seufzend auf. Zum wiederholten Male fragte er sich, wieso er sich nicht gleich nach Michaels Anruf bei ihr gemeldet und sie für den heutigen Abend freigestellt hatte. Das war wirklich - bescheuert! Poker fiel flach. Aus irgendeinem seltendämlichen Grund war heute Morgen jemand vom Gesundheitsamt im Käfig aufgetaucht. The Cage war heute Abend dicht. Kein Grund also, sich mit seiner kleinen aufmüpfigen Kommilitonin herumzuärgern, oder?

Wieso habe ich ihr keine Voicemail geschickt, verdammt ... Fuck!

Ein Gedanke, für den es längst zu spät war. Ravens Finger umklammerten den Türgriff, während er tief durchatmete und dann möglichst gelassen und gewohnt unterkühlt die Tür aufriss.

»Hi«, sagte Liliana mit gerunzelter Stirn und trat sichtlich verunsichert von einem auf das andere Bein, als müsste sie dringend pinkeln. Wobei die Wahrscheinlichkeit wohl wesentlich höher war, dass sie sich sowohl von diesem Wohnhaus als auch von ihm und der Aussicht, seine Wohnung betreten zu müssen, eingeschüchtert fühlte. Hervorragend.

»Hi. Du bist zu früh«, antwortete er kühl, machte sich dabei aber nicht einmal die Mühe, so zu tun, als würde er lächeln.

»Äh, ja. Sorry. Ich wusste nicht genau, wie lange ich mit dem Bus hierher brauchen würde. Lässt du mich rein? Oder soll ich hier draußen warten, bis du die Gnade hattest, dich umzuziehen?«

Raven lachte trocken. »Komm rein, Prinzessin. Normalerweise würde ich dich bitten, deine Schuhe auszuziehen. Aber dann würde ich leider in Versuchung kommen, dich den Rest auch auszuziehen zu lassen.« Er grinste sie an, ließ seinen Blick heute Abend aber weitaus weniger herausfordernd an ihr herunterwandern als sonst.

Eigentlich machte es ihm Spaß, sie genau dadurch auf die Palme zu bringen. Aber gerade musste er zugeben - zumindest vor sich selbst - dass ihm wirklich gefiel, was er sah.

Liliana hatte sich für ein schlichtes schwarzes Minikleid entschieden. Der Rock fiel ausladend weit über ihre schlanke Hüfte, und wenn sie ihm in diesem Moment den Rücken zugedreht hätte, hätte er vermutlich einen Blick auf ihren äußerst ansehnlichen Arsch darunter erhaschen können. Der Ausschnitt legte genug von ihrem Dekolleté frei, um die Ansätze ihrer Brüste darunter erkennen zu können. Und über ihre Schulter fiel das Band der Schleife, mit dem man das Kleid im Nacken verschloss. Die Haare trug sie wie aufgetragen offen. Es fiel ihr in langen zweifellos seidigen Wellen über den Rücken. Ganz kurz gab er sich der Vorstellung hin, wie es sich anfühlen würde, wenn er -

Verdammt! Bin ich doch schon so besoffen? Kann ja wohl nicht wahr sein ...

Aber sie sah tatsächlich einfach scharf aus. Stärker geschminkt als beim letzten Mal. Auf Lippenstift hatte sie verzichtet, aber das störte ihn nicht sonderlich. Die Augen hatte sie immerhin ziemlich dunkel betont. Mit einem Lidstrich. Und diesem dunklen Zeug, dessen Namen er nicht kannte, aber das spielte auch keine Rolle, weil dieser Look verdammt sexy bei ihr wirkte.

»Was ist? Hast du neuerdings auch einen Hang zum Voyeurismus?«, giftete sie auf ihre übliche streitsüchtige Art, die ihm meistens nicht mehr als ein müdes Lächeln entlockte. Heute machte es ihn ungewohnt - aggressiv. »Gleich fallen dir deine Augen aus dem Kopf!«

»Okay, können wir das bitte lassen? Ich kriege Kopfschmerzen von deiner Stimme«, antwortete er angepisst und warf die Tür hinter ihr zu, nachdem sie sich endlich bequemt hatte, reinzukommen.

»Oh, das tut mir aber leid«, sagte sie gedehnt und so sarkastisch, dass er sie am liebsten sofort achtkantig aus seiner Bude geworfen hätte. »Wow! Schicke Wohnung. Und eine nette Gegend. Und du meinst, du hast diese ganze Nummer mit dem Glücksspiel wirklich nötig? Wozu? Wenn man so eine Hütte unterm Hintern und einen reichen Daddy im Rücken hat, muss man sich doch um ein paar Dollar keine Gedanken machen, oder?«

»Du bist ganz schön redselig, Prinzessin. Halt lieber deinen Mund, wenn du nicht willst, dass ich ihn dir stopfe! Mir ist heute nicht nach Spielchen zu Mute.« Raven warf ihr einen eiskalten Blick zu, bevor er zurück zur Couch vor der Fensterfront ging und sich wieder hinsetzte. Ohne ihr einen Platz anzubieten. Er bereute es mit jeder weiteren Sekunde, ihr seine Adresse überhaupt gegeben zu haben. Erst recht jetzt, wo es keinerlei Grund mehr für sie gab, hier zu sein. Und trotzdem bekam er die Zähne nicht auseinander, um sie einfach wieder nach Hause zu schicken.

Liliana blieb in der Mitte seines offenen Wohnzimmers stehen und sah sich nun doch sichtlich eingeschüchtert und immerhin schweigend darin um.

Raven beobachtete, wie sie die Finger in den Stoff des Kleides krallte. Ein deutlicher Hinweis darauf, dass sie ihm ihre Aggressivität und ihr vermeintlich selbstbewusstes Auftreten nur vorgaukelte. Klar.

»Willst du Bier?«, fragte er nach etwa dreißig Sekunden, in denen sie geschwiegen und einfach nur umhergestarrt hatte. Etwas, das ihn irgendwie noch mehr nervte als ihre reine Anwesenheit. »Trink eins und dann kannst du wieder verschwinden, Prinzessin. Der Abend fällt leider aus.«

»Was? Wieso das denn?«, fragte sie offensichtlich bemüht, sich ihre eigentliche Erleichterung nicht anmerken zu lassen.

Er lachte leise. »Darum. Der Käfig ist heute dicht. Wir müssen unsere nächste Session leider auf Morgen verschieben, wenn es dir nichts ausmacht.«

»Macht es aber!«, antwortete sie schnell. »Morgen ist Freitag! Da muss ich mindestens bis ein Uhr arbeiten! Das kannst du also vergessen.«

»So? Dann eben übermorgen«, antwortete er und zuckte ungerührt mit den Schultern. »Was ist jetzt mit dem Bier? Setz dich endlich irgendwohin, oder du kannst gleich wieder gehen. Ob du es glaubst oder nicht - ich mag meine Ruhe!«

Sein Prinzesschen warf ihm einen wütenden Blick zu, griff dann aber doch nach der ungeöffneten Bierflasche neben seiner. »Keine Ahnung, wieso ich mir das antue«, murmelte sie nur etwas zu laut, als dass sie es vor ihm hätte verbergen können. Dann schien sie kurz darüber nachzudenken, wo sie sich hinsetzen sollte, um offenbar möglichst weit weg von ihm zu sein und ließ sich schließlich wenig damenhaft auf dem Sessel neben seinem Bücherregal nieder. Die Beine selbstverständlich fest zusammengekniffen. »Hast du keinen Fernseher?«

»Nur im Schlafzimmer«, sagte er und konnte sich den Zusatz einfach nicht verkneifen: »Da lassen sich die bösen bösen Schmuddelfilmchen im Pay-TV viel bequemer genießen.« Er zwinkerte ihr zu, bevor er aufstand und den Rest aus seiner Flasche trank. Eine weitere leere Flasche, die er schnellstmöglich durch eine volle aus dem Kühlschrank ersetzen wollte. Sein Magen knurrte, aber er ignorierte es weitestgehend. Sein Appetit war ihm mehr oder weniger vergangen. Schade eigentlich. Schließlich hatte er sich auf die Salamipizza gefreut.

»Oh, du bist *so* lustig, Raven«, rief sie ihm nach und nuschelte dann irgendwas vor sich hin, das er nicht verstand.

Raven knallte die Kühlschranktür fester zu als beabsichtigt und atmete abermals tief durch. Wenn seine Laune nur ein kleines bisschen besser gewesen wäre, hätte er ihr das Gestänker vielleicht durchgehen lassen. Aber heute Abend war es um seine Nettigkeit nicht allzu gut bestellt. Und mit Nachsicht oder Geduld auch nicht gerade.

»Okay, weißt du was? Lassen wir das. Du hast jetzt genau zwei Möglichkeiten, Prinzessin. Entweder, du schwingst deinen Arsch sofort aus meiner Wohnung, weil ich dein Gekeife wirklich nicht ertragen kann, oder du hältst *endlich* deine Klappe!«, knurrte er. Ungehalten drehte er sich zu ihr herum und stellte seine Bierflasche auf den Küchentresen, bevor er sich das unrasierte Kinn kratzte und sie auffordernd und böse anstarrte. »Ich warte!«

Liliana sah aus, als hätte er sie angeschrien oder ihr Eine geklebt. Sie lief knallrot an und schien tatsächlich kleiner in ihrem Sessel zu werden, während sie offensichtlich nach einer Antwort suchte.

Ein kleiner Teil seines Verstandes fand es interessant, dass sie eben nicht umgehend aufsprang und zur Tür rannte. Der Teil, der sich schon seit zwei Tagen unentwegt vorstellte, wie es wäre, sie zu ficken. Weil er vor zwei Nächten nämlich auf ihr gelegen und ungewollt Notiz von ihren durchaus reizvollen Vorzügen genommen hatte. Vorzüge, die sie sonst vor aller Augen verbarg. In ihren heruntergekommenen schlabbrigen Sachen, in denen sie aussah wie eine halbe Portion und alles andere als sexy oder begehrenswert wirkte. Er konnte noch immer nicht genau sagen, ob sie das wirklich so beabsichtigte, oder tatsächlich einfach nicht die Kohle hatte, sich vernünftiges Zeug zuzulegen. Geld verdiente sie schließlich und inzwischen wusste er auch, dass sie ein Stipendium hatte, ohne dass sie vermutlich nicht studieren könnte. Und trotzdem war es schwer vorstellbar, dass sie freiwillig so abgegammelt herumlief. Das war schon fast zu schade. Immerhin *war* sie sexy. Wenn sie es sein wollte. *Oder*, dachte er fies, *wenn man sie dazu zwang.*

Doch dann schien sie sich zu fangen und ihre Gesichtsmuskulatur wieder einigermaßen in den Griff zu kriegen. Sie funkelte ihn genauso kämpferisch und trotzig an wie immer. Genauso biestig. Genauso -

Fuck! Das ist echt nicht wahr ...

So sehr er es auch wollte, so wenig konnte er verhindern, dass er einen verdammten Ständer in der viel zu engen Hose hatte. Weil es ihn nämlich anmachte, dieselbe kompromisslose

Sturheit in ihren Augen zu sehen, mit der er in ihrer Gegenwart ständig auf sie reagierte. Eben weil sie keine billige dahergelaufene Tussi ohne Hirn und Verstand war. Weil sie kein Püppchen war, das ohnehin allem zustimmte, was er äußerte, und das nicht einknickte, nur weil er einen härteren Tonfall auffuhr. Sie bot ihm die Stirn - nicht nur in der Uni und in den Kursen, in denen es zwar mehrere Leute gab, die ihm intellektuell das Wasser reichen konnten, die sich aber keinesfalls auch trauten, genau das offen zur Schau zu stellen. Weil diese Typen leider wenig Spaß daran hatten, über ihren geistigen Tellerrand zu sehen und eventuell den einen oder anderen Gedankengang über die Lehrbücher hinaus zu debattieren. Und weil diese Typen nicht wirklich scharf aussahen, während sie ihn auf genau die Art anstarrten, wie Liliana Crane es in exakt diesem Augenblick tat: wütend. Aufmüpfig. Unbezähmbar.

Raven sah, dass sie die Zähne zusammenbiss, als musste sich anstrengen, nichts zu erwidern. Sie stolzierte an seinem Wohnzimmertisch vorbei, trank im Gehen einen Schluck aus ihrer gerade erst geöffneten Bierflasche und stellte sie dann genauso schwungvoll auf den Tresen, wie er es getan hatte. »Fick dich, Raven«, sagte sie leise und drehte sich dann um, um seine Wohnung tatsächlich zu verlassen.

Einen Moment lang starrte er ihr mit offenem Mund nach. So perplex, dass es fast zwei Sekunden dauerte, bis es ihm bewusst wurde und er den Mund wieder zuklappte.

Es war der Augenblick, in dem es erneut an seiner Tür schellte. Ein Geräusch, das seine Kommilitonin immerhin nicht erwartet zu haben schien, denn Raven sah mit wachsender Genugtuung, wie sie zusammenzuckte.

»Essen ist da, Darling«, grinste er ihr kalt zu, als sie ihm einen fragenden Blick über ihre Schulter zuwarf. Ohne weitere Erklärung zog er sein Portmonee aus seiner Hosentasche und ging an ihr vorbei zur Tür. Sie rührte sich nicht und schien irgendwie mit seinem Parkettboden verwachsen zu sein. *Zu* schade.

»Dragons Pizza«, stellte sich der übliche Bote mit dem Pickelgesicht und der ranzigen Uniformjacke vor, ohne sich die

Mühe zu machen, seine Mundwinkel zu einem Lächeln zu verziehen. Nicht sonderlich geschäftsfördernd, aber das war Raven egal. »Einmal Salami mit Extra-Käse. Macht zwölf Dollar.«

Der Pizzageruch stieg Raven sofort in die Nase, als er dem Kerl den warmen Karton aus der Hand nahm und ihm einen Zwanziger hinhielt. »Stimmt so«, knurrte er, ohne auf die Antwort zu warten und schmiss die Tür wieder zu. Auf falsche Höflichkeit hatte er beileibe keine Lust.

Raven drehte sich um. Liliana stand immer noch wie festgewachsen da und starrte ihn einfach an. Als hätte sie vergessen, was sie gerade tun wollte. Er drängte den erneut einsetzenden pochenden Kopfschmerz weg, bevor er den Karton auf der kleinen Kommode neben der Tür zum Gästebad abstellte, ohne sie aus den Augen zu lassen.

Liliana hielt seinem Blick stand. Ohne auch nur ein einziges Mal zu blinzeln. Seine Augen saugten sich an ihr fest. An ihrem kurzen engen Kleid, ihrer zierlichen Figur, ihren elendig langen Beinen, ihren heute Abend wesentlich stärker geschminkten blauen Augen ...

Wortlos ging er auf sie zu. Ohne eine Miene zu verziehen. Beinahe emotionslos. Wenn da nicht das wütende Verlangen in seinen Lenden gewesen wäre, das sie urplötzlich und um jeden Preis daran hindern wollte, diese Wohnung zu verlassen!

Ich bin sturzbesoffen, dachte er kurz, wusste aber längst, dass das nicht der einzige Grund für sein Verhalten war. Und trotzdem war es viel leichter, es auf den Alkohol zu schieben. Klar. Alles war leichter, wenn man besoffen war. Einfach alles.

Seine Finger kribbelten, als er die Hand hob und sie durch ihre langen blonden Haare wandern ließ. Sie zuckte nicht und rührte sich keinen Millimeter. In ihren Augen sah er denselben Trotz wie vorhin. Aber außerdem noch etwas anderes. Etwas, das sie an Ort und Stelle hielt und ihm verriet, dass sie nicht gehen würde - egal was er nun sagen würde.

Raven hatte keine Ahnung, wieso sie ihn gewähren ließ, als er sie nur einen Atemzug später an sich riss und sie mit dem Rücken so fest gegen die Wand zwischen Flur und Bad drängte, dass sie aufkeuchte. Er wusste nicht, wieso sie derart bereitwillig den Mund öffnete, als er seine Lippen auf ihre presste und sie küsste. Und er hatte nicht den blassesten Schimmer, wieso es so verdammt geil war, seine Zunge in ihrem Mund zu versenken und sie so intensiv und hart zu küssen, dass ihm nur Augenblicke später schon die Luft ausging.

Das blonde widerspenstige Prinzesschen schlang seine Arme um seinen Hals, vergrub die Hände in seinen Haaren und zog ihn sogar noch näher an sich, bevor er eine kurze Atempause dazu nutzte, sie hochzuheben und erneut gegen die Wand zu pressen.

Ravens Puls raste. Ihr heißer Atem auf seinem Gesicht, ihre kurzen abgehakten Atemzüge und ihr verdammt anturnender Geruch machten es ihm unglaublich schwer, nicht sofort die Beherrschung zu verlieren. Sie wog fast nichts, weshalb es denkbar leicht war, sie in dieser Position zu halten. Er hätte wahrscheinlich ewig hier stehen und sie festhalten können; egal wie viel er gesoffen hatte. Aber dazu würde es nicht kommen, denn sein amoklaufender Schwanz bestand vehement darauf, dass er das Ganze etwas beschleunigte. Und genau das würde er tun. Jetzt!

Liliana keuchte auf, als er in ihre Unterlippe biss und sich schließlich ziemlich atemlos von ihr löste. Weit genug, um ihr ins Gesicht sehen zu können, bevor das brüllende Verlangen die kaum noch vorhandene Vernunft überlagern konnte.

»Sag mir bitte, dass du die Scheißpille nimmst, Prinzessin«, presste er hervor und wartete ungeduldig auf ihre Antwort.

Sie nickte schwach. Ihr Gesicht war knallrot. Auf ihrer Stirn sah er winzige Schweißperlen und sie schien absolut unfähig zu sein, überhaupt ein Wort herauszubringen.

Raven wischte die Schweißperlen mit den Fingern weg, bevor er für seine Verhältnisse verdammt sanft über ihre Wange und schließlich ihre Unterlippe fuhr. Aber das würde das einzige Zugeständnis sein, das er ihr heute Nacht machen würde.

»Ich habe dich gewarnt. Die Kuschelnummer gibt's hier nicht. Wenn du gehen willst, sag es jetzt! Danach ist es zu spät!« Er wusste, dass das Grinsen in seinem Gesicht sicherlich mehr als nur ein bisschen böse auf sie wirken musste. Und genau so sollte es schließlich auch sein. Sollte sie nur nicht auf die Idee kommen, er würde sie schonen, nur weil er sie zum ersten Mal flachlegte.

Liliana schluckte schwer, bevor sie den Kopf schüttelte. Das trotzige Funkeln kehrte in ihre Augen zurück. Interessant. »Schon wieder so großkotzig«, antwortete sie leise und nur das leichte Zittern ihrer Stimme verriet ihm, dass sie nicht annähernd so gelassen und selbstsicher war, wie sie auf ihn wirken wollte. »Steck dir deine Warnung in den Arsch, Raven!«

Er lachte leise, bevor er sich vorbeugte und ihre Haare zur Seite strich. »Mutig, Prinzessin. Wirklich mutig. Willst du mich tatsächlich herausfordern?« Grinsend presste er seine Lippen auf ihren Hals. An der Stelle, an der er ihren rasenden Puls unter seiner Zunge spürte, als er darüber leckte und schließlich seine Zähne in ihrer zart duftenden Haut vergrub. So fest, dass sie sich auf seinen Armen verkrampfte und hörbar gepeinigt aufkeuchte. Ihrem sofort einsetzenden Reflex folgend warf sie den Kopf in den Nacken und machte es ihm dadurch ungewollt noch leichter. Gleichzeitig zog sie die Beine um seine Hüfte enger zusammen und zerrte an seinen Haaren.

Raven stemmte die Hand gegen die Wand hinter ihr, küsste sie erneut und stellte fasziniert fest, dass sich seine zynische Belustigung ihr gegenüber allmählich in Luft auflöste. Er hatte kein Problem damit, zuzugeben, dass er sie bisher nicht sonderlich ernstgenommen hatte. Klar, er respektierte sie auf rein akademischer Ebene, auch wenn sie nicht immer einer Meinung waren, wenn es um die Studieninhalte ging. Aber es überraschte ihn schon, dass sie in *dieser* Hinsicht wesentlich kompatibler und vor allem kooperativer war, als er gedacht hätte.

Liliana protestierte nicht, als er sie kommentarlos durchs Wohnzimmer in sein dunkles Schlafzimmer trug. Etwas, zu dem er auch fast blind und stark angetrunken noch in der Lage war, weil er nicht aufhören konnte, sie zu küssen. Sie wehrte sich nicht, als er sie mehr oder weniger unsanft auf sein Bett fallen ließ. Und sie wandte den Blick nicht ab, als er die nicht ganz so penetrante Wandbeleuchtung neben dem Fernseher einschaltete und sich das T-Shirt über den Kopf zog.

Ganz langsam ließ Raven seine Augen über sie wandern. Allein die Vorstellung, ihr diese Klamotten vom Leib zu reißen und sie so lange und heftig zu ficken, bis sie winselnd unter ihm lag und ihn anbettelte, aufzuhören, war schon fast zu viel. Zu viel für seine kaum noch vorhandene Selbstbeherrschung und definitiv zu viel für seinen nach Freiheit gierenden Schwanz.

Er sah, dass sie sich kurz über die halb geöffneten Lippen leckte und offenbar Mühe zu haben schien, ihre schnellen Atemzüge wieder in den Griff zu bekommen. Nur die Röte auf ihren Wangen verriet ihm, dass sie nicht ganz so cool war, wie sie tat. Niedlich. Und reizvoll.

»Steh auf«, forderte er und stellte zufrieden fest, dass sie mehr oder weniger umgehend gehorchte. Er sah das kurze trotzige Flackern in ihren Augen, aber dann schien doch ihre eigene Neugier zu siegen.

Sein blondes hübsches Prinzesschen knibbelte an ihren Nägeln herum und starrte ihn an, als hätte sie nicht die geringste Ahnung, was er nun von ihr erwartete. Das ließ sich ändern.

»Zieh das Kleid aus«, fuhr er lächelnd fort. »Schön langsam.«

Sie zögerte und erwiderte sein Lächeln deutlich kühler. »Muss ich die ganze Arbeit allein machen?«

Raven lachte leise. »Nicht doch, Prinzessin. Aber ein bisschen schon, wenn du deine Belohnung willst.«

Ein Kommentar, bei dem er sich einen ihrer biestigen Blicke einfing. Trotzdem folgte sie seiner Aufforderung und löste die Schleife, die das Kleid in ihrem Nacken zusammenhielt. Mit langsamen Bewegungen, genau, wie er es wollte, streifte sie es von den Schultern. Der Stoff glitt lautlos zu Boden und Liliana stand nun halbnackt vor ihm. In zusammenpassender schwarzer Spitzenwäsche, die er selbst ihr vor zwei Tagen aufgedrängt hatte. Der Push-up tat genau das, was er sollte und trotzdem verschwendete Raven keinen Gedanken mehr daran, dass er ihre Titten eigentlich viel zu klein fand. Weil er es nämlich kaum noch erwarten konnte, sie anzufassen und ihre hoffentlich harten Nippel in den Mund zu nehmen. Bevor er sich über den Rest von ihr hermachen würde ...

»Wie schön, dass dir offenbar doch nicht ganz so missfällt, was du siehst«, sagte sie spöttisch, schaffte es aber nicht, das verräterische Zittern aus ihrer Stimme fernzuhalten. »Willst du da nur rumstehen und mich angaffen?«

Raven lachte erneut und grinste sie kopfschüttelnd an. »Du willst mich provozieren? Hm, gut. Damit fällt dein Schonprogramm endgültig aus, Prinzessin. Streck die Hände aus.«

Er wartete nicht darauf, dass sie gehorchte. Mit ein paar schnellen Handgriffen öffnete er seinen Gürtel und zog ihn aus den Schlaufen seiner Jeans, bevor er mit hochgezogenen Augenbrauen darauf wartete, dass sie tat, was er verlangte. Auf einmal schien sie nämlich nicht mehr ganz so stur sein zu wollen. Zu spät.

»W- was hast du vor?«, presste sie hervor, als er unsanft nach ihren Handgelenken griff und den schwarzen Ledergürtel darum wickelte. »Raven -«

»Ich habe dich gewarnt«, wiederholte er dieselben Worte von vorhin. Ihr einsetzender Widerstand kümmerte ihn nicht sonderlich. Ihr Versuch, ihm ihre Hände zu entziehen, war kaum ernstzunehmen. Es war unfassbar leicht, die improvisierten Fesseln zuzuziehen, bevor er sie mit einem Stoß zurück aufs Bett beförderte.

Sie schnappte nach Luft und starrte ihn aus weit aufgerissenen Augen an, bekam aber kein Wort mehr heraus.

Einem Impuls folgend beugte er sich vor und streichelte ihr im krassen Gegensatz zu seinen Worten zärtlich übers Gesicht, während er die andere Hand ohne Umschweife zwischen ihre Beine schob. »So viel zu deinem Missfallen, Prinzessin«, sagte er kalt und sah mit innerer Befriedigung zu, wie sie den Kopf in den Nacken warf und stöhnte, als er den Stoff ihres Spitzenhöschens einfach beiseite zerrte und mit zwei Fingern tief in sie eindrang. Völlig mühelos, genau, wie er es erwartet hatte. Sie war unfassbar heiß und feucht und das wäre sie niemals gewesen, wenn es wirklich so schrecklich wäre, es mit ihm zu treiben. Aber eigentlich war das immer so.

Manche Weiber stellten sich eben einfach an. Aber wehe, er drehte erst mal auf, hm?

»G- Gott«, keuchte sie, biss umgehend die Zähne wieder zusammen und versuchte, die Beine zu schließen, doch Raven ließ sich nicht erweichen.

»Der kann dir nicht helfen«, antwortete er gelassen und nahm einen dritten Finger dazu. Er löste seine Hand von ihrem Gesicht und griff schnell nach dem losen Ende des Gürtels, damit sie gar nicht erst versuchen konnte, ihn von sich wegzudrücken. Gnadenlos hielt er ihre Arme unten, bis ihr Widerstand von allein brach.

Und schließlich keuchte sie noch lauter und spannte sich spürbar an, weil er mit dem Daumen ihre Klitoris berührte, während er seine Finger abwechselnd schnell und langsam vor- und zurückschob.

»Rutsch höher«, befahl er lächelnd, als er genauso abrupt von ihr abließ, wie er angefangen hatte. »Wird's bald.«

Dieses Mal gehorchte sie fast sofort, auch wenn sie sich den unverbesserlich störrischen Blick wohl nicht verkneifen konnte.

Raven ließ den Gürtel nicht los und folgte ihr umgehend aufs Bett. Mit einem eisigen Grinsen auf den Lippen band er ihre Arme über ihrem Kopf ans Metallgestell und zog das Ganze so fest, dass sie sich kaum noch rühren konnte.

»Wenn du morgen nicht mit einem Pullover in den brütend heißen Uniräumen sitzen willst, versuch erst gar nicht, dich zu befreien«, raunte er ihr zu und genoss es, das Zittern zu spüren, das ihren Körper durchlief. Weil er abermals über die Stelle ihres Halses leckte, der er vorhin schon seine Aufmerksamkeit gewidmet hatte. Ein Stempel, der zu ihrem sicheren Bedauern auch morgen noch deutlich zu erkennen sein würde. »Und trag ein Halstuch. Schließlich wirst du niemandem erklären wollen, wo du mein persönliches Zeichen herhast, hm?«

»D- du bist ein Arschloch!«, presste sie hörbar mühsam hervor und starrte ihn wütend an.

»Ach komm schon. Das ist doch nichts Neues für dich. Aber wo wir gerade davon reden«, fügte er lächelnd hinzu und richtete sich weit genug auf, um sich zwischen ihren Beinen zurückzulehnen und sie betrachten zu können, »Wenn ich doch so entsetzlich böse und in deiner hübschen Welt der Leibhaftige persönlich bin - wieso bist du dann hier? Wieso liegst du in meinem Bett? Und wieso - die wirklich interessante Frage - bist du darauf *vorbereitet*, genau jetzt hier zu sein?«

Während er sprach, ließ er seine Hand über ihr linkes Bein wandern. Von ihrem Knöchel langsam aufwärts über ihre Wade, ihr Knie und ihren Oberschenkel, bevor er seine Finger wesentlich langsamer in den Bund ihres Höschens schob. Über ihren glattrasierten Venushügel. Wieder abwärts. Bis er ihr ein weiteres süßes Stöhnen entlockte, das sie nicht rechtzeitig unterdrücken konnte, weil er in ihre Klitoris kniff. Fest aber noch nicht so brutal, wie er es in der Vergangenheit das eine oder andere Mal bei anderen Mädels getan hatte.

»Was hatten wir heute Morgen über Verdrängung und Verleugnung gesagt, Prinzessin?« Grinsend zog er seine Finger zurück und stemmte die Hände neben ihren Schultern auf die Matratze. Das Wechselspiel ihrer widerstreitenden Emotionen zu beobachten, war wirklich zu schön. »Du verabscheust mich - und trotzdem liegst du jetzt unter mir und kannst es kaum erwarten, dass ich all die schönen Dinge mit dir tue, die du dir bisher nur in deinen Träumen vorgestellt hast. Mit mir. Ist es nicht so? Antworte!«

»Fick - dich, Raven!«, quetschte sie noch mühsamer hervor, richtete sich dann aber im Gegensatz zu ihren Worten auf, um den Abstand zwischen ihnen zu überbrücken und ihn zu küssen. So weit, wie es ihre Fesseln zuließen und wie sie es offenbar aushielt.

Raven grinste innerlich. Er tat ihr und sich selbst den Gefallen, ihren Kuss zu erwidern und spürte das lodernde Verlangen in seinen Lenden, als sie ihre Zunge in seinem Mund schob. Viel zu interessant, um es ignorieren zu können. Sie wollte ihn mindestens genau so sehr und schien allmählich einzusehen, dass es keinen Sinn machte, sich dem zu widersetzen.

Dann kann das Spiel ja losgehen, dachte er um einiges besser gelaunt, als noch vor ein paar Minuten. Und er bereute es nicht länger, Liliana nicht ausgeladen zu haben. Nicht im Geringsten.

Mit fest zusammengepressten Lippen und geschlossenen Augen ließ sich Liliana zurücksinken. Sie hatte weitaus größere Mühe, ihren Herzschlag wieder unter Kontrolle zu kriegen, als sie vor sich selbst eingestehen wollte. Mindestens genauso schwer fiel es ihr, sich nicht anmerken zu lassen, wie sehr sie all das hier anturnte. Wie sehr es sie anmachte, kaum Bewegungsspielraum zu haben. Der leichte Schmerz in ihren Handgelenken, *wenn* sie sich zu sehr bewegte. Das Prickeln auf ihrer Haut, das er mit jeder noch so winzigen Berührung hinterließ und das dafür sorgte, dass ihr immer heißer und heißer wurde. Das brennende Verlangen danach, er möge niemals damit aufhören, sie zu küssen, zu berühren, und endlich anfangen, das zu tun, was er angekündigt hatte: sie zu vögeln!

Ihre anfängliche Furcht war verschwunden. Sie hatte sich noch nie beim Sex fesseln lassen und erst nicht wirklich gewusst, wie sie das finden sollte. Es kam ihr blöd vor und hatte sich angefühlt wie - eine Kapitulation. Nicht unbedingt erniedrigend, aber doch so, als hätte sie absolut keine Kontrolle mehr über die Situation. Eigentlich kein Gefühl, das sie sonderlich mochte.

Aber nun war es in Ordnung. Allmählich fing sie an, es zu genießen, die Kontrolle auf diese Weise an ihn abzugeben. Und vielleicht war es verrückt, aber bis zu einem gewissen Grad vertraute sie ihm. Tief in ihrem Inneren wusste sie, dass er ihr keinen wirklichen Schaden zufügen würde. Von ein bisschen Fesseln ohnehin nicht.

Und sonst?

Das konnte sie noch nicht genau einschätzen. Der Grund für ihre anhaltende latente Nervosität.

Dass Raven kompromisslos und beherrschend war, stand fest. Aber bisher hatte er nichts getan, das brutal oder zu schmerzhaft gewesen wäre und sich nicht aushalten ließ.

Es fühlte sich - gut an. Befreiend. Richtig. Und seltsam vertraut.

Ihre bisherigen Sexualpartner ließen sich mehr oder weniger an einer Hand abzählen. Gerade im letzten Jahr hatte sie eigentlich alles dafür getan, die Aufmerksamkeit von Männern nicht auf sich zu lenken. Nicht unbedingt beabsichtigt, aber so war das eben, wenn man jeden verdammten Cent fünfmal umdrehen musste. Wenn man das ganze klägliche Gehalt zur Seite legen und eisern sparen musste, blieb eben keine Kohle übrig, sich solche Sachen wie die zu kaufen, die Raven ihr aufs Auge gedrückt hatte. Klamotten, die immerhin dafür gesorgt hätten, dass sie einem Mann überhaupt auffiel.

Selbst ihr ungehobelter krimineller Kommilitone hatte sie bis vor ein paar Tagen allenfalls als Diskussionspartnerin in der Uni wahrgenommen. Es war purer Zufall gewesen - wenn sie ihm das wirklich abkaufen wollte - dass er in dieser Nacht in ihre Wohnung eingestiegen und sie eben ohne ihre Gammelklamotten gesehen hatte. Oder viel mehr - angefasst hatte. Denn das war es schließlich. Der Auslöser für sein offensichtlich erwachtes Interesse an ihr, das allenfalls oberflächlich und bestenfalls darauf ausgerichtet war, sie hier und jetzt flachzulegen.

Doch Raven schien sich Zeit lassen zu wollen und Lil wusste nicht, ob sie das begrüßen oder bedauern sollte. Er bedeckte ihren Hals mit Küssen, bewegte sich langsam abwärts und streichelte dabei über ihren Bauch, während sie einfach nur daliegen konnte.

Seine Strategie, um mich aus der Ruhe zu bringen, schoss es ihr in den Kopf und beinahe hätte sie laut gelacht. Natürlich. Er war ein Spieler - durch und durch. Und seine Spielchen mit ihr schienen ihn besonders zu amüsieren. Herrlich.

»Nicht so ungeduldig, Prinzessin«, murmelte er und hob den Kopf weit genug an, damit sie das Grinsen in seinem Gesicht gut genug erkennen konnte. Zusammen mit dem boshaften Blitzen in seinen Augen, als er schließlich aufhörte, ihr Schlüsselbein zu küssen. »Du wirst mich noch früh genug anbetteln, von dir abzulassen, glaub mir.«

»Nur in deinen Träumen«, antwortete sie und konnte sich den sarkastischen Tonfall nicht verkneifen.

Aber ihre Worte entlockten Raven nicht viel mehr als ein müdes Lächeln. Er setzte sich auf, sah ihr die ganze Zeit fest in die Augen und schien sich einen passenden Kommentar verkneifen zu müssen. Wortlos lehnte er sich zurück und verschränkte langsam die Arme vor seiner nackten Brust.

Ein Anblick, der ihr beinahe ein Stöhnen entlockt hätte, weil sie es kaum erwarten konnte, ihn und seine wirklich verlockenden Muskeln anzufassen. Seine breiten Schultern, seine Arme, von denen sie immerhin jetzt wusste, wie viel Kraft in ihnen steckte und seinen trainierten perfekten Oberkörper ...

Sofort schalt sie sich eine oberflächliche dumme Idiotin! Ihm warf sie Arroganz und Sexismus vor, aber ihre eigenen Gedanken waren auch nicht wirklich besser. Es war - unfair. Sie wollte nicht, dass er sie wie ein Objekt behandelte, dann musste sie anfangen, es genauso zu machen.

Auch wenn ich mir eher die Zunge abbeißen würde, als ihm das zu sagen.

Unter seinem stechenden Blick fing sie allerdings doch allmählich an, sich unwohler zu fühlen. Es machte sie nervös, dass er sie mit diesem Grinsen auf den Lippen anstarrte und dabei sicherlich nichts Gutes im Schilde führte. Und es machte sie extrem nervös, dass ihr Körper trotzdem darauf reagierte.

»Oh, Prinzessin«, seufzte er gespielt theatralisch und lächelte mit seinem Zahnpastawerbungsgesicht zu ihr herunter. »Was mache ich nur mit dir, hm? Du machst es mir jedenfalls verdammt schwer, nicht die Kontenance zu verlieren, weil du einfach nicht deinen hübschen Mund halten kannst. Du erinnerst dich daran, dass ich *leicht* betrunken bin oder? Da könnte es schnell passieren, dass ich vergesse, dass ich dich nicht gleich nach der ersten Nacht mit blauen Flecken nach Hause schicken wollte. Ups.«

»Wa-« Das Wort blieb ihr im Hals stecken und wurde von einem erschrockenen Aufschrei abgelöst, weil Raven die Arme runter nahm und so fest auf die Innenseite ihres Oberschenkels schlug, dass ihr das Klatschen in den Ohren dröhnte.

Schmerz durchzuckte sie wie ein Peitschenhieb und vor lauter Schreck zerrte sie an seinem Gürtel und versuchte, die Beine zusammenzupressen.

Doch Raven drängte blitzschnell sein Knie dazwischen und presste seine Lippen auf ihre, um ihren Schrei zu unterdrücken.

Liliana kniff die Augen zusammen, spürte die kleinen Schweißperlen auf ihrer Stirn und presste die Lippen zusammen, doch auch davon ließ er sich nicht im Mindesten beeindrucken. Sie fühlte seine Hand an ihrer Hüfte, bevor er ihr seitlich in den Hintern kniff und sie zwang, den Mund aufzumachen.

Er küsste sie. Wesentlich härter und dominanter als zuvor. Auf eine Weise, die ihr Blut zum Kochen brachte und ihr Höschen noch feuchter werden ließ. So lange, bis sie kaum noch Luft bekam und nach Atem ringend unter ihm zu zappeln anfing, damit er aufhörte.

Er schmeckte nach Bier - aber das war auch alles, was irgendwie daran erinnerte, dass er eigentlich betrunken sein sollte. Nichts an seinen Bewegungen war unkontrolliert oder unkoordiniert. Unheimlich!

»Ich hatte dich gewarnt«, presste er schließlich ebenso atemlos hervor. »Reiz mich nicht!«

»D- du hast sie nicht mehr alle«, stieß sie atemlos hervor und schüttelte den Kopf. Dabei bereitete es ihr die größte Mühe, ihn um Himmelswillen nicht merken zu lassen, dass es ihr trotzdem auf eine abartige Weise gefallen hatte.

Herrgott - was ist nur mit mir los? Das kann nicht wahr sein ...

»Sagt die Richtige«, antwortete er kalt, und bevor sie protestieren konnte, schob er seine Finger erneut in sie.

Liliana warf den Kopf zurück und kniff die Augen abermals zusammen. Unbewusst zerrte sie an seinem Gürtel, was eine erneute Schmerzwelle durch ihren Körper jagte und die Wahrscheinlichkeit erhöhte, noch weitere sichtbare Spuren dieser völlig verrückten Aktion davonzutragen. Etwas, das ihr schwindender Verstand nur am Rande registrierte. Weil alles andere davon darauf konzentriert war, Herrin über sich und ihre Sinne zu bleiben!

»Tu uns beiden den Gefallen und akzeptiere bitte, dass dich diese Nummer genauso anmacht wie mich, Prinzessin«, fuhr er unbeeindruckt fort. »Das würde es für mich erheblich leichter machen, dir nicht dein vorlautes Mundwerk zu stopfen und um einiges angenehmer für dich, weil du das Ganze dann vielleicht noch etwas mehr genießen könntest.«

Sie starrte ihn an - unfähig einen klaren Gedanken zu fassen oder irgendwie zu reagieren. Etwas, das er auch nicht zu erwarten schien.

»Und sei bitte etwas leiser. Ich habe *Nachbarn*.«

»Seit wann kümmern dich andere Menschen?«, fragte sie gepresst, als sie einigermaßen sicher war, dass sich ihre Stimme nicht überschlug und sich ihre Zunge von ihrem Gaumen löste. Sie schluckte schwer. Ihr Oberschenkel brannte wie Feuer, aber das änderte rein gar nichts daran, dass sie sich nach wie vor danach sehnte, endlich weiterzumachen. Eine Tatsache, die sie etwa so sehr verstörte wie sein nächster Kuss.

Der stand nämlich schon wieder im krassen Gegensatz zu dem, was er gerade getan hatte. Er war unglaublich sanft und unaufdringlich. Beinahe zärtlich ließ Raven seine Zunge über ihre Lippen gleiten, bis sie zögernd den Mund öffnete. Ein Teil von ihr war sich darüber im Klaren, dass er das nur machte, um sie vollkommen aus dem Konzept zu bringen. Aber der Rest wollte genau das - ihn weiter küssen und mehr und -

»Also, normalerweise kümmern mich meine Nachbarn nicht. Aber normalerweise kommt es auch nicht vor, dass ich ihnen einen Grund gebe, die Bullen wegen einer vermeintlichen Lärmbelästigung zu rufen. Vielleicht überrascht es dich, aber ich ziehe es vor, meine One-Night-Stands und Affären außerhalb meiner Wohnung zu vögeln.«

»Das überrascht mich nicht wirklich, nein«, antwortete sie tonlos. »Typen wie du kriegen schließlich schon beim geringsten Anzeichen von Gefühlsduseleien kalte Füße, richtig?«

Lil hatte nicht den blassesten Schimmer, wieso sie weiterhin auf dieser Ebene mit ihm redete. Wieso sie ihn trotz allem weiter provozierte, obwohl sie doch ganz genau wusste, dass er am längeren Hebel saß. Aber als sie eine Millisekunde lang genau darüber nachdachte, stellte sie tatsächlich wenig überrascht fest, dass der Adrenalinschub von vorhin längst abgeklungen war. Verrückt! Und sie hatte nicht einmal eine richtige Erklärung dafür. Als hätte sie sich darauf eingestellt, wie das hier laufen würde. Als hätte sie es tatsächlich - akzeptiert.

Ich bin eben auch gestört, dachte sie mit einer morbiden Faszination und musste das Lachen zurückdrängen, das sich ihre Kehle hinaufstehlen wollte.

»Schön, dass du dich amüsierst.« Ihr Kommilitone lächelte reserviert. »Aber gut. Können wir das Gespräch an dieser Stelle beenden und uns dem wesentlichen Teil des Abends widmen? Oder möchtest du noch einen dummen Spruch ablassen, der mich am Ende eh nur dazu treibt, dich so lange zu ficken, bis du nicht mehr gerade gehen kannst.«

Lil lachte verächtlich, ohne einen Gedanken an die Folgen zu verschwenden. Dabei war sie innerlich aufgewühlt und nicht annähernd so cool, wie sie ihn glauben machen wollte ...

»Bisher hast du jedenfalls nicht mehr als ein paar Drohungen ausgestoßen. Was ist, Raven? Hast du nicht mehr zu bieten? Ich weiß, was ich will. Aber was ist mit dir? Was erhoffst du dir davon? Denkst du, ich würde einknicken und mich von dir einschüchtern lassen?«

»Hm, ich denke, du bist *sehr* eingeschüchtert, Prinzessin. Und wenn nicht - kein Problem. Das können wir ändern.«

Raven stemmte sich hoch und machte sich am Verschluss ihres BHs zu schaffen, ohne sie aus den Augen zu lassen. Er ließ sich vorn öffnen, weshalb es keine Sekunde dauerte, bis sie mit nunmehr nackten Brüsten vor ihm lag und scharf die Luft zwischen den Zähnen einsog, weil er ihre Brüste so fest drückte, dass es tatsächlich wehtat.

Angesichts der fast krankhaften Intensität, mit der sie schon die ganze Zeit auf ihn reagierte, war es wenig überraschend, dass ihre Nippel hart waren, als er sie zwischen seinen Daumen und Zeigefingern fest zusammendrückte.

Lil biss sich auf die Zunge, als er sich runterbeugte und erst einen Kuss auf ihre linke Brustwarze hauchte und sie dann in seinem Mund verschwinden ließ. Er saugte, leckte und knabberte so lange daran, bis sie es kaum noch ertragen konnte und wieder anfing zu zappeln, um ihn abzulenken.

Damit er aufhörte. Damit er Himmel noch mal aufhörte, sie in den Wahnsinn zu treiben! Schließlich blieb der Rest ihres Körpers nicht ungerührt davon. Sie spürte die Hitze zwischen ihren Beinen, das stärker werdende Pochen und wusste genau, dass sie immer feuchter wurde. Es war unfassbar intensiv. Erregend. Schmerzhaft und gleichzeitig süß ...

Doch Raven unterbrach seinen offensichtlichen Spaß nur, um dasselbe mit der anderen Seite zu wiederholen. So lange, bis sie nicht mehr wusste, wo ihr der Kopf stand. Es tat weh und turnte sie gleichzeitig extrem an. Sie schaffte es nicht länger, den Schrei zurückzuhalten, weil er seine Zähne in die zarte Haut schlug und so fest zubiss, dass sich der Schmerz in ihrem ganzen Oberkörper ausbreitete. Erst da ließ er von ihr ab.

Keuchend und absolut unfähig, ihm ins Gesicht zu sehen, lag sie da und versuchte angestrengt, ihren rasenden Herzschlag unter Kontrolle zu kriegen.

»So. Und das war noch gar nichts, *Prinzessin*. Du willst, dass ich dich ficke? Gerne. Kannst du haben. Aber beschwer dich hinterher nicht und hör endlich auf, rumzuschreien! Sonst knebel ich dich doch noch.«

Es war die Art, wie er seine Worte betonte und die verrückte Zärtlichkeit, mit der er ihr über die Wange streichelte, die das Blut in ihren Adern gefrieren ließ. Eine leise aber ziemlich penetrante Stimme in ihrem Kopf beharrte stur darauf, dass sie die Reißleine ziehen und hier abbrechen sollte, bevor es zu spät war. Aber sie schaffte es nicht. Unmöglich. Einfach -

»Ich hoffe, du bist bereit genug. Wenn nicht - sorry«, flüsterte er ihr zu und machte ihr dadurch bewusst, dass sie offenbar sekundenlang mit sich selbst beschäftigt gewesen war. Lange genug, damit er genügend Zeit gehabt hatte, seine Hose zu öffnen und ihre Beine weit genug auseinanderzudrücken, ohne dass sie es verhindern konnte. Die Mühe, ihr das Höschen auszuziehen, schien er sich gar nicht erst machen zu wollen.

Ihre Fingerspitzen kribbelten, als sie die gefesselten Hände über ihrem Kopf zu Fäusten ballte und sich innerlich gegen das wappnete, was nun passieren würde.

Es war - unmöglich. Unmöglich sich darauf einzustellen, denn es überstieg alles, was sie kannte oder sich vorstellen konnte. Bei Weitem.

Lil biss sich fest auf die Unterlippe, als sie einen Blick runter auf seine beängstigend große Erektion riskierte. Aber da war es längst zu spät. Er packte ihre Waden, winkelte ihre Beine an und -

Einen einzigen Wimpernschlag später drang er so gnadenlos und tief in sie ein, dass ihr gepeinigtes Stöhnen zu einem Schmerzensschrei anschwoll, den sie einfach nicht zurückhalten *konnte*.

Raven ließ den Laut nicht entweichen. Er presste sie tief in die Kissen, küsste sie schnell und hart auf den Mund und stieß gleichzeitig noch einmal zu. Ohne Rücksicht oder den leisesten Hauch von Zärtlichkeit.

Ein zweites und drittes Mal. Hart! So tief, dass sie das Gefühl hatte, nicht mehr atmen zu können. Nie wieder.

Es tat weh! Einfach nur fürchterlich weh und fühlte sich an, als würde er sie zerreißen, weil sie es selbst nur schlimmer machte. Sie spannte sich an, verkrampfte sich und schaffte es überhaupt gar nicht, wenigstens ein bisschen locker zu lassen. Zu hart, zu tief, zu groß -

Liliana hörte ihr eigenes Blut in ihren Ohren rauschen. Das Herz schlug ihr bis zum Hals, ihre Handflächen fühlten sich feucht an und ihre Nägel krallte sie so tief in ihre Haut, dass es wehtat. Außerdem zitterte sie. Sie zitterte und bebte und ...

»Sieh mich an, Prinzessin«, hörte sie Ravens leise Stimme an ihrem Ohr und registrierte am Rande, dass er aufhörte. Er hörte auf, sich in ihr zu bewegen, zog sich aber nicht zurück. Der brennende Schmerz zwischen ihren Beinen blieb.

Sie spürte seine warmen Finger und seinen Atem auf ihrem Gesicht und blinzelte die Tränen weg.

Oh Gott - bitte nicht! Wie erbärmlich ist das denn? Verdammt!

Ihr Herz setzte vor lauter peinlicher Berührung einen Schlag aus und es fühlte sich an, als hätte ihr jemand ins Gesicht geschlagen. Der Schmerz in ihrem Unterleib wurde von Scham überlagert. Zum ersten Mal schämte sie sich in seiner Gegenwart. Ohne zu wissen, weshalb ...

»So viel zu deiner Furchtlosigkeit, hm?« Weder in seiner Stimme noch in seinen Augen lag ein Hauch von Spott, als er ihre Tränen mit dem Daumen fortwischte und ihr ins Gesicht sah. »Ich kann Lügen wirklich nicht ausstehen. Auch so kleine nicht, Prinzessin. Du hattest nicht die geringste Ahnung, auf was du dich hier einlässt, oder?«

Lil antwortete nicht. Sie wusste einfach nicht, was sie dazu sagen sollte. Sie wusste gar nichts mehr, verdammt. Nur, dass es ihr unendlich peinlich war, so schnell schon einzuknicken. Eine Tatsache. Raven hatte noch nicht einmal aufgedreht und sie - kam jetzt schon nicht mehr mit.

Einen endloslangen Augenblick starrte er sie einfach nur an, als wüsste er nicht, was er nun mit ihr anstellen sollte. Es war klar, dass er sich das Ganze hier wahrscheinlich etwas anders vorgestellt hatte. Genau wie sie eigentlich. Immerhin hatte sie ihn die ganze Zeit provoziert und ihm so nur die Vorlage dazu geliefert, oder nicht? Sie war selbst schuld.

Ich hab's vermasselt ...

Schließlich seufzte Raven hörbar resigniert, bevor er sich mit den Fingern durch die Haare fuhr und zu ihrer wachsenden Verwirrung den Gürtel vom Bettgestell löste.

»Okay. Schalten wir einen Gang zurück.« Der Ausdruck in seinen Augen war weniger eisig, als sie erwartet hätte. Er befreite ihre Handgelenke, in die nur langsam das Blut zurückfloss, und zog sich tatsächlich aus ihr zurück.

Sie konnte sich das erleichterte Stöhnen gerade so verkneifen, bemühte sich aber, ihn nicht anzusehen.

»Der härteste Sex, den du bisher hattest - lass mich raten«, sagte er lächelnd, ohne ihre Hände loszulassen und hauchte jeweils einen Kuss auf ihre Handrücken, »In der Highschool auf dem Schulklo. Oder auf der Rückbank irgendeiner Dreckskarre auf dem Abschlussball. Oder -«

»Hör auf«, unterbrach sie ihn leise und verzog das Gesicht zu einer gequälten Grimasse. »Mach dich nicht auch noch über mich lustig!«

Raven schüttelte sichtlich verständnislos den Kopf. »Nicht doch, Prinzessin. Ich versuche zu ergründen, wo ich ansetzen muss. Also. Was war es? Wo hab ich dich zu hart angefasst, hm?«

Lil würgte den Kloß in ihrem Hals hinunter, bevor er zu groß werden und ihr das Atmen unmöglich machen konnte. Verwirrt starrte sie ihn an und spürte, wie ihr Gesicht heiß wurde. Was sollte das werden? Eine Lehrstunde?

Er ließ ihre linke Hand los, betrachtete dann aber eingehender ihr anderes Handgelenk und runzelte die Stirn. »Fesseln war okay?«

Liliana nickte nach einem kurzen Zögern.

»Hm. Und das hier?«, fragte er und legte seine Finger an die Stelle, an der er ihr vorhin den Klaps verpasst hatte.

Ihre Haut brannte sofort bei der Berührung und sie zuckte kaum merklich zusammen, rang sich aber auch dieses Mal ein mehr oder weniger zustimmendes Nicken ab.

»Mochtest du das?«

Sie nickte abermals, schämte sich aber dafür, es zuzugeben. Etwas, das auf ihn wahrscheinlich dumm wirkte, denn er lächelte.

»Okay. Dann denke ich, weiß ich, wo ich ansetzen muss«, fügte Raven leise hinzu, ohne eine richtige Erklärung zu liefern und beugte sich mit einem mehr oder weniger emotionslosen Grinsen auf den Lippen zu ihr herunter. »Ab jetzt kündige ich alles an, was ich tue. In Ordnung?«

Sein Atem auf ihrem Gesicht ließ sie erschaudern. Sie spürte seine Lippen an ihrer Wange, bevor er einen federleichten Kuss auf ihre Lippen presste. Weiter lächelnd, als würde ihm all das hier immer noch Spaß machen. Vielleicht tat es das sogar. Ein bisschen kam sie sich vor wie ein Studienobjekt. *Sein* Studienobjekt! Kein Gefühl, das sie sonderlich mochte. Trotzdem nickte sie.

Lil ließ zu, dass er den Kuss allmählich intensivierte und seine Finger dabei über ihre Arme wandern ließ. Langsam aufwärts zu ihren Schultern. Eine Hand schob er in ihr Haar und strich es langsam zur Seite, während er sich mit den Fingern der anderen Hand über ihren Hals tastete. Ein heißer Schauer lief über ihren Rücken, als er die Stelle fand, in die er vorhin hineingebissen hatte. Etwas, das sich alles andere als schlecht anfühlte.

Raven griff nach ihrer rechten Hand und führte sie an seinen Hals, als wollte er sie ermutigen, sich etwas mehr zu beteiligen. Er unterbrach seinen Kuss nicht. Im Gegenteil. Als würde er spüren, dass sie sich langsam entspannte, erhöhte er das Tempo, schob seine Zunge in ihren Mund und brachte sie mehr und mehr dazu, das fast verloren geglaubte Verlangen zurückzubekommen.

Liliana hatte keine Ahnung, wie er das fertigbrachte - aber sie wurde mit jedem Atemzug, jedem Kuss und jeder Berührung ruhiger. Die Angst verschwand. An ihre Stelle kehrte die Begierde zurück, die dafür sorgte, dass sie ihre Finger durch seine Haare wandern ließ. Über seine stoppelige Wange, seinen Hals und seine breiten Schultern, die sich tatsächlich noch besser anfühlten, als sie gedacht hatte. Seine Haut war heiß. Sie ertastete jeden Muskel in seinen Armen, bevor sie die Hände etwas zaghafter über seine Brust wandern ließ.

Es schien ihm immerhin nicht zu missfallen. Raven grinste in den Kuss hinein und biss schließlich wesentlich zärtlicher in ihre Unterlippe, als sie ihm zugetraut hätte. Erst dann löste er sich von ihr und strich ihre Haare erneut aus ihrer Stirn.

»Gar nicht übel, das muss ich zugeben. Normalerweise sind diese seichten Kuschelnummern nicht mein Ding. Aber das überrascht dich wohl eher nicht, nehme ich an.«

Es dauerte zwei Sekunden, bis sie einigermaßen sicher war, dass sich ihre Stimme nicht überschlug. »Und trotzdem lässt du dich darauf ein«, stellte sie leise fest, bevor sie die Hand hob und sie an seine Wange legte. Keine Spur mehr von Panik oder Scham. Ein Umstand, der fast zu schön war, um wahr zu sein. »Sollen wir darüber diskutieren, was Jung darüber gedacht hätte?«

Raven erwiderte ihr Lächeln nur eine Spur kühler, löste dann ihre Finger von seinem Gesicht und küsste ihre Handfläche, ohne sie aus den Augen zu lassen. »Danke, ich verzichte. Der gute Jung ist wohl eher dein Spezialgebiet. Die alten Meister liegen mir nicht so. Ich bin eher so der systemische Typ.« Sein Grinsen wurde breiter. »Du scheinst dich ja wieder im Griff zu haben, Prinzessin. Können wir da weitermachen, wo wir aufgehört haben?«

Anstatt ihm eine Antwort zu geben, die sie vielleicht nur dazu gebracht hätte, nachzudenken, richtete sie sich weit genug auf, um seine Lippen erreichen zu können.

Natürlich riss er die Kontrolle über den Kuss umgehend wieder an sich, griff dann nach ihren Handgelenken und drückte sie über ihrem Kopf in die Kissen. Nicht ganz so schmerzhaft wie vorhin, aber doch deutlich dominanter.

Doch das war in Ordnung. Sie beschloss, ihm eine Chance zu geben. Sich noch einmal darauf einzulassen und zu hoffen, dass sie sich dieses Mal besser beherrschen konnte. Und er - auch.

Raven steigerte das Tempo schnell. Irgendwann ließ er ihre Handgelenke los. Obwohl er es nicht ausdrücklich sagte, ließ sie sie dort, wo sie waren. Etwas, das ihm ein zufriedenes Knurren entlockte, als er sich ziemlich atemlos von ihr löste und sich schließlich ihrem Höschen zuwandte. Das Letzte, was sie vor seinen gierigen Blicken schützte, bevor er es kommentarlos über ihre Hüften streifte.

Obwohl sie nun komplett nackt vor ihm lag und sich nicht einmal traute, einen Finger zu rühren, fühlte sie sich nicht wirklich ausgeliefert oder schutzlos. Er schien inzwischen zu der Erkenntnis gelangt zu sein, dass es nicht das Schlechteste sein könnte, diese Sache etwas mehr auf ihre Art anzugehen. Etwas, für das sie ihm unerwartet dankbar war, auch wenn sie es nicht aussprechen würde. Es reichte, die Zustimmung in *seinem* Blick zu sehen.

Egal was er für ein widerliches arrogantes Arschloch sein konnte - es gefiel ihm genauso gut wie ihr. Und sie war sich hinreichend sicher, dass auch er kein Wort darüber verlieren würde.

Egal. Völlig egal. Hauptsache, er macht weiter und -

»Hey, nicht träumen, Prinzessin«, grinste er kühl, als wäre ihm nicht entgangen, dass ihre Gedanken abdrifteten. »Glaub nicht, dass du heute Nacht zum Schlafen kommst.«

»Ach nein?«, antwortete sie mit einem schwachen Lächeln und wartete darauf, was als Nächstes passierte. Ihr Herz schlug schnell aber regelmäßig und das erwartungsvolle Kribbeln war auch längst in ihren Magen zurückgekehrt. Ein gutes Gefühl. Definitiv.

»Dreh dich um und leg dich auf den Bauch«, befahl er und rückte weit genug von ihr weg, damit sie seiner Aufforderung folgen konnte.

Liliana schluckte schwer, ließ sich aber nichts von ihrer Anspannung anmerken und gehorchte. Es dauerte ein paar Sekunden, dann spürte sie, wie er aufstand und sah aus dem Augenwinkel, dass er sich die Jeans auszog, bevor er zurück aufs Bett kletterte. Ihr Puls beschleunigte sich sofort, als er sein Knie zwischen ihre Beine drängte und sich über sie schob.

Seine Erektion stieß gegen ihren Po und sie hielt unwillkürlich den Atem an, als sie seine Haare an ihrer Wange und seinen heißen Atem auf ihrem Gesicht spüren konnte.

»Augen aufmachen, Prinzessin«, hörte sie ihn sagen und hatte tatsächlich nicht einmal gemerkt, dass sie die Augen zukniff. »Ich werde dir nicht wehtun. Jedenfalls nicht sehr. Kriegst du das hin?«

Die leichte Belustigung in seiner Stimme entging ihr keinesfalls. Trotzdem gelang es ihr irgendwie, den Kopf anzuheben und zu nicken. Wie sie das schaffte, wusste sie nicht. Die Nervosität war wieder da und verstärkte sich nur, als Raven seine Hand an ihre Hüfte legte und sie langsam hochzog.

»Erleichtern wir dir das Ganze ein bisschen«, flüsterte er, bevor er seine Lippen auf ihre Schulter presste und seine Hand vorwärts schob. Runter zwischen ihre Beine. Seine Finger fanden ihre Klitoris und Lil unterdrückte ein Stöhnen, als er anfing, sie zu umkreisen, ohne allzu viel Druck auszuüben. Tatsächlich schienen sich ihre Gedanken und Zweifel mehr und mehr in Luft aufzulösen, je mehr sie anfing, seine Berührungen zu genießen. Denn genau das tat sie. Es war kein Vergleich zu vorher.

Ihre Finger krallten sich von selbst ins Laken unter ihr. Ihr Kommilitone schien eine Menge von dem zu verstehen, was er tat. Es dauerte nur Sekunden, bis sie merkte, dass sich die anfänglich latente Hitze zwischen ihren Beinen auf ihren gesamten Unterleib übertrug. Lauter kleine elektrische Impulse schossen über ihre Haut.

Heiß. Ihr war unendlich heiß, und als Raven sich weiter vorbeugte und seine andere Hand unter ihr Kinn schob, damit sie ihm das Gesicht zuwandte, sah sie das wissende Lächeln auf seinen Lippen, bevor er sie erneut küsste. Etwas, das angesichts seiner Position über ihr nicht ganz so einfach war. Trotzdem sog sie umgehend und gierig seinen Geruch ein und konnte es kaum erwarten, dass er seine Zunge in ihren Mund schob und weitermachte. Alles - hauptsache, er hörte nicht auf!

Er tat es nicht. Seine Bewegungen wurden schneller, fester, drängender. Liliana spürte den sich aufbauenden Orgasmus und gab sich diesem Gefühl nur allzu bereitwillig hin.

»Komm für mich, Prinzessin«, murmelte er und als hätte ihr Körper nur auf diesen Befehl gewartet, explodierte die Hitze in ihrem Unterleib.

Liliana kam. Schnell, heftig und so intensiv, dass sie ihren Aufschrei nur unterdrücken konnte, weil sie ihre Zähne in ihren Unterarm schlug und so fest zubiss, dass es wehtat. Ein süßer Schmerz, der so völlig anders war als der, den er ihr zugefügt hatte. Ihr Verstand verschwand unter einer nebligen Decke aus Lust und Schmerz und sie gab sich ihr nur allzu gerne hin. Um sich nicht zu schämen. Um nicht darüber nachzudenken, dass es völlig verrückt war, sich nicht zu widersetzen, als er ihre Beine leicht auseinanderdrängte und sich dazwischen positionierte, während sie noch immer versuchte, dieses unglaubliche Hochgefühl festzuhalten, solange es ging.

Raven schien genau darauf gewartet zu haben. Dass ihr ganzer vorheriger Widerstand brach und er genau da weitermachen konnte, wo er vorhin aufgehört hatte.

Liliana schnappte nach Luft und biss die Zähne zusammen, als sie seine Erektion zwischen ihren nunmehr feuchten Beinen spürte, hielt aber still und ließ ihn mit klopfendem Herzen gewähren. Dieses Mal drang er langsamer in sie ein. Und weniger tief. Und es fühlte sich - wahnsinnig gut an. Tausendmal besser als eben ...

»Normalerweise mache ich keine Zugeständnisse wie dieses«, hörte sie ihn sagen und wusste, dass er grinste, ohne dass sie ihn ansehen musste. »Leider hat es mich viel zu sehr gereizt, dich schreien zu hören. Und dich betteln zu sehen. Und auch, wenn dir das jetzt vielleicht nicht sonderlich gut gefällt, Prinzessin«, fügte er hinzu und fing an, sich in ihr zu bewegen, »ich werde dir sicher noch mehr Tränen entlocken.«

»D- dann tu es und hör auf, nur davon zu quatschen«, antwortete sie mit einem schwachen Lächeln und verschränkte ihre verkrampften Finger mit seinen. »Dieses Mal - werde ich dir sicher nicht den Gefallen tun und -«

Raven ließ sie den Satz nicht beenden. Sie sah noch das breiter werdende arrogante Grinsen auf seinen Lippen, bevor er sich mit einem weiteren Stoß so tief in ihr versenkte, dass ihre Worte nahtlos in ein kehliges Stöhnen übergingen.

Es tat weh - aber nicht ansatzweise so sehr wie vorhin. Es ließ sich aushalten, fühlte sich sogar bis zu einem gewissen Grad verdammt gut an und tatsächlich ... Liliana gefiel es. Sehr.

»Sei vorsichtig mit dem, was du dir wünschst, Prinzessin«, sagte er hörbar amüsiert, während sie noch damit beschäftigt war, nach Luft zu schnappen. »Sonst könnte mir plötzlich entfallen, dass ich doch nicht so nett bin.«

Danach schwieg er, küsste sie erneut und Liliana bereute es nicht, ihm noch eine Chance gegeben zu haben. Keine einzige Sekunde lang. Weil es nämlich eine verdammt geniale Erfahrung war, mit Raven zu schlafen. Viel besser, als sie angenommen hatte.

Mit vor der Brust verschränkten Armen und gerunzelter Stirn starrte Raven auf das schlafende Prinzesschen in seinem Bett, ohne einen wirklich klaren Gedanken fassen zu können. Er neigte nicht dazu, sich nach einer mehr oder weniger schlaflosen heißen Nacht unnötig den Kopf zu zerbrechen. Trotzdem ging er schon davon aus, dass es angesichts dieser Umstände eigentlich angebracht wäre, genau das zu tun.

Er war seit einer halben Stunde wach, hatte bereits geduscht und Kaffee gekocht und sie schlief immer noch tief und fest!

Leider konnte er ihr das nicht einmal wirklich verübeln. So zickig und großspurig, wie sie ihn anfangs dazu genötigt hatte, ihr genau diesen Trotz schnellstmöglich auszutreiben, so schnell war ihm klar gewesen, dass sie nicht die blasseste Ahnung hatte, wen sie herausgefordert hatte. Natürlich nicht. Aber was hatte er auch erwartet? Dass sich unter ihrer großen Klappe und den Schlabberklamotten tatsächlich eine kleine Wildkatze verbarg?

Na gut, das war nicht ganz fair.

Nachdem er eingesehen hatte, dass er auf seinem üblichen Weg wohl nicht weitergekommen wäre, war er einen Schritt zurückgegangen und siehe da - es hatte funktioniert. Und wie!

Sie hatte sich dreimal von ihm vögeln lassen. Jedes Mal war er ein kleines bisschen weiter gegangen. Und Lilianas Widerstand war nach und nach einfach im Nichts verpufft.

Anscheinend lässt sich das Prinzesschen doch zähmen, dachte er leicht amüsiert und beschloss, sie mit einer Tasse Kaffee zu wecken. Eine andere Wahl blieb ihm nicht, wenn sie nicht zu spät in die Uni kommen wollten.

Als Raven zwei Minuten später mit einer Tasse für sie in der Hand zurückkam, pennte sie immer noch. Aber sie hatten sich im Schlaf bewegt. Das dünne Laken war heruntergerutscht, das er vorhin über sie geworfen hatte, bevor er leise aufgestanden war. Seine Augen saugten sich automatisch an den Spuren fest, die er auf ihrem nackten Rücken hinterlassen hatte. Ein paar wunderschöne Bissspuren, die heute Morgen dunkel auf ihrer hellen Haut leuchteten. Obwohl er die Vorhänge zugezogen hatte und es nicht wirklich hell im Zimmer war, konnte er sie gut genug erkennen.

Verdammt ... Allein dieser Anblick -

Raven schluckte, schüttelte dann kurz den Kopf, um die absolut deplatzierten Gedanken an einen morgendlichen Quickie aus seinem Schädel zu vertreiben und stellte die Tasse auf den Nachttisch neben seinem Bett ab.

Andererseits - was war schon dabei? Kamen sie eben zur nächsten Vorlesung und gut ...

Verlockend. Zu reizvoll, um es nicht wenigstens zu probieren, oder nicht? Schließlich war sie nackt. Wer würde ihm da schon übel nehmen, dass er einen mordsmäßigen Ständer in der Hose hatte, die er nur einen Augenblick später zusammen mit seinem Shirt und den Boxershorts wieder auszog.

Liliana rührte sich nicht, als er sich vorsichtig hinter sie auf die Bettkante kniete. Sie schlief so tief und fest, dass sie es nicht merkte, dass er ihre Haare nach hinten strich, um den dunklen leuchtenden Fleck an ihrem Hals sehen zu können. Die einzige offensichtliche Spur, die er hinterlassen hatte. Normalerweise verzichtete er auf derlei Kinderkram. Aber da war es wohl etwas mit ihm durchgegangen. Hm.

Eigentlich rechnete er damit, dass sie spätestens dann aufwachen würde, als er sich nach einem weiteren kurzen Zögern hinter sie legte und sich an sie presste. Ihre Haut war warm und weich und sie roch viel zu verführerisch, um seine Nase nicht in ihren langen Haaren zu vergraben, bevor er allmählich anfing, über ihren Arm zu streicheln.

Noch immer keine Reaktion. Gut. Raven grinste in sich hinein, als er seine Finger langsam abwärts gleiten ließ. Über ihre schlanke Taille, ihren perfekten Hintern und zu ihren Beinen, bevor er weiter ging.

Sein Schwanz pochte erwartungsvoll und er wurde ungeduldiger, aber er zwang sich, sich noch zusammenzureißen.

Noch ein bisschen. Es war leicht, zwei Finger in sie einzuführen. Schließlich wehrte sie sich nicht. Überaus praktisch. Und reizvoll. Und - heiß.

Er hörte nicht auf, sie zu reizen, als er sich weit genug hochdrückte, um ihr einen Kuss auf die Schulter zu drücken und ihr hübsches Gesicht zu betrachten. Der Moment, in dem sie offenbar aufwachte. Er sah, dass sie verschlafen blinzelte und nicht so richtig zu wissen schien, wo sie war oder was in diesem Augenblick mit ihr geschah. Sie brauchte zwei Sekunden, bis sie es registrierte. Zwei Sekunden, in denen er seine Finger endlich durch seinen Schwanz ersetzte und ihr dadurch ein etwas zu verhaltenes Stöhnen entlockte. Aber schließlich steckte er ja noch nicht einmal sonderlich tief in ihr.

Als Liliana ihren Arm bewegte und versuchen wollte, sich auf den Rücken zu drehen, packte er ihr Handgelenk und hielt es fest, um sie daran zu hindern.

»Morgen, Prinzessin. Ich hoffe, du hattest süße Träume«, raunte er ihr zu und genoss das Zittern, das ihren Körper erfasste, als er über ihre Ohrmuschel leckte.

Etwas, das ihr jedenfalls genauso zu gefallen schien wie ihm. Er spürte, wie es um seinen Schwanz noch feuchter wurde, auch wenn sie noch reichlich steif vor ihm lag und sich nicht rührte. Aber das ließ sich ändern.

Mit einem kräftigen Stoß drang er tiefer in sie ein und brachte sie erneut zum Keuchen. Sie versuchte den Laut zu ersticken, indem sie die Lippen fest aufeinander presste, doch schon nach drei weiteren koordinierten Stößen gelang es ihr nicht mehr, sich zurückzuhalten. Ihre Stimme klang tatsächlich wie Musik in seinen Ohren. Genau wie ihre Schreie in der letzten Nacht. Einfach zu schön.

Warum sie ihren kaum ernstzunehmenden Widerstand so schnell einstellte, konnte er nur ahnen. Möglicherweise deshalb, weil sie genauso erregt war wie er. Jedenfalls fing sie freundlicherweise an, ihr Becken zu bewegen und ihm ein wenig entgegenzukommen.

Raven schob seine Hand nach vorne über ihre Hüfte und zwischen ihre Beine. Eine von ihr garantiert sehnlichst herbeigesehnte Berührung, die sie mit Sicherheit auch ablenken würde. Von der Tatsache, dass er in diesem Moment einen Kuss auf die zarte Haut in ihrem Nacken drückte, kurz mit der Zunge darüberleckte und schließlich so fest zubiss, dass sie sich in seinen Armen verkrampfte und aufschrie.

Trotzdem versuchte sie nicht, ihn von sich wegzudrücken und zitterte nur. Ihr Atem ging schneller. Er sah, dass sie die Augen zusammenkniff und ihre Wangen gerötet waren, während sie ihre Finger ins Laken unter sich krallte und sich fest auf die Unterlippe biss. So fest, dass er einen Moment später Blut schmeckte, als er sich kommentarlos aus ihr zurückzog, sie auf den Rücken drehte und sie unerbittlich und ohne eine Spur von Zärtlichkeit auf den Mund küsste.

Sie zuckte zusammen, als er seinerseits die Zähne in ihrer Lippe vergrub, aber Raven packte ihre Handgelenke und presste sie über ihrem Kopf in die Kissen, bevor sie auch nur an ernsteren Widerstand denken konnte. Mit den Knien drängte er ihre Beine weiter auseinander, um sich genügend Freiraum zu verschaffen. Dann drang er erneut in sie ein und Liliana stöhnte atemlos in seinen Mund.

Er gestattete ihr, sich einen kurzen Moment an ihn zu gewöhnen, bevor er anfing, seine Hüfte zu bewegen und sie mit kurzen heftigen Stößen zu ficken. Dabei ließ er sie keine Sekunde lang aus den Augen. Es gefiel ihm, ihre Emotionen so überdeutlich an ihrem hübschen Gesicht ablesen zu können. Zu sehen, wie sich der Trotz in ihren Augen hielt, obwohl sie beide wussten, dass sie ihm rein gar nichts entgegenzusetzen hatte. Zu sehen, wie sie sich mit der Zungenspitze über die aufgebissene Lippe leckte. Und wie sie schließlich die Augen schloss und den Kopf zurückwarf, weil er seine freie Hand unter ihren Arsch schob und ihn anhob, bevor er so tief in sie eindrang, dass er ihr garantiert wehtat. Trotzdem biss sie die Zähne zusammen und ließ nicht mehr als ein unterdrücktes gepeinigtes Stöhnen hören. Und trotzdem konnte er ganz genau spüren, wie sehr es ihr gefiel, sich von ihm ficken zu lassen.

»Du bist so schön«, murmelte er ihr zu, bevor er sie so sanft auf die Wange küsste, dass sie erneut zusammenzuckte. Aber dieses Mal wohl eher, weil sie nicht mit einer derart zärtlichen Berührung gerechnet hatte. »So wunderschön, wenn du mir gibst, was ich will ...«

»U- und das ... wäre?«, fragte sie kaum hörbar und ihre Stimme klang brüchig.

Raven lächelte, war sich dabei aber durchaus darüber im Klaren, dass der Ausdruck zweifellos bösartig war. Es war einfach zu reizvoll, sie an ihre Grenzen zu treiben. Viel zu interessant.

Er richtete sich auf und ließ ihre Handgelenke los, nur um sofort ihre Schenkel zu umklammern. Seine Finger vergrub er so fest darin, dass sie keuchte und auch davon mit Sicherheit bleibende Abdrücke davontragen würde. Dann stieß er erneut zu. So tief und hart, dass er ihr ihren bisher lautesten Schrei entlockte. Ein unfassbar gutes Gefühl, das ihn beinahe an den Rand eines viel zu frühen Höhepunktes trieb.

»Deine Tränen«, flüsterte Raven zwischen zwei schnellen Atemzügen, würde sich aber hüten, ihr in irgendeiner Weise zu offenbaren, wie es um seine Selbstbeherrschung wirklich bestellt war. Er löste eine Hand von ihrem Schenkel und wischte die Tränenspuren von ihrer Haut, weil sie nicht aussah, als könnte sie ihm überhaupt folgen. Als hätte sie nicht einmal selbst bemerkt, dass sie weinte. »Ich mag es, wenn du weinst«, fügte er lächelnd hinzu. »*Meinetwegen.*«

Liliana starrte ihn an, als wüsste sie nicht genau, ob sie ihm dafür die Augen auskratzen oder doch lieber den Mund halten sollte. Schließlich überraschte sie ihn, weil sie seine Hand von ihrem Gesicht zog und einen Kuss in seine Handfläche drückte, ohne seinem Blick auszuweichen.

»Halt ... endlich den Mund, Raven! Halt den Mund und mach weiter!« Eine ziemlich absurde Forderung, angesichts der Tatsache, dass sie sich bisher mehr oder weniger passiv verhalten hatte. Trotzdem schien sie sich weder durch ihn noch durch die Schmerzen, die er ihr zugefügt hatte, aus der Ruhe bringen zu lassen.

Raven verkniff sich sein Lachen und sah, wie sie sich abermals auf die Unterlippe biss, bevor sie ihre Hand in seinen Nacken schob und ihn zu sich herunterzog.

Als wollte sie mir um jeden Preis beweisen, dass sie auch anders kann, was?

Er jedenfalls fand ihre Reaktion interessant genug, um sich erstmal darauf einzulassen. Er erwiderte ihren Kuss und stellte mit wachsender Zufriedenheit fest, dass sie dieses Mal tatsächlich nicht vorzuhaben schien, es sich unnötig schwer zu machen.

»Wenn du willst, dass es schneller geht, musst du ein bisschen nachhelfen«, grinste er ihr zu, als er sich doch ziemlich atemlos von ihr löste und griff nach ihrer rechten Hand. »Mund auf.«

Sie gehorchte zögernd, schien aber immerhin kapiert zu haben, was er von ihr wollte. Seine Eier zogen sich fast schmerzhaft vor Erregung zusammen, als er zusah, wie sie ihre Finger in den Mund nahm, mit der Zunge darüberleckte und daran saugte, ohne sich seinem durchdringenden Blick zu entziehen. In allerbester Schauspielmanier, als hätte sie es schon tausendfach gemacht.

»Und jetzt«, sagte er, nachdem er den Klumpen in seinem Hals möglichst unauffällig hinuntergewürgt hatte, »mach's dir selbst, Prinzessin. Und beeil dich ein bisschen, wenn du nicht zu spät zur zweiten Vorlesung kommen willst. Oder«, setzte er mit einem derart gemeinen Grinsen nach, dass er sich das Lachen gerade so verkneifen konnte, »wenn du verhindern willst, dass ich mich gleich noch über deinen hübschen Arsch hermache.«

Zur Untermalung seiner unverhohlenen Drohung tastete er sich zu ihrem Hintereingang vor. Sie war so heiß und feucht, dass er wahrscheinlich problemlos einen Finger einführen könnte. Verführerisch. Auf jeden Fall.

Aber als hätte Liliana begriffen, was ihr bei Ungehorsam blühte, schnappte sie nach Luft und schob ihre Hand schnell runter zwischen ihre Beine. Noch immer hielt sie seinem Blick stand und Raven musste zugeben, dass er es mehr als nur ein bisschen geil fand, ihr dabei zuzusehen.

Während sie ihre Finger erst langsam und dann allmählich schneller kreisen ließ, fing er wieder an, sich in ihr zu bewegen. Sie zog die Beine an, um es ihm leichter zu machen, doch es gelang ihr nicht, ihren Aufschrei zu unterdrücken, als er sich umgehend auf seine Art dafür bedankte. Indem er sich zurücklehnte, erneut ihre Schenkel umklammerte und sie auf dieselbe, in ihren Augen zweifellos brutale, Weise nahm wie letzte Nacht.

Raven genoss es. Und wie. Es gefiel ihm außerordentlich gut, in ihrem Gesicht ablesen zu können, wie unglaublich dicht sie trotz ihrer vermeintlichen Schmerzen daran war, all ihre Hemmungen zu verlieren. Wie nah ihr Höhepunkt war, der sie nur Sekunden später so heftig und schnell erfasste, dass sie sich unter ihm aufbäumte und er ihren erneuten Schrei unterdrücken musste, damit nicht in den nächsten Minuten doch noch die Bullen auf seiner Matte standen. Er ließ ihre Beine los und beugte sich wieder vor, um ihr fest die Hand vor den Mund zu pressen und das verräterische Geräusch zu ersticken. Gleichzeitig biss er selbst die Zähne zusammen und fickte sie mit zwei letzten harten Stößen, bevor auch er kam. Er spürte, wie sich seine Eier zusammenzogen, und ergoss sich tief in ihr. Ein unfassbar geniales Gefühl!

Raven hatte Mühe, seinen rasenden Puls wieder unter Kontrolle zu kriegen. Das Blut rauschte in seinen Ohren und seine Fingerspitzen kribbelten, als er langsam die Hand von ihrem Gesicht zog. Völlig ausgepowert und kaputt ließ er sich neben sie aufs Bett fallen und merkte nicht einmal, dass er seinen Arm um sie schlang und sie an sich zog.

Ihr heißer stoßweiser Atem und ihre verschwitzten Haare kitzelten ihn an der Schulter, als sie ihr Gesicht gegen seine Brust drückte und sich enger an ihn presste, ohne ihm ins Gesicht zu sehen. Sie zitterte, schien aber nicht zu frieren. Es war nur - Erschöpfung. Und vielleicht noch die Tatsache, dass sie schon wieder über sich hinausgewachsen war. Sein kleines unschuldiges Prinzesschen mit der übergroßen Klappe und der dummen Angewohnheit, ihn in allen erdenklichen Situationen herauszufordern. Selbst dann, wenn sie ihm himmelschreiend unterlegen war ...

Ganz kurz erwischte er sich bei dem Gedanken, ob sich jemals etwas daran ändern würde. Ob sie je anfangen würde, ihre Spielchen zu unterlassen und - was vielleicht noch wichtiger war - ob er das überhaupt wollte. Ob er es nicht vielleicht vermissen würde, sich auf dieser Ebene mit ihr zu zanken ...

Schräg ...

Es schien ewig zu dauern, bis sie sich wieder fing.

Er selbst schloss die Augen, lauschte ihren ruhiger werdenden Atemzügen und bemühte sich, nicht an etwas Konkretes zu denken.

»G- guten Morgen«, presste Liliana schließlich hervor und Raven - lachte. Er lachte und sie fiel in sein Lachen ein, als wäre es das Normalste der Welt. Und genauso fühlte es sich verrückterweise auch an. Nicht unbedingt das Schlechteste, was er sich vorstellen konnte.

Ohne darüber nachzudenken, streichelte er über ihre gerötete erhitzte Wange und hauchte einen Kuss auf ihren Scheitel, bevor er sich wieder zurücksinken ließ und einfach die Stille genoss. Den Moment. Ohne Wut. Ohne Hass. Ohne -

»Wie spät ist es?«

»Keine Ahnung«, antwortete er leise. »Ich würde wahnsinnig gerne blaumachen, echt. Aber leider stehen bald die Klausuren an. Und ich muss meine Hausarbeit für Baker einreichen.«

»Was denn, du schreibst Hausarbeiten?«, sagte sie sarkastisch, wie er es gewohnt war, und kuschelte sich noch enger an ihn, während er anfing, über ihren Arm zu streicheln und mit den Fingern kleine undefinierbare Kreise darauf zu malen.

»Ja, manchmal schon«, gab er zu, bevor er schluckte und das Thema ansprach, das jedes Mal das Lästigste an diesen ziemlich perfekten Nächten war. »Hör mal, Prinzessin. Ich denke, wir wissen beide, dass ich nicht der Typ Mann bin, mit dem man ein Haus baut und einen Haufen Blagen großzieht, oder?«

Eigentlich rechnete er nicht wirklich damit, dass sie eine große Szene machen würde. Und sie enttäuschte ihn nicht.

»Oh bitte«, sagte sie gedehnt und setzte sich grinsend neben ihm auf. Mit den Fingern fuhr sie sich durch die langen ungekämmten und ziemlich zerwühlten Haare. »Großspurig und arrogant wie eh und je. Ich glaube, ich würde mich eher freiwillig in eine Therapie bei Doktor Donovan begeben, bevor ich es auch nur in Erwägung ziehen würde, einen wie dich zu *heiraten*.«

»So?«, antwortete er grinsend und zog sie noch einmal zu sich runter, bevor sie aufstehen konnte. Langsam ließ er seine Finger durch ihr seidiges Haar gleiten, bevor er sie ungewohnt sanft und zärtlich auf den Mund küsste. Genauso ungewohnt wie das Gefühl, das sich ungefragt in seinem Magen ausbreitete und sich schwer nach - Zufriedenheit anfühlte. Raven blendete es aus so gut er konnte. »Du weißt schon, dass Donovan in dem zweifelhaften Ruf steht, es hinter seiner verschlossenen Bürotür mit seinen Studentinnen zu treiben, oder? Sogar Orgien sagt man ihm nach. Ich denke, das ist definitiv eine Nummer zu groß für dich, wenn du es nicht einmal mit mir aufnehmen kannst, Prinzessin.«

Sie lachte leise, ohne sich allzu weit von seinen Lippen zu entfernen. »Ich denke, ich habe mich gar nicht *so* blöd angestellt. Von einem Arschloch wie dir lasse ich mich sicher nicht unterkriegen!«

»Solltest du auch nicht«, murmelte er und ließ sie los. »Es sei denn, ich zwinge dich dazu.«

Liliana sparte sich eine Antwort und streckte ihm stattdessen die niedliche Zunge heraus, bevor sie vom Bett rutschte. Das Laken an sich gepresst lief sie zur Tür, drehte sich aber noch einmal kurz zu ihm um und zwinkerte ihm zu, bevor sie ins Bad schlüpfte und er hören konnte, dass sie die Dusche anstellte.

Mit zusammengebissenen Zähnen und dem einsetzenden Kopfschmerz, auf den er schon seit dem Aufwachen wartete, ließ er sich zurück aufs Bett sinken und schloss die Augen.

Und er konnte wirklich nicht anders, als sich zu fragen, wohin das führte. Jedenfalls nicht dahin, dass er es bei dieser einen Nacht belassen würde. Dazu hatte es ihm zu gut gefallen. Dazu - hatte sie ihm zu sehr den Kopf verdreht. Ohne, dass er es gemerkt hatte. Vielleicht das Schlimmste daran.

Einigermaßen gut gelaunt kaute Liliana auf dem pinken Strohhalm herum, der in ihrem Glas steckte. Was auch immer das für eine süße Plörre war, die Raven ihr vorhin hingestellt hatte - es schien eine Menge Alkohol drin zu sein.

Einen winzigen Augenblick gönnte sie sich die Vorstellung, er könnte ihr absichtlich so hochprozentiges Zeug hingestellt haben, um sie ein bisschen gefügiger zu machen. Weil sich ein winzig kleiner Teil von ihr nämlich erhoffte, er könnte es darauf anlegen, sie noch einmal ins Bett zu kriegen. Schließlich war es bedeutend besser gewesen, mit Raven zu schlafen, als sie gedacht hätte. Nicht unbedingt auf die Art, die sie erwartet hatte, aber doch so, dass sie es immerhin in Erwägung zog, es zu wiederholen.

Bedauerlicherweise hatten sie weder gestern noch heute die Zeit gehabt, sich darüber zu unterhalten, ob es bei dieser einmaligen Sache bleiben würde. Oder ob es - was auch immer ›es‹ war - das Potenzial zu einer Affäre hatte. Sie jedenfalls hätte nicht wirklich etwas dagegen einzuwenden gehabt.

Wenn man einmal Blut geleckt hat, dachte sie seufzend und ließ ihren Blick durch den überfüllten, lauten und viel zu stickigen Club wandern. The Cage war heute Abend wesentlich besser besucht als beim letzten Mal. Es war brechend voll und sie hatte Raven mehrfach aus den Augen verloren. Er hatte sie vor ein paar Minuten hier geparkt, wie er es grinsend ausgedrückt hatte, und wollte sich offenbar mit jemandem treffen. Irgendwo in der Nähe der Klos hatte sie ihn zuletzt gesehen.

Wenigstens hatte er heute Abend nicht seine ganze Kohle im Keller verprasst. Der Kerl, der beim letzten Mal den ganzen Pot eingesackt hatte, war nicht erschienen. Dieser Kerl im Anzug und dem eiskalten Lächeln im Gesicht, an das sie sich leider nur zu gut erinnerte. Er war der Einzige gewesen, der keine Begleitung gehabt hatte. Er war auch der Einzige gewesen, vor dem sie sich wirklich gefürchtet hatte. Die anderen Männer waren okay. Selbst der schmierige dicke Pole, der ihr und seiner Freundin immer wieder anzügliche Blicke zugeworfen und ihr zugezwinkert hatte, wenn Raven nicht hingesehen hatte.

Wie beim letzten Mal hatte sie in der Ecke mit dem runden roten Sofa gesessen. Zusammen mit den anderen Frauen, die mehr oder weniger gesprächig waren und mehr oder weniger erfreut über ihre Anwesenheit als ›Neuling‹ in ihrer exquisiten feinen Runde.

Eigentlich war es schon fast ironisch, dass Lil sich am besten mit Olga verstand. Der blonden hübschen Russin, die zu ihrer tatsächlichen Erleichterung auch heute Abend gekommen war. Olga war zwei Jahre jünger als Liliana, sprach fließend aber nicht akzentfrei Englisch und hatte ihr erzählt, dass es auch ihr großer Traum war, Psychologie zu studieren. Nur haperte es offenbar in der Umsetzung. Schließlich konnte man seine Ziele offenbar recht leicht aus den Augen verlieren, wenn man einen stinkreichen Mann aufgabelte, der einem ein sorgenfreies Leben garantierte. Vorausgesetzt, man machte oft genug die Beine breit und war bereit, auch das eine oder andere Extra über sich ergehen zu lassen. Wie die diversen Gruppennummern, die der Dicke Raven neulich vorgeschlagen hatte und von denen Lil inzwischen immerhin wusste, dass es sich dabei nicht nur um einen Scherz handelte.

Allein bei dem Gedanken, es mit mehr als einem Mann und womöglich auch noch mit anderen Frauen treiben zu müssen, lief ihr ein eisiger Schauer über den Rücken. Nein. Das war definitiv nicht ihr Ding.

Die Eiswürfel klirrten in ihrem leeren Glas, als sie gedankenverloren mit dem Strohhalm darin herumstocherte und sich fragte, wie lange sie wohl bleiben würden. Und ob sie sich in der Zwischenzeit vielleicht noch eines von diesen bunten Getränken holen sollte. Wirklich betrunken fühlte sie sich immerhin nicht. Und fahren musste sie schließlich auch nicht. Raven hatte sie vor ein paar Stunden abgeholt. Mit seinem Wagen. Weshalb er sicher nicht so viel getrunken hatte …

Liliana biss die Zähne zusammen, als sich erneut ein Bild von der Sorte in ihren Kopf stahl, das rein gar nichts darin zu suchen hatte. Von Raven. Der sie fickte. Hier im Käfig. Irgendwo in einer dunklen Ecke. Oder ihretwegen auch gerne draußen an seinem Auto. Oder erst später. Oder -

Verflucht, das kann echt nicht wahr sein! Hab ich es so nötig?

Sie atmete tief durch und vertrieb die unwillkommenen Bilder so gut es ging. Ablenken. Sie musste sich irgendwie von diesen Gedanken ablenken, die eigentlich so gar nicht zu ihr passten und überhaupt ...

Trinken. Sie entschied, dass sie mehr trinken musste. Dann würde es sicher von allein aufhören und sie würde sich den Kopf dann allenfalls darüber zerbrechen müssen, wie sie morgen mit dem Kater verfahren würde. Den bekam sie nämlich immer ziemlich zuverlässig, wenn sie diese süßen gruseligen Cocktails trank. Egal. Solange sie sich nur nicht damit beschäftigen musste, ob Raven sie nun nochmal flachlegen wollte oder nicht.

Liliana griff nach dem leeren Glas auf dem kleinen runden Stehtisch vor ihr, warf noch einmal einen Blick über ihre Schulter hinweg zum Klo und stellte auch jetzt fest, dass Raven nicht zu sehen war. Dann drehte sie sich um, griff nach ein paar Dollarscheinen in ihrer Handtasche und -

»Hoppla, Süße!«, rief der junge Mann laut gegen die dröhnende Housemusik an, der wie aus dem Nichts vor ihr aufgetaucht war, und auf dessen Fuß sie gerade trat. »Eigentlich wollte ich dich nur fragen, ob ich dir noch einen Drink spendieren kann, hätte aber nicht gedacht, dass du gleich so *forsch* vorgehen würdest.«

Lil starrte so perplex auf das breite Grinsen in seinem Gesicht, dass sie fast erschrocken einen Schritt zurückwich. Er quittierte es mit einem dankbaren Nicken, weil sie nicht mehr auf seinem Fuß stand.

»Sorry«, murmelte sie gerade laut genug, dass sie sicher war, dass er sie nicht überhören konnte, und wollte sich dann an ihm vorbeidrücken. »Ich bin nicht - interessiert und kann meine Drinks selber bezahlen.«

»Wie bedauerlich«, antwortete er grinsend, trat aber aus dem Weg und ließ sie vorbei.

Misstrauisch warf sie ihm noch einen Blick von der Seite zu, bevor sie sich wieder in Bewegung setzte. Mit einem komischen Gefühl im Magen, das sie nicht definieren konnte. Seltsam ...

Der Typ wirkte eigentlich normal. Nur irgendein Kerl, der sich gedacht hatte, sie könnte ein lohnendes Ziel sein. Klar. In den Nuttenklamotten, in die sie sich Stunden zuvor gequetscht hatte, sah sie vermutlich auch aus, als wäre sie leicht zu haben. Von der Tatsache, dass sie ganz allein in einer dunklen Ecke herumstand und trank, ganz zu schweigen. Wahrscheinlich wollte er sein Glück einfach versuchen, oder vor seinen Kumpels angeben, oder - was auch immer. Unwichtig. Solange er sich mit ihrer Abfuhr zufriedengab.

Liliana ging um die überfüllte Tanzfläche herum und wich einer Gruppe Kids aus, die lachend und offenbar in ein Trinkspiel vertieft um einen der Tische in der Nähe herumstanden. Sah nach einem einundzwanzigsten Geburtstag aus. Und es schien ziemlich zur Sache zu gehen. Sie musste einem Ellenbogen ausweichen, den einer der Typen wohl im Eifer des Gefechts nicht unter Kontrolle hatte.

Sie fluchte, weil sie leider feststellen musste, dass jeder um sie herum besoffen zu sein schien. Jeder außer ihr! Sonst hätte es ihr nichts ausgemacht, dass ihr irgendein älterer Kerl an den Arsch griff, weil sie sich zwischen ein paar Leuten hindurchzwängen musste, die in der Nähe der Theke herumstanden und einfach nur im Weg waren. Dann hätte es ihr nichts ausgemacht, dass der Barkeeper frech und unverfroren auf ihre Titten in einem der unbequemen Push-ups glotzte, die ihr Dekolleté Ravens Aussage nach besser präsentierten. Selbstverständlich, *bevor* er sich bequemte, seinen Arsch zu ihr rüber zu schwingen und sie überhaupt nach ihrer Bestellung zu fragen. Und ganz bestimmt hätte es ihr im betrunkenen Zustand nichts ausgemacht, denselben Typen neben sich auftauchen zu sehen, in den sie gerade erst gestolpert war.

»Zwei Wodka, Rick. Nein - vier!«, fügte er mit Blick auf sie hinzu und hielt vier Finger hoch. »Du trinkst doch Wodka, oder Kleine?«

Einen Augenblick starrte sie ihn an und wusste nicht, wie sie auf eine derart unverfrorene Dreistigkeit reagieren sollte. Sie war nicht wirklich scharf darauf, sich von irgendeinem dahergelaufenen Mistkerl anbaggern zu lassen, der offenbar nicht wusste, wann die Grenze erreicht war. Sie hatte ihn nicht ermutigt und trotzdem schien er entweder zu dumm oder zu ignorant zu sein, um das zu akzeptieren.

»Ich hab dich was gefragt. Hast du deine Zunge verschluckt?« Er verengte die Augen und ließ seinen unmissverständlich lüsternen Blick so langsam an ihr herunterwandern, dass sie schluckte.

Eine Gänsehaut breitete sich auf ihrem ganzen Körper aus, weil sie in seine dunkelbraunen Augen sah, die ihr wesentlich bekannter vorkamen, als ihr lieb war. Die dunklen Haare, das markante Kinn, das gleiche eiskalte Zahnpastalächeln -

»Oder hat mein Bruder sie längst abgekaut, hm?« Sein Tonfall ließ keinen Zweifel daran aufkommen, dass er sie haargenau beobachtet hatte. Dass er sehr wohl wusste, welches Bild sich hinter ihrer Stirn gerade ungefragt zusammensetzte und von dem sie absolut nicht wusste, was sie davon halten sollte. Schließlich hatte Raven nie etwas von einem Bruder erzählt. Oder - von sonst irgendwas Privatem -

»Du bist doch sein Mädchen, oder nicht? Ich hab euch aus dem Keller kommen sehen«, fuhr er unbeeindruckt fort und nickte zur verschlossenen Metalltür, vor der noch immer die beiden Gorillas Wache standen, ohne sich auch nur einmal zu bewegen.

Genau wie sie selbst, denn Liliana fühlte sich plötzlich, als wären ihre Füße mit dem Boden verwachsen und als hätte der Rest von ihr vergessen, dass er überhaupt existierte. Sie konnte nicht einmal seinem Blick ausweichen! Geschweige denn den Mund aufmachen oder einfach weggehen, um sich das gar nicht erst anzuhören. Was auch immer er zu sagen hatte - sie wusste, dass es nichts Gutes wäre.

Der junge Mann lachte, griff dann nach einem der Gläser, die der Barkeeper vor ihn auf die Theke knallte, und hielt es ihr hin, ohne auch nur zu blinzeln. »Aber wahrscheinlich irre ich mich. Raven hat nie ein sonderlich ausgeprägtes Interesse daran gehabt, seine Betthäschen lange an sich zu binden. Er wird dich wohl bald abservieren, Kleine.«

»S- sag mal, was für ein Arschloch bist du denn?«, presste sie angewidert hervor, ohne ihm das Glas aus der Hand zu nehmen. Wütend starrte sie zu ihm hoch, weil er sie leider auch trotz ihrer Absätze noch mehr als einen Kopf überragte. Er war sogar größer als Raven, und der war schon nicht gerade klein für einen Mann. »Ich bin niemandes Betthäschen, nur dass du es weißt!«

»Ach ja?« Er lachte wieder und hielt ihr dann die andere Hand hin, als wollte er sich tatsächlich vorstellen. Absurd! »Na, das ist beruhigend. Dann muss ich dich ihm wenigstens nicht ausspannen, was? Tyler Rhys. Freut mich.«

»Mich aber nicht!«, antwortete sie angeekelt und wich einen Schritt zurück. Mehr als ein paar Zentimeter brachte das allerdings nicht zwischen sie und - diesen Kerl. Hinter ihr stand ein knutschendes Pärchen, das sich nicht wirklich darum zu kümmern schien, dass das hier ein öffentlicher Club und kein verdammter Pornostreifen war.

Auf einmal veränderte sich sein Blick und das zynische Grinsen verschwand. »Wie schade. Dabei bin ich echt ein netter Kerl. Im Gegensatz zu meinem kleinen Bruder.«

Lil riss den Mund zu einer schlagfertigen Antwort auf, zuckte dann aber heftig zusammen, als sie Hände an ihrer Taille spürte. Und Arme, die sich von hinten um sie legten und bevor Raven überhaupt etwas sagen konnte, wusste sie, dass er es war. Seinen Geruch hätte sie trotz der stickigen Luft hier drin jederzeit wiedererkennen können.

»Pfoten weg, Ty!«, zischte er und zog sie weiter zurück. »Wo kommst du her? Und was willst du?«

Sie hörte an seiner Stimme, dass er wütend war, konnte ihn aber nicht ansehen, weil er sie so fest hielt. Der Ausdruck im Gesicht seines Bruders nahm den vorherigen belustigten Zug an, als amüsierte er sich prächtig. Sie schluckte schwer, als sie das Blitzen in seinen Augen sah, als er erst sie und dann Raven ansah.

»Ich denke, du weißt, warum ich hier bin, Brüderchen«, antwortete er und lehnte sich lässig gegen die Theke. »Morgen ist Moms -«

»Halt's Maul! Wag es nicht, über sie zu reden! Du bist -«

»Au! Raven -«, stieß sie schmerzerfüllt hervor, weil er ihr Handgelenk packte und seine Finger so fest darum schloss, dass es wehtat. Nur einen Atemzug, bevor er sie rückwärts mit sich riss, ehe sie wusste, wie ihr geschah.

»Verdammt!« Raven fluchte unkontrolliert, ohne sie loszulassen oder stehenzubleiben.

Völlig verwirrt und unfähig, sich aus seinem schraubstockartigen Griff zu winden, blieb ihr nichts anderes übrig, als hinter ihm herzustolpern. Der durchaus passende Begriff dafür. Ein letzter Blick auf das sichtlich vergnügte Gesicht seines Bruders, bevor es in der Menschenmenge hinter ihnen verschwand. Ein letzter Versuch, sich zu befreien, bevor sie es aufgab und darauf hoffte, dass er sie von allein losließ. Am besten bald!

Lil keuchte erschrocken auf, als Raven anders als erwartet nicht umgehend auf den Ausgang zusteuerte, sondern auf die Ecke hinter der vordersten Theke. Die, die dem Lieferanteneingang am nächsten war.

Er zerrte einmal kräftig an ihrem Arm, sodass sie ihm beinahe in die Arme flog, nur um sie direkt darauf so brutal gegen die Wand zu pressen, dass sämtliche Luft aus ihren Lungen gedrückt wurde. Entsetzt und verwirrt gleichermaßen starrte sie ihn an und - erschrak. So zornig und völlig außer sich hatte sie ihn noch nie gesehen! Sein Gesicht war wutverzerrt und er starrte sie an, als würde er sie für das verantwortlich machen, was in seinen Augen offenbar als Grund ausreichte, um vollkommen die Beherrschung zu verlieren.

»Hat er dich angefasst?«, fragte er gerade laut genug, damit er den Partylärm um sie herum übertönen konnte und sie schüttelte schnell den Kopf. »Was hast du ihm gesagt? Worüber -«

»Gar nichts!«, presste sie zwischen ihren Zähnen hervor, stemmte dann abermals die Hände gegen seine Brust und versuchte wieder vergeblich, ihn von sich wegzudrücken. »Was soll das, Raven? Lass mich los!«

»Nein!«, antwortete er kalt und umklammerte ihre Schultern noch fester.

Sie stöhnte gequält, biss sich aber sofort auf die Unterlippe, um ihm ihre wachsende Angst nicht zu zeigen.

»Was hat er zu dir gesagt?«, fuhr er sichtlich unbeeindruckt ob ihrer Proteste fort und kam ihrem Gesicht noch näher. So nah, dass sie die Cola riechen konnte, die er vorhin getrunken haben musste.

»D- dass er dein Bruder ist, mehr nicht!« Mit wild klopfendem Herzen sah sie zu, wie er sich auf die Unterlippe biss und wie sich sein Blick noch mehr verdüsterte, bevor er seine Finger so entsetzlich schmerzhaft in ihre Haut drückte, dass sie sicher war, blaue Flecken davon zu tragen. Bevor er sich vorbeugte und sie küsste, um ihren schmerzerfüllten Aufschrei zu ersticken. Hart und brutal drängte er seine Zunge in ihren Mund. Sie wollte sich wehren und versuchte ihn zu beißen, aber dann spürte sie seine Hand an ihrer Kehle und seine Finger, die sich darum schlossen und ihr die Luft zum Atmen nahmen.

Entsetzt und völlig panisch kniff sie die Augen zu und zwang sich, locker zu lassen, damit er aufhörte! Es funktionierte. Wenigstens etwas. Sein Griff um ihren Hals wurde weniger fest und sie schnappte gierig nach Luft, ohne dass er es unterließ, sie zu küssen. In ihren Ohren rauschte es. Ihre Fingerspitzen kribbelten und ihre Knie fühlten sich weich an. Wahrscheinlich wäre sie einfach in sich zusammengesunken wie ein nasser Sack, wenn er sie nicht so fest gegen die Wand gepresst hätte.

Es schien Raven nicht in den Sinn zu kommen, sich wieder unter Kontrolle zu kriegen. Was auch immer der Auslöser für seinen völlig ungehemmten Ausbruch war - er behielt es für sich und schien sich ganz und gar in seiner überdeutlich wahrnehmbaren Wut zu verlieren.

Gott - das kann nicht wahr sein ...

So hatte sie ihn noch nie erlebt. Weder in der Nacht, in der er plötzlich einfach in ihrer Wohnung gestanden hatte, noch danach. Es machte ihr Angst! Weil er dazu in der Lage war, mitten in einer überfüllten öffentlichen Disco dermaßen auszurasten, dass sie vor lauter Angst zitterte und ihr verdammt noch mal niemand half!

Niemand hinderte ihren außer Kontrolle geratenen Kommilitonen daran, sie in dieser dunklen Ecke hochzuheben und so fest gegen die Wand zu drängen, dass sie keinen Finger rühren konnte.

Niemand hielt ihn davon ab, erst seinen Gürtel und dann seine Jeans zu öffnen - so schnell, dass sie nicht einmal realisierte, was er tat, bis er sie höher hievte.

»Raven - nein! Was hast du vor?«

Liliana sah, dass er die Zähne zusammenbiss und zögerte, als wollte er sie nicht hören. Als wollte er weiterhin so tun, als wäre das, was er gerade tat, nicht einfach nur grausam. Als wäre seine Ignoranz ausreichend, damit er mit einem reinen Gewissen aus diesem Club gehen und tun konnte, als wäre nichts gewesen.

»Bitte ...«, flehte sie verzweifelt, weil sich dieser Moment ewig zu ziehen schien. Eine gefühlte Ewigkeit, in der sie sich einfach nur fürchtete. »Raven ...«

Sie wusste nicht, was es war, dass ihn aufhören ließ, bevor es zu spät war. Ob es die Wiederholung seines Namens war, die dafür sorgte, dass er die Faust neben ihrem Kopf gegen die Wand schlug. Ob es ihr leises Wimmern war, das ihn sein Gesicht an ihrem Hals vergraben ließ, als kehrte sein Verstand zurück und als schämte er sich urplötzlich dafür, von ihr angesehen zu werden. Oder ob es ihre heißen Tränen waren, die sie erst bemerkte, als er sie wieder runterließ und mit spürbar zitternden Fingern über ihre Wange streichelte. Noch immer ohne sie anzusehen.

Lil wusste auch nicht, was sie dazu bewog, nicht auf dem Absatz kehrtzumachen und fluchtartig aus der Disco zu rennen. Ob es seine kaum hörbare Entschuldigung war, die er an ihrem Hals murmelte, bevor er einen Kuss auf die Stelle drückte. Oder ob es seine Umarmung war, die sie zwar kurz zurückzucken ließ, die sie dann aber doch um einiges bereitwilliger annahm, als sie gedacht hätte.

Raven hielt sie fest, presste ihr Gesicht an seine Brust und nur das Beben, das durch seinen Körper ging, erinnerte an seine zügellose Wut. Während er über ihren Rücken und ihr Haar streichelte, spürte sie die schwindende Anspannung und war erleichtert.

Es war - vorbei.

»Es tut mir leid«, wiederholte er leise und küsste sie auf die Stirn. Nur ansehen konnte er sie offenbar immer noch nicht. »Ich muss hier raus. Frische Luft!«

Lil würgte den Kloß in ihrem Hals hinunter und nickte schließlich. Einen Moment später wischte sie sich verstohlen die Tränen vom Gesicht, damit niemand auf den ersten Blick sehen konnte, wie beschissen sie aussah oder wie es ihr ging. Dass ihr Make-up nun mehr als nur ein bisschen verschmiert war, war ohnehin klar.

Allmählich kehrte das Blut in ihre gefühllosen Finger zurück. Irgendwie gelang es ihr sogar, selbstständig einen Fuß vor den anderen zu setzen, als er nach ihrer Hand griff und sie hinter sich her auf den Ausgang zu zog. Sogar ohne sich auf die Nase zu legen oder dabei auszusehen wie eine geistesgestörte Gans, weil ihre Knie nach wie vor zitterten.

Trotzdem war sie froh, als sie schließlich an den Türstehern vorbei ins Freie traten und die etwas kühlere Nachtluft in ihre malträtierten Lungen strömte.

Raven blieb ein paar Meter vor dem Eingang stehen und seufzte hörbar erleichtert auf, als wäre es auch ihm da drin zu viel gewesen. Doch dieses Mal zuckte sie nicht zurück, als er seine Hand an ihre Wange legte und sie endlich wieder ansah. Seine Augen waren dunkel. Viel dunkler als sonst.

»Frag. Eine Frage. Nicht mehr!«, sagte er leise, aber mit dem üblichen eisigen Ausdruck in den Augen, den sie bei ihm meistens sah. »Ich weiß, dass du fragen willst.«

Liliana schluckte schwer, wich seinem Blick aber nicht aus und musste tatsächlich nicht einmal lange überlegen, was sie wissen wollte. Auch wenn sie noch tausend weitere Fragen gehabt hätte, lag ihr diese eine doch brennend auf der Zunge. »Was ist zwischen dir und - deinem Bruder passiert?«

Raven stieß ein kurzes bitter klingendes Lachen aus. »Mein *Bruder*«, das Wort spuckte er mit so viel Verachtung aus, dass Liliana es fast bereute, überhaupt gefragt zu haben, »ist vor knapp zehn Jahren nach Dallas abgehauen. Er hat sich verpisst, als meine Mom krank geworden ist. Als es zwischen unseren Eltern - *schwierig* geworden ist. Weil es selbstverständlich viel leichter war, sich hinter einem tollen Jobangebot zu verstecken, während bei uns zu Hause alles den Bach runterging. Weil es so viel praktischer und bequemer war, die Augen und Ohren zu verschließen, während mein Scheißhaufen von Vater meine Mom zermürbt und fertiggemacht hat. Bevor er sie -«

Als registrierte Raven in diesem Augenblick, dass er schon viel mehr gesagt hatte, als er preisgeben wollte, brach er ab. Sein Gesicht verhärtete sich zusehends.

Ein Teil von Lil hatte ehrliches Mitgefühl mit ihm. Sie hätte zu gerne den Rest der Geschichte gehört, zwang sich aber dazu, ihm nicht noch mehr Gründe zu geben, wütend oder gereizt zu werden. Sie war froh, dass er das gerade überwunden hatte. Sie wusste gut genug, wie es war, in einem Umfeld aufzuwachsen, in dem Gewalt an der Tagesordnung war. Sie hatte nur nicht damit gerechnet, dass es auch solchen Leuten passierte. Immerhin war Ravens Dad der Senator von Kansas und -

»Hör auf mich so mitleidig anzusehen, Prinzessin. Ich denke, wir müssen uns kaum über psychodynamische Übertragungsstrukturen unterhalten, oder? Immerhin weiß ich genau, wo ich meinen Knacks herhabe. Und du?«, fragte er mit einem zurückkehrenden schwachen Lächeln auf den Lippen, bevor er seine warmen Hände an ihre Wangen legte. »Was ist mit den Minderwertigkeitskomplexen, die du unter deiner süßen großen Klappe versteckst, hm? Oder deinem Kompensationsverhalten ... Über dein Schamgefühl haben wir ja schon gesprochen. Wie ist es denn neuerdings damit bestellt? Haben sich die schmutzigen kleinen Dämonen ein bisschen verzogen?«

Lil rührte sich nicht, als Raven sie ungewohnt sanft auf den Mund küsste, ohne sie loszulassen. Sie ahnte, dass er all das nur sagte, um sie abzulenken. Damit sie nicht auf die Idee kam, sich mehr Gedanken über ihn zu machen, als ihm lieb war.

Aber dafür war es längst zu spät. Denn dieses Thema hatte sich für Liliana noch lange nicht erledigt, nur weil er sich in Sicherheit wiegte. Weil sie heute Abend keine Fragen mehr stellte. Weil sie sich von ihm nach Hause bringen ließ, *ohne* ihn mit reinzunehmen. Schließlich sollte Raven nicht auf die Idee kommen, er könnte sich alles erlauben. Und ganz bestimmt würde sie nicht zulassen, dass er aus ihr das machte, was ihr sein Bruder unterstellt hatte: Sein Betthäschen. Niemals!

Es kostete Raven wirklich alle Willenskraft, die er aufbringen konnte, nicht auszurasten. Er saß schweigend und mit unbewegter Miene an einem der unzähligen weiß gepolsterten Stühle am übergroßen Esstisch im Speisezimmer seines Vaters. Und dabei machte er weder den Mund auf - noch ließ er sich seine Aversion gegen diese Farce überhaupt übermäßig anmerken. Das allein grenzte an ein Wunder. Dabei hätte er alles dafür gegeben, gar nicht erst gekommen zu sein. Oder seiner Wut, seinem Hass und seiner Verachtung einfach freien Lauf lassen zu können. Einfach das tun zu können, was er wollte, ohne darauf achten zu müssen, was für Konsequenzen ein derartiger »Ausrutscher« nach sich ziehen könnte, war wirklich verlockend. Aber eben auch nicht mehr. Nicht umsetzbar.

Noch nicht, dachte er finster und warf einen verstohlenen Blick von der Seite auf seinen Erzeuger.

Der saß selbstverständlich am Kopfende der dem Anlass entsprechend schlicht gedeckten Tafel. Mit Zehntausend-Dollar-Maßanzug, geschniegelt und gestriegelt und so, als könnte ihn kein Wässerchen trüben. Als wäre das hier nur einer von vielen Tagen in einer endlosen Aneinanderreihung normaler Tage. Als wäre heute nicht der Todestag seiner Ehefrau und als wäre es verdammt noch mal nicht der Tag, an dem er vor drei Jahren seine kultivierte feine Fassade gegen das Tier eingetauscht hatte, das wirklich in ihm schlummerte. Die eiskalte brutale Bestie, die sich in diesem unscheinbaren und für alle Augen vertrauenswürdigen Menschen verbarg, der die Interessen des Bundesstaates Kansas in seiner Position als gewählter Senator zur vollsten Zufriedenheit seiner Wähler vertrat.

Es übte eine morbide Faszination auf Raven aus, seinen Alten anzusehen und sich dabei vorzustellen, wie er wohl auf auf jeden anderen Menschen wirken musste. Auf jeden, der nicht in der Lage war, das wahre Wesen hinter dem schönen Schein zu sehen. Auf seine lenkbaren, leicht zu manipulierenden Wählerschäfchen, die sich allesamt von ihm abwenden würden, wenn sie die Wahrheit erst herausfanden ...

Er unterdrückte das teuflische Grinsen, das sich auf seine Lippen stehlen wollte, als er sich diesen Moment in seiner Fantasie ausmalte. Zum abertausendsten Mal. Schließlich standen die Wahlen kurz bevor, hm? Wer Gouverneur werden wollte, sollte seine Hände vielleicht nicht gerade in Blut gewaschen haben.

In dem Blut meiner Mutter ...

»... läuft dein Studium, Sohn?«

Raven presste die Kiefer so fest aufeinander, dass er es knacken hören konnte. Sein Blutdruck schoss in die Höhe und seine Fingerknöchel verkrampften sich, als er die gewohnt monotone Stimme des Mannes hörte, den er am meisten auf der Welt hasste. Den er bisher aus seiner Wahrnehmung ausgeschlossen hatte. So gut wie möglich.

Ohne von seinem Teller aufzusehen, griff er nach dem Weinglas vor sich auf dem Tisch. Wein war eigentlich nicht so sein Ding. Aber Alkohol war eben Alkohol und nur so ließ sich dieser riesengroße glitzernde Scheißhaufen eben ertragen.

»Gut.« Präzise, knapp, untertrieben.

»Und deine Noten?«, fragte der Alte unbeirrt weiter, als unterhielte er sich nur über die letzten Ergebnisse seiner Umfragewerte.

»Gut.« Extrem untertrieben.

Ryan hörte, wie Tyler ihm gegenüber ein kaum vernehmliches Lachen zum Besten gab. Er musste den umgehend einsetzen Impuls unterdrücken, seinem arroganten selbstherrlichen Bruder sein Messer ins Auge zu rammen.

»Und hast du dich bereits für ein Gebiet entschieden, auf dem du promovieren möchtest?«

Gleich würde er sich seine Zunge abbeißen, wenn er die Kiefer nicht wenigstens etwas entspannte. Keine sonderlich angenehme Vorstellung.

»Verkehrspsychologie«, antwortete er zynisch und schaffte es sogar irgendwie, seine verdammten Gesichtsmuskeln zu einem versteinerten Grinsen zu verziehen. Aber nur, weil in diesem Moment eine der Hausangestellten seines Erzeugers durch die Tür kam. In der gruseligen Hausmädchenuniform, auf die der Perverse (ein auf ihn durchaus zutreffender Begriff) so viel Wert legte. Klar. Wenigstens hatte das junge Ding eine neue Weinflasche in der Hand und füllte die Gläser der Männer schweigend nacheinander auf.

»So?«, entgegnete sein Vater mit gerunzelter Stirn, als fiele ihm der Sarkasmus erst jetzt auf. Er hasste Sarkasmus. »Ich meine, mich daran zu erinnern, dass du in den klinischen Bereich gehen wolltest, oder? Bist du sicher, dass der Verdienst dort ausreichend ist?«

Verdienst. Klar.

Raven atmete. Ohne zu antworten. Schließlich war der Alte noch nicht fertig.

»Du solltest dir etwas in der Wirtschaft suchen. Das ist ausbaufähig, einträglich und vor allem sicher. Heutzutage geht doch nichts über Sicherheit. Was willst du in einer Klinik machen? Oder womöglich in irgendeiner Gemeinschaftspraxis, wo dein Potential einfach verschwendet wäre ...«

»Nun«, antwortete er schließlich gedehnt und schloss die Finger so fest um das Messer in seiner Hand, dass die Knöchel weiß hervortraten, »vielleicht geht es mir weniger ums Geld, sondern eher um den Spaß. Tut mir leid, dich zu enttäuschen, aber ich habe wenig Lust, den ganzen Tag in Anzug herumzulatschen und irgendwelchen raffgierigen fetten Säcken untertänigst bei ihren Personalentscheidungen zu dienen.« Er ließ seine Worte kurz wirken, bevor er hinzufügte: »Ich denke, *das* wäre verschwendetes Potenzial, Vater.«

»Ich gebe Raven recht«, warf Tyler achselzuckend und ungefragterweise ein. »Er soll machen, was ihm Spaß macht. Bei mir hat es dich schließlich auch nicht gestört, dass ich die Uni geschmissen hab und zu den Cops gegangen bin, oder?«

Der Alte löste seinen stechenden Blick sichtlich widerwillig von Raven, um seinen Ältesten anzusehen. Mit gerümpfter Nase aber plötzlich doch um einiges nachsichtiger. Klar. »Selbstverständlich. Es missfällt mir nur, dass du es vorgezogen hast, das in einem anderen Bundesstaat zu tun. Dabei bin ich hinreichend sicher, dass es damals auch eine freie Stelle in Midland gegeben hat.«

»Tja«, antwortete Tyler mit einem unverfänglichen Lächeln, dessen wahre Bedeutung Raven so gut kannte, dass er seinem großen Bruder am liebsten an die Gurgel gesprungen wäre, »ich glaube, sie hatten schon jemand anderen dafür eingestellt.«

»Aber sicher«, warf Raven scharfzüngig ein. »Jemanden, der nicht drei Bundesstaaten weiter geflohen ist, um der Wahrheit und den Tatsachen nicht ins Auge sehen zu müssen. Jemanden, der seine eigene Mutter nicht im Stich gelassen hat, als sie ihn am dringendsten gebraucht hätte, hm? Eben jemanden - mit *Charakter*. Etwas, das du nicht hast, Ty.«

Stille. Drei Sekunden lang war es totenstill am Tisch und die einzigen Geräusche, die überhaupt wahrnehmbar waren, waren die aus der Küche. Geschirrklappern, Besteck, ein Wasserhahn, der aufgedreht wurde. Raven war sicher, seinen eigenen Herzschlag hören zu können und schmeckte Blut. Erst da wurde ihm bewusst, dass er sich unwillkürlich auf die Innenseite seiner Wange gebissen hatte.

Nicht nur sein Vater, sondern auch Tyler starrten Raven an, als hätte er gerade einen unpassenden Witz über Homosexuelle oder - Gott bewahre - Schwarze gemacht, denen der großartige Senator immerhin seine hervorragenden Wahlergebnisse bei der letzten Wahl zu verdanken gehabt hatte. Ein Verbrechen, das in diesem Haus definitiv schlimmer war, als den Namen seiner Mom in den Mund zu nehmen. Der einzige verdammte Grund, aus dem Raven überhaupt hergekommen war!

Als Raven sich bewusst machte, dass es ab jetzt eigentlich ohnehin egal war, was er tat oder sagte, griff er erneut nach seinem Weinglas und trank es in einem Zug leer. »Wo wir schon dabei sind - wie war das mit der Verdrängung und Verleugnung bei unerwünschten Erinnerungen? Ach ja, richtig. Man *verdrängt* sie einfach. Darin bist du Meister, Ty. Du schiebst deinen ignoranten Arsch einmal im Jahr hierher, setzt dich auf diesen Stuhl«, fuhr er mit einer ausladenden Handbewegung und einem eiskalten Lächeln auf den Lippen fort, »und tust, als wäre Mom nicht tot. Als wäre alles in bester

Ordnung und als gäbe es nicht den geringsten Grund, besorgt oder gar beunruhigt darüber zu sein, dass man nie irgendwelche Beweise auf ein zufälliges Versagen der Bremsen gefunden hat. Oder, dass man überhaupt nichts gefunden hat. Weil - ach ja, genau - weil es ja auch praktischerweise nie eine Leiche gab. Verrückt, wirklich. Vollkommen aberwitzig.«

»Ich verbitte mir diesen impertinenten Tonfall in meinem Haus!«, rief der Alte mehr oder weniger zornig, ohne nennenswert die Stimme zu erheben. Mr. Senator persönlich - in allen Lebenslagen. »Du weißt genauso gut über die Umstände Bescheid, wie wir alle, Raven! Du bist doch auch nicht besser als dein Bruder! Du lässt dich nur in meinem Haus blicken, weil du es musst! Die wenigen Male, wenn es unumgänglich für dich ist, der Realität ins Auge zu sehen, nicht wahr? Dann, wenn ich dir drohe, deinen Unterhalt und deine Studiengebühren -«

»Okay, weißt du was?«, unterbrach Raven ihn wütend und knallte das leere Weinglas auf den Tisch. »Du kannst dir deinen *Unterhalt* in den Arsch stecken. Und deine Moralpredigt erst recht! Wenn du denkst, ich würde nicht eines Tages aufdecken, was für ein widerlicher Scheißkerl du wirklich bist, hast du dich getäuscht. Ich hab die Schnauze voll, ich verzieh mich!«

Mit diesen Worten und dem Gefühl im Magen, keine Sekunde länger bleiben zu können, wenn er nicht explodieren wollte, schob er seinen Stuhl zurück und stand auf, ohne seinen Vater oder seinen ach so tollen ignoranten Bruder noch eines Blickes zu würdigen.

»W- wenn du jetzt gehst, war's das mit den Studiengebühren! Du denkst doch nicht, dass ich mir von einem ungehobelten kleinen Rotzbengel wie dir auf der Nase herumtanzen lasse!«, rief sein Alter nun doch um einiges wütender als zuvor und stand ebenfalls auf. »Raven!«

»Was?«, schrie er und ballte die Fäuste so fest, dass seine Knöchel knackten. »Du willst weiter leugnen, dass du sie gehasst hast? Dass du sie *getötet* hast? Bitte, tu das! Aber zwing mich nicht, mir diesen Scheiß weiter anhören zu müssen!«

»Ich habe deine Mutter nicht getötet, Junge!« Selbst die aal-glatte undurchdringliche Maske des Alten bröckelte allmählich. Raven sah die Zornesröte in seinem Gesicht und musste sich zusammenreißen, um nicht vor lauter ironischem Triumph aufzulachen.

Immerhin war es kein Triumph, richtig? Das wäre es höchstens gewesen, wenn er gestanden hätte. Wenn er zugege-ben hätte, dass er die Bremsen des nagelneuen Audis hatte manipulieren lassen, bevor seine Mom mit neunzig Meilen pro Stunde vom Highway an der Küste vor Malibu abgekommen und mitsamt Wagen ins Meer gestürzt war. 1600 Meilen weit entfernt, weil sie einen Strandurlaub mit ihren Freundinnen unternommen hatte und auf der Rückfahrt von -

»Ausgerechnet *heute*? Du kommst in mein Haus, bekommst den ganzen Tag die Zähne nicht auseinander und hast nicht einmal den Anstand, dich am Todestag deiner Mutter zusam-menzureißen? Was ist nur aus dir geworden ...«

»Aus mir?«, schrie Raven und drehte sich so wütend um, dass er tatsächlich nur Sekundenbruchteile davon entfernt war, seinem Vater den überheblichen dreisten Hals umzudrehen. »Was aus *mir* geworden ist, willst du wissen? Kannst du eigent-lich noch in den Spiegel sehen?«

»Raven!«, zischte Tyler, doch Raven ignorierte den warnen-den Tonfall seines Bruders einfach. Er ignorierte *Tyler*! Wozu sollte man sich auch mit einem egoistischen Wichser wie ihm befassen, der Zeit seines Lebens immer die Fresse gehalten hatte - selbst dann, wenn das Offensichtliche auf der Hand lag? Er wollte ein *Cop* sein?

»Ja, Raven, das kann ich! Ob du es glaubst oder nicht, aber auch ich habe sie verloren! Und ich lebe damit. Jeden einzelnen Tag!«

»Du lebst sehr gut damit, nicht wahr?«, konterte er eisig und funkelte den feinen Senator hasserfüllt an. »Du hattest schließlich urplötzlich keine Probleme mehr damit, deine ganzen Affären vor irgendjemandem verstecken zu müssen, richtig? Praktisch, wenn man sich keine Ausreden mehr einfal-len lassen muss! Woher man sich den letzten Tripper geholt hat. Oder die Lippenstiftspuren deiner vielen Schlampen verstecken zu müssen. Oder das Höschen deiner Sekretärin, das -«

»Raven, verdammt! Halt endlich deinen Mund!«, schrie Tyler und tauchte so plötzlich in Ravens Blickfeld auf, dass er einen Schritt zurückwich. »Reiß dich zusammen und hör dir mal selber zu! Weißt du eigentlich, was du da redest?«

Raven riss seinen Arm weg, bevor sein Bruder auch nur auf die Idee kommen konnte, ihn anzufassen. »Pack mich nicht an!«

»Das reicht! Raus aus meinem Haus, Raven! Verschwinde!«

Raven stieß ein kurzes zynisches Lachen aus. »Kein Problem. Ich wollte eh gerade gehen. Bis dann, *Dad*!«

Damit drehte er sich erneut zur Salontür um. Mit fest zusammengebissenen Zähnen und einer kaum noch zu kontrollierenden Wut im Magen, die er irgendwo auslassen musste, wenn er nicht einfach explodieren wollte!

Raven ignorierte den schrägen Blick, den die ältere Haushälterin ihm im Vorbeigehen zuwarf, stapfte mit großen Schritten auf die riesige Eingangstür zu und riss sie auf. Beinahe erleichtert atmete er die deutlich kühlere Abendluft ein, fühlte sich aber nicht wirklich besser. Dazu war er viel zu aufgewühlt. Viel zu geladen und -

»Warte, Raven«, rief Tyler ihm nach und packte ihn an der Schulter, bevor Raven die Tür wieder hinter sich zuschmeißen konnte. »War das da drin gerade dein Ernst? Echt jetzt? Auch nach drei Jahren bist du immer noch nicht von deinem Trip -«

»Was für ein Trip?«, herrschte er seinen Bruder an und riss sich erneut los. »Du willst es einfach nicht kapieren, oder? Der Scheißkerl wollte sie loswerden! Er hat unsere Mutter auf dem Gewissen, ob du das wahrhaben willst oder nicht!«

»Du redest wirres Zeug«, widersprach Ty kopfschüttelnd, sah zu Ravens Verwirrung aber deutlich blasser im akkurat rasierten sonnengebräunten Gesicht aus als sonst.

»So, denkst du das?«, fragte Raven kalt und starrte ihn hasserfüllt an. »Du bist nicht da gewesen, wenn sie sich gestritten haben, oder? Du warst nicht da, wenn Mom einen depressiven Schub hatte und der alte Wichser da drin nichts Besseres zu tun hatte, als die halbe Welt zu ficken, während sie sich die

Schuld für alles gegeben hat. Du warst nicht da, als ich sie im Badezimmer gefunden habe. Vollgestopft mit Tabletten, weil sie es nicht ertragen konnte! Und du warst auch nicht da als -«

»Hör auf!«, unterbrach ihn Tyler erneut und verzog nun doch sichtlich gequält das Gesicht, als könnte er die Tatsachen nicht mehr verleugnen. Raven *hoffte*, dass es ihn quälte! Dass er bis zum Ende seines Lebens an diese Worte denken und Raven Recht geben würde. Weil es verdammt noch mal die Wahrheit war!

»Ich werde nicht aufhören! Und weißt du auch wieso?«

Tyler antwortete nicht, schüttelte aber kaum merklich den Kopf.

»Weil er ein Motiv hatte! Oder was denkst du, womit er seine letzte Wahlkampfkampagne finanziert hat, hm? Mit ihrem Erbe! Und ist es nicht außerdem unfassbar praktisch, dass er sich nun vor nichts und niemandem mehr für seine Affären und Fehltritte rechtfertigen muss? Dass er keine Angst mehr haben muss, dass Mom sich vielleicht doch eines Tages entschließen könnte, ihn zu verlassen und ihr Vermögen mit sich nehmen würde? Verdammt, Ty! Mach endlich die Augen auf!«

»Es ging ihr besser«, erwiderte sein großartiger toller feiger Bruder nun um einiges weniger rechtfertigend als vorhin. »Sie hatte die Depressionen im Griff und wollte ihm noch eine Chance geben, weil er auf Knien vor ihr gesessen und sie angebettelt hat! Das hat Mom mir selbst gesagt, als sie mich aus Santa Monica angerufen hat! Sie wollte es ihm sagen, wenn der Urlaub vorbei gewesen wäre.«

Raven lachte spöttisch. »Klar. Das mag sein. Weißt du, das kann ich tatsächlich nicht beurteilen, Ty. Weil sie mich nämlich nicht angerufen hat. Aber weißt du, ob *er* das auch wusste?« Er nickte ins Haus zur verschlossenen Esszimmertür, ohne seinen Bruder aus den Augen zu lassen.

Tylers Schultern sanken herab und er verzog das Gesicht, sagte aber nichts mehr. Als hätte es ihm tatsächlich die Sprache verschlagen.

Ohne ein weiteres Wort drehte Raven sich um und ging auf seinen Wagen zu. Ohne einen Blick zurückzuwerfen. Ohne zu wissen, wie er seine ganze Wut, den über drei Jahre aufgestauten Frust und seinen unendlichen Hass auf seinen Vater am schnellsten ablassen konnte. Schließlich war der Zeitpunkt noch nicht gekommen, alles mit dem sehnlichst erwarteten großen Knall auffliegen zu lassen. Noch nicht ...

Leise schlich Liliana durch das stockdunkle Treppenhaus und bemühte sich, bloß kein Geräusch zu machen. Sie war müde. Und zu kaputt, um sich mit ihrer viel zu neugierigen Vermieterin herumzuschlagen, die nur darauf lauerte, irgendwelche Neuigkeiten über alles und jeden zu erfahren, den sie kannte oder auch nicht. Weil die alte Mrs. Marple (sie hieß wirklich so und sah sogar ein bisschen so aus wie Margret Rutherford) es nicht ertragen konnte, ihre grenzenlose Neugier nicht stillen zu können. Aber Lil war vollkommen ausgelaugt, weil Joe sie allen Ernstes gezwungen hatte, fast eine Stunde länger zu bleiben.

Eine Truppe Soldaten war in die Bar eingefallen. Ein durchaus passender Begriff für ein Dutzend grölender Männer, die es offenbar nicht einmal für nötig gehalten hatten, sich die dämliche Tarnfarbe aus den Gesichtern zu wischen oder sich auch nur umzuziehen. In ihren Kampfanzügen und mit ihrem vor Testosteron strotzenden Auftreten hatten sie ausgesehen, als wären sie gerade mitten aus einem Urwald geklettert. Dabei hatten sie nur eine mehrtägige Übung hinter sich gebracht! Das hatte ihr einer der etwas stilleren Männer erzählt, während seine Kumpels die halbe Bar leergesoffen hatten.

Klar. Solche Tage gab es hin und wieder. Aber es nervte sie einfach nur, dass Joe ihr auch heute wieder in aller Deutlichkeit zu verstehen gegeben hatte, dass er ihr Boss war und sie nur die Tochter der ehemaligen Besitzerin!

Dieser blöde aufgeblasene Wichtigtuer ...

Lil seufzte leise und zog den Schlüssel zu ihrer winzig kleinen Dachgeschosswohnung aus der Tasche ihrer Jeans. Wenigstens das Trinkgeld war heute Abend gut ausgefallen. Einen Großteil davon hatte sie in die Tasche gesteckt, aber auf dem Fußweg zurück hatte sie sich unten an der Iowa-Street einen Mikrowellenauflauf gegönnt. Sie würde ihn essen, nebenbei den Ausdruck des Artikels über die Entstehung destruktiver

Bindungsmuster im Säuglingsalter lesen, den sie Morgen brauchen würde und dann ins Bett gehen. Die Decke über den Kopf ziehen, nichts hören nichts sehen. Einfach nur schlafen und hoffen, dass morgen ein besserer Tag sein würde.

Ein kurzer Blick auf ihr Handy verriet ihr, dass sie mal wieder nichts verpasst hatte. Keine Anrufe, keine Mails, keine Facebooknachrichten.

Der Vorteil daran, ein Einzelgänger zu sein, ist definitiv die Ruhe, dachte sie zynisch und warf das Handy zurück in ihre Handtasche. Schließlich hatte sie außer Joana niemandem, mit dem sie sich sonderlich verbunden fühlte und das war okay. Schließlich war ihre Kommilitonin allein von ihrer Art her schon ausreichend für zehn Freunde. Laut, flippig und unfassbar redselig, aber auch treu und hilfsbereit.

Liliana stieß die Tür auf, tastete in der Dunkelheit nach dem Lichtschalter links an der Wand und wunderte sich über den kühlen Luftzug. Irgendwie glaubte sie, das Fenster nur gekippt zu haben, damit überhaupt ein bisschen Luft reinkam. Aber nach Ravens Einbruch neulich vermied sie es gänzlich, das Fenster ganz aufzureißen. Nicht unbedingt seinetwegen, sondern eher, weil es definitiv eine dumme Idee war. Wenn Raven in ihre Wohnung einsteigen konnte, konnten es auch andere. Nicht, dass sie viel zum Stehlen besessen hätte. Aber trotzdem wollte man ja nichts -

»Lass das Licht aus, Prinzessin«, hörte sie Ravens Stimme in der vorherrschenden Dunkelheit und erschrak so gewaltig, dass sie ihre Tasche fallen ließ. »Du bist spät«, fuhr er einfach fort, als hätte er nicht gerade beinahe dafür gesorgt, dass sie einen verfluchten Herzinfarkt bekam.

»Raven! Verdammt - was machst du hier? Wieso kannst du nicht durch die Tür kommen wie jeder normale Mensch? Und wieso zur Hölle bist du überhaupt hier? Wolltest du nicht eigentlich zu einem Abendessen gehen?« Sie plapperte. Das machte sie immer, wenn sie nervös war und dazu hatte sie, wie sie fand, auch allen Grund.

Ihre Augen gewöhnten sich relativ schnell an die Dunkelheit. Der abnehmende Mond spendete genug Licht, damit sie ihn erkennen konnte. Er saß auf ihrem Bett in der Ecke und stand langsam auf. Wortlos betätigte er den Schalter der kleinen Lampe auf ihrem unordentlichen Schreibtisch und sie blinzelte kurz. Das Fenster stand tatsächlich sperrangelweit offen. Irgendwie musste es ihm gelungen sein, den Hebel umzulegen, damit er einsteigen konnte. Oder hatte sie es doch offen gelassen?

Automatisch ließ sie ihren Blick über ihren Kommilitonen wandern und starrte zunächst auf die Tequilaflasche in seiner Hand - und dann in sein Gesicht. »B- bist du betrunken?«

Raven lachte leise. »Schön wär's. Ich hoffe, du hast nichts dagegen, dass ich mich über deinen Vorrat hergemacht habe. Hab nicht viel getrunken.«

»Okay«, sagte sie gedehnt und zwang sich, sich nach dem ersten Schreck wieder etwas zu beruhigen. So leise wie möglich schloss sie die Tür hinter sich, ohne ihn aus den Augen zu lassen. »Dann kannst du ja meine Frage beantworten, oder?«

»Welche davon?«, antwortete er amüsiert und grinste sie kühl an. Die Flasche stellte er auf ihren Schreibtisch.

»Was du hier willst zum Beispiel.« Sie hoffte, dass man ihr die anhaltende Unruhe nicht anmerkte. Ihre Verunsicherung. Ihre verdammte Wut, weil er offenbar nach wie vor zu glauben schien, sich alles herausnehmen zu können. Auf sie zuzugehen und ihr ihre Schlüssel aus der Hand zu nehmen, zum Beispiel. Oder sie direkt darauf an sich zu ziehen und seine ungewohnt kalten Finger an ihr Gesicht zu legen. Oder -

»Was könnte jemand von dir wollen, der nachts in deine Wohnung einsteigt und sehnsüchtig darauf wartet, dass du von der Arbeit kommst, hm?« Das Grinsen blieb auf seinen Lippen, übertrug sich aber nicht auf seine dunklen eiskalten Augen.

Was auch immer mit ihm los war - es erinnerte sie stark an den Moment im Käfig gestern Abend, als er fast die Kontrolle über sich verloren hatte. Keine sonderlich angenehme Erinnerung. Sie schluckte, rührte sich aber nicht.

»Was könnte ich wohl von dir wollen, wenn ich nur um dich zu sehen drei verschiedene Gesetze breche?«, fuhr er fort und ein eisiger Schauer lief über ihren Rücken, als er über ihre Wange streichelte.

»D- drei?«, wiederholte sie und zwang sich, ruhig stehenzubleiben. »Hausfriedensbruch und Einbruch. Und welches noch?«

Das Grinsen wurde breiter. »Nur Hausfriedensbruch, Prinzessin. Dein Fenster war auf. Genau genommen ist das also kein Einbruch. Nummer zwei ist Fahren mit überhöhter Geschwindigkeit auf einer starkbefahrenen Straße.«

»U- und N- Nummer drei?«, stotterte sie plötzlich ziemlich unbeholfen, weil er sie vorbeugte und einen Kuss in ihre Halsbeuge drückte. Sie zitterte leicht, als er mit seiner Zunge über ihre Haut fuhr und eine feuchte heiße Spur zurückließ. Doch nicht ganz so unangenehm, wie sie mit dem Einsetzen des erwartungsvollen Pochens zwischen ihren Beinen feststellte ...

»Nötigung«, antwortete er, ohne sich von ihrem Hals zu lösen.

Im nächsten Augenblick ging ein Ruck durch ihren Körper, als er sie zurück gegen die Tür stieß und ihren erschrockenen Aufschrei unterdrückte, indem er sie schnell auf den Mund küsste. Seine Zunge drängte sich wie selbstverständlich zwischen ihre Lippen und tatsächlich stellte Liliana ihren anfänglichen Widerstand umgehend ein, als sie seine Erektion durch den Stoff seiner Jeans an ihrem Bauch spürte. Oder seine Hände, die sich wie von selbst unter ihr Shirt stahlen und es hochzogen. Und seinen heißen Atem auf ihrer Haut.

»Raven, nicht«, murmelte sie in seinen Kuss und stemmte sanft die Hände gegen seine Brust. »Ich komme von der Arbeit. Ich stinke nach Bier und muss duschen. Außerdem bin ich völlig im Arsch und -«

»Ist mir scheißegal«, antwortete er und zerrte das Shirt über ihren Kopf. »Und jetzt halt den Mund, Prinzessin! Ich hab es ein bisschen eilig.«

»Wa-« Sie kam nicht dazu, das Wort auszusprechen oder auch nur an Widerstand zu denken, denn er zerrte auch ihre Jeans von ihren Hüften, öffnete rasend schnell seine eigene Hose und hob sie dann hoch.

Liliana blieb nichts anderes übrig, als sich an ihm festzukrallen und nicht zu laut zu schreien, als er sie mit einem schmerzhaften Ruck gegen die Tür presste, bevor er nur einen Atemzug später in sie eindrang. Ihr blieb gerade genug Zeit, sich innerlich darauf einzustellen. Auf das Gefühl von Schmerz, weil sie eigentlich noch nicht bereit genug dafür war, ihn gleich ganz aufzunehmen. Weil sie es lieber gehabt hätte, wenn er ein bisschen weniger hemmungslos gewesen wäre. Wenn er sie nicht auf diese dominante, fast brutale Art gegen die Tür ficken würde ...

Nach dem dritten Stoß gelang es ihr nicht länger, ihren Schrei zu unterdrücken. Sie warf den Kopf zurück und kniff die Augen zusammen, spürte aber gleichzeitig, wie sich der süße Schmerz allmählich auflöste und dem glühend heißen Verlangen Platz machte, auf das sie sehnlichst wartete.

Raven schien es tatsächlich ziemlich eilig zu haben. Er ließ ihr kaum die Möglichkeit, Luft zu holen, hörte nicht auf, sie zu küssen und schien überhaupt nicht vorzuhaben, hier eine längere Sache draus zu machen. Seine Bewegungen waren rau, besitzergreifend und verdammt egoistisch. Er schien keine Sekunde lang vorzuhaben, sich überhaupt mit ihr zu beschäftigen und gab ihr leider auch nicht die Möglichkeit, es selbst zu erledigen, weil sie sich einfach nicht rühren konnte.

Als sich sein Griff um ihre Pobacken Augenblicke später so verstärkte, dass sie garantiert auch morgen noch Abdrücke seiner Finger am Arsch haben würde, keuchte sie erneut auf. Es war der Moment, in dem er tief in ihr kam und seinen eigenen Aufschrei dadurch erstickte, indem er sie biss.

Der sengende Schmerz über ihrer Brust raubte ihr die Luft zum Atmen. Wenn Raven nicht umgehend die Hand auf ihren Mund geschlagen hätte, hätte sie die ganze Nachbarschaft zusammengebrüllt, so sehr tat es weh.

Sie fühlte die kleinen Schweißperlen, die sich auf ihrer Stirn bildeten, hörte ihr eigenes Blut in den Ohren rauschen und bekam kaum noch Luft. Und sie konnte nicht fassen, wie schnell das alles gerade gegangen war. Als er endlich die Hand von ihrem Mund zog und sein Gesicht schwer atmend gegen ihre Brust presste, ohne sie anzusehen, realisierte sie erst, wie sehr sie geschrien haben musste. Ihre Kehle fühlte sich rau und ausgetrocknet an. Ihre Zunge klebte an ihrem Gaumen und alles kribbelte und fühlte sich komisch an. Von den Schmerzen in ihrem Oberkörper ganz zu schweigen.

Trotzdem gelang es ihr nicht, sich selbst zu täuschen. Das Verlangen loderte nach wie vor in ihrem Unterleib. Und zwar mehr als nur ein bisschen. Er - und seine Art, mit ihr zu schlafen - turnten sie wesentlich mehr an, als sie für möglich gehalten hatte. Mehr, als sie zugeben wollte.

Es dauerte eine gefühlte Ewigkeit, bis Raven sich genug gefangen zu haben schien, um sich aus ihr zurückzuziehen und sie wieder herunterzulassen. Mit wackeligen Knien stand sie vor ihm, unfähig, diese ganze Aktion in irgendeinen sinnvollen Kontext zu bringen. Außerdem war sie nicht wirklich sicher, ob sie überhaupt einen Ton herausbringen könnte. Also - schwieg sie. Sie schwieg und ließ zu, dass er sie erneut an sich zog, seine Arme um sie legte und sie so zärtlich an sich drückte, dass es ihr noch schräger vorkam, als dass er überhaupt erst ungefragt in ihrer Wohnung aufgetaucht war.

»Raven - was ist los?«, fragte sie schließlich nach einer Ewigkeit, in der keiner von ihnen etwas gesagt oder sich auch nur bewegt hatte. Sie lauschte seinem ruhiger werdenden Herzschlag, spürte das kaum merkliche Zittern, das sich von ihm auf sie zu übertragen schien und wusste, dass er vollkommen neben der Spur war. Egal, was er versuchte, ihr vorzumachen. Egal, dass er das übliche eisige Grinsen im Gesicht hatte, als er ihr schließlich doch in die Augen sah.

»Sorry«, stieß er noch ziemlich atemlos hervor, »das war etwas egoistisch, hm? Aber keine Sorge, Prinzessin. Ich habe mein Pulver noch nicht verschossen. Wenn du unbedingt duschen willst, beeil dich damit. Und dann -«

»Hör auf damit«, unterbrach sie ihn schneidend und funkelte ihn an. Wenigstens zitterten ihre Finger nicht mehr, als sie sich die verschwitzten Haare aus dem Gesicht strich. Unbeholfen zerrte sie mit dem Fuß die Jeans von ihren Beinen, bevor sie sich an ihm vorbei in ihr winziges Apartment drückte. »Verleugnung und Verdrängung oder wie war das?«

Sie musste sich zwingen, die pochende Stelle über ihrer linken Brust nicht zu betasten. Der Schmerz ließ nur langsam nach und sie traute sich nicht einmal, runterzusehen. Aus

Angst, er könnte sie so fest gebissen haben, dass es blutete. Sie hasste Blut.

»Was soll dieses Theater, Raven? Du tauchst einfach mitten in der Nacht in meiner Wohnung auf, obwohl du wusstest, dass ich arbeiten muss, und erwartest, dass ich mich ohne eine Erklärung von dir ficken lasse?« Kopfschüttelnd starrte sie ihn an.

Er antwortete nicht. Er stand einfach weiter da, machte sich nicht einmal die Mühe, seine Jeans wieder zu schließen und sah plötzlich aus, als könnte er es kaum erwarten, wieder zu verschwinden. Dann fiel es ihr wie Schuppen von den Augen und Liliana biss sich auf die Unterlippe.

»Heute - ist der Todestag deiner Mutter«, presste sie leise hervor. »Deswegen bist du hier. O Gott, es tut mir leid, ich -«

Bevor sie noch mehr sagen konnte, hob er die Hand, um sie zum Schweigen zu bringen. »Vergiss es! Ich bin nicht gekommen, um mit dir zu plaudern, Prinzessin. Heb dir deine Analysen für deine Praxis später auf. Ich verschwinde.« Damit drehte er sich tatsächlich zur Tür um.

»Warte!«, rief sie und sprang so schnell zurück zwischen ihn und die Tür, dass sie sich selbst über ihre plötzliche Flinkheit wunderte. »Du kannst doch jetzt nicht einfach abhauen! Verdammt - Ist das deine bevorzugte Masche? Das zieht vielleicht bei deinen anderen dummen Weibern, die du nebenher fickst, aber nicht bei mir. Und das wissen wir beide!«

»Entschuldige bitte, dass ich kurz vergessen habe, wie hoch dein IQ ist«, antwortete er mit hörbarem Spott in der Stimme und griff bereits nach ihrer Schulter, um sie wegzuschieben. »Normalerweise vertreibe ich mir meine Zeit eher mit hirnlosen Barbiepuppen. Die stellen wenigstens keine Fragen und sind im Gegensatz zu dir auch nicht verklemmt.«

»Wa- spinnst du?«, rief sie angepisst und starrte ihm ins Gesicht.

Doch dieses Mal würde sie sich nicht täuschen lassen. Er versuchte nur, sich auf seine großkotzige widerliche Art aus der Affäre zu stehlen. Auch etwas, das zweifellos bei seinen anderen Tussis funktionieren würde. Aber nicht bei ihr! Dann musste sie den Spieß eben umdrehen, wenn er es so haben wollte!

»Wenn es doch so schrecklich ist, mit mir zu schlafen, wieso kommst du dann hierher? Wieso versuchst du doch immer wieder, mich flachzulegen, hm? Warum bist du hergekommen und nicht zu einem deiner großartigen, keine Fragen stellenden, perfekten Betthäschen gegangen? Lass diese Spielchen, Raven! Das zieht nicht mehr!«

Ganz kurz fragte sie sich, ob es wirklich eine gute Idee war, ihn auf dieser Ebene herauszufordern. Bei jedem anderen hätte sie es nicht getan. Weil es nach hinten losgehen konnte, einem Menschen wie ihm die Pistole auf die Brust zu setzen und ihn unter Druck zu setzen, damit er die Zähne endlich auseinander bekam. Raven diese Pistole auf die Brust zu setzen, könnte ein ziemlich großer Fehler sein. Schließlich wusste sie nur zu gut, zu was er in der Lage war, wenn er sich in die Enge getrieben fühlte. Und sie ahnte immerhin, dass er sich bisher immer noch zurückgehalten hatte.

»Lass - mich - durch!«, zischte er bedrohlich leise neben ihrem Ohr. Auf keine ihrer Fragen antwortete er, aber der realistische Teil von ihr hatte sich bereits damit abgefunden.

»Nein!«

»Vorsicht, Prinzessin. Du weißt, wozu ich fähig bin!«

Ruhig bleiben, betete sie sich immer wieder selbst vor und hoffte inständig, dass sie die Nerven behielt und sich nicht von ihm einschüchtern ließ.

»Nein, Raven. Das weiß ich nicht. Klär mich auf! Lass uns darüber reden, wieso du dich immer wieder im Kreis drehst! Wieso du dich wiederholst, als wäre ich schwachsinnig und wieso zur Hölle du der Meinung bist, ich würde mich von dir bedrohen lassen!«

Seine Augen verengten sich zusehends, aber sie ignorierte die zurückkehrende Furcht. »Du bewegst dich auf ganz dünnem Eis, weißt du das?« Doch dann nahm er die Hände hoch und grinste sie so böse an, dass sich eine Gänsehaut auf ihrem ganzen Körper ausbreitete. »Aber gut. Du willst reden? *Reden* wir! Aber über dich! Reden wir darüber, wieso du mir ständig auf den Sack gehst. Wieso du deine süße Klappe nicht halten kannst. Wieso du meinst, deine ganzen Komplexe hinter deiner passiv-aggressiven Haltung zu verstecken. Wieso du nicht weißt, wann Schluss ist. Und wieso zur Hölle du nicht aufhören kannst, deine Nase in Angelegenheiten zu stecken, die dich rein gar nichts angehen!«

Er sprach schnell, beinahe emotionslos und in einem Tonfall, der ihr das Blut in den Adern gefrieren ließ. Eiskalt, herablassend und respektlos! Widerlich und überheblich war er öfter, aber er hatte weder ihre Intelligenz noch ihre Souveränität je infrage gestellt.

Liliana starrte ihn an. Unfähig, etwas zu erwidern oder auch nur einen Finger zu rühren. Sie wusste nicht, wieso das so war, aber seine Worte taten ihr weh. Sie wollte es nicht hören. Sie wollte es nicht von *ihm* hören. Und erst recht wollte sie nicht, dass er einfach weitermachte! Aber genau das tat er, ohne Rücksicht auf sie oder ihre Gefühle zu nehmen, auf denen er gerade herumtrampelt und es ganz genau wusste!

»Wenn wir schon dabei sind - wieso arbeitest du überhaupt in dieser stinkenden Drecksbude und warum kriegst du bei diesem widerlichen Pisser die Zähne nicht auseinander, aber mir hältst du einen Verhaltensvortrag nach dem anderen? Wieso meinst du, mich und meine Vergangenheit analysieren und am besten noch therapieren zu müssen, wenn du es nicht einmal schaffst, dein eigenes erbärmliches Leben zu re-«

»Sei still!«, schrie sie vollkommen außer sich und aufgelöst und spürte, dass ihre Augen brannten. Aber noch weinte sie nicht! Noch nicht - »Was bildest du dir ein? Du bist ein großspuriger, arroganter, selbstherrlicher Großkotz, der nur von sich auf andere schließt! Du erzählst mir was von Übertragung und Gegenübertragung? Weißt du was, Raven? Wenn ich gestört bin, dann bist du es auch!«

»Und *wie* gestört du bist! Wenn ich so einen Drecksack von Vater hätte wie du, würde ich die Beine in die Hand nehmen und ein verdammtes neues Leben am anderen Ende des Landes aufbauen! Aber was tust du? Natürlich! Du meinst, den letzten Wunsch deiner toten Mutter erfüllen zu müssen, indem du dich Tag für Tag herumschubsen lässt! Womit wir wieder bei der Stelle wären, bei der du dir dein Leben nur selbst schönredest!«

Raven lachte und schaute sie so eiskalt an, dass sie den gigantischen Kloß in ihrem Hals nicht hinunterwürgen konnte. Sie hatte keine Ahnung, wieso sie noch nicht weinte. Wieso sie sich das immer noch anhörte, ohne ihn einfach aus ihrer Wohnung zu werfen. Wieso sie weiter zwischen ihm und der Tür stand, zuließ, dass er seine Hände neben ihrem Kopf gegen den abblätternden ehemals weißen Lack stemmte und sie dabei ansah, als würde er direkt in sie hineinschauen. Als wüsste er genauso gut wie sie, dass jedes seiner Worte wahr war und sie dort traf, wo es am meisten wehtat.

Gott - wieso? Wieso tut es weh? Weil -

»Du redest dir ein, du könntest alles im Griff behalten. Solange dein Alter im Knast sitzt, gibt es für niemanden mehr einen Grund, dich mit ihm in Verbindung zu bringen. Als könnte man automatisch vergessen, wo du herkommst, nicht wahr? Und damit ist dann alles in bester Ordnung. Du arbeitest in der Bar, die früher deiner Mutter gehört hat, sparst dir genug Geld zusammen, um sie zurückkaufen zu können und dann? Was hast du dann vor? Du wirst einen hervorragenden Studienabschluss haben. Mit perfekten Noten. Und du willst allen Ernstes hier in diesem Scheißkaff versauern, weil du deiner Mom etwas versprochen hast?«

Ohne zu wissen, wie sie es schaffte, öffnete sie den Mund und ihre Zunge löste sich tatsächlich weit genug von ihrem Gaumen. Weit genug, um sich nicht kampflos zu ergeben. Auch wenn ein Teil ihres Verstandes darauf beharrte, dass es keinen Grund gab, sich zu rechtfertigen. Dass es sinnlos und bescheuert war, ihm weiterhin die Möglichkeit zu geben, sie allein durch seine Worte zu verletzen. Ihm eine Angriffsfläche zu bieten, die ihn in die Lage versetzen würde, sie noch weiter zu quälen, wenn er es darauf anlegte. Denn genau das schien er ja vorzuhaben. Sie zu quälen. Sie fertigzumachen, um sich nicht mit sich selbst beschäftigen zu müssen. Die ganze Zeit.

»Du tust mir leid, Raven«, flüsterte sie schließlich und schüttelte langsam den Kopf. »Hast du es wirklich nötig, auf diesem Niveau mit mir zu reden? Fällt dir nichts Besseres ein, als mich zu demütigen, nur damit du dich besser fühlst? Weißt du, ich denke, du hattest recht. Mit deiner Selbsteinschätzung. Nur, dass du nicht antisozial, sondern eindeutig psychopathisch bist. Mitgefühl oder Empathie? Kennst du nicht! Dafür hast du ein ausgeprägtes Bedürfnis danach, andere zu demütigen und bist unfähig, Bindungen einzugehen. Räuberische Ausbeutung, Risikofreude und dein verdammter emotionaler Knacks - Du bist -«

»Gut, dann bin ich in deinen Augen eben ein Psychopath! Und? Fühlst *du* dich mit deiner Fehleinschätzung jetzt besser? Ändert das irgendetwas daran, dass du dich bereitwillig auf mein Angebot eingelassen hast? Das nennt man Opportunismus, Prinzessin! Hurerei! Am Ende bist du auch nicht besser als ich!«

Raven biss die Zähne zusammen, als würgte er etwas hinunter, das ihm noch auf der Zunge lag. Dann schüttelte er den Kopf, löste seine rechte Hand von der Tür hinter ihr und wischte sich damit übers Gesicht. Urplötzlich wirkte er auf sie müde. Und so erschöpft, wie sie ihn noch nie gesehen hatte. In Sekundenbruchteilen veränderte sich der Ausdruck auf seinem Gesicht und Liliana sah - Schmerz. Reue. Bedauern und Schuld.

Sie wusste nicht, wie sie darauf reagieren sollte. Was sie sagen oder tun sollte. Also stand sie einfach da, zitterte am ganzen Körper und schluckte schwer, als sie sich der Tränen bewusst wurde, die über ihre Wangen liefen. Der Grund dafür, dass er aufhörte. Das war es.

»Fuck!«, presste er sichtlich gequält hervor, bevor sie seine kalten Hände an ihrer nackten Taille spürte und er sie an sich riss.

Erschrocken und verwirrt gleichermaßen kniff sie die Augen zusammen, weil er sich zu ihr hinunterbeugte und sie küsste. Auf eine völlig verrückte und alles andere als erwartete Art und Weise: Sanft und so unendlich zärtlich, dass sie glaubte, in einem bizarren Traum gefangen zu sein.

Wie sonst konnte das möglich sein? Es war nicht real ...

Aber es fühlte sich sehr real an, seine Finger auf ihrer Haut zu spüren. Seine Wärme. Sein Zittern, das genauso gut ihr eigenes hätte sein können. Seine Haare an ihrer Stirn. Sein Atem auf ihrer Wange, bevor er seine Lippen viel zu schnell von ihr löste und sein Daumen, der genauso liebevoll die Tränen wegwischte. Einfach so ...

»Was machen wir hier, Prinzessin?«, fragte er leise und sah sie an.

Lil konnte seinem durchdringenden Blick nicht ausweichen. Unmöglich. »Ich - weiß es nicht«, flüsterte sie zurück und ihre Stimme brach. Liliana schluchzte und schämte sich fürchterlich. Für das, was sie gesagt und ihm an den Kopf geworfen hatte. Für all die unfairen Dinge, die sie nicht hatte sagen wollen. Für die neuen Tränen, die einfach so über ihr kochend heißes Gesicht liefen und die sich nicht aufhalten ließen. Für - alles. Sie schämte sich nur und auch das tat weh.

Dieses Mal wischte Raven die Tränen nicht weg. Er zog sie an sich, presste ihr Gesicht gegen seine Brust und schien dabei genauso fertig mit sich und seiner Welt zu sein wie sie selbst. Aber das war kein Trost und nichts hieran fühlte sich wie ein Triumph an. Oder wie Versagen. Oder was auch immer.

»Meinst du, es ist immer so hässlich, wenn sich Psychologen streiten?«, hörte sie ihn in ihr Haar murmeln, bevor er einen Kuss auf ihren Scheitel drückte und sie weit genug von sich wegdrückte, um ihr ins Gesicht sehen zu können.

Sie sah das schwache Lächeln auf seinen Lippen und fühlte flüchtige Erleichterung und einen Hauch Dankbarkeit, als er sie erneut küsste.

»Ich hasse es, zu streiten«, erwiderte sie leise und wischte sich die restlichen Tränen aus den Augen. »Ich - wollte das nicht sagen. Es tut mir leid.«

»Mir auch. Ich schätze, wir sind beide ziemlich kaputt. Auf unsere Art.«

»Angeblich soll das ja normal sein«, grinste sie schwach und spürte allmählich die zurückkehrende Wärme in ihren Fingerspitzen, als sie die Arme um seinen Hals schlang.

Raven lachte leise. »Tja, wenn ich mir die restlichen Flitschbirnen aus den Kursen so ansehe, trifft das wohl auf die Meisten zu. Mal sehen. Da hätten wir den Kerl mit der Brille - Marvin, oder? Ich bin sicher, dass er einen tiefsitzenden

Mutterkomplex hat. Er telefoniert in jeder Pause mit seiner Mami und berichtet ihr von den unsäglichen Dingen, die sich in einem Hörsaal so abspielen können.«

»Oder das Pärchen aus dem Statistikkurs. Die reden nie miteinander! Die knutschen immer nur, wenn ich die irgendwo sehe. Ekelhaft! Ich wette, die haben in der Einheit über promiskuitives Verhalten gepennt.«

»*Miteinander*, ja!«, lachte er und endlich - fiel auch die restliche Anspannung von Lilianas Schultern.

Es fühlte sich befreiend an. Als fiele eine tonnenschwere Last von ihr ab, die ihr die Luft zum Atmen genommen und ihr Hirn vernebelt hatte. Abartig!

Danach schwieg Raven. Er sah ihr lange ins Gesicht, ohne sich zu rühren, ohne etwas zu sagen und - was vielleicht noch wichtiger war - ohne die eisige Kälte in den Augen, die genauso zu ihm zu gehören schien wie seine andere Seite. Die Seite, die sich offenbar irgendwann weit genug an die Oberfläche zu kämpfen schien, damit er über seinen Schatten springen konnte. Weit genug, damit sie sah, dass es mehr gab, was ihn ausmachte. Mehr als seine oberflächliche Arroganz, seine impulsive Hemmungslosigkeit, seine Kaltschnäuzigkeit und die latente Bösartigkeit, die er zeigen wollte! Um auf seine Art nicht verletzt zu werden.

Aber diese Gedanken behielt Liliana für sich. Sie würde ihm nicht sagen, dass sie diese Seite an ihm mochte. Sie würde ihm auch nichts davon sagen, wie sehr er sie dadurch beeindruckt hatte, dass er nachgegeben hatte. Denn genau das hatte er und sie war sich hinreichend sicher, dass er sich dessen auch bewusst war. Weil sie es nicht gekonnt hatte, obwohl sie es gewollt hätte ...

Und ganz bestimmt würde sie ihm nichts von dem verrückten warmen Flattern in ihrem Magen verraten, das sich rasend schnell darin ausbreitete, als er sie erneut hochhob. Um sie in ihr winziges Badezimmer zu tragen. Um sie anschließend ganz auszuziehen und sich mit ihr in die noch kleinere Dusche zu quetschen, bevor er mit ihr schlief. Ein bisschen auf seine Art - ein bisschen auf ihre. Weil dieses Gefühl auch eine gefühlte Ewigkeit später nicht verschwand, als sie in seinem Arm in ihrem alten klapprigen Bett lag und sich fragte, wieso er diesen ganzen Zirkus veranstaltete.

Das Glücksspiel. Die angeblichen Kontakte, die er brauchte. Die Pistole, die sie nur dieses eine Mal zu Gesicht bekommen hatte. Und ihr Deal, der sie zu seinen Augen und Ohren und gleichzeitig zu seinem Alibi machte. Nur für was - wusste sie nicht. Es war nur ein Gefühl. Kein gutes.

Was auch immer Raven wirklich im Schilde führte ... Es schloss sie auf eine gewisse Art und Weise ein. Und Liliana wusste, dass sie herausfinden musste, um was es sich dabei handelte. Weil ihr dieses Gefühl nämlich konsequent einhämmerte, dass es gefährlich war. Sehr gefährlich. Und das dahinter mehr als nur eine seltsame Vorahnung steckte.

Entnervt rieb Raven mit den Knöcheln über seine Schläfe und bemühte sich, nicht auszuflippen. Bedauerlicherweise nicht ansatzweise so einfach, wie er es gern gehabt hätte. Aber so war das offenbar, wenn man sich mit Idioten herumschlagen musste. Im wahrsten Sinne des Wortes.

»Was genau haben Sie daran nicht verstanden?«, fragte er zwischen seinen zusammengebissenen Zähnen und zwang sich, weiterzuatmen. »Sie sollen nur ein paar Bildchen zusammenschneiden und das ganze in einem hübschen kleinen Video anordnen! Das kann jeder Grundschüler! Wofür bezahle ich Sie?«

»A- aber das ist -«

»Der leichteste Job der Welt!«, rief er angepisst ins Handy und bedauerte es mit jeder Sekunde mehr, seiner Wut keinen Freiraum geben zu können. »Sie sollen die Bilder, die ich Ihnen geschickt habe, nur zusammenschneiden, verdammt! So, dass man am Ende nicht sieht, *dass* Sie es gemacht haben! Und zwar heute noch!«

»Dafür kann ich ins Gefängnis kommen«, beharrte der Fotograf am anderen Ende der Leitung.

Raven konnte es sich bildlich vorstellen. Wie ein kleiner dicker Mann mit gescheiteltem Haar auf seinem ranzigen runden Schädel und Nickelbrille über den Glubschaugen knallrot anlief. Wie ein überkochender Wasserkessel. Dabei hatte er den Mann nie gesehen. Aber die Vorstellung half, auch weiterhin nicht zu explodieren. Weiter in einer relativ ruhigen Ecke in der Nähe des Coffeeshops zu stehen und um Himmelswillen keine Aufmerksamkeit auf sich zu ziehen.

»Sie werden aber nicht ins Gefängnis kommen, Mr. Wheeler. Warum sollten Sie? Machen Sie ihren verdammten Job!«

»I- ich will mehr Geld!«

Ah, da läuft der Hase lang, dachte er sarkastisch und atmete noch tiefer ein und aus. *Klar. Raffgieriger kleiner Scheißer!*

»Sie bekommen fünfhundert extra.«

»Fünftausend! Sonst müssen Sie sich jemand anderen suchen!«

Fuck! Mist! Das ist ja nicht zum Aushalten ...

»Dreitausend insgesamt. Das ist mein letztes Angebot, Mr. Wheeler. Sonst *werde* ich mir jemand anderen suchen!«

Sollte der kleine Feigling nur nicht denken, dass Raven sich so leicht ausstechen ließ. Garantiert nicht! Der Kerl würde niemals in den Knast wandern - selbst dann nicht, wenn er wirklich mit dem Video in Verbindung gebracht werden könnte, dass schon heute Abend auf der ersten Wahlkampfveranstaltung des Möchtegerngouverneurs zu sehen sein würde. Eines von sehr sehr vielen Videos, die garantiert in Kombination mit den anderen netten Kleinigkeiten dafür sorgen würden, dass das wahre Gesicht von Senator Rhys offenbart werden würde.

Allein die Vorstellung entfesselte einen kleinen Adrenalinstoß. Seinen Erzeuger so lange und so systematisch zu zermürben, seine Pläne zu sabotieren und ihn am Ende scheitern zu sehen. Wie oft hatte er sich den Augenblick ausgemalt, in dem das ganze schön konstruierte Bild des sauberen Staatsdieners in sich zusammenfiel wie ein windschiefes Kartenhaus ... Wenn sein Vater so in die Ecke gedrängt wäre, dass ihm nichts übrigblieb - außer der Wahrheit! Wenn die Fassade bröckelte und die Welt hinter die Maske sah, so wie er es schon seit Jahren tun musste.

»I- in Ordnung«, stotterte der Fotograf schließlich und Raven beendete das Gespräch mit einem Tastendruck, ohne sich zu einer Antwort herabzulassen.

Im Geiste machte er sich eine Notiz, sich Viktor heute Abend vorzuknöpfen. Das konnte echt nicht wahr sein! Mit was für bescheuerten Leuten trieb sich dieser Kerl eigentlich herum? So viel zu seinen angeblich so unkomplizierten Kontakten.

Ein Gedanke, der ihn außerdem daran erinnerte, wie wichtig es war, mächtige Freunde zu haben. Menschen, die weit mehr erreichen könnten, als ein kleiner dummer Straßendealer. Ellingsen. Oder seinetwegen auch gern Wagrowski! Das waren

Männer, die die interessanten Kontakte hatten. Die ihrerseits garantiert skrupellos und einflussreich genug waren, um Raven die Möglichkeit zu geben, tiefer zu gehen. Weit mehr ausrichten zu können, als ein kleines Filmchen im Hintergrund einer langweiligen öffentlichen und leider viel zu bedeutungslosen Wahlveranstaltung abzuspielen.

Noch bleibt mir genug Zeit, dachte er resigniert. *Noch ein paar Monate. Es reicht, wenn am Ende alles auffliegt. Bis dahin muss ich mich mit dem zufrieden geben, was ich habe ...*

Ein Gedanke, der ihm nicht wirklich schmeckte. Aber er wusste, dass er im Augenblick nichts daran ändern konnte. Jedenfalls nicht so lange, wie es ihm nicht gelungen war, sich das Vertrauen von Ellingsen und Wagrowski zu erschleichen. Um nah genug an sie heranzukommen, dass sie ihm bereitwillig dabei halfen, jemanden für die Drecksarbeit zu finden. Das Praktische an Ellingsen war definitiv sein Hauptjob. Kredithai und Immobilienmogul. Er *würde* ein Interesse daran haben, dass sein Vater die Wahl nicht gewann. Als Demokrat hatte der feine Senator Rhys immerhin versprochen, einen Riegel vor die in die Höhe schießenden Immobilienpreise zu schieben. In der Studentenstadt Lawrance ohnehin, aber auch in den umliegenden Countys waren die Preise für Wohnraum nicht gerade niedrig.

Das waren gute Argumente, um einen Saftsack wie Ellingsen an den Haken zu kriegen. Jetzt musste er sich eigentlich nur noch etwas einfallen lassen, dasselbe auch bei Wagrowski durchzuziehen. Der Pole hatte mit Sicherheit eine Hand voll Helfershelfer, die Raven behilflich sein könnten ...

»Hey, träumst du? Wir müssen los! Du weißt doch, dass Baker einen Anfall kriegt, wenn man zu seinem Seminar zu spät kommt!«

Raven war so sehr in seine Gedanken vertieft gewesen, dass er das Prinzesschen hinter sich gar nicht bemerkt hatte. Einem Reflex folgend wirbelte er herum und hätte ihr beinahe einen der beiden braunen Pappbecher aus der Hand geschlagen.

Stirnrunzelnd starrte sie zu ihm hoch und er fragte sich, wie viel sie von dem mitbekommen hatte, was er gerade getan hatte. Ob sie vielleicht gelauscht hatte –

»Gern geschehen, Raven«, fügte sie hörbar angesäuert hinzu und drückte ihm einen der Becher in die Hand. Erst jetzt schnallte er, dass sie nichts gehört hatte. Dass sie gerade erst zurückgekommen war. Mit ihrer Freundin im Schlepptau, die die meisten Kurse mit ihr gemeinsam besuchte.

Er erinnerte sich kaum an ihren Namen. Dann war sie wohl nicht interessant genug, hm?

»Danke, *Prinzessin*«, antwortete er, als er seine Gesichtsmuskulatur wieder annähernd unter Kontrolle hatte. Weit genug, um ihr ein eisiges Lächeln zu schenken, bevor er ihre Begleiterin musterte.

Schwarzroter Faltenrock, Kniestrümpfe, Turnschuhe, dunkelrote Bluse und grüngefärbte Haare. Wer so auffällig herumrannte, den konnte man doch eigentlich nicht übersehen, oder?

Es sei denn, dachte er böse, *man beschränkt eben diese Kenntnisnahme tatsächlich in dieser Umgebung auf das intellektuelle Niveau seiner Mitmenschen.*

Ein kleines aber nicht außer acht zu lassendes Detail, das seine Aufmerksamkeit immerhin auf Liliana gelenkt hatte. Schon bevor er herausgefunden hatte, was sie normalerweise unter ihrem Schlabberlook verbarg. Bevor er herausgefunden hatte, wie geil es war, die doch nicht so verklemmte unauffällige Dealertochter flachzulegen.

Aber heute war sie gar nicht so verklemmt angezogen. Heute Morgen hatte sie sich kommentarlos einen kurzen schwarzen Rock angezogen. Und eine weiße Bluse, deren oberste Knöpfe offen waren. Verlockend. Und alles andere als unscheinbar oder zurückhaltend, auch wenn er nichts dagegen gehabt hätte, wenn sie noch mehr Ausschnitt gezeigt hätte.

Er ahnte, dass sie nur darauf verzichtete, um seine dunkel leuchtende Bissspur oberhalb ihres BHs zu verdecken. Aber eigentlich tat es ihm nicht leid, ihr diesen Stempel letzte Nacht verpasst zu haben.

Ganz kurz gab sich sein Hirn der verlockenden Vorstellung hin, sie dort zu kennzeichnen, wo es niemand übersehen könnte. Wo jeder sehen könnte, was sie wirklich unter ihrer Fassade verbarg und wozu sie fähig war, wenn man sie ließ: Hingabe, unglaublich temperamentvolle Leidenschaft und die

Fähigkeit, sich unterzuordnen; selbst wenn es nur für einen Moment war. Ihr Wille, den sie nie aufgab. Ihr niedlicher Trotz, der sich weder durch Manipulation noch durch andere Maßnahmen brechen ließ ...

Wenn jeder davon wüsste, hätte sie keinen Grund mehr, sich hinter ihrer Maske zu verstecken. Wenn jeder -

Als Raven sich bewusst machte, dass es keinerlei Gründe für Besitzansprüche oder derartig proletisches Gehabe gab, verscheuchte er die Bilder aus seinem Kopf. Solche Gedanken waren absurd. Überflüssig. Und hinderlich.

Verdammt ...

Er folgte den beiden mit einem Meter Abstand zum Fahrstuhl. Ein paar der Seminarräume lagen in den oberen Stockwerken der Uni. Plötzlich fand er es überaus unpraktisch, dass sie nicht allein waren. Wie verlockend es doch war, einen Blick unter ihren Rock zu werfen und sie im winzigen muffigen Fahrstuhl auf die Knie zu zwingen. Damit sie sich ein bisschen mit seinem Schwanz befassen konnte, der sich leider allein beim Anblick ihrer langen nackten Beine in seiner Jeans regte.

So unauffällig wie möglich biss Raven die Zähne zusammen. Es war tatsächlich nicht die genialste Idee, mit einem mordsmäßigen Ständer in den Kursraum zu gehen, während die anderen Studenten ihn anglotzten. Höchst bedauerlich.

»Sag mal, was ist eigentlich mir dir los, hm?«, fragte ihre Freundin, ohne Raven anzusehen. Er sah, dass sie fast missbilligend die Augenbrauen hochzog und Liliana anstarrte. »Bist du heute Morgen aufgewacht und hast festgestellt, dass du Haut hast?« Sie grinste. Zu dumm, dass er sich nicht an ihren Namen erinnern konnte ... Auf einmal war sie ihm doch ein wenig sympathischer.

»Oder sie hat über Nacht festgestellt, dass sie doch keine ganz so großen ungerechtfertigten Komplexe hat«, warf er lächelnd ein, als sich der Aufzug in Bewegung setzte. Den biestigen Blick der Prinzessin nahm er dabei in Kauf. »Wer hätte gedacht, was sich alles in einer übergroßen Jeans und diesen gruseligen Shirts verstecken lässt ...«

Die Augenbrauen ihrer Freundin wanderten noch höher und sie runzelte die Stirn, während sie ihren Blick zwischen

Raven und Liliana hin- und herwandern ließ. Immerhin schien sie unter ihrer grünen Haarpracht tatsächlich genug Grips zu haben, um nicht darauf einzugehen. Schließlich zuckte sie nur mit den Schultern, als der Aufzug im dritten Stock hielt und die Türen aufsprangen.

Raven ahnte, dass sie wohl nur auf eine Gelegenheit wartete, Lil mit ihren Fragen zu löchern. Klar. Nach dem Kommentar konnte er ihr das nicht einmal verübeln. Bedauerlicherweise war es nach wie vor reizvoll, das Prinzesschen zu ärgern und sie aus der Reserve zu locken. Viel zu reizvoll.

»Was sollte das?«, zischte sie ihm einen Moment später leise von der Seite zu, nachdem ihre Freundin im Seminarraum verschwunden war. Sie umklammerte den Kaffeebecher in ihrer Hand ziemlich fest. »Ich kann gut darauf verzichten, deinetwegen einen Ruf als Schlampe zu kassieren!«

»Schlampe?«, grinste er, tat ihr aber den Gefallen, seine Stimme ebenfalls zu senken. Ein paar der herumstehenden Kerle auf dem Gang glotzten sie bereits an. Sie - nicht ihn. Das schmeckte ihm erstaunlich wenig. »Warum? Kann man dir etwa an der Nasenspitze ablesen, dass du es mit mir treibst? Hm, also ich sehe nichts«, fügte er lächelnd hinzu. Er zwinkerte ihr zu, als sie fast erschrocken einen Schritt zurückwich. Nur weil er ihr ein kleines bisschen näher kam, als ihr lieb war. Niedlich.

Liliana schien sich nur mit Mühe einen Kommentar verkneifen zu können und funkelte ihn stattdessen wütend an. Schade.

»Dabei gibt es doch wirklich nichts zu verbergen. Schließlich siehst du wunderschön aus, wenn du auf mir kommst, Prinzessin. Mit Tränen in den Augen. Und meinen Namen schreist.« Er war sicher, dass ihn außer ihr niemand verstand, trotzdem schnappte sie nach Luft und lief knallrot an, als hätte er seine Worte durch die halbe Uni gebrüllt.

Leider konnte sie nicht einmal antworten, denn in diesem Moment sprang die Fahrstuhltür hinter ihnen erneut auf, und Professor Baker schlurfte über den Flur auf sie zu. Ebenfalls einen Becher Kaffee in der Hand haltend und gähnend, bevor er sich das stets unrasierte Kinn kratzte und den herumstehenden Grüppchen missbilligende Blicke zuwarf.

»Wollen Sie hier auf dem Gang Wurzeln schlagen, Herrschaften? Rein mit Ihnen! Wir haben eine Menge Arbeit vor uns und bedauerlicherweise müssen wir uns noch ein bisschen mit dem guten Herrn Freud herumärgern, bevor wir uns Erikson zuwenden können.«

Innerlich stöhnte Raven bei diesen Worten und es schien ihm nicht zu gelingen, seine Gesichtsmuskulatur unter Kontrolle zu behalten. Er sah sehr wohl das einsetzende schadenfrohe Grinsen auf ihren hübschen Lippen, bevor sie Bakers Aufforderung folgte und sich zu einem der Fensterplätze in der hinteren Reihe bewegte.

Na warte, dachte er böse und schob sich an Patrick vorbei auf seinen Platz in der vorderen Reihe. Die Schadenfreude würde er ihr schon noch austreiben. Zwei Stunden später. Sofort.

»Hey, was wird das?«, rief sie mit einer Mischung aus Verwirrung und Ablehnung, als er sie am Ellenbogen packte, bevor sie ihrer Freundin hinterherlaufen konnte. Bevor sie auf die dumme Idee kommen und ihm ausweichen könnte.

»Nachbesprechung«, grinste er kalt und ignorierte ihre kaum ernstzunehmenden Proteste und die Blicke der wenigen Studenten, die überhaupt Notiz von ihnen nahmen. »Ich glaube, mir ist kürzlich entfallen, was Freud über den Zusammenhang zwischen Neurosen und der Verdrängung von paraphilen Neigungen genau gesagt hat. Wärst du so nett und würdest mir das noch mal erklären? *Prinzessin?*«

Liliana presste die Lippen zusammen, um sich einen aller Wahrscheinlichkeit nach wenig schmeichelhaften Kommentar zu verkneifen, ließ sich dann aber mehr oder weniger widerstandslos von ihm aus dem Seminarraum bugsieren. Nicht auf den Fahrstuhl zu, wie sie zweifellos erwartete, sondern in die entgegengesetzte Richtung. Zum anderen Ende des Flurs, wo Raven die letzte Tür auf der linken Seite aufstieß und - Bingo. Das klappte ja wie geschmiert.

Mit einem bitterbösen Grinsen auf den Lippen beförderte er sie in den leeren muffigen Kursraum, der nur selten genutzt wurde. Weil die Stühle allesamt uralt waren, die Tische zerkratzt und die fast antike Tafel vorne über die Jahre mehr als nur ein paar Macken davongetragen hatte. Weil die Wahrscheinlichkeit gegen null sank, dass sie in der nächsten halben Stunde bis zum nächsten Kurs von irgendjemandem gestört wurde.

So praktisch. So verlockend.

»Was wird das?«, rief sie mehr oder weniger wütend und funkelte ihn auf ihre gewohnt aversive Art an, die ihm aber nicht mehr als ein müdes Lächeln entlockte, bevor er die Tür hinter sich zumachte. Wenigstens den Schlüssel hätte man dalassen können. Also wirklich.

»Nachhilfe«, antwortete er gedehnt, griff dann nach ihrer Hand und registrierte ohne jede Überraschung, dass sie nicht annähernd so abgeneigt war, wie sie ihn glauben machen wollte. »Für dich.«

Raven zog sie an sich, schob eine Hand unter ihr Kinn und die andere ohne Umschweife unter ihren Rock. Zu ihrem süßen Hintern, der sich perfekt in seine Hand schmiegte, als wäre er nur dafür gemacht.

Liliana stellte sich auf die Zehenspitzen und öffnete nur allzu bereitwillig den Mund. Er sah das erwartungsvolle Leuchten in ihren Augen, bevor er ihr und sich selbst den Gefallen tat, sie zu küssen. Auf die dominante Tour, die ihr hoffentlich gleich zu verstehen gab, was genau er von ihr erwartete.

Halb blind drängte er sie rückwärts auf einen der Tische zu, ohne den Kuss zu unterbrechen. Sie keuchte in seinen Mund, als sie mit dem Hintern gegen eine Tischkante stieß, und vergrub ihre Finger in seinen Haaren, während er anfing, die lästigen Knöpfe ihrer Bluse zu öffnen. Wurde auch Zeit, dass sie das Ding endlich loswurde. Am Liebsten hätte er sie einfach aufgerissen, aber den Zorn der störrischen Prinzessin wollte er sich nicht schon wieder auf den Hals laden.

»Ganz ausziehen«, murmelte er in einer kurzen Atempause und ignorierte ihren Versuch, seine Finger daran zu hindern, den Verschluss des BHs zu öffnen. Nur einen Moment später stand sie mit nackten Brüsten vor ihm. Mit geröteten Wangen und leicht zerwühlten Haaren, die sie nun fast jeden Tag offen trug. Sehr zu seiner Freude.

Raven genoss es, seine Finger darin zu vergraben und ihr ein süßes Stöhnen zu entlocken, als er seine Hand in ihren Nacken schob und zudrückte. Fest genug, damit sie ihrem einsetzenden Panikreflex folgend den Kopf zurückwarf und es ihm ermöglichte, über ihre Kehle zu lecken. Bevor er die Zähne in ihrer Haut vergrub und sie noch lauter keuchte.

Er nutzte die Ablenkung, um den kurzen Reißverschluss ihres Rocks zu öffnen und ihn von ihren Hüften zu zerren. Genau wie den schwarzen Tanga, den er grinsend in seiner Hosentasche verschwinden ließ.

»Den behalte ich«, antwortete er leise auf ihren verwirrten Blick und sah, dass ihre Wangen umgehend noch dunkler leuchteten. Und, dass sie sich mit der Zungenspitze über die Lippen leckte, ohne seinem Blick auszuweichen. Ein atemberaubender Anblick, der ihn schlucken ließ. »Verdammt - du machst mich wahnsinnig, Prinzessin!«

»So?« Liliana lachte leise und klammerte sich erneut an seinen Hals. Doch etwas an ihrem Blick veränderte sich und er wusste nicht, ob er das gut oder schlecht finden sollte. »Ich denke, das warst du vorher schon. Wahnsinnig meine ich. Wer von uns bricht denn nachts in fremde Häuser ein? Mit einer Pistole in der Hand? Du bist doch der mit der sadistischen Neigung und dem Hang zu kriminellen Handlungen, oder? Und we-« Das letzte Wort ging nahtlos in einen ziemlich lauten Aufschrei über, als er seine Zähne in ihre Schulter schlug und so fest zubiss, dass sie hoffentlich mehr als nur ein paar Stunden was davon hatte.

»Was wird das?«, fragte er bedrohlich leise. Seine Finger schlossen sich um ihr Kinn und er zwang sie, stillzuhalten, obwohl er sehr wohl spürte, dass sie zitterte. Sie hatte Schmerzen. Und er hoffte inständig, dass sie stark genug waren. »Fängt das Gezeter wieder an?«

»Fick - dich!«, presste sie zwischen ihren Zähnen hindurch und schüttelte so weit den Kopf, wie es sein Griff zuließ.

»Für jemanden, der gerade nackt vor mir steht, reißt du die Klappe ganz schön weit auf, hm?«

»Nicht weit genug«, antwortete sie zu seiner Überraschung mit einigermaßen fester Stimme und - was um einiges interessanter war - mit einem schwachen Grinsen auf den Lippen. Irritiert starrte er sie an. Ein Augenblick, in dem er seine Finger offenbar weit genug entkrampfte, damit sie sich aus seiner Umklammerung lösen und vor ihm auf die Knie sinken konnte.

Beinahe hätte er laut gelacht. Und anschließend gestöhnt. Weil sie seine Jeans aufriss - ein durchaus passender Begriff - und seinen wirklich schmerzhaft pochenden Schwanz herausholte, bevor sie ihn zwischen die Lippen nahm.

Auf einmal war es ziemlich leicht, ihr die Frechheit durchgehen zu lassen. Raven beobachtete sie dabei, wie sie ihre Zunge um seine Eichel kreisen ließ, daran leckte und saugte, und genoss es. Und zwar tierisch. Ihr Mund war heiß. Er schaffte es nur ein paar Sekunden, dem drängenden Bedürfnis zu widerstehen, sie ein bisschen anzutreiben. Schließlich vergrub er seine Finger in ihren Haaren und presste sie enger an sich. So verdammt eng, dass sie würgte und einen Augenblick zu brauchen schien, bevor sie sich wieder fing. Doch dann machte sie weiter. Mit fast aufmüpfig anmutender Perfektion, als hätte sie ihm schon hunderte Male einen geblasen.

Leider machte sie das schon fast zu gut. Wenn sie nicht aufhörte, würde er kommen. Dann würde ihm die viel zu verlockende Gelegenheit entgehen, sie noch zu ficken, bevor der nächste Kurs begann.

»Das reicht«, sagte er bestimmt, packte Liliana an den Schultern und drückte sie von sich weg.

»Au!«, rief sie, als er mehr aus Versehen die Stelle berührte, an der er sie vorhin gebissen hatte. Mit einem mehr als biestigen Blick starrte sie vorwurfsvoll zu ihm hoch, bevor sie sich mit sichtlichem Widerwillen wieder aufrichtete. Offensichtlich unschlüssig, was nun passieren würde. »Und jetzt? Ich dachte, Ihr würdet Euch darüber freuen, Eure Lordschaft«, grinste sie zynisch.

Raven erwiderte ihr Lächeln kühl. »Umdrehen«, befahl er knapp. »Hände auf die Tischplatte.«

Sie gehorchte. Wenigstens etwas.

»Ich muss schon sagen - du überraschst mich immer wieder, Prinzessin. Und ich gestehe, dass ich mich gerade zum ersten Mal ernsthaft mit der Frage auseinandersetze, wieso du keinen Macker hast.«

Er wartete, bis sie die passende Position hatte und sich über den Tisch beugte, ohne dass sie ihn aus den Augen ließ. Er sah die Verwirrung in ihren Augen, reagierte aber nicht darauf und drängte sich stattdessen so zwischen ihre Beine, dass er gerade noch die Hand dazwischen schieben konnte. Seine Berührung entlockte ihr ein verhaltenes Stöhnen. Aber dabei würde es sicher nicht bleiben.

»Ich meine, du bist schlau, hast genug Grips, damit man sich länger als fünf Minuten auf wirklich hohem Niveau mit dir unterhalten kann und wenn man dich erstmal ohne deine alten Klamotten gesehen hat, ist es echt schwer, dich nicht vögeln zu wollen.« Er fuhr mit den Fingern über ihren Arsch, hob dann die Hand und versetzte ihr im nächsten Atemzug einen ordentlichen Klaps, so dass sie erneut keuchte, bevor er mit einem festen Stoß tief in sie eindrang und ihre Hüften umklammerte, damit sie nicht zappeln konnte. »Also. Ich bin neugierig. Klär mich auf.«

Sein Grinsen konnte sie nicht mehr sehen. Sie stöhnte so laut, dass man sie garantiert auch auf dem Flur hören konnte, und kniff die Augen zusammen, als er anfing, sich in ihr zu bewegen.

»V- vielleicht bin ich mit einem wie - wie dir schon ausgelastet«, keuchte sie atemlos und warf den Kopf zurück, weil er sich fast ganz aus ihr zurückzog, nur um direkt darauf noch fester zuzustoßen. »Hat eben - nicht jeder die Zeit für zig parallele A- Affären.«

Raven lachte leise. »So. Wir haben also eine Affäre? Interessant.« Er schickte seine Hände wieder auf Wanderschaft. Hoch über ihren Rücken, zu ihrem flachen Bauch, ihren Brüsten und wieder runter. Zwischen ihre Beine. Dorthin, wo sie sie unbedingt haben wollte, wenn er ihr ungeduldiges Seufzen richtig interpretierte.

»Über einen One-Night-Stand sind wir ja wohl schon lange hinaus, oder?« Sie hielt hörbar den Atem an, als er seine Finger langsam um ihre gereizte Klitoris kreisen ließ, schien sich aber dadurch nicht davon abhalten zu lassen, noch um einiges schnippischer hinzuzufügen: »Tut mir leid für dich, wenn du bei deinen zahllosen Fickgeschichten langsam den Überblick verlierst.«

Amüsiert zog er die Brauen hoch, konnte aber nicht verhindern, dass ihm ihr Tonfall einen ziemlich unangenehmen Stich versetzte. Nicht gerade das erfreulichste Gefühl, das er sich vorstellen konnte.

»Wieso klingt das für mich gerade schwer nach Eifersucht, hm?«, fragte er dicht an ihrem Ohr, nachdem er sich ein Stück über sie gebeugt hatte. Weit genug, um den Ausdruck in ihrem Gesicht genießen zu können, als er sie mit einer schnellen Bewegung an den Haaren packte und sie hochriss.

Liliana stöhnte noch lauter. Ihre Wangen waren gerötet, sie Augen kniff sie zusammen, und doch war er sicher, dass es ihr mehr als nur ein bisschen gefiel. Und zwar sehr.

»Auch auf die Gefahr hin, dich zu überraschen, Prinzessin«, flüsterte er, bevor er ihre Haare losließ und seine Hand stattdessen unter ihr Kinn legte, damit sie ihn ansehen konnte, »für zahllose Fickgeschichten, wie du es nennst, fehlt mir schlicht und ergreifend die Zeit. Und noch etwas«, setzte er nach, bevor sich sein Gehirn einschalten und die Worte zurückhalten konnte. Bevor es zu spät war. »Ich genieße dieses Spielchen hier viel zu sehr, um mir die Laune von eifersüchtigen Weibern verderben zu lassen. Und damit meine ich nicht dich.«

»Wa-«

Raven ließ sie die Frage nicht stellen. Er ließ nicht einmal zu, dass sich sein Verstand mit der eben dieser Frage auseinandersetzen konnte. Nicht jetzt und - am besten nie.

Er beugte sich vor, küsste sie kurz und alles andere als grob auf den Mund und machte weiter. Schweigend. Schnell. Und ohne ihr noch weitere Schmerzen zuzufügen.

Doch das Gefühl, einen Fehler zu machen, der ihn noch teuer zu stehen kommen würde, ließ sich nicht vertreiben. Es setzte sich in seinem Schädel und seinem Magen fest, hämmerte ohne Unterlass auf ihn ein und schaffte es tatsächlich, seine

Laune zu trüben. Und ihn zu verwirren. Raven hasste es, Dinge nicht zu verstehen. Fast so sehr, wie er es verabscheute, die Kontrolle über etwas zu verlieren, das sich doch eigentlich so unendlich leicht kontrollieren lassen sollte.

So wie Liliana Crane, die schließlich völlig atemlos und hart unter ihm kam - zum selben Zeitpunkt wie er - und dabei so zufrieden und gelöst wirkte, dass er den gigantischen Klumpen in seinem Hals nicht hinunterwürgen konnte. Und das Gefühl, daran ersticken zu müssen, war auf einmal übermächtig.

Kann man die Kontrolle über etwas verlieren, das man nie kontrolliert hat?

Eine gute Frage. Eine, auf die er schnellstmöglich eine Antwort brauchte.

Gähnend rieb sich Liliana über die Augen, hatte aber keine große Lust, sich irgendwie zu bewegen. Nicht mehr als nötig. Sie zog die Beine unter dem Laken an, kuschelte sich ins Kissen und streckte die Hand nach hinten, aber das Bett hinter ihr war leer. Sie blinzelte verschlafen und drehte sich um. Raven war weg. Die Seite, auf der er schlief, wenn sie bei ihm übernachtete, war kalt. Es war schon hell, also musste es schon relativ spät sein und sie fragte sich, wann er wohl aufgestanden war.

Leise seufzend drehte sie sich auf den Rücken. Irgendwie war dieses ganze - Ding - ziemlich schräg. Obwohl sie nur dieses eine Mal in der Uni darüber geredet hatten und keiner von ihnen je wieder ein Wort darüber verloren hatte, war es einfach passiert. Es war keine offizielle Beziehung, die sie führten, aber auch keine lockere Affäre. Und es fühlte sich alles andere als schlecht an, so viel Zeit mit ihrem großspurigen überheblichen und wahnsinnig leidenschaftlichen Kommilitonen zu verbringen.

Schließlich konnte man sich mit Raven tatsächlich unterhalten, wenn er seine zynische Art zwischendurch vergaß. Stundenlang. Über alles und nichts, die Uni, das Studium, Theorien, Menschen, Unsinn - einfach alles! Abgesehen von Politik. Da machte er dicht und sie akzeptierte das eigentlich.

Sie hatte sogar festgestellt, dass er kochen konnte. Und zwar alles andere als schlecht! An manchen Abenden kochten sie zusammen, bevor sie auf ihre Tour in den Käfig aufbrachen. An anderen kochte er für sie und wartete mit dem Essen, bis sie kaputt und müde von einer Schicht in Joes Bar kam. Allein das war schon verrückt genug, oder nicht? Immerhin hätte sie Raven nicht so eingeschätzt. So - normal ...

Das traf es vermutlich. Ein bisschen gewöhnlich war er eben doch und je besser sie ihn kennenlernte, desto mehr mochte sie ihn.

Ein Gedanke, der ein komisches Gefühl in ihrem Magen auslöste. Lil schloss die Augen, seufzte erneut und bemühte sich, das Gefühl zu verdrängen. Weil es ihr irgendwie nicht ganz so behagte, auch wenn sie nicht genau sagen konnte, woran das lag.

Weil sie sich noch dagegen sträubte, es zuzulassen? Die eigentlich unübersehbare Tatsache, dass sie auf dem besten Weg war, sich mehr mit ihm vorstellen zu können, als er bereit war, ihr zu geben?

Deshalb ...

Liliana schluckte trocken und verdrängte das Gefühl schnell wieder. Das war bescheuert. Naiv. Und nicht gerade förderlich für ihre ursprünglichen Absichten, nur Spaß mit ihm haben zu wollen. Weil sie schließlich wusste, dass er es nicht so weit kommen lassen würde. Sie sollte es unterbinden, bevor sie es vielleicht nicht mehr konnte.

Also zwang sie ihre Gedanken in andere Richtungen. Auch ihn betreffend, aber wenigstens ohne diese fast unerträgliche Hitze zwischen ihren Beinen zu entfachen, die sie sich wünschen ließ, er käme bald wieder ins Bett. Zu seinen anderen Aktivitäten zum Beispiel.

Bisher waren sie jede Woche dreimal im Käfig gewesen. An den Abenden, an denen Lil nicht so lange arbeiten musste. Raven zog seine Show unten im Keller durch, während sie sich die Zeit mit den anderen Frauen vertrieb. Gespräche über mehr oder weniger wichtige Dinge. Lil versuchte jedes Mal, so viele hilfreiche Informationen aus dem Gesagten zu filtern, wie möglich war. Anfangs war ihr das nicht wirklich leicht gefallen. Die Frauen waren misstrauisch und mieden sie sogar teilweise.

Sanscha, eine Mexikanerin mit spanischen Wurzeln, die in Begleitung eines Bankers kam, würdigte sie kaum eines Blickes. Ihre arrogante Überheblichkeit kotzte Liliana an und sie war mehrfach versucht gewesen, ihr ihr nervtötendes Gehabe in allen Details haarklein zu analysieren. Damit sie endlich von ihrem hohen Ross herunterkam und darüber nachdachte, dass jemand, der seine ödipalen Komplexe mit einem zwanzig Jahre älteren Mann kompensierte, definitiv keinen Grund hatte, derart arrogant zu sein. Erst recht nicht, wenn man fünf Brüder hatte, die so tief in einem der mexikanischen Drogenkartelle steckten, dass sie im Falle ihrer Verhaftung nie wieder einen Fuß in die Freiheit setzen würden.

Jennifer und Melody, Zwillingsschwestern aus Massachusetts, waren wenigstens nicht ganz so schrecklich. Dumm, eingebildet und oberflächlich, das schon. Aber genau das war es, was sie weniger ätzend machte. Wenn man den geistigen Horizont einer Fliegenlarve hatte, war es vermutlich leicht, anderen Menschen relativ vorurteilsfrei zu begegnen. So auch Liliana. Die beiden waren die Geliebten des Anwalts. Der kleine dicke Mann, der stets nervös wirkte und meistens links neben Raven saß. Aber dieser Eindruck täuschte offenbar, denn Raven hatte ihr erzählt, dass der Kerl zu den gerissensten und bestbezahlten Wirtschaftsanwälten des ganzen Staates gehörte und vor Gericht zu einem wahren Tier mutieren konnte. Im Bett offenbar auch. Warum sonst sollten sich Blond und Blonder gleichzeitig von ihm flachlegen lassen ...

Da waren die anderen Frauen wesentlich schlimmer. Die Rothaarige in Begleitung des seltsamen Kerls, auf dessen Kontakte Raven anscheinend so scharf war, zum Beispiel. Die bekam die Zähne kaum auseinander, war die älteste in der Runde der ›Anhängsel‹ und wirkte auf Liliana eher wie eine ganz normale und völlig moderne Frau, die es überhaupt nicht nötig hatte, sich an einem solchen Ort herumzutreiben. Vielleicht kam sie deswegen nur sporadisch mit.

Oder die kleine dicke Frau, die mit dem Kerl zusammen -

»Was für ein Anblick am frühen Morgen! Dass ich das noch erleben darf ...«, hörte sie eine Stimme in der Nähe, die *nicht* Raven gehörte, und zuckte so heftig zusammen, dass das Bettlaken fast verrutscht wäre.

Plötzlich saß sie kerzengerade im Bett und war hellwach. Sie starrte in das grinsende Gesicht seines Bruders, spürte, wie ihr das Blut ins Gesicht schoss und ihre Wangen heiß wurden.

»Ein Mädchen - im Bett meines kleinen Bruders - in das er offensichtlich genug Vertrauen setzt, um sie allein in seiner Wohnung zu lassen, während er einkauft ... Mein armes Herz!« Das Grinsen in Tylers Gesicht wurde noch breiter und er verschränkte langsam die Arme vor seiner Brust, während er sie mit unverhohlener Neugier anstarrte. »Ausgerechnet du, hm? Ich dachte, du wärst nicht sein Betthäschen ...«

»R- raus!«, rief sie aufgebracht, als sich ihre Zunge gnädigerweise daran zu erinnern schien, dass sie existierte, griff dann nach dem Kopfkissen neben sich und warf es mit aller Kraft auf ihn.

Tyler lachte nur, zuckte aber nicht einmal mit der Wimper. »Temperamentvoll! Jetzt verstehe ich, was er an dir findet, Kleine. Na los - schwing deinen hübschen Hintern aus dem Bett und frühstücke mit uns. Raven müsste jeden Moment wieder da sein.«

Wutschnaubend und leider auch ziemlich irritiert presste sie das Bettlaken enger vor ihre nackten Brüste. »Hau endlich ab! Oder willst du zusehen, wie ich mich anziehe?«, giftete sie und wartete darauf, dass er ihrer Aufforderung endlich nachkam!

Selbstverständlich konnte sich Ravens Bruder das nunmehr anzügliche Grinsen nicht verkneifen, bevor er sich achselzuckend umdrehte und die Tür hinter sich schloss.

Sofort sprang Lil aus dem Bett, ohne das Laken auch nur einen Millimeter aus der Hand zu lassen und verschloss die Tür!

Atmen! Tief durchatmen!

Sie zwang sich, ihren rasenden Puls wieder etwas unter Kontrolle zu bekommen, bevor sie sich umdrehte und innerlich fluchend ihr Zeug zusammensuchte. Was machte Tyler hier? Was zur Hölle sollte dieser Auftritt? Und warum stand er einfach so mitten in Ravens Wohnung, obwohl er der letzte Mensch war, den sie hier erwarten würde?

Auf die Erklärung bin ich gespannt, dachte sie und riss noch immer wütend die Tür wieder auf. Mit den Fingern kämmte sie sich die durchwühlten Haare, roch als Erstes frisch aufgesetzten Kaffee und registrierte dann mit wachsender Verunsicherung die Reisetasche mitten im Wohnzimmer. Und dann die Bettdecke auf Ravens Couch. Und dann -

»Ich werde eine Weile bleiben. Nett, oder? Das einzige Hotel in der Stadt hat *leider* geschlossen.«

Allein Tylers Stimme ließ die Wut zu neuen Höchstformen lodern.

»Zwei Lügen in einem Satz - du stehst deinem Bruder wirklich nicht nach, was?«, fragte sie schnippisch und starrte ihn böse an. »Da du ja aus der Stadt kommst, weißt du sicher, dass es mindestens fünfzehn Hotels in Lawrance gibt. Und unzählige Motels und Privatwohnungen zur Miete. Aber bitte - geht mich nichts an.«

Lil ignorierte ihren knurrenden Magen und die Tatsache, dass sie eigentlich dringend eine Dusche bräuchte, bevor sie es auch nur in Erwägung zog, das Haus zu verlassen. Sie sah sich suchend nach ihrer Handtasche um, entdeckte sie leider neben Tyler auf dem Boden und setzte sich in Bewegung.

»Warte, du willst doch nicht schon gehen, oder? Vielleicht sollten wir einfach noch mal von vorne anfangen, Kleine.« Seine Hand tauchte in ihrem Blickfeld auf, als sie sich nach dem Henkel der Tasche bückte. »Hi. Ich bin Tyler.«

»Ja, das weiß ich«, quetschte sie hervor, nahm seine Hand aber nicht. »Stell dir vor - ich heiße nicht ›Kleine‹ und hasse es, wenn man sich über mich lustig macht. Also - bis dann, *Tyler*!« Mit diesen Worten riss sie die Tasche an sich und wollte eigentlich ohne weiteren Kommentar abhauen, doch selbstverständlich waren sich die Brüder nicht nur im Hinblick auf ihr Verständnis von Moral und Wahrheit ähnlich. Die Grenzen anderer konnten sie auch nicht akzeptieren!

»Wäre dir Prinzessin lieber?«, grinste er so breit, dass ihre Faust unkontrolliert zuckte, und griff nach ihrer Hand.

Das Verlangen, dieses Grinsen aus seinem Gesicht zu prügeln, nahm zu. Aber auch wenn sie noch keinen verdammten Tropfen Kaffee gehabt hatte, wusste sie doch, dass es keine gute Idee wäre, sich mit ihm anzulegen. Schließlich war Tyler nicht nur größer, sondern auch breiter gebaut als Raven. Wahrscheinlich hätte sie ihm nicht einmal ein müdes Lächeln entlockt, wenn sie wirklich zugeschlagen hätte.

»Was wird das, wenn's fertig ist?«, hörte sie Raven hinter sich sagen und zuckte erneut zusammen. Himmel nochmal! Mussten sich die beiden immer anschleichen? »Pfoten weg, Ty.

Man begrabbelt die Spielzeuge anderer Leute nicht. Hast du nichts dazugelernt?«

Gleich - würde sie platzen! Das konnte wirklich nicht wahr sein ...

Raven stellte die braune Einkaufstüte in seiner Hand auf den Küchentresen, der den Kochbereich vom Rest seiner Wohnung trennte, und grinste sie allen Ernstes ebenso breit an, wie es sein verdammter Bruder tat! »So. Wo bleibt mein Guten-Morgen-Kuss, Prinzessin?«

Ehe sie auch nur den Mund zu einer schlagfertigen aggressiven Antwort öffnen konnte, zerrte er sie an der anderen Hand zu sich heran. Sein Bruder ließ sie zwar lachend los, aber diese Unverschämtheit würde sie Raven nicht durchgehen lassen! Bevor er sie dreisterweise küssen konnte, schlug sie ihm die nun freie Hand vor den Mund und funkelte ihn wütend an.

»Vergiss es, Arschloch!«

»Wie schade«, murmelte er hinter ihrer Hand. Gerade laut genug, damit sie ihn verstehen konnte. Dann küsste er ihre Handfläche und zwinkerte ihr zu, als wäre das Ganze nur einer seiner Späße. »Letzte Nacht warst du kooperativer.«

»Sucht euch ein Zimmer«, rief Tyler hörbar amüsiert dazwischen und lachte noch lauter, als Liliana ihre Hand aus Ravens Umklammerung löste.

»Du erinnerst dich daran, dass du gerade in meinem Wohnzimmer sitzt, oder?«, antwortete Raven kühl, aber zu ihrer Verblüffung immer noch relativ normal.

»Ja, aber *du* vergisst, dass Dad dir den ganzen Spaß hier finanziert. Deshalb -«

»Okay, das reicht jetzt«, rief sie dazwischen und starrte zwischen den Brüdern hin und her. »Was zur Hölle ist hier los, verdammt! Ich dachte, ihr könnt euch nicht ausstehen? Und jetzt lässt du ihn bei dir wohnen?«, fragte sie an Raven gewandt, der belustigt die Augenbrauen hochzog. »Und du? Ich dachte, du lebst in Texas! Was soll dieses Theater?«

Raven lachte leise, versuchte aber immerhin nicht mehr, sie anzufassen. »Sagen wir, unsere Interessen überschneiden sich aktuell hinreichend, damit ich seine bloße Existenz immerhin zur Kenntnis nehme.«

»Hinreichend genug, damit ich mir ein paar Tage bezahlten Urlaub gegönnt habe«, lächelte Tyler und drückte Lil im nächsten Moment eine Tasse in die Hand.

Der Kaffeegeruch ließ ihren Magen erneut knurren, aber davon würde sie sich bestimmt nicht um den Finger wickeln lassen.

»Ich hörte, ihr studiert zusammen? Wie läuft's denn so? Sind Ravens Noten wirklich nur mittelmäßig, wie er behauptet?« Er nickte zu seinem Bruder, ohne sie aus den Augen zu lassen.

»Hey, ich hab nie behauptet, ich wäre mittelmäßig«, knurrte Raven und schüttete sich selbst Kaffee ein. »Ich bin genial, kapiert?«

Liliana hatte mit jeder Sekunde mehr das Gefühl, in einem äußerst verrückten Traum gefangen zu sein. Das war so absurd und bescheuert, dass sie nicht einmal wusste, was sie dazu sagen sollte! Sie stand einfach da und starrte die beiden an.

Ja, verdammt! Das Gespräch war oberflächlich und deutlich unterkühlt, aber absolut kein Vergleich mehr zu der Wut und der tiefen Verachtung, die sie bei Raven gespürt hatte, als sie seinem Bruder im Käfig über den Weg gelaufen waren. Vor über zwei Wochen. Was zur Hölle hatte sich seither geändert? Und wieso hatte sie nicht den blassesten Schimmer davon? Sonst fiel es ihr doch auch nicht so unendlich schwer, sich einen Überblick über eine Lage zu verschaffen - egal wie absurd sie vielleicht war. Aber das hier ... überstieg definitiv den Horizont ihrer Vorstellungskraft.

»... Frühstück umziehen«, hörte sie Raven sagen und zuckte zusammen, als er ihr plötzlich einen schwarzen Stofffetzen vor die Nase hielt, den sie immerhin als Kleid identifizieren konnte.

»Hä?«

Raven lächelte. »Umziehen, Prinzessin. Wir haben heute Abend ein Date, schon vergessen?«

»Ui! Das klingt ja - romantisch! Ich wusste gar nicht, dass du so schmalzig drauf bist, Brüderchen.« Tyler warf den Kopf in den Nacken und lachte so schallend, dass Liliana schon wieder das Blut ins Gesicht schoss. Vor peinlicher Berührung und brodelndem Zorn!

»Wir haben kein Date«, zischte sie ungehalten und riss das Kleid an sich, das Raven ihr nach wie vor hinhielt. »Wir gehen auf die Party deines russischen Pokerkumpels! Das ist kein Date!« Sie war sich darüber bewusst, dass sie ihre latente Hysterie dadurch zu verbergen versuchte, ihm eins reinzudrücken. Immerhin war sein Bruder doch Bulle - auch wenn er sich nicht wirklich so benahm und sogar so zu tun schien, als hätte er den Kommentar einfach überhört.

»Pole. Wagrowski ist gebürtiger *Pole*«, antwortete Raven seelenruhig, als erklärte er einem Kleinkind den Unterschied zwischen Grün und Blau. »Und es gibt da noch eine Kleinigkeit, die wir besprechen müssten, Prinzessin.«

Liliana klappte den Mund zu, als er ohne weitere Erklärung nach ihrer Hand griff und sie zum Badezimmer schubste. Selbstverständlich unter dem wenig verhaltenen Gelächter seines Bruders, der sich köstlich zu amüsieren schien. Auf ihre Kosten! Verdammt!

»Was soll das?«, zischte sie wütend, als er die Tür mit einem eisigen Lächeln auf den Lippen hinter sich schloss. »Was macht dein Bruder hier? Ich dachte, du kannst ihn nicht ausstehen, hm? War das auch gelogen?«

»Auch?«, antwortete er mit hochgezogenen Brauen und legte den Kopf schief. »Wann habe ich dich denn noch belogen?«

»B- bleib mir vom Hals«, stieß sie hervor, als er Anstalten machte, auf sie zuzugehen. »Du glaubst doch nicht, dass ich mich jetzt von dir flachlegen lasse, oder?« Hysterisch. Sie klang definitiv hysterisch. Klasse.

»Nicht?« Raven lachte leise, aber dann änderte sich der Ausdruck in seinen Augen genauso schnell, wie er vorhin umgeschlagen war. »Schade. Denn genau darüber wollte ich eigentlich mit dir reden. Über Sex.«

Ungläubig starrte sie ihn an. Wollte er sie jetzt komplett verarschen? Was zur Hölle ging hier eigentlich vor? Gestern war noch alles so normal - wie es zwischen ihnen eben sein konnte - und heute stand auf einmal alles Kopf? Völlig irre!

»Ich fürchte, ich kann dir nicht folgen«, presste sie angestrengt heraus, als er ihren kurzen geistig umnachteten Moment für sich nutzte, um sie rückwärts gegen seinen Waschtisch zu drängen. Seine Hände an ihren Hüften - langsam abwärts gleitend zu ihrem Hintern.

Das gemeine Grinsen auf seinen Lippen wurde noch breiter. »Sprich mir nach, Prinzessin: Ich - liebe - dich!«

Das war zu viel. Jetzt hatte er endgültig den Verstand verloren. Irgendwann heute Nacht. Nachdem sie eingeschlafen war, weil er sie offenbar um seinen Verstand gevögelt hatte. Das musste es sein. Oder, überlegte sie weiter, sie selbst war einfach durchgedreht und all das hier geschah nicht wirklich. Auch eine Möglichkeit, oder?

»Sag es!«, befahl er, als sie auch Sekunden nach seiner Forderung noch dastand und ihn einfach nur anglotzte.

Einen passenderen Begriff gab es vermutlich nicht dafür. In diesem Moment war sie froh, nicht in den Spiegel sehen zu können. Fehlte nur, dass sie dümmlich sabberte. Wie eine verrückte tablettenabhängige -

Liliana keuchte gequält, als sie seine Zähne an ihrem Hals spürte. Dort, wo er sie nur zu gerne biss, wenn er sich in den Kopf gesetzt hatte, sie zu ärgern. Weil er ganz genau wusste, dass sie es hasste, mit einem derart verräterischen Zeichen in die Öffentlichkeit gehen zu müssen. Bei dreißig Grad Außentemperatur!

»Nie-mals!«, presste sie hervor, bevor sie sich fest auf die Unterlippe biss. Weil *er* sie biss. Und zwar nicht gerade sanft!

»Hm, doch. Doch du wirst es sagen. Weißt du auch wieso?«, fragte er böse und schob nur einen Atemzug später seine Hand in den Bund der Jogginghose, die sie sich vorhin aus seinem Schrank genommen hatte. Seine Finger fühlten sich verdammt kalt im Gegensatz zu ihrer erhitzten Haut an. »Weil du die Belohnung willst. Alle Prinzessinnen mögen Zuckerstückchen.«

»Warum?«, fragte sie mit wachsender Verzweiflung, weil es sie verdammt noch mal anturnte, dass er seine Finger in sie schob und sie langsam vor- und zurückbewegte, während sie selbst sich nur an ihm und dem Waschbecken hinter sich festhalten konnte. Ihre Knie waren weich. Sie hatte das Gefühl, zerfließen zu müssen, wenn er nicht aufhörte. Oder weitermachte. Letzteres - wenn es nach ihrem Körper ging. Der reagierte nämlich auch jetzt abartig intensiv auf ihn, obwohl sie ihm am liebsten die Augen ausgekratzt hätte. Eine Wirkung, um die Raven bestens bescheid wusste.

»Weil du nachher am besten so glaubhaft wie möglich vorspielen wirst, dass du nicht interessiert bist. An niemandem - außer mir. Verstanden?«

»Was quatschst du da für eine gequi-« Sie erstickte ihren eigenen Aufschrei, indem sie sich die Hand auf den Mund schlug. Raven krümmte seine Finger in ihr und machte es ihr dadurch unmöglich, sich nicht an den Rand eines Orgasmus drängen zu lassen, den sie aber auf gar keinen verdammten Fall haben wollte! Weder innerhalb dieses völlig absurden Gespräches noch in Anwesenheit seines Bruders!

»Das ist mein vollkommener Ernst!«, knurrte er in ihr Ohr und sie zitterte noch heftiger, weil sie seinen heißen Atem auf ihrer Haut spürte. »Du solltest das wirklich sehr überzeugend tun! Weil dir die Alternativen sicher nicht gefallen würden, Prinzessin.«

»Was - für ... A- Alternativen?«

Gott ... Das war ein Albtraum! Ihr war entsetzlich heiß, ihr ganzer Körper spielte verrückt und alles, was sie überhaupt noch wollte, war, dass er sie fickte. Sofort!

»Wagrowski feiert keine normalen Partys«, antwortete er leise und fuhr völlig ungerührt fort, sie zu reizen, bis sie das Gefühl hatte, schmelzen zu müssen. »Offenbar war dir das bisher nicht klar, deswegen weise ich dich jetzt darauf hin. Damit du nachher nicht aus allen Wolken fällst.«

»Raven«, flüsterte sie atemlos und krallte sich verzweifelt an seinem Nacken fest. Auf seine Worte ging sie nicht ein. Sie war nicht einmal sicher, ob sie wirklich alles begriff, was aus seinem Mund kam. Wahrscheinlich nicht und es spielte gerade so gar keine Rolle ... »Bitte -«

Er lächelte böse und strich ihr mit der anderen Hand die leicht verschwitzten Haare aus der Stirn. »Du willst, dass ich dich erlöse? Hm. Das könnte ich tun. Vielleicht. Wenn du es sagst. Ich will es aus deinem süßen Mund hören, bevor ich dir einen Schrei entlocke, den mein feiner Bruder nebenan sicher nicht fehlinterpretieren kann. So verlockend ...« Er seufzte, als genoss er die Vorstellung wirklich, sie auf diese Weise gleich doppelt zu demütigen.

Nicht - einknicken, betete sie sich selbst wie ein Mantra vor und zwang sich, ihren Verstand einzuschalten und irgendwie dafür zu sorgen, dass er aufhörte! Auf keinen Fall würde sie ihm diesen Gefallen tun -

»Komm für mich, Prinzessin«, murmelte er erneut an ihrem Hals, und erzielte damit exakt die Wirkung, die er jedes Mal auf sie hatte. Jedes einzelne Mal, wenn er sie an diesem Punkt hatte. An dem Punkt, an dem allein seine Stimme, seine Berührungen, seine Nähe und sein verdammter Geruch ausreichten, um sie über die Schwelle zu treiben. Dorthin, wo sie sich nicht mehr zurückhalten konnte. Wo sie genau das tat, was er verlangte: Sie kam.

Derselbe Moment, in dem Raven seine Lippen so fest auf ihre presste, dass er den Schrei erstickte, den sie sonst niemals hätte unterdrücken können. Er küsste sie heiß, atemlos, intensiv - und gleichzeitig so zärtlich, wie er es nur selten tat.

Die kochend heiße Welle, die ihren Körper erfasste und sie zittern und beben ließ, ebbte nur langsam wieder ab. Ihre Knie fühlten sich an wie Wackelpudding. Ihr Magen schlug einen Purzelbaum nach dem anderen und dabei hatte sie noch nicht einmal etwas gefrühstückt. Von dem völlig absurden Flattern darin ganz zu schweigen ...

Liliana betete, dass ihre Stimme nicht versagte, als Raven den Kuss schließlich beendete und sanft mit dem Daumen über ihre Unterlippe fuhr, während er seine Hand endlich wieder aus ihrer Hose zog.

»Was meinst du damit?« Sie zitterte nur ein bisschen. Aber ihr Mund war trocken und ihre Kehle fühlte sich rau an, als hätte sie wie am Spieß geschrien. »Mit - allem?«

Sein Gesichtsausdruck wurde immerhin ein bisschen weicher, aber es schien ihm nicht in den Sinn zu kommen, sie schon loszulassen. Etwas, für das sie ihm irrwitzigerweise dankbar war, weil sie sonst garantiert einfach umgekippt wäre.

»Erinnerst du dich daran, was der Typ an deinem ersten Abend im Käfig gefragt hat?«, fragte er lächelnd, ohne sie aus den Augen zu lassen.

Lil nickte schwach. »Ob du - teilst«, antwortete sie leise, aber mit dem allmählich zurückkehrenden Trotz, den sie in den letzten Minuten schmerzlich vermisst hatte.

Raven lachte leise. »Ganz genau. Das war nicht nur so dahergesagt. Und du weißt auch noch, dass ich ihm keine Antwort gegeben habe, oder?«

»Und?« Sie würgte den Klumpen in ihrem Hals so unauffällig wie möglich hinunter und hoffte, dass sie sich nichts von ihrer Verwirrung anmerken ließ.

Er schüttelte lächelnd den Kopf. »Ich gehöre nicht gerade zu der Sorte Mann, die es leiden kann, wenn man ihm sein Spielzeug abspenstig machen will. Also lautet die Antwort nein. Ich teile nicht. Niemals.« Dann beugte er sich erneut vor und küsste sie auf die Wange, bevor er sie losließ und sich zur Tür wandte. »Ich denke, deine Fantasie reicht aus, um dir den Ablauf des Abends ausmalen zu können, oder?«

Liliana schluckte schwer, rang sich dann aber zu einem Nicken durch und hoffte, dass ihr Gesicht nicht so knallrot war, wie es sich anfühlte. Weil sie sich tatsächlich hinreichend ausmalen konnte, was sie auf dieser Party heute Abend erwarten würde. Und weil sie nicht sicher war, ob sie das wirklich packen würde.

»Lass niemanden daran zweifeln, an wessen Seite du gehörst. Und nimm unter keinen Umständen das Band ab, das man dir dort gibt. Dann wird dir nichts passieren, Prinzessin.« Mit diesen Worten und einem letzten Lächeln verließ Raven sein Badezimmer und ließ sie allein zurück.

Mit wild klopfendem Herzen. Vollkommen durcheinander und überfordert mit sich und der Situation. Weil es das erste Mal war, dass sie wirklich das Gefühl hatte, gänzlich die Kontrolle zu verlieren und dieses Gefühl absolut hasste. Nicht zu Unrecht. Mehr eine Ahnung, aber das reichte, um sie nervös zu machen. *Sehr* nervös.

Ravens Kiefer schmerzten, weil er die Zähne so fest aufeinanderbiss. Nur, um sich auf keinen Fall anmerken zu lassen, wie sehr es ihm gerade widerstrebte, Liliana überhaupt mitnehmen zu müssen. Es war eigentlich klar, dass diese Party der letzte Ort war, an den sie gehörte.

Unabhängig davon, dass ihn allein die Vorstellung anekelte, jemand anderes außer ihm könnte sie in Unterwäsche sehen ... Oder gar angrabbeln!

Am liebsten hätte er sie zu Hause gelassen. Sie in seinem Schlafzimmer eingeschlossen und sie ans Bett gefesselt, damit ja niemand auf die Idee kam, er könnte sie anfassen, wenn er nur kurz wegsah.

Aber das ging nicht. Weil Wagrowski eben leider darauf bestanden hatte, dass sie mitkam. Keine Chance, sich zu widersetzen, wenn Raven nicht riskieren wollte, alles zu verlieren. Dann wäre seine ganze Mühe nämlich umsonst gewesen und er ging jede Wette ein, dass es nicht mit dem Ausschlagen dieser Einladung getan wäre. Wahrscheinlich bräuchte er sich dann nie wieder auch nur in der Nähe des Käfigs blicken lassen. Von den anderen netten Vorteilen, die ihm dadurch mit Sicherheit durch die Lappen gingen, ganz zu schweigen. Das war seine Chance, nicht nur Wagrowski um den Finger zu wickeln, sondern außerdem Ellingsen, der ebenfalls eine Einladung erhalten hatte. Zusammen mit einer Reihe anderer einflussreicher Männer. Banker, Politiker, Börsenfutzis, Lobbyisten ... Jede Menge Potenzial, das nicht verschwendet werden durfte!

»Eine Party. Soso.« Tylers ätzende Stimme riss Raven aus seinen Gedanken und hinter sich hörte er, dass Liliana die Dusche anstellte.

Widerstrebend sah er zu seinem Bruder rüber. Er saß auf einem der Hocker vor Ravens Küchentresen, hatte seinen

Laptop vor sich hingestellt und trank einen Schluck aus seinem Kaffeebecher, ohne Raven direkt anzusehen.

»Will ich wissen, was für eine Party das ist, wenn du deswegen so ein Drama machst?«

»Ich mache kein Drama«, antwortete er angepisst und riss sich aus seiner kurzzeitigen Starre los. »Und es geht dich ohnehin nichts an.«

»Stimmt.« Tys Mundwinkel verzogen sich zu einem amüsierten Lächeln, bevor er Raven zu sich winkte und das Thema zu seinem Glück wechselte. »Ich hab die Telefongesellschaft kontaktiert und sie gebeten, mir den Verbindungsverlauf der letzten sechs Monate zu schicken.« Er tippte auf den Bildschirm, als Raven neben ihn trat und sich die Tabelle ansah, die wenig überraschend kurz war.

Der Alte war schon vor einigen Jahren dazu übergegangen, die meisten Anrufe über seinen Blackberry abzuwickeln. Das Festnetztelefon im Haus seiner Eltern wurde nur sehr selten genutzt. So hatte es in einem halben Jahr nicht mehr als sechzig Anrufe gegeben. Hm.

»Und? Was Interessantes?« Mit ungewohnt steifen Fingern griff Raven nach seiner eigenen Kaffeetasse. Der Inhalt war kalt. Klar. Er trank ihn trotzdem.

»Hm, ich bin nicht sicher.« Sein Bruder markierte drei Zeilen in der Tabelle und runzelte die Stirn. »Zwei ausgehende Anrufe an dieselbe Nummer in exakten Abständen von drei Monaten. Jedes Mal genau zehn Minuten und jedes Mal mitten in der Nacht. Ein Uhr morgens. Der letzte Anruf ist der von vor zwei Wochen. Der fällt aus der Reihe, geht aber trotzdem wieder an dieselbe Nummer und wurde in der Nacht getätigt, als du Dad so schön vor den Karren gepisst hast.«

Das schwache Grinsen auf Tylers Gesicht ignorierte Raven gekonnt. Stattdessen arbeitete sein Schädel an der Frage, was - und vor allem ob - das etwas zu bedeuten hatte.

»Das ist die Vorwahl von Los Angeles«, sagte er achselzuckend. »Und? Vielleicht ist es nur eine seiner vielen Huren. Würde mich nicht überraschen, wenn er sie auf das ganze Land verteilt hat.«

»Das glaube ich nicht, nein.« Tyler verkleinerte das Fenster und öffnete ein anderes. Ein Kartenabschnitt von Google-Earth. Los Angeles. Irgendwo an der Küste. »Warum sollte er mit seiner Hure - wie du es nennst - über dich reden, hm?«

»Keine Ahnung«, grinste Raven zynisch. »Vielleicht ist er so pervers, dass er auf die Mutti-Nummer abfährt. Wundern würde es mich nicht.«

Tyler lachte nicht. »Wie schön, dass du so ernst bei der Sache bist. Warum verschwende ich meine Zeit überhaupt mit dir ...«

»*Du* warst derjenige, der mich angerufen hat, Ty«, antwortete er bissig. »Du hast das Gespräch belauscht. Ist doch nur gut für mich, wenn du endlich anfängst, von deinem hohen Ross zu steigen und deine Feigheit endlich ablegst, oder?«

»Herrgott«, murmelte sein Bruder und kratzte sich über das unrasierte Kinn. »Zum tausendsten Mal, Raven! Es tut mir leid! Wenn ich geahnt hätte, was passieren würde, nachdem ich weg bin, wäre ich nicht gegangen! Willst du mir das wirklich bis zum Ende meines Lebens aufs Brot schmieren?«

Am liebsten darüber hinaus, dachte er böse, antwortete aber nicht.

»Ich hab mich damals gerade von Jessica getrennt. Ich brauchte einen Tapetenwechsel. Und da kam mir das Jobangebot meines Kumpels eben recht. Das hatte nicht mal unbedingt was mit Mom und Dad zu tun. Ich musste nur weg!«

»Vergiss es einfach!« Raven knallte seine leere Tasse neben den Laptop und ging zum Kühlschrank. Er machte ihn auf, warf einen Blick rein und schloss ihn wieder. Hunger hatte er keinen. Aber ein Bier wäre nicht schlecht. Er nahm sich keins und drehte sich mit vor der Brust verschränkten Armen wieder zu seinem leugnenden Bruder herum. Die abgekühlte Wut der letzten Tage kehrte zurück, ohne dass er es verhindern konnte.

»Weißt du«, knurrte er schließlich, »es ist mir egal, wieso du abgehauen bist. Ich war fünfzehn. Und leider mit der Situation überfordert. Du warst weg, Mom hatte so schwere Depressionen, dass sie an manchen Tagen nicht einmal aufstehen konnte und ich musste zusehen, wie der Alte die halbe Stadt gefickt hat. Bevor er nach Hause kam, rumgeschrien hat wie ein

Bekloppter und seine eigene Unfähigkeit und seinen Frust an ihr ausgelassen hat.« Er redete zu viel. Und er wusste es. Aber er konnte sich nicht stoppen. »Das hat es natürlich nicht verbessert, nicht wahr? Nein«, fügte er so gedehnt und sarkastisch hinzu, dass Tylers Gesichtsmuskeln immer mehr entgleisten. »Es wurde schlimmer! So schlimm, dass sie insgesamt in sieben Jahren vier gescheiterte Selbstmordversuche unternommen hat. Bis zu dem Tag, an dem sie in den Urlaub gefahren ist. Und dann -«

»Hör auf!«, stieß Ty sichtlich gequält hervor und schüttelte langsam den Kopf. »Ich kann mir vorstellen, wie hart es für dich gewesen sein muss. Ich schwöre, ich wäre nicht gegangen, wenn ich es hätte kommen sehen ...«

»Aber zurückgekommen bist du auch nicht«, antwortete er und war sich durchaus über die Bitterkeit bewusst, die in seiner Stimme mitschwang. Zwecklos, sie zu verbergen. Und egal. »Scheiß drauf. Du hast mir drei Jahre lang nicht geglaubt, obwohl ich sicher war, dass der Scheißkerl was mit dem Unfall zu tun hatte. Ich sollte mich wohl glücklich schätzen, dass du deinen Arsch einmal im Jahr an ihrem Todestag herschwingst. So konntest du immerhin selbst hören, dass ich vielleicht doch nicht die Unwahrheit sage, hm?«

Sein Bruder atmete durch. »Ich wollte dir glauben, Raven. Aber es gab einfach keine Beweise, die deine Behauptung unterstützt haben! Es ist nun mal mein Job, nach den Fakten zu gehen. Selbst wenn es um Mom geht.«

»Okay, komm. Vergiss es. Lass uns zum eigentlichen Thema zurückkommen, sonst kotze ich, glaube ich.« Raven atmete abermals tief durch, bevor er sich einen Ruck gab und auf die andere Seite seiner Theke zurückging. Um einen weiteren Blick auf das Satellitenfoto zu werfen.

Tyler sah aus, als wollte er noch etwas hinzufügen, verkniff sich aber zum Wohl seiner Gesundheit einen weiteren Kommentar und seufzte. »Es war nicht schwer, die Adresse der angerufenen Person herauszufinden, allerdings weiß ich nicht, in was für einer Verbindung der Typ zu Dad steht, auf den der Anschluss registriert ist. Seit wann hat er was mit Bäckern am Hut?«

Nach einem letzten kurzen Zögern schien sich Tyler endlich zu ergeben. Als hätte er begriffen, dass das Thema abgehakt war. Endgültig, wenn es nach Raven ging.

»Hast du angerufen und nachgefragt?« Das zynische Grinsen fühlte sich halbherzig an. »Das wäre vermutlich der einfachste Weg, es herauszufinden.«

»Und was soll das bringen? Denkst du, der macht nicht sofort dicht, wenn du am Telefon versuchst, ihn über Dad auszuquetschen? Außerdem war es eindeutig eine Frau, mit der er gesprochen hat. Sollte - ich betone, *sollte* - Dad eine Affäre mit der Frau dieses Mannes haben, wäre es vermutlich nicht die schlauste Idee, ihm das zu sagen. Und am Ende weißt du dann immer noch nicht, wieso er mit ihr über dich geredet hat.«

»Was hat er genau gesagt?«, hakte Raven nach und massierte seine Nasenwurzel, um den einsetzenden Kopfschmerz zu vertreiben. Das Ganze ergab einfach keinen Sinn. Egal, in welche Richtung er dachte. Er hatte keinen blassen Schimmer, wieso der Alte überhaupt mit irgendjemandem über ihn reden sollte. Und dann auch noch darüber?

»Sinngemäß, dass du auch nach drei Jahren immer noch nicht locker lässt, ihn wie die Pest hasst und ihm die Hölle an den Hals wünschst, obwohl er ja gar nichts dafür könne und all das ja gar nicht auf seinem Mist gewachsen wäre.«

»Was meint er damit? Außer ihm gibt es niemanden, der ein Motiv gehabt hätte, Mom etwas anzutun! Das ist -«

Als Ty warnend den Finger an die Lippen hob, verstummte Raven. Notgedrungen. Er hatte nicht einmal gemerkt, dass Liliana die Dusche abgestellt haben musste.

Selbstverständlich täuschte ihr biestiger Blick in keiner Weise über ihre geröteten Wangen hinweg, als sie sich fast lautlos aus dem Bad zum Schlafzimmer schlich. Nur mit einem umgebundenen Handtuch. Und nassen Haaren.

Ein Anblick, bei dem sich sein Schwanz ungewollt regte, aber nicht so extrem, dass er mit seiner Vernunft kollidieren könnte. Dafür war später noch genug Zeit. Hoffentlich.

»Süß. Ich mag sie. Sie passt zu dir, kleiner Bruder«, sagte Ty mit einem breiten Grinsen im Gesicht, als die Schlafzimmertür hinter Lil zufiel.

»Keine Ahnung, was du meinst«, antwortete er unwirsch und zwang sich, seinen Blick von der Tür loszureißen.

»Die Kleine hat dich gut im Griff. Scheint temperamentvoll und lebhaft zu sein. Außerdem ist sie intelligent, sonst würdest du dich nicht mit ihr abgeben, hm? Du solltest sie Dad vorstellen. Er wäre begeistert! Ihr passt gut zusammen.«

»Sehr lustig«, antwortete Raven trocken. »Aber sicher. Stelle ich sie doch Dad vor und erwähne nebenbei, wer ihr Vater ist. Ich denke, damit wäre ich mein Erbe dann endgültig los.«

»So? Ist er etwa aus dem Lager der Opposition? Da könntest du dann wohl recht haben.« Tyler lachte, aber Raven entschied, nicht näher darauf einzugehen. Weder auf Lilianas familiären Hintergrund noch auf den blöden Kommentar davor.

Schließlich vermied er es angestrengt, sich mehr als nötig den Kopf über sie oder die vollkommen schräge Beziehung zu zerbrechen, die sich wie von selbst zwischen ihnen entwickelt hatte. Unabsichtlich. Definitiv ungeplant. Aber anders als erwartet nicht unbedingt lästig. Schließlich stimmte es auf eine schräge Art: Sie passten zusammen. Nicht nur im Bett, wo sie sich inzwischen recht gut an seine Vorstellungen angepasst hatte und nur noch selten herumzickte oder sich wegen irgendwas zierte ...

Es war jedenfalls nicht das schlechteste Gefühl, das er sich vorstellen konnte, Zeit mit ihr zu verbringen. Über die Uni hinaus. Er mochte es, mit ihr zu diskutieren, auch wenn diese Gespräche meistens in Streit ausarteten. Den sie dann wiederum im Bett lösten. Wo sich der niedliche Trotz in ihren Augen so schön schnell in heißblütige Leidenschaft verwandeln ließ. Wenn er sie zum Weinen brachte, indem er -

»Hey, gleich sabberst du auf meinen Computer! Also wirklich!« Tylers Lachen riss Raven erneut aus seinen abschweifenden Gedanken.

Und leider erinnerte es ihn daran, dass er sich derartige Ablenkungen momentan einfach nicht leisten konnte. Bald. Im

Herbst. Wenn die Wahlen ihrem Ende entgegengingen, wenn sich diese Sache mit den seltsamen Anrufen wahrscheinlich längst geklärt hatte und der Ruf seines verhassten Erzeugers endlich ruiniert wäre ... Wenn er alles bekam, was er wollte - könnte er sich darüber Gedanken machen, wie er mit der Prinzessin verfuhr. Aber noch nicht. Noch - nicht.

Sie war nervös und so entsetzlich angespannt, dass sie sich an Ravens Arm festkrallen musste. Nachdem er dem jungen Mann vor dem Eingang zur beschissen großen Villa die Schlüssel für seinen Mercedes übergeben hatte. Um überhaupt einen verdammten Fuß vor den anderen zu bekommen. Um nicht einfach umzukippen, weil ihre Knie butterweich und ihre Füße so schwer waren, dass sie sich in den Nuttenstiefeln anfühlten wie Bleigewichte. Dieselben dämlichen Overkneestiefel, die sie auch an ihrem ersten gemeinsamen Abend mit Raven im Käfig getragen hatte. Um ja schön dumm und billig und möglichst demütig auf die schmierigen alten Säcke zu wirken.

Nur, dass an diesem Outfit rein gar nichts ›billig‹ war. Vom Geldwert aus betrachtet. Allein das Kleid hatte Raven heute Mittag mehr gekostet, als sie in einem viertel Jahr verdiente. Das, was man üblicherweise als das ›kleine Schwarze‹ bezeichnete. Aber selbst das war eigentlich eine viel zu wohlwollende Bezeichnung. Der Saum reichte ihr gerade so über den Hintern! Der Ausschnitt war so gewaltig, dass man ihr fast bis zum Bauchnabel gucken konnte! Überraschenderweise allerdings ohne, dass dabei der Eindruck entstehen könnte, sie käme direkt vom nächsten Straßenstrich. Und der Schmuck, den Raven ihr für diesen Abend geliehen hatte, war echt. Daran bestand kein Zweifel.

Ebenso wie an der Tatsache, dass diese Dinge einen weitaus größeren Wert für ihn hatten, als er zugeben würde. Irgendwie ahnte Lil, dass die dezente goldene Kette mit den passenden Ohrringen und dem Armband seiner Mom gehört hatte. Sie war hübsch, hatte ein winzig kleines Kreuz als Anhänger und stand ihr wirklich ganz gut. In Kombination mit dem Rest. Wenn sie die Tatsache eben unbeachtet ließ, *dass* sie wie eine Nutte aussah. Zwar wie eine teure Nutte - aber das machte es nicht wirklich besser.

»Entspann dich, Prinzessin«, murmelte Raven neben ihr, ohne sie anzusehen. Sie war sicher, dass sein Gesicht derselben unterkühlten Maske glich, die er immer zur Schau stellte, wenn er seine Wohnung verließ. Dabei machte er keinen Unterschied zwischen der Uni, einem Supermarkt oder einem gottverdammten Tollhaus wie diesem! Selbst wenn sie allein waren, gewährte er ihr nur selten einen Blick hinter die Fassade.

Seit heute Morgen lief in ihrem Kopf ein endloser Horrorfilm ab. Oder ein schlecht gemachter Pornostreifen. Oder besser - eine Mischung aus beidem! Lil hatte weiß Gott genug Fantasie und Hintergrundwissen, um sich ein Sammelsurium aus unterschiedlichsten Störungsbildern diverser pathologischer oder nicht-pathologischer Sexualpräferenzen vorstellen zu können. Die Frage war eigentlich nur, in welchem Ausmaß sie gleich damit konfrontiert werden würde.

Raven hatte sich jedenfalls relativ bedeckt gehalten. Sie hatte ihn nachmittags ausquetschen wollen, als sie in der Nobelboutique in der Innenstadt gewesen waren und er das Kleid ausgesucht hatte. Zusammen mit der Unterwäsche, die diese Bezeichnung eigentlich kaum verdiente.

»Wie soll ich mich bitte entspannen, wenn mir der verdammte Tanga ständig in den Arsch rutscht«, giftete sie leise zurück und widerstand dem Zwang, unter das Kleid zu greifen, nur unter innerlichen Qualen.

Aber je näher sie den hellen Marmorstufen kamen, desto schwerer wurde es, überhaupt einen Fuß vor den anderen zu setzen. Als sie den pompösen steinernen Springbrunnen in der Mitte des Vorhofes umrundeten, hatte sie sogar das Gefühl, sich übergeben zu müssen.

So viel zu meinem Mut, dachte sie resigniert und beruhigte sich auch nicht wirklich, als er seine freie Hand auf ihre Hand auf seinem Arm legte.

»Dir passiert nichts. Halt einfach die Schenkel zusammen, damit keiner sieht, was du unter diesem hübschen Fummel verbirgst und entfern dich wenn möglich nicht allzu weit von mir.«

»Ich wünschte, ich *könnte*«, grummelte sie vor sich hin, drückte seine Hand aber fester, als sie durch die weit geöffneten Flügeltüren der Villa im italienischen Stil traten.

Renaissance, erinnerte sie ihr schwindender Verstand irrwitzigerweise. Nett. Und teuer. Und mehr als nur ein bisschen narzisstisch. Aber das sollte sie angesichts ihrer Lage vermutlich nicht wirklich interessieren oder verwundern.

»Guten Abend, Sir«, wandte sich einer der beiden Männer in Anzug, Krawatte und emotionslosem Gesichtsausdruck an Raven, bevor sie den Zwischenbereich hinter dem Eingang betreten hatten. Die verglaste Doppeltür war geschlossen, aber das wunderte Liliana angesichts der Anwesenheit der beiden Sicherheitskräfte eher nicht.

Unaufgefordert öffnete Raven sein Jackett und drehte sich so zur Seite, dass der Mann sehen konnte, dass Raven keine Pistole bei sich trug. Oder einen Sprengstoffgürtel. Oder was auch immer sonst für ein Helferlein, um die reichen Säcke hier abzumurksen.

Neben dem linken Mann stand eine Frau Anfang dreißig. Älter konnte sie nicht sein, aber wegen ihres Outfits war das ziemlich schwer zu bestimmen. Schwarzes knielanges Kleid mit einem Schlitz an der Seite, einer dicken schwarzen Rahmenbrille auf der Nase und einem streng gebundenen Dutt im Nacken. Sie hätte ebenso eine Lehrerin sein können.

Lil musste das hysterische Kichern zurückdrängen, als sie die Liste in ihrer Hand sah.

»Ihr Name, Sir?«, fragte die Frau an Raven gewandt und ignorierte Lil ebenso, wie es die beiden Kerle taten. Als wäre sie Luft.

»Raven Rhys mit Begleitung.« Er nahm die Arme wieder runter, machte aber keine Anstalten, sie wieder anzufassen.

Also krallte Lil die Finger in den Henkel ihrer winzigen Handtasche und bemühte sich, so unauffällig wie möglich auszusehen. Dabei wünschte sie sich sehnlichst einen Wodka herbei. Oder Tequila. Oder irgendwas anderes Hartes, das ihre Anspannung löste!

»Sehr wohl. Ihre Farbe?« Die Frau strich offensichtlich Ravens Namen auf ihrer Liste durch und schaute ihn dann auffordernd an, bevor sie einen unscheinbaren schwarzen Kasten vom kleinen Tisch hinter sich zog und den Deckel öffnete.

Lil schluckte, als sie einen kurzen Blick riskierte, aber nicht allzu viel erkennen konnte.

»Rot.«

»Wie Sie wünschen.« Die Frau griff in den Kasten und zog ein rotes Lederband daraus hervor, das verdächtig nach -

Oh verdammt, das hat er also gemeint, stöhnte sie innerlich und schwor sich, ihm den Hals umzudrehen, wenn sie diesen beknackten Abend hinter sich hatten.

Ravens Grinsen entging Lil nämlich keinesfalls, als sie sich unter Einsatz ihrer verbliebenen Willenskraft mit dem Rücken zu ihm drehte und die langen offenen Haare weghielt, damit er ihr das Halsband umlegen konnte.

»Einen schönen Abend, Sir. Und viel Vergnügen.« Die Frau lächelte noch immer nicht, als sie Raven und Liliana durchwinkte und der andere Türsteher freundlicherweise endlich die Tür aufmachte, damit sie sich endgültig ihrem unausweichlichen Schicksal fügen durfte.

»Das wirst du büßen«, zischte sie ihm schließlich zu, als sie den ersten Schock genug verdrängt hatte, um ihre Zunge wieder zu spüren. »Warte nur!«

Raven lächelte nur kühl, beugte sich ein bisschen zu ihr herüber und flüsterte: »Sei froh, dass ich nicht schwarz gewählt habe, Prinzessin! Wie wäre es mit ein bisschen Dankbarkeit?«

An der Art, wie er seinen Blick langsam an ihr hinunterwandern ließ, erkannte sie immerhin, dass er ihr vielleicht wirklich einen Gefallen getan hatte. Auch wenn sie das sicher niemals zugeben würde!

»Will ich wissen, was die Alternativen waren?«, stöhnte sie leicht gequält, als sie sich zögernd umsah. Die Eingangshalle der Villa funkelte und glänzte an allen Ecken und Enden. Über ihren Köpfen schwebte ein vergoldeter Kronleuchter, der sich offenbar dimmen ließ. Die komplette übrige Beleuchtung bestand aus Kerzen! Hunderte Kerzen an den Wänden, auf diversen aufwändig gestalteten Ständern in den Räumen und auf den Tischen -

»Das wirst du noch früh genug herausfinden, schätze ich.«

Sein heißer Atem an ihrem Ohr jagte einen Schauer über ihren Rücken, als er wieder nach ihrer Hand griff und sie auf seinem Unterarm platzierte, während ihr nichts anderes übrig blieb, als ihm zu folgen. An einer kleinen Gruppe relativ normal wirkender Menschen in mehr oder weniger lockeren Outfits vorbei, die vor der der Treppe herumstanden und sich unterhielten.

Wahnsinn - was für eine Treppe ...

Dasselbe helle Marmorzeug wie draußen, bestimmt drei Meter breit und mit schicken Geländern an beiden Seiten ...

Okay, ich drehe durch. Atmen!, befahl sie sich selbst in Gedanken und betete, dass sie nicht aussah, als würde sie gleich einen hysterischen Anfall bekommen.

Zunächst schien sie niemand zu beachten, während sie sich mit Raven durch das Erdgeschoss bewegte. Unauffällig schaute Lil sich um und war - beeindruckt. Von der Eleganz, dem guten Geschmack des Besitzers, den sie noch nirgends entdeckt hatte und der *Normalität*. Abgesehen von den Kerzen und den schwarzen Masken auf den Gesichtern der Kellner, die zwischen den Leuten herumliefen und Getränke und Häppchen verteilten, wirkte wirklich alles ziemlich normal. Seltsam. *Wozu das ganze Gerede*, überlegte sie und spürte, dass sie sich tatsächlich langsam entspannte. *Vielleicht ist es doch gar nicht ganz so wild ...*

Auch angezogen waren die Leute mehr oder weniger so, wie sie es auf einer Party erwartete, bei der sich die High Society der Stadt tummelte. Die Männer in Anzug oder etwas legerer in Jeans, Hemd und Jackett so wie Raven, und die Frauen in stilvollen kurzen Kleidern, die nur etwas *zu* kurz waren, um auf einer Spendengala getragen zu werden. Oder einem ähnlich öffentlichen Anlass. Und mit Halsbändern, so wie sie eines trug. Sie sah schwarze Halsbänder, viele Rote und noch mehr Silberne, deren Bedeutung ihr nicht ganz klar war.

Während Liliana all das auf sich wirken ließ, Raven weiter folgte und sich abermals fragte, was die Bedeutung der Halsbänder war, wurde es um sie herum allmählich lauter. Und voller. Und beengter!

Sie waren in einen anderen Raum gekommen. Hier war es fast noch dunkler, weil es weniger Kerzen gab. Ihre Augen hatten einen Moment Mühe, sich an die schwächeren Lichtverhältnisse zu gewöhnen. Sie spürte, dass Ravens Griff fester wurde, während die Finger ihrer anderen Hand automatisch zu dem unbequemen Halsband wanderten, das ziemlich eng und unangenehm war. Auch wenn es weder ausgesehen hatte wie das eines Hundes, noch kratzte. Es war einfach nur - eng.

Obwohl der Raum, eine Art Salon, über den man auch die mit Kerzen beleuchtete Terrasse erreichen konnte, um einiges größer war, als der Rest, war es ziemlich voll. Und stickig.

Lil hörte ein paar Männer lachen. Andere unterhielten sich angeregt und dann -

Raven lachte leise, als Liliana zusammenzuckte. Weil sie nicht anders konnte, als auf die Szene zu starren, die sich auf dem Sofa gerade zu einem wirklichen Porno entwickelte. Einer, der offenbar schon eine Weile im Gang war ...

Sie schluckte schwer, konnte die Augen aber weder von den drei nackten Frauen abwenden, die außer ihren schwarzen Lederhalsbändern rein gar nichts anhatten und auf dem Boden vor der gigantischen Sofalandschaft knieten, noch von den Männern. Die saßen immerhin, hatten aber verdammt noch mal auch nichts mehr an, während sie es sichtlich zu genießen schienen, sich verwöhnen zu lassen ...

»O mein Gott«, stieß sie so leise wie möglich hervor, hielt gleichzeitig den Atem an und schloss die Augen, um das Bild schnell wieder zu vertreiben. Sie konnte nur ahnen, dass genau das sinnlos wäre. Weil sie derlei Absurditäten noch wesentlich häufiger sehen würde, während sie sich hier aufhalten würde.

»Atmen, Prinzessin«, flüsterte Raven ihr ins Ohr und zog sie erbarmungslos weiter in den Raum.

»Wenn du willst, dass ich beim nächsten Mal nicht zusammenklappe, besorg mir was zu trinken«, stöhnte sie so leise, dass nur er sie verstehen konnte, rechnete aber nicht wirklich mit einer Antwort. »Das ist widerlich!«

»Ich hab dich gewarnt. Dabei hast du eigentlich noch gar nichts wirklich Interessantes gesehen«, lachte er selbstgefällig, hob dann aber die Hand, um einen der Kellner herbeizurufen.

Der Mann mit der Maske tauchte wortlos mit seinem Tablett vor ihnen auf, deutete eine leichte Verbeugung an, ohne sie beide auch nur anzusehen und verschwand so schnell wieder, wie er gekommen war.

Raven drückte ihr eines der beiden Gläser in die Hand. »Wodka. Trink, aber lass dein Glas nicht irgendwo rumstehen, ja? Es ist eher unwahrscheinlich, aber leider kann ich die Möglichkeit nicht ausschließen. Ein gutgemeinter Rat.«

»Wie nett«, antwortete sie angesäuert, bevor sie das halbe Glas in einem Zug leerte. Der Alkohol brannte auf ihrer Zunge und in ihrem Magen, aber trotzdem hatte sie das Gefühl, es etwas besser - ertragen zu können. »Welche Möglichkeit kannst du nicht ausschließen?«

»Dass man dir was ins Getränk kippt, um dich gefügig zu machen, Prinzessin. Was denkst du denn? Tranquilizer, Koks, Ecstasy - die Liste ist ziemlich lang. Und keine Option davon würde dir gefallen, da bin ich sicher.«

»So? Wieso sollte man das an einem Ort wie diesem nötig haben?« Sie deutete leicht angewidert auf zwei junge Frauen in mehr als schlüpfrigen Dessous, die neben der geöffneten Terrassentür standen. Selbstverständlich mit schwarzen Halsbändern um ihre hübschen Hälse. »Ich denke, die da werden liebend gerne alles freiwillig mit sich machen lassen, oder nicht?«

Raven sah aus, als läge ihm eine seiner üblichen zynischen Bemerkungen auf der Zunge, doch dann verschwand das Grinsen für einen kurzen Augenblick aus seinen Augen. »Ja, da hast du sicher recht. Trotzdem. Es gibt genug Wichser, die sich einen Dreck um die Farbe der Halsbänder scheren und es wirklich geil finden, einer Frau echte Schmerzen zuzufügen. Einer Frau, die das *nicht* will oder die nicht zu haben ist. So wie du«, fügte er hinzu und schob so sanft seine warmen Finger unter das Lederhalsband, dass sie schluckte. »Tu dir also selbst den Gefallen und lass die Finger davon, wenn dir hier irgendjemand etwas anbietet.«

»Okay«, antwortete sie plötzlich um einiges kleinlauter und wehrte sich nicht mehr, als er erneut nach ihrer Hand griff und sie nach draußen auf die Terrasse zog. Das kühle Glas in ihrer Hand fest an sich gepresst.

Immerhin war die Luft draußen besser und es war nicht ganz so voll. Oder - ekelig. Aber nur fast, wie sie innerlich stöhnend feststellte, als sie ein hemmungslos fummelndes älteres Pärchen in der Nähe entdeckte.

»Können wir nicht einfach wieder gehen? Bitte!«, flehte sie leise und tatsächlich war es ihr sogar hinreichend egal, dass er sie für ihre Bettelei sicherlich aufziehen würde.

»Sorry, Prinzessin. Aber wir sind nicht zu unserem Vergnügen hier. Wir suchen Wagrowski - unseren geschätzten Gastgeber. Ich hätte da eine Kleinigkeit, die ich leider mit ihm besprechen müsste.« Raven schüttelte nur den Kopf und setzte sich erneut in Bewegung. Auf den mit Natursteinen besetzten Weg zu, der von der erhöhten Terrasse in den Garten führte.

»Woher weißt du, dass er hier draußen ist?«

»Siehst du gleich«, lächelte er kühl und bog im nächsten Moment hinter einer Hecke und einem Rosenbeet links ab.

Gerade als sie sich fragte, wie riesig dieses ganze Grundstück eigentlich war, sah sie den beleuchteten Pool dahinter. So groß wie ein halbes Basketballfeld, mit einem rundum verglasten Poolhaus dahinter und einem Grill daneben, hinter dem interessanterweise ein Mann stand, der außer einer Schürze rein gar nichts zu tragen schien. Er grillte sogar. Burger oder etwas Ähnliches. Der Geruch war gut und verlockend, definitiv.

Aber dann fiel ihr Blick auf das leicht erhöhte Holzpodest in der Ecke und sie schluckte, weil Raven tatsächlich recht behalten hatte. In einer gigantischen Hollywoodschaukel saß der Mann, den sie bisher nur im Keller des Käfigs gesehen hatte. Er schien sich angeregt mit Olga und einer anderen blonden Frau zu unterhalten, die Lil noch nie gesehen hatte. Aber es erleichterte sie doch, dass der Gastgeber dieser ziemlich schrägen Party immerhin angezogen war.

»Dann kann die Show ja losgehen«, flüsterte er ihr lächelnd ins Ohr und streichelte kurz über ihre erhitzte Wange. »Widersprich mir nicht, egal was ich sage. Und spiel einfach deine Rolle weiter, okay? Dann bekommst du nachher eine Belohnung«, setzte er nach und griff in ihrem kurzen schwachen Moment unauffällig unter dem Kleid an ihren Arsch. Eine Berührung, die ihr beinahe ein Stöhnen entlockt hätte.

Sie riss sich zusammen und nickte nur, sparte sich aber eine Antwort. Sie würde ihm noch früh genug zu verstehen geben, dass er derjenige war, der sich irgendeine Art von Absolution erflehen musste - nicht sie! Nicht heute!

»Ah, Mr. Wagrowski, hier sind Sie. Wie nett. Wir wollten uns nur kurz für die Einladung bedanken«, rief Raven einen Moment später und verfiel ohne Übergang in die Rolle des charmanten netten Kerls von nebenan, die er auch im Käfig meistens an den Tag legte, und zog sie an der Hand hinter sich her auf das Podest zu.

Liliana zwang sich, zu lächeln. Wie sie das schaffte, war ihr nicht ganz klar, aber mit dem Alkohol intus war es doch nicht ganz so schwer, wie sie gedacht hätte. Hoffentlich wirkte sie genauso wie sonst auch. Ein bisschen einfältig, ein bisschen naiv, ein bisschen dumm! Mit dem Unterschied, dass sie sich heute tatsächlich Mühe gab, zusätzlich verliebt zu wirken.

Wieso sie Ravens Rat beherzigte, war ihr nicht ganz klar. Möglicherweise lag es an dem Blick, den der dicke Pole ihr zuwarf, als er sie hinter Raven die beiden Stufen erklimmen sah. Gierig war wohl die passende Bezeichnung dafür.

Wenigstens Olga schenkte Lil ein freundliches Lächeln, als sie ihre Aufmerksamkeit kurz auf sie richtete.

Doch anscheinend war es üblich, dass der Gastgeber zuerst sprach. Sie sah den amüsierten Zug um Wagrowskis Mundwinkel, als er seinen Blick mit sichtlichem Genuss an ihr herunterwandern ließ und ein eiskalter Schauer über ihren Rücken jagte.

»Ah, mein junger Freund. Wie schön, dass du meiner Einladung gefolgt bist. Mit Begleitung, wie ich sehe. Amüsiert ihr euch?«, fragte er laut genug, damit sich selbst der Mann hinter dem Grill zu ihnen umwandte.

Liliana riskierte einen Seitenblick und sah ihre Vermutung bestätigt. Unter der Schürze war der Muskelprotz nackt. Herrlich.

»Aber sicher! Die Party ist toll. Und Ihr Haus erst ... Sie haben einen hervorragenden Geschmack, Sir.«

»Setzt euch, Kinder. Marcus müsste seine Burger gleich fertig haben. Allein bei dem Geruch läuft einem das Wasser im Mund zusammen, was?« Wagrowski lachte bellend und winkte sie näher zu sich und seinen beiden Begleiterinnen heran. »Oh. Ich sehe, du hast ein rotes Halsband für dein Mädchen gewählt? Wie bedauerlich!« Er klang hörbar enttäuscht und schmollte sogar, als hätte er nur zu gern seine bereits angedeuteten Fantasien in die Tat umgesetzt.

Nicht nur Lils Magen zog sich zusammen, als sie die ungefragt einsetzenden Bilder rigoros zur Seite drängte. Eine Gruppennummer war absolut das Letzte, was sie wollte! Abartig, widerlich, unzumutbar -

»Sie verzeihen mir hoffentlich. Sie ist zum ersten Mal auf einer Spielparty und noch ein wenig schüchtern.« Raven lachte leise und ließ sich auf das Rattansofa rechts von ihnen fallen.

Auffordernd klopfte er auf seinen Oberschenkel, bis Liliana sich widerstrebend auf seinen Schoß sinken ließ. Es war ihr unendlich unangenehm, angestarrt zu werden. Dabei, wie Raven seine Hand auf ihr Knie legte und über ihr Bein streichelte, ohne sie eines Blickes zu würdigen. Als hätte er jedes Recht der Welt, es zu tun, während sie nur schweigend dasitzen und beten konnte, dass sie nicht knallrot im Gesicht war.

»Beim nächsten Mal akzeptiert sie vielleicht Silber«, fuhr ihr Begleiter unbeirrt fort und grinste den Polen an.

»Wünschenswert, wirklich. Olga und Irina hätten gegen ein bisschen Abwechslung sicher auch nichts einzuwenden, was Mädchen?«

Die beiden Frauen links und rechts neben Wagrowski kicherten und warfen Lil Blicke zu, die ihr nur überdeutlich zu verstehen gaben, dass das Ganze hier für sie völlig normal war.

Ein Albtraum! Wie kann man sich je daran gewöhnen und das auch noch gut finden? Eine gute Frage, auf die sie die Antwort vielleicht niemals finden würde. Und es wahrscheinlich auch nicht wollte. Egal, wie oft Raven sie zwang, auf solche schrägen Partys zu gehen. Die Frage, was Silber in diesem Zusammenhang für eine Bedeutung hatte, sparte sie sich lieber. Es würde vermutlich ein Mittelding aus Schwarz und Rot sein. Großartig.

»Sie werden sich wohl kaum langweilen, wenn Sie sich in so bezaubernder Gesellschaft bewegen, nicht wahr?« Raven lächelte den beiden Frauen zu, als wäre er das charmanteste Oberarschloch auf dem verdammten Planeten. Ein Kommentar, der zumindest ihnen ein weiteres Kichern und dem Dicken ein Lachen abrang.

»Sicher, hast recht, Junge. Aber wenn man das schon ein paar Jährchen macht, wiederholt es sich eben doch irgendwann alles.«

Raven nickte verständnisvoll. Seine Finger wanderten weiter über ihren Oberschenkel, als wären sie zu Hause und niemand würde ihnen zusehen! Verdammt ...

Irgendwie gelang es Lil, sich wenigstens ein paar Minuten lang verbissen auf etwas anderes zu konzentrieren, um nicht auszurasten! In Gedanken betete sie nacheinander den ganzen Stoff der Physiologievorlesung herunter. Aufbau des Gehirns, Funktionsweisen, Dysfunktionen, Hormone, Nerven, Kreislaufsysteme -

»... Tja, so ist das. In ein paar Wochen sind Wahlen, was? Wie stehen die Chancen für deinen alten Herrn?«

Das erste Mal, dass Raven seine monotone Handbewegung auf ihrem Oberschenkel unterbrach. Und das erste Mal, dass sie sich ungewollt in Erinnerung rief, dass es einen Grund dafür gab, weshalb er das ganze Theater hier abzog.

Lil *wusste*, dass es um seinen Vater ging - ohne zu wissen woher! Seine Reaktion, seine plötzliche Steifheit und sein genauso jäher Stimmungsumbruch ... Sie hatte ihn nie wieder danach gefragt und hatte nicht einmal eine Entschuldigung dafür. Es war ...

»Bedauerlicherweise sind seine Werte hervorragen«, antwortete Raven nach einem kurzen Zögern, als müsste er sich selbst erst wieder in den Griff bekommen, lächelte aber stetig weiter. »Offensichtlich sind seine Wähler begeistert von seiner aversiven Haltung gegenüber vermeintlich illegalen Glücksspielen, Prostitution oder dem gelegentlichen Konsum horizonterweiternder Substanzen, Sie verstehen?« Er lachte leise, während er sein Knie bewegte und ihr Gewicht dadurch offenbar auf für ihn angenehmere Weise verlagerte, während Lil einfach nur der Kopf schwirrte.

»Hm, ja«, knurrte Wagrowski zustimmend und kratzte sich am Kinn, während er die andere Hand um Olgas Taille legte. Die junge Russin schmiegte sich an ihren - was auch immer er für sie war - und schien sich nicht im Geringsten für das Gespräch zu interessieren.

Umso mehr verstörte es Lil, sie dabei zu beobachten, wie sie die obersten Knöpfe des weißen Hemdes öffnete. Mit geschickten Fingern und erstaunlich schnell. Bis sie ihre Hand hineinschob und anfing, die Brust des alten Mannes zu streicheln.

Meine Güte, stöhnte sie innerlich, zwang sich aber auch weiterhin, sich keinen Millimeter zu bewegen. Selbst dann nicht, als Olga die Beine auf der blöden Hollywoodschaukel anzog, sich über den Schoß von Wagrowski zu der anderen Frau lehnte und anfing, mit ihr rumzuknutschen! *Das ist die Hölle. Ich bin einfach heute Morgen nicht aufgewacht. Vielleicht bin ich gestorben und anschließend bei Satan persönlich -*

»Mir wäre es ja bedeutend lieber, wenn Wheeler die Wahl gewinnen würde. Der alte Knabe drückt gerne mal das eine oder andere Auge zu, verstehst'e, Junge?«

Raven nickte. Er schien sich wieder besser im Griff zu haben, als noch vor drei Sekunden und sich wieder voll und ganz in seine Rolle zu stürzen. Seine Hand schob sich wie von selbst unter den Saum ihres elend kurzen Kleides und Lil biss die Zähne zusammen.

»Tja, da sind Sie nicht der Einzige, mein Freund. Es wäre doch jammerschade, wenn man einen Riegel vor unsere gelegentlichen Pokerabende schieben würde, weil man stärkere Polizeikontrollen durchsetzt, nicht wahr? Von den wirklich reizenden Ausschweifungen hier ganz zu schweigen.«

Seine Stimme war fest und der kaum wahrnehmbare lauernde Unterton darin entging ihr keineswegs. Ein weiterer Hinweis darauf, dass sich das Gespräch allmählich in eine Richtung bewegte, in die er es haben wollte.

»Sag nur«, antwortete der Pole hörbar belustigt. »Sollten Söhne ihre Väter nicht in allen Lebenslagen unterstützen?«

Ja, sollten sie das nicht?, fragte sie sich und geriet schon wieder gefährlich nah an einen hysterischen Lachanfall, als sich das Schauspiel vor ihrer Nase ungefragt weiter ausdehnte. Die andere Blondine hatte schon keinen BH mehr an. Wagrowski legte seine Hand an Olgas halbnackten Hintern. Anscheinend ohne sich davon ablenken zu lassen, dass die beiden Frauen auf seinem Schoß gerade ziemlich damit beschäftigt waren, sich gegenseitig heißzumachen.

Raven zuckte nur ungerührt mit den Schultern, ließ seine Finger allmählich über Lilianas Rücken wandern und schob sie schließlich in ihre Haare. Er zerrte nicht stark daran, aber spürbar. So, dass er ihr zu verstehen gab, ja keinen Mucks zu machen.

»Wahrscheinlich sollten sie das. Allerdings steht es mit dem Verhältnis zwischen mir und meinem Vater nicht gerade zum Besten, wie Sie sich sicher denken können. Verklemmte langweilige Menschen üben keinerlei Reiz auf mich aus.«

Wow. Er spielte seine Rolle wirklich gut. Oder war das gar keine Rolle? Meinte er das vollkommen ernst?

»Und ich gestehe - ich hoffe inständig, dass die Wahl zugunsten seines Konkurrenten entschieden wird.«

»Interessant, mein junger Freund. Wirklich. Du bist wirklich erstaunlich interessant. Ich denke, in dir steckt eine Menge Potenzial. Du studierst?«

Was genau er damit meinte, sagte er nicht, aber wenigstens Raven schien ihn zu verstehen. »Psychologie. Man lernt tatsächlich viele erstaunliche Dinge über die Menschen. Sie zu durchschauen, zum Beispiel.«

»Ach ja?« Der Alte lachte und Lilianas Augen saugten sich mit beinahe krankhafter Faszination an seinen - Gespielinnen - fest. Sie waren so vertieft in das, was sie taten, dass sie kein Wort zu verstehen schienen. Wirklich ... faszinierend.

»Nun«, antwortete Raven gedehnt und sie sah das eiskalte Lächeln auf seinen Lippen, als es ihr irgendwie gelang, sich vom Anblick der Frauen loszureißen. »Man hört, mein Vater gehöre nicht gerade zu der Sorte Politiker, die wirklich hinter dem stehen, was sie predigen. Ich denke, es würde einen großen Aufschrei in der Bevölkerung unseres wunderschönen Staates geben, wenn herauskäme, dass er seit Jahren Schmiergelder in seine Tasche fließen lässt. Oder, dass er, der so gegen die ach so schändliche Prostitution kämpft, regelmäßig Verwendung dafür findet, hm? Sie haben doch sicher davon gehört, dass es bei ein paar seiner Veranstaltungen zu unangenehmen Zwischenfällen gekommen ist, oder?«

Zwischenfälle -

Ihr völlig überreizter Verstand verarbeitete das, was er gesagt hatte, nur langsam. Viel zu langsam!

Liliana hatte mitbekommen, dass es bei diversen öffentlichen Auftritten von Ravens Dad zu technischen Schwierigkeiten gekommen sein soll, wie man es im Radio genannt hatte. Es waren immer die Abende gewesen, an denen sie in der Bar geschuftet hatte und nur mit einem Ohr zuhören konnte, weil Joe ihr ins andere nölte. Deswegen hatte sie wohl nie so genau zugehört und einfach nicht daran gedacht, Raven danach zu fragen, was denn passiert war. Irgendwie war sie wohl auch davon ausgegangen, es würde ihn nicht kratzen. Oder, dass er selbst nichts davon mitbekommen hatte. Oder - was auch immer!

»Oh, du meinst die niedlichen Filmchen, die man im Fernsehen schön rausgeschnitten hat?« Wagrowski verfiel in schallendes Gelächter und Lil zuckte unwillkürlich zusammen.

Ein Moment, in dem Raven seinen Griff um ihr Genick verstärkte, damit sie weiter die Klappe hielt. Sie verstand die Geste, schwor sich aber, ihn dafür zu Rede zu stellen, sobald sie endlich allein waren. Wenn dieser absurd irre Abend endlich vorbei war ...

Der Gastgeber immerhin schien sich köstlich zu amüsieren und von ihrer Reaktion nichts mitbekommen zu haben. »Angeblich ist dein alter Herr darauf in recht eindeutigen Posen mit stadtbekannten Mädchen zu sehen, hm? So viel wohl zu seiner Standhaftigkeit und Glaubwürdigkeit.« Wagrowski nickte.

Raven lachte ebenfalls leise. »Tja, so sieht's aus. Ich hoffe wirklich, dass jemand seine Machenschaften öffentlich macht.«

»Und wie sollte man das anstellen, Junge?« Der Alte kratzte sich erneut belustigt übers Kinn, ohne damit aufzuhören, Olga an den Arsch zu grabbeln, die ihrerseits die Brüste ihrer Freundin streichelte.

Die sind auf Drogen. Anders geht das nicht. Oder?

»Gibt es nicht immer Mittel und Wege, eine Wahl zu sabotieren?«, antwortete Raven mit einer Gegenfrage und Lil hielt den Atem an.

Das ist es. Er will -

»Hey, Mädchen. Wollt ihr nicht eine Runde in den Pool hüpfen und euch ein wenig abkühlen?« Wagrowski klatschte einmal so kräftig in die Hände, dass Liliana erneut zusammenzuckte.

Selbst Raven verstärkte seinen Griff fast schmerzhaft, ließ aber relativ schnell wieder locker.

Verwirrt sah sie zu, wie die beiden jungen Frauen auf dem Schoß des Polen sich lächelnd voneinander lösten und ohne ein weiteres Wort von der Hollywoodschaukel rutschten. Es war Olga, die schließlich zu registrieren schien, dass außer ihnen ja noch eine weibliche Person anwesend war. Sie legte den Kopf schief, starrte zu Lil herüber und bewegte sich schließlich mit wiegenden Schritten und ausgestreckter Hand auf sie zu und ihr Herz machte einen Satz.

»I- ich habe keinen B- Bikini«, stotterte sie halbherzig und betete, dass sich ihre Stimme vor lauter hysterischer Unruhe nicht überschlug.

Ein Kommentar, der den Männern ein ordentliches Lachen entlockte, als hätte sie einen Scherz gemacht.

»Da dies dein erster Besuch in meinem Haus ist, wird Olga dir sicher in dieser Hinsicht aushelfen können, meine Hübsche.« Der Mann zwinkerte ihr anzüglich zu. »Beim nächsten Mal wirst du keinen brauchen.« Er klatschte noch einmal in die Hände, nickte seiner blonden jungen Freundin dann zu und Liliana blieb nichts anderes übrig, als die Hand zu nehmen, die ihr hingehalten wurde, wenn sie nicht riskieren wollte, dass wirklich alles aufflog.

Dabei würde sie am liebsten einfach in einem schwarzen Loch im Boden versinken ...

»Lass dich nicht beißen, Prinzessin«, lachte Raven und ließ sie los, damit sie von seinem Schoß aufstehen konnte.

Ein Augenblick, in dem Lil sich nichts sehnlicher wünschte, als dass Blicke töten könnten!

Ihre Füße schienen sich kaum vom Boden zu heben, als sie den beiden stetig lächelnden Frauen mit eiskalten Fingern und kochend heißem Gesicht zum verglasten Poolhaus folgte. Hinter ihnen ging das Gespräch weiter.

Doch inzwischen war ihr mehr als nur ein bisschen egal, wie Raven offensichtlich gedachte, den Ruf seines Vaters zu zerstören. Denn nichts anderes hatte er im Sinn gehabt. Er allein steckte hinter diesen angeblichen technischen Schwierigkeiten. Und genau das war auch der eigentliche Grund hinter diesem ganzen Zirkus. Er versuchte offensichtlich, sich so viele mächtige Freunde zu besorgen wie möglich. Um deren Kontakte und Zuspruch für sich zu nutzen, wenn es darum ging, alles daran zu setzen, dass Jonathan Rhys nicht der nächste Gouverneur des Staates Kansas wurde. Und ganz offenkundig wusste er sehr genau, wie er das anstellen musste.

Als die drei Frauen außer Sicht- und Hörweite waren, verschränkte Wagrowski die Finger vor seinem wabbeligen Bauch und beugte sich vor. Der Ausdruck auf seinem Gesicht veränderte sich zusehends, während Raven nicht einmal mit der Wimper zuckte.

»So. Reden wir offen, Junge. Es überrascht dich sicher nicht, dass ich ein guter Menschenkenner bin. Ich bleibe bei meiner Einschätzung, was dich betrifft. Du bist schlau, das gestehe ich dir zu. Aber ich kann es nicht leiden, wenn man mich manipulieren will.« Er grinste Raven kalt an und schnippte dann einmal mit den Fingern.

Wie aus dem Nichts tauchte ein Kellner aus dem Hintergrund hinter der Hollywoodschaukel auf, der sich offenbar hinter einem der Büsche versteckt gehalten hatte. Jedenfalls sah Raven den Mann gerade zum ersten Mal.

Wagrowski griff, ohne aufzusehen, nach einem Glas und scheuchte den Mann dann zu Raven, der sich leicht zögernd ebenfalls eines der Whiskeygläser nahm.

Der Alkohol kam ihm gerade gelegen. Plötzlich fühlte sich seine Zunge nämlich ziemlich pelzig an. Unschön. Er musste zugeben, dass sein Gegenüber ihn mehr oder weniger kalt erwischt hatte. Anscheinend war er kein ganz so hervorragender Schauspieler, wie er gedacht hatte. Oder es lag tatsächlich daran, dass der reiche Sack die Leute in seiner Umgebung wesentlich besser durchschaute, als er angenommen hätte.

»Ich gebe zu, ich bin hellhörig geworden. Selbstverständlich würde es mir gut in den Kram passen, wenn die Republikaner das Rennen machen. *Selbstverständlich* würde ich es begrüßen, wenn Rhys die Wahl nächsten Monat verliert. Aber was hast du davon?«

Raven biss die Zähne zusammen und entschied in Sekundenbruchteilen, das Spiel aufzugeben. Zu einem Großteil jedenfalls. Wenn er seiner geänderte Einschätzung des Mannes glaubte, würde es keinen Sinn haben, weiter zu lügen. Und vielleicht wäre es auch gar nicht nötig.

»Also schön«, sagte er schließlich mit einem kühlen Lächeln im Gesicht. »Ich hasse meinen Vater. *Sehr.* Die Gründe dafür spielen keine Rolle, aber glauben Sie mir, wenn ich sage, dass ich es kaum erwarten kann, ihn fallen zu sehen.«

Wagrowski nickte sichtlich zufrieden, als hätte er keine andere Antwort erwartet. »Oh, das reicht mir schon. Dann liege ich also richtig in der Annahme, dass diese niedlichen Versuche, die öffentlichen Auftritte deines alten Herrn zu sabotieren auf deinem Mist gewachsen sind?«

Niedlich? Leck mich!, dachte er angepisst, nickte aber nur, ohne eine Miene zu verziehen. »Sind sie wohl, fürchte ich«, lächelte er gezwungen unverfänglich. »Ob das allerdings ausreicht, seine Sympathisanten zu beeindrucken, kann ich noch nicht sagen.«

»Möglicherweise lässt sich daran etwas drehen«, sagte Wagrowski und lehnte sich um einiges entspannter dreinschauend wieder zurück. Trotzdem war der Ausdruck in seinem Gesicht unmissverständlich. Er hatte Raven durchschaut. »Sagen wir, ich habe den einen oder anderen Freund, der eventuell hilfreich sein könnte. Es kann schon unheimlich praktisch sein, mit den unterschiedlichsten Leuten Golf zu spielen, mein junger Freund.«

»So? An was hatten Sie denn gedacht?« Raven zwang sich, an die Vorteile dieser alles andere als erwarteten Richtungsänderung zu denken. Er war aufgeflogen, ohne es zu merken und jetzt, wo es eigentlich zu spät sein müsste und er eher damit gerechnet hätte, im hohen Bogen rausgeworfen zu werden, tat sich plötzlich eine ganz andere Richtung auf. Interessant.

»Das Verbreiten gefälschter Informationen geht um einiges leichter, als du denkst, Junge. Wenn man die richtigen Männer mit Eiern kennt, jedenfalls. Ich gebe zu, die Idee gefällt mir immer mehr.« Wagrowski gluckste amüsiert. »Ich könnte dir auf Anhieb ein Dutzend Mädels organisieren, die öffentlich Stein und Bein schwören würde, mit deinem alten Herrn in der Kiste gewesen zu sein. Und ein ordentliches Taschengeld dafür erhalten zu haben, selbstverständlich.« Das Grinsen wurde noch breiter.

»Klingt gut«, gab er zu und trank einen ordentlichen Schluck aus seinem Glas. Endlich schaffte er es, sich wenigstens ein bisschen zu entspannen. Das klang schließlich sogar verdammt gut! Vielleicht war das hier noch lange nicht das Ende - sondern viel mehr die Chance, auf die er gewartet und auf die er schließlich hingearbeitet hatte ... Wen kümmerte es am Ende, ob er jemanden eingeweiht hatte, oder nicht?

»Das nächste Mal kannst du gleich sagen, was Sache ist. Dann hätten wir uns das Ganze sparen können, ohne um den heißen Brei herumzureden, richtig? Und wenn dir nach deinem Studium langweilig werden sollte - in meiner Firma gibt es sicher den einen oder anderen freien Posten, den jemand wie du besetzen könnte.« Der Pole nickte zufrieden.

»Aber gerne doch«, antwortete Raven unverfänglich. »Sollte ich keine Praxis eröffnen, komme ich sicher auf Sie zurück, mein Freund. Der Futtermittelvertrieb scheint ja ein einträgliches Geschäft zu sein, richtig?«

Ein Kommentar, der einem anderen Mann sicher kein amüsiertes Lachen entlockt hätte. Jedenfalls nicht mit dem unverhohlenen Zynismus, der in Ravens Stimme mitschwang. Aber Wagrowski war schließlich vollkommen anders, als Raven ihn eingeschätzt hatte. Wirklich - sehr erleichternd.

»Oh, pünktlich auf die Minute, die Damen«, rief der Partygeber begeistert und stieß einen proletischen Pfiff aus, der Ravens Aufmerksamkeit auf das Poolhaus lenkte. »Kann sich echt sehen lassen, deine Kleine. Bisschen wenig Titten, aber ansonsten sehr ansehnlich. Hast einen guten Geschmack, mein Junge. Glaub mir, ich freue mich wirklich aufs nächste Mal!« Wagrowski lachte schallend.

Raven biss die Zähne zusammen, um den Spruch zurückzudrängen, der sich auf seine Zunge stahl. Den hätte er jedem beliebigen Scheißer zu gern an den Kopf geknallt, der es wagte, seiner Prinzessin auf besagte Titten zu starren. Aber man biss nicht in die Hand, die einen fütterte. Leider.

So beschränkte er sich darauf, Liliana dabei zuzusehen, wie sie mit den beiden anderen Mädels aus dem kleinen Poolhaus kam. In Bikini. Mehr oder weniger jedenfalls. Das Teil bedeckte nicht wesentlich mehr von ihr, als es die Unterwäsche getan hätte, die er ihr aufgezwungen hatte.

Innerlich grinste er, weil er sich vorstellen konnte, wie sehr es ihr zuwider war, sich halb nackt an einem solchen Ort aufzuhalten. Je wütender sie jetzt war, desto spaßiger würde es nachher werden, sie an sein Bett zu fesseln und ihr genau diese Bockigkeit wieder auszutreiben.

Aber anders als erwartet sah zumindest ihr Gesicht einigermaßen entspannt aus. Vielleicht täuschte er sich, aber als die Mädels zu dritt in den Pool stiegen, hätte er schwören können, dass sie - Spaß hatte. Schräg. Vielleicht verstand sie sich auch einfach mit den Blondinen.

Oder es lag am Alkohol. Aber dann müssten sie in der kurzen Zeit, in der sie sich umgezogen hatten, schon Druckbetankung betrieben haben ...

»Komm, Junge. Wir unterhalten uns noch mal in Ruhe darüber, aber ich für meinen Teil hätte im Augenblick nichts gegen etwas anderen Spaß einzuwenden.« Wagrowski zwinkerte Raven zu, bevor er seinen massigen Körper ächzend von der Hollywoodschaukel erhob.

Raven nickte, konnte seine Augen aber nur schwer von Liliana lösen. Logisch ...

Sie schwamm mit den anderen beiden Mädels im Wasser, lachte und schien sich mehr als nur prächtig zu amüsieren! Nur leider auf eine Weise, die ganz und gar nicht zu ihr passte! Ravens Verstand hatte eindeutig Schwierigkeiten damit, sein verklemmtes und sexuell eher gehemmtes Prinzesschen in einen sinnvollen Zusammenhang mit dem zu bringen, was er sah: Sie knutschte! Nicht mit einem Kerl, sondern mit der anderen Blondine - Irina.

Während er noch darüber nachdachte, ob er deswegen eher besorgt oder doch lieber begeistert sein sollte, fingen die kleinen Alarmglocken in seinem Kopf doch an zu schrillen. Und zwar ziemlich laut.

Sie hatte nur ein Glas Wodka! Wie kann sie in ein paar Minuten so aufdrehen?

Eine gute Frage. Liliana Crane, die noch vor wenigen Minuten bettelnd an seinem Arm gehangen hatte, damit sie von hier verschwanden, saß im Pool eines waschechten sexuellen Sadisten und fummelte wild mit zwei Prostituierten herum.

Wenigstens Wagrowski schien sich nicht im Geringsten darum zu kümmern, dass dieses Verhalten seines offensichtlich willkommenen Gastes alles andere als normal war. Er rief seiner Freundin ein paar anzügliche Bemerkungen zu, damit sie dem Ganzen noch mehr einheizte, und fing bereits an, sich auszuziehen!

Verdammt - was geht denn jetzt ab?

Raven reagierte. Irgendwie. Mit plötzlich ziemlich steifen Fingern stellte er das Glas in seiner Hand auf den Rattantisch vor sich, bevor er aufstand und auf den Pool zuging. Die Hände tief in den Taschen seiner Jeans vergraben, damit niemandem das verräterische Zittern auffiel. Leider war er sich darüber bewusst, dass sein Gesicht wohl nicht ganz so unterkühlt und starr war, wie er es von sich gewohnt war. Er hoffte nur, dass man ihm die innere Wut nicht sofort ansehen konnte. Das Verhalten, das Lil an den Tag legte, begründete sich nicht aus reinem Alkohol. Ganz sicher nicht. Jemand hatte ihr irgendwas gegeben - nur wann? Und wer? Und zu welchem Zweck, verdammt! Bisher hatte er sie schließlich nicht aus den Augen gelassen und eigentlich nicht wirklich damit gerechnet, dass sie ein lohnendes Ziel für jemanden hier wäre. Nur weil er ihr vorhin etwas anderes gesagt hatte, hieß es nicht, dass er selbst einen solchen Fall ernsthaft in Erwägung gezogen hätte.

Raven würgte einen Klumpen in seinem Hals hinunter und ließ sich langsam am Beckenrand in die Knie sinken. Den Blick starr auf Liliana geheftet, die erst jetzt zu registrieren schien, dass sie ja in Begleitung erschienen war. In *seiner* verdammten Begleitung!

»Bist du zugedröhnt, Prinzessin?«, fragte er leise und so kalt, dass sie den Mund öffnete, als wollte sie etwas erwidern. Doch von ihrer gewohnten biestigen Schlagfertigkeit war nichts zu sehen und nichts zu hören.

Sie schien sich erstaunlich schnell wieder ablenken zu lassen, als Blondie ihre Finger durch Lilianas nasses Haar gleiten ließ. Aus dem Augenwinkel sah Raven Wagrowski ins Wasser gleiten. Etwas, das bei einem Mann seines Kalibers weder anmutig noch überhaupt irgendwie angenehm mit anzusehen war.

»Ich habe dich was gefragt«, beharrte er und streckte dann selbst die Hand nach ihr aus. Ihre Haut war kochend heiß, als er seine Finger unter ihr Kinn schob und es so fest umklammerte, dass sie sich nicht ohne weiteres abwenden konnte. So konnte er immerhin ziemlich deutlich erkennen, mit was er es zu tun hatte.

Fuck!

»Willst du da nur rumstehen, Süßer?«, fragte Olga und ließ sich durchs Wasser an Lil vorbei auf ihren alten Lover zutreiben. »Komm rein, wir beißen nicht.«

»Ach ja?«, antwortete er eisig, ohne Liliana aus den Augen zu lassen. »Vielleicht kann ich aber nicht schwimmen, *Süße*.«

Olga lachte nur, während sie sich von Wagrowski an die Titten fassen ließ, der irgendetwas Unhörbares vor sich hinmurmelte und sich bestens zu amüsieren schien. Wenigstens die andere Tussi schien sich davon genügend inspirieren oder ablenken zu lassen, damit sie ihre Aufmerksamkeit von Liliana abwandte.

Raven sah, dass sie sich über die halb geöffneten Lippen leckte und sich fahrig die nassen Haare aus dem Gesicht strich, aber keine noch so kleine Spur von Scham oder Bedauern.

»Was hast du genommen«, fragte er so leise, dass hoffentlich nur sie ihn verstand. Sie zuckte nicht einmal mit einer Wimper, als sich sein Griff ungewollt verstärkte. »Antworte!«

Innerlich fluchend vertrieb er das einsetzende Bedürfnis, vollkommen auszurasten. Das war wirklich - unfassbar! Da ließ man sie nur wenige Minuten allein und sie -

»Seit wann bist du so verklemmt?«, antwortete sie nun doch um einiges bissiger, als er gedacht hätte und griff nach seiner Hand unter ihrem Kinn. »Mir geht's gut, *Darling*«, fügte sie gedehnt mit einem kühlen Lächeln hinzu, bevor sie sich rückwärts ins Wasser gleiten ließ und er keine Möglichkeit mehr hatte, sie vom Beckenrand aus zu erreichen.

Raven biss die Zähne zusammen und würgte den Fluch hinunter, der sich auf seine Zunge stahl. »Hey, Olga«, fragte er mit einem schmerzhaft falschen Lächeln auf den Lippen an Wagrowskis Hure gewandt und wartete darauf, dass sie sich bequemte, ihn anzusehen. Dass sie dasselbe Zeug ebenfalls genommen hatte, war sofort klar. Verdammte Scheiße! »Was hast du ihr gegeben, hm?«

»Sweet Desire, mein junger Freund«, antwortete der Alte an ihrer Stelle und klang weder beunruhigt noch sonderlich überrascht. Klar. »Eine Eigenkreation aus meiner Küche.« Er stieß ein dröhnendes Lachen aus, bei dem sich Ravens Nackenhaare aufstellten.

Das Lächeln würde er sich aus dem Gesicht meißeln müssen, wenn sie endlich von hier verschwunden waren. Vorausgesetzt es gelang ihm überhaupt, seine abtrünnige widerspenstige und absolut zugedröhnte Kommilitonin davon zu überzeugen, aus dem Scheißpool zu steigen! Damit er sie hier rausschaffen und ihr den Arsch dafür versohlen konnte, etwas so Dummes getan zu haben, wie sich auf einer Party wie dieser irgendwelche Pillen andrehen zu lassen!

Verdammt - wieso hört sie nicht auf mich? Will sie es provozieren?

»Keine Angst, Junge. Es macht nicht anhängig. Jedenfalls nicht so schnell wie der kolumbianische Schnee, den ich sonst auf den Markt werfe. Nur das Beste für meine Mädchen.« Der Pole schien Raven die ganze Zeit zu beobachten und sich dabei auch noch köstlich zu amüsieren. »Die Wirkung tritt fast sofort ein, lässt die Mädels so locker werden, dass sie in deinen Armen zerfließen und echt alle Spielchen mitmachen. Probier es, Kleiner. In ein paar Stunden ist es vorbei.«

Als müsste Wagrowski seine Worte auch noch abartigerweise mit vermeintlichen Fakten untermauern, sah Raven zu seinem Leidwesen, wie er seinen erigierten Schwanz unter den Speckfalten hervorholte und ihn zwischen die Beine seiner am Beckenrand hängenden - Freundin - drängte. Dem hemmungslosen Stöhnen nach zu urteilen nicht ins vordere Loch.

Normalerweise ließ er sich nicht von derlei Kleinigkeiten wie ein bisschen banalem Analverkehr aus der Ruhe bringen. Auch an einem solchen Ort nicht. Wenn er ohne Begleitung hier gewesen wäre, hätte er es vermutlich sogar genossen, das Spielchen mitzuspielen. Er hätte sich wahrscheinlich einfach die andere Blondine gekrallt und diese Seite von sich hemmungslos ausgelebt. Dazu war er einfach zu sadistisch veranlagt, als dass er sich den Spaß hätte entgehen lassen. Erst recht nach seiner vorangegangenen Unterhaltung mit Wagrowski, deren Verlauf so unvorhersehbar und doch so zielführend gewesen war ...

Aber Raven war nicht allein. Und erstaunlicherweise hatte er sich den ganzen Abend über nicht eine Sekunde lang gewünscht, es zu sein. Es war vollkommen in Ordnung gewesen, Liliana an einem Ort wie diesem dabei zu haben und sich immerhin mit der Vorstellung zufriedenzugeben, sie im Anschluss flachzulegen. Solange sie sich an die vorher vereinbarten Regeln hielt, sich eben nichts andrehen ließ und Teufel noch mal auch nicht auf die absolut bescheuerte Idee kam, sich Pillen geben zu lassen!

»Komm, Prinzessin. Es wird langsam Zeit, die Fliege zu machen, meinst du nicht?« Seine Stimme zitterte nicht, aber innerlich brodelte er immer noch. »Sonst hätte ich auch auf das rote Halsband verzichten können.«

Gott sei Dank schien Wagrowski inzwischen ausreichend abgelenkt zu sein, um ihm keinen weiteren Kommentar reinzudrücken. Raven nutzte den Moment, um sich aufzurichten und um den Pool herum zu laufen. Ohne Lil aus den Augen zu lassen, die ihn ihrerseits mit ihrem ziemlich stechenden Blick taxierte. Vor sich hinlachend, als amüsierte sie sich tatsächlich. Unfassbar!

»Jetzt willst du gehen?«, rief sie ihm zu, stieß sich dann mit den Füßen ab und ließ sich zum anderen Ende treiben. »Nachdem du deine Maske hast fallen lassen?« Sie lachte lauter und ziemlich abweisend. »Ich hab dich durchschaut, *Darling!* Filmchen? Verbreitung von Falschinformationen, die die Wahl beeinflussen sollen? Das ist *so* einfallslos!«

»Wie schön für dich«, presste er zwischen seinen Zähnen hindurch und widerstand dem Drang, sie einfach an den Haaren aus dem Wasser zu ziehen. »Und nun? Willst du mir etwa erzählen, es würde dich überraschen, dass ich meinen

Alten so sehr hasse, dass ich den Abzug am liebsten selbst drücken würde?«

Liliana grinste zu ihm hoch. Ihre Augen waren nicht nur ein Spiegel ihres zugedröhnten Zustandes, sondern auch ihrer unverhohlenen Abscheu ihm gegenüber. »Nein. Eigentlich überrascht mich das nicht. Du bist erbärmlich und daran wird sich nie was ändern. Aber egal.« Ein erneuter Lachanfall, der dafür sorgte, dass die schwelende Wut in seinem Magen ordentlich angefeuert wurde.

»Egal?«, wiederholte er angepisst, weil sie nur *lachte*. Weil sie ihn offensichtlich auslachte. »Wer von uns beiden ist erbärmlich, hm? Du bist diejenige, die sich Drogen geben lässt, um das hier ertragen zu können!«

»Ich hab sie genommen, um dir nicht sofort die Augen auszukratzen«, antwortete sie nicht ansatzweise so bissig, wie er es gewohnt war, und leckte sich erneut über die Lippen, bevor sie wieder zu kichern anfing. »Aber egal. Echt. Sei nicht sauer, ja? Lass uns lieber ein bisschen Spaß haben, wenn wir schon hier abhängen müssen.«

»Spaß?« Ungläubig schüttelte er den Kopf und starrte böse auf sie hinunter. »Vielleicht schockiert es dich, Prinzessin. Aber ich habe gerade keinen Spaß! Weil ich mir nämlich überlegen muss, wie ich dich aus diesem Kackpool wieder rauskriege. Damit ich dich hier wegbringen und dir deinen Arsch aufreißen kann, weil du nichts anderes verdient hast!«

»Ohh, willst du mich ficken? Nachdem du mich bestraft hast? Oder davor?« Das absurde Kichern hörte gar nicht mehr auf. Auch nicht, nachdem ihr erster Versuch scheiterte, sich am Beckenrand hochzuziehen. Sie plumpste förmlich zurück ins Wasser und spritzte ihn dadurch nass.

Ein Augenblick, in dem Raven wirklich kurz davor war, seine Beherrschung zu verlieren. Er atmete tief durch. Sehr tief. Sie war nicht sie selbst. Sie war zugedröhnt. Mit einer verschissenen Sexdroge!

Das ist es …

»Was willst du, Prinzessin? Vögeln? Oder lieber weiter streiten.« Es war völlig bekloppt, sich auf ihr Niveau zu begeben, aber irgendwie ahnte er, dass er nur so vorwärtskommen würde. Das steife Lächeln blieb eisig, aber er starrte sie auffordernd an. »Komm schon. Sag es. Sag, was du möchtest.«

Liliana enttäuschte ihn nicht. Der streitlustige Ausdruck verschwand beinahe sofort aus ihren Augen und machte dem Blick Platz, den er aus seinem Schlafzimmer kannte. Er sah Verlangen und den Wunsch, ihre offensichtlich angekurbelten Bedürfnisse umgehend befriedigen zu lassen. Ausgelöst von einer Droge, von der er lieber nicht wissen wollte, wo sie eigentlich herkam. Oder was drin war. Oder wie zur Hölle es sein würde, wenn die Wirkung nachließ.

Eigentlich wäre es ihm lieber gewesen, wenn sein Körper nicht auf diesen Anblick reagieren würde. Bedauerlicherweise schien sich sein Schwanz aber nicht davon aus der Ruhe bringen zu lassen, dass es eigentlich der falsche Zeitpunkt für eine mordsmäßige Erektion war. Dass es nicht die beste Idee wäre, sich ausgerechnet jetzt sehnlichst zu wünschen, das Prinzesschen nach allen Regeln der Kunst flachzulegen, bis sie nie wieder auch nur auf die Idee käme, sich so einen Mist reinzupfeifen. Abartig!

»V- vögeln«, antwortete Lil schließlich ziemlich atemlos und ergriff die Hand bereitwillig, die er ihr nach einem letzten kurzen Zögern hinhielt. Sie flog ihm förmlich in die Arme und hinterließ eine tropfnasse Spur auf den Marmorplatten. Um der ganzen Absurdität noch die Krone aufzusetzen, stöhnte sie auf, als würde sie all das tatsächlich anturnen. Dabei berührte er sie eigentlich kaum. Erst recht nicht so, wie es eigentlich erforderlich wäre, um eine derartig heftige Reaktion hervorzurufen.

»He, wollt ihr euch schon vom Acker machen?« Bedauerlicherweise schien Wagrowski gerade aufgefallen zu sein, dass er ja nicht allein war. Mit seinen beiden Nutten. Von denen eine damit beschäftigt war, sich seinen Finger in den Hintern stecken zu lassen, während die andere nur lachte. Unfassbar. »Wird's euch zu heiß?«

Raven biss sich auf die Innenseite seiner Wange, um auch weiterhin cool zu bleiben. So cool es angesichts der Umstände überhaupt möglich war. »Wir holen uns nur eine Kleinigkeit zu trinken«, antwortete er so gespielt gutgelaunt, wie es ging und grinste zu ihrem Gastgeber hinüber. »Lassen Sie sich von uns nicht ablenken.«

Unter Wagrowskis Gelächter zog er sich sein Jackett aus und legte es Liliana über die Schultern.

»Aber mir ist heiß«, protestierte sie leise und versuchte ihn wegzuschieben. »So heiß.« Ihr Stöhnen unterdrückte sie, indem sie ihr Gesicht gegen seinen Oberarm presste und sein Hemd noch mehr durchnässte.

Raven ließ sich nicht beirren und schob sie vor sich her auf das Poolhaus zu. Um ihr Zeug zu holen und sich dann so schnell wie möglich zu verpissen, bevor das Ganze hier wirklich eskalierte. Bevor er ausrastete, weil *sie* sich mit jedem Schritt über den Boden weniger unter Kontrolle zu haben schien und ständig versuchte, ihm an den Arsch zu fassen! Kichernd, als wäre das hier nichts als ein Scherz. Ein Witz!

Ein verdammt mieser Witz! Warte nur, Prinzessin!

Heiß! Liliana war so unendlich heiß, dass sie das Gefühl hatte, zu zerfließen! In ihren Ohren rauschte es, ihr Puls raste und das Herz schlug ihr bis zum Hals, während sie einfach das Gefühl hatte, vor lauter innerlicher Hitze zu verglühen! Ihr Mund war ungewohnt trocken und ihre Zunge klebte so fest unter ihrem Gaumen, dass sie kein anständiges Wort herausbrachte. Stattdessen lachte sie. Und kicherte. Und überhaupt war alles irgendwie - lustig. Viel lustiger, als es sein sollte. Jedenfalls hämmerte ihr genau das das leise Stimmchen ihres mit jeder Minute weiter fortdriftenden Verstandes ein.

Sie hatte nicht den blassesten Schimmer, wie viel Zeit vergangen war, seit sie aus dem so angenehmen, kühlen, befreienden - Pool gestiegen war. Sie hatte auch absolut keine Ahnung, wieso sie auf einmal auf dem Beifahrersitz von Ravens Auto saß. Diese blöde Protzkarre mit den Flügeltüren ... Liliana würgte einen Kloß in ihrem Hals hinunter, der irgendwie beklemmend war.

Raven stieg ein, startete den Motor und starrte verbissen aus der Windschutzscheibe, als er den Mercedes langsam vom Grundstück des reichen Kerls lenkte. Schweigend. Und so, als hätte er irgendein Problem. Mit ihr?

Gott, wieso ist es so verdammt heiß hier drin?

»Was machst du da?«, fragte er, ohne sie anzusehen, als sie auf den Knöpfen an der Mittelkonsole herumdrückte.

»Mir ist heiß!«, antwortete sie und erschrak ein bisschen über den Klang ihrer Stimme. Es hörte sich an wie ein Echo.

Ohne weiteren Kommentar betätigte er einen der Knöpfe und ein kühler und wesentlich angenehmerer Luftzug blies ihr ins Gesicht, als die Klimaanlage ansprang.

Erleichtert seufzte sie auf, aber die kurze Freude währte nicht lange. Als trieb die kalte Luft die Hitze tiefer in ihren Körper und scheuchte sie in die unteren Regionen - so fühlte es sich jedenfalls an - merkte sie, wie sie immer unruhiger wurde. Nervös, kribbelig und verdammt erregt! So erregt, dass sie es scheiße noch mal nicht ertragen konnte, von Raven wie Luft behandelt zu werden! Ausgerechnet jetzt, obwohl sie sich doch nur dazu hatte hinreißen lassen, die blöde Pille zu schlucken, weil -

»Warum hast du das gemacht?«, fragte er neben ihr und warf ihr einen derart wütenden Seitenblick zu, dass sie automatisch auf ihrem Sitz in sich zusammensank. Das schlechte Gewissen schaffte es allerdings nicht wirklich, den Rest der Wirkung zu überdecken ... Sie ignorierte es vehement. Wozu sich aufregen. Gedanken machen. Nachdenken! Das konnten sie doch auch später machen, oder nicht? Konnte er sich seine Moralpredigt nicht um Gotteswillen aufsparen?

Sie lachte. Schon wieder. »Um dich nicht im Pool zu ertränken, warum sonst?«

»Findest du das lustig?«

»Du nicht?«

»Nein, Prinzessin. Ganz und gar nicht. Hast du eine Ahnung, was du dir da eingeworfen hast?«

Irrwitzigerweise schien es sie noch mehr anzumachen, dass er ausrastete. Es war so interessant, ihm ins Gesicht zu sehen und irgendwie zu wissen, dass er - besorgt war ...

»Hm, ja«, antwortete sie lachend. »Ja, ich denke, ich weiß, was ich mir eingeworfen habe! Etwas, das es um einiges erträglicher macht, dir nicht an die Gurgel zu gehen, weil du ein böser Mann bist.« Lil kicherte über ihre Wortwahl, ohne genau zu wissen, wieso sie es so formuliert hatte. Irgendwie dämlich. Überhaupt war gerade alles nur - irgendwie.

»Herrgott ...«

»Mir ist heiß«, seufzte sie wiederholt und fächelte sich mit der Hand zusätzlich Luft zu. »Wieso hab ich nichts an?« Eine wirklich gute Frage. Und auf einmal so klar. Es fühlte sich absurderweise an, als wurde ihre Wahrnehmung auf einmal - anders ...

»Weil du eine Runde planschen warst. Im Pool eines kriminellen Scheißkerls, der sein Geld mit - rate, Prinzessin - Drogen verdient! Und mit Prostitution. Und warte, was noch ...

Ach ja! *Drogen*!« Das letzte Wort schrie Raven ihr so laut und zornig ins Gesicht, dass sie zusammenzuckte und sie noch tiefer auf dem Sitz herunterrutschen ließ. Ihr Herz setzte aus, nur um direkt darauf mit der doppelten Geschwindigkeit weiter gegen ihre Brust zu hämmern. Und die Hitze verteilte sich trotzdem weiter.

»K- kannst du bitte nicht so schreien?«, fragte sie um einiges kleinlauter als vorhin und sogar das absurde Bedürfnis zu lachen verschwand mit seinem unübersehbar ausufernden Zorn. »Das - macht mir Angst!«

Raven lachte zynisch, knallte dann einen tieferen Gang rein und beschleunigte das Auto, als sie auf den Highway in die Stadt fuhren. Er raste an einem Lastwagen vorbei, überholte drei Wagen auf einmal und schien nicht eine Sekunde lang an die Geschwindigkeitsbegrenzungen zu denken.

»Raven!«

»Was?«, rief er noch immer wütend, ohne den Fuß vom Gas zu nehmen.

Ihr nach wie vor vernebelter Verstand ließ sie einen Blick auf das Tachometer werfen und sofort wünschte sie sich, es nicht getan zu haben. Wenn sie jetzt von jemandem angehalten werden würden, würde Raven nicht nur seinen Führerschein verlieren ...

»Bitte! Fahr langsamer!«

»Nein!«, antwortete er kalt und ein eisiger Schauer lief über ihren Rücken. »Am liebsten würde ich dich einfach aus dem Wagen werfen, verdammte Scheiße!«

Lilianas Kehle fühlte sich zugeschnürt an und die Angst kroch ihr in die Glieder. Sie fing an zu zittern, obwohl ihr immer noch so entsetzlich heiß war und - bereute. Sie bereute es, überhaupt mitgegangen zu sein, sich von Olga dazu überreden zu lassen, die blöde blaue Pille einzuwerfen, die ihr doch eigentlich nur hatte helfen sollen, ein bisschen entspannter zu werden und erst recht bereute sie es, sich überhaupt auf den Deal mit Raven eingelassen zu haben! Sie wünschte sich nichts sehnlicher, als ihm niemals über den Weg gelaufen zu sein und gleichzeitig spürte sie, wie sie ihr eigener außer Kontrolle geratener Körper Lügen strafte, weil sie um Himmelswillen wollte, dass er sie anfasste! Am besten sofort! Anfassen, berühren, so unendlich nah bei ihr sein, dass es sich anfühlen würde, als wäre er in ihr und -

»Es tut mir leid«, hörte sie sich wimmern und erschrak fürchterlich, als sie die kalten Tränen auf ihren Wangen fühlte. Ihr Herz raste! Die Beklemmung, die Tränen, die Furcht ... Es war fürchterlich! »Bitte ... fahr langsamer! Ich flehe dich an, okay? Es tut mir leid! Raven -«

»Verdammt!« Raven biss die Zähne zusammen, raufte sich mit den Fingern der linken Hand die Haare und trat endlich - auf die Bremse! »Tu das nie wieder! Nimm nie wieder so eine Scheiße, hast du kapiert, Prinzessin? Oder ich schwöre dir, ich lasse dich zurück! Ich schwöre bei Gott, dass ich dabei zusehen werde, wie der Fette über dich rüberrutscht und anschließend auch alle anderen perversen Wichser auf der Drecksveranstaltung!«

Vor Erleichterung weinte sie nur noch mehr. Sie wimmerte leise, ohne es unterdrücken zu können, nickte aber schnell. Und sie versuchte mit aller Macht, die Bilder aus ihrem Kopf zu vertreiben, die sich mit seiner Drohung in ihren Schädel stahlen. Bilder, die sie nicht sehen wollte, egal wie heiß sie war. Egal, wie sehr sich alles in ihr danach sehnte, ein Ventil für diese abartigen Wünsche zu finden ...

»Es tut mir leid«, wiederholte sie abermals und verbarg ihr Gesicht hinter ihren Händen. Die nassen Haare hingen ihr in die Stirn, sie zitterte und weinte und -

»Sieh mich an, Prinzessin«, hörte sie Raven neben sich leise sagen und zuckte zusammen, als sie seine Hand an ihrer Wange spürte. Er fuhr wesentlich langsamer als zuvor. Auf dem rechten Fahrstreifen. Und er sah sie an, als sie seiner Aufforderung zögernd nachkam. »Hör auf zu jammern und lebe mit den Konsequenzen. Ich bin echt stinksauer, aber so kann ich dich nicht allein lassen. Auch wenn ich echt nichts lieber täte.«

»W- was meinst du damit?«, fragte sie leise und wischte sich die Tränen aus den Augen. Ihre Schminke würde wohl schon lange nicht mehr dort sitzen, wo sie hingehörte, aber das schien ihn nicht zu kratzen. Und sie hatte weiß Gott auch andere Sorgen als ihr verdammtes Aussehen, oder? Ein Gedanke, der ihr beinahe einen erneuten hysterischen Lachanfall beschert hätte. Sie unterdrückte ihn. Mit aller Macht.

»Sobald die Wirkung nachlässt, wirst du dir von ganz allein wünschen, auf mich gehört zu haben. Ich gehe mal davon aus, dass es dein erster *Ausrutscher* war, oder?«

Lil nickte schwach, schaffte es aber nicht zu antworten. Ihr Kopf tat weh und irgendwie fühlte sie sich nicht sonderlich gut. Abgesehen von dem nagenden schlechten Gewissen in ihrem Magen, das einfach nicht verschwinden wollte. Und sie wusste noch nicht einmal, wo es eigentlich herkam. Wieso sie das fühlte und wieso sie so unbedingt wollte, dass Raven ihr nicht mehr böse war ...

Es fühlte sich an wie -

»Oh Gott«, murmelte sie verzweifelt und wandte so schnell das Gesicht ab, dass sie seinen verwirrten Blick auf sich spüren konnte.

Warum? Warum zur Hölle musste sie ausgerechnet diesen Gedanken in ausgerechnet diesem Moment haben? Wie verdammt absurd war es bitte, in ihrer Lage auch nur daran zu denken?

Ich bin in ihn -

»Musst du kotzen?«

»Nein!«, sagte sie schnell und betete, dass es ihm nicht auffiel ... »K- kannst du bitte schneller fahren?«

Sie musste ihn nicht ansehen, um zu wissen, dass er die Augenbrauen hochzog. Bestimmt auf seine übliche zynische Art. Weil sie vorhin erst gefordert hatte, dass er langsamer -

»Mach das Fenster auf. Frische Luft hilft besser. Wir sind gleich bei meiner Wohnung. Ich nehme an, es kommt dir gelegen, wenn ich meinen Bruder rauswerfe, oder?«

Lil presste die Lippen so fest aufeinander, dass sich ihre Zähne automatisch in ihrer Zunge zu verhaken schienen, als sie seine Hand erneut spürte. Dieses Mal auf ihrem Knie. Er ließ seine Finger so quälend langsam höher wandern, dass es ihr nicht gelang, die umgehend einsetzende Reaktion ihres Körpers zu unterdrücken, der sich nichts sehnlicher wünschte, als genau das! Ihr wurde noch heißer und sie hatte das Gefühl, schmelzen zu müssen, wenn er jetzt aufhörte ...

»Reiß dich noch ein paar Minuten zusammen«, fügte er hinzu und seufzte auf, bevor er seine Hand zurückzog und sie den Atem anhielt. Um nicht vor lauter Enttäuschung aufzuheulen. Um ihn unter keinen Umständen anzuflehen, den Wagen einfach anzuhalten und es ihr hier und jetzt zu besorgen, damit sie sich endlich besser fühlte ...

Liliana schloss die Augen. Sie fühlte die Hitze, die unbändige Sehnsucht und den gleichzeitigen Schmerz, der sie von innen zerfraß, ohne dass sie eine Ursache dafür ausmachen konnte. Es fühlte sich absurd und verrückt an und sie wollte so sehr, dass es aufhörte, dass ihr schon wieder Tränen in die Augen traten.

Als er endlich in die Tiefgarage unter seinem Wohnhaus fuhr, atmete sie erleichtert auf. So erleichtert, dass die ganze Anspannung mit einem Schlag von ihr abfiel.

»Es - tut mir leid, Raven«, flüsterte sie, als er den Motor abstellte und einen Moment lang einfach aus der Windschutzscheibe an die graue Wand starrte. »Ich wollte -«

»Ich weiß, was du wolltest«, unterbrach er sie fast ebenso leise und anders als erwartet nicht kalt oder aggressiv. »Aber das ändert nichts an meinen Plänen. Ich werde nicht auf Abstand dazu gehen, egal was du tust. Und ich werde mir sicher nicht von jemandem wie dir anhören, wie Bewältigung funktioniert. Mein Vater wird für das büßen, was er getan hat! Ich werde sein Leben zerstören, so wie er das meine zerstört hat, als er meine Mutter getötet hat. Das passt dir nicht? Tja, tut mir leid, Prinzessin. Aber darauf werde ich keine Rücksicht nehmen.« Er schüttelte langsam den Kopf, bevor er sich zu ihr drehte und ihr direkt in die Augen sah. »Unser Deal endet heute. Ich habe keine Verwendung mehr für dich.«

Was genau er damit meinte, sagte er nicht. Er zog den Schlüssel ab und stieg aus, ohne auf sie zu warten. Und Lilianas Magen zog sich so schmerzhaft zusammen, dass sogar das brennende Verlangen in ihrem Unterleib für einen Augenblick in den Hintergrund rückte.

Was auch immer zwischen Raven und diesem verrückten Perversen heute geschehen war - es hatte ihn seinem Ziel bedeutend näher gebracht. Und sie damit offensichtlich - entbehrlich.

Ein fürchterliches Gefühl. Das Schlimmste, das sie sich vorstellen konnte.

Liliana folgte Raven mit hängenden Schultern und stumm zum Aufzug. Und alles, was sie wollte, war schlafen. Erst mit ihm, dann richtig. Schließlich blieben das nagende Verlangen und die sengende Hitze in ihrem Unterleib und ließen sich trotz allem nicht vertreiben. Es würde erst aufhören, wenn sie hinreichend - das bekommen hatte, wonach sich ihr ganzer Körper sehnte, ohne auf den Schmerz in ihrem Herzen Rücksicht zu nehmen.

Ohne auch nur einen weiteren qualvollen Gedanken an die Realität verschwenden zu müssen. Alles nur, damit sie sich in der trügerischen Sicherheit des Vergessens wiegen konnte, auch wenn es nur für ein paar Stunden war. Ein paar Stunden, in denen sie noch bei ihm sein könnte, auch wenn es danach vielleicht wirklich vorbei war. Wenn es wirklich - endete ...

Raven brodelte innerlich! Immer noch! Das war dermaßen absurd, verrückt und verdammt noch mal - nicht geplant! Sogar auf eine gewisse Art und Weise verwerflicher als alles, was er sonst tat. Nichts gegen ein bisschen Trinken, wenn es Hemmungen löste - aber das hier? Das ging doch deutlich darüber hinaus, oder nicht? Früher -

... hätte ich nicht einen Gedanken daran verschwendet und sie noch an Ort und Stelle um den Verstand gevögelt, schoss es ihm absurderweise in den Sinn, als er einen Seitenblick zu Liliana riskierte.

Sie zitterte unkontrolliert in seinem viel zu großen Jackett, rieb sich unablässig mit den Fingern über die Arme und versuchte trotzdem, es zu verbergen. Ihre langen blonden Haare fielen ihr in feuchten Strähnen über den Rücken und die schmalen Schultern, die in seiner Jacke regelrecht zu verschwinden schienen. An ihren nackten Beinen trug sie nicht einmal Schuhe.

Die hielt er in der Hand. Zusammen mit dem Kleid, das sie getragen hatte. So fest umklammert, dass seine Fingerknöchel knackten, als er sich zwang, sich zu entspannen.

Aber Raven war nicht entspannt! Kein bisschen! Und egal was er sich vormachte - das, was er gerade in der Garage zu ihr gesagt hatte, gefiel ihm ebenso wenig wie ihr. Er hatte nur einen kurzen Blick in ihr Gesicht riskiert, gesehen, wie sich ihre Miene verhärtet hatte und die verräterische Röte auf ihren Wangen, bevor sie versucht hatte, ihre Tränen vor ihm zu verbergen ...

Zu spät. Es ist alles zu spät.

Verdammt!

Stockwerk eins.

Ohne eine einzige Sekunde lang darüber nachzudenken, streckte er die Hand nach ihr aus. Er spürte ihr Zittern und ihren schwachen Versuch, standhaft zu bleiben. Doch ihr

Trotz und ihre widerspenstige Halsstarrigkeit, die er in jedem anderen Moment nur belächelte und es kaum erwarten konnte, diese Dinge zu vertreiben, waren kaum mehr als Schatten. Ein mehr oder weniger sanfter Ruck reichte, um sie in seine Arme zu ziehen.

Stockwerk zwei.

Raven schob seine Hand unter ihr Kinn, fühlte die sengende Hitze ihrer Haut und war nicht im geringsten davon überrascht, Tränen in ihren Augen zu sehen. Bevor sie sie zukniff, weil sie sich der Tatsachen ebenso bewusst war wie er. Aber diese Tränen verschafften ihm in keiner Weise irgendeine Befriedigung. Es war eine Sache, sie durch Schmerzen zum Weinen zu bringen, die er ihr zufügte. Mit einem gänzlich anderen Zweck und Ziel. Aber diese Tränen -

Stockwerk drei.

Liliana wimmerte leise, als er seine Arme enger um sie schlang, ohne dabei auch nur ein Fitzelchen ihrer nackten Haut unter seinem Jackett zu berühren. Eine Reaktion, die einzig und allein auf ihren Zustand zurückzuführen war, für die sie sich aber immer noch schämen konnte. Eine wirklich reizende Droge, die man ihr da angedreht hatte. Keine andere Frau würde sich an diesem Punkt noch so vehement gegen die Wirkung zur Wehr setzen, da war er sicher! Sie kämpfte. Noch immer. Ohne es zu wollen, löste sie dadurch etwas in ihm aus, das er ohne große Probleme als Respekt werten würde. Ihr gegenüber. Er selbst - war längst nicht so stark, wie er es immer und überall zur Schau stellte. Wie er es sein wollte!

Sie macht mich schwach, dachte er und sein Magen zog sich zusammen und ein eisiger Schauer lief über seinen Rücken, als er sich zu ihr runterbeugte und sie küsste. Um dieses Gefühl zu vertreiben. Um nicht mehr darüber nachzudenken, dass es eigentlich falsch war. Um sich nicht bewusst zu machen, dass er es nur bei ihr - als falsch empfand.

Stockwerk vier.

Liliana zuckte zurück, versteifte sich spürbar in seinen Armen und hielt den Atem an. Aber nicht länger als eine einzige Sekunde. Lange genug, damit sie sich selbst einreden könnte, es versucht zu haben und lange genug, um ihm deutlich vor

Augen zu führen, wie groß seine Macht über sie an dieser Stelle war. Ein überaus befriedigendes Gefühl. Eigentlich. Und jetzt?

Raven schloss die Augen, schob seine Finger in ihr langes feuchtes Haar, genoss es, ihren wahnsinnig anturnenden Geruch einzuatmen und schaffte es nicht, sich selbst etwas vorzumachen. Das schlechte Gewissen verdrängte er so vehement hinter einer Mauer aus Kälte und Gleichgültigkeit, wie er es gewöhnlich mit allen Gefühlen tat, die ihm nicht in den Kram passten. Nur, dass das eben normalerweise nicht so lange dauerte ...

Stockwerk fünf.

Der Aufzug hielt mit dem leisen monotonen Klingeln, das er kaum wahrnahm. Zu diesem Zeitpunkt hatte er sie schon so weit, dass sie mehr als bereitwillig die Arme um seinen Hals schlang, sich förmlich an ihn hängte, als wäre er der Strohhalm, der sie vor dem Ertrinken rettete und sie hörbar enttäuscht aufseufzte, als er den kurzen Kuss wieder beendete. Ohne Zunge. Ohne Zähne. Ohne es zu wollen.

»Raven, ich -«

»Psst, Prinzessin. Sag einfach nichts. Bringen wir es hinter uns«, unterbrach er sie, indem er einen Finger auf ihre hübschen vollen Lippen legte. Die Tränen rollten lautlos über ihre Wangen und er entschied, seinem eigenen Rat auch zu folgen. Vielleicht besser so, wenn er nicht wollte, dass sie noch mehr heulte.

Verdammt!

Er schluckte und verließ dann mit ihr zusammen den Fahrstuhl. Der Weg zu seiner Wohnung am Ende des Flurs erschien ihm wesentlich länger als sonst. Trotzdem gelang es ihm, den Schlüssel ins Schloss zu stecken, ohne sich etwas von seiner inneren Wut anmerken zu lassen. Auf sich selbst! Weil er sich selbst nicht verstand. Unmöglich.

»Hey, bist du schon zurück?«, hörte er Tylers nervige und absolut unwillkommene Stimme aus dem Wohnzimmer, als er die Schlüssel achtlos auf seine Kommode knallte. »Wie war's denn, hm? Warst du wieder im Käfig? Oder - he- hey!«, rief sein Bruder erst empört und dann sichtlich erschrocken, als er erst Raven und dann Liliana anstarrte. »Was ist denn mit euch passiert? Poolparty?«

Ohne auf das verwirrte blöde Gesicht seines Bruders zu achten oder sich auch nur zu einer Antwort durchzuringen, griff er in Lilianas Handtasche. Ihren fragenden Blick ignorierte er genauso wie den seines Bruders.

»Verpiss dich, Ty! Und wag es nicht, vor morgen früh wieder hier aufzutauchen, kapiert?« Mit zusammengebissenen Zähnen und bemüht, sich unter keinen Umständen irgendetwas von den Dingen anmerken zu lassen, die sich in seinem verdammten Schädel gerade abspielten, warf er Tyler den Schlüssel zu Lilianas Wohnung hin. »Irving Hill Road 67. Bis dann!«

Tyler öffnete den Mund, als wollte er widersprechen, schien sich dann aber mit einem weiteren Blick auf Lil eines besseren zu besinnen und schwieg. Nur sein Blick gab Raven Aufschluss darüber, dass er sich nicht komplett ohne eine Erklärung abspeisen ließ. Schließlich war er nicht einfältig genug, um sich nicht wenigstens denken zu können, was mit seiner bibbernden Prinzessin nicht stimmte.

Sie stand wie angewurzelt hinter Raven, strich sich stetig mit den Fingern durch die Haare und starrte auf den Boden. Offensichtlich bemüht, ihren Zustand irgendwie zu verschleiern. Ein mehr als kläglicher Versuch.

All das sah Tyler und es war klar, dass er bereits eins und eins zusammengezählt hatte, als er sich schließlich bequemte, seinen Arsch vom Sofa zu erheben. Sein Handy ließ er in seiner Hosentasche verschwinden, als er nach seiner Jacke über dem Sessel griff, ohne Raven aus den Augen zu lassen.

»Wir reden morgen«, kommentierte er überflüssigerweise und machte sich dann endlich vom Acker! An Liliana vorbei, die einen derart verstörten Eindruck machte, dass selbst ein Blinder nicht übersehen könnte, dass hier eigentlich nichts in Ordnung war. »Aspirin. Was auch immer sie eingeworfen hat - gib ihr Aspirin! Das hemmt meistens die Nachwirkungen.«

Es kostete Raven verdammt viel Willenskraft, sich weder seine Überraschung noch seine Erleichterung anmerken zu lassen. Auch weiterhin da zu stehen und so zu tun, als ginge ihm alles am Arsch vorbei. So, wie es sein Bruder von ihm gewohnt war. So, wie es seine Prinzessin zweifellos ebenfalls erwartete. So, wie er es gern selbst gehabt hätte. Dabei war es unendlich schwer, nicht erleichtert aufzuatmen, als er die Wohnungstür hinter sich zufallen hörte. Und die anschließende Stille in seinem Wohnzimmer machte es auch nicht gerade besser.

Raven atmete tief ein und hielt den Atem an, bevor er sich einen Ruck gab und sich umdrehte. Um sie anzusehen.

Weil er ...

Er wusste es nicht. Lange sagte er nichts. Er starrte sie einfach an. Sie und ihre absurden Tränen, die schon wieder da waren und von denen er nicht einmal sagen konnte, ob sie je weg gewesen waren.

»Was willst du von mir, Prinzessin?«, fragte er zwischen seinen fest aufeinandergepressten Lippen hindurch. Kopfschüttelnd. Leise. »Was soll ich jetzt mit dir machen, hm? Soll ich dich einfach ins Bett bringen, dich anketten und warten, bis die Wirkung von allein aufhört? Soll ich dich erlösen? Dich ignorieren? Was willst du?«

Liliana starrte ihn an, als hätte er ihr ins Gesicht geschlagen. Sekunden, die sich zu einer Ewigkeit zu dehnen schienen. Sekunden, in denen sie sichtlich Mühe hatte, die Tränen zurückzudrängen, weiterhin so standhaft zu sein, wie sie es angesichts ihres Zustandes nur sein konnte und dabei so unendlich müde und zerbrechlich auf ihn wirkte, wie nie zuvor.

Alles in ihm schrie danach, sie einfach ins Bett zu bringen, wie er es angekündigt hatte. Die Tür hinter sich zu schließen und sie unter keinen Umständen anzurühren. Weil sie *sie* war. Weil er nicht eines seiner belanglosen dummen Betthäschen vor sich hatte, denen er sich weder verpflichtet noch sonderlich verbunden fühlte. Weil sie einfach - sie war ...

Raven sah, dass sie ihre Zähne in ihrer Unterlippe vergrub, bevor sie die Schultern etwas straffte und den Kopf hob. Er wusste nicht, ob er deswegen erleichtert oder besorgt sein sollte. Und allein die Möglichkeit, sich ihretwegen zu sorgen war schon so verdammt bescheuert.

»Ich - erwarte nichts von dir, Raven«, antwortete sie schließlich leise und ihre Stimme zitterte nur ein bisschen. Etwas, das ihn fast so sehr erstaunte, wie das schwache Lächeln auf ihren Lippen. Es wirkte traurig. Hoffnungslos. Absolut deprimiert. »Ich werde nie etwas von dir erwarten. Nie wieder. Ich wünschte, wir wären uns nie begegnet.«

Raven wusste nicht, was er dazu sagen sollte. Wie er reagieren sollte. Auf sie. Auf ihre Worte. Auf ihre alles andere als erwartete Reaktion ...

Liliana erwachte aus ihrer Starre. Sie rührte sich. Setzte sich in Bewegung. Kam auf ihn zu und er war verdammt noch mal nicht in der Lage, irgendetwas zu tun, als sie ihre heißen Finger an seine Wange legte und auf einmal so dicht vor ihm stand, dass er ihr Zittern spüren konnte. Ihre Wärme. Die Hitze, die sich automatisch auf ihn zu übertragen schien.

»Ich wünschte, du wärst an diesem Abend nicht in meine Wohnung eingestiegen«, fügte sie im krassen Gegensatz zu ihrem Verhalten hinzu. »Ich wünschte, wir wären immer nur - Kommilitonen gewesen. Aber nein. Du musstest mein ganzes Leben auf den Kopf stellen, hm? Du musstest mich dazu bringen, auf deinen bescheuerten Deal einzugehen, hast dafür gesorgt, dass ich mitmache, hinter dir her renne, sogar mit dir schlafe und -«

Den Rest des Satzes ließ sie offen. Er sah die endlose Bitterkeit in ihren Augen, bevor sie sich auf die Zehenspitzen stellte und ihn küsste. Heiß, stürmisch, bettelnd. Der Augenblick, in dem die Droge endgültig die Oberhand über ihren Körper gewann. Sie drängte sich so dicht an ihn, dass er zurückstolperte, aber sie ließ ihn nicht los, forcierte ihren abartig intensiven flehenden Kuss nur und brachte ihn dadurch dazu, seinen Schädel auszuknipsen. Alle Gedanken abzuschalten. Nicht mehr daran zu denken, was sie eigentlich hier taten. Einfach so. Und es war erstaunlich leicht.

»Ich liebe dich«, flüsterte sie dicht an seinen Lippen und einen Atemzug lang verschwamm alles in seinem Hirn in einem undurchdringlichen grauen Nebel. Er erstarrte. Hörte auf zu atmen. Spürte seine Füße nicht mehr. Und konnte nicht verhindern, dass sie es wiederholte. »Ich liebe dich. Und ich hasse dich dafür!«

»Verdammt!«, presste er hervor, als sein Herz wieder zu schlagen anfing, und drückte sie an den Schultern von sich weg. »Weißt du, wie bescheuert sich das anhört? Weißt du überhaupt, was du da sagst?« Seine Fingerspitzen kribbelten. Ein unangenehmes Gefühl. Widerlich! »Was -«

»Ich hasse dich!«, schrie sie ihm ins Gesicht und war von einer Sekunde auf die andere wie ausgewechselt. Ihre Wangen waren gerötet, er sah das Funkeln in ihren Augen, das immerhin an das Temperament erinnerte, das er sonst sehr bei ihr zu schätzen wusste, und schüttelte den Kopf. »Ich - hasse dich ...«

»Hör auf!«

»Nein! Ich -«

Raven biss die Zähne zusammen, unterdrückte das wütende Knurren nicht länger, das sich seine Kehle hinaufzwängte, und stieß sie von sich weg. So kräftig, dass sie mit dem Rücken gegen die Wand zwischen seinem Wohnzimmer und dem Bad prallte und aufkeuchte. Die Wand, gegen die er sie vor Wochen zum ersten Mal gefickt hatte. Eine gefühlte Ewigkeit her. Und doch nicht lange genug ...

Er spürte das eiskalte Lächeln auf seinen Lippen, das er schon schmerzlich vermisst hatte, bevor er seine linke Hand an ihre Wange legte und über ihre erhitzte Haut streichelte. Es fühlte sich gut an, ihr ins Gesicht zu schauen, die zurückkehrende Furcht in ihren hübschen Augen zu sehen und zu wissen, dass sie ihm rein gar nichts entgegenzusetzen hatte. Niemals! Auch nicht mit ihren Worten!

Sein feuchtes Jackett rutschte von ihren Schultern und glitt zu Boden. Er kickte es mit dem Fuß weg, damit er sich nicht daran verheddern konnte, als er schnell sein Knie zwischen ihre Beine drängte, um sie auseinanderzuschieben. Um ihr keinen Spielraum zu lassen, sich ihm zu entziehen. Seine Hand wanderte von selbst zu ihrem Hals. Er sah die Wirkung seiner Berührung in ihren Augen wie alles andere auch. Ihren trotzigen Starrsinn, der sich nicht einmal von den verschissenen Drogen brechen ließ. Die ihr vorgegaukelte Lust und ihr nach wie vor loderndes Verlangen, weil ihr Körper selbstverständlich genau das tat, was eben diese Drogen in ihr auslösen sollten. Und ihre latente Panik, weil er seine Finger um ihre Kehle schloss und langsam zudrückte, ohne sie aus den Augen zu lassen.

»Du hasst mich, Prinzessin?«, flüsterte er ihr ins Ohr, strich mit der freien Hand ihre Haare zur Seite und ignorierte ihren kläglichen Versuch, seine Hand wegzuschieben. »Ich werde dir einen Grund geben, mich zu hassen! Ist es das, was du willst? Damit du es ertragen kannst? Dich selbst?«

»F- fick dich«, stieß sie hörbar gequält hinzu, weil sie kaum noch Luft bekam.

»Nein! Ich werde dich ficken! So lange, bis du wieder bei klarem Verstand bist! Du hältst es für eine gute Idee, mich jetzt zu provozieren? Bitte! Das kannst du haben! Aber ich schwöre dir, dass du es bereuen wirst!«

»Fick dich!«, schrie sie erneut und lächelte ihn an. Mit Tränen in den Augen, die als einziges darauf hindeuteten, was wirklich in ihr vorging.

Der Augenblick, in dem er nicht mehr an sich halten konnte. In dem er seine Wut, den aufgestauten Frust und seinen verdammten Zorn entfesselte und alles auf einmal an ihr ausließ. Ohne Gnade. Ohne Reue. Ohne einen Gedanken an die Konsequenzen zu verschwenden. Wenn sie es so wollte, würde sie es bekommen. Und dieses Mal würde er sie nicht schonen! Erst recht nicht, weil sie es gesagt hatte.

»Ich hoffe, du hast eine Vorstellung davon, wie nah Liebe und Hass manchmal beieinander liegen, Prinzessin«, sagte er kalt, wirbelte sie dann herum und presste sie erneut gegen die Wand. So brutal, dass alle Luft aus ihren Lungen gepresst wurde und sie aufkeuchte. »Ansonsten werde ich es dir gerne zeigen. Lebe mit den Konsequenzen! Das müssen wir alle tun!«

Liliana schnappte nach Luft, versuchte aber nicht mehr, ihn wegzudrücken. Erst recht nicht mehr, als er seinen Unterleib gegen ihren Hintern drückte, die Hände neben ihren Schultern gegen die Wand stemmte und ihr garantiert nicht mehr entgehen könnte, wie gewaltig die Erektion in seiner Hose gerade war.

»Ich werde deinen Zustand gnadenlos ausnutzen, Prinzessin. Ich bin nicht das nette Schwiegersöhnchen von nebenan, das keiner Fliege etwas zu Leide tun kann und sich auch in einer solchen Situation noch im Griff hat. Aber das wissen wir beide, hm? Warum sonst hast du mich so nah an dich herangelassen ...« Er ließ seine Finger über ihre nackte Schulter gleiten, vergrub sie in ihren Haaren und schloss sie schließlich um ihr Genick, so wie er vorhin bei ihrem hübschen Hals getan hatte. »Du liebst mich und du hasst mich? Dann solltest du noch ein weiteres Gefühl für mich entwickeln. *Furcht*!«

»Ich - habe keine Angst vor dir! Über diesen P- Punkt sind wir -« Der Rest des Satzes ging nahtlos in ein ziemlich lautes Keuchen über, als er seine Hand zwischen ihre Beine schob und mit drei Fingern unbarmherzig in sie eindrang. Völlig mühelos, weil sie so feucht war, dass es absolut keinen Widerstand gab.

Nur, dass er es nicht dabei bewenden lassen würde. Ein erneuter Aufschrei verriet ihm, dass Liliana tatsächlich nicht klar war, was sie provozierte - willentlich oder nicht.

Raven zerrte sie an den Haaren zurück, drückte sie runter auf den Boden und presste sie mit seinem Gewicht runter, ohne seine Finger aus ihr zurückzuziehen. Ihr Atem ging schnell, ihre Haut war kochend heiß und sie reckte ihm den Hintern entgegen. Unbeabsichtigt. Eine Reaktion auf die Drogen, die ihre volle Wirkung längst entfaltet hatten. Sie konnte sich nicht widersetzen, selbst wenn sie es wirklich noch versucht hätte.

Jeden Gedanken vertrieb er aus seinem Kopf. Alles, was ihn daran hindern könnte, seine Jeans zu öffnen und seine Finger nur einen Atemzug später durch seinen bettelnden Schwanz zu ersetzen. Er ignorierte sogar die Tatsache, dass es nicht annähernd so befriedigend war, wie er gehofft hatte. Sie unter sich zu spüren, ihr Zittern, ihre einsetzende Furcht, die er ihr gerade noch prophezeit hatte - All das war nicht so geil, wie er dachte. Weil er nämlich eigentlich wusste, dass er sich wie das letzte Arschloch aufführte und zum ersten Mal ihr gegenüber ein Gefühl von Reue hatte - so latent es vielleicht auch sein mochte. Weil sich sein Gewissen meldete und ihn zum Aufhören bewegen wollte, bevor er zu weit ging! Schließlich war sie - immer noch sie!

Raven wehrte sich dagegen, so gut er konnte. Weil er es tun musste, um es nicht akzeptieren und zulassen zu müssen. Seine ... *Gefühle*!

Und trotzdem hörte er nicht auf, trieb sich tiefer in sie hinein und lauschte ihrem kehligen Stöhnen, weil sie ganz allmählich begriff, was sie sich selbst zuzuschreiben hatte.

»M- mehr«, keuchte sie leise und brachte ihn damit total aus dem Konzept. »Bitte ...«

»Bitte was?«, wiederholte er und schaffte es irgendwie, den ungläubigen Klang seiner Stimme zu verbergen. »Willst du mich verarschen?« Er beugte sich weit genug vor, um ihr ins Gesicht sehen zu können. Sie biss sich fest auf die Unterlippe, kniff die Augen zusammen und schien es tatsächlich zu genießen, sich auf diese Weise von ihm vögeln zu lassen.

Alles klar. Das ist -

»Ich ... habe keine - Angst«, quetschte sie sichtlich mühsam hervor, als er sich wieder in ihr bewegte. »Du machst mir keine Angst, Raven!«

»Du bist echt nicht zu fassen«, antwortete er leise und lachte dann. Kein fröhliches Lachen. Eher eines, das ein bisschen überreizt klang. Verwirrt. Das war so absurd, dass es schon fast wieder lustig war. »Warum?«

»Warum was?« Sie bewegte sich, um ihm entgegenzukommen und gab einen deutlich frustrierten Laut zum Besten, als er sich aus ihr zurückzog. Vollständig.

Er stemmte sich hoch, ließ sie auf dem Boden vor sich liegen und wusste nicht mehr weiter. Ein ekelhaftes Gefühl, das er nicht mochte. Ein Teil von ihm war davon überzeugt gewesen, an dieser Stelle eine Grenze zu übertreten, die sie garantiert dazu bringen würde, ihn zu hassen! Ihn wirklich zu hassen und es nicht einfach nur zu sagen ... Aber er hatte sich geirrt. Und das verstand er nicht. Er verstand sie nicht!

»Steh auf«, forderte er schließlich, nachdem er einmal tief durchgeatmet hatte. Immer noch ohne Plan.

Sie gehorchte nach einem kurzen Zögern und kämpfte sich hoch, ohne die Hand zu ergreifen, die er ihr hinhielt. Ihr

Gesicht war immer noch knallrot, ihre Haare zerwühlt und sie schien ein bisschen wackelig auf den Beinen zu sein. Nur der Ausdruck in ihren Augen hatte sich nicht geändert.

»Sag mir, was du willst, Prinzessin. Soll ich weitermachen? Aufhören? *Was* willst du?« Er widerstand dem einsetzenden Drang, seine Hand an ihre erhitzte Wange zu legen. Nur, weil sie nicht so aussah, als wäre sie noch in der Lage, ihm eine vernünftige Antwort zu geben, sobald er sie berührte.

Liliana zögerte. Er sah das Beben ihrer hübschen vollen Lippen, als müsste sie ihre neuen Tränen mit aller Macht zurückdrängen. Vielleicht wusste sie nicht einmal selbst, was sie wollte. Gewundert hätte es ihn nicht.

»M- mir ist heiß«, flüsterte sie schließlich mit erstickter Stimme und verzog gequält das Gesicht. Keine Antwort auf seine Frage, doch das wunderte ihn eigentlich nicht wirklich. »Ich ... Es tut mir leid. Ich wollte das nicht sagen.«

»Aber du hast es gesagt. Und ich will wissen, was von beidem die Wahrheit ist. Liebst du mich? Oder hasst du mich!« Raven widerstand nicht länger. Er zog sie an sich, schlang die Arme um ihren zierlichen Körper, spürte jeden Wirbel an ihrem Rücken, als er seine Finger langsam darüber wandern ließ, und schloss die Augen. Seine Nase in ihren Haaren vergraben. Sie roch ein bisschen nach Chlor, aber das störte ihn nicht. Was ihn aber störte, war das drängende Bedürfnis danach, sie nie wieder loszulassen. Sie festzuhalten, bis die Wirkung der Drogen von allein nachließ und er sich nicht darum kümmern müsste. Um nichts. Um sich auf keinen Fall mit den Konsequenzen seines Handelns auseinandersetzen zu müssen. Weder in der einen noch in der anderen Richtung.

Wir müssen alle mit den Konsequenzen leben, dachte er zynisch und hasste sie selbst, als er ihr Gesicht in seine Hände nahm, sich runterbeugte und sie küsste. Langsam. Zärtlich. Und alles andere als abgeturnt oder gehemmt.

Keine Versuche mehr, alles zu verdrängen. Keine einzige Anstrengung, das wütende Verlangen in seinem Magen zu in den Hintergrund zu drängen, das schon lange nicht mehr von bloßer Begierde getrieben wurde. Nicht erst seit heute. Nicht erst seit eben.

»Ich - liebe dich.«

Ihr geflüstertes Geständnis ließ ihn innerlich erzittern. Ihr heißer Atem an seiner Brust, als sie sich an seinem Hemd festkrallte und sich noch enger an ihn presste, als könnte sie es nicht ertragen, wenn er sie freigab. Als würde sie in ein endloses Loch fallen, wenn er sie jetzt - losließ.

Raven antwortete nicht. Er hob Liliana hoch, trug sie in seine Schlafzimmer und brachte es äzu Ende. Er schlief mit ihr, bis die Wirkung der Drogen nachließ, hielt sie fest und blieb bei ihr, als sie schluchzend und apathisch in seinen Armen lag, bibberte, weinte, zusammenbrach. Weil das alles war, was er ihr in dieser Nacht geben konnte. Weil es alles war, zu dem er fähig war, obwohl er sich dafür hasste. Zum ersten Mal in seinem Leben wünschte er sich, nicht er selbst zu sein. Sondern derjenige, den sie verdiente. Um jemand zu sein, der gut für sie war und sie nicht nur - zerstörte. Stück für Stück. Denn genau das tat er und niemand wusste es besser als er.

Wo wird es enden?

Lils Magen rebellierte, noch bevor sie überhaupt die Augen aufschlug oder sich darüber bewusst wurde, dass sie wach war. Bei dem Versuch, ihr gequältes Stöhnen zu unterdrücken, biss sie sich so fest auf die Zunge, dass es wehtat. Irgendwie gelang es ihr, von der Bettkante zu rutschen, ohne der Länge nach hinzuknallen, denn der Boden schien unter ihren Füßen zu wanken! Dann stürmte sie ins Badezimmer und der gesamte klägliche Inhalt ihres Magens landete in Ravens Klo.

Keuchend und zitternd hing sie über der Kloschüssel, unfähig auch nur einen klaren Gedanken fassen zu können. Ihr Schädel dröhnte, ihre Finger und Füße waren eiskalt und sie fror fürchterlich, weil sie nichts anhatte. Rein gar nichts! Etwas, das sie erst realisierte, als sie sich stöhnend gegen Rand der Badewanne sinken ließ und die Augen schloss. Mit dem Handballen wischte sie die Tränen weg, die über ihre erhitzten Wangen liefen, und versuchte nicht an den Schmerz zu denken, der ihren ganzen Körper fest im Griff hatte. Alles tat weh. Jeder einzelne Muskel.

Liliana versuchte, sich an irgendetwas von dem zu erinnern, was in der letzten Nacht passiert sein musste. Die Bilder in ihrem Kopf waren konfus. Unlogisch. Und verrückt! Das letzte, an das sie sich noch relativ gut erinnern konnte, war, dass sie mit Raven zu dem dicken Mann gegangen war. Er hatte mit ihm über irgendetwas reden wollen. Etwas Wichtiges. Sie glaubte, irgendwann mit Olga und einer anderen Frau, an deren Namen sie sich nicht erinnern konnte, weggegangen zu sein. Um sich ... umzuziehen? Sie war sich nicht sicher. Nichts war sicher!

Himmel Herrgott -

Trinken. Wir haben einen Wodka gekippt und sie hat mir etwas in die Hand gedrückt und dann -

... wurde alles unscharf und verschwommen. Sie erinnerte sich an nichts, was danach passiert war! Weder, wieso sie nichts anhatte, noch daran, wie sie hergekommen war, noch daran, woher diese unerträglichen Schmerzen in ihren Armen kamen. Von ihrem Hintern ganz zu schweigen. Der fühlte sich ziemlich ... mitgenommen an. Nicht nur ihre brennende Pobacke -

Was hat er mit mir angestellt?, fragte sie sich mit wachsender Verzweiflung. Der widerliche Geschmack auf ihrer Zunge ließ sich nicht vertreiben. Ebenso wie das seltsame Gefühl, dass irgendetwas nicht stimmte. Abgesehen von ihrem reichlich erbärmlichen Zustand. Etwas war zwischen ihr und Raven passiert und sie versuchte angestrengt, sich daran zu erinnern! Weil sie irgendwie wusste, dass es wichtig war. Aber der Versuch misslang. Vielleicht auch, weil sich ihr Magen erneut herumdrehte und sie gezwungen war, zum Klo zurückzukriechen. Ein durchaus passender Begriff.

Als sie schließlich eine gefühlte Ewigkeit später mit wackeligen Knien und völlig ausgelaugt vor dem Spiegel stand, erschrak sie. Vor ihrem eigenen mehr als erbärmlichen Spiegelbild.

Ihre Finger krallten sich am Rand des Waschbeckens fest. Sie würde einfach umkippen, wenn sie sich nicht festhielt.

Lil war kreideweiß im Gesicht. Die Reste ihres Make-Ups waren kaum noch als solches zu erkennen, ihre Haare standen wirr in alle Richtungen ab, und die kleinen Schweißperlen auf ihrer Stirn ließen sie im hereinfallenden Tageslicht nur noch gruseliger aussehen. Es war irgendwie erschreckend, sich selbst so zu sehen. Sonst hatte sie sich besser im Griff! Selbst nach den unzähligen Partynächten ihrer Collegezeit hatte sie niemals so ausgesehen!

Scham und Verachtung mischten sich mit dem undefinierbaren Gefühl von Reue. Reue für etwas, das sie nicht zuordnen oder bestimmen konnte. Weil sie irgendetwas gesagt oder getan haben musste, das -

Sie stöhnte leise, als sich ein Bild aus der grauen Nebelwand in ihrem Kopf an die Oberfläche kämpfte. Raven, der sie bedrängt hatte? Der ihr wehgetan hatte, indem er ...

Keine Chance. Es war zu konfus. Zu unwirklich.

Sie hoffte inständig, dass die Erinnerungen zurückkehrten, bevor sie das Badezimmer wieder verlassen musste. Es gefiel ihr nicht, dass sie sich an nichts erinnern konnte. Es missfiel ihr erst recht, dass sie keine Ahnung hatte, wieso sie sich überhaupt dazu hatte bringen lassen, irgendetwas einzuwerfen. Freiwillig! Wenigstens das wusste sie, wenn auch sonst nichts. Was auch immer der Auslöser dafür gewesen war - sie hatte die Pille freiwillig eingeworfen. Nur warum wusste sie nicht mehr.

Wütend auf sich selbst beschloss sie, zu duschen. Um sich wenigstens irgendwie wieder in einen ansatzweise normalen Menschen zu verwandeln. Wenigstens optisch. Doch als sie sich zur Dusche drehte und ihr Blick über den Spiegel wanderte, hielt sie mit einsetzendem Entsetzen den Atem an.

Bissspuren. Überall verteilt auf ihrem Rücken, ihren Schultern und ihrem Nacken. Sie leuchteten in satten Rot- und Lilatönen, als wollten sie ihr ins Gesicht lachen und ihr vor Augen führen, was sie alles vergessen hatte. Ungläubig ließ sie den Blick an sich herunterwandern und das miese Gefühl wurde immer schlimmer. Erst jetzt, wo sie sich einigermaßen darauf konzentrieren konnte, fielen ihr die verblassenden Fesselspuren an ihren Handgelenken auf. Kein Gürtel! Er musste einen Strick benutzt haben, um solche Abschürfungen zu provozieren. Ein eisiger Schauer lief über ihren Rücken, als sie sich vorzustellen versuchte, was er alles mit ihr angestellt hatte, während sie offensichtlich in einem absoluten Drogenrausch gewesen war.

Jedenfalls wusste sie jetzt, wieso ihr Hintern so wehtat. Nicht, dass es das irgendwie besser machte ... Nicht nur, dass sie sich offenbar zum ersten Analverkehr ihres Lebens hatte hinreißen lassen - auf ihrer rechten Pobacke prangten ein paar unübersehbare Kratzspuren. Und irgendetwas sagte ihr, dass es nicht seine Nägel gewesen waren ... Anscheinend hatte Raven sich ordentlich ausgetobt. Herrlich.

Schnell griff sie nach ihrer Zahnbürste neben seiner und riss dann den Duschvorhang zur Seite. Das zunächst eiskalte Wasser aus der Brause über ihr ließ eine Gänsehaut auf ihrem ganzen Körper entstehen. Sie biss die Zähne zusammen und hielt den Atem an, doch selbst das kalte Wasser brachte die Erinnerungen nicht zurück.

Nichts. Es war einfach alles weg. Alles außer dem nagenden schlechten Gewissen und dem Wissen darum, dass sie einen Fehler gemacht hatte, der nichts mit ihrem derzeitigen Zustand zu tun hatte.

Ravens Gesicht tauchte vor ihren geschlossenen Augen auf. Die Wut in seinen Augen. Seine Wut auf sie ...

Was habe ich getan? Was -

»Morgen Prinzessin«, hörte sie ihn hinter sich sagen und fuhr so erschrocken zusammen, dass ihr beinahe die Zahnbürste aus dem Mund gefallen wäre. Bevor sie sich umdrehen konnte, zog er den Duschvorhang zur Seite und stellte sich zu ihr unter den inzwischen heißen Strahl.

Für eine Sekunde sah sie eine Mischung aus Belustigung und mehr oder weniger unverhohlener Gier in seinen Augen, als er seinen Blick an ihr hinunterwandern ließ. Aber sein Gesicht blieb unbewegt. Kein Grinsen, kein Lächeln.

»Ich spare mir die Frage, wie du geschlafen hast.« Er hob die Hand und legte sie an ihre kochend heiße nasse Wange und sie wünschte sich, einfach im Boden versinken zu können.

»W- was ist passiert?«, presste sie mit ziemlich krächzender Stimme hervor und schluckte die Zahnpasta hinunter. Der Geschmack von Pfefferminze vertrieb immerhin das einsetzende Bedürfnis, sich erneut zu übergeben. »Es ist -«

Raven lachte leise, aber seine Augen blieben kalt. »Ich denke, wenn du das nicht mehr weißt, solltest du es dabei belassen.«

Sie vergrub die Zähne in ihrer Unterlippe, bevor sie antwortete. »Ich will es aber wissen. Wir - haben wir gestritten? Wieso habe ich -«

»Lass es gut sein, Prinzessin!« Das Knurren in seiner Stimme entging ihr nicht. Und es bestätigte ihre anfängliche Vermutung, dass etwas zwischen ihnen vorgefallen war, an das sie sich nicht mehr erinnern konnte.

Wollte sie das wirklich? Wissen, wieso sie sich so absolut grauenhaft fühlte, während er sie so anstarrte, als hätte sie ihm was auch immer angetan?

»Tut es weh?«, fragte er leise und riss sie dadurch aus ihren trübsinnigen Gedanken. Seine Finger auf ihrer Haut fühlten sich seltsam an, als er über die Kratzspuren an ihrem Hintern strich. »Ich mache dir nachher eine Salbe drauf, damit es sich nicht entzündet, in Ordnung?« Er zwinkerte ihr zu, bevor er nach seinem Duschgel auf der Ablage hinter ihr griff, aber Lil ließ sich nicht täuschen.

Ihr Magen zog sich zusammen, aber dieses Mal nicht, weil sie sich übergeben musste. Es fühlte sich - abartig an. Schmerzhaft. Und irgendwie undefinierbar falsch. Das Gefühl brachte einen weiteren Erinnerungsfetzen mit sich, den sie nur kurz festhalten konnte. Ein kurzer Moment, in dem sich ihr Herz beinahe überschlug.

»O, mein Gott«, flüsterte sie und spürte, wie ihre Gesichtszüge entgleisten.

Raven starrte sie mit hochgezogenen Augenbrauen an, als überlegte er, welcher Teil der Nacht durch ihren Kopf geisterte, aber er schwieg weiter.

Liliana schluckte schwer. Der Kloß in ihrem Hals ließ sich nicht vertreiben. Ihre Wangen wurden unendlich heiß. Es fühlte sich an, als würde sie unter seinem Blick zerfließen ...

Trotzdem brauchte sie - Gewissheit.

»Ich habe -«, sie brach ab, schluckte erneut und wischte sich das Wasser aus den Augen, als sie zu ihm hoch starrte. Sie brauchte drei Sekunden, bis sie es erneut versuchte. Dieses Mal mit einer Frage. Irgendwie ... »H- hast du mir eine Antwort gegeben?«

Raven schaute sie lange an, bevor er reagierte. Ohne zu antworten, hörte er auf, sich einzuseifen, hob die Hand an ihre Wange und streichelte mit den Fingern so sanft über ihr Gesicht, dass sie unwillkürlich den Atem anhielt. Sein Blick fesselte sie, als er langsam den Kopf schüttelte. Bevor er sich vorbeugte, ihre nassen Haare zur Seite strich und seine Lippen auf ihren Hals presste.

Das leise Stöhnen ließ sich nicht unterdrücken. Sie reagierte jedes Mal so heftig auf ihn. Offenbar auch, wenn sie sich in einem derart erbärmlichen Zustand befand wie heute Morgen.

»Wirst du es wiederholen?«, fragte er an ihrem Hals, ohne sich zu bewegen. »Vielleicht überlege ich es mir dann noch mal. Ich muss zugeben, es war nicht schlecht, diese Worte zu hören. Zum ersten Mal.« Seine Zähne vergruben sich fast sanft in ihrer Haut und sie keuchte erneut auf.

»A- als ob ich die Erste gewesen wäre, die -« Sie schaffte es nicht, den Satz zu beenden. Sie stöhnte noch lauter, als er sie ohne Vorwarnung hochhob und sie mit einem kräftigen Ruck gegen die kalten Fliesen presste. Seine Erektion drängte sich deutlich spürbar an ihren Po. Die heiße Welle aus Verlangen und Sehnsucht ließ sie beinahe vergessen, was sie sagen wollte.

Als sein heißer Atem ihr Ohr streifte, zitterte sie. »Wir wissen beide, dass ich nicht gerade zu der Sorte Mann gehöre, der man die ewige Liebe schwört, hm?« Raven lachte leise. »Unabhängig davon, dass es nie ein Mädchen gegeben hat, das sich an meiner Aufmerksamkeit überhaupt lange genug erfreuen konnte, um so etwas wie tiefgründigere Gefühle entwickeln zu können. Und du?«, fuhr er grinsend fort, als sie die Augen zusammenkniff.

Lil wusste nicht, ob er sich darüber bewusst war, wie kurz davor sie war, ihn anzuflehen, sie zu vögeln. Oder wieso das überhaupt so war. Angesichts der Tatsache, dass sie sich eigentlich fühlte, als hätte man sie durch einen Fleischwolf gedreht. Ihre Arme protestierten, ebenso wie ihre schmerzenden Beine, die sie um seine Hüften schlang, um den Halt nicht zu verlieren. Ihre Handgelenke brannten unter dem heißen Wasser. Die Striemen an ihrem Hintern taten sogar verdammt weh, als er sie dort berührte. Und trotzdem sehnte sie sich nach ihm, seinen Berührungen, seiner Art, sie zu vögeln … Weil sie niemals genug von ihm haben würde. Eine Gewissheit, die sich alles andere als falsch anfühlte. Aber trotzdem …

»Wir sollten darüber reden, wieso du überhaupt welche für mich hast, meinst du nicht?« Raven fuhr mit seiner Zunge über die Stelle, in die er gerade gebissen hatte. »Gefühle. Das klingt ein wenig nach einem tiefsitzenden unreflektierten Komplex. Hm«, fügte er gedehnt hinzu, bevor er sie ein Stück anhob und sie auf sich gleiten ließ. Wesentlich langsamer, als er es wahr-

scheinlich letzte Nacht getan hatte. »Wie ist deine Selbsteinschätzung in diesem Punkt?«

»F- fick dich«, antwortete sie kaum hörbar zwischen zwei
gehetzten Atemzügen und warf den Kopf nach hinten, als er
sein Tempo steigerte.

Raven erwiderte nichts. Er grinste sie nur an, strich die nassen Haare aus ihrer Stirn und schien es heute Morgen ziemlich
eilig zu haben. Sie schaffte es kaum zu Atem zu kommen,
während seine Stöße schneller und fester wurden, er sie küsste
und sie allein dadurch zum Höhepunkt trieb, indem er ihren
Namen in ihr Ohr flüsterte. Mit seiner rauchigen unfassbar
anturnenden Stimme, die er ebenso gut einzusetzen wusste,
wie seine Worte: »Komm für mich, Prinzessin.«

Der Orgasmus war heftig und intensiv, rollte in mehreren
kleinen Wellen über sie hinweg und hinderte sie daran, überhaupt an etwas zu denken. Liliana stöhnte ungeniert in seinen
Mund. Ohne den Hauch von Scham oder Bedauern, weil ein
leises Stimmchen in ihrem Kopf darauf beharrte, dass er sie
gerade absichtlich abgelenkt hatte.

In diesem einen Augenblick wünschte sie sich, nicht mehr
denken zu müssen. Nicht darüber nachdenken zu müssen, was
das hier war. Wieso sie das Gefühl nicht loswurde, diesen
Moment unbedingt in sich festhalten zu müssen, damit sie ihn
nicht vergaß. Und wieso sie die Worte flüsterte, die sie noch
Sekunden zuvor niemals freiwillig wiederholt hätte: »Ich liebe
dich, Raven.«

Doch es war einfach die Wahrheit. Es fühlte sich auf kranke Art richtig an, es zu sagen, auch wenn sie wusste, dass sie
keine Antwort erhalten würde. Es fühlte sich befreiend und
gut an, das warme Flattern in ihrem Magen zu spüren, als er
mit dem Daumen über ihre Lippen fuhr und sie erneut küsste.
Zärtlich und alles andere als dominant oder brutal.

Liliana sagte die Wahrheit. Weil sie es nicht vergessen wollte. Ihn, diesen Kuss, diesen Augenblick, der alles war, was
zählte. Ganz gleich, wo es enden würde.

Denn das wird es. Es endet immer. Irgendwann.

Eine absurde Gewissheit, die ihr Herz zusammenzog und
ein imaginäres Messer in ihren Magen rammte, das ihr die Luft

zum Atmen nahm und ihr Tränen in die Augen trieb, als er sie schwer atmend wieder hinunterließ und sie auf die Stirn küsste. Ohne ihre Tränen zu sehen, die sich mit dem Wasser vermischten, das aus ihren Haaren auf ihr Gesicht tropfte und ohne etwas von der Furcht zu spüren, die sich mit eisernen Klauen um ihr Herz legte, weil sie ihm in die Augen sah.

Liliana schaute Raven in die Augen und sah - Bedauern.

Gelangweilt kaute Raven auf seinem Stift herum, ohne der Vorlesung wirklich zu folgen. Er hörte kaum zu, malte hin und wieder undefinierbare Kreise auf seinem Block und starrte ständig auf die Uhr über der Tafel. Noch zwanzig Minuten.

Es war nicht so, als wäre er nervös oder sonderlich erregt, aber neugierig war er schon. Auf den Grund für die vage Andeutung in Tylers Kurznachricht, in der er ihn einfach angewiesen hatte, nach der ersten Vorlesung am Mittwoch runter zum Coffeeshop zu gehen und sich dort mit ihm zu treffen. Er hätte etwas Wichtiges herausgefunden.

Das jedenfalls hoffte Raven schwer, denn dieses außerplanmäßige Intermezzo hinderte ihn immerhin daran, die Pause für etwas wesentlich Interessanteres zu nutzen. Wie das Prinzesschen in der Bibliothek flachzulegen, zum Beispiel.

Als hätte Liliana seine Gedanken erraten, warf sie ihm einen Seitenblick zu. Mit einem anzüglichen Lächeln auf den Lippen, als würde sie tatsächlich dasselbe denken wie er. Sie schaute wieder nach vorn und ließ ihre Hand aber unter dem Tisch zu seinem Knie wandern. So selbstverständlich, als gäbe es keinen anderen Platz für sie.

Niedlich. Er selbst interessierte sich eigentlich nicht sonderlich dafür, was einer der anderen Studenten hinter ihnen in den oberen Reihen denken würde, wenn er es zufällig sah. Aber sie war in dieser Hinsicht eigentlich bedeutend verklemmter. Es schien ihr zu missfallen, sich öffentlich mit ihm zusammen blicken zu lassen. Auch wenn es dafür erstens längst zu spät war und zweitens, weil es einfach vollkommen egal war. Weil es ihm nämlich am Arsch vorbei ging, was irgendjemand darüber dachte.

Der feine Politikersohn, den er in der Uni meistens spielte - zusammen mit der Dealertochter? Das war es möglicherweise, was sie abhielt. Nicht ihr eigener Ruf - der kaum noch zu retten war - sondern seiner. Interessant.

Während Professor Carter unten an der Tafel monoton wie immer die Definition einer Cluster B-Persönlichkeitsstörung erläuterte, lehnte sich Raven zurück und griff nach ihrer Hand auf seinem Knie. Ihre Finger verschränkten sich sofort mit seinen und er konnte dem Impuls nicht widerstehen, sie kurz an seine Lippen zu heben und einen Kuss auf ihren Handrücken zu drücken. Bevor er ihre Hand wieder unter dem Tisch verschwinden ließ und sie direkt auf die Beule in seiner Jeans presste. Damit sie ja nicht auf die Idee käme, es könnte ihn nicht anmachen, dass sie ein bisschen die Initiative ergriff. Denn genau das tat es. Und wie.

Er grinste, als er die leichte Röte auf ihren Wangen sah. Und wie sie sich ein wenig fahrig die blonden Haare hinter das Ohr strich, bevor sie ihre Lippen mit der Zungenspitze befeuchtete. Ein mehr als verlockender Anblick. Und ein gutes Gefühl, sie ein bisschen aus der Fassung zu bringen, indem er ihre Hand an seinem Schritt bewegte. Langsam auf und ab. Das Verlangen danach, seine Hose einfach aufzumachen und sie dazu zu bringen, dass sie sich hier und jetzt um sein Problem kümmerte, war stark. Er konnte sich gerade so bremsen, auch wenn er es wirklich kaum noch erwarten konnte, sich das zu holen, was er brauchte.

Verdammt ... das ist bescheuert!

Aber war es das? War es bescheuert, seit fast einer Woche weiter so zu tun, als hätte sich zwischen ihnen nie etwas verändert? Ihr Geständnis einfach zu ignorieren - *sie* und ihr Bedürfnis nach einer Antwort zu ignorieren - und so zu tun, als wäre alles wie früher?

Es war auf jeden Fall nicht fair. Selbst er kam sich ein Stück weit mies vor, weil er das Thema einfach totschwieg, alles dafür tat, sie abzulenken und irgendwie dafür zu sorgen, dass sie es selbst vergaß. Unfair. Das traf es irgendwie.

Aber was soll ich dazu sagen, verdammt!

Eine gute Frage. Es war schließlich nicht so, als hätte er keine Gefühle für sie. Genau das war ja das Problem, aber er musste sich nun mal erst selbst damit auseinandersetzen, bevor er es auch nur in Erwägung ziehen konnte, mit ihr darüber zu reden.

Tut mir leid, Prinzessin. Ich mag dich, aber eigentlich bin ich ein völlig kaputter Typ, der sich noch nie in seinem verkorksten Leben etwas aus den Gefühlen anderer Menschen gemacht hat und der absolut nicht mit Nähe umgehen kann?

Super. Großartige Idee.

Nein. Das war keine Option. Es würde alles nur schlimmer machen. Und komplizierter. Und Raven hasste komplizierte Dinge. Erst recht, wenn sie sich auf zwischenmenschlicher Ebene abspielten, die sich weitestgehend seinem Zugriff entzogen. Nicht seinem Verständnis, das nicht unbedingt. Selbstverständlich wusste er so gut über die Funktion und Ursache derartiger Emotionen bescheid, wie man es in diesem verdammten Studiengang nur konnte! Er wusste alles über diese Dinge, hatte sie aber nie - empfunden.

Er hatte es nie selbst gefühlt und hatte keine Ahnung, wie es sich anfühlte, einen Menschen zu mögen. Ihn vielleicht sogar zu lieben und alles dafür tun zu wollen, dass dieser Mensch nicht verletzt wurde.

Und nun? Nun sah er Liliana an - sah sie wirklich an - und fragte sich, wie zur Hölle es so weit hatte kommen können. Wann es passiert war. Dieses ... Gedankenmachen. Nachdenken. Spekulieren. Hoffen ...

Ein seltsames Gefühl. Eines, das seinen Magen verkrampfte und dafür sorgte, dass er sich am liebsten übergeben würde. Einfach weil er keinen Zusammenhang zwischen dem was er fühlte und dem, was er wollte, herstellen konnte. Es war absurd.

Sie lenkt mich ab! Verdammt! In ein paar Wochen sind Wahlen und ich kann an nichts anderes denken, als daran, sie nachher in der Bibliothek dazu zu bringen, meinen Schwa-

»Mr. Rhys, schlafen Sie schon wieder in meiner Vorlesung ein? Langweilt Sie mein Seminar so sehr, dass Sie es nicht fertigbringen, sich 90 Minuten lang zu konzentrieren?«

Die dröhnende Stimme des Profs peitschte durch den Hörsaal und riss Raven tatsächlich aus seinen Gedanken. Er hatte nicht einmal mitbekommen, dass er sich offenbar ungewollt so sehr entspannt hatte, dass er die Augen geschlossen und einfach das Gefühl ihrer Finger auf seiner Hose genossen hatte ... Mist!

»Aber nicht doch, Sir«, antwortete er so schnell und gewohnt lässig, als es ihm in Sekundenbruchteilen gelang, seine trockene Zunge von seinem Gaumen zu lösen. Bedauerlicherweise zog seine Prinzessin umgehend ihre Hand weg.

»So? Dann können Sie mir sicher sofort die neurobiologischen Ursachen für das Entstehen einer BPS nennen, nicht wahr?« Die Tonlage des Dozenten war nur dezent von Sarkasmus und viel mehr mit Drohung gesalzen, als er langsam die Arme vor der Brust verschränkte.

Raven biss die Zähne zusammen und fluchte innerlich, schaffte es aber irgendwie, sich umgehend wieder unter Kontrolle zu bekommen.

»Selbstverständlich, Sir«, antwortete er so gelassen wie möglich und war sicher, dass inzwischen alle Augen im Raum auf ihn gerichtet waren. Zumindest die derer, die nicht längst eingepennt waren. »Über ein Neuroimaging und unter Zuhilfenahme verschiedener Testverfahren zur Impulskontrolle lässt sich erkennen, dass Borderline Persönlichkeitsstörungen immer mit einer Grundtendenz zu einer Unterfunktion im präfrontalen Cortex einhergehen. Verantwortlich für die Symptome sind also ein reduziertes Volumen der Amygdala, die für die Gefühlsreaktionen zuständig ist und des Hippocampus, der wiederum die Gedächtnisfähigkeit reguliert. Bei Störungen in diesen Bereichen kommt es zu unregulierten Emotionen, die nicht im Gedächtnis abgespeichert werden können und -«

»Danke, das reicht, Mr. Rhys. Sie haben also doch geschlafen, nicht wahr?« Das breite Grinsen im Gesicht des Professors konnte Raven sogar noch hier oben bestens erkennen. Am liebsten hätte er es aus seinem Gesicht geprügelt. Es war der warnende Blick der Prinzessin, der ihn daran hinderte, einen Spruch dazu abzulassen.

Teufel! Selbst das trieb sie ihm schon aus. Herrlich!

»Kommen Sie nach der Vorlesung zu mir, ich würde gerne mit Ihnen darüber sprechen, was Sie in Ihrer letzten Hausarbeit zu diesem Thema erörtert haben und warum Sie in Gottes Namen im Augenblick so abgelenkt sind, dass Sie Ihre eigenen geschriebenen Worte offenbar einfach vergessen! So viel zum reduzierten Volumen des Hippocampus, nicht wahr?«

Raven wusste, dass Carter sich daran aufgeilte, ihm eins reinzuwürgen! Bisher hatte es weder an seinen Leistungen noch an sonst irgendetwas etwas auszusetzen gegeben. Aber es war allgemein bekannt, dass es der Dozent nicht leiden konnte, Studenten in seinen Vorlesungen zu haben, die mehr auf dem Kasten hatten, als er selbst. Hinreichend bekannt und von Raven nur zu gern ignoriert. Bisher jedenfalls. Solange er nie unfair benotet worden war, war ihm das jedenfalls ziemlich weit am Arsch vorbeigegangen. Möglicherweise ein Fehler.

Fuck!

Selbstverständlich ließ die Aussicht auf eine Unterredung unter vier Augen mit seinem nicht sonderlich hochgeschätzten Dozenten seine Laune noch weiter sinken. Zusammen mit der so schönen Erektion in seiner Jeans. Etwas, das ihn wirklich stinksauer machte! Was für ein beschissener Tag ...

Ohne ihn anzusehen, kritzelte Liliana etwas auf ihren Block und schob ihn zu ihm rüber.

Sei artig bei ihm! Dann ziehe ich mein Höschen aus und du darfst es behalten. Nachher erkläre ich dir nochmal den Zusammenhang zwischen Impulskontrolle und affektiver Instabilität. XXX

Mit hochgezogenen Augenbrauen überflog er ihre krickelige Handschrift und tatsächlich - er grinste.

»Nicht du bist diejenige, die irgendwelche Bedingungen stellen kann«, flüsterte er ihr zu, ohne sich allzu weit zu ihr rüber zu beugen. »Gib mir dein Höschen.« Auffordernd hielt er ihr unter dem Tisch die Hand hin.

Einen Moment rechnete er eher damit, dass sie trotzig von ihm wegrücken und tun würde, als wäre er Luft. Doch sie überraschte ihn tatsächlich, indem sie sich neben ihm bewegte. Nur leicht und so unauffällig, dass niemand mitbekam, dass sie versuchte, seiner Aufforderung sofort nachzukommen. Etwas, das vermutlich bedeutend leichter gewesen wäre, wenn sie weiter oben gesessen hätten. Oder sich irgendwo anders allein in einem verlassenen Zimmer aufgehalten hätten. So dauerte es fast eine Minute, bis sie es geschafft hatte.

Liliana war knallrot im Gesicht und vermied es weiterhin, ihn anzusehen, und doch spürte er, wie sie ihm das geforderte Kleidungsstück in die geöffnete Hand drückte. Sofort schloss er seine Finger darum und gab sich nur zu gern der Vorstellung hin, dass sie unter ihrem knappen hübschen Röckchen nun gar nichts mehr trug. Nichts, das ihn in irgendeiner Weise daran hindern würde, Tyler gleich einfach zu versetzen, sie in die nächste Ecke zu schleifen und seinen latent schwelenden Frust an ihr abzubauen. Immerhin schien sie ihm ja nur allzu bereitwillig entgegenzukommen. Was sprach also dagegen?

Eine weitere lautlose Kurznachricht auf seinem Handy - die sprach dagegen. Entnervt las er die Bitte seines Bruders, sich zu beeilen. Etwas, das mit der zusätzlichen bevorstehenden Moralpredigt da unten nur schwerer werden würde. Herrlich!

So war es keine große Überraschung, dass Raven ziemlich frustriert war, als er fast eine halbe Stunde später nach einer zehnminütigen übertriebenen Ermahnung nur noch fünfzehn verbleibende Minuten hatte, sich von seinem großen Bruder auf den neusten Stand bringen zu lassen. Er hoffte für Ty, dass er ihn nicht umsonst davon abhielt, die aufgestaute Frustration auf anderem Wege abzubauen!

Es überraschte ihn nicht sonderlich, Tyler im Coffeeshop neben der Tür herumlungern zu sehen; umringt von einer Horde jüngerer Studentinnen, die offensichtlich mehr als angetan von ihm waren. Wenigstens das musste er seinem Erzeuger lassen - er hatte seine Söhne mit guten Genen ausgestattet. An Verehrerinnen würde es ihnen beiden sicher nie mangeln.

Entnervt schob er sich durch die Studenten, die den Coffeeshop in der Pause immer bevölkerten, als würde es nirgendwo sonst einen dämlichen Kaffee geben.

»Da bin ich. Was gibt's?«, fragte er laut genug, um die kichernden Weiber übertönen zu können und starrte Ty auffordernd an.

»Ah, da bist du ja Brüderchen. Wie nett, dass du es noch einrichten konntest.«

Raven verkniff sich eine wütende Antwort und einen Hinweis darauf, dass Tyler sich seine angeblichen Informationen auch genauso gut in den Arsch schieben konnte, und folgte ihm stattdessen unter gestöhnten und hörbar enttäuschten Seufzern nach draußen vor das Unigebäude. Er bemühte sich, nicht allzu erleichtert zu wirken, während er die deutlich bessere Luft einatmete und sich eine Zigarette aus der Schachtel in seiner Jeans nahm.

»Ich bin ganz Ohr«, sagte er zynisch, nachdem er einen tiefen Zug genommen hatte und Ty die brennende Zigarette anbot.

Tyler schüttelte nur lächelnd den Kopf. »Ich hab schon vor einem Jahr aufgehört, aber danke. Also«, setzte er nach und räusperte sich fast theatralisch. »Kannst du deine nächste Vorlesung sausen lassen? Am besten Morgen auch! Ich habe zwei Flüge für uns gebucht. Nach L.A. Bevor du ausrastest, hör mir erst zu!«

Fragend starrte Raven seinen Bruder an und bemühte sich dabei nur halbherzig, nicht allzu ungeduldig zu wirken.

»Ich bin nicht hundertprozentig sicher, deswegen hab ich in der Nachricht nichts davon geschrieben, aber es besteht immerhin die Möglichkeit ... und ich dachte, du würdest gerne mitkommen und herausfinden, ob es stimmt, oder nicht -«

»Ob *was* stimmt?«, unterbrach Raven ihn nun am Ende seines Geduldsfadens angekommen. Dieses Rumgedrucke war ja nicht zum Aushalten!

»Ich habe die möglicherweise nicht unbegründete Vermutung, dass Mom nicht tot ist!«

Die Zigarette in seinem Mundwinkel fiel auf den Boden, als Ravens Kinnlade hinunterklappte. Er starrte Ty an - so perplex, dass er für einen Augenblick sogar das Atmen vergaß. Völlig entgeistert und verwirrt. In dem festen Glauben, sich verhört zu haben. Das konnte einfach nicht wahr sein! Was auch immer in Tylers Schädel nicht funktionierte - das war ganz und gar unmöglich!

»Du verarschst mich!«, stieß er schließlich hervor und selbst seine Stimme klang irgendwie unwirklich.

Das ist ein Traum. Ich verliere den Boden unter den Füßen. Den Verstand. Oder es liegt am Lernstress, oder an dieser dämlichen Sache mit Liliana, oder -

Teufel! Nichts davon traf zu. Raven hatte keinen Lernstress, weil er nicht lernte. Er hatte kein sonderlich ausgeprägtes oder beeinträchtigendes Problem mit dieser Beziehungssache zwischen Liliana und ihm und er hatte letzte Nacht verdammt gut geschlafen! Nicht lange, weil er die Hälfte davon damit beschäftigt gewesen war, sie erst nach dem Essen in seiner Küche zu vögeln und danach in seinem Bett und -

»Beruhig dich, Raven!«, zischte Ty ihm mehr oder weniger nervös zu, als hätte er Schiss davor, Raven könnte mitten in der Öffentlichkeit einfach ausrasten, irgendjemandem in einem plötzlichen Wahnanfall an die Gurgel gehen oder sonst etwas Verrücktes tun.

Dabei rührte er sich keinen Millimeter vom Fleck. Er stand einfach da, mit leergefegtem Schädel, glotzte Tyler an und versuchte angestrengt, irgendeinen klaren Gedanken zu fassen! Das war aber verdammt noch mal unmöglich, weil es weder in seiner Realität noch in seiner Vorstellungskraft irgendetwas gab, das diese - Vermutung - in irgendeiner Weise logisch erklären könnte!

Es war nicht wahr. Fertig.

»Okay«, sagte er langsam, als das Gefühl in seine Füße zurückkehrte. »Ich hau ab. Lass mich mit deinen Wahnvorstellungen in Ruhe, Tyler! Keine Ahnung, was mit dir nicht stimmt, aber du bist nicht ganz dicht! Du glaubst doch wohl nicht, dass ich dir diese gequirlte Scheiße abkaufe, oder?«

Tatsächlich sah Tyler aus, als hätte Raven ihm ins Gesicht geschlagen. Was er bedauerlicherweise nicht tun konnte, wenn er nicht wegen einer Prügelei auf dem Campusgelände von der Uni fliegen wollte. Oder im Knast landen, weil er einen Officer vermöbelte. Der zwar in einem ganz anderen Bundesstaat angestellt war, aber das würde vermutlich keine große Rolle spielen. Ebenso wie die *Berechtigung* es zu tun. Denn die hatte er. Und wie!

Kopfschüttelnd und tatsächlich - sprachlos - wandte Raven sich um und setzte sich in Bewegung. Ohne auf ein einziges der Worte zu reagieren, die ihm sein geistesgestörter Bruder hinterherrief. Ohne einen einzigen Gedanken an die Vorlesungen zu verschwenden. Oder an seine Prinzessin, die sich irgendwann vielleicht fragen würde, wo er abgeblieben war. Oder auch nicht. Wer wusste das schon. Wer wusste überhaupt irgendwas?

Raven jedenfalls bekam mehr und mehr das Gefühl, das sein ganzes Leben unter seinen Fingern zerrann. Es bröckelte. Es zerfiel in tausend Teile. Einfach so. Und alles, was er wollte, war trinken, vergessen, verdrängen, ignorieren. Etwas, das er wirklich gut konnte, oder nicht? Es funktionierte bei allen Dingen. Dem Studium, seinen illegalen Glücksspielen, dem hoffentlich zielführenden Deal mit Wagrowski, seinen Gefühlen für Liliana ... Da machte es auch keinen Unterschied mehr, ob er allein die Möglichkeit ausklammerte, seine Mutter könnte aus irgendwelchen abstrusen Gründen noch leben. Lächerlich!

Absolut - lächerlich ...

Lil gähnte und machte sich gar nicht erst die Mühe, die Hand vor den Mund zu halten. Wozu? Sie war die Einzige in der Bar! Unfassbar! Normalerweise war um halb zehn Uhr abends deutlich mehr los. Aber zu ihrem Leidwesen und ihrer nicht nur latenten Müdigkeit fand heute das letzte Footballspiel der Saison am College statt. Klar, dass die halbe Stadt dort sein würde. Die andere Hälfte würde sich das Spiel vielleicht zu Hause vor dem Fernseher ansehen. Oder irgendetwas anderes tun - außer hierher zu kommen, sich Joes griesgrämiges Gesicht reinzuziehen und dabei vielleicht darauf zu hoffen, ein ungepanschtes Bier serviert zu bekommen, wenn man sich doch her verirrte.

Wenigstens hatte ihr Boss nicht gemeckert, als sie vor einer halben Stunde den Ausdruck der Dissertation herausgeholt hatte, die sie für den Klinik-Kurs durchgehen wollte. Die Vorlesung heute war ja gründlich schiefgelaufen. Ein bisschen hatte es ihr leidgetan, dass Raven erst vor versammelter Mannschaft zurechtgewiesen worden war und anschließend auch noch eine saftige Hausarbeit aufgebrummt bekommen hatte. Das war nicht ganz fair gewesen und sie war wirklich versucht gewesen, am Ende des Seminars zu Professor Carter zu gehen und ihm zu sagen, dass er ihr die Strafe geben sollte. Aber dann hatte sie Ravens warnenden Blick auf sich gespürt und hatte seine Entscheidung hingenommen. Irgendwie fand sie es sogar niedlich von ihm, dass er ihr das Drama hatte ersparen wollen ...

Sie sah auf die Uhr, seufzte leise und holte ihr Handy heraus. Keine neuen Nachrichten. Nicht überraschend. Grundsätzlich jedenfalls. Aber irgendwie hatte sie schon damit gerechnet, dass er ihr wenigstens eine Erklärung für sein plötzliches Verschwinden geben würde.

Die unübersehbare Tatsache, dass sie ihm anscheinend so egal war, dass er ihr nicht einmal Bescheid gab, wenn er sich einfach unerlaubt verpisste, versetzte ihr einen schmerzhaften Stich in den Magen.

Es erinnerte sie ungefragt daran, dass es noch unendlich viele unausgesprochene Dinge zwischen ihnen gab, die ihr nachts Albträume bescherten. Die sie unkonzentriert in der Gegend herumstarren ließen. Die ihr einfach nicht gefielen! Weil sie es hasste, wenn Probleme ungeklärt blieben. Wenn man sie ignorierte erst recht. Und genau das tat Raven seit Tagen. Er ignorierte sie, ihr Geständnis und die Möglichkeit, dass er ihr genau damit wehtat.

Es sei denn, dachte sie bissig, *das liegt in seiner Absicht. Weil er es nämlich geil findet, anderen wehzutun.*

Aber auch das war nicht ganz fair. Schließlich beschränkte sich seine sadistische Ader ausschließlich auf den Sex und ansonsten war er erstaunlich umgänglich. Sobald man seinen grenzenlosen Zynismus erkannt und akzeptiert hatte jedenfalls.

Abermals dachte sie darüber nach, wohin er danach verschwunden war. Und wieso er sich Teufel noch mal nicht meldete! War es so schwer, eine Whats-App-Nachricht zu schreiben? Oder eine Sprachnachricht? Ein Atmen würde schon reichen, damit sie wusste, dass er nicht in irgendeinem Klo in der Uni ertrunken war. Niemand hatte sie seit der Vorlesung in Klinischer Psychologie gesehen und niemand wusste, wo er hingegangen sein könnte. Klar. Abgesehen davon, dass er recht beliebt war - vor allem bei den Weibern, die ihn anhimmelten, wo immer er auch hinging - war er ein Einzelgänger. Genau wie sie. Richtig befreundet war er mit niemandem und in letzter Zeit verbrachte er seine Pausen eigentlich auch nur noch damit, sie irgendwo in der Uni zu vögeln.

Frustriert schaltete sie das Smartphone neben ihren Unterlagen wieder aus und ignorierte die Seitenblicke von Joe weiter gekonnt. Sich auch noch mit ihm und seinen perversen Fantasien auseinanderzusetzen war wirklich das Letzte, was sie heute Abend noch gebrauchen konnte.

Das war früher bedeutend einfacher gewesen. Bevor sie angefangen hatte, sich von Raven flachlegen zu lassen. Bevor sie irgendwann begonnen hatte, ihre schlabbrigen gebrauchten

Klamotten wirklich durch die Sachen auszutauschen, die er ihr gekauft hatte. In der Uni, auf der Arbeit, im Käfig ...

Sie hatte es nicht einmal bemerkt, auch wenn sie sich zumindest tagsüber auf die längeren und weniger aufreizenden Röcke konzentrierte als die, die sie im Club trug. Erst als die Blicke der Männer in ihrer Umgebung immer komischer geworden waren. Ihre männlichen Kommilitonen oder die anderen Studenten auf dem Campusgelände beachteten sie. Sie spürte ihre Blicke auf sich und es fühlte sich erstaunlich wenig unangenehm an, diese Art von Aufmerksamkeit zu bekommen. Selbstverständlich tat Raven so, als bemerke er es nicht, oder als kratzte es ihn einfach nicht. Aber auch seine Blicke entgingen ihr nicht.

Die besitzergreifende Gier, mit der er sie in jeder freien Minute in irgendeine dunkle Ecke oder in einen leerstehenden Raum zerrte. Und wenn es nur war, um sie zu befummeln, sie heiß zu machen und sie dann so lange schmoren zu lassen, bis sie fast darum bettelte, dass er es zu Ende brachte. Ein Spiel, das ihm wahnsinnig viel Spaß machte ... Die nicht zu verleugnende Tatsache, dass es ihm gefiel, sie ständig überall anzufassen und seine Eifersucht, die er zwar wirklich gut überspielen konnte, die aber nicht nur *ihr* aufgefallen war. Sondern auch Joanna, die diese ganze komische Sache zwischen ihnen schon vor Tagen durchschaut hatte.

Nur, dass es keine Rolle spielt, wie es für jemand anderen aussehen könnte, richtig? Solange der feine Herr die Zähne nicht auseinander bekommt und sich von seinem hohen Ross bequemt - und wenigstens den verdammten Anstand hat, mir irgendwas zu geben - ist es vollkommen egal!

Selbst wenn es eine Abfuhr wäre. Sie brauchte die Gewissheit. Dieses Herumschweben im luftleeren Raum war fürchterlich anstrengend und frustrierend. Ein weiterer schmerzhafter Gedanke, der ihre Laune noch weiter in den Keller sinken ließ.

Auf den Text vor ihrer Nase konnte sie sich auch nicht wirklich konzentrieren. Über die Komorbidität von Borderlinerkrankungen und deren mögliche Auswirkungen auf das Sozialleben ...

Warum las sie das überhaupt durch?

Sie seufzte leise, fuhr sich mit den Fingerspitzen durch die Haare und tat, als wäre Joe Luft. Dabei sah sie aus dem Augenwinkel, wie er auf seinem Hocker herumrutschte und sie anglotzte. Ekelhaft!

»Nix los heute, was?«, knurrte er und tippte auf seinem Handy herum. Zweifellos nur, um sich einen neuen Porno anzumachen, bevor er sich hoffentlich aufs Klo verpissen und sich dort einen runterholen würde.

Damit sie ein paar ungestörte Minuten für sich hatte, in denen sie darüber nachdenken konnte, ob es nicht vielleicht besser wäre, diese - Affäre - mit Raven zu beenden. Um nicht noch gefrusteter zu werden. Nicht sexuell natürlich. Schließlich konnte sie sich in dieser Hinsicht nicht beschweren und würde nie auf die Idee kommen, sich weniger von dem zu wünschen, was er ihr bot. Dafür war es viel zu gut mit ihm zu schlafen. Umwerfend. Unglaublich befriedigend, aufregend, neu ...

Als ihre Wangen anfingen, heiß zu werden, vertrieb sie die Gedanken an die letzte Nacht. Weil ihr allein die Erinnerung daran, sich von ihm auf seiner Küchentheke befriedigen zu lassen, nämlich viel zu gut gefiel. So gut, dass sie das Brennen zwischen ihren Beinen spürte, nur weil sie sich in Erinnerung rief, wie es sich angefühlt hatte ...

Ich komme nie von ihm los, wenn ich ihm nicht die Pistole auf die Brust setze, dachte sie mit einsetzender Verzweiflung und unterdrückte ein gequältes Stöhnen.

»Willst du Feierabend machen? Ich denke, es kommt wohl keiner mehr, was?«

Verwirrt und einigermaßen ungläubig drehte sie den Kopf in Joes Richtung. Sie war sicher, sich verhört zu haben. Joe bot ihr niemals an, eher Feierabend zu machen. Und ihre Schicht heute ging noch eine Stunde. Ihr vernebelter Verstand spielte ihr sicher nur einen dummen Streich. Oder Joe machte sich über sie lustig. Schon wieder!

»Guck nicht so, Prinzessin!« Die Art, wie er das letzte Wort betonte, ließ ihre Nackenhaare zu Berge stehen, aber sie zwang sich, sich nichts anmerken zu lassen. »So wie du aus der Wäsche guckst, würdest du mir eh nur die Gäste vertreiben. Kannst ruhig zu deinem Nebenjob gehen.«

Das breite Grinsen auf seinen wulstigen Lippen ließ schließlich sämtliche ihrer Alarmglocken schrillen, ohne dass sie eine genaue Ursache dafür ausmachen konnte. Etwas stimmte nicht - aber was?

War er heute Morgen mit dem falschen Fuß aufgestanden? Oder lag es an ihrer miesen Laune? Daran, dass sie so abwesend war, dass sie einfach nicht bemerkt hatte, dass sie sich irgendwie in ein Paralleluniversum gebeamt hatte, in dem plötzlich alles kopfstand und sich einfach jeder komisch verhielt?

»Was passt dir an meinem Gesicht nicht?«, fragte sie vorsichtig und bemüht, weder paranoid noch sonderlich verwirrt dreinzuschauen. Sie war überreizt. Übermüdet. Das war alles. »Und was meinst du mit Nebenjob?«

Joe warf den Kopf in den Nacken und lachte schallend. »Ach komm, tu nicht so. Man bekommt so einiges mit, wenn man eine Bar leitet, Schätzchen. Man munkelt, du treibst dich an gefährlichen Orten herum. The Cage? Das Haus eines stadtbekannten Drogenbarons, wo du auf einer SM-Party gesehen wurdest?« Er nickte eifrig und Liliana gefror das Blut in den Adern. Ihr Mund wurde so entsetzlich trocken ... »Interessante Freunde hast du, das muss ich sagen. Trittst in die Fußstapfen deines Alten, was?«

»Was redest du da?«, presste sie mühsam hervor und wünschte sich, sein Gesicht würde einfach - platzen. Damit dieser widerwärtige Ausdruck aus seinen Glubschaugen verschwand, mit dem er sie ansah, als fiele ihm gerade zum ersten Mal auf, dass sie Titten und eine Vagina hatte? Dass er zwanzig Jahre älter war als sie, schien ihn dabei nicht sonderlich zu stören. Sie vertrieb den einsetzenden galligen Geschmack in ihrem Mund, so gut es ging. »Es geht dich gar nichts an, was ich in meiner Freizeit tue! Außerdem -«

»Stimmt, geht mich nix an. Ist ja deine Sache. Aber wenn du dein Trinkgeld auch in Zukunft behalten willst, solltest du hin und wieder daran denken, dass ein Anruf beim Finanzamt reicht, hm?«

»Das sagst ausgerechnet du mir?«, schrie sie ihrem Boss nun unkontrolliert ins Gesicht und merkte nicht einmal, wie sich ihre aufgestaute Verwirrung in Zorn verwandelte. »Wie viele Steuern hast du in diesem Jahr schon hinterzogen, hm? Mehr als ein paar hundert Dollar, oder? Schieb dir deinen Scheißjob in den Arsch, Joe! Das Letzte, was ich tun würde, ist die Beine für dich breit zu machen! Ich bin keine Hure!«

Atmen! Wenn sie nicht das nächstbeste Bierglas in die Hand nehmen und ihm damit das Grinsen aus der Fresse prügeln wollte, musste sie atmen!

Mit kochend heißen Wangen und zitternden eiskalten Fingern schmiss sie den Ausdruck in ihre Tasche neben der Theke, ließ alles andere stehen und liegen und setzte sich in Bewegung. Das war - ein Albtraum! Völlig absurd! Verrückt!

Mir fehlen nur dreizehntausend Dollar, schoss es ihr in den Sinn, als ihr Blick automatisch über die Theke glitt und sie sich mit tauben Füßen auf die Tür zubewegte. *Dreizehntausend und ich hätte sie zurückkaufen können. Es tut mir leid, Mom -*

Sie konnte nicht bleiben. Keine Sekunde! Sie würde gehen, kündigen und nie wieder einen verdammten Fuß in diese Bar setzen! Das konnte doch echt nicht wahr sein ...

Es gibt genug Jobs! Ich suche mir etwas anderes, spare weiter und kaufe ihm die Scheißbar unter dem Hintern weg und dann -

Leider hatte sie mit dem Arrangement mit Raven bisher nicht ausreichend verdient. Klar. Es hatte geholfen und sie hatte jeden Dollar zur Seite gelegt. Sie war diesem Ziel immerhin um fast zehntausend Dollar näher gekommen, aber das war vorbei! Weil er sie ja nun auch nicht mehr brauchte. Weil er *seinem* Ziel nämlich auch bedeutend näher gekommen war, verdammt! Das Leben seines Vaters zu ruinieren, indem er die Wahlen manipulierte und -

»Wo willst du hin? Hey, ich war noch nicht fertig!«

»Doch Joe!«, zischte sie angewidert, »Wir sind fertig miteinander. Fick dich ins Knie! Du bist abartig, weißt du das?«

»*Ich* bin abartig?«, schrie er zurück, als Lil die alte Jukebox rechts liegen ließ. »Du bist doch hier die Hure! Aber klar! Was will man bei einer Mutter auch erwarten, die nicht mit Geld umgehen konnte und sich in den Ruin gewirtschaftet hat, hä? Von deinem Alten reden wir lieber gar nicht erst! Ein verschissener Dealer und ein Mörder ... Wenn ich nicht gewesen wäre-«

»Wenn du nicht gewesen wärst, wäre es nie so weit gekommen, du blöder Wichser!«

Zwecklos. Sie schaffte es nicht, ihren aufgestauten Zorn noch länger unter Kontrolle zu halten. Als bräche alles Angesammelte aus den letzten beiden Jahren auf einmal aus ihr hervor, blieb sie abrupt stehen und war kurz davor, endgültig die Beherrschung zu verlieren.

»Du hast sie in den Ruin getrieben, indem du ihr irgendwelche Flausen in den Kopf gesetzt hast. Wo sie *ihr* Geld am besten anlegen sollte, wo sie noch ausbauen könnte und investieren und weiß der Herrgott was! Und als sie die verdammten Rechnungen nicht mehr bezahlen konnte, hast du ihr die Bar unter dem Hintern weggerissen, die sie mit ihren eigenen Händen aufgebaut hat! Du bist das Letzte, Joe!«

Das Vibrieren des Handys in ihrer Jeanstasche ließ sie zusammenzucken, weil sie sich zu sehr auf ihren Frust konzentriert hatte. Sie ignorierte es. Genau wie Joes hässliches Gesicht, das sich zu einer zornigen Grimasse verzogen hatte und inzwischen zu einem Spiegel seiner Abartigkeit mutiert war.

»Wenn du jetzt gehst, brauchst du nie wieder einen Fuß in meine Bar zu setzen, du kleine Schlampe!«

»Fick dich, Joe! Ich würde mir lieber ins Bein schneiden, als jemals wieder deine widerliche Visage sehen zu müssen! Für dich arbeiten? Nie wieder! Aber weißt du was? Ich komme zurück! Ich werde die Bar zurückkaufen, und wenn es das Letzte ist, was ich tun werde!«, schrie sie über ihre Schulter hinweg, riss die Vordertür dann so schwungvoll auf, dass sie an der Wand abprallte, und warf keinen Blick mehr zurück.

Die schwüle Abendluft machte es verdammt noch mal nicht besser! Kein Stück!

Liliana fühlte sich elend. Sie zitterte vor Wut, hatte die Hände so fest zusammengeballt, dass ihre Fingerknöchel weiß hervortraten und sich anfühlten, als würden sie sich nie wieder bewegen lassen. Hinzu kamen das taube Gefühl in ihren bleischweren Füßen und die inzwischen mehr als latente Übelkeit, die ihren Magen herumdrehte und am liebsten hätte sie diesem Arschloch einfach vor die Tür gekotzt.

Sie schloss die Augen, hielt den Atem an und blieb nur zwei Meter weiter neben einer flackernden Straßenlaterne stehen.

Atmen, befahl sie sich erneut und gab sich alle erdenkliche Mühe, nicht über das nachzudenken, was er ihr alles an den Kopf geworfen hatte. Welche Worte er benutzt hatte. Was er über ihre Mom gesagt hatte und darüber, dass sie in die Fußstapfen ihres Vaters trat ...

Niemals! Ich werde nicht wie er! Ich werde ...

Eine Träne stahl sich in ihren Augenwinkel. Sie schniefte leise und wischte sie weg. Zwecklos. Sie wusste, dass sie niemals werden würde, wie ihr Vater. Egal, wie viele illegale Sachen sie mit Raven durchzog - oder eben auch nicht mehr. Und was den Rest betraf ...

Nur weil ich mich dort herumtreibe, bin ich noch lange keine Nutte!

Aber stimmte das? War nicht ein Körnchen Wahrheit in diesen Worten und tat nicht genau das verdammt noch mal weh?

Indem sie sich auf den Deal mit Raven eingelassen hatte, hatte sie sich zu seiner Hure gemacht. Unabhängig davon, dass sie anfangs nie vorgehabt hatte, mit ihm in die Kiste zu steigen. Auch wenn sie sich nicht dafür bezahlen ließ, sondern dafür, ihn zu begleiten ... und sich damit automatisch auch zu seiner Komplizin gemacht hatte. Bei seinen Versuchen, den Ruf seines Vaters zu ruinieren und ihn öffentlich zu vernichten, ohne dass sie überhaupt etwas davon mitbekommen hatte!

Und das Letzte, was sie gewollt hatte, war sich in ihn zu verlieben und dann beinahe alles dafür zu tun, dass er sie nicht hängen ließ ...

Ich war seine Hure - ob mir das passt oder nicht. Und jetzt nicht einmal mehr das. Es ist alles im Arsch!

Ein schmerzhafter Gedanke, der das imaginäre Messer in ihrer Brust noch einmal herumdrehte. Weil er wahr war. Und weil sie es tief in ihrem Inneren selbst wusste.

Das Handy in ihrer Hosentasche vibrierte erneut. Liliana zögerte, bevor sie es herauszog. Sie hatte keine Lust auf Joannas Genöle oder darauf, ihrer Kommilitonin zum hundertsten Mal zu erklären, was sie für die Klausur in Bakers

Kurs nächste Woche alles lernen musste. Weil sie selbst auch irgendwie noch die Zeit finden musste, den Stoff nachzuholen und sich irgendwie darauf zu konzentrieren, wenigstens im Studium nicht die Kontrolle zu verlieren. Alles, was ihr geblieben war. Jedenfalls fühlte es sich so an.

Lil biss sich auf die Unterlippe, als sie Ravens Nummer auf dem Display sah. Sein vierter Anruf und sie hatte nicht einmal mitbekommen, dass er es noch mal versucht hatte.

Rangehen - oder ignorieren. Die alles entscheidende Frage. Gerade war ihr nämlich nicht unbedingt danach zu Mute, sich von dem feinen Herrn in seine Wohnung bestellen zu lassen. Damit er sie anschließend an sein Bett fesseln konnte und sie als sein Ventil herhalten durfte. Auf noch mehr Schmerzen konnte sie im Augenblick wirklich verzichten, auch wenn sie sich ganz kurz die atemberaubenden Orgasmen vorstellte, die ihr dadurch ebenso entgehen würden ...

»Was ist?«, rief sie schließlich entnervt in ihr Telefon, nachdem sie entschieden hatte, ihn wenigstens zu Wort kommen zu lassen. Ablehnen könnte sie immer noch, oder nicht? Die Frage, was zur Hölle mit ihm los war, dass er einfach aus der Uni verschwand, verkniff sie sich. Sie hatte ohnehin zu viel mit sich selbst zu tun, um sich auch noch für seine wechselnde Launenhaftigkeit zu interessieren.

»Kannst du mich abholen? Ich hab meinen Wagen geschrottet.«

Drei Sekunden, die sich wie eine Ewigkeit zogen. In denen seine Worte in ihren Ohren nachhallten, rauschten und die ihr Herz zum Aussetzen brachten.

»Wo bist du?«, schrie sie beinahe hysterisch, als sich ihre Zunge bewegen ließ und der Schock noch nicht tief genug saß, um sie ernsthaft daran zu hindern, überhaupt etwas zu sagen.

Das war nicht zu fassen! Was auch immer in den letzten Stunden in ihn gefahren war - er hatte es tatsächlich geschafft, ihren ohnehin schon miesen Tag noch mieser zu machen! Da sie vom Klang seiner Stimme her und der Tatsache, *dass* er sie anrufen *konnte*, umgehend davon ausging, dass er nicht ernsthaft verletzt war, sparte sich ihr angeschlagener Verstand offenbar nur zu gern die Sorge. Stattdessen drehte ihr Kopf auf 180 hoch! War sie bisher nur einigermaßen wütend wegen dieses Debakels mit ihrem Ex-Chef gewesen, explodierte sie nun förmlich! Und das mit Freude!

»Reg dich ab, Prinzessin! Nimm dir ein Taxi und komm einfach zum Memorial Park Friedhof, okay?«, knurrte er in sein Handy und stieß dann einen Fluch aus, den sie nur undeutlich verstehen konnte.

Ihr Kopf verarbeitete die Informationen nur langsam. »Was machst du auf dem Friedhof? Wieso ist dein Auto Schrott? Und warum zur Hölle -«

»Halt die Luft an, verdammt! Schwing deinen Arsch einfach her, ja? Ich habe echt keinen Bock -«

»Hör auf, mich zu unterbrechen, Raven!«, schrie sie wütend in den Hörer und hoffte, dass ihm davon die Ohren klingelten. Wer ihr Gespräch auf der Straße alles hören konnte, war ihr herzlich egal. Es war eh niemand draußen unterwegs, als sie sich zu Fuß auf den Weg zur Busstation an der Kaserne begab. Von dort aus müsste sie sich ein Taxi nehmen.

Verdammt - ich sollte ihn einfach da sitzen und schmoren lassen! Nichts anderes hat er verdient! Soll er nach Hause laufen und -

»Prinzessin«, hörte sie ihn sagen und erschrak über seinen plötzlich veränderten und alles andere als aggressiven Tonfall. »Beeil dich.«

Raven beendete das Gespräch, ohne auf ihre Antwort zu warten und Lilianas Herz setzte erneut aus. Einen endlos langen Schlag.

Die Wut in ihrem Magen löste sich auf und machte einem Gefühl Platz, das sie niemals in diesem Ausmaß in seiner Gegenwart empfunden hatte. Das letzte Mal an dem Tag, als man ihr mitgeteilt hatte, dass ihre Mutter verstorben war.

Angst. Um ihn.

Mit geschlossenen Augen, tauben Fingern und Füßen und dem Geschmack seines eigenen Blutes im Mund saß Raven im feuchten Gras und starrte leer vor sich hin. Sein Kopf war leer. Ebenso wie sein Blick, der stumpf auf den Stein vor sich gerichtet war, ohne dass er ihn wirklich ansah.

In seinen Ohren rauschte es. Sein Puls war normal, aber das wunderte ihn nicht sonderlich. Ebenso wie die vollständige Abwesenheit von Schmerz. Sein Verstand war noch längst nicht so vernebelt, als das er den Zusammenhang zwischen seinem emotional aufgewühlten Zustand und dem anhaltenden Schock nicht erkennen konnte. Besser beschreiben ließ sich das nicht.

Doch sobald der Schock nachlassen würde, was vielleicht noch zwanzig oder dreißig Minuten dauern würde, würde er die Schmerzen in seinem Oberarm spüren. Die Prellung, die er sich beim Aufprall und dem lächerlichen Versuch zugezogen hatte, seinen Kopf zu schützen. Indem er sich idiotischerweise nach links runtergebeugt hatte, wo er sich wirklich idiotischerweise den Schädel am Schaltknüppel angeschlagen hatte. Der aufgehende Airbag hatte sein Übriges geleistet. Von seinem dann auch garantiert schmerzenden Knie ganz zu schweigen. Das hatte er sich nämlich ziemlich blöd verdreht.

Tja. Selbst schuld, was? Nicht angeschnallt mit 90 Meilen über den beschissenen Feldweg rasen und so unkonzentriert zu sein, dass man das verschissene Reh nicht sieht, ist wirklich zu dämlich.

Wenigstens war dem Mistvieh nichts passiert. Ein Gedanke, der ihn beinahe auflachen ließ.

Erstaunlicherweise hatte der Wagen keinen Totalschaden und er selbst war nicht so verletzt, dass er nicht hätte herlaufen können. Die letzten dreihundert Meter zum Friedhof, auf dem seine Mom vor einer gefühlten Ewigkeit symbolisch beerdigt worden war. Schließlich war dieses Grab leer. Und möglicherweise dürfte es nicht einmal existieren.

Tyler hat sich geirrt. Das ist einfach - nicht möglich.

Dasselbe Mantra immer und immer wieder. So lange, bis der Schmerz in seiner Brust etwas nachließ, der ihm die Luft zum Atmen nahm und sein Herz zusammenzog, als wollte er es zerquetschen!

Ein weiterer Augenblick, in dem Raven nichts mehr wollte, als ein weiteres Bier. Oder einen Whiskey. Oder irgendetwas anderes, das den widerlichen metallenen Geschmack von seiner Zunge vertrieb und seinen Kopf wieder freier machte. Dabei hatte er sich schon ordentlich einen hinter die Binde gekippt, bevor er sich überhaupt in sein Auto gesetzt und sich auf den Weg hierher gemacht hatte. Ohne zu wissen, was ihn genau hergetrieben hatte.

So ein Schwachsinn!

Raven war hergekommen, um genau das zu tun, was er tat: Dasitzen und auf ein Zeichen hoffen. Darauf, dass ihm vielleicht ein Licht aufging und er wundersamerweise anfing, zu begreifen, was verdammt noch mal los war! Wieso die ganze Welt Kopf stand, nichts mehr so war, wie bisher und wieso zur Hölle seine Mutter ihren eigenen Tod hätte vortäuschen sollen. Lächerlich! Allein der Gedanke war so absurd, dass -

»Raven! O, mein Gott! Was ist passiert? Ich habe deinen Wagen unten an der Straße gesehen und den halben Friedhof nach dir abgesucht! Mein Akku ist leer und ich konnte dich nicht anrufen!«

Raven drehte den Kopf in Lilianas Richtung, als sie schnaufend den kleinen Hügel hochgestiefelt kam. Es war so dunkel, dass er im schwachen Schein der vereinzelten Laternen Mühe hatte, die Sorge auf ihrem Gesicht zu erkennen. Klar. Seine Prinzessin war immer nur - besorgt ... Und verängstigt und nervös und so voller Scham ...

Ich bin doch nicht klar im Kopf. Wahrscheinlich ist das nicht gut. Oder?

Eine gute Frage. Ebenso wie die, weshalb er sich nicht rührte, als sie die letzten Schritte zurücklegte, sich neben ihm auf die Knie ins Gras sinken ließ und ihn umarmte. So fest, dass er kaum Luft bekam. Dann musste er vielleicht doch beschissener aussehen, als er gedacht hatte. Hm.

»Was hast du gemacht?«, fragte sie mit erstickter Stimme und schüttelte den Kopf. Es überraschte Raven nicht wirklich, Tränen in ihren blauen Augen glitzern zu sehen, während sie eindringlich sein Gesicht musterte. Ihre Finger waren eiskalt und zitterten, als sie über seine stoppelige Wange streichelte. Sie sah fast so schockiert aus, wie er sich fühlte. »Wo hast du den ganzen Tag gesteckt? Warst du hier?«

Raven biss sich auf die Zunge, antwortete aber nicht. Er zog ihre Hand von seinem Gesicht und hielt sie fest. Statt einer Erklärung, die sie zweifellos von ihm erwartete, beugte er sich vor und presste seine Lippen auf ihre. Warum er ausgerechnet so reagierte, wusste er nicht. Vielleicht, weil er irgendwie alles in seinem Leben immer nur auf die Art regelte. Die Einzige, die er kannte, die ihn runterbrachte. Die ihn beruhigte. Die ihn vergessen ließ. Alles um sich herum. Und wenn es nur für einen Moment war ...

Liliana zuckte zurück und wollte ihn von sich wegdrücken, doch er zog an ihrem Handgelenk und legte seine andere Hand an ihren Hinterkopf, damit sie nicht ausweichen konnte. Trotz ihres kaum ernstzunehmenden Protestes dauerte es nicht lange, bis sie den Mund öffnete.

Raven fackelte nicht lange und verschwendete keinen einzigen Gedanken daran, was er eigentlich hier tat. Eine überaus praktische Begleiterscheinung des Schocks. Zumindest redete er sich genau das vehement ein, als er seine Zunge in ihren süßen heißen Mund drängte, ihr kaum die Möglichkeit ließ, überhaupt zu atmen und sie mit einer schnellen Bewegung herumwarf. Nun lag sie unter ihm. Bewegungsunfähig und außer Stande, nennenswerten Widerstand zu leisten.

Sie keuchte auf, als er seine Zähne in ihre Unterlippe schlug. Alles andere als sanft und tatsächlich sogar kurz davor, auch noch den Rest seiner Beherrschung zu verlieren. Das meiste davon hatte er beim Unfall eingebüßt. Den größten übrigen Teil bei ihrem Anblick. Und das verbliebene Fitzelchen davon löste sich mit jeder weiteren Sekunde mehr und mehr in Luft auf. Mit jedem Kuss, jeder Berührung, jedem kaum hörbaren Stöhnen, das er ihr entlockte.

Dass sie genau das nicht wollte, war ihm bewusst. Irgendwie. Dass sie nicht auf ihn reagieren wollte, obwohl er ihr kaum die Möglichkeit ließ, über das nachzudenken, was sie wollte oder nicht und erst recht nicht darüber, wie verrückt es zweifellos war, das hier gerade zu tun ...

»Raven«, presste sie irgendwann mühsam hervor. Weil sie seine Atempause dafür nutzte. Weil er das Gefühl hatte, ersticken zu müssen, wenn er in dem Tempo weitermachte. »Hör auf. D- das geht nicht -«

Aber Raven biss die Zähne wieder so fest zusammen, dass seine Kiefer schmerzten, und presste sie erneut runter ins Gras. Scheiß auf die Pause. Scheiß auf alles. Atmen ... musste er nicht. Nicht, wenn es bedeutete, dass sie ihm das verwehrte, was er noch viel mehr brauchte, als Luft in seinen Lungen: Vergessen!

Es war das dumpfe Pochen in seiner Schulter, als sie die Finger darin vergrub und abermals versuchte, ihn wegzudrücken, das ihm verriet, dass der Schock vielleicht doch schneller nachließ. Zumindest, was sein Nervensystem anbelangte. Das reagierte nämlich um einiges intensiver als noch Sekunden zuvor.

Vielleicht lag es auch an ihrem Geruch, der in seine Nase stieg und es ihm unmöglich machte, ihn nicht aufsaugen und in sich festhalten zu wollen. Ihr unfassbar anturnender Geruch, der um so vieles besser war als der imaginäre Gestank des Todes, den er sich einbildete, seit er hier war.

Oder es war ihr Geschmack. Der unverwechselbare Geschmack ihrer Zunge in seinem Mund, oder das leicht salzige Aroma ihres Schweißes nach einer langen Schicht in der muffigen Bar, als er schließlich über ihren Hals leckte und seine Zähne in der Stelle vergrub, unter der er ihren rasenden Puls spürte.

Möglicherweise war es auch ihr ziemlich lautes Stöhnen, das in seinen Ohren wie Musik klang. Eine Mischung aus Schmerz und verleugnetem Verlangen. Ein Laut, den er ihr jedes Mal entlockte, wenn er es darauf anlegte. So wie jetzt in diesem Moment. Weil er nichts mehr wollte, als genau dieses süße Geräusch zu hören, das alle Erinnerungen und allen Schmerz vertrieb. Und wenn es nur für diesen einen Augenblick war.

Es konnte aber auch allein an ihrem Anblick liegen. Weil er seine Finger irgendwann mit ihren verschränkte, ihre Hände über ihrem Kopf ins kühle Gras drückte und sich schweratmend von ihr löste. Um ihr ins Gesicht zu sehen. Um zu sehen, wie sich die Röte auf ihren Wangen selbst bei den miesen Lichtverhältnissen gut erkennbar ausbreitete. Um zu sehen, wie sie sich mit der Zungenspitze über die feuchten geschwollenen Lippen leckte. Um das Funkeln in ihren Augen zu sehen; eine Mischung aus Tränen und Verlangen. Um *sie* anzusehen. Ihre Schönheit, ihre Reinheit, ihre unendliche Hingabe für ihn, die er sich einfach nicht erklären konnte und ihre unschuldige Liebe, die er tatsächlich nicht verdiente.

Raven verdiente es nicht, von Liliana geliebt zu werden und dafür gab es mehr als tausend gute Gründe. Eine Tatsache, die er akzeptiert und nie hinterfragt hatte. Bis jetzt.

Aber vielleicht ist das so, wenn alles auseinanderfällt, an das man geglaubt hat. Vielleicht verschieben sich Normen und Werte wirklich, wenn man in einer Krise steckt und plötzlich nichts mehr so ist, wie es war ...

Er spürte Lilianas fragenden Blick auf sich und merkte, dass er gelacht hatte. Absurd. Und völlig verrückt.

»Mein Bruder glaubt, dass unsere Mutter ihren Tod nur vorgetäuscht hat«, sagte er schließlich leise ohne jede weiterführende Erklärung.

Aber die war auch nicht erforderlich. Er sah, wie sich ihre Augen vor ungläubigem Schreck weiteten, bevor sie das Gesicht zu einem traurigen Lächeln verzog und ihren Kopf hob, um einen sanften Kuss auf seine Wange zu hauchen. Er spürte ihr Mitgefühl, sah ihr Verständnis und wusste, dass sie ihn verstand. Alles.

»Ich habe meinen Job gekündigt und Joe gesagt, dass er sich ins Knie ficken soll.«

Einen endlosen Moment lang schauten sie sich einfach in die Augen. Schweigend. Regungslos. Dann lachte Raven leise, beugte sich zu ihr hinunter und küsste sie abermals. Unendlich ruhig und so zärtlich, dass die verloren geglaubte Wärme in seinen Körper zurückkehrte. Stück für Stück.

Er spürte seine Finger wieder. Seine Füße und den pochenden Schmerz in seinem Knie. Den zurückkehrenden Schmerz in seiner Schulter. In seinem Kopf. In seinem Herzen.

Raven fühlte wieder. Und es war nicht das Schlechteste, was er sich vorstellen konnte. Von den Schmerzen abgesehen.

»Hast du dir was gebrochen?«, fragte sie unter ihm und verzog das Gesicht zu einem gequälten Lächeln. »Das sieht schlimm aus.«

»Schon gut, Prinzessin«, antwortete er schnell, bevor sie auf die Idee kommen konnte, seinen schmerzenden Schädel zu berühren. Er war sicher, dass er sich eine ordentliche Platzwunde oberhalb der linken Augenbraue zugezogen hatte. Aber das Blut war getrocknet, also würde er vermutlich nicht daran sterben. Das Bedürfnis zu kotzen hatte er auch nicht, also war es aller Wahrscheinlichkeit nach auch keine Gehirnerschütterung.

»Wir sollten vielleicht ins Krankenhaus fahren, damit sie dich zusammenflicken, hm?«

Raven lachte, bevor er sich hochdrückte und ihr beim Aufstehen half. »Nur wenn's schnell geht. Ich muss nach L.A. Ich muss wissen, was an dieser Sache dran ist. Außerdem dachte ich, Frauen stehen auf Typen mit Narben.«

»Das ist nicht lustig, Raven!« Sie verzog das hübsche Gesicht schon wieder; dieses Mal allerdings zu einem grimmigen Lächeln. »Dir hätte sonst was passieren können! Bist du schon wieder zu schnell gewesen? Und wie schafft man es bitte, auf einer geraden Straße ein Auto frontal vor einen Baum zu -«

Er ließ sie nicht ausreden, griff erneut nach ihrer Hand und zog sie so kräftig an sich, dass sie ihm förmlich in seine Arme stolperte. Statt einer Antwort presste er seine Lippen auf ihre. Ein Kuss, der um einiges fordernder war, als der vorherige.

»Komm mit mir nach L.A.«, flüsterte er ihr ins Ohr, strich dann sanft ihre Haare nach hinten und schaute sie an. »Sei meine Lebensversicherung, Prinzessin. Damit ich etwas habe, das mich daran erinnert, dass ich keine Nadel in meinem Arm haben will. Mit einem netten Cocktail aus vier nicht näher definierten Barbituraten, die mir ganz allmählich die Lichter ausknipsen, weil ich -«

»Hör auf!«, rief sie kopfschüttelnd und schaute ihn sogar ziemlich biestig an. Der gewohnte Trotz, den er jetzt viel besser gebrauchen konnte, als ihre Sorge, die ihn nur kirre machte. »Das ist kein Scherz, Raven! Niemand wird dir eine Giftspritze verpassen und du wirst nichts tun, das dich in irgendeiner Weise daran hindert, deinen verkackten Abschluss übernächstes Jahr zu machen, kapiert? Damit ich dich noch zwei weitere Jahre nerven kann! Damit wir zwei weitere Jahre darüber streiten können, wer von uns intelligenter ist und damit ich verdammt noch mal darüber lachen kann, wenn du einen Job nach dem anderen wegen deiner unausstehlichen Großkotzigkeit verlierst!«

Sie holte kaum Luft und sprach so schnell, dass er fast Mühe hatte, ihr zu folgen. Etwas, das sie immer tat, wenn sie nervös war. Sie plapperte ohne Punkt und Komma, laberte alles und jedem einen Knopf an die Backe und brachte ihn damit eigentlich regelmäßig auf die Palme. Ständig! In der Uni, die auf einmal so unendlich weit weg war. Zu Hause in seiner Wohnung, beim Essen machen, beim Aufräumen ... So lange, bis er sie zum Schweigen brachte. Meistens, indem er sie flachlegte und sie so lange vögelte, bis ihrem süßen Mund nicht viel mehr als sein gestöhnter Name entwich.

»Außerdem weißt du doch gar nicht, was dich dort erwartet«, beendete sie ihren Monolog, ließ dann aber mehr oder weniger widerstandslos zu, dass er sie umarmte.

Raven ließ sich Zeit mit seiner Antwort. Er hatte darüber nachdenken wollen. Über alles, was nun eigentlich passieren müsste. Aber sein Schädel war viel zu tot gewesen, um sich angemessen den Kopf darüber zu zerbrechen, wie es weitergehen sollte.

Ein Teil von ihm war sich darüber im Klaren, dass ihm keine Wahl blieb, außer eben nach Los Angeles aufzubrechen. Um sich dort mit Ty zu treffen, der wahrscheinlich schon vor

Stunden abgereist war. Um sich mit ihm zu - unterhalten. Um sich anzuhören, was er herausgefunden hatte. Angeblich.

Der andere Teil seines Verstandes leugnete nach wie vor, dass auch nur ein Funken Wahrheit an dieser haarsträubenden Geschichte dran war.

Klar, oder? Wer wollte schon einfach so hinnehmen, dass die eigene Mutter offenbar ihren Tod durch einen Autounfall tausende Meilen von der Heimat, dem Ehemann, den *Kindern* entfernt vorgetäuscht hatte?

So sehr er sich auch bemühte - ihm fiel kein logischer Grund ein, aus dem man so etwas Seltendämliches tun sollte! Eheprobleme und Depressionen hin oder her ...

»Was, wenn es wahr ist«, murmelte er in ihr Haar und spürte, wie sie sich in seiner Umklammerung versteifte. »Was, wenn sie wirklich noch lebt und alles ein riesengroßer Schwindel war? Wenn sie -« Es auszusprechen war fürchterlich! Abartig! Ein widerliches Gefühl, das er nicht empfinden wollte, denn es kanalisierte seinen über drei Jahre angestauten Hass auf seinen Vater auf eine gänzlich andere Person! »- uns loswerden wollte?«

»Dann wirst du nicht allein sein«, antwortete sie nach einem Augenblick ebenso leise. »Wenn es stimmt und deine Mom wirklich noch lebt, werde ich bei dir sein, Raven. Ich werde da sein ...«

Raven schloss die Augen, hielt sie fester und küsste sie aufs Haar. Ein gutes, beruhigendes Gefühl. Es vertrieb die Beklemmung in seinem Magen. Etwas jedenfalls. Weit genug, um einem anderen Gefühl Platz zu machen, das auf seine ganz eigene Art ebenso verwirrend war. Und doch fühlte es sich um so vieles besser an ...

»Danke, Prinzessin.«

»Immer.« Liliana stellte sich auf die Zehenspitzen, küsste ihn kurz, aber sanft auf den Mund und zog ihn dann hinter sich er auf den Weg zu. Zur Straße, an der offenbar das Taxi wartete, mit dem sie hergekommen war. »Komm schon. Finden wir heraus, was dahintersteckt. Aber vorher halten wir bei der Notaufnahme, klar? Keine Widerrede!«

Mit einem schwachen Grinsen ergab sich Raven seinem Schicksal. Und betete, dass Tyler sich irrte. Dass es einen anderen Grund für all das gab. Für die seltsamen Anrufe. Das Verhalten seines Vaters. Und einen anderen Weg als den, den er eingeschlagen hatte. Weil es immer einen anderen Weg gab. Sagte man.

Nervös kaute Liliana auf ihren Nägeln herum, während sie hinter Raven durch den Abfertigungsbereich der Ankunftshalle ging. Es war halb elf am Morgen. Sie hatten den ersten Flug von Topeka nach Los Angeles genommen, den sie kriegen konnten. Geschlafen hatte sie kaum. Eigentlich hätte sie todmüde sein müssen, aber tatsächlich war sie einfach nur aufgekratzt. Und nervös. Und neugierig.

Noch in Kansas hatte Raven mit seinem Bruder telefoniert, der hatte sich am Handy aber wohl ziemlich bedeckt gehalten. Offenbar war er wütend auf Raven. Wegen eines gestrigen Streites, der der Auslöser für Ravens Wutausbruch gewesen war.

Inzwischen konnte sie ihn wesentlich besser verstehen. Wahrscheinlich hätte sie auch nicht anders reagiert, wenn ihr jemand erzählt hätte, dass ihre Mom noch leben würde, während sie jahrelang geglaubt hatte, sie wäre allein ...

Raven tat ihr leid. Sie hatte tiefes Mitgefühl und konnte sich kaum vorstellen, wie es für ihn sein musste. Mit dieser Ungewissheit klarzukommen. Mit dem angestauten Hass auf seinen Vater, den sie inzwischen auch ein wenig besser nachvollziehen konnte.

Gestern Nacht waren sie nach einem kurzen Besuch in der Notaufnahme des Krankenhauses in seine Wohnung zurückgekehrt, weil es keinen Sinn gehabt hätte, mitten in der Nacht zum Flughafen zu fahren. Sie hatten geredet. Die halbe Nacht lang. Raven hatte ihr alles erzählt. Das erste Mal, seit sie sich kannten, dass er ihr nichts vorgegaukelt hatte. Keine Lügen. Keine Ausflüchte. Und sie fand seine Geschichte mehr als schrecklich und wusste tatsächlich nicht, was sie sich für den Ausgang dieser Story nun wünschen sollte.

Auf der einen Seite wünschte sie ihm, seine Mutter wäre tatsächlich noch am Leben und alles könnte ein gutes Ende nehmen. Bei dem sie sich vielleicht aussprachen. Wo er seine

Antworten auf seine vielen Fragen bekam, die wirklich nur allzu verständlich waren!

Nach den Gründen zum Beispiel ...

Was bewegt jemanden dazu, alle Menschen in seinem Leben in dem Glauben zu lassen, man wäre tot? Wie kann man seine eigenen Kinder im Stich lassen? Völlig egal, dass beide da schon erwachsen waren ...

Lil verstand es nicht. Und wenn sie das schon nicht konnte - auf rein emotionaler Basis - wie konnte sie dann von Raven eine logische Reaktion erwarten?

Selbstverständlich wusste sie, dass Menschen mit Depressionen vorrangig zu suizidalen Absichten neigten. Aber das war hier nicht der Fall gewesen, auch wenn man das in den damaligen Ermittlungen laut Raven wohl ebenfalls nicht ausgeschlossen hatte. Dass sie den Wagen absichtlich über den Abhang ins Meer gesteuert hatte ... Ungebremst ...

Aber ein Suizid und ein wissentlich herbeigeführtes Täuschungsmanöver von diesem Ausmaß - dazwischen lagen Welten.

Andere Gründe, die ihr außerdem einfielen, schieden ebenfalls aus. Es hatte nie wirtschaftliche oder finanzielle Probleme in der Familie gegeben. Im Gegenteil. Nach Ravens Erzählung war es seine Mom gewesen, die das beträchtliche Vermögen von ein paar Millionen Dollar mit in die Ehe seiner Eltern gebracht hatte. Das Erbe *ihrer* Eltern, die eine große Firma im Mittleren Westen geleitet hatten. Irgendetwas mit Telekommunikation. Feinde, die sie bedroht haben könnten, hatte es wohl auch keine gegeben. Kein Grund also, einfach unterzutauchen und alles hinter sich zu lassen, um sich ein völlig neues Leben aufzubauen ...

Oder es war doch sein Vater, überlegte sie, bevor sie die Hand ergriff, die er ihr hinter dem Schalter hinhielt.

Der schien ja immerhin schon immer recht cholerisch und aggressiv ihr gegenüber gewesen zu sein. Streng zu seinen Söhnen und brutal zu seiner Frau?

Den einsetzenden Gedanken daran, wie viel von diesem Wesen in Raven stecken mochte, ließ sie nicht zu. Es war schließlich nicht sein sexueller Sadismus, der ihr dabei in den Sinn kam und ansonsten hatte er sich eigentlich in dieser

Hinsicht im Griff. Meistens. Die Erinnerung an seine gelegentlichen Übergriffe schob sie zurück. Der Abend, an dem er einfach in ihrer Wohnung gestanden und ihr die Waffe an den Hals gehalten hatte, zum Beispiel.

Stattdessen konzentrierte sie sich auf die vor ihnen liegende Haupthalle des Flughafengebäudes. Tyler wollte sie hier abholen und sie mit ins Hotel nehmen, in das er eingecheckt hatte. Und hoffentlich würde er ihnen dann endlich verraten, was er herausgefunden hatte.

»Wir sind nicht mehr in Kansas, Toto«, flüsterte Raven mit einem grimmigen Grinsen im Gesicht, als er seinen Bruder offenbar vor ihr entdeckte. »Ich finde, er sieht aus wie der Blechmann. Ein Herz hat er schließlich nicht.«

»So?«, antwortete sie ebenso leise, auch wenn es eigentlich keinen Grund zum Flüstern gab. »Und wer bist du in der Geschichte vom großen OZ? Der feige Löwe?« Ein Kommentar, den sie sich nicht wirklich verkneifen konnte und der zur Folge hatte, dass er seinen Griff um ihre Hand fast schmerzhaft verstärkte, ohne das kühle Grinsen einzubüßen. Sie hatte es schon beinahe vermisst. Aber nur beinahe.

»Vorsicht, Prinzessin. Ich kann dir immerhin sagen, dass *du* nicht Dorothy bist und dass es für dich keine silbernen Zauberschuhe geben wird, wenn wir den Flughafen verlassen.«

»Wie schade«, antwortete sie sarkastisch. »Dabei wollte ich doch eigentlich verhindern, dass man meinen Löwen in einen Käfig steckt.«

»Du«, fuhr er ungerührt lächelnd fort, »bist die böse Hexe des Westens. Du schmilzt nämlich, wenn du nass wirst. Genau dazu werde ich dich später im Hotel bringen. In der Dusche. Auf mir.«

»Soll das eine Drohung oder eine Herausforderung sein?«, fragte sie grinsend und war sich darüber bewusst, dass sie wahrscheinlich gerade knallrot wurde. Nicht der passendste Moment, sich ihren ausschweifenden Fantasien hinzugeben, in denen sie sich von Raven in einem Hotelzimmer vögeln ließ. Immerhin trennten sie nur noch ein paar Meter von Tyler, der in der Nähe der automatischen Drehtüren stand und auf sie wartete. Und ein paar Stunden Ungewissheit. Wer wusste schon, ob es überhaupt so weit kommen würde?

»Das darfst du dir gerne aussuchen. Es ist abhängig davon, was uns dieser Tag bringt.«

Und davon, ob du mich danach überhaupt in deiner Nähe ertragen kannst, ohne vollkommen auszurasten, dachte sie und schluckte einen Kloß hinunter, der sich in ihrem Hals bildete. *Oder davon, ob* ich *dich dann ertragen kann ...*

Liliana wusste inzwischen recht gut, unter welchen Umständen man sich Raven gefahrlos nähern konnte und wann es für sie und ihre Gesundheit besser war, auf Abstand zu gehen. Dazu hatte er in den vergangenen Wochen zu oft die Kontenance verloren. Immer dann, wenn er sich emotional nicht im Griff gehabt hatte. Zwar hatte er sie nie geschlagen oder andere demütigende Dinge getan oder gar bleibende Schäden hinterlassen, aber für sie war diese Art Erfahrung noch zu neu, um sich bedenkenlos allem hingeben zu können. Weil er seine Aggressionen nämlich in ihrer Gegenwart jedes Mal in seine sexuelle Energie leitete, die dann schon mal - ausarten konnte. Wie in der Nacht, in der sie auf der Party gewesen waren und von der sie auch heute noch Spuren hatte. Die Kratzer auf ihrem Hintern zum Beispiel. Auch wenn die inzwischen recht gut verheilt waren.

»Morgen, ihr zwei. Ihr seht nicht aus, als hättet ihr sonderlich viel Schlaf bekommen, was? Aber nett, dass du mein Brüderchen hergebracht hast, Kleine.« Tyler begrüßte sie mit einem Lächeln und zwei Pappbechern, in denen sich hoffentlich Kaffee befand. Seine einzige Aussicht darauf, sich keinen biestigen Spruch von ihr einzufangen. Weil sie es wie die Pest hasste, wenn man sie ›Kleine‹ nannte. Schließlich war sie nicht klein! Jedenfalls für eine Frau.

»Ich hoffe, du hast einen Plan«, knurrte Raven, ohne seinen Bruder anzusehen. Er ließ ihre Hand los, damit er den Kaffeebecher entgegennehmen konnte. In der anderen hielt er ihre Reisetasche. Klamotten für maximal zwei Nächte.

Sie durften die Uni auf keinen Fall länger ausfallen lassen, wenn sie keinen Verweis riskieren wollten. Die Regeln waren streng. Vor allem, weil er noch eine ausstehende Strafarbeit

von Carter abzugeben hatte und sie unmöglich erklären könnten, wieso sie beide zur selben Zeit krank waren, ohne sich
überhaupt abzumelden. So ein überstürzter Aufbruch war
vermutlich nicht das Klügste gewesen, das sie sich in ihrer
Studienzeit bisher geleistet hatte. Und für ihr Stipendium auch
nicht gerade hilfreich.

»Den habe ich, in der Tat«, grinste Tyler, als Lil ihm den
anderen Becher aus der Hand nahm. Kaffee. Mit Milch. Sein
Glück! »Müsst ihr euch umziehen? Oder war der einstündige
Flug hierher kurz genug, damit ihr keine Gelegenheit hattet,
das Bordpersonal oder die anderen Passagiere mit einer Dau-
erblockierung der Toilette zu belästigen.«

»Sehr lustig, Tyler!«, knurrte Raven schnell, bevor Lil auch
nur den Mund öffnen konnte.

Die beiden stehen sich wirklich in nichts nach, dachte sie und
rümpfte nur die Nase.

»Also! Spuck es aus und schwing deinen Hintern endlich
vor die Tür! Ich brauche eine Zigarette!«

»Na, dann nach Ihnen, Mister Agro« grinste Tyler zynisch
und folgte Raven und Lil einen Moment später nach draußen.

Bedauerlicherweise war es im klimatisierten Gebäude um
einiges erträglicher gewesen. Obwohl es noch nicht einmal
Mittag war, war es bereits so brütend heiß, dass sich Schweißperlen auf ihrer Stirn bildeten und sie sich sehnlichst ein
klimatisiertes Taxi herbeiwünschte.

Raven rauchte eine halbe Zigarette, während sie sich
schweigend auf das letzte Taxi in der Schlange vor dem Flughafen zubewegten. Bevor er die hintere Tür des Wagens
öffnete und ihr den Vortritt ließ, hauchte er noch einen Kuss
auf ihre Stirn. Der Moment, indem sie einen kurzen Blick
hinter die Fassade werfen konnte, die er auch jetzt so sorgfältig
aufrechterhielt, dass vermutlich nicht einmal sein Bruder
ahnte, wie sehr es dahinter brodelte. Er war aufgewühlt,
sicherlich genauso nervös wie sie und nicht ansatzweise so
cool und gelassen, wie er es zweifellos gern gewesen wäre.

Leider war es im Taxi nicht wesentlich kühler und es stank
auch fürchterlich. Nach alten Burgern, wenn sie sich nicht

irrte. Und nach Frittierfett, als hätte der letzte Fahrgast darin gebadet. Widerlich!

»Wo fahren wir jetzt hin?«, fragte sie und bemühte sich, nicht allzu angewidert dreinzuschauen, als sie einen kurzen Blick auf das ranzige fleckige Hemd des Fahrers erhaschen konnte. Der Mann wischte seine dicken Hände an der Hose ab und stieg mit einem Ächzen hinter das Lenkrad, als Tyler die Beifahrertür hinter sich zuwarf.

Es wunderte sie wenig, dass Raven sofort Körperkontakt zu ihr suchte, noch bevor der Motor überhaupt lief. Etwas, das er selbst wahrscheinlich gar nicht registrierte. Und doch war es eine normale menschliche Reaktion auf eine mehr oder weniger unbekannte Stresssituation.

Außerdem war es nicht das schlechteste Gefühl, seine Finger an ihrem Knie zu spüren. Nicht auf die besitzergreifende überfallende Art, sondern eher auf die, die ihr die Röte ins Gesicht schießen und ihr Herz tausendmal schneller schlagen ließ. Weil es die Schmetterlinge in ihren Bauch zurückbrachte, die sie nicht fühlen wollte. Weil er -

»Sag es«, murmelte er kaum hörbar an ihrem Hals und ihr Magen schlug einen undefinierbaren Purzelbaum. Während sie stocksteif dasaß, noch zu verarbeiten versuchte, was genau er nun von ihr erwartete und absurderweise auch noch spüren konnte, wie sie allein vom Klang seiner Stimme feucht zwischen den Beinen wurde, betete sie, dass niemand auf diesem Planeten ihr ansehen konnte, was in ihr vorging. Dass Lil sich in diesem Augenblick nichts sehnlicher wünschte, als dass er sie auf dem Rücksitz eines verdammten Taxis fickte!

»Sag - was?«, flüsterte sie zurück und unterdrückte mit aller Macht ein Keuchen, weil er ihr ins Ohr atmete! Nur am Rande registrierte sie, dass Tyler dem Fahrer vom Beifahrersitz aus Anweisungen erteilte. Was er sagte, konnte sie nicht verstehen und es war ihr hinreichend egal. Weil Raven viel zu gut roch und viel zu intensiv damit beschäftigt war, mit einer Strähne ihrer blonden Haare zu spielen, während sie an ihrer eigenen Wahrnehmung zweifelte.

»Das, was ich hören will, Prinzessin!«

»H-«

»Könnt ihr dahinten mal bitte aufhören, euch wie Teenager zu benehmen? Das ist ja widerlich!« Tyler drehte sich mit einem missbilligenden Kopfschütteln zu ihnen nach hinten, aber das Grinsen in seinem Gesicht sprach für sich. Er amüsierte sich offenbar prächtig. Auf ihre Kosten. Klar!

»Guck weg, wenn du ein Problem damit hast, wann und wie oft ich meine Prinzessin befummel«, knurrte Raven, ohne sich an Lils einsetzendem Widerstand oder den neugierigen Blicken seines Bruders oder des Fahrers zu stören. Der dicke schmierige Mann warf nämlich nicht nur gelegentlich einen Blick in den beschlagenen Rückspiegel.

»Also, Tyler«, stieß Lil schnell hervor und drückte Raven etwas von sich weg. »Wie sieht dein Plan denn nun aus? Werden wir direkt zu der Adresse fahren, die du herausgefunden hast? Und dann?«

»Wie nett, dass du dich anscheinend mehr dafür interessierst, als mein kleiner Bruder«, grinste Ty und deutete mit dem Daumen über die Rückenlehne auf Raven. Der verzog das Gesicht tatsächlich zu einer schmollenden Grimasse. Wie ein Kleinkind, dem man einen Lolli verwehrte.

Nur, weil er alles dafür tut, nicht durchzudrehen, dachte sie, lächelte aber weiter und tat, als hätte sie Ravens beleidigte Miene übersehen.

Schließlich war es der Ausdruck in Tys Augen, der Lil verriet, dass er sehr wohl eine Ahnung davon hatte, was in Raven vorging. »Und nein, wir fahren zu ihrer Bäckerei.«

Raven gab einen zischenden Laut von sich, der sich nur ein bisschen nach einem trockenen Lachen anhörte. Ein kläglicher Versuch.

»Und dann? Woher weißt du, dass sie dort sein wird? Und was hast du überhaupt vor? Willst du einfach da reinspazieren und sehen, wie sie reagiert, wenn wir plötzlich vor ihr stehen? Was, wenn sie uns gleich alle zum Teufel jagt? Was, wenn sie ausflippt? Was, wenn -«

»Hey, ich weiß es nicht genau, okay?«, unterbrach Ty ihn und Raven griff sofort wieder nach Lilianas Hand. Sein Griff war fest und beinahe schmerzhaft, doch sie widerstand dem Drang, ihre Hand zu befreien.

»Ich verstehe es nicht«, murmelte sie gerade laut genug, damit Tyler mit dem Hochziehen seiner Augenbrauen reagierte. »Ich meine, wie hast du überhaupt herausfinden können, dass eure Mom das alles vielleicht nur inszeniert hat?«

Es dauerte einen Augenblick, bis Tyler antwortete. Die drei Sekunden betretenen Schweigens wurden vom Rauschen der Klimaanlage unterbrochen, die der Fahrer vorne in Gang setzte. Selbstverständlich entgingen ihm kein einziges Wort und keine Reaktion seiner Fahrgäste. Ein Teil von Lil war sich darüber im Klaren, dass man in einem solchen Job wahrscheinlich alles aufsaugte, was einem den gähnend langweiligen Alltag etwas erträglicher machen könnte. Der andere Teil - war wütend über die penetrante Neugier des Mannes. Immerhin widerte sie die Vorstellung hinreichend an, der Mann könne bei seinem Feierabendbier in irgendeiner heruntergekommenen Spelunke - so einer wie *Joes* Bar - herumsitzen und seinen Kumpels brühwarm von den Privatangelegenheiten anderer Leute berichten.

»Naja, eigentlich war von Anfang an klar, dass unser Dad nicht mitten in der Nacht mit einem Bäcker am anderen Ende des Landes telefonieren und ein Pläuschchen mit ihm über das Fehlverhalten seines jüngsten Sohnes führen würde«, antwortete Tyler schließlich und drehte den Kopf zu Raven. »In regelmäßigen Abständen von drei Monaten - beinahe exakt zur selben Uhrzeit. Und jedes Mal 10 Minuten. Als ginge es nur um ein kurzes Briefing, um jemanden auf den neusten Stand der Dinge zu setzen.«

Raven schnaufte schon wieder, wandte den Blick aber ab und starrte stur aus dem Seitenfenster auf die vorbeiziehenden Geschäfte und Bars in der Nähe des Flughafens.

Liliana schluckte und bedeutete Ty mit einem knappen Kopfnicken fortzufahren.

»Interessant war da vor allem der Anruf vor knapp zwei Wochen. Am Todestag unserer Mom, zu dem wir jährlich ins Haus unseres Vaters zum Essen eingeladen werden.« An Tys Gesichtsausdruck sah sie, dass er am liebsten etwas anderes hinzugefügt hätte und sie konnte sich immerhin denken, was das war.

Obwohl Raven seit seinem Auszug aus seinem Elternhaus noch in der Stadt geblieben war, um seinen Abschluss hier zu machen, war er nie öfter als dieses eine Mal im Jahr in dieses Haus zurückgekehrt. Er hatte den Kontakt zu seinem verhassten Vater, den er schließlich für all das verantwortlich gemacht hatte, auf ein Minimum reduziert. Gerade so weit, dass dieser ihm die monatliche Unterstützung und die Studiengebühren weiter finanzierte. Dazu war Raven tatsächlich wohl zu faul. Sich einen vernünftigen Job neben der Uni zu suchen, sich um ein Stipendium zu bemühen, das er mit seinen Noten ohne Probleme bekommen hätte und irgendwie zu versuchen, es allein zu schaffen ...

Aber stimmte das? Oder tat sie ihm mit diesen Gedanken unrecht und es steckte etwas anderes dahinter?

Er wollte, dass sein Vater ihn nicht vergisst, schoss es ihr in den Sinn und sie schüttelte kaum merklich den Kopf. Sie wollte Raven nicht ansehen, konnte es aber nicht verhindern. Er jedenfalls beachtete sie nicht und schaute auf die Straße. Was, wenn es nichts mit Faulheit oder Bequemlichkeit zu tun hat, sondern wirklich nur eine stumme Warnung war? Ein Hinweis darauf, dass es ihn noch gab - dass er seinem Dad so lange auf der »Tasche« liegen würde, wie es ging und ihn auf diese Weise büßen ließ?

Nicht sehr subtil und nicht sonderlich effektiv. Aber wahrscheinlich auch nicht mehr als ein unbewusstes Verhaltensmuster, das er nicht einmal reflektiert hatte. Schließlich zählte Selbstreflexion nicht gerade zu seinen Stärken.

»Du hattest dieses Gespräch belauscht oder?«, fragte sie schließlich und hoffte, dass ihre Stimme nicht allzu vorwurfsvoll klang.

Tyler nickte und grinste schwach, als wäre ihr genau das nicht gelungen. »Zufällig, ja. Ich hab bei Dad übernachtet, weil ich das jedes Jahr mache. Nach Ravens Abgang haben wir ein, zwei Whiskey gekippt, uns aber nicht darüber unterhalten. Danach war mir nicht zu Mute und Dad erst recht nicht. Er zählt nicht gerade zu der Sorte Mann, der gerne über seine Emotionen quatscht, du verstehst«, zwinkerte er ihr zu und Lil nickte wieder. »Naja, auf jeden Fall bin ich irgendwann nachts aufgewacht und hatte Durst. Weil ich schlauerweise kein Wasser mit in mein altes Zimmer genommen habe, musste ich aufstehen und in die Küche runtergehen. Aber ich war nicht der Einzige, der nicht schlafen konnte.«

Wieder nickte sie, ebenso wie der Fahrer, dem sie am liebsten dafür an die Gurgel gegangen wäre. So unfassbar dreist ...

»Ich habe nicht alles gehört. Nur, dass unser Dad mit jemandem über Raven und seinen Ausraster geredet hat. Dass es an diesem Abend besonders schlimm gewesen sei und dass er Dad eben auch drei Jahre nach Moms Tod noch die Schuld an allem gab. Obwohl es ja gar nicht seine Idee gewesen sei und er den Plan von Anfang an bescheuert fand.«

»Plan?«, murmelte sie und zog verwirrt die Augenbrauen hoch. »Aber das könnte alles Mögliche heißen, oder nicht?«

Tyler grinste schief. »Ja, wahrscheinlich könnte es das. Trotzdem hatte ich das Gefühl, es hätte etwas zu bedeuten. Also hab ich die Anrufe zurückverfolgt. Das Praktische an einer Marke.«

Praktisch, ja. Und im Vergleich zu Ravens schon fast automatisierten Verhaltensmustern erfrischend normal. Wenn Raven dieses Telefonat an Tylers Stelle mitangehört hätte, wäre er vollkommen ausgerastet. Einen klaren Gedanken hätte er in so einem Moment niemals fassen können. Wahrscheinlich hätte man seinen zu Kleinholz verarbeiteten Vater hinterher aus den Trümmern seiner Villa fischen müssen ...

Als hätte Raven ihre Gedanken erraten, warf er ihr einen ziemlich eisigen Seitenblick zu. »Unglaublich praktisch«, warf er zynisch ein. »Wie lange brauchen wir noch? Ich hab plötzlich das Bedürfnis zu kotzen.«

Ty rümpfte die Nase, ging aber nicht auf den Kommentar ein. »Jedenfalls hab ich den Namen des Kerls durch eine Suchmaschine laufen lassen. Er führt seit fast zehn Jahren eine Bäckerei, die einen hervorragenden Ruf genießt. Er war mit seinen Torten schon in diversen einschlägigen Magazinen dabei, scheint völlig normal und harmlos zu sein und er scheint nicht das kleinste Bisschen mit Politik am Hut zu haben.«

»Welch Überraschung.« Ein weiterer unqualifizierter Kommentar von Raven.

Lil reagierte nicht weiter, bedeutete Tyler nur mit einem knappen Nicken fortzufahren.

Ty grinste reserviert. »Die einzige Sache, die man Porter in dieser Hinsicht zugutehalten kann, ist, dass er schon seit Jahren die Demokraten wählt. Aber jetzt rate, über was ich noch gestolpert bin. Es gab bedauerlicherweise keine Fotos, sondern nur eine Zeitungsannonce in einem Lokalblatt. Aber das allein fand ich doch recht - interessant.«

Raven lachte trocken, sagte aber noch immer nichts.

Der Taxifahrer warf einen verdammt neugierigen Blick in den Rückspiegel. Lil war kurz davor, ihm ihren halbleeren Kaffeebecher an den Hinterkopf zu werfen!

»Samuel Porter hat geheiratet. Und zwar vor genau drei Jahren. Eine Woche, nachdem unsere Mom für tot erklärt worden ist. Der Name seiner Frau lautet Joice Smith. Ein Allerweltsname. Zumindest der *Nach*name.«

Lil spürte, wie sich ihr Magen zu einem Knoten zusammenzog, und schüttelte ungläubig den Kopf. »Sie hat sich eine falsche Identität besorgt und diesen Mann geheiratet? Warum?«

Es war das erste Mal, dass Tylers Maske bröckelte; wenn auch nur kurz. Er schien sich wesentlich schneller in den Griff zu bekommen als Raven. Doch der gequälte, fast traurige, Ausdruck in seinen dunklen Augen blieb. »Joice war der Vorname unserer Mom, ja. Warum sie das getan hat - weiß ich nicht. Wir sind hier, um es herauszufinden.«

Raven drückte ihre Finger fester und erwiderte ihren Blick, als sie den Kopf in seine Richtung drehte. Sie sah Schmerz in seinen Augen. Und Bedauern. Und etwas, das ihr sagte, dass ihr Platz in diesem Augenblick ganz genau hier war. Nirgendwo sonst auf der Welt wollte sie sein. Liliana sah Angst in Ravens tiefdunklen Augen, die sie sonst so ganz anders ansahen, als in diesem Moment.

Sie lächelte ihn an. Und hoffte, dass er damit fertig wurde. Egal, was am Ende dabei herauskam. Egal, ob sich das Ganze nur als Fehlinterpretation oder Hirngespinst herausstellen würde, oder ob es doch wahr war. Ob seine Mom wirklich nur alles vorgetäuscht hatte. Sie hoffte, dass Raven es überstand. Und sie beschloss, für ihn da zu sein, was auch immer das hier bringen würde. Sie wäre da.

Um einiges aufgewühlter, als er seinen Bruder und seine Prinzessin glauben machen wollte, stieg Raven eine gefühlte Ewigkeit später aus dem Taxi. Sie waren zum Sunsetboulevard gefahren, aber Tyler hatte dem stinkenden Fahrer aufgetragen, einen Block vor ihrem eigentlichen Ziel zu halten. Damit sie die beschissene Bäckerei zunächst *ausspähen* konnten. Jedenfalls hatte Tyler anscheinend genau das vor.

Dumm nur, dass ich nicht vorhabe, das Ganze auf die nette Art zu regeln, dachte Raven angewidert und verkniff es sich gerade so, sich etwas von seiner erneut aufkochenden Wut anmerken zu lassen. Ganz bestimmt würde er nicht das tun, was sein feiner feiger Bruder von ihm erwartete. Unter keinen Umständen - vollkommen egal, was er versuchen sollte - würde Raven sich davon abbringen lassen, auf die Weise zu reagieren, die er allein für angemessen hielt. Wie genau das aussehen würde, würde sich zeigen. Gleich. In dem Augenblick, in dem sich alles offenbarte. Auf die eine oder andere Weise.

»Geht's dir gut?«, flüsterte seine Prinzessin neben ihm und drückte seine Finger, als sie neben Tyler auf den Bordstein traten. Vor einem Blumengeschäft, aus dem gerade eine alte Oma mit Gehstock heraustrat. Die Türklingel ertönte, als sie den Laden verließ. Raven beachtete sie kaum.

»Klar«, antwortete er so leise, dass nur sie ihn verstehen konnte, und legte seine Hand automatisch an ihren Arsch. »Die Frage ist eigentlich nur noch, wessen Nase ich heute brechen werde.« Der unverhohlene Zynismus gefiel ihm. Es beruhigte ihn. Etwas jedenfalls.

Liliana warf ihm einen missbilligenden Blick zu. »So? Lass mich raten. Entweder die deines Bruders, weil er sich möglicherweise geirrt hat, oder die deiner Mom, falls sie wirklich noch lebt?«

»Schlaues Prinzesschen«, antwortete er mit einem boshaften Grinsen auf den Lippen und ballte die Finger der freien

Hand zur Faust, damit niemand sah, wie sehr sie in Wahrheit zitterten.

»Raven!«, zischte sie ihm zu, als er sie nach einem flüchtigen Kuss auf ihre in Falten gelegte Stirn losließ und beide Hände in den Taschen seiner Jeans verschwinden ließ. Den Gurt der Reisetasche hatte er sich über die Schulter gehängt. Zwei Nächte. Maximal. Egal, wie das hier ausgehen würde.

»Und? Darf ich den Laden zu Kleinholz verarbeiten, wenn mir der Sinn danach steht?«, fragte er an Ty gewandt, der sich bereits in Bewegung gesetzt hatte. »Ich meine, du wirst kaum von mir erwarten, dass ich so tue, als wäre nie etwas passiert, oder?«

»Du wirst gar nichts tun, Raven«, antwortete Tyler mit hochgezogener Augenbraue und einem Kopfschütteln. »Am Besten überlässt du das Reden mir. Ich weiß nicht, was uns erwartet! Aber ich will am Ende nicht von meinen eigenen Kollegen verhaftet werden, weil du austickst!«

Raven zuckte nur wortlos mit den Schultern und drehte sich kurz zu Liliana um, die noch immer hinter ihm stand, als wäre sie mit dem ordentlich gepflegten Bürgersteig verwachsen. Nette Gegend, das musste er zugeben. Für einen bei Touristen eher weniger beliebten Stadtteil von L.A. jedenfalls. Gutbürgerlich, ordentlich, allem Anschein nach sauber und garantiert sogar fast rattenfrei. Sehr nett.

Jedenfalls netter als Kansas, was Mom?

Es überraschte Raven nicht wirklich, dass Liliana es vermied, ihn zu berühren. Sein Kommentar schien sie wütend gemacht zu haben. Logisch. Schließlich war genau das seine Absicht gewesen, auch wenn ihm das erst jetzt klarer wurde. Vielleicht nistete sich sogar der Gedanke in seinem Hirn ein, er könnte einen Fehler gemacht haben, als er sie gebeten hatte, ihn zu begleiten. War das wirklich klug gewesen? Oder eher saudumm ... Immerhin bestand nicht nur die Möglichkeit, dass sie hier eine Seite an ihm sehen würde, die er bisher selbst vor ihr verborgen gehalten hatte. Eine Seite, die ihm sogar selbst einen Schauer über den Rücken jagte, wenn er an die Konsequenzen dachte, die jede seiner Verhaltensweisen nach sich ziehen könnte. Egal was er tat - es würde unschön werden.

Sie hätte in Kansas bleiben sollen ... Dann hätte ich -
Was? Was hätte er dann, verdammt?

So tun können, als wäre zwischen ihnen alles wie immer? So tun, als wäre er nie so weit gegangen, sie an sich heranzulassen? So weit, dass er mehr als nur ein paar oberflächliche Gefühle entwickelt hatte? Dafür war es längst zu spät und zumindest er wusste das nur zu gut. Die Frage war eigentlich nur, was sie von ihm erwartete. Dass sie sich für diese Aktion einen anderen Ausgang wünschte, als den, den er erwartete, war ebenso klar, wie ihre absurde Hingabe für ihn.

Nein. Über diesen Punkt waren sie - war er - längst hinaus. Egal wie das hier ausging und egal, was in dieser verdammten Bäckerei gleich geschah - an allem, was sich zwischen ihnen beiden abgespielt hatte, ließ sich nichts mehr ändern. Und wenn es vorbei war, musste er sich damit auseinandersetzen. Mit ihr. Mit sich selbst und seinen eigenen Gefühlen. Weil es sein musste. Irgendwie.

Und trotzdem hatte er sich bisher nicht einmal in seinen Gedanken getraut, es auszusprechen. Dieses eine Wort, das sie unbedingt hören wollte. Er wusste es. Wie sehr sie sich eine Antwort wünschte und der dunkle Teil von ihm genoss es, sie zappeln zu lassen. Zu sehen, wie sehr sie es wollte ... Ihn wollte ... Weil es ein Gefühl unendlicher Befriedigung und Allmacht in ihm auslöste, dass er allein sie dazu bringen konnte, es zu fühlen.

Der rationale Teil von ihm wusste, dass es erstens unfair war, und zweitens auch ziemlich egoistisch.

Aber jetzt war weder der passende Zeitpunkt noch war er in der richtigen Stimmung, um sich auch noch darüber den Kopf zu zerbrechen. Das musste warten.

»Da vorne ist es«, sagte Ty neben ihm und riss Raven mehr oder weniger unsanft aus seinen Gedanken.

Er schaute zur Ecke, auf die sein Bruder gerade deutete, und blieb neben ihm stehen. Um durchzuatmen. Ganz tief. Und sich in Erinnerung zu rufen, um was es hier ging. Um die Wahrheit. Seine Wahrheit, die er brauchte, um seinen Frieden zu finden. Auf die eine oder andere Weise. *Hoffentlich ...*

Liliana blieb dicht hinter ihm stehen. Sie berührte ihn nicht, und trotzdem konnte er ihre Nähe spüren. Trotzdem war er sich sicher, dass sie diesen Weg mit ihm gehen würde, egal was gleich passierte. Egal, wie er sich verhielt - oder?

Wieso macht es mir Angst, dass -

Er führte den Gedanken nicht zu Ende. Weil er sonst gezögert hätte. Und zögern wollte er nicht. Das konnte er sich nicht leisten! Nicht heute, nicht jetzt, nicht in dieser Situation! Er würde herausfinden, was wahr war und was nicht und dafür auch in Kauf zu nehmen, dass sie sich danach vielleicht von ihm anwandte. Dann war es so. Und vielleicht war es besser.

Der Moment, in dem er auf die kleine Bäckerei mit dem Aufstellschild auf dem Bürgersteig an der Ecke zugehen wollte, war der Moment, in dem Liliana wieder nach seiner Hand griff. Er spürte das sachte Zittern ihrer Finger und die Kälte ihrer Haut. Ihre Handfläche war feucht. Man musste kein Genie sein, um zu wissen, wie nervös sie war.

Zögernd drehte er sich zu ihr herum, aber dieses Mal brachte er kein Lächeln für sie zustande, egal wie falsch oder gestellt.

»Du solltest draußen warten«, sagte er tonlos und entwand sich ihrem Griff. Er sah noch das kurze Aufflackern von Schmerz und einer unausgesprochenen Warnung, nichts in ihren Augen Dummes zu tun, dann ließ er sie hinter sich stehen.

Tyler murmelte ihr etwas zu, das er nicht verstehen konnte - und nicht wollte.

Raven Griff bereits nach dem kühlen Türgriff und betrat das Innere der Bäckerei. Er warf einen schnellen Blick in die Auslage hinter der verglasten Theke. Das Übliche. Nichts auf den ersten Blick Besonderes. Kuchen, ein paar Torten, Brot, Brötchen. Es roch auch nicht anders, als in jeder beliebigen Bäckerei sonst. Vor der verglasten Fensterfront auf der anderen Seite der Straßenecke gab es eine Theke mit Stehplätzen. Ebenfalls nichts Besonderes. Serviettenhalter, Milch- und Zuckerspender, ein Becher mit Löffeln und ein Tischmülleimer in der Mitte.

Und dieser Kerl soll so herausragend sein? Dass ich nicht lache ...

Ein latent bösartiger Gedanke, denn in diesem Moment glitt sein Blick zu dem Mann in Jeans und mit einer weißen Schürze vor dem Bauch, unter der er ein mit Mehl bestäubtes schwarzes Shirt trug. Breites Kreuz, breite Schulter, dem Wetter in Kalifornien angemessene Bräune auf den Armen und im Gesicht. Und - jung!

Dieser Typ? Ernsthaft? Der ist kaum fünfzehn Jahre älter als ich und hat vielleicht gerade zehn Jahre mehr auf dem Buckel als Ty! Was hat sie sich dabei gedacht, verdammt? Widerlich!

»Guten Morgen. Was kann ich Schönes für Sie tun?«, fragte der Typ mit einem Sunnyboylächeln, hinter dem sich so mancher Surfer hier wohl verstecken könnte. Sein geschäftiger Blick blieb erst an Raven hängen und wanderte dann zur Tür hinter ihm, durch die Tyler gerade trat. »Kaffee? Oder lieber eine Limonade? Wir machen die beste selbstgemachte Limonade im ganzen Viertel, wissen Sie?« Lächelnd ging der Kerl zu seinem Platz hinter der Kasse, rechts neben der Auslage. Er wischte sich die Pfoten an der Schürze ab und Raven - war nur einen Wimpernschlag davon entfernt, vollkommen auszuflippen!

Er spürte den brennenden Zorn, den aufgestauten Hass und die endlose Verachtung für alles und jeden in seiner Umgebung. Gefühle, die sich im Laufe der Zeit angestaut hatten. Weil er sie nie hatte herauslassen können. Aber jetzt! Jetzt war der Moment gekommen und sein Hirn und sein Körper waren sich tatsächlich einig darüber.

Sein Puls beschleunigte sich in Sekundenbruchteilen, er spürte den unfassbar intensiven und gleichzeitig befreienden Adrenalinstoß, der durch seine Adern gepumpt wurde und wusste, dass er sein Ventil gefunden hatte. Endlich!

»Samuel Porter? Mann, Sie sind es ja *wirklich*«, grinste er so eiskalt, dass Tyler hinter ihm hörbar scharf die Luft einsog. »Irgendwie hätte ich erwartet, dass Sie größer sind. Und äußerlich etwas mehr hermachen würden. Und älter wären. Verstehen Sie?« Raven sprach betont langsam und ruhig. Wie er das fertigbrachte, war ihm nicht ganz klar und es spielte keine Rolle. Es war schon ein Stück weit erstaunlich, dass er sich überhaupt den Namen gemerkt hatte. »Aber sie sind wirklich sehr - *jung*. Und nicht einmal sonderlich attraktiv. Wollen Sie wissen, was ich sehe, wenn ich in Ihr Gesicht sehe?«

Der Mann glotzte Raven an und für einen Augenblick war es totenstill in der kleinen Bäckerei. Raven sah, wie sein Gesicht einen dunkleren Ton annahm und wie sich seine Augen weiteten, als hätte sein Gegenüber nicht den blassesten Schimmer davon, wovon Raven überhaupt redete. Etwas, das ihn eigentlich nicht wirklich überraschte. Trotzdem ...

Raven jedenfalls nutzte den Moment, um im Verkaufsraum umherzuschlendern, während er seinen Blick beinahe beiläufig über das Angebot in der Auslage wandern ließ.

»Okay, Junge«, setzte der Mann mit dem nicht mehr ganz so aalglatten Lächeln schließlich an und Raven fühlte seinen Blick auf sich ruhen. »Ich habe keine Ahnung, wer du bist, oder was du für ein Problem hast, aber du gehst jetzt besser.«

Raven lachte leise. »Ich werde sicher nicht gehen, *Sir*.« Kopfschüttelnd drehte er sich wieder um und bewegte sich direkt auf die Kasse zu. Porter rührte sich nicht, starrte ihn aber weiter an. »Jedenfalls nicht, bevor Sie mir nicht ein paar Fragen beantwortet haben. Und davon habe ich wirklich einige. Zum Beispiel über Ihre Frau.«

»M- meine Frau?«, stotterte er und Raven sah aus dem Augenwinkel, wie Ty sich in Bewegung setze. Wahrscheinlich, um ihn irgendwie zum Schweigen zu bringen. Schließlich hatte er dieses absurde Gespräch unbedingt beginnen wollen, richtig? Tja, sein Pech. Er musste sich hinten anstellen.

»Hm, ja«, antwortete Raven mit einem eisigen Lächeln auf den Lippen. »Ihre Frau heißt doch Joice, oder? Ist sie blond? Etwa 1,68 groß und schlank? Mit freundlichen blauen Augen, die stets durch einen hindurchzusehen scheinen und der wirklich dummen Angewohnheit, ständig mit Tränen gefüllt zu sein? Ist sie melancholisch? Depressiv? Leicht reizbar? Suizidgefährdet? Kommt sie Ihnen manchmal wie ein anderer Mensch vor? Das sollte sie nämlich, wissen Sie, Mr. Porter?«

»Was redest du da für komisches Zeug?« Porter schien nervös zu sein. Jedenfalls deuteten die hektischen Flecken auf seinem Halsansatz und seinem Gesicht darauf hin. Vielleicht war er auch wütend, weil jemand es wagte, ihn in seiner offensichtlich freien Zeit ohne Kundschaft, bei, was auch immer er getan hatte, zu stören. »Ja, meine Frau heißt Joice. Aber alles andere -«

»Entschuldigen Sie vielmals, Sir!«, mischte Tyler sich ungefragterweise ein und erschien nur einen Atemzug später direkt neben Raven. »Mein Bruder ist etwas - überreizt.« Raven spürte seine Hand auf seiner Schulter und seinen eisernen Griff, der erstaunlich wehtat. »Wir wollten nicht so mit der Tür ins Haus fallen, aber jetzt spielt es eigentlich auch keine Rolle mehr. Also könnten Sie uns viell-«

»Verdammt, lass mich los!«, schrie Raven aufgebracht und entwand sich blitzschnell aus der Umklammerung. Er hasste es wie die Pest, angegrabbelt zu werden, wenn ihm der Sinn nach etwas ganz anderem stand. Nach Frustabbau zum Beispiel! Sofort! »Schluss mit den Spielchen! Sie haben unsere Mutter geheiratet, nachdem wir sie für tot gehalten haben! Sie hat einen Autounfall inszeniert und -«

»Wie bitte?« Porter riss sichtlich ungläubig die Augen auf, aber mit Ravens Selbstbeherrschung war es vorbei.

»Wollen Sie uns weißmachen, dass Sie nichts davon wissen? Dass sie einen Menschen geheiratet haben, von dem Sie nicht das geringste bisschen wussten? Oh Mann, Sie sind wirklich dumm, was?«

»Raven, verdammt!« Tyler griff erneut nach Ravens Arm, doch dieses Mal ließ er sich nicht den Wind aus den Segeln nehmen!

Raven trat schnell einen Schritt zurück. Das Grinsen auf seinem Gesicht glich nun eher einer Fratze, jedenfalls fühlte es sich so an. Und trotzdem -

»Los, haut endlich ab! Ich höre mir dieses verrückte Gerede keine Sekunde länger an!« Porters Stimme klang inzwischen alles andere als entspannt. Es überraschte Raven nicht, Schweißperlen auf seiner Stirn zu sehen.

»Warum denn nicht?«, antwortete er mit einer zynischen Gegenfrage und grinste boshaft. »Denken Sie, wir fanden es klasse, drei Jahre lang mit einer Lüge leben zu müssen? Da können Sie uns doch wohl ein paar Minuten Ihrer Zeit schenken, oder nicht?«

»Was zum Teufel wollt ihr von mir? Ich weiß überhaupt nicht, wovon ihr da redet! Meine Frau ist -«

»Wo ist Ihre *Frau* denn? Dann könnten wir sie doch einfach selbst sprechen lassen, oder nicht?«, fuhr Raven ihm über den Mund und ließ mehr oder weniger unbeabsichtigt die Fingerknöchel knacken.

»Sie ist verreist, verdammt! Nach Atlanta! Sie kommt erst morgen wieder, also -«

»Na prima!« Raven klatschte in die Hände und Ty zuckte zusammen. Er sah überhaupt ein wenig blass um die Nase aus, aber das kratzte Raven nicht wirklich. Es war so klar gewesen, dass er wieder den Schwanz einziehen und einfach das Maul nicht aufkriegen würde ... Was wunderte er sich überhaupt? »Wir können doch bei Ihnen zu Hause auf ihre Rückkehr warten. Oder wir vereinbaren eine Uhrzeit, an der wir uns alle gemeinsam zu einem netten Pläuschchen treffen. Sie, Joice, mein Bruder und ich. *Vereint.*«

»Du bist doch nicht mehr ganz dicht, Bengel!« Porter schien seine Fassung nicht widerzuerlangen, dafür aber dummerweise zu der Ansicht zu gelangen, es wäre eine gute Idee, Raven zu beleidigen. Was für ein Holzweg, auf den er sich gerade begab ... Zu dumm!

Raven lachte schallend. »Wissen Sie, Sie sind nicht der Erste, der das denkt. Aber Sie irren sich, Mr. Porter. Ty, wärst du so freundlich, unserem neuen Freund die Adresse unseres Hotels zukommen zu lassen? Dann kann er sich melden, sobald seine *Frau* die Güte besitzt, in diese wunderschöne Stadt zurückzukehren.«

Er sah, dass Tyler den Mund zu einer Antwort öffnete, aber sein Verstand befahl ihm, Porter nicht aus den Augen zu lassen. Erst recht nicht in dem Moment, in dem er den Luftzug spürte und das leise Quietschen der Tür hinter sich vernahm, die von außen geöffnet wurde. Porters Augen weiteten sich und er presste die Lippen fest aufeinander, als müsste er mit aller Macht einen Fluch unterdrücken, der ihm auf der Zunge lag.

Ein verwirrend eisiger Schauer jagte über Ravens Rücken und er selbst machte den Mund wieder zu - und nur eine

Millisekunde später schloss er die Augen. Ein Moment, der sich in seinem verzerrten Verstand zu einer Ewigkeit aus Taubheit und Erstarren zog, ohne dass er es wirklich begriff. Eine Sekunde, in der es totenstill in der verfluchten Bäckerei wurde und in der er nichts außer seinem eigenen Blut in seinen Ohren rauschen hörte.

»O, mein Gott - Tyler? Raven? W- was -« Die Stimme der Frau hinter ihm versagte und ging in ein gequältes Seufzen über. Eine Stimme, die Raven nie im Leben vergessen würde. Eine, von der er geglaubt hatte, sie nie wieder zu hören.

Als Raven den unverkennbar metallischen Geschmack von Blut auf seiner Zunge wahrnahm, wusste er, dass er sich so fest darauf gebissen hatte, dass es eigentlich hätte wehtun müssen. Doch er fühlte keinen Schmerz. Er fühlte ... nichts. Drehte sich um. Öffnete die Augen. Und sah seiner Mutter ins Gesicht, das er nicht wiedererkannte.

Die kleinen Fältchen um ihre Augen waren dieselben. Ihre Nase war noch immer dieselbe. Ein kleines bisschen zu groß für ihr Gesicht, das in ihrer Jugend trotzdem wunderschön gewesen war und das ihr viele Verehrer beschert hatte, bevor sie seinem Vater begegnet und ihr Leben trostlos und grau geworden war. Fast so grau wie ihr Haar. Früher hatte sie es gefärbt, aber die blonden Strähnen waren längst herausgewachsen. Sie hatte das glatte lange Haar im Nacken zu einem lockeren Zopf gebunden, was sie trotz der grauen Haare frisch und jung wirken ließ. Genau wie ihre Gesichtsfarbe. Früher war sie blass, beinahe gräulich, gewesen. Mit tiefen Rändern unter den Augen. Schatten der schlaflosen Nächte und der unzähligen Tränen, die sie vergossen hatte; bis keine neuen mehr kamen. Weil sie alle verbraucht hatte ... Jetzt war ihre Haut gebräunt, sah gesund aus und strahlte ihnen förmlich entgegen.

Raven starrte in dieses Gesicht, wusste, dass diese Frau nicht mehr dieselbe war, deren leeres Grab er drei Jahre zuvor betrauert hatte und empfand - nichts.

Keine Wut.

Kein Hass.

Keine Fürsorge.

Keine Liebe.

Nichts.

Ohne ein weiteres Wort, ohne ein Gefühl in seinen starren Gliedern und ohne zu wissen, wie er es überhaupt bewerkstelligte, einen Fuß vor den anderen zu setzen, ging er an der Frau vorbei, die ihn vor 25 Jahren geboren und ihn vor drei Jahren verlassen hatte. Vom einen auf den anderen Tag. Ohne Erklärung. Ohne Abschied. Und scheinbar auch ohne Reue.

Raven ließ Tyler und den zweifellos verwirrt dreinglotzenden Kerl hinter sich zurück, der anscheinend keine Ahnung gehabt hatte, wen er eigentlich geheiratet hatte, bedachte seine Mutter mit einem letzten eiskalten Blick und riss die Tür auf, ohne sich umzusehen. Sein gerufener Name aus ihrem Mund prallte an der Mauer ab, die er um sich herum errichtete. Die er schon vor drei Jahren und lange davor errichtet hatte. Eine Mauer, die er niemals wieder auch nur einen einzigen Millimeter herunterfahren würde. Für niemanden!

»Raven«, rief die Prinzessin neben ihm leise und streckte langsam die Hand nach ihm aus. Er musste Liliana nicht ins Gesicht sehen, um zu wissen, dass es von Trauer und Schmerz gezeichnet wäre. Man musste auch kein Genie sein, um sich ausmalen zu können, dass sie die ganze Zeit gelauscht hatte. Dass sie alles gehört hatte. Dass sie -

»Fass mich nicht an!«, sagte er scharf und seine Stimme klang seltsam verzerrt in seiner Wahrnehmung. Wie auch sonst alles. »Und verschwinde endlich. Verschwinde aus meinem Leben!«

Sein Magen verkrampfte sich bei seinen eigenen Worten, doch er ignorierte es, wandte sich von ihr ab und ließ auch sie stehen. Ohne Erklärung. Einfach so. Weg. Er wollte nur noch weg, irgendwo ein paar Whiskey kippen und es einfach vergessen. Alles. Sofort!

Raven verschwand um die Ecke und damit aus Lilianas Blickfeld und sie starrte auf einen imaginären Punkt irgendwo in der Luft. Ihr Magen hatte sich schon in dem Moment schmerzhaft zusammengezogen, als die Frau an ihr vorbei in die Bäckerei gegangen war, vor der sie gewartet hatte. Weil Raven diesen Schritt allein gehen musste, wenn er es je überwinden wollte.

Zunächst hatte es ausgesehen, als wäre ihr Weg hierher ohnehin umsonst gewesen. Der Mann hinter dem Verkaufstresen musste der sein, für den seine Mom ihre Familie verlassen hatte. Sie hatte nur ihm die ganze Zeit von ihrem Platz am Fenster aus ins Gesicht sehen können. Und das allein reichte, um zu wissen, was sich drinnen abspielte.

Und nachdem seine Mom kam, ist seine Sicherung endgültig durchgebrannt, dachte sie voll Mitgefühl und wünschte sich, ihm irgendwie beistehen zu können. Aber genau das schien er nicht zu wollen. Erst ihr Magen, beim Auftauchen seiner Mom und dann ihr Herz - bei seinen Worten, die mehr geschmerzt hatten als alles andere.

Verschwinde ...

Was war das? Wie hatte er es gemeint? Wollte er wirklich, dass sie -

»Liliana«, hörte sie Tylers Stimme hinter sich und zuckte zusammen, weil sie die Tür nicht gehört hatte.

»W- was ist da drin passiert? Raven ist abgehauen! Was -«

»Komm, wir gehen einen Kaffee trinken«, unterbrach er sie mit einem grimmigen Lächeln auf den Lippen und streckte die Hand nach ihr aus, als sie automatisch den Kopf schüttelte und zurückwich. »Ich erkläre es dir. Er wird schon nicht ohne uns abhauen, okay?«

Aber der kurze Schatten in seinen Augen verriet ihr, dass er selbst nicht ganz so überzeugt von seinen Worten zu sein schien. Trotzdem folgte sie ihm. In dieselbe Richtung, in die

Raven gerade verschwunden war, doch sehen konnte sie ihn nirgends. Sie warf keinen Blick mehr zur Bäckerei zurück.

»So, da wären wir. Was trinkst du? Kaffee?«

Sie nickte knapp, als sie sich mit Tyler ein paar Blocks weiter in der Nähe des Hafens von San Pedro an einen der Tische vor einem kleinen Café niederließ.

Glücklicherweise kam der Kellner sofort, um Tys Bestellung aufzunehmen. Was ihr einen weiteren Moment verschaffte, in dem sie versuchen konnte, sich zu sammeln. Irgendwie. Ihr Kopf tat weh und ihr Magen fühlte sich fürchterlich an. Als hätte sie etwas Falsches gegessen. Von ihrem rasenden Puls ganz zu schweigen ...

Der erste zusammenhängende Gedanke, der ihr in den Sinn kam, ließ sie absurderweise lachen. Eine Reaktion auf die absurde Situation, die Tyler die Augenbrauen hochziehen ließ.

»Er hat meinen Pass. Ich kann nicht mal zurückfliegen. Oder mich irgendwo einquartieren, weil er auch meine Klamotten in der Tasche hat. Und wenn ich versuchen wollte, ihn zu erreichen, würde er wahrscheinlich nicht einmal ans Handy gehen und -«

»Hey, beruhig dich. Wir finden ihn schon. In Ordnung?« Er beugte sich über den Tisch zu ihr und tätschelte tatsächlich ihre Hand. Sie sah, dass er sich zu dem Lächeln zwingen musste, trotzdem war sie ihm unerwartet dankbar für seine Geste.

Vielleicht sind sie sich doch nicht ganz so ähnlich, dachte sie und konnte ein erneutes Lachen nur mit Mühe verkneifen. Sie musste das Plappern in den Griff kriegen. Raven nervte es immer, wenn sie damit anfing. Eine dumme Angewohnheit, aber wenn sie nervös war, quatschte sie eben einfach drauf los.

»Ich bin ziemlich sicher, wo er hingegangen ist. Wir lassen ihm noch ein bisschen Zeit für sich allein und suchen ihn dann.«

»Was ist da drin eben passiert? Diese Frau - ist sie wirklich eure Mutter?«

Tylers Lächeln erstarb augenblicklich, aber er nickte und stieß einen Laut aus, der einer Mischung aus einem Knurren und einem zynischen Lachen glich, wie sie es von Raven kannte. »Ja. Ja, genau das war sie. Wie sie leibt und lebt. Nur, dass sie nicht wirklich damit gerechnet zu haben schien, *uns* je wieder ins Gesicht sehen zu müssen. So ein Pech aber auch.«

Weil in seiner Stimme Trauer, Schmerz und Bedauern schwangen, griff sie dieses Mal nach seiner Hand und hielt sie fest. »Es tut mir leid, Tyler«, sagte sie leise und meinte es ernst. »Es tut mir fürchterlich leid! Hat sie gesagt, warum sie es getan hat?«

Er schüttelte den Kopf. »Schon gut, Kleine. Ich hatte mich mit dem Gedanken schon viel eher angefreundet als Raven. Keine Ahnung, ob es daran liegt, dass ich älter bin, aber auch wenn sie nichts gesagt hat, denke ich, dass ich sie verstehe. Verrückt, oder?«

»Wie meinst du das?«, fragte sie verwirrt, ohne auf seinen verhassten Kosenamen für sie einzugehen.

Tyler grinste schwach. »Naja, so wie ich das sehe, hat sie keinen anderen Ausweg gesehen. Stell dir vor, du quälst dich jahrelang mit schrecklichen Depressionen, bist mit einem Arschloch wie meinem Vater verheiratet und musst zusehen, wie alles Tag für Tag nur schlimmer wird, weil du nicht in der Lage bist, es zu unterbinden? Das Betrügen und Lügen und wenn sich dein Mann dann doch einmal herablässt, nach Hause zu kommen, lässt er seinen Frust auf cholerische Weise an dir aus. Ich weiß nicht, ob unser Vater unsere Mom auch geschlagen hat. Ich glaube es nicht. Aber dir muss ich wohl kaum erklären, was ein andauerndes Maß seelischer Gewalt mit einem Menschen anrichten kann, oder?«

Liliana wollte Tylers Blick nicht ausweichen, konnte es aber nicht verhindern. Ihr Herz zog sich zusammen, denn in ihrer eigenen Familie war es bis zum Tod ihrer Mom auch nicht viel besser gelaufen. Schließlich hatte ihr Dad die Scheißdrogen nicht nur verkauft, sondern auch teilweise selbst genommen. Mit dem Unterschied, dass es zwischen ihren Eltern mehrfach auch körperliche Auseinandersetzungen gegeben hatte. Bis ihre Mom krank geworden war. Und kurz darauf einfach - starb. Lil hatte diese Chance für sich genutzt und war ausgezogen; lange bevor ihr verhasster Vater im Knast gelandet war. Wo er hoffentlich verrottete, wenn es wirklich stimmen sollte und er diese Prostituierte auf dem Gewissen hatte ...

Wie viel Leid und Schmerz hatte sie selbst ihm zu verdanken? Wie oft hatte sie abends in ihrem Zimmer im Bett gelegen und geweint, weil in der Schule niemand mit ihr hatte reden wollen? Weil einfach jeder wusste, was für ein Drecksschwein er war und deshalb niemand etwas mit ihr zu tun haben wollte? Eine Tatsache, die sie in den vergangenen Jahren gut verdrängt hatte. Und gelernt hatte, damit zu leben. Dass auch in der Uni hin und wieder darüber getratscht wurde, war ihr bewusst. Trotzdem war es seither auf jeden Fall besser geworden. Damit ließ es sich leben.

»Jedenfalls waren wir - Raven und ich - irgendwann erwachsen. Sie musste diesen Mann kennengelernt haben und schien sich dann einfach gedacht zu haben, ihr egoistisches Handeln würde keinerlei Konsequenzen für uns nach sich ziehen. Frei nach dem Motto - so würden wie sie nicht vermissen«, fuhr Tyler fort und spielte mit einer Serviette auf dem Tisch herum. »Ich weiß es nicht. So stelle ich mir jedenfalls den Ablauf vor. Sie wollte glücklich sein und hat sich vielleicht sogar für diesen Wunsch geschämt, also hat sie den für sich einfachsten Weg aus der Misere gewählt und alles hinter sich gelassen.«

Er zuckte mit den Schultern und eine Weile schwiegen sie, während Lil darüber nachdachte. Darüber, wie sie in so einer Situation gehandelt hätte. Was sie getan hätte, wenn sie sicher gewesen wäre, dass ihr Leben niemals besser werden würde, wenn sie nichts täte.

So ein glatter abrupter Schnitt ... Käme für sie nie infrage. Nicht nur der Kinder wegen, sondern weil sie auch nicht der Typ dafür war, einfach vor ihren Problemen davonzulaufen. Egal, ob es um die Bar ihrer Mom ging, ihren Vater oder jetzt um - Raven.

»Ich - mache mir Sorgen um ihn«, gab sie schließlich zu und ließ die Schultern hängen.

Der Kellner kehrte mit einem Tablett in der Hand und ihrem Kaffee an ihren Tisch zurück und Tyler lächelte ihr zu, als er wieder ging.

»Ich weiß. Ich auch. Immer. Daran wird sich vielleicht nie etwas ändern. Ich weiß, dass ich nicht unschuldig daran bin, wie es heute zwischen uns ist. Raven und ich hatten nie das beste Verhältnis zueinander. Auch als wir Kinder waren nicht.« Er zuckte mit den Schultern und sein Lächeln wirkte wesentlich erzwungener als zuvor. »Hast du Geschwister?«

Lil schüttelte den Kopf.

»Tja. Ich schätze, es liegt daran, dass wir so unterschiedlich sind. Raven war schon immer der kämpferische Typ. Hat sich nichts sagen lassen, ständig alles und jeden infrage gestellt und wollte stets mit dem Kopf durch die Wand. Er ist unglaublich schlau, aber das weißt du ja. Und neugierig. Und wahnsinnig kompromisslos. Wenn man sein Vertrauen einmal verspielt hat, ist es fast unmöglich, es zurückzugewinnen.«

Es gelang Liliana nicht, Tylers Lächeln zu erwidern. Alles, was er ihr erzählte, passte auch in das Bild, das sie sich von Raven gemacht hatte. Aber sie hatte noch viel mehr in ihm gesehen als nur das. All diese Eigenschaften waren schließlich nicht nur negativ besetzt, richtig?

»Er bedeutet dir trotzdem viel«, warf sie ein und strich sich verlegen eine Haarsträhne hinter das Ohr, bevor sie zögernd in ihrer Handtasche nach einem Haarband suchte. Es war viel zu heiß, um die Haare offen zu lassen. So hatte sie wenigstens keine nassgeschwitzten Haare im Nacken kleben. Sie hasste das Gefühl.

Raven wäre sauer ...

Aber Raven würde es schließlich nicht sehen. Weil er sie ja auch nicht mehr sehen wollte. Als wäre all das allein ihre Schuld!

Sie schluckte die latente Wut hinunter. »Ich denke, ihr seid euch gar nicht so unähnlich.«

Ein Kommentar, der Tyler ein schwaches Grinsen entlockte. »Erwischt. Vielleicht sind wir uns in manchen Punkten auch zu ähnlich und das ist der Grund, aus dem er mich verabscheut.« Er zwinkerte ihr zu, doch dieses Mal hatte sein Blick nichts Anzügliches an sich. Anders als an dem Abend, als sie ihm zum ersten Mal im Käfig gegenübergestanden hatte, ohne zu wissen, wer er war. »Zumindest haben wir den gleichen guten Geschmack.«

»Falls das ein Kompliment sein sollte - danke. Falls du mich meintest.« Liliana lachte und Tyler fiel in ihr Lachen ein, bevor der kurze etwas unbeschwertere Moment auch schon endete. »Dumm nur, dass er mir eben gesagt hat, ich soll aus seinem Leben verschwinden.«

Was bin ich nur für eine dumme Kuh, dachte sie mit einem Anflug von angewiderter Verachtung für sich selbst. *Ich rede mit seinem Bruder über Dinge, die ihn oder mich nichts angehen, und erschleiche mir Komplimente, weil mein Ego zu einem erbärmlichen kleinen Ameisenhaufen geschmolzen ist ... Um das zu bekommen, was er mir verwehrt! Widerlich!*

»Das hat er nicht so gemeint«, antwortete Tyler natürlich leise. »Du müsstest ihn doch selbst inzwischen gut genug kennen, um zu wissen, wie extrem er auf Stresssituationen reagiert.«

Liliana schwieg eine Weile, schüttelte aber dann den Kopf. »Nicht bei mir. Sonst - reagiert er anders.« Sie konnte es nicht genau in Worte fassen und wusste eigentlich nicht einmal, ob es stimmte. Trotzdem rief die Erinnerung an die eisige Kälte und die Dunkelheit in seinen Augen einen Schmerz in ihrer Brust hervor, der ihr die Luft zum Atmen nahm. Ihre Augen fingen an zu brennen, aber sie drängte die Tränen mit aller Macht zurück. Das Gefühl, ihn heute vielleicht endgültig verloren zu haben, obwohl doch er derjenige gewesen war, der wollte, dass sie ihn begleitete ...

Ich habe versagt. Und jetzt ist alles aus ...

Tyler tätschelte abermals ihren Handrücken, als bedauerte er sie vielmehr als sich selbst. Dabei war es doch eigentlich sein Leben, das heute auf den Kopf gestellt worden war, oder nicht? Sollte nicht sie diejenige sein, die ihn tröstete? Erbärmlich!

»Ich denke, wir sollten uns auf den Weg ins Hotel machen und Raven eine Weile in Ruhe lassen. Wir warten einfach dort auf ihn. Keine Sorge, Kleine. Er wird schon nicht ohne uns abhauen. Er wird sich irgendwo volllaufen lassen, sich dann ein Taxi nehmen und seinen Rausch wieder ausschlafen. Du wirst sehen.«

»Was ist mit eurer Mom? Wie geht es jetzt weiter? Hast du wenigstens mit ihr gesprochen?«, fragte sie und drängte die Gedanken an Raven in den Hintergrund zurück. Sie bezweifelte, dass er einfach zurückkam und dann so tat, als wäre nichts gewesen. Sie würde erst mit Ty ins Hotel fahren und ihn dann später auf eigene Faust suchen. Und mit ihm reden. Wenn er sie ließ ...

»Nein!« Tyler schüttelte den Kopf und zum ersten Mal, seit sie ihn kannte, sah sie ihn wirklich wütend. »Es reicht, dass ich sie gesehen habe! Und ehrlich - der Schock, als sie begriffen hat, dass wir es wissen, hat mir als Genugtuung gereicht. Ich war darauf vorbereitet - irgendwie zumindest - und habe mir meinen Teil gedacht. Ich nehme an, dass ich damit ziemlich dicht an der Wahrheit bin und fertig. Jetzt wissen wir es definitiv.«

Liliana nickte. »Du bist abgeklärter als Raven, aber wenn du darüber reden willst -«

»Nicht nötig, Kleine. Ich trage sicher keinen Knacks oder sowas davon. Du kannst dein Psychozeug für meinen Bruder aufsparen.«

Nur, dass das bei Raven auch nichts nützt, dachte sie gequält, rang sich aber ein immerhin halbherziges Lächeln für ihn ab. »Nenn mich nicht Kleine«, murmelte sie und folgte Tyler schließlich weder überzeugt noch beruhigter als zuvor ins Hotel in der Nähe der Bäckerei. Nicht weit entfernt vom Hafen.

Die Stunden verstrichen und Tyler und Liliana verbrachten sie die meiste Zeit über schweigend in der Lobby des Hotels. Mit Kaffee, irgendwann mit Bier und schließlich mit Whiskey für Tyler und dem einen oder anderen Tequila für sie, weil sich ihr Magen einfach nur widerwärtig und scheußlich anfühlte. Ohne ein Lebenszeichen von Raven. Ohne Anruf. Ohne alles.

Obwohl er dort gewesen sein musste. Die Reisetasche, die er mitgenommen hatte, war an der Rezeption abgegeben worden. Mit ihrem Pass und ihren Sachen. Er musste also wenigstens kurz hier gewesen sein. Vielleicht direkt nach seinem Abgang. Und es wunderte sie nicht wirklich, dass sein

Pass fehlte. Eine unglaublich schmerzhafte Erkenntnis, aber noch wollte Liliana die Hoffnung nicht aufgeben und betete, dass Raven noch kam.

Als es dunkel wurde und Lil so müde und betrunken war, dass sie kaum noch die Augen offenhalten konnte, verabschiedete sie sich von Tyler und ging hoch auf ihr Zimmer. Das Zimmer, das Ravens Bruder für sie beide gemietet hatte. Nur, dass es nun so aussah, als würde er nicht zurückkommen. Als hätte er sie tatsächlich zurückgelassen.

Und Lilianas anfängliche Sorge schlug in Wut um. Und die Wut in Enttäuschung. Und die wurde zu leerer Einsamkeit und dem Gefühl, zurückgelassen worden zu sein. Erneut.

Sie zog sich aus, stieg unter die Bettdecke, obwohl es dafür trotz des heraufziehenden Gewitters immer noch viel zu heiß war, und weinte so lange, bis sie in einen unruhigen Schlaf glitt. Und in ihren Träumen malte sie sich aus, ob Raven etwas zugestoßen sein könnte, während sie hier auf ihn wartete. Denn ein kleiner Teil von ihr hoffte nach wie vor, dass es einen anderen Grund für sein Fehlen gab. Für sein Verhalten ihr gegenüber. Für - alles.

Raven saß in der dritten Bar. Soweit er den Überblick nicht verloren hatte, jedenfalls. Zuerst hatte er die fünfzig Dollar in seiner Tasche plattgemacht und so viel gesoffen, wie er hinunterbekommen hatte. Das hatte etwas geholfen. Dann hatte er sich nochmals fünfzig an einem Bankautomaten besorgt, irgendwo auf dem Weg einen Burger gegessen und war zur nächsten Bar weitergezogen. Am Hafen. Von dort aus hatte man einen netten Überblick über die Schiffe an den Piers. Nett, aber uninteressant. Schließlich war alles, was er wollte, saufen. Sich betrinken und alles um sich herum zu vergessen.

Leider hatte der Alkohol nicht die erhoffte Wirkung gezeigt. Also hatte er sich abermals fünfzig Dollar geholt, war weitergezogen und saß nun in einer heruntergekommenen stinkenden Absteige in der Nähe des Hotels, dessen Adresse Tyler ihm irgendwann aufs Handy geschickt hatte. Als fände er den Weg dorthin ohne Navi nicht mehr.

Raven stieß einen verächtlichen Laut aus und kippte den Rest seines Bieres hinunter. Irgendwann war er von Whiskey auf Bier übergegangen, ohne es zu merken. Vielleicht weil sein Hirn ihn daran erinnerte, dass Bier wesentlich günstiger war, als der scheißteuere Whiskey, den er bisher gekippt hatte. Dass es vielleicht schneller ging, alle Gedanken aus seinem Kopf zu spülen, wenn man mehr Alkohol in kürzerer Zeit in sich hineinschüttete ...

»Hey, bist du ganz allein?« Ein Mädchen mit roten Locken und auf den zweiten Blick recht ansehnlichen Gesichtszügen tauchte neben ihm am Bartresen auf und musterte ihn sichtlich interessiert. »Ein Kerl wie du an einem Ort wie diesem ... Sind euch in den schicken Upperclassbars die Getränke ausgegangen?«

Sie hatte vorhin schon zu ihm herübergestarrt, doch er hatte sie und ihre beiden Freundinnen gekonnt ignoriert. Nun musterte sie ihn langsam von Kopf bis Fuß, als würde sie abschätzen, wie teuer seine Klamotten wohl gewesen waren. Die beiden anderen Hühner standen nach wie vor an der anderen Ecke und beobachteten sie anscheinend recht amüsiert.

Jetzt wusste er immerhin wieder, wieso er sie ignoriert hatte. Raven schenkte ihr nicht mehr als einen geringschätzigen Blick. Ihr Gesicht war viel zu stark geschminkt und ihr knappes Outfit mehr als nur billig. Selbstverständlich stand er auf viel Haut - aber der Rest durfte in der normalen Öffentlichkeit gerne stilvoll verpackt sein. Das hier - war aber alles andere als stilvoll und schrie ihm fast ›Nutte‹ ins Gesicht.

Raven wandte das Gesicht wieder ab und trank einen weiteren Schluck aus seinem halbleeren Glas. »Ich bin nicht interessiert, Schätzchen. Du musst dir deine Kunden wohl leider woanders an Land ziehen. Und jetzt schwirr ab!«

Aus dem Augenwinkel sah er, wie sie bei seinen Worten zusammenzuckte, als hätte er sie geschlagen und in der Bewegung innehielt. Anscheinend hatte sie gerade ihre Hand mit den langen künstlichen rotlackierten Krallen auf seinen Unterarm legen wollen. Ihre riesigen Titten hoben und senkten sich schneller unter ihrem tiefausgeschnittenen Fummel.

»Was bildest du dir ein, Freundchen? Sehe ich etwa aus wie eine Hure?«, rief sie empört und funkelte ihn unter ihren langen falschen Wimpern an.

»Bist du keine?«, antwortete er mit einer leicht amüsierten Gegenfrage und hob die Brauen, als er sie erneut musterte. Dieses Mal extra anzüglich, um ihr möglichst deutlich zu machen, was er von ihrem kläglichen Anmachversuch hielt.

Sie riss den Mund auf, schloss ihn dann aber wieder und reckte ihm tatsächlich trotzig das Kinn entgegen. »Und wenn schon. Dir hätte ich immerhin umsonst einen geblasen. Schließlich hab ich jetzt frei. Aber du bist echt ein Arsch, was?«

Raven lachte leise. »So ein Pech aber auch, dass ich deine Erwartungshaltung nicht erfülle. Und mein Schwanz ist eh zu wählerisch und lässt sich nicht wahllos irgendwo reinstecken. Also hau endlich ab!«

Das Bild von Lilianas geröteten Wangen, ihren verschwitzen langen Haaren und ihrem unfassbar erregenden Anblick, wenn sie unter ihm kam, verdrängte er so schnell wie möglich aus seinem dezent schmerzenden Schädel. Obwohl selbst das angenehmer war, als sich mit seiner Mutter auseinandersetzen zu müssen. Gerade noch rechtzeitig, um die Reaktion vom Rotschopf neben sich zu registrieren.

Sie streckte ihm den Mittelfinger entgegen, zischte ein kaum hörbares »Wichser« und stolzierte dann auf ihren billigen Pumps an ihm vorbei auf die Tür zu.

Es überraschte ihn wenig, dass ihre beiden Freundinnen ihr sofort nachsetzten. Damit war er bei ihnen offensichtlich unten durch.

So ein Pech aber auch ...

Raven unterdrückte das Bedürfnis, ihnen einen dummen Spruch nachzuschleudern und widmete sich wieder seinem Bier. Um die mordmäßige Latte in seiner Jeans zu ersticken, die sich ungefragt schmerzhaft gegen seine Hose drängte. Nur weil er an sie dachte! Sein Körper schien sich immerhin auf die Möglichkeit nach Druckabbau zu freuen, auch wenn sein Hirn eigentlich keine Kapazitäten dafür übrig hatte. Nicht heute. Nicht mir der billigen Schlampe und am besten auch nicht mit seiner Prinzessin, die alles andere als begeistert von so einem Überfall gewesen wäre. Zu Recht. Wenigstens das wusste er immerhin ...

Keine fünf Minuten später war auch das Glas leer und der Barkeeper nickte ihm fragend zu. Eine Zunge schien die Bohnenstange mit der Brille und den Pickeln im Gesicht nämlich nicht zu haben.

Er schüttelte den Kopf, legte einen Zwanziger auf den Tresen und rutschte von seinem knarzenden Hocker. Leider musste er pinkeln, doch er hatte nicht vor, das hier zu tun. Er war hinreichend stolz darauf, sich nie irgendwo irgendwelche gruseligen Krankheiten eingefangen zu haben und gedachte nicht, sich diesem Risiko heute auszusetzen, indem er auf dieses Drecksklo ging.

Als seine Gedanken erneut zu seiner inzwischen sicher schlafenden Prinzessin wanderten, musste er ein erneutes

Lachen unterdrücken. Sie war doch echt die Einzige, bei der er von Anfang an auf seine Regeln geschissen hatte. Schließlich hatte er bei ihr nie ein Kondom benutzt und nicht einmal einen Gedanken daran verschwendet! Von Anfang an nicht. Und das sicher nicht, weil es hinreichend bekannt war, dass Liliana Crane seit Ewigkeiten keine Kerle mehr datete.

Eine Erkenntnis, die seinen Magen herumdrehte und sein latentes Verlangen nach ihr erneut anstachelte. Allein das Gefühl, ohne jede noch so winzige Barriere in ihr zu sein, war berauschend und um nichts in der Welt würde er je wieder darauf verzichten.

Wenigstens lenkte ihn seine Fantasie weitestgehend vom eigentlichen Grund für seine Sauferei ab. Das war gut. Glaubte er jedenfalls.

Während Raven sich tatsächlich leicht schwankend auf den Ausgang zubewegte und die schwere schwüle Nachtluft vor der Bar einatmete, fragte er sich, ob es eigentlich gemein wäre, darüber nachzudenken, ob ihn das verwundern sollte. Schließlich war es ein Unterschied von Tag und Nacht: Die ausgetragenen viel zu großen hässlichen Klamotten, die sie früher getragen hatte und in denen sie einfach nicht genug hergemacht hatte, um für irgendeinen Kerl auf diesem Planeten einen reizvollen Anblick zu bieten - oder den jetzigen. Die Röcke und Kleider, in denen all ihre Vorzüge so wunderbar zur Geltung kamen, dass niemandem entgehen konnte, was für eine heiße Braut sie sein konnte ...

Raven schluckte schwer und verdrängte jeden verfluchten Gedanken an sie erneut aus seinem Schädel. Schließlich wusste er ja nicht einmal, wo sie eigentlich war. Er hatte ihr gesagt, sie solle verschwinden! Dann war sie vielleicht längst in einen verdammten Flieger gestiegen und zurück nach Kansas geflogen. So, wie er es gewollt hatte.

Aber habe ich das wirklich gewollt?

Als er einen Moment lang auf seine Handfläche hinunter sah, ohne etwas zu sehen, war er sich dessen nicht mehr so sicher. Ein Teil von ihm wollte einfach vermeiden, dass sie ihn genau so sah. Abgewrackt, sturzbetrunken, emotional im

Arsch. Denn genau das war er. Im Arsch. Und nach dem heutigen Tag hatte er auch jeden Grund dazu.

Selbst in seinen Gedanken schaffte er es nicht, seine Mutter zu verfluchen, obwohl er nichts lieber getan hätte, als genau das. Sie verflucht, beschimpft, verteufelt für all das, was sie ihnen mit ihrem Abgang angetan hatte!

Raven wusste nun, dass es wahr war. Dass Tyler nicht gelogen und sich nicht geirrt hatte. Dass ihre Mom ihren eigenen Unfall vor drei Jahren nur vorgetäuscht hatte, um so schnell wie möglich ihr altes Leben gegen ein Neues einzutauschen, als wechselte sie nur ihre Socken!

Warum hatte er nie bemerkt, dass sie so skrupellos und eiskalt sein könnte? Wieso war ihm nie aufgefallen, dass sich hinter ihrer depressiven Fassade offenbar das Herz einer Eiskönigin befand, die es kaum erwarten konnte, Mann und Kinder zurückzulassen?

Wenn es so gewesen ist ...

Raven bedauerte.

Jeden Moment, in dem er versucht hatte, sie zu einer Therapie zu bewegen. Zu einer Scheidung. Zu einem Neuanfang. Dazu, sich aufzuraffen und wieder zu der Frau zu werden, die er aus seiner Kindheit kannte. Jeden einzelnen Versuch, sie aufzumuntern und nur das Beste für sie zu wollen.

Denn schließlich sah es nun so aus, als hätte sie sich an seinen Rat gehalten. Nur, dass sie einen gänzlich anderen Weg dafür beschritten hatte, als den, den er meinte ...

Schließlich schien sie Nägel mit Köpfen gemacht zu haben. Blöd nur, dass sie aufgeflogen war. Mit ihrer - Farce.

Raven steckte die Hände in die Hosentaschen, atmete tief durch und ging um die Ecke der Bar in die dunkle unbeleuchtete Gasse daneben. Er roch den stinkenden Müll, bevor er die überquellenden Tonnen in der hintersten Ecke sah. Ihre Umrisse jedenfalls.

Während er sich an die Wand stellte und den Druck auf seiner Blase vertrieb, fragte er sich, was er nun tun sollte. Es war spät. Lange nach Mitternacht. Das hieß, dass er den halben Tag mit Saufen beschäftigt gewesen war, ohne einen nennenswerten Effekt damit zu erzielen. Immerhin war er entgegen seiner ursprünglichen Hoffnung nicht außer Stande, nachzudenken. So ein Pech aber auch.

Zum Hotel - pennen - verdrängen ...

Wenigstens seine Verdrängungsmechanismen hatten ihn bisher nicht im Stich gelassen. Ein Gedanke, der ihn beinahe auflachen ließ. Weil er ihn schon wieder mit Lil in Verbindung brachte. Klar.

Als Raven schwere Schritte auf dem Bürgersteig hörte, schloss er den Knopf seiner Jeans. Als er einen scharf ausgestoßenen Pfiff hinter sich hörte - gefolgt von dem unverkennbaren Klacken hoher Pfennigabsätze - drehte er sich um.

Wieso überrascht mich das jetzt nicht, dachte er ohne einen Hauch von Belustigung und straffte sich unwillkürlich. Am Eingang der schmalen Gasse standen drei muskelbepackte Glatzköpfe in schwarzen Jacken und schwarzen Hosen. Einer hielt einen Schlagstock in der rechten Hand, an der Hand des Zweiten blitzte ein Schlagring im Schein der Laterne an der Straße auf und der dritte Typ - grinste ihn nur dümmlich an. Offenbar der der Zuhälterkönig der dummen Schlampe, die er gerade abgewiesen hatte. Er sah ihren Rotschopf um die Ecke schielen. *Von wegen Gratis-Blowjob!*

»He, Arschloch! Hast du meine Mädchen angegrabbelt, ohne dafür zu bezahlen?«, rief das selbsternannte Alphamännchen und neigte den kahlen Schädel zur Seite, als würde er das Gefahrenpotenzial abschätzen, das vielleicht von Raven ausging. »Niemand darf grapschen, ohne dafür zu blechen, kapiert? Also rück die Kohle raus!«

Die beiden anderen Schränke lachten dümmlich, sagten aber nichts. Eine weitere Bestätigung dafür, dass der Zuhälter in der Mitte das Sagen hatte.

Raven rülpste ungeniert und musterte die drei Typen aufmerksam. Er schwankte leicht. Ein deutliches Zeichen dafür, dass wenigstens sein Körper den Alkohol nicht ohne weiteres wegsteckte. Sein Verstand brauchte nur Sekunden, um ihm klarzumachen, dass er nicht die geringste Chance hätte, wenn er es darauf ankommen ließe. Eine Prügelei würde ihm garantiert mehr als ein gebrochenes Nasenbein bescheren. Keine sonderlich angenehme Vorstellung.

»Okay«, sagte er langsam und konnte sich das Grinsen nicht verkneifen. »So wie ich das sehe, haben wir hier ein ernstes Problem, Kumpel«, fuhr er fort und sein Blick wanderte erneut zu der Ecke, hinter der er den Rotschopf hervorlugen sah. »Ich habe die Kleine nämlich nicht angegrabbelt. Sorry, aber ich mag es etwas - niveauvoller, falls du verstehst.«

»So?«, antwortete der Schrank nach einem kurzen Zögern und ließ den kahlen Schädel auf die andere Schulter sinken. »Sie behauptet aber etwas ganz anderes. Ich bin geneigt, ihr zu glauben, verstehst du?«

Wow. Solche Formulierungen auf diesem Fischgesicht ...

Raven war tatsächlich etwas irritiert. Er hatte mit allem gerechnet, aber nicht damit, dass der Kerl sich vernünftig artikulieren könnte. Mit Gossensprache wäre er irgendwie besser klargekommen ...

»Dann hat sie dich wohl belogen. Blöd, wenn man nicht mit einer Abfuhr umgehen kann, was?« Er zuckte ungerührt mit den Schultern, blieb aber wachsam, so weit es sein vernebelter Verstand zuließ. »Also. So wie's gerade aussieht, werde ich ums Bezahlen für eine nichterbrachte Leistung wohl nicht herumkommen, wenn ich nicht den Rest meines bescheidenen Aufenthalts in dieser stinkenden Stadt im Krankenhaus verbringen will, oder?«

Die Augenbraue des Zuhälterkönigs wanderte höher und Raven wunderte sich nicht im Geringsten darüber, dass auch das Grinsen immer breiter wurde. »Deine Aussage gegen ihre, mein Freund. Ich tendiere dazu, ihr eher zu glauben. Aber das überrascht dich sicher nicht.«

»Hm, in der Tat.« Raven rülpste noch einmal und gab sich Mühe, den Geschmack auf seiner Zunge zu ignorieren. Aufgestoßenes Bier war leider ekelhaft. »Verrätst du mir dann freundlicherweise den kürzesten Weg zum Parkside Hotel? Meine - Freundin wartet auf mich.« Er lächelte kühl und zog sein Portmonee aus seiner Arschtasche. »Hoffentlich«, fügte er leiser hinzu und hielt die Geldbörse auffordernd hoch.

Was für eine beschissen absurde Situation, dachte er und hätte beinahe gelacht.

»Fürs Grabschen dreißig. Vorzugspreis für dich, Freundchen. Ich mag dich. Du bist lustig.«

»Wie nett«, antwortete er zynisch, sparte sich aber den Kommentar, der ihm eigentlich auf der Zunge lag. Raven fischte einen Zwanziger und zwei Fünfer aus dem Portmonee und drückte es dem Muskelprotz in die Hand. »Und? Der kürzeste Weg zum Hotel?«

»Rechts an der Bar vorbei, geradeaus und dann links in die Parkstreet. Kannst du nicht verfehlen.« Der Kerl deutete eine mehr oder weniger galante Verbeugung vor Raven an, als er sich das Geld in die Innentasche seiner Lederjacke stopfte, und ließ ihn vorbei. »Du kommst nicht von hier, oder?«

Irritiert drehte Raven sich um und schüttelte den Kopf. Ganz schön neugierig für einen Schlägertypen. »Kansas.«

»Bist nicht hier um Urlaub zu machen, was?«

Raven zuckte mit den Schultern. »Eine offene Rechnung, die ich noch begleichen musste.«

Der Kerl nickte. »Wenn du mal wieder in der Stadt bist, komm ins ›Diavolo‹, mein Freund. Der nächste Blowjob geht aufs Haus. Vorausgesetzt, deine Freundin spielt mit.« Er grinste ihn breit an und nickte dann seinen Kumpels zu, die sich schweigend auf den Weg in die entgegengesetzte Richtung machten. Gefolgt von der rothaarigen Schlampe, der Raven nur zu gerne noch eins dafür reingewürgt hätte. Miststück!

Weil er nicht wusste, was er darauf antworten sollte, zuckte er erneut mit den Schultern, schob seine Hände wieder in seine Hosentaschen und setzte sich in Bewegung. Auf das Hotel zu, ohne zu wissen, ob seine Prinzessin auf ihn gewartet hatte. Ohne einen Gedanken daran zu verschwenden, wie er sie gerade bezeichnet hatte. Einfach so. Ohne einen einzigen verschwendeten Gedanken an seine Mutter, der er eigentlich nur noch wünschte, dass sie in der Hölle schmorte! Er würde sich hinhauen, seinen Rausch ausschlafen und morgen zurück nach Kansas fliegen und alles vergessen, was hier geschehen war. Zusammen mit seinen ursprünglichen Plänen, seinen Vater betreffend. Dazu gab es schließlich - keinen Grund mehr.

Das war's. Es ist vorbei.

Aber irgendetwas sagte ihm, dass es nicht so war. Nur was - konnte er nicht genau benennen. Vielleicht morgen. Vielleicht dann, wenn er wieder einen einigermaßen klaren Kopf hatte. Wenn er feststellen würde, dass dieses ›Vorbeisein‹ nicht nur für die Sache mit seinem Vater und seiner - *Mutter* - galt, sondern auch für Liliana. Weil sie sich garantiert längst vom Acker gemacht hatte. Und Raven ahnte nur, dass er dieses Mal zu weit gegangen war. Dass er auch sie verloren hatte. Ein Gedanke, der das Messer in seinem Magen mindestens dreimal herumdrehte und das Bedürfnis verstärkte, zu kotzen. Ein Drang, dem er schon zwei Schritte weiter mit Freuden nachgab. Es half nur ein bisschen. Und nicht genug.

Minuten später öffnete der Himmel über der Stadt der Engel seine Schleusen und es fing an zu regnen. Die Ausläufer des Gewitters, das bedauerlicherweise nördlich über dem Zentrum ausbrach. Nicht nah genug, um die anhaltende schwüle Luft schnell zu vertreiben. Dennoch taten die kalten Regentropfen auf seiner Haut erstaunlich gut. Sie durchnässten sein Shirt, seine Jeans und schließlich auch seine Schuhe, obwohl das Wasser auf dem trockenen Boden und der Straße gleich wieder zu verdampfen schien. Für einen kurzen Augenblick fühlte Raven sich besser. Etwas. Gut genug, um seine schlafende Prinzessin eine Ewigkeit später anzustarren und sich zu fragen, womit er sie verdient hatte. Nachdem er sich die zweite Schlüsselkarte bei Tyler abgeholt hatte, dem jede dumme Frage mit einem Blick in Ravens Gesicht im Hals steckengeblieben war.

So beschissen sehe ich also aus ... herrlich.

Raven weckte Liliana nicht auf, betrachtete sie einfach eine Weile lang und verzog sich dann auf den Balkon. Im Regen stand er da, rauchte und überlegte so gut es sein alkoholisiertes Hirn es zuließ, wie es ab jetzt weitergehen sollte. Alles.

Ein Donnerschlag direkt über dem Hotel ließ Liliana aus dem Schlaf hochfahren. Kerzengerade und nass-geschwitzt saß sie im riesigen Doppelbett und schaute sich verschlafen im dunklen Zimmer um. Sie war immer noch allein. Oder? Hatte sie die Balkontür offengelassen, als sie sich hingelegt hatte?

Ein heller Blitz zuckte über den schwarzen Himmel und Regentropfen prasselten auf das Dach über ihr. Tyler hatte zwei Zimmer unter dem Dach gebucht. Seins war direkt nebenan. Aber er war doch wohl kaum mitten in der Nacht hereingekommen, ohne wenigstens zu klopfen, oder?

Oder Raven ist -

Ein erneuter Donner ließ sie heftig zusammenzucken und dann sah sie die Bewegung auf dem überdachten Balkon. Eigentlich war es zu dunkel, um etwas erkennen zu können, doch Lil war sicher, Ravens Statur überall wiederzuerkennen. Sie bildete sich sogar ein, seinen Geruch im Zimmer ausma-chen zu können. Seinen Geruch hätte sie unter Hunderten wiedererkannt.

Vielleicht träume ich noch, dachte sie und rieb sich verschlafen über die Augen.

Doch sie träumte nicht. Raven tauchte in der geöffneten Balkontür auf und starrte sie geradewegs an. Eine brennende Zigarette im Mundwinkel und - grinsend. Das konnte sie gerade noch sehen, weil er den Lichtschalter neben der geöff-neten Schiebetür betätigte und sie im nächsten Moment die Augen zukneifen musste, weil sie vom Licht der Wandbeleuch-tung geblendet wurde. Obwohl dieses Licht nicht annähernd so penetrant war, wie es die Deckenbeleuchtung gewesen wäre.

»Hi«, sagte er fast tonlos und verharrte einfach in der Tür, um sie anzustarren. Sie fühlte seinen Blick auf sich, als sie blinzelte.

»Hi?«, wiederholte sie irritiert und mit trockener Kehle, die sich ungewohnt rau und kratzig anfühlte. Vom Weinen und weil sie schrecklichen Durst hatte. »W- wo kommst du her? Wo hast du den ganzen Tag gesteckt? Ich ... hab mir Sorgen -«

»Niemand muss sich Sorgen um mich machen«, unterbrach er sie und seine Stimme war eiskalt, als er die Zigarette hinter sich über den Balkon schnippte und das Zimmer betrat. Er durchquerte den Raum, ohne sie aus den Augen zu lassen und bewegte sich geradewegs auf die Minibar neben der Tür zu. Nicht viel mehr als ein Kühlschrank, den sie bisher keines Blickes gewürdigt hatte.

Ohne zu antworten oder überhaupt einen Mucks von sich zu geben, griff er hinein und warf ihr im nächsten Moment eine kleine Wasserflasche zu.

Sie fing sie ungeschickt auf, ohne den Blick von ihm zu lösen. Tausend Fragen drangen an die Oberfläche ihres verschlafenen Hirns, aber dann gewann der Durst die Oberhand und sie trank gierig ein paar Schlucke des kalten Wassers, bevor sie die Flasche wieder zuschraubte und sie neben das Bett auf den Nachttisch stellte.

»Wo warst du?«, wiederholte sie leise und wartete mit klopfendem Herzen darauf, dass er ihr endlich antwortete. Dass er aufhörte, sie einfach anzustarren, ohne diese entsetzliche Kälte in seinen Augen! »Wie - wie geht es dir? Raven? Rede mit mir ... bitte!« Sie wusste, dass ihre Stimme kaum mehr als ein Flehen war, doch auch dieses Mal reagierte Raven einfach nicht. Sie sah, dass er die Augen schloss, bevor er sich mit den Fingern durch die tropfnassen Haare fuhr.

Überhaupt sah er auf den zweiten Blick fürchterlich aus. Klitschnass, eindeutig betrunken und absolut fertig mit sich und seiner Welt. Etwas, das sie angesichts der hiesigen Entwicklungen eigentlich nicht weiter überraschte und dennoch wünschte sie sich, er würde endlich den Mund aufmachen! Mit ihr reden. Sie ihretwegen auch gerne anschreien, weil sie nicht getan hatte, was er von ihr verlangt hatte und stattdessen in L.A. geblieben war ...

»Du bist geblieben«, sagte er irgendwann, als sie glaubte, die Stille würde sich ewig ziehen. Als hätte er ihre Gedanken erraten. »Warum?«

Ungläubig riss sie die Augen auf, schwang dann ohne nachzudenken die Beine aus dem Bett und lief auf ziemlich wackeligen Beinen auf ihn zu. Ihre Füße und Finger fühlten sich taub an und sie zuckte erneut leicht zusammen, als der bisher lauteste Donnerknall über ihnen in ihren Ohren dröhnte. Etwa einen Meter vor ihm blieb sie stehen - ohne genau benennen zu können, weshalb sie den Abstand wahrte.

Vielleicht lag es an seinem ausdruckslosen Blick. An der Dunkelheit seiner Augen, die ihr so viel tiefer und intensiver vorkamen, als je zuvor. An seiner Art, durch sie hindurchzusehen, als existierte sie gar nicht. An seiner Art, sie gleichzeitig *anzusehen* - gierig, besitzergreifend, verschlingend, kompromisslos.

»Warum?«, wiederholte er und Lil hielt den Atem an. Wurde ruhiger, obwohl jede Zelle ihres Körpers aufgewühlt war, ihre Gedanken rasten und ihr Verstand ihr befehlen wollte, diesen Abstand auf jeden Fall zu wahren.

Sie wurde entspannter, obwohl sie es nicht begriff. Sein Blick, seine spürbare Gier, seine Wut, sein unbändiger Hass auf alles um sich herum - sie spürte es. Wusste es. Und dennoch ...

»Warum bist du nicht gegangen?«

Lil lächelte. »Du weißt, wieso«, flüsterte sie, ließ dann die verkrampften Schultern sinken und streckte die Hände nach ihm aus. Sie fürchtete, er könnte zurückweichen. Sie wegstoßen. Vielleicht sogar vor ihren Augen verschwinden und sie würde aufwachen und feststellen, dass sie nur geträumt hatte. Dass er nicht wirklich zurückgekommen war ...

Doch es war real. Und Raven stieß sie nicht weg. Er rührte sich keinen Millimeter. Zuckte nicht zurück. Reagierte nicht.

»Ich konnte dich nicht im Stich lassen. Selbst wenn du behauptest, dass ich dir egal bin ... Denkst du, an meinen Gefühlen für dich ändert sich etwas, nur weil du ein weiteres Mal widerlich zu mir bist?« Sie spürte das gequälte Lächeln auf ihren Lippen, wandte den Blick aber nicht ab und schaute ihm fest ins Gesicht. »Ich liebe dich. Das ist der Grund, warum ich hier bin. Der Grund, wieso ich nicht zulassen kann, dass man den Löwen in einen Käfig sperrt. Selbst wenn es keine Zauberschuhe gibt, die uns zurückbringen. Selbst wenn es keinen Weg über die unendliche Wüste deiner Wut gibt. Selbst wenn es bedeutet, dass du mich dafür verachtest. Das ist keine Schwäche! Ich *kann* nicht gehen.«

Liliana plapperte. Aber jedes Wort - auch wenn es nur Oz-Vergleiche waren - fühlte sich richtig an. Sie schlang die Arme um seinen Hals, als sie die unausgesprochene Zustimmung in seinen Augen sah. Vergrub ihre Finger in seinen nassen Haaren, aus denen die Regentropfen auf sein Gesicht fielen, als sie seine Akzeptanz spürte. Genau wie seine kalten Hände an ihrer nackten Taille. Sie stellte sich auf die Zehenspitzen, presste ihre Lippen auf seine und küsste ihn. Sanft. Flüchtig. Und doch legte sie all ihre Gefühle für ihn in diesen einen Kuss und betete, dass er es verstand. Dass er sie auch jetzt nicht zurückstieß, weil sie fürchtete, es nicht ertragen zu können ...

»Du bist mir wichtig, Raven. Das ist der Grund, warum ich nicht gehen kann. Selbst, wenn ich wollte ...«

Raven schluckte und schloss die Augen. Einen sehr langen Moment schien es, als hätte er aufgehört zu atmen. Sie spürte seine Reglosigkeit. Seine Ruhe. *Ihn.*

»Es ist vorbei«, murmelte er schließlich in ihr Ohr, bevor er sie sanft auf die Wange küsste und sie an sich zog. Sie so fest hielt, dass sie sich nicht rühren konnte. Doch trotz ihrer Ängste und ihrer Unsicherheit wusste sie, dass er nicht sie meinte. Nicht sie beide ... »Ich habe dich nicht verdient, Prinzessin.«

Statt einer Antwort lächelte sie ihn an. Mit einem Gefühl, das einer Mischung aus Trauer und Hingabe glich. Trauer für all das, was er durchgemacht und verloren hatte und Hingabe für ihn. Reine unverfälschte Liebe, die er vielleicht wirklich nicht verdiente und gegen die sie trotzdem nichts machen konnte. Weil es sich gut anfühlte. Und richtig.

»Das hast nicht du zu entscheiden«, flüsterte sie zurück und rang sich ein schwaches Grinsen ab. »Meine Karten liegen schon verdammt lange offen auf dem Tisch, Raven.« *Und der Einsatz ist verflucht hoch* ...

Raven lachte leise. »Ja, du wärst eine schrecklich lausige Pokerspielerin.«

Lil lächelte kühl. »Sicher auch nicht schlechter als du.«

»Soll das eine Herausforderung sein?«

»Eine Feststellung!«, erwiderte sie und erschauerte leicht, als er sich vorbeugte und ihren Hals küsste. An der Stelle, in die er mit Vorliebe hineinbiss, um sie zu ärgern. Allein die Vorstellung erregte sie, obwohl sie es eigentlich nicht wollte. Nicht in diesem Moment, in dem es angebrachter wäre, nicht an den süßen Schmerz zu denken, den nur er in pure Leidenschaft verwandeln konnte ...

»Und wieder nimmst du den Mund verdammt voll. Dir ist schon klar, dass ich erstens wirklich besoffen bin und zweitens, dass heute nicht unbedingt der beste Tag ist, mich zu reizen, oder?« Tatsächlich leckte er kurz mit seiner Zunge über dieselbe Stelle und vergrub anschließend seine Zähne in ihrer Haut. Langsam, dann fester und schließlich so stark, dass sie keuchte. »Mit meiner Selbstbeherrschung steht es also nicht zum Besten.«

»Bist du jemals wirklich beherrscht?«, presste sie hervor, bevor sich ihr Hirn allein von seinem Geruch einlullen ließ. Sein unglaublicher Geruch, der heute von kaltem Zigarettenrauch und Whiskey untermalt wurde, der das Ganze aber nur intensiver und reizvoller für sie machte und es tatsächlich sogar verdammt leicht wurde, ihren anfänglichen Gewissensbissen aus dem Weg zu gehen. »Du bist so leicht aus der Ruhe zu bringen ... Hatten wir schon mal über das Thema Aggressionen gesprochen und darüber, was Freud und Lorenz dazu sagen würden?«

Raven grinste. »Ja, dass ich es genau richtig mache. Indem ich das Gefühl auf ein gesellschaftlich akzeptables Handeln umlenke. Auf Sex, Prinzessin. Harten, kompromisslosen, schmutzigen Sex. Ganz in deinem Sinne, nehme ich an.«

Sie presste die Lippen fest aufeinander, als er seine Hand abwärts gleiten ließ. Über ihren Hintern, nach vorn zu ihrer Hüfte und in den Bund ihres Höschens, ohne sie dort zu berühren, wo sie es tatsächlich haben wollte! Weil ihr inzwischen ziemlich warm geworden war. Viel zu warm, obwohl die erkaltete Nachtluft durch die offene Balkontür hereinkam und sie nichts weiter als ihre Unterwäsche anhatte ...

»Ich werde dir zeigen, was es bedeutet, wenn ich wirklich die Beherrschung verliere«, sagte er dicht an ihrem Ohr, bevor er seine Lippen auf ihre presste und sie so skrupellos und bestimmt küsste, dass sich die anfängliche Wärme umgehend zu einem Feuer aus Verlangen und purer Lust verwandelte. Sie stöhnte ungeniert in seinen Mund, ohne auch nur einen einzigen Gedanken an Scham zu verschwenden. Unnötig. Denken wurde überbewertet, oder nicht? War es nicht wesentlich interessanter, herauszufinden, was genau er damit meinte?

»Versuchst du schon wieder, mir Angst einzujagen?«, fragte sie atemlos zwischen zwei Küssen und ließ sich von ihm zurück aus Bett zuschieben. »Das hat bisher nicht funktioniert, warum sollte es jetzt -« Der Satz endete in einem überraschten Keuchen, das umgehend zu einem tatsächlich ziemlich entsetzten Aufschrei anschwoll, weil Raven sie biss. In die empfindliche Haut zwischen Schulter und Hals, als er sich zu ihr herunterbeugte; so schnell, dass sie nicht reagieren konnte! Und anders als sonst löste er sich nicht umgehend wieder von ihr, sondern vergrub seine Zähne noch tiefer darin, als wollte er ein Stück Fleisch aus ihr herausbeißen. Es tat weh, brannte, übertrug sich auf ihren ganzen Arm und es hätte Lil keine einzige Sekunde lang gewundert, wenn er sie dieses Mal blutig biss.

Ihren Schrei erstickte er, indem er seine Hand auf ihren Mund schlug. Der Laut konnte nicht entweichen und sie hatte das Gefühl, nicht einmal atmen zu können. Der sengende Schmerz gepaart mit der glutheißen Hitze zwischen ihren Beinen, als Raven mit mindestens zwei Fingern in sie eindrang. Grob und fast aggressiv, als wollte er ihr um jeden Preis seine Macht über sie demonstrieren. Seine Überlegenheit, seine Skrupellosigkeit, seine -

»Dort, wo es jeder sehen kann«, raunte er ihr schroff zu, als der Schmerz und die zugleich betörende Lust drohten, ihren Verstand und ihre Sinne zu vernebeln, denen sie schon längst nicht mehr traute. »Damit jeder sehen kann, dass du mir allein gehörst!«

»Ich - gehöre dir nicht«, stieß Liliana leise hervor, ließ aber mehr oder weniger widerstandslos zu, dass er sie runter auf die Matratze drückte. »Du bist ein narzisstisches Arschloch!« Tränen brannten in ihren Augenwinkeln. Sie versuchte angestrengt, sie wegzublinzeln. Etwas, das ihr nicht so gut gelang, wie sie gehofft hatte, dem Ausdruck in seinen Augen nach zu urteilen.

»Das mag sein«, grinste er ihr zu, bevor er sich mit sichtlichem Genuss über die Lippen leckte und ihre Handgelenke zwischen die Finger seiner linken Hand nahm. Die andere verschwand wie von selbst wieder in ihrem Höschen. »Aber das hier fühlt sich leider nicht danach an, als würde es dir missfallen, als Eigentum bezeichnet oder gekennzeichnet zu werden, hm? Oder willst du das hier«, er zog seine Finger so abrupt aus ihr zurück, dass sie sich unangenehm leer und - verlassen fühlte. Ein völlig verrücktes, abgehobenes, krankes, demütigendes - »etwa leugnen oder gar auf eine andere Ursache zurückführen, als meine absolut göttliche Fähigkeit, dir höllisch gute Orgasmen zu entlocken, obwohl du dich immer wieder so dagegen sträubst?«

Raven hielt ihr seine Finger direkt vor die Nase, bevor er sie mit einem diabolischen Grinsen auf den Lippen in seinem Mund verschwinden ließ. Allein der Anblick reichte, um eine erneute Welle aus heißer Begierde durch ihren Körper zu jagen, obwohl sie ahnte, dass das erst der Anfang gewesen war. Dieses Mal würde er noch weitergehen - über ihre bisherigen Grenzen hinaus. Sie wusste es, auch wenn er noch nicht einmal angefangen hatte. Eine Gewissheit, die sie vor sehnsüchtiger Ungeduld erbeben ließ.

»Gott«, stöhnte sie, bevor ihre Stimme versagte, und schaffte es sogar, sich ein mehr oder weniger herausforderndes Grinsen aufs erhitzte Gesicht zu zaubern. Kleine Schweißperlen standen ihr auf der Stirn, aber noch ignorierte sie sie. »Du bist der schlimmste selbstsüchtigste, arroganteste und absolut zentrovertierteste Vollidiot, der mir je über den Weg gelaufen ist! Du bist -«

»Im Augenblick bin ich nicht ganz ich selbst, fürchte ich«, unterbrach er sie lächelnd. Beinahe zärtlich strich er ihr eine verschwitzte Haarsträhne aus der Stirn. »Deswegen würde ich dich in aller Höflichkeit darum bitte, nicht jedes Wort für bare Münze zu nehmen, das heute Nacht über meine echt betrunkenen Lippen kommt. In Ordnung, Prinzessin?«

Ihr Herz machte einen Satz, als er sie küsste, ohne dass sie wusste, weshalb. Es war ein unfassbares Gefühl. Berauschend. Elektrisierend. Seine Zunge in ihrem Mund, sein Atem auf ihrer Haut und seine harten Berührungen - all das verklärte ihre Wahrnehmung so extrem, dass sie nicht einmal merkte, was er wirklich mit ihr tat. Als sie es schließlich registrierte, war es zu spät. Zu spät, um sich zu wehren und lange zu spät, um es überhaupt noch zu wollen. Sich zu widersetzen kam nicht mehr infrage.

Liliana ließ zu, dass Raven sie unter sich festnagelte; ihre Handgelenke fest umklammert und ihre Beine zwischen seinen Knien, sodass sie sich kaum rühren konnte. Trotzdem blieb sie ruhig, soweit es ihr wachsendes Verlangen nach ihm zuließ. Sie ließ die Hände über ihrem Kopf auf dem Kissen liegen, als er sie losließ, ohne den Kuss zu unterbrechen. Seinen Gürtel öffnete. Ihn aus den Schlaufen zog und ihn schließlich um ihre Unterarme wickelte. Fest, blind, in aller Ruhe. Schließlich verschloss er die Schnallen um das Kopfteil des Hotelbetts und sie hatte keine Möglichkeit mehr, sich zu befreien.

Schwer atmend schaute Raven Liliana ins Gesicht, als müsste er sich ihrer Zustimmung versichern. Zustimmung, die sie *ihm* jederzeit geben würde. Heute mehr denn je.

Es fühlte sich gut an. Berauschend, unglaublich erregend und richtig. Sie lächelte ihn an und nickte kaum merklich, bevor sie den Kopf so weit hob, wie es die Fesseln zuließen und einen Kuss auf seine Wange hauchte. Eine Berührung, die auch an ihm nicht spurlos vorbeiging. Sie spürte sein Zittern, hörte, wie er den Atem anhielt, und sah den Schatten in seinem Gesicht, der sie sich fest auf die Unterlippe beißen ließ.

Es gelang ihm offensichtlich nicht, es rechtzeitig vor ihr zu verbergen. Aber sie hatte es gesehen.

»Raven«, flüsterte sie heiser und wartete, bis er sie erneut ansah. »Ich bin hier. Du bist nicht allein. Es ist in Ordnung!«

»Nichts ist in Ordnung«, antwortete er leise. Sie konnte nur ahnen, wie viel Selbstbeherrschung es ihn kosten musste, sie auch weiterhin mit unbewegter Miene anzuschauen, ohne sich seine wahren Gefühle anmerken zu lassen. Etwas, das ihr beinahe mehr wehtat, als sein Biss von vorhin. »Gar nichts - ist in Ordnung! Es ist -«

»Ich liebe dich«, unterbrach Liliana ihn kaum hörbar. Sie lächelte ihn weiter an. »Daran wird sich nichts ändern. Auch wenn du zur Abwechslung mal ehrlich zu dir selbst sein würdest.«

Seine Augen verengten sich. Ein deutlicher Hinweis darauf, dass er wieder dichtmachte. Dass es ihr trotz allem nicht gelang, zu ihm durchzudringen, obwohl sie es hoffte. »Sei still!«, befahl er schneidend. »Verschon mich mit deiner Therapie, okay? Darauf kann ich heute echt nicht! Wenn du deinen hübschen Mund nicht halten kannst, muss ich ihn dir stopfen!«

Daraufhin presste Liliana die Lippen fest aufeinander. Sie schwieg. Und schüttelte bekümmert den Kopf. Sie hasste es. Nicht an ihn heranzukommen, obwohl sie sich wünschte, dass er es zuließ. Weil sie -

Warum? Warum will ich das so unbedingt?, schoss es ihr in den Kopf und sie hielt unwillkürlich den Atem an. *Seinetwegen? Oder, weil ich genauso egoistisch bin, wie er ...*

Ein berechtigter Gedanke. Sie warf ihm Egoismus und narzisstisches Verhalten vor, aber gleichzeitig wollte sie nur, dass er dieselben Gefühle für sie entwickelte, wie sie für ihn. Das war unfassbar dumm und arrogant!

Was, wenn er mich wirklich nicht - liebt? Was wenn ich mich die ganze Zeit zum Affen mache?

Ein unglaublich schmerzhafter Gedanke, der aber dadurch nicht weniger realistisch wurde. Natürlich! Er hatte ihr schließlich nie eine Antwort gegeben. Sich nie zu irgendetwas verpflichtet. Nur Sex - das war der ursprüngliche Plan. Und auch jetzt noch -

»Prinzessin«, knurrte er dicht an ihrem Ohr und sie zuckte tatsächlich zusammen, weil sie nicht einmal gemerkt hatte, dass sie die Augen zugekniffen hatte. Und, dass sie die Tränen nicht mehr länger zurückhalten konnte ...

So unglaublich erbärmlich ... Was bin ich nur für ein naives dummes Ding?

»Hör auf damit!«

»Womit?«, erwiderte sie heiser und lachte. Ein kratziger falscher Laut. Ekelhaft! »Ich bin eine Idiotin und das wissen wir beide, Raven! Und weißt du was? Ich kann dir nicht einmal einen Vorwurf machen! Weil du von Anfang an klargestellt hast, was du willst! Weil ich mich einfach über die Regeln hinweggesetzt habe, richtig? Ich bin zu weit gegangen und habe zugelassen, dass ich mich in dich ver-«

»Hör endlich auf!«, fuhr er ihr dazwischen und funkelte sie sichtlich wütender an. »Wirke ich vielleicht wie jemand, der *nicht* sofort die Fliege machen würde, wenn man ihm auf die Pelle rückt? Mache ich irgendwie den Eindruck, auch dann noch nett zu bleiben, wenn man mir emotional die Pistole auf die Brust setzt - so wie du es gerade tust?« Raven schüttelte langsam den Kopf. »Ich dachte, du würdest mich besser kennen!«

»Was soll das heißen?«, stieß sie verwirrt hervor, ohne ihm wirklich folgen zu können. Jedenfalls glaubte sie das. Sie bildete es sich nur ein. Oder?

»Das bedeutet, dass ich bei jeder anderen blöden Tussi längst das Weite gesucht hätte, verdammt! Also hör endlich auf, dir selbst den Spaß zu verderben! Hör auf, dir den Schädel zu zerbrechen! Und *bitte*«, fügte er fast flehend hinzu, »halt endlich die Klappe! Dein Gerede ist nicht gerade sonderlich anturnend!« Er nickte mit einem falschen Grinsen an sich herunter, als wollte er seine ablenkenden Worte möglichst gestenreich untermalen.

Dabei schien er nicht einmal zu wissen, was genau die gerade in ihr anrichteten ...

Im Grunde war sein Ausbruch gerade nicht mehr oder weniger als eine -

»Wag es nicht«, sagte er bedrohlich leise und schaute sie böse an. Er schien sehr genau zu wissen, welche Worte sich auf ihre Zunge stahlen, konnte es aber offensichtlich nicht ertragen, sie laut auszusprechen. Oder sie aus ihrem Mund zu hören. Oder beides.

Liliana zwang sich, den Mund wieder zuzumachen. Es nicht auszusprechen. Nicht jetzt jedenfalls. Eine Frage, auf die er ihr die Antwort längst gegeben hatte. Auf seine Art. Und sie ahnte immerhin, wie viel ihn allein das schon gekostet hatte. Heute. Jetzt. Mit allem, was er an diesem Tag durchgemacht hatte ...

Sie begnügte sich damit, ihm einen vielsagenden Blick zuzuwerfen, der ihm hoffentlich zu verstehen gab, dass dieses Gespräch nur aufgeschoben war. Dass er nicht denken sollte, er käme so leicht davon ...

Raven seinerseits schien seine Fassung allmählich wiederzuerlangen. Sie sah, dass er schluckte, bevor seine Miene wieder verschlossener wurde. Dann hob er die Hand und strich mit seinen Fingern ungewohnt zärtlich über ihren Hals. An der Stelle, in die er vorhin hineingebissen hatte. Eine Berührung, bei der ein heiß-kalter Schauer über ihren Rücken jagte und die tatsächlich ein verhaltenes Keuchen hervorrief, das sie eigentlich nicht entweichen lassen wollte. Eines von vielen in dieser Nacht.

Die letzte Nacht, in der sie unter ihm lag. In seinen Armen. Mit seinem Atem auf ihrem Gesicht. Seiner Stimme im Ohr, die immer wieder ihren Namen flüsterte. Mit dem Gefühl seiner Hände auf ihrem Körper, die sie in unglaubliche Höhen voll Ekstase und Zufriedenheit trieben, während sie sich wünschte, die Nacht würde niemals enden. Mit dem Gefühl seiner Haare an ihrer Stirn, seinen Lippen auf ihren, seinen Fingern, die sich mit ihren verschränkten und sie hielten ...

Das letzte Mal.

Als Liliana Stunden später im Hotelzimmer aufwachte, war Raven verschwunden. Auf seinem Handy, das er einfach zurückgelassen hatte, klebte eine Notiz: *Es tut mir leid. Ich kann das nicht.*

Das war alles. An diesem Morgen zerbrach Lilianas Herz in tausend Stücke. Weil sie wusste, dass er nicht zurückkommen würde. Er hatte es beendet. Es war - vorbei. Ohne Erklärung, ohne Hoffnung, ohne ein einziges Wort. Einfach so.

»Hey, da bist du ja, Brüderchen! Gut siehst du aus! Wenn man von diesem dämlichen Hut absieht«, grinste Tyler und kam mit ausgebreiteten Armen auf Raven zu. »Wie gut, dass ich den auf deinem Dickschädel nur noch ein weiteres Mal sehen muss! Bei so viel geballter Intelligenz auf einem Haufen komme ich mir schon ganz dumm vor.«

Raven ließ sich von Ty auf die Schulter klopfen, sparte sich aber seinen Kommentar und nahm den Hut ab. »Du hättest nicht extra kommen müssen. Ich mache schließlich weiter und darf mir zwei weitere Jahre das Gequatsche da drin anhören«, lächelte er kühl. Unter dem blöden Umhang war ihm schon seit Stunden viel zu warm. Am liebsten hätte er auf die Traditionen geschissen und sich das Ding längst ausgezogen, aber bedauerlicherweise lebte man hier für eben diese. Dumme Sache.

»Ach komm, du hast es dir selbst so ausgesucht. Du hättest auch auf deinen Doktortitel verzichten können. Dad hat nicht ganz Unrecht. Einen Job würdest du auch mit deinem jetzigen Abschluss überall bekommen.«

»Nur, dass ich keinen Bock auf seine Kontakte habe und auf seinen Rat kann ich erst recht verzichten!«, knurrte Raven nur etwas weniger angriffslustig, als ihm zu Mute war und sah sich auf dem Rasen vor dem Unigebäude um. Es wimmelte vor Studenten und deren Familien. Bald würden die Abschlussfeiern losgehen. Er war - wenn er sich nicht irrte - auf vier verschiedene Partys eingeladen worden. Vier zu viel.

Tylers Augenbraue wanderte höher. Er schien zu ahnen, was in Ravens Kopf vor sich ging, denn er ließ seinen Blick ebenfalls über die Leute wandern und schwieg eine Weile.

Raven war froh darüber, auch wenn das Gefühl drängender wurde, endlich von hier zu verschwinden. Obwohl er -

Er schüttelte den Kopf und vertrieb den Gedanken. Schließlich hatte er sie vorhin gesehen. Kurz.

Aber immerhin ...

»Du hättest dich für jede beliebige Uni des Landes entscheiden können. Wahrscheinlich hätten sie dich sogar in Harvard genommen - *wenn* du dich beworben hättest.«

»Ich habe mich beworben«, antwortete er viel schneller, als er seine Zunge im Zaun halten konnte. »Und sie haben mich genommen. Ich habe abgelehnt.«

»Wie bitte?« Tylers Augen nahmen handtellergroße Ausmaße an und Raven könnte schwören, das Geräusch seiner Kieferknochen zu hören, als seinem großen Bruder die Kinnlade herunterfiel. »Bist du verrückt geworden? Wieso tust du das? Und warum zur Hölle erzählst du mir nichts davon? Mein kleiner Bruder ist ein Überflieger, hm?« Ty lachte so laut, dass sich ein paar Leute in der Nähe zu ihnen herumdrehten. »Also - warum?«

Es kostete Raven Mühe, seine Gesichtsmuskeln unter Kontrolle zu halten. »Keine Lust auf elitäre Spießer«, antwortete er mit einem Achselzucken. »Außerdem könnte es da vielleicht Typen geben, die mehr auf dem Kasten haben als ich. Ich bin eben gerne der Beste.«

Tyler folgte ihm durch die beisammenstehenden Grüppchen der Absolventen auf die Straße zu. Sein Wagen parkte in der Nähe. »Aber das ist nicht der eigentliche Grund! Hast du mit ihr geredet? Dich entschuldigt?«

Raven biss die Zähne zusammen, blieb aber nicht stehen. »Nein«, antwortete er, ohne dem kurzen Stich in seinem Magen allzu viel Beachtung zu schenken. »Ich bin selbst schuld.«

Und wenigstens das stimmte. Raven wusste es. Dass er es vermasselt hatte. Ein für alle Mal.

In den letzten beiden Monaten war er ihr aus dem Weg gegangen, soweit das möglich war. Liliana hatte ihn ignoriert und auch das konnte er ihr nicht verübeln. Schließlich hatte er sie sitzenlassen. Im wahrsten Sinne des Wortes. In dieser Nacht - ihrer letzten gemeinsamen Nacht, nachdem alles den beschissenen Bach runtergegangen war - war er abgehauen, als sie eingeschlafen war. Er hatte ihr nicht mehr gegeben als einen Zettel. Keine Erklärung, die er damals nicht einmal gehabt hätte. Er hatte einfach das Gefühl gehabt, alles hinter sich lassen zu müssen. Und wenn es nur für kurze Zeit war. Raven hatte sie zurückgelassen, sich in einen Greyhound nach Alaska gesetzt und war ab da zwei Wochen im ganzen Land herumgefahren. Zwei Wochen, in denen er mit niemandem geredet hatte. Für sich ganz allein. Um die Tatsache ertragen zu können, dass sein Leben jahrelang eine verdammte Lüge gewesen war.

Damals hatte er es für das Richtige gehalten. Er war so sicher gewesen, erst mich sich selbst ins Reine kommen zu müssen, bevor er ihr eine wie auch immer geartete Beziehung überhaupt zumuten konnte, weil er die ganze Zeit geahnt hatte, dass es nicht besser werden würde. Nicht, solange er es nicht überwinden konnte. Sich selbst. Seinen Hass, seine Verachtung und seine Abscheu für alles und jeden -

Er musste sich selbst wieder finden, bevor er jemanden wie Lil in sein Leben lassen könnte. Der alte Ballast musste weg, bevor Platz für etwas Neues da sein könnte.

Wie hätte sie da auch reingepasst?, schoss es ihm kurz in den Kopf und abermals erwischte er sich dabei, wie er sich auf dem Campusgelände vor der Uni umsah.

Und jetzt - ist es zu spät ...

Liliana war nirgends zu entdecken. Nach dem lahmen Ausklang der Abschiedsrede des Direktors hatte er sie kurz bei ihrer Freundin mit den ehemals grünen Haaren gesehen. Zur Feier des Tages schien die sich gedacht zu haben, ein normales Kastanienbraun wäre auf den Fotos angebrachter.

Raven fragte sich, ob sie wohl mit der Familie ihrer Freundin feiern und anschließend auf eine der vielen Partys gehen würde. Oder ob sie immer noch so introvertiert und einzelgängerisch wie früher war.

Sie hat nicht mal gemerkt, dass ich sie angestarrt habe ...

Dabei hatte er es nicht einmal gewollt. Aber sie sah einfach so - wunderschön aus, dass er seine Augen nicht hatte abwenden können. Und leider hatte er sich mehrfach bei dem Gedanken an das Kleid erwischt, das sie wahrscheinlich unter ihrem schwarzen Umhang trug. Es musste eins sein. Sie trug hohe Schuhe und er konnte sich beim besten Willen nicht vorstellen, dass sie die zu einer ihrer alten schlabbrigen Jeans tragen würde.

Zusammen mit ihren blonden Haaren, die sie zu einer halboffenen Frisur gesteckt hatte und der dezenten Schminke sah sie atemberaubend schön aus.

Dabei hatte sie sich die Haare schneiden lassen und ihren Stil nach der - Trennung komplett geändert. Sie schien sich für ein Mittelding aus ihrem alten Look und seinen bevorzugten Outfits entschieden zu haben. Durchschnittlich, aber dadurch nicht weniger anziehend. Jedenfalls für ihn. Und für jede Menge anderer Kerle auf dem Campus. Schließlich waren ihm die Blicke der Typen nicht entgangen. Schon vor der Trennung. Aber danach schien es schlimmer geworden zu sein. Jedenfalls bildete er sich das ein, wenn er an die wütende Eifersucht zurückdachte, die er jedes Mal verspürt hatte, wenn sie jemand angesehen hatte ...

Sie ist wahrscheinlich eh längst darüber hinweg, dachte er verbittert. *Nicht mehr lange und sie wird jemand anderen finden. Warum mache ich mir also weiter Gedanken?*

»Hey, träumst du? Ich hab für uns im Palace reserviert. Ist doch in Ordnung, oder?«, riss Tyler in aus seinen Gedanken und starrte Raven an, als wüsste er genau, was in seinem Kopf gerade vor sich gegangen war. Schon wieder!

»Klar. Solange du die Rechnung übernimmst«, antwortete Raven schnell und rang sich ein falsches Grinsen ab. »Ich bin etwas knapp bei Kasse.«

Ty lachte. »Tja, ich sag es nur ungern - aber niemand hat dich gezwungen, Dads Unterhaltszahlungen abzulehnen. Er hätte dir auch weiter die Promotion und deine Bude bezahlt. Aber wem erzähle ich das!«

»Genau«, knurrte Raven sarkastisch und war froh, den Großteil der Menschenmenge inzwischen hinter sich gelassen zu haben. »Sorry, aber da reiße ich mir lieber selbst ein Bein aus, bevor ich auch nur einen weiteren Cent vom Alten annehme! Schließlich hat er uns jahrelang belogen!« Er machte den Mund zu, bevor er einen weiteren Fluch auf seinen Vater loslassen konnte, der ohnehin keinen Zweck gehabt hätte.

Außer, dass er ihn wieder Nerven gekostet und seine einigermaßen gut kontrollierte Wut zurückgebracht hätte.

Der alte Penner hatte es immerhin drei Jahre lang gewusst, es verschwiegen und lieber den Zorn seines jüngsten Sohnes ertragen, als die Wahrheit zu sagen! Weil er ein feiges Schwein war! Klar! Schließlich war es viel zu verlockend, an dem Deal festzuhalten, den seine Eltern gemeinsam ausgeheckt hatten - hinter dem Rücken ihrer Kinder, die sie nie hatten einweihen wollen.

Genau das hatte sie schließlich zugegeben. In dem Brief, der drei Tage nach seiner Rückkehr in seinem Briefkasten gesteckt hatte und den er am liebsten sofort verbrannt hätte. Es hatte Raven einiges an Überwindung gekostet, ihn überhaupt zu lesen.

Seine Mom war irgendwann an einem Punkt angelangt, an dem sie sich entscheiden musste. Zwischen dem Verbleib in ihrem depressiven Zustand ohne Aussicht auf baldige Besserung oder einem weiteren Versuch, ihr Leben zu beenden. Dann hatte sie praktischerweise einen anderen Mann kennengelernt, sich entschieden, für ihn alles aufzugeben und gemeinsam mit ihrem Ex-Mann ihren Tod inszeniert - nach dem er einen Großteil ihres Vermögens behalten durfte und sie -

Raven vertrieb die Gedanken. Bevor er auf die seltendämliche Idee kommen könnte, öffentliches Eigentum zu zerstören. Oder irgendetwas anderes. Schließlich war seine Wut in den letzten Wochen weitestgehend verraucht, auch wenn er es wohl nie verstehen oder gar vergessen konnte. Egal wie sehr er es versuchte ...

Auf den Brief waren weitere gefolgt, die er umgehend in den Müll geworfen hatte, ohne sie zu öffnen. Außerdem hatte er all ihre Anrufe ignoriert und ihre Versuche abgeschmettert, sich zu erklären. Mit ihm zu reden und ihm wahrscheinlich auf eine möglichst theatralische Art zu erläutern, was in Gottes Namen sie dazu getrieben hatte, so etwas völlig bescheuertes zu machen!

Er jedenfalls weigerte sich vehement, auch nur irgendetwas davon nachzuvollziehen.

Wer zur Hölle ließ seine eigenen Kinder lieber in dem Glauben, er wäre tot, anstatt sich mit den Umständen auseinanderzusetzen und es irgendwie auf die Reihe zu kriegen? Egal wie verlockend dieser Ausweg vielleicht auch gewesen sein mochte.

Dafür konnte Raven kein Verständnis aufbringen. Das war verdammt noch mal unmöglich und er sah keinerlei Sinn darin, es überhaupt zu versuche. Es war die Entscheidung ihrer Mom gewesen, das durchzuziehen und es war Ravens Entscheidung, sich nicht mehr den Kopf darüber zu zerbrechen und seine Wut und seinen Zorn zusammen mit der endlosen Enttäuschung zu begraben!

Er wollte es nicht zugeben ... aber er wusste, dass er das ein Stück weit Liliana und ihrer gemeinsamen Zeit zu verdanken hatte. Weil es ihm heute gelang, die Aggressionen auf einem erträglichen Level zu halten und sich anderweitig abzulenken. Mit Sport. Er hatte ein Abo in einem Fitnessstudio in seiner neuen Wohngegend abgeschlossen. Praktisch und irgendwie ... besser. Das traf es wohl ...

Sie hat mich eben doch verändert, dachte er und spürte das schwache Grinsen auf seinen Lippen, als sie über die Straße zum Wagen gingen.

Tyler seufzte vernehmlich, sparte sich aber einen Kommentar. Sein Glück.

Dabei war Raven mit seinem glatten Schnitt wirklich einigermaßen zufrieden. Er hatte auch den Kontakt zu seinem Vater komplett abgebrochen, war vor vier Wochen aus seinem Appartment ausgezogen und hatte eine kleinere Wohnung in der Nähe der Uni gemietet. Er hatte einen Job als wissenschaftlicher Mitarbeiter an der Fakultät angenommen und zusätzlich zu dem inzwischen bewilligten Studienkredit würde es immerhin reichen, um über die Runden zu kommen. Für zwei läppische Jahre würde er das schon durchstehen. Und dann - würde er sehen. Irgendwohin würde es ihn schon verschlagen.

Und auch, wenn er es nur ungern zugab, war er froh über das wesentlich bessere Verhältnis zu seinem großen Bruder. Besser im Vergleich zu früher. Sie arbeiteten daran. Das war ein Anfang. Hin und wieder mailten sie, telefonierten oder besuchten einander übers Wochenende für Partys und Kneipentouren und es schien Ty immerhin wichtig zu sein, seine Versäumnisse der Vergangenheit wieder gut zu machen. Raven hatte ihm verziehen. Irgendwie. Einfach so. Und das war in Ordnung.

Unwillkürlich warf er einen Blick über die Schulter zurück und sah sie. Zwischen all den den Menschen auf dem Rasen stach sie heraus, sprang ihn förmlich an und ließ ihn erneut den Atem anhalten. Sie stand bei ihrer Freundin und deren Eltern. Unterhielt sich. Lebte ihr Leben weiter und würde ihn und ihren gemeinsamen Sommer vergessen. Sie würde es vergessen und ihn aus ihrer Erinnerung streichen, so wie er es mit ihr und seinem Leben getan hatte. Zu Recht. Er verdiente nichts anderes.

Raven sah Liliana an und hatte zum ersten Mal in seinem Leben das Gefühl, etwas verloren zu haben, das wertvoll war. Nicht materiell, nicht greifbar, oder anders zu beschreiben. Er sah sie an und spürte - Leere. Ein Gefühl, das er in diesem Ausmaß nicht einmal vor drei Jahren empfunden hatte.

»Ich habe sie selbst weggestoßen«, murmelte er mehr zu sich selbst, als an seinen fragend dreinblickenden Bruder gewandt und schüttelte bitter den Kopf. »Immer wieder, bis wir einen Schritt über die Grenze hinaus gemacht haben. Es gibt kein Zurück.« Dann lachte er auf. Drehte sich wieder um. Und schloss die Augen, um ihren Anblick aus seinem Schädel zu vertreiben.

Es ist vorbei. Ein Mantra, das er sich in den vergangenen Wochen und Monaten immer wieder vorgebetet hatte. Um standhaft zu bleiben, ihr nicht auf die Pelle zu rücken und es gottverdammt nicht noch schlimmer zu machen! *Es ist vorbei!*

»Können wir bitte jetzt endlich von hier verschwinden?«, presste er schließlich hervor und die Scheinwerfer des Mercedes blinkten auf, als er den Wagen entriegelte. »Ich glaube ich muss -«

»Raven«, hörte er die Stimme hinter sich, die er wahrscheinlich nie wieder in seinem Leben vergessen würde. Nicht, wenn er es verhindern konnte ...

Raven blieb stehen und drehte sich zu Liliana um. Mit furztrockenem Mund und dem Gefühl, mit dem Asphalt verwachsen zu sein, weil er seine Beine nicht mehr spüren konnte.

Sie lächelte, aber so leicht ließ er sich nicht täuschen. Die Schatten unter ihren hübschen blauen Augen entgingen ihm nämlich keineswegs. Ebenso wenig wie ihre zusammengeballten Hände, das kaum sichtbare Zittern ihrer vollen schönen Lippen oder ihr Blinzeln. Ihre verdammte Schönheit raubte ihm den Atem! Und er - stand einfach da und glotzte sie an wie der letzte Vollidiot, ohne einen einzigen Ton herauszubringen.

Dann hielt sie ihm die geschlossene Hand hin, ohne seinem Blick auszuweichen. »Ich wollte dir den Schmuck noch zurückgeben, bevor ich - verreise.«

Irritiert streckte Raven die Hand aus, in die sie tatsächlich die goldene Kette und das Armband fallen ließ, die er ihr vor einer gefühlten Ewigkeit geliehen hatte. An dem Abend, als er sie mehr oder weniger gezwungen hatte, ihn auf Wagrowskis Party zu begleiten. Der Abend, an dem so viel passiert war, was nie hätte passieren dürfen ...

Raven schluckte, ohne den Blick von ihr zu nehmen. Sein Magen verkrampfte sich, seine Zunge schien an seinem Gaumen festzukleben und er hörte sein eigenes Blut in seinen Ohren rauschen. Widerlich! Was war er doch für ein erbärmlicher Penner, dass er die Zähne nicht auseinanderbekam.

»Ich dachte - naja, weil sie deiner Mom gehören -« Sie brach ab, strich sich sichtlich unsicher eine lockere Strähne hinter das Ohr, die aus ihrer Frisur herausfiel und Raven bildete sich allen Ernstes ein, dass sie errötete. Was vermutlich einfach an der vorherrschenden Hitze lag. Trotzdem.

Irgendwie gelang es ihm, den Kopf zu schütteln. »Behalte sie. Es ist - ein Geschenk.« Bevor er noch mehr sagen oder etwas tun konnte, das er vielleicht bereute, berührte er sie vorsichtig an der Schulter und drehte sie so herum, dass sie ihm den Rücken zuwandte.

Liliana hielt still, während Raven ihr die Kette um den Hals legte und den Verschluss in ihrem Nacken zumachte. Dasselbe machte er mit dem Armband um ihr linkes zierliches Handgelenk. Ihre Haut war so warm. So weich ...

Dabei wünschte er sich in weite Ferne. Um der unendlich starken Versuchung nicht ausgesetzt zu sein, seine tauben Finger an ihre Wange zu legen. Damit über ihren Hals zu wandern; über ihre Schultern, ihre Arme ...

Es kostete ihn das letzte bisschen seiner Willenskraft, es dabei zu belassen. Sie nicht zu berühren, sie nicht an sich zu reißen und sie verdammt noch mal auch nicht um Verzeihung anzuflehen. Raven trat zurück. Und schaute sie an, als sie sich erneut zu ihm herumdrehte. Mit geröteten Wangen, dem Funkeln in den Augen und dem traurigen Lächeln auf ihren Lippen.

»Wunderschön«, fügte er leise hinzu, griff dann ein letztes Mal nach ihrer Hand und hob sie an seine Lippen.

Ihre Augen weiteten sich, aber sie antwortete nicht und zog ihre Hand schließlich zurück. Er sah noch, dass sie die Lippen fest aufeinander presste, dann drehte sie sich um und ließ ihn ohne ein weiteres Wort einfach stehen. Raven schaute ihr nach, ohne einen klaren Gedanken fassen zu können. So lange, bis sie in der Menge verschwand und er sie aus den Augen verlor.

Vorbei. Ein für alle Mal.

Raven schüttelte langsam den Kopf, fuhr sich dann mit den Fingern durchs Haar und versuchte nicht zu kotzen. Keinen Wutanfall zu bekommen. Ihr nicht nachzurennen. Sie zu vergessen ...

»Raven«, sagte Tyler leise, als er neben ihn auf den Beifahrersitz stieg und die Tür schloss.

Raven reagierte nicht. Aber er hoffte inständig, dass dieses verdammt lästige Gefühl der Ohnmacht bald wieder verschwand und nie zurückkehrte. Er hasste dieses Gefühl! Fast mehr als er sich selbst hasste.

»Verdammt! Verdammt, verdammt, verdammt! FUCK!« Raven biss die Zähne so fest zusammen, dass seine Kiefer schmerzten. Erst als er den Schmerz in seiner Hand spürte, registrierte er, dass er wie ein Irrer auf das Lenkrad eingeprügelt hatte.

Er spürte den Blick seines Bruders auf sich. Sein verschissenes Bedauern war fast mitleiderregend! »Es ist noch nicht zu spät, Raven«, sagte er kopfschüttelnd. »Noch kannst du sie zurü-«

»Nein!«, fuhr Raven ihm scharf dazwischen. »Es *ist* zu spät, Tyler! Und es ist verdammt noch mal besser so!«

Eine Tatsache. Nicht mehr und nicht weniger. So konnte sie weitermachen. Jemanden finden, der besser für sie war. Der sie nicht im Stich ließ und nicht so verflucht feige war ...

Am Ende gab es keinen Mut für den Löwen und keine Erlösung für das Mädchen aus Kansas. Denn der Zauberer war ein Scharlatan und wir beide ertrinken in unserem eigenen Stolz.

Ein vollkommen absurder Gedanke, der ihn lachen ließ. Aber nur kurz. Dann gewann die Fassade aus Gleichgültigkeit und Resignation wieder die Oberhand und Raven - versuchte erneut, alles zu verdrängen, zu vergessen und es nicht an sich heranzulassen. So wie in den vergangenen Monaten.

Doch dieses Mal gelang es ihm nicht. So sehr er es auch wollte. Er schaffte es einfach nicht, ihr Gesicht aus seinem dröhnenden Schädel zu drängen.

Liliana hatte keinen Hunger. Kein bisschen. Sie hatte auch keine Lust, sich noch mindestens zwei Stunden in einem derart öffentlichen Rahmen zu bewegen, der es ihr einfach unmöglich machte, sich irgendwo hinzuverziehen und sich dem Schmerz in ihrem Herzen und dem Bedürfnis zu heulen hinzugeben. Und ganz sicher hatte sie keine Lust auf oberflächliche Konversation mit Menschen, die sie kaum kannte.

Warum habe ich dumme Kuh überhaupt zugesagt, dachte sie gequält und schluckte schwer, als sich erneut Ravens Bild in ihrem Kopf schlich. Mit unbarmherziger Grausamkeit, als wollte es sie verhöhnen.

Erneut wanderten ihre Finger zum Anhänger der goldenen Kette, die sie ihm eigentlich hatte zurückgeben wollen. Mit leerem Blick starrte sie aus dem hinteren Seitenfenster des Volvos, der Joannas Eltern gehörte, und ignorierte deren Gespräche. Ein Teil ihres Verstandes beharrte darauf, dass es unhöflich war, sich so zurückzuziehen. Aber sie konnte nicht anders. Wenn sie nicht wollte, dass sie einfach durchdrehte, an der nächsten Kreuzung aus dem Auto sprang und zu ihm -

Nein. Es ist vorbei, verdammt! Er hat mir die Kette als Abschiedsgeschenk gegeben und das war's. Sein Schnitt und ich ...

Lil würde ihm nicht nachlaufen. Er hatte seine Entscheidung getroffen, sie in Los Angeles zurückgelassen und sich einfach verpisst! Mit einer verschissenen Notiz! Er hatte nicht einmal den Mut gehabt, ihr das ins Gesicht zu sagen! Raven hatte ein letztes Mal mit ihr geschlafen, ihr dabei ins Gesicht gesehen und sie sich wünschen lassen, sie beide hätten wirklich eine echte Chance auf eine gemeinsame Zukunft und dann - war er abgehauen. Er hatte sie mit einem verdammten gebrochenen Herzen zurückgelassen, das sie auch nach zwei Monaten noch nicht wieder zusammengesetzt hatte. Weil er ihr etwas genommen hatte, das sie bisher immer wie selbstverständlich mit ihm in Verbindung gebracht hatte, obwohl es so verdammt verrückt war: Vertrauen. Liliana hatte Raven immer vertraut, ohne dass es je einen logischen Grund dafür gegeben hatte. Trotzdem hatte sie niemals daran gezweifelt und dieses Gefühl auch nie infrage gestellt. Genau wie die absurde Liebe, die sich einfach so ungefragt in ihr Herz geschlichen hatte. Das erste Mal in ihrem Leben und er hatte sie erstickt ...

Sie schloss die Augen und strich sich so unauffällig wie möglich die winzige Träne weg, die sich in ihren Augenwinkel gestohlen hatte. Sie wollte es vergessen und hatte alles dafür getan, ihm in den letzten Wochen aus dem Weg zu gehen. Teufel - sie hatte es sogar ernsthaft in Erwägung gezogen, auf die Promotion zu verzichten! Das war verrückt! Sie hatte jahrelang so hart dafür gearbeitet, überhaupt so weit zu kommen. Und dann dachte sie wegen irgendeines - Kerls - darüber nach, ihr Leben zu ruinieren. Das war so erbärmlich, dass Joanna Mühe gehabt hatte, Liliana wieder davon abzubringen.

»Du lässt dir doch deine Zukunft wohl nicht von so einem beschissenen Wichser versauen!«, hatte sie gesagt und dabei ausgesehen, als hätte sie Raven am liebsten selbst eine geklebt. »Du wirst dich auf deinen süßen Hintern setzen und die verdammt beste Dissertation schreiben, die diese Uni je gesehen hat! Du wirst ihn ausstechen und in 50 Jahren tanzen wir lachend auf seinem Grab! Bitte - brich nicht ab. Gönn dir lieber eine Auszeit, bevor die Veranstaltungen wieder losgehen und du mit deinem Forschungsprojekt anfangen musst. Bitte, Lil!«

Liliana hatte lange mit sich gerungen - und schließlich nachgegeben. Sie hatte sich so fest vorgenommen, alles hinter sich zu lassen. Hatte ihre Pläne geändert, das Geld genommen, das sie ursprünglich für die Bar gespart hatte und -

»Hey, du träumst die ganze Zeit«, sagte Joanna neben ihr auf der Rückbank und stieß Lil grinsend mit dem Ellenbogen in die Seite. »Wir sind da. Komm schon, ich verhungere!«

Liliana rang sich ein schwaches Lächeln ab und bemerkte zum ersten Mal, dass sie angehalten hatten. Auf dem Parkplatz vor einem der teuersten Restaurants der Stadt, das heute Abend traditionellerweise von vielen Absolventen und ihren

Familien besucht werden würde. Eigentlich könnte sie sich hier nicht einmal einen Salat leisten. Aber Joannas Eltern hatten sie eingeladen, weil sie ihre Tochter während des Studiums immer unterstützt hatte.

Und zum allerersten Mal wurde ihr bewusst, dass sie Joanna vermissen würde. Und zwar mehr als nur ein bisschen.

»Guck nicht so, ich bin doch nicht aus der Welt«, grinste sie, als hätte sie Lilianas Blick richtig gedeutet und hakte sich an ihrem Arm ein, nachdem Lil den Absolventenumhang zusammengelegt ins Auto verfrachtet hatte. »Auch wenn ich fürchte, dass mein neuer Job ziemlich langweilig werden wird.«

»Ach Quatsch«, antwortete sie lächelnd. »Psychologische Beraterin in einer riesigen Anwaltskanzlei - das ist klasse! Und Topeka ist schließlich nicht weit, hm? Ich kann es kaum erwarten, dich zu besuchen.«

»Und ich will schwer hoffen, dass du mich besuchst, um mein spießiges Leben erträglicher zu machen! Dann war's das nämlich mit Ausschlafen und Party unter der Woche«, stöhnte Joanna und verdrehte die Augen. »Was man nicht alles für ein ordentliches Jahresgehalt tut ...«

Die Freundinnen lachten und tatsächlich gelang es Lil, ihre Anspannung ein kleines bisschen zu vergessen. Noch immer wünschte sie sich, einfach ins Bett gehen und heulen zu können. Aber vielleicht würde auch dieses Bedürfnis mit dem einen oder anderen Gläschen Champagner wieder vergehen, das ihnen der Kellner beim Betreten der Empfangshalle des Palace in die Hand drückte.

Ihre Absätze klackerten auf dem hellen Marmorboden, aber weil es eh so laut war, störte sie sich nicht daran. Tatsächlich schien die halbe Uni anwesend zu sein. Lil sah ein paar Leute aus ihren Kursen, beachtete sie aber nicht weiter und folgte Joannas Eltern und einem anderen Kellner zu ihrem reservierten Tisch. An der Tanzfläche vorbei, die sich sicher schon bald füllen würde. Sie mochte die Musik, die die restauranteigene Band hinter der Bar zum Besten gab. Klassik war - sozusagen beruhigend.

Tatsächlich gelang es ihr sogar irgendwie, dem Tischgespräch zu folgen. Joannas Dad war ein lustiger Mann mit grauen Haaren, der einfach immer lachte. Und ihre Mom war wunderschön. Freundlich und reizend. Und Liliana hatte tatsächlich für einen Moment das Gefühl, irgendwie dazuzugehören. Nicht das Schlechteste, was sie sich vorstellen konnte.

»... froh, dass du dich erbarmt hast, eine normale Haarfarbe für diesen Anlass zu wählen«, witzelte Mr. Edingbourgh und zwinkerte seiner Tochter zu. »Auch wenn ich mir ein farbenfroheres Kleid für dich gewünscht hätte, mein Schatz.«

Lil grinste, als sie Joanna einen Seitenblick zuwarf. »Lieber nicht, Sir. Stellen Sie sich vor, wie Joanna farbenfroh definiert. Schwarz steht ihr doch hervorragend. Oder wäre Ihnen ein neongrünes Kleid lieber gewesen?«

Die kleine Familie lachte und es fiel ihr nicht mehr ganz so schwer, mitzumachen, als der Kellner die geleerten Suppenteller schließlich durch den Hauptgang ersetzte.

»Ihr seht beide wunderschön aus, Mädchen. Was haben wir doch für ein ansehnliches Kind - und wir sind wirklich froh, dass du uns Gesellschaft leistest, Liliana. Ohne dich wäre Joanna gnadenlos unter-«

»Hey«, fuhr Joanna ihrem Dad dazwischen und zog eine gespielt beleidigte Schnute. »Als ob ich zu dumm für das Studium gewesen wäre! Ich habe eben nur ein bisschen mehr - gefeiert!« Ein weiterer Kommentar, der alle lachen ließ.

»Wie dem auch sei. Ich hörte, du wirst verreisen, Lil?«, fragte Mrs. Edingbourgh und tupfte sich den rotgeschminkten Mund mit ihrer Serviette ab. Fast dieselbe Farbe, die Lilianas Kleid hatte. »Nach Europa, richtig? Wie schön!«

»Ja, Ma'am«, antwortete sie und strich sich die lose Haarsträhne hinter das Ohr, die ihr ständig ins Gesicht fiel. Gar nicht mehr so leicht, seit sie die Haare so kurz geschnitten hatte, dass sie ihr nicht mal bis zu den Schultern reichten. »Morgen geht's los. Ich fliege von Topeka nach Paris.«

»Die Stadt der Liebe«, seufzte Joannas Mom und schenkte ihrem Mann ein Lächeln. »Fährst du allein? Du hattest doch einen Freund, oder?«

»Äh, ich -«, Lil spürte, wie ihr das Blut ins Gesicht schoss, und war tatsächlich dankbar für Joannas loses Mundwerk, als sie ihr schnell zur Seite sprang.

»Das war einmal«, winkte sie ab und verzog beinahe angewidert das Gesicht. »Und wenn er nicht gestorben ist, ist er heute noch ein Oberarschloch!«

Betretenes Schweigen senkte sich über den Tisch, das durch das Klappern von Besteck und Gläsern und die leisen Gespräche der anderen Gäste im Restaurant überdeckt wurde.

»Nun«, sagte Mr. Edingbourgh schließlich, der sich als Erster wieder zu fangen schien, »manch junger Mann weiß einfach nicht, was ihm entgeht. Und vielleicht ist es nicht die schlechteste Erfahrung, so eine große Reise allein zu machen.«

Liliana schluckte schwer und nickte. Es gelang ihr nicht, den Kloß in ihrem Hals hinunterzuwürgen. Ebenso wenig, wie sie den Klumpen in ihrem Magen vertreiben konnte ...

»Entschuldigt mich kurz«, sagte sie leise und das Lächeln auf ihren Lippen tat weh. »Ich muss - meinen Lidstrich nachziehen.«

Verständnisvolles Nicken von Joannas Eltern und ein gequältes Lächeln ihrer Freundin später schob Lil ihren Stuhl zurück und bewegte sich zwischen den vollbesetzten Tischen auf die Toiletten in der Nähe der Bar zu.

Sie hasste es! Das Brennen ihrer Augen, der widerliche Geschmack auf ihrer Zunge und ihren rasenden Puls, weil sie sich auf einmal nicht mehr so gut unter Kontrolle hatte, wie sie es sich wünschte.

Einen Moment später krallte sie sich an dem glänzenden weißen Waschtisch in der Damentoilette fest, schloss die Augen und atmete tief durch. Das kalte Wasser aus dem Hahn half nicht, aber nichts anderes hatte sie erwartet. Es tat einfach weh. Alles. An Raven zu denken, ihm heute Nachmittag über den Weg gelaufen zu sein und ihn ansehen zu müssen ...

Die kleine goldene Kette um ihren Hals fühlte sich plötzlich an, als würde sie eine Tonne wiegen. Ein Geschenk, das sie nicht hatte annehmen wollen. Und dennoch -

Ich bin erbärmlich, dachte sie und lächelte ihr Spiegelbild grimmig an. *Erbärmlich, schwach und nicht über ihn hinweg. Von wegen die Zeit heilt alle Wunden ...*

Wie lange sie dort stand und in Selbstmitleid ertrank, wusste sie nicht. Irgendwann wurde die Tür hinter ihr aufgestoßen und eine alte Frau betrat den Waschraum, ohne Liliana zu beachten. Erst da schaffte sie es, sich zusammenzureißen. Ein bisschen wenigstens. Hoffentlich weit genug, um auch das Dessert noch hinter sich zu bringen, bevor sie nach Hause gehen und ihren Koffer packen würde. Und sie sich betrinken konnte. Mit Tequila. Oder was auch immer sie noch hatte, überlegte sie, als sie sich auf den Rückweg machte. Zwischen den weißgedeckten Tischen hindurch und -

»Liliana! Du bist auch hier?«

Als sie Tylers Stimme hinter sich hörte, zuckte sie so heftig zusammen, dass sie mit der Hüfte unbeabsichtigt gegen einen Tisch stieß und die Gläser darauf bedrohlich ins Wackeln gerieten. Die beiden älteren Leute am Tisch warfen ihr einen bösen Blick zu, doch sie ignorierte sie und starrte Tyler an. Ungläubig.

»Wa-«

»Ich habe Raven hergeschleift, wusste aber nicht, dass du auch hier bist«, fuhr er schnell fort, als hätte er ihren fast panischen Blick bemerkt, der im Restaurant herumwanderte und automatisch nach ihm suchte. »Er ist auf der Toilette. Entschuldige, ich -«

»Nein!«, unterbrach sie ihn und war erstaunt darüber, wie schnell sie das falsche Lächeln auf ihre Lippen zaubern konnte. »Schon gut. Schön, dass du hier bist, Ty. Ich hoffe, es geht dir gut. Ich - ich muss wieder zurück. Machs gut und alles Gute«, plapperte sie schnell herunter und betete, dass sich ihre Stimme nicht überschlug.

Ihr Herz raste. Raus. Sie wollte nur raus und verschwinden, bevor Raven zurückkam und sie sah.

»Warte!«, rief Tyler und packte ihr Handgelenk, bevor sie sich wieder umdrehen und davonlaufen konnte. »Bitte! Es tut mir leid, was zwischen euch in L.A. passiert ist, wirklich! Aber Raven - er bereut es, glaub mir! Ich glaube, er würde nichts lieber tun, als es ungeschehen zu machen. Du bedeutest ihm wahnsinnig viel!«

Ungläubig schüttelte sie den Kopf und stieß ein kurzes trockenes Lachen aus. »Klar! Deswegen hat er sich einfach verpisst und ignoriert mich seitdem, hm? Vergiss es, Tyler! Er hat mich auch längst ver-«

»Er hat dich nicht vergessen«, setzte Ty erneut an. »So ist er! Mit so viel emotionalem Stress kann er nicht umgehen.«

»Das ist mir egal«, antwortete sie und entzog ihm schnell ihr Handgelenk. »Es ist allein sein Problem, wenn er nicht mit seinen Gefühlen umgehen kann! Aber deswegen hat er noch lange nicht das Recht, auf meinen herumzutrampeln!«

Tyler sah aus, als wäre er noch lange nicht fertig, doch Liliana verwehrte ihm die Möglichkeit, noch mehr zu sagen. Sie wirbelte herum und rannte fast zurück zum Tisch, an dem Joanna mit ihrer Familie saß. Deren verwirrte Blicke ignorierte sie mehr oder weniger, drückte ihrer Freundin einen Kuss auf die Wange und griff dann mit zitternden Fingern nach ihrer Handtasche neben dem Stuhlbein.

»Was ist denn mit dir auf einmal los?«, fragte Joanna und starrte Lil an, als hätte sie einen Geist vor sich.

»Ich fühle mich nicht so gut«, antwortete sie knapp. »Ich nehme ein Taxi und fahre nach Hause. Ich wünsche dir noch viel Spaß. Danke für die Einladung, Mrs. Edingbourgh. Es tut mir leid. Ich wollte Ihnen den Abend nicht verderben.«

»Aber bleib doch noch, Kind. Wir können dich auch zurückfahren«, bot Joannas Mom an, doch Lil schüttelte den Kopf. »Nicht nötig. Es ist ja nicht weit. Auf Wiedersehen. Ich melde mich, wenn ich gelandet bin, ja?«

Joannas Gesichtsausdruck verriet ihr, dass sie ihr kein Wort glaubte, doch sie erhob sich von ihrem Platz und umarmte Liliana fest. »Pass auf dich auf, Süße! Ich komme morgen zum Flughafen, okay? Keine Widerrede!«

»Okay«, flüsterte sie und es wurde mit jeder Sekunde schwerer, die Tränen zurückzudrängen. Dabei sollte es nicht schwer sein. Es sollte verdammt noch mal leicht sein! So unendlich leicht ... »Wir sehen uns morgen am Flughafen.«

»Du haust ab?«

Das ist ein Albtraum, dachte sie und ihr Herz setzte aus, als sie Ravens Stimme hinter sich hörte. *Der längste Albtraum der Welt - und ich bin mittendrin.*

»Ja, Raven. Ich haue ab. Etwas, womit du dich doch bestens auskennen müsstest, nicht wahr?«, antwortete sie mit einer Gegenfrage, ohne zu wissen, woher sie überhaupt die Kraft nahm, den Mund aufzumachen. Ihre Finger umklammerten den Henkel ihrer Tasche so fest, dass die Knöchel weiß hervortraten. Langsam drehte sie sich um. Es kam ihr vor, als würde sie sich in Zeitlupe bewegen. Total bescheuert.

Familie Edingbourgh war wieder verstummt, aber das überraschte sie nicht sonderlich. Ebenso wenig wie Tylers gequältes Gesicht, das sie hinter Raven auftauchen sah, als hätte er ein verdammtes schlechtes Gewissen. Weil es ihm offenbar nicht gelungen war, seinen Bruder davon abzuhalten, Liliana aufzulauern, bevor sie ihm erneut aus dem Weg gehen konnte.

Obwohl er direkt vor ihr stand, konnte sie ihn nicht ansehen. Sie schaffte es nicht! Unmöglich ...

»Weißt du, es gibt Dinge im Leben, die kommen einfach nicht zurück«, fuhr sie fort und wusste nicht einmal, wie sie es überhaupt fertigbrachte, diese Worte auszusprechen. Standhaft zu bleiben. An Ort und Stelle zu verharren. Und ihm schließlich ins Gesicht zu sehen.

In dieses perfekte Gesicht, hinter dem es so viel mehr gab als das, was er zeigen wollte. Seine unfassbare Leidenschaft, seine Kompromisslosigkeit, seine berauschende Direktheit und seine Art, sie auf genau die Weise anzusehen, wie er es jetzt tat. Auf die Weise, die ihr Herz erneut bersten lassen würde, wenn sie nicht aufpasste. Schließlich verbarg sich dahinter auch unendlich schwarze Finsternis, die alles und jeden mit in den Abgrund reißen konnte ...

»Zeit zum Beispiel, die ich damit verschwendet habe, etwas in dir sehen zu wollen, das nicht da war. Oder Worte, die ich an dir vergeudet habe, weil sie dich nie erreicht haben und einfach im Nichts verhallt sind. Und die vielen Gelegenheiten, die ich deinetwegen beinahe verstreichen ließ.«

Liliana lachte hohl, schüttelte dann den Kopf und legte so viel Verachtung in ihren Blick, wie sie konnte. Es war nicht genug. Doch sie konnte nicht aufhören, weiterzusprechen. »Zu philosophisch, nicht wahr? Wir sind schließlich *Psychologen*, richtig? Vielleicht sollte ich es deswegen anders formulieren, damit auch du es endlich kapierst, Raven!«

Sie holte Luft, doch ihre Lungen fühlten sich an, als blieben sie einfach leer. In ihren Ohren rauschte es unaufhörlich. Sogar die Gespräche an den Tischen um sie herum schienen verstummt zu sein. Trotzdem hörte sie nicht auf.

»Du hast mir mal vorgeworfen, ich sei unreflektiert, neurotisch, opportunistisch und verklemmt, richtig? Tja, weißt du - vielleicht überrascht es dich. Aber der Einzige, der je ein Problem damit hatte, warst du!« Sie fuchtelte unkontrolliert mit der Hand herum und nun wusste sie, dass jeder in der Nähe sie anstarrte. Aber das war egal. Weil gerade einfach alles egal war. »Bis du dich mit deiner ganzen Scheiße in mein Leben gedrängt hast, konnte ich wirklich wunderbar damit umgehen! Aber um es einmal deutlich zu reflektieren: Indem ich mich auf dein bescheuertes Angebot damals eingelassen habe, habe ich mich zu deiner Hure gemacht. Das gebe ich gerne zu. Doch so verklemmt kann ich eigentlich nicht gewesen sein, schließlich hattest du offensichtlich jede Menge Spaß dabei, mich zu ficken, richtig? So viel, dass du noch eine Weile geblieben bist, nachdem sich meine vermeintlichen Neurosen durchgesetzt haben und ich so verdammt blöd gewesen bin, mich in dich zu verlieben. In ein egoistisches Arschloch, das ja nie einen Hehl daraus gemacht hat, dass ihm die Gefühle anderer am Arsch vorbeigehen. Es ist also meine eigene Schuld.«

Lil hielt inne, als sie den salzigen Geschmack auf ihren Lippen wahrnahm. Sie weinte. Ohne dass sie es bemerkt hatte, hatte sie sich in ihre Wut und ihre Verbitterung hineingesteigert und ohne es bemerkt zu haben, war sie immer lauter geworden. So laut, dass es inzwischen totenstill im Restaurant war und jeder im Raum sie anstarrte. Die Kellner, die Gäste, Joannas Familie, Raven. Alle.

Sie straffte sich. Unbewusst. »Ich weiß nicht, ob du der Meinung bist, es wäre ein Zeichen für Schwäche, die Hoffnung so lange nicht aufzugeben und dir immer wieder hinterherzulaufen. Vielleicht ist es das, keine Ahnung. Ich weiß nur, dass ich es bereue. Jeden einzelnen Schritt, den ich auf dich zugemacht habe. Jedes verschwendete Wort. Jedes Gefühl, das ich in dich investiert habe, bis du dich bequemt hast, mich mit einem Zettel abzuspeisen. Mit einem *Zettel* Und damit hast du mir das Letzte genommen, das mir geblieben war: meinen Stolz. Danke Raven. Danke dafür!«

Liliana machte den Mund zu und presste die Lippen zu einem dünnen Strich zusammen. Tränen liefen ungehindert über ihre erhitzten Wangen, aber sie machte sich nicht die Mühe, sie wegzuwischen. Die drei Sekunden, die sie brauchte, um ihren Körper dazu zu bringen, sich zu bewegen, erschienen ihr wie eine Ewigkeit. Eine Ewigkeit, die den verdrängten Schmerz zurückbrachte. Weil sie nicht die geringste Ahnung hatte, wie sie es schaffen sollte, zwei weitere Jahre dieselbe Uni zu besuchen wie er! Wenn sie es nicht einmal fertigbrachte, sich im selben Raum aufzuhalten -

»Es tut mir leid«, sagte er schließlich leise, bevor es ihr gelang, sich aus dieser ekelhaften Starre zu lösen. »Bitte - verzeih mir, Prinzessin!« Raven streckte die Hand nach ihr aus, doch Liliana wich zurück.

Sie schüttelte den Kopf. »Dafür ist es zu spät«, flüsterte sie bitter, drehte sich dann auf dem Absatz um und rannte zwischen den Tischen hindurch zu den weit geöffneten Terrassentüren des Restaurants. Der einzige Weg hier raus, den er ihr nicht versperrte.

»Denkst du nicht, dass das zu weit geht?«, fragte Tyler zum ungefähr vierten Mal und sah aus, als würde er sich am liebsten in die Hosen machen. »Raven - sie hat doch deutlich gesagt, was sie -«

»Das ist mir scheißegal«, knurrte er und schüttelte den Kopf, ohne seinen Bruder anzusehen. »Es ist egal, weil es der einzige Weg ist, noch an sie heranzukommen. Ich -« Raven brach ab und fuhr sich mit den Fingern durch die Haare. »Ich weiß, dass ich es vermasselt habe, okay? Aber ich muss es wenigstens versuchen! Ein letztes Mal. Wenn sie sich nicht umstimmen lässt, gebe ich auf. Versprochen!«

Tyler schüttelte den Kopf. »Raven, das ist -«

»Scheiße, ich weiß wie verdammt verrückt das ist, okay? Es ist mir egal! Ich kann sie nicht einfach gehen lassen. Das ist vielleicht meine letzte Chance.« Wenigstens daran gab es keinen Zweifel. Wenn er es dieses Mal wieder versaute, würde es wirklich keinen Weg mehr geben.

»Sie hatte Recht«, sagte er schließlich leise und spürte Tylers fragenden Blick auf sich. »Es gibt Dinge, die bekommt man nicht mehr zurück. Worte, Zeit und verpasste Chancen. Ich muss es einfach versuchen.«

Dann stieß er die Beifahrertür seines Wagens auf und stieg aus, um seine Tasche aus dem Kofferraum zu holen.

»Dann mach es, Brüderchen. Hol sie dir zurück!« Tyler grinste breit. »Damit ich deine Visage nicht länger ertragen muss und einen Grund habe, ihre niedliche Freundin wieder-zusehen.«

Raven grinste schwach und ließ sich von seinem Bruder umarmen, bevor er ins Flughafengebäude ging. »Wenn du kein Problem damit hast, dass sie eigentlich bunte Haare hat und ziemlich schräg drauf ist - bitteschön. Single ist sie auf jeden Fall.«

»Na, was für ein Glück. Dann hat es sich ja gelohnt, mit meiner Marke vor ihrer Nase herumzuwedeln, was?«

»Ja, auf jeden Fall. Bis dann. Ich melde mich, wenn ich da bin. Und Tyler«, fügte Raven hinzu und drehte sich vor der Tür noch einmal zu seinem Bruder um. »Danke.«

Ty nickte, erwiderte aber nichts und Raven machte sich auf den Weg zum Check-in.

Um die folgenden vierzehn Stunden damit zu verbringen, sich immer wieder selbst einzureden, dass er keinen Fehler machte. Dass es wirklich die letzte Chance war, sie zurückzubekommen, ohne sie dadurch vielleicht ganz zu verlieren ...

Trotzdem hatte er ein ziemlich mulmiges Gefühl im Magen, als er schließlich vor dem Hotel aus dem Taxi stieg. Die Adresse hatte er von Joanna. Lilianas Freundin, die ihm beinahe die Augen ausgekratzt hätte, als er mitten in der Nacht vor ihrer Tür gestanden hatte. Es hatte ihn verdammt viel Überzeugungsarbeit gekostet, sie dazu zu bewegen, die Adresse herauszurücken und sie auch noch davon zu überzeugen, Liliana nicht darüber zu informieren, dass sie es überhaupt getan hatte. Raven blieb nichts anderes übrig, als darauf zu vertrauen, dass sie dichtgehalten hatte. Leider.

Die Lobby war klein und ziemlich schäbig, aber eigentlich hatte er nichts anderes erwartet. Es war klar, dass seine Prinzessin sich nicht im Ritz eingebucht hatte und so ignorierte er den Zustand der Einrichtung vorerst. Er selbst hatte schließlich vor, um einiges tiefer in die Tasche zu greifen, um das zu bekommen, was er wollte. Nicht nur die Suite betreffend, die er noch in Kansas gebucht hatte.

»Hi. Raven Rhys. Ich hatte kurzfristig reserviert«, sagte er an die junge Frau hinter der Anmeldung gewandt und schenkte ihr ein Lächeln, hinter dem sich der eine oder andere Schauspieler gerne verstecken konnte.

»Richtig«, antwortete sie mit starkem Akzent, erwiderte sein Lächeln aber und es überraschte ihn nicht wirklich, dass sie rot anlief. Sie war etwa in seinem Alter und nicht gerade hässlich, aber er war schließlich nicht gekommen, um seine kostbare Zeit mit bedeutungslosen Flirts zu verplempern. »Die Suite wurde für Sie vorbereitet. Zahlen Sie mit Kreditkarte?«

Raven nickte lächelnd. »American Express, Miss.«

»Sehr gerne.« Als sie anfing, seine Daten in ihren Computer einzugeben, schaute Raven sich unauffällig um. Auf den zweiten Blick war es vielleicht doch nicht ganz so übel. Was vielleicht auch an der latenten Aufregung lag, die er so kaum von sich kannte. Vielleicht, weil er genau wusste, was auf dem Spiel stand, wenn er wieder versagte.

Nicht dieses Mal!

»Würden Sie mir vielleicht noch verraten, welche Zimmernummer Miss Liliana Crane hat? Sie ist doch gestern hier angekommen, oder?«

Ihre Augenbraue wanderte höher, aber darum kümmerte er sich nicht und wartete, bis sie erneut etwas in ihren PC eingab. »Ja. Miss Crane ist hier abgestiegen. Möchten Sie eine Nachricht für sie hinterlassen?«

Raven schüttelte schnell den Kopf. »Später vielleicht. Ihre Zimmernummer?«

»508«, antwortete die junge Frau. »Sie hat das Hotel vor etwa einer Stunde verlassen.«

»Vielen Dank, Miss«, lächelte er, griff dann nach seiner Tasche und ließ sich die Schlüsselkarte für sein Zimmer aushändigen.

Na bitte. Immerhin bin ich richtig ...

Selbstverständlich war ihm klar, dass er nicht so ohne weiteres in ihr Zimmer einbrechen konnte. Aber vielleicht musste das gar nicht sein, überlegte er ein bisschen weniger schlecht gelaunt, als er in der obersten Etage aus dem muffigen Aufzug stieg und über den mit einem dicken hässlichen Teppich ausgelegten Flur zu seiner Suite ging. Die war immerhin geräumig, wahrscheinlich um einiges sauberer als der Rest der Zimmer hier und durchaus in Ordnung. Für seine Zwecke allemal ausreichend. Jetzt musste er sich nur noch darum kümmern, dass sie passend hergerichtet war. Und wohl auch darum, überhaupt eine Verwendung dafür zu bekommen. Der wahrscheinlich schwierigste Teil an der ganzen Angelegenheit.

Seufzend schaute Raven sich um und trat ans Fenster, vor dem die schweren dunklen Vorhänge wegen der einfallenden Sonne zugezogen waren. Wenigstens die Aussicht war ihr Geld alle Mal wert. Von hier aus konnte man tatsächlich den dämlichen Eiffelturm sehen. Das Wahrzeichen dieser Stadt, auf das wahrscheinlich alle Frauen dieser Welt abfuhren. Sogar seine Prinzessin, der er so viel Schnulzigkeit kaum zugetraut hatte.

Er überlegte, ob sie wohl genau dorthin unterwegs war. Wenn sie das Hotel vor einer Stunde verlassen hatte, würde sie sich vermutlich irgendetwas in der Stadt ansehen. Was lag näher, außer den üblichen Sehenswürdigkeiten? Der Eiffelturm, der Louvre, Notre Dame ...

Egal. Er musste anfangen, sein Zeug voreinander zu kriegen und Lil dazu bringen, das Spiel mitzuspielen, ohne dass sie Verdacht schöpfte. Das Schwerste an dieser Sache. Nicht einfach an ihre verdammte Tür zu klopfen und sie anzuflehen, ihn -

Raven biss die Zähne zusammen und riss sich am Riemen. Er räumte seine Tasche aus, stieg unter die riesige Dusche im durchaus angemessenen Badezimmer und machte sich eine gute Stunde später auf den Weg runter in die Lobby.

»Hey, wo ist die Blondine von vorhin?«, fragte er an den Kerl gewandt, der nun hinter dem Tresen der Anmeldung stand und sichtlich gelangweilt auf die Uhr an der Wand neben dem Eingang starrte.

»Sie hat Feierabend, Sir. Kann ich Ihnen weiterhelfen?«, antwortete der in erstaunlich gutem Englisch ohne jeden Akzent und schaute Raven höflich an.

Raven seinerseits musterte sein Gegenüber abschätzend. Der Mann mit dem gegelten Mittelscheitel und dem rabenschwarzen Haar war etwa zehn Jahre älter als er selbst, dem Ring an seinem Finger nach zu urteilen verheiratet, und möglicherweise ließ er sich sogar leichter überzeugen, ihm bei ein paar Dingen behilflich zu sein. Wünschenswert!

»Ja, das hoffe ich«, lächelte er unverfänglich und lehnte sich gegen den Tresen. »Mein Name ist Raven Rhys. Ich bin wegen meiner Freundin hier. Liliana Crane. Sie wohnt in Zimmer 508. Sie weiß nicht, dass ich hier bin, verstehen Sie?«

Die buschige Augenbraue des Rezeptionisten wanderte höher, während er Raven taxierte, als müsste er erst darüber nachdenken, ob er es möglicherweise mit einem Verrückten zu tun hatte. Einem Stalker oder einem Killer oder was auch immer.

»Inwiefern kann ich Ihnen in dieser Hinsicht behilflich sein, Mr. Rhys?«, fragte er schließlich langsam, schien aber zu der Ansicht gelangt zu sein, dass Raven kein Psychopath war. In diesem Punkt war er offenbar schneller als Lil. Tja. »Sie verstehen sicher, dass ich Ihnen nicht einfach Zugang zum Zimmer der Dame -«

»Darauf wollte ich gar nicht hinaus«, fuhr Raven ihm schnell dazwischen und lachte übertrieben fröhlich, um seine Fassade aufrechtzuerhalten. »Für den Anfang können Sie mir sicher verraten, wo ich in der Nähe einen schicken Laden finde, wo ich ein nettes Outfit kaufen kann. Abendgarderobe bevorzugterweise.« Sein Lächeln war durchdringend fröhlich. Gut.

»Ah, ich verstehe. Nun, die Galeries Lafayette ist nicht weit von hier. Auf den sieben Etagen des historischen Kaufhauses werden Sie sicherlich etwas Passendes finden.«

»Sie sind nicht von hier, oder? Kommen Sie aus den Staaten?«

»Alabama«, antwortete der Mann überrascht und lächelte. Etwas wenigstens. »Ich bin vor etwa zehn Jahren nach Paris gezogen, um mit meiner Frau zusammenleben zu können.«

Bingo! »Wow, mutig! Sind Sie immer noch mit Ihrer Frau zusammen?«

Der Rezeptionist nickte und zog dann nach einem kurzen Zögern seine Brieftasche hervor.

Jetzt kommen die üblichen Bilder. Meine Frau, meine Kinder, mein Auto, mein Haus …

Selbstverständlich enttäuschte er Raven nicht, aber das spielte keine Rolle. Er warf einen schnellen Blick auf die Passbilder zweier Kinder und nickte, ohne das Lächeln von seinem Gesicht zu wischen.

»Meine Tochter ist sieben. Mein Sohn wird nächsten Monat fünf«, sagte er selig und stopfte die Geldbörse zurück. »Ich bereue es nicht, meine Heimat hinter mir gelassen zu haben.«

»Ja, das sieht man. Hübsche Kinder.« Raven grinste. »Tja, mein Freund, das ist schade. Ich hatte gehofft, Sie könnten mir vielleicht bei der einen oder anderen Kleinigkeit behilflich sein - selbstverständlich ohne mir Zugang zum Zimmer zu gewähren. Schließlich dürfen Sie Ihren Job nicht verlieren, richtig?«

Der Rezeptionist, dessen Namensschild ihm verriet, dass er Marvin Rhees hieß, warf einen Blick um die Ecke, als müsste er sich wegen eventueller Lauscher umsehen und schaute Raven dann verschwörerisch an. »Wie kann ich behilflich sein? Wollen Sie Ihrer Freundin einen Antrag machen? Sind Sie deshalb hergekommen? Für die Überraschung?«

So ähnlich, dachte Raven und rieb sich bereits innerlich die Hände. So schlimm war es um seine manipulativen Fähigkeiten anscheinend noch nicht bestellt. Hervorragend.

»Ich hatte gehofft, Sie können erstmal dafür sorgen, dass sie das Geschenk bekommt, das ich der Dame gleich besorgen werde, Marvin. Darf ich Sie Marvin nennen?« Ravens Grinsen wurde breiter und der Typ nickte eifrig. Er beugte sich sogar noch weiter vor, als heckten sie beide hier eine handfeste Verschwörung aus. Offensichtlich kam ihm die Unterbrechung seines Alltages hier gerade gelegen. »Bringen Sie sie einfach auf ihr Zimmer. Sie dürfen nur nicht verraten, dass es von mir kommt, oder dass ich überhaupt da bin. Wir wollen schließlich auf keinen Fall die Überraschung verderben, oder?«

»Aber nicht doch«, grinste der Marvin und entblößte eine Reihe leicht schiefer Beißerchen. »Sie können sicher sein, dass alles zu Ihrer vollsten Zufriedenheit verläuft. Was noch?«

Raven überlegte einen Moment, wie weit er ohne ein ordentliches Trinkgeld gehen konnte, griff dann in die Innentasche seiner Lederjacke und zog einen Zwanzigdollarschein heraus. Zum Geld wechseln war er noch nicht gekommen, aber der Kerl würde sicher auch mit amerikanischen Scheinchen etwas anfangen können. »Ich brauche leider einen Tag Zeit, befürchte ich. Hat Miss Crane Verpflegung gebucht?«

Der Rezeptionist runzelte die Stirn und warf dann einen Blick in seinen Computer. »Nur Abendessen«, antwortete er nach ein paar Klicks. »Haben Sie an etwas in der Hinsicht gedacht?«

»Frühstück«, antwortete Raven nach einem Moment. »Bringen Sie ihr morgen Frühstück aufs Zimmer und schreiben es auf meine Rechnung, bitte. Sie trinkt ihren Kaffee mit Milch, ohne Zucker. Haben Sie Müsli?« Wenn sie bei ihm gepennt hatte, hatte sie sich morgens meistens nur Müsli oder Joghurt reingezogen. Aber weil er irgendwann herausgefunden hatte, dass das schon wesentlich mehr war, als sie sonst aß, hatte er nichts dazu gesagt. Schließlich hatte sie immer jeden Cent gespart ...

»Ich notiere es mir.«

Raven nickte zufrieden. »Danke, Marvin. Das hilft mir wirklich weiter. Ich werde mich dann mal auf den Weg machen und übergebe Ihnen nachher mein - Geschenk, in Ordnung?«

Mit einem breiten Grinsen im Gesicht steckte der Rezeptionist das Geld in die Tasche seines Jacketts und nickte eifrig. »Ich wünsche Ihnen schon mal viel Erfolg, Mr. Rhys. Hoffentlich läuft alles so, wie Sie es wollen.«

Mit einem letzten Lächeln im Gesicht und einem wesentlich besseren Bauchgefühl verließ Raven das Hotel und machte sich zu Fuß auf den Weg zu besagtem Kaufhaus. Mit Hilfe einer Stadtplan-App nicht wirklich kompliziert und weit war es auch nicht.

Er schenkte weder dem Gebäude an sich noch der Umgebung mehr Aufmerksamkeit als nötig, fuhr mit einer der unzähligen Rolltreppen zielstrebig in die dritte Etage und steuerte das erstbeste Geschäft an, das er sah. Frauenklamotten gab es - allen Ernstes - auf drei der sieben Etagen, wobei die oberste nur ein Restaurant zu sein schien. Klasse.

Zähneknirschend wühlte er sich durch drei verschiedene Geschäfte, entschied sich irgendwann für ein recht kostspieliges aber leider ziemlich heißes schwarzes Kleid von einer Marke, von der er immerhin schon mal gehört hatte. Dasselbe machte er in dem Laden für Unterwäsche. Und bei den Schuhen, weil er nicht wusste, wie viele Schuhe sie überhaupt mitgenommen hatte. Da sie allein hier war und vor seiner Zeit nicht viele davon gehabt hatte, kaufte er ihr ein paar schwarzer schlichter Pumps, die immerhin denen ähnelten, die sie auch zu Hause hatte und in denen ihre ellenlangen Beine einfach nur umwerfend aussahen. Ihre Größen kannte er schließlich hinreichend und war sicher, dass alles passen würde.

Jetzt muss ich sie nur noch dazu kriegen, die Klamotten anzuziehen, mit mir auszugehen, ohne dass sie irgendwie Wind davon bekommt und -

Ein Gedanke, den er nicht ganz zu Ende brachte und stattdessen versuchte, seinen verknoteten Magen wieder zu entwirren. Der fühlte sich auf einmal nämlich nicht mehr ganz so zuversichtlich an, wie noch vor einer Stunde. Tatsächlich kam Raven sich ziemlich blöd vor. Und idiotisch. Und er wurde das Gefühl trotz all seiner Bemühungen nicht los, auch dieses Mal wieder zu versagen.

Dabei wollte er nichts mehr, als sie zurück zu bekommen. Weil er ein Arschloch war. Weil er sie vor den Kopf gestoßen hatte - wiederholt - und weil er sie eigentlich nicht verdient hatte.

Aber das spielte keine Rolle. Weil Raven ohne Liliana nicht er selbst war. Und er würde verdammt noch mal alles dafür tun, sie davon zu überzeugen, ihm zu verzeihen. Selbst wenn er sich in dieser verfluchten Stadt zum Affen machen müsste.

Aber weil seine Prinzessin schließlich keinen Verdacht schöpfen und ihm möglichst nicht wieder entwischen sollte, bat Raven seinen neuen besten Kumpel Marvin eine Stunde später, das Kärtchen zu schreiben, das er zu den Sachen legte. Weil Liliana Ravens Handschrift nämlich viel zu gut kannte, um sie auch an einem solchen Ort und tausende Meilen von Kansas entfernt noch entziffern zu können. Weil er nicht wollte, dass sie es jetzt schon herausfand. Nicht, solange er nicht wusste, wie er sie dazu bringen sollte, wirklich zu ihm zurückzukommen.

Ein Taxi für den morgigen Abend, eine Reservierung in einem der beiden verschissen teuren Restaurant im Eiffelturm und einen Anruf bei Tyler später ließ Raven sich auf das riesige Doppelbett in seiner Suite fallen. Die Zeitverschiebung, der elend lange Flug hierher und der ganze Stress machten ihn tatsächlich mehr fertig, als er gedacht hatte. Und so schlief Raven tatsächlich fast bis zum nächsten Mittag durch, bevor er aufstand und sich fertigmachte. Sich rasierte, duschen ging, seine Haare stylte und sich anzog. Mit einer nervösen Unruhe, die sich einfach nicht vertreiben ließ. Egal, was er versuchte. Mist.

Ein schönes Kleid für eine wunderschöne Frau. Verzeihen Sie mir bitte meine Unverfrorenheit, Miss. Aber ich konnte nicht widerstehen und wäre wirklich sehr betrübt, wenn Sie meine Einladung zum Essen ausschlagen würden. Ich war so frei und habe ein Taxi für 19:00 Uhr zum Hotel bestellt. Ich hoffe, Sie lassen mich nicht mit dem Essen hängen.

Ein Verehrer
(der nicht genug von Ihrem Anblick bekommen kann.)

Zum gefühlt tausendsten Mal las Lil den Text auf der kleinen Karte durch, der in der Tüte gesteckt hatte. Der Tüte, die der Mann vom Empfang gestern Abend bei ihr abgegeben hatte und der dabei dümmlich aus der Wäsche gegrinst hatte, als amüsierte er sich prächtig.

Wenigstens einer, dachte sie und wusste wirklich nicht, was sie damit anfangen sollte. Mit diesem atemberaubend schönen Kleid, der unerwarteten aber doch irgendwie schmeichelhaften Einladung und überhaupt ...

Keinen Moment lang hatte sie es darauf angelegt, während ihrer dringend benötigten Auszeit überhaupt mit jemandem zu reden. Sie war allein hergekommen, wollte für sich allein bleiben und hatte die ersten beiden Tage in Paris wirklich genossen. So sehr man als Single einer Stadt genießen konnte, in der es vor verliebten, knutschenden und fummelnden Pärchen nur so wimmelte.

Seufzend ließ sie sich an dem kleinen braunen Holzschreibtisch nieder, auf dem ihr Laptop stand. Sie wollte die Bilder noch speichern, die sie gestern und heute Morgen gemacht hatte. Nach dem Frühstück, das man ihr fälschlicherweise aufs Zimmer gebracht hatte. Dabei hatte sie keines bestellt und der Mann vom Zimmerservice hatte nur etwas von einem Buchungsfehler im System gefaselt und war achselzuckend ohne das Frühstück wieder abgezogen. Nicht, dass sie sich über einen Kaffee am Morgen und das wirklich leckere Frühstück beschwert hätte, aber trotzdem ...

Lil übertrug die Bilder von ihrer Digitalkamera auf ihre Festplatte, ohne sie wirklich zu beachten. Sie war im Louvre gewesen, bei Notre Damme und beim Triumphbogen, aber all das war irgendwie nicht mehr als nur ein bisschen nett gewesen. Paris hatte sie sich anders vorgestellt, ohne genau benennen zu können, woran es lag.

Lügnerin, dachte sie biestig und hätte beinahe laut gelacht. *Nicht einmal dich selbst kannst du belügen. Erbärmlich.*

Sie schloss die Augen, als sich der Abschlussabend ungefragt in ihren Schädel schlich. Wiederholt! Und leider tat es jedes einzelne verdammte Mal weh, sich an das letzte Gespräch mit Raven zu erinnern. Jedes Mal ...

Erneut wanderte ihr Blick zu dem neuen Kleid von Cloè, das sie an den Kleiderschrank hinter dem Bett gehängt hatte. Es passte wie angegossen. Genau wie die Schuhe und die - Unterwäsche. Das war das einzige wirkliche Manko daran. Welcher vermeintliche Verehrer schickte bitte gleich die Unterwäsche mit, wenn er eine ihm unbekannte Frau zum Essen ausführen wollte? Da hätte er sich den ganzen Aufriss auch gleich sparen können und die Adresse seines eigenen Hotels auf die Karte schreiben können! Und sie hätte keinen Gedanken mehr daran verschwendet und das Kleid in den Müll geworfen. So dreist -

Aber ich habe es nicht weggeworfen, dachte sie und ließ die Schultern hängen, weil sie nicht einmal wusste, weshalb sie es nicht getan hatte. Wegen des Abenteuers? Wegen der Aussicht, sich in eine Situation zu begeben, die ihr Herz schneller schlagen und ihre Handflächen feucht werden ließ, nur weil es sich ein bisschen verboten und gefährlich anfühlte? Weil es ihr insgeheim doch gefiel, die Aufmerksamkeit eines Fremden in einem fremden Land tausende Meilen von Zuhause entfernt auf sich gelenkt zu haben und immerhin gerade die Möglichkeit zu bekommen, sich auf andere Gedanken zu bringen?

Schließlich *war* es schmeichelhaft! Ein fremder Mann, der nichts über sie wusste, außer, in welchem Hotel sie wohnte, hatte ihr eine Einladung zum Abendessen geschickt. Vielleicht hatte er sie allein irgendwo in der Nähe gesehen und bemerkt, dass sie ohne Begleitung hier war. War es nicht vollkommen egal, was er sich davon versprach? Zählte für sie und ihr verdammt angeschlagenes Ego nicht eigentlich nur die Tatsache, *dass* sie jemandem aufgefallen war? Irgendjemandem, der sie offenbar allein durch einen Blick schon interessant und offensichtlich auch begehrenswert genug fand, um sie überhaupt einzuladen? Den teuren Klamotten in der Tüte nach zu urteilen nicht einmal ein armer Schlucker mit Geschmack. Was machte sie sich also für Gedanken, verdammt!

Ich bin hergekommen, um Abstand zu bekommen. Um mich selbst wiederzufinden, etwas anderes zu sehen, neue Erfahrungen zu machen ... Wieso kann ich dann nicht lockerer damit umgehen und mich einfach darauf einlassen?

Eine gute und berechtigte Frage. An einem zwanglosen Abendessen gab es schließlich nichts auszusetzen. Dieser Mann wusste offenbar sogar, dass sie Amerikanerin war. Die Karte war auf Englisch verfasst. Vielleicht war er Geschäftsmann. Oder Tourist wie sie. Oder - was auch immer.

Es ist nur ein Abendessen, beharrte ihr Verstand weiter. *Ich kann jederzeit gehen und muss mich zu gar nichts verpflichten. In einem öffentlichen Restaurant wird mir der Unbekannte sicher nicht an die Wäsche gehen und ich bin sicher ...*

Dieselben Gedanken immer und immer wieder. Trotzdem schaffte Liliana es einfach nicht, eine Entscheidung zu treffen. Es zu wagen oder einfach hier zu bleiben. Dieses Kleid anzuziehen oder es doch zu ignorieren. Gehen - bleiben ...

Eine unfassbar schwere Entscheidung, die nicht unbedingt leichter dadurch wurde, dass sich immer wieder Ravens verdammtes Bild in ihrem Kopf breitmachte. Dabei hatte sie sich geschworen, ihn hier zu vergessen, verdammt! Sie wollte nicht ständig an ihn denken oder sich gar ihre Auszeit von ihm kaputtmachen lassen! Ihr Plan war es gewesen, ihn mitsamt ihren unerwiderten Gefühlen für ihn aus ihrem Leben zu streichen und in zwei Wochen zurückzufliegen. An die Uni zurückzugehen und ihm auf einer Ebene zu begegnen, auf der sich nicht mehr waren, als vor diesem Sommer: Studienpartner, die zufälligerweise dieselbe verdammte Fachrichtung für ihre verdammte Promotion gewählt hatten. Mist! Scheiße, verdammt. Wieso mussten sie sich auch in dieser Hinsicht so verflucht ähnlich sein? Klinische Psychologie ... Aber was hätte sie auch machen sollen? Etwa die Fachrichtung wechseln und sich dadurch ihre eigene Zukunft verbauen? Irgendetwas anderes zu machen, das ihr keinen Spaß machte, nur um ihm nicht mehr so oft über den Weg zu laufen, war schlicht und ergreifend keine Option! Sie wollte einfach nicht diejenige sein, die sich nicht unter Kontrolle hatte! Wenn er ein Problem damit hatte, möglicherweise während der Forschungsarbeit mit ihr zusammenarbeiten zu müssen. Sollte er doch wechseln!

Scheiß drauf!, dachte sie nach einer weiteren gefühlten Ewigkeit in der Stille ihres Zimmers und stand schließlich auf. Um unter die kleine Dusche im angrenzenden Bad zu steigen, sich gründlich alle Gedanken an ihren Ex-Lover aus dem Kopf zu waschen und ihn daraus zu verdrängen, so gut sie konnte.

Zu viel ist einfach zu viel. Er wollte mich nicht. Aber das heißt doch scheiße noch mal nicht, dass das für alle Männer auf diesem Planeten gilt!

Liliana starrte ihr Spiegelbild an, nickte sich selbst gezwungen aufmunternd zu und zog das Kleid an. Sie schminkte sich. Ließ sich viel Zeit dabei und war sorgfältig. Änderte drei Mal ihre Frisur, bis sie einigermaßen zufrieden damit war. Und starrte irgendwann auf die Uhr in der unteren Ecke ihres Laptops. Halb sieben. Und ihr Herz zog sich zusammen, weil sie das Gefühl hatte, einen Fehler zu machen, ohne zu wissen, wo es herkam.

Es war das elektronische Anrufergeräusch ihres Laptops, das sie aus ihren Gedanken riss. Eine Unterbrechung, die erstaunlich willkommen war und sie hoffentlich für einen Moment ausreichend ablenkte. Danach konnte sie sich einfach auf ihr Bauchgefühl verlassen und danach entscheiden.

»Hey, meine Süße! Wie waren deine ersten Tage in der Stadt der Liebe?«, flötete Joanna als Lil den Videoanruf entgegennahm. »Fühlst du dich inspiriert? Berührt? Wie ein neuer Mensch?«

Ohne es zu beabsichtigen, lachte Liliana. »Aber sicher. Ich fühle mich wie neugeboren«, antwortete sie sarkastisch und grinste. »Paris ist laut, ziemlich dreckig und es stinkt an allen Ecken und Enden, aber ich fühle mich, als wäre ich *verliebt*.«

Joanna verdrehte die Augen und es überraschte Lil nicht im Geringsten, dass sie sich die Haare in den letzten beiden Tagen feuerrot gefärbt hatte. »Ach komm schon. So schlimm wird es schon nicht sein, oder?«

»Naja«, antwortete sie und strich sich die lose Strähne aus dem Gesicht, »ein bisschen anders hatte ich mir das schon vorgestellt. Es ist - überladen. Voll. Und ich -«

»Sag mal, wie siehst du eigentlich aus? Hast du genug Kohle dabei, um dich in so einem Fummel ins Nachtleben zu stürzen?«, unterbrach ihre Freundin sie stirnrunzelnd und deutete in die Kamera ihres Laptops, der offenbar auf dem Bett im Haus ihrer Eltern stand, als hätte sie eine seltene Tierart vor sich.

»Ach das -«, begann sie um einiges nervöser und spürte, wie ihre Wangen warm wurden. »Du weißt doch genau, dass ich das meiste meiner Ersparnisse für die Reise geopfert habe.«

Die dreizehntausend Dollar, die sie eigentlich in den letzten Jahren für die Bar ihrer Mom gespart hatte. Bevor sie Joe zur Hölle geschickt und ihrer Mom auf dem Friedhof einen Besuch abgestattet hatte. Wo sie sie um Verzeihung angefleht hatte, weil sie ihr Versprechen nicht halten konnte - und es auch nicht länger wollte. Es war nicht ihr Traum. Nicht ihr Leben. Lil wollte ... mehr.

»Das Kleid war ein Geschenk. Jemand hat es am Empfang des Hotels für mich abgegeben.« Lil grinste schief und war sich durchaus darüber bewusst, wie verrückt sich das anhörte. »Ein Mann will mit mir essen gehen. Jedenfalls glaube ich, dass es ein Mann ist. Also - hoffentlich ...«

Joannas Gesichtsausdruck veränderte sich zusehends. Lil sah, wie die Kinnlade ihrer besten Freundin herunterfiel und sie hätte schwören können, das überraschte Anhalten ihres Atems zu hören. »O - mein - Gott«, stieß sie hervor, sah dabei aber irgendwie nicht so aufgeregt oder erfreut aus, wie Lil es erwartet hätte. »D- das ist -« Sie brach ab und machte den Mund viel schneller zu, als gewöhnlich. Sie schien sogar ihrem Blick auszuweichen, sofern das auf diese Weise der Kommunikation irgendwie möglich war, wenn sie nicht aus dem Bild verschwinden wollte.

Sofort schrillten die leisen Alarmglocken in ihrem Kopf, ohne dass sie genau benennen könnte, woran das lag. »Jo?«, sagte sie auffordernd und starrte ihre Freundin an. »Was ist los?«

Joanna antwortete nicht sofort. Lil sah, dass sie sich aus dem Schneidersitz auf ihrem Bett leise ächzend herumwarf und schließlich auf dem Bauch liegend in die Kamera schaute. Lächelnd. Aber auch jetzt nicht auf eine Weise, die Lil von ihrer besten Freundin erwartet hätte. Es wirkte - selig. Und irgendwie hoffnungsvoll. Seltsam.

»Du wirst doch hingehen, oder? Zu diesem Abendessen, meine ich.« Joanna lachte hörbar nervös. »Ich meine - da scheint sich ja jemand wirklich Mühe gegeben zu haben und das Kleid ist wirklich wunderschön.«

»Ja«, begann Lil langsam und wurde mit jedem weiteren Wort immer skeptischer. »Es ist wunderschön. Und du verschweigst mir irgendwas. Wir haben fast sechs Jahre lang in der Uni aufeinandergehockt, Joanna. Ich weiß, dass irgendwas ist - also spuck es aus!«

Joanna stieß hörbar den Atem aus, bevor sie sich mit den gelblackierten Nägeln über das Kinn kratzte. »Ich hatte versprochen, es für mich zu behalten, aber ... Naja, es ist -« Sie machte eine kurze Pause, in der Lilianas Herz einen gewaltigen Satz machte und sich ihr Magen so fest zusammenzog, dass sie das leise Stöhnen unterdrücken musste, das sich ihre Kehle hinauf stahl. Einen Atemzug später fühlte es sich aberwitzigerweise an, als hätte jemand einen verdammten Schwarm Schmetterlinge in ihrem Unterleib ausgesetzt und sie wollte dieses Gefühl verdammt noch mal nicht empfinden! Nicht jetzt, nicht heute, nicht in dieser Stadt, nie wieder!

»Raven war bei mir und hat mich beinahe auf Knien angefleht, ihm die Adresse deines Hotels zu geben«, bestätigte

Joanna das, was sich in Lils Kopf längst als Ahnung herauskristallisiert hatte. »Er ist in Paris. Er wirkte so verzweifelt, verstehst du? Ich meine, wenn ein Kerl wie er vor dir stehen und dich anbetteln würde, wie würdest du denn reagieren?«

Jedenfalls nicht, indem ich meine beste Freundin verrate!

Das sollte eigentlich der erste Gedanke sein, der einen Sinn ergab. *War* es aber nicht! Der erste Gedanke, den Lil wirklich hatte, wanderte nämlich in die Vergangenheit. Zu der Nacht in seiner Wohnung, in der sie zum ersten Mal mit ihm geschlafen hatte. Zu dem Moment, in dem er ihr zu verstehen gegeben hatte, dass er ihre Grenzen nicht respektierte und sich absolut nicht scheute, sie zu überschreiten. Immer und immer wieder. Genau wie jetzt.

»Lil, hör mal«, sagte Joanna irgendwann leise, als sich das Schweigen zwischen ihnen immer dicker anfühlte. »Ich denke, er bereut es wirklich, was er gemacht hat. Und ich bin sicher, dass er dich liebt. Ich meine, wenn ein selbstherrliches großkotziges arrogantes Arschloch wie er so weit geht - dann muss er dich einfach lieben! Bitte, Lil. Gib ihm eine Chance es geradezubiegen.«

Als hätte ihre Freundin angenommen, Liliana würde den ganzen Abend nun abblasen, ihre Koffer packen und zurück in die Staaten fliegen, schaute sie auf einmal ziemlich gequält aus der Wäsche. Als würde sie sich die Schuld geben, wenn diese Sache nun kein gutes Ende mehr nahm, weil sie sich verplappert hatte.

Aber konnte es das überhaupt geben? Ein Happy End? Oder war dieser Zug nicht längst abgefahren?

»Hör auf dein Herz, Süße. Ein letztes Mal. Ich weiß, dass du ihn noch nicht vergessen hast ...«

Wie könnte ich ... Ein Gedanke, der ihr ein fast hysterisches Lachen entlockte, das sie aber gerade noch so verdrängen konnte. Stattdessen ließ sie resigniert die Schultern hängen und fragte sich allen Ernstes, was sie zu verlieren hatte. Ihr Herz hatte er schließlich schon gebrochen, oder? Er könnte es unmöglich schlimmer machen. Aber das war so ... verrückt!

»Du hast nichts zu verlieren, aber viel zu gewinnen«, antwortete ihre Freundin auf ihre unausgesprochene Frage und lächelte Lil aufmunternd durch die Kamera an. »Ich weiß doch, dass du ihn noch liebst.«

»Ja«, flüsterte sie schließlich mit brüchiger Stimme und musste sich ziemlich anstrengen, um nicht in Tränen auszubrechen. »Aber ich weiß nicht mehr, wieso ...«

Liliana beendete das Videotelefonat schließlich, nachdem Joanna ihr noch absurderweise von Tylers Aussehen vorgeschwärmt hatte und von seiner Freundlichkeit und was auch immer sie so toll an ihm gefunden hatte. Fast schon verrückt, dass ihre beste Freundin auf einmal ausgerechnet für Ravens Bruder zu schwärmen schien, obwohl sie Raven eigentlich nicht ausstehen konnte und auch nie einen Hehl daraus gemacht hatte. Genauso verrückt wie die Tatsache, dass es ihr auf einmal wichtig war, dass sich zwischen Liliana und Raven wieder alles zum Guten wandte ...

Vielleicht ist sie wirklich überzeugt davon, überlegte Lil. *Vielleicht hat er wirklich Eindruck bei ihr hinterlassen, und wenn Jo ihre Meinung über ihn ändern kann, dann -*

Joanna rang Lil noch das Versprechen ab, es wenigstens zu versuchen. Hinzugehen und sich anzuhören, was er zu sagen hätte. Unter der Prämisse, dass sie jederzeit gehen konnte und so war sie ja nun auch nicht mehr der Ungewissheit ausgesetzt, um wen es sich bei ihrem vermeintlichen Verehrer handeln könnte. Damit schied die Möglichkeit aus, dass es ein Verrückter oder ein Vergewaltiger oder ein Serienkiller oder was auch immer war, der sie auf diese reichlich unkonventionelle Art zum Essen eingeladen hatte.

Es war - Raven.

Raven, der sich wiederholt über ihre Wünsche hinwegsetzte, der sie einfach nicht in Ruhe ließ und der sich offenbar einen Dreck darum scherte, was mit ihr passieren würde, wenn er nicht eine verdammt gute Entschuldigung parat hatte. Immerhin war er der erste und einzige Mann, den sie je so nah an sich herangelassen und ihm damit die Macht gegeben hatte, ihr wehzutun ...

Der erste Mann, den Lil in ihr Herz gelassen hatte. Den sie geliebt hatte, obwohl er ein verdammter Wichser war, der sie immer behandelt hatte, als könnte er sich alles herausnehmen und wirklich absolut nicht dem Typ Mann entsprach, mit dem man sich eine Zukunft überhaupt vorstellen konnte! Weil er sich vielleicht nie ändern würde. Weil man ihn einfach nicht verbiegen konnte.

Heiraten, ein Haus bauen, Kinder kriegen - das wäre ein gewöhnliches Leben. Ein normaler Weg in einer Beziehung, der mit Raven vielleicht nie möglich sein würde, weil nichts an ihm gewöhnlich war.

Dinge, die Liliana von Anfang an bewusst gewesen waren, die sie aber ignoriert und sich *trotzdem* in ihn verliebt hatte. Weil sie Seiten an ihm entdeckt hatte, die er vor allen anderen verbarg. Seiten, die er nur vor ihr zeigte und ihr immer das Gefühl gegeben hatten, etwas Besonderes für ihn zu sein. Kleinigkeiten. Sei es, dass er wusste, wie sie ihren Kaffee trank, dass sie mexikanisches Essen mochte und Thailändisches nicht ausstehen konnte, dass sie beim Lernen eine heimliche Schwäche für die Musik von Brahms hatte, oder dass sie allein vom Geruch seines Aftershaves schon feuchte Träume bekam.

Belanglosigkeiten. Eigentlich. Aber all das würde er nicht wissen, wenn er sich nie etwas aus ihr gemacht hätte. Oder? Würde das ausreichen, es noch einmal zu versuchen?

Aufgewühlt, völlig verunsichert und ja - auch aufgeregt - stieg Liliana um sieben Uhr in das Taxi, das tatsächlich vor dem Hoteleingang auf sie wartete. Das Taxi, das sie durch die halbe Stadt fuhr. Durch den abendlichen Verkehr der Pariser Innenstadt. Vorbei an Geschäften, Bars, Restaurants. Sie schaute aus dem Fenster, sah Pärchen, Reisegruppen und Geschäftsleute auf ihrem Weg vom Büro nach Hause und betete, dass sie keinen Fehler machte. Dass es das wirklich wert war.

Da der Fahrer bereits bezahlt worden war - was sie nicht wirklich überraschte - stieg sie schließlich direkt vor dem Eiffelturm aus und starrte ein wenig unschlüssig zum weltberühmten Bauwerk hoch, das sie gestern schon besucht hatte und in dem Raven offenbar einen Tisch reserviert hatte. In einem der beiden Restaurants ...

Hingehen - oder umdrehen und es ein für alle Mal hinter mir lassen?

Ein letzter zweifelnder Gedanke, der es ihr unendlich schwer machte, eine Entscheidung zu treffen. Für Raven - oder gegen ihn, ohne sich überhaupt angehört zu haben, was er zu sagen hatte. Das würde nämlich keine Rolle spielen, sobald sie sich entschied, dem Mann vor dem Privataufzug zu den Restaurants ihren Namen zu nennen, damit er ihn von seiner Liste streichen konnte. Und danach auch nicht mehr. Es spielte einfach keine Rolle mehr.

Lil atmete tief ein und horchte in sich hinein. Ihr Blick fiel das beleuchtete Bauwerk, die Touristen und hoch zu den Fenstern der Restaurants.

Gott - das ist so verflucht kitschig! So blöd und dumm ...

Und so ein Aufriss passte wirklich nicht zu Raven. Ganz und gar nicht. Viel eher hätte sie damit gerechnet, dass er - wenn er schon ihre Freiräume nicht akzeptierte - in ihr Hotelzimmer einbrach. Ihr auflauerte. Sie einfach so lange belagerte, bis sie mit ihm reden musste, nur damit er aufhörte, ihr auf die Pelle zu rücken.

Aber das hatte er nicht getan. Er war seit mehr als einem Tag hier und hatte all das hier für sie geplant. Sich wirklich Mühe gegeben und es war auf schräge Art und Weise das Schönste, das je ein Mann für sie getan hatte. Das *er* je für sie getan hatte. War das nicht eigentlich schon mehr als genug?

Mit klopfendem Herzen setzte Liliana schließlich einen Fuß vor den anderen. Der Angestellte in Anzug und mit einer schwarzen Fliege um den Hals musterte sie freundlich und zückte bereits sein Handy. »Haben Sie reserviert, Miss?«, fragte er erstaunlicherweise auf Englisch, als reichte ein Blick allein, um sie als Amerikanerin oder zumindest als Ausländerin zu ›entlarven‹.

Sie nickte schwach und zwang sich zu einem Lächeln. »Ich werde erwartet«, antwortete sie. »Liliana Crane.«

Der Mann tippte auf seinem Display herum, bis er offenbar wirklich ihren Namen fand, und bedeutete ihr weiter lächelnd, in den Aufzug zu steigen. Und jetzt - gab es wirklich kein Zurück mehr.

Sie war so verflucht nervös, dass sie der Aussicht aus dem verglasten Fahrstuhl kaum Aufmerksamkeit schenken konnte.

Dabei war der Anblick der Lichter unter ihr wirklich atemberaubend. Sie hatte es ja bisher nur tagsüber gesehen und da auch eher halbherzig bewundert, weil sie dank der fürchterlich langen Warterei schon fast keine Lust mehr gehabt hatte, überhaupt noch nach ganz oben auf die Aussichtsplattform zu fahren.

Der Fahrstuhl hielt in der Etage, in der das ›Jule Verne‹ untergebracht war. Ein absolutes Spitzenrestaurant, soviel sie ihrem Reiseführer hatte entnehmen können. Nicht gerade billig. Sie schluckte, als die Türen aufgingen und der Mann, der vor dem Aufzug offenbar auf sie gewartet hatte, sie in Empfang nahm. Sie folgte ihm zwischen den anderen Tischen hindurch auf einen Tisch an einem der vielen Fenster zu, der für zwei Personen gedeckt war.

Wortlos und nach einer kurzen Verbeugung rückte der Mâitre d'hotel einen der beiden Stühle zurück und wartete, bis sie sich gesetzt hatte, dann entfernte er sich wieder und ließ sie allein.

Es war das erste Mal in ihrem Leben, dass sie in einem Restaurant saß, in dem es Platzanweiser gab! Und das erste Mal, dass sie überhaupt in einem derart teuren Restaurant war, verdammt. Wenigstens passte sie in diesem Kleid überhaupt hierher und war nicht gleich wieder weggeschickt worden, weil ihre normale Garderobe nicht gerade danach schrie, dass sie sich das Essen hier leisten könnte. Ein Gedanke, der sie beinahe laut hätte lachen lassen.

Leider vertrieb er die latent schwelende Nervosität nicht im Geringsten. Wo blieb Raven? Erst bestellte er sie so aufwändig her und dann ließ er sie wieder sitzen? Das wäre wohl der Super-GAU gewesen, was? Zweimal hintereinander vom selben Kerl auf zwei verschiedenen Kontinenten sitzengelassen zu werden - das wäre wirklich filmreif.

Als die Fahrstuhltüren hinter ihr erneut aufgingen, drehte sie sich blitzschnell um, ließ dann aber enttäuscht die Schultern sinken, als ein altes Paar den Aufzug verließ und demselben Mann folgte, der sie hergebracht hatte. Erst da merkte sie, dass sie die ganze Zeit mit dem Saum des Kleides gespielt hatte, und zwang sich, ihre Finger zu entspannen.

Frustriert, aufgewühlt und ja - auch verdammt durcheinander ließ sie den Blick nur kurz über die anwesenden Gäste wandern, bevor sie aus dem Fenster auf die Lichter der Stadt starrte. Die meisten Leute hier waren sichtlich gutbetucht und wesentlich älter als sie, aber nichts anderes war zu erwarten gewesen.

Vielleicht sollte ich anfangen, mir den Kopf darüber zu zerbrechen, was ich mache, wenn er nicht aufkreuzt, dachte sie leise seufzend. *Schließlich kann ich das Essen hier nicht bezahlen und allein hier zu sitzen, wäre echt total erbärmlich.*

Irgendwie gelang es ihr, die leisen Gespräche ihrer Tischnachbarn auszublenden. Ebenso wie das leise Geklimper der Gläser und das Klappern des Bestecks. Das Lachen, das Reden, die belanglosen Konversationen in den unterschiedlichsten Sprachen ... Liliana blendete es aus, schaute aus dem Fenster und -

»Du bist gekommen«, hörte sie Raven neben sich sagen und erschrak so gewaltig, dass sie zusammenzuckte. »Und du siehst umwerfend aus.« Er war wie aus dem Nichts an ihrem Tisch aufgetaucht, schaute sie an und lächelte. Nicht ganz so emotionslos, wie sie es von ihm gewohnt war, aber so, als wäre er auf der Hut. Als fürchtete er, sie könnte bei seinem Anblick ausflippen, ihm eine Szene machen und dann einfach aus dem Restaurant rennen.

Er sah unglaublich gut aus und trug einen perfektsitzenden schwarzen Anzug mit weißem Hemd, anthrazitfarbener Krawatte und blitzsauberen Schuhen. Sogar seine braunen Haare waren nicht ganz so unordentlich gestylt wie sonst. Als hätte er sich wirklich mindestens so viel Mühe mit seinem Outfit gegeben wie sie. Mühe, die es eindeutig wert gewesen war. Jedenfalls, wenn sie von dem verrücktgewordenen Schmetterlingsschwarm in ihrem Magen ausging. Ihre Hormone liefen allein bei seinem Anblick schon Amok.

Großartig. Jedenfalls war so nicht davon auszugehen, dass es ihr irgendwie leichter fallen würde, überhaupt irgendeine Entscheidung zu treffen. Wohin sie dieser Abend auch immer führen würde ...

»A- also ist es wahr?«, stieß sie nach einem kurzen Moment hervor, der sich in ihrer Wahrnehmung zu einer Ewigkeit dehnte, und schüttelte langsam den Kopf. »Du steckst wirklich dahinter ...«

»Dann hat deine Freundin nicht dichtgehalten, was?« Zu ihrer Überraschung lachte er leise, nickte dem Platzanweiser dann zu und setzte sich ihr gegenüber auf den freien Platz. Dabei wirkte er ziemlich steif und nicht weniger nervös, als sie es war. Das erste Mal, das sie ihn so erlebte. Er machte keine Anstalten, sie zu berühren oder sich auch nur über den Tisch vorzulehnen. Nichts. Er schaute sie einfach nur an und Lil konnte nicht anders, als seinen Blick zu erwidern, als hätte sie vergessen, wie man den Kopf bewegte.

Ihre Zunge fühlte sich belegt an, trotzdem gelang es ihr, sie zu bewegen. Irgendwie. »Vielleicht war es auch die Wäsche, die dich verraten hat«, erwiderte sie leise und lächelte schwach. »Wie groß ist schon die Wahrscheinlichkeit, in einer Stadt tausende Meilen von Lawrence entfernt einen Kerl zu treffen, der in dieser Hinsicht denselben Geschmack hat wie du?«

Er stemmte die Ellenbogen auf die Tischplatte neben seinem Teller und stützte das akkurat rasierte Kinn auf seine gefalteten Hände, ohne den Blick von ihr abzuwenden. »Offenbar nicht so groß, wie ich gehofft hatte«, antwortete er leise.

Das anschließende Schweigen zwischen ihnen fühlte sich seltsam an. Gut. Richtig. Und nach allem, was gewesen war, irgendwie angemessen. Es verschaffte ihr einen Moment, ihre Gedanken zu ordnen. Die Gefühle zu ergründen, die so widerstreben und doch so eindeutig waren, dass es ihr einfach nicht gelang, sie nicht an sich heranzulassen.

Liliana sah Raven in die Augen und empfand -

»Ich liebe dich«, sagte er leise und durchbrach die Stille, bevor sie ihren Gedanken zu Ende formulieren konnte.

Die Ernsthaftigkeit in seiner Stimme verlieh dem völlig absurden Inhalt seiner Worte trotzdem einen unheimlich realen Beiklang, der sie mit voller Wucht traf und sich anfühlte, als hätte er ihr mit einem Hammer auf den Kopf geschlagen.

Ungläubig riss sie die Augen auf, öffnete den Mund, ohne zu wissen, was sie sagen sollte und starrte ihn einfach nur an.

Wie ein dummes Schaf. Einen passenderen Ausdruck gab es nicht dafür.

Raven ließ ihren Blick nicht los, fügte aber auch nichts hinzu. Er ließ seine Worte - sein Geständnis - einfach wirken. Und das tat es. Auf eine Weise, die ihr die Tränen in die Augen trieb, ohne dass sie es wollte. Auf eine Weise, die ihr gleichzeitig kochend heiße und eiskalte Wellen durch die Adern trieb. Die ihr das Gefühl gaben, den Boden unter den Füßen zu verlieren und gleichzeitig -

»Bitte sehr, die jungen Herrschaften. Haben Sie schon entschieden, was Sie zum Essen trinken möchten?« Ein Mann in der für das Restaurant typischen Kellnerkleidung tauchte so unvermittelt neben ihrem Tisch auf, dass Lil sich erschrocken auf die Zunge biss. Verwirrt nahm sie ihm eine der beiden Speisekarten aus der Hand und betete, dass ihre Hände nicht so sehr zitterten, dass sie das Ding einfach fallenließ.

»Was würden Sie empfehlen, Sir?«, fragte Raven an den Kellner gewandt und schaltete offenbar sofort wieder in seinen normalen Modus, ohne sich irgendwie anmerken zu lassen, ob dieses Gespräch überhaupt Spuren bei ihm hinterließ.

»Nun, zurzeit haben wir einen hervorragenden Château auf der Karte, Sir. Mit einem fein ausgewogenen Abgang und einem leichten fruchtigen Geschmack passt er exzellent zum Rehrücken des Tagesmenüs.«

»Das hört sich hervorragend an«, antwortete Raven lächelnd. »Bringen Sie uns eine Flasche davon, in Ordnung?«

»Sehr wohl.« Der Kellner deutete eine Verbeugung an und entfernte sich dann genauso lautlos, wie er überhaupt erst aufgetaucht war.

Kopfschüttelnd starrte Lil dem Mann nach und zwang sich, erneut in Ravens Gesicht zu sehen, ohne dass sie wusste, woher sie die Kraft dafür nahm.

»Sag mal, findest du das lustig?«, fragte sie und hörte das Zittern in ihrer Stimme, das als Einziges darauf hindeutete, wie aufgewühlt und durcheinander sie wirklich war. »Was soll das? Bist du hier, um dich über mich lustig zu machen und damit auch noch den kümmerlichen Rest meiner Selbstachtung zu zerstören?«

Nicht blinzeln! Auf keinen Fall blinzeln, befahl sie sich selbst, denn sie wusste, dass sie die Tränen nicht zurückhalten könnte, wenn sie es tat. Tränen der Wut, der Verwirrung und der vielen Schmerzen, die allein sein Anblick in ihr auslöste, obwohl sie es nicht wollte ...

Raven schüttelte langsam den Kopf. »Ich meine es absolut Ernst. Ich bin hier, weil ich zu Hause das Gefühl hatte, ersticken zu müssen. Weil du die ganze Zeit recht hattest. Weil ich ein Arschloch war. Weil ich dich zurückgestoßen habe, obwohl du die ganze Zeit die Einzige warst, die immer ehrlich zu mir gewesen ist. Trotz allem, was ich dir angetan habe. Ich bin hier, weil mir klar geworden ist, dass ich dich um Verzeihung bitten muss, weil ich sonst durchdrehen würde, wenn ich es nicht wenigstens versuche.«

Während er sprach, griff er über den runden Tisch hinweg nach ihrer rechten Hand. Sie hatte nicht gemerkt, dass sie die Faust so fest geballt hatte, dass ihre Fingerknöchel weiß hervortraten und ihre Handfläche leicht schwitzig war. So fest, dass es ihr nicht rechtzeitig gelang, die Hand wegzuziehen, bevor er sie in seine nehmen konnte.

»Ich bin hier, weil ich dir wenigstens ein einziges Mal sagen wollte, was du mir wirklich bedeutest, Prinzessin.«

»Okay«, presste sie gedehnt hervor. »Und jetzt hätte ich gerne den alten Raven an diesem Tisch sitzen.« Sie schluckte trocken und schüttelte den Kopf. »Der Raven, der sich eher die Zunge abgebissen hätte, bevor er das Wort Liebe auch nur in den Mund nimmt. Der, der sich lieber ein Bein abhacken würde, bevor er irgendeinem Mädchen nachrennt, das so dumm gewesen ist, so etwas wie tiefergehende Gefühle für ihn zu entwickeln. Gefühle, die er wegen seiner Großkotzigkeit, seiner überheblichen Arroganz und seiner widerlichen Art und Weise nicht einmal verdient hätte. Der Raven, der -«

»Schon gut, ich hab es kapiert«, unterbrach er sie und grinste schwach. Ein ziemlich trauriger Ausdruck, der ihn ungewohnt angreifbar wirken ließ. Sie wusste nicht, was sie davon halten sollte ... »Was willst du von mir? Was soll ich deiner Meinung nach jetzt sagen? Ich weiß, dass ich es versaut habe.«

Er brach ab, als der Kellner mit dem bestellten Wein zurückkehrte. Der Mann füllte ihre Gläser nacheinander zur Hälfte mit dem Rotwein und stellte die Flasche dann an den Rand des Tisches, bevor er wieder verschwand.

Lange schauten sie sich einfach schweigend an. Ein Moment, in dem Liliana nach den passenden Worten suchte. Worte, die es nicht einmal zu geben schienen, um das auszudrücken, was sie fühlte. Absurd.

»Warum jetzt?«, fragte sie leise und drückte unwillkürlich seine Finger, die die ihren immer noch fest umklammerten. »Wieso hast du so lange gebraucht?«

»Ich weiß es nicht«, antwortete er und wahrscheinlich war es die Wahrheit. Dass er es einfach nicht wusste. »Ich weiß nur, dass ich nicht damit klarkomme, dich nur ansehen zu können und zu wissen, dass ich zwischen uns alles kaputtgemacht habe, bevor es überhaupt richtig anfangen konnte.«

Aber es hat schon lange angefangen, Raven. Lange bevor du mich verlassen hast, wollte sie am liebsten sagen, tat es aber nicht. Weil sie gar nichts sagte. Kein einziges Wort, während sie ihm ins Gesicht schaute und darin nichts als Bedauern und den tatsächlichen Wunsch sah, dass sie ihm wirklich - verzieh.

Schließlich griff er mit seiner freien Hand in die Innentasche seines Jacketts, ohne ihre Hand loszulassen. Er zog etwas heraus, das klein genug war, damit sie es nicht sehen konnte.

»Ich will dich zurück, Prinzessin«, sagte er ernst und schob den kleinen Schlüssel in ihre Hand. Er fühlte sich überraschend warm zwischen ihren Fingern an und Lil starrte kopfschüttelnd zwischen Raven und dem Schlüssel hin und her, ohne einen einzigen Ton hervorzubringen. »Meine neue Bude ist nicht ganz so schick wie die alte, fürchte ich«, grinste er schwach. »Aber immer noch größer als dein Kabuff unter dem Dach bei der alten Schachtel.«

»Bittest du mich gerade darum, bei dir einzuziehen?«

»Vielleicht könntest du es ein bisschen weniger danach klingen lassen, als hätte ich dir gerade ein unmoralisches Angebot gemacht«, lachte er, »aber ja. Ja, ich denke, das war meine grundsätzliche Intention.«

Liliana wusste, dass sich ihre Lippen zu einem Lächeln verzogen, und versuchte gar nicht erst, etwas dagegen zu unternehmen. »Was denn, der ganze Aufriss für einen Schlüssel? Joanna wird dir doch wohl sicher mitgeteilt haben, dass ich in zehn Tagen wieder zurückgekommen wäre, oder?«

Raven lachte leise. »Ja, das hat sie. Leider habe ich nur eine sehr egoistische und ziemlich großkotzige Antwort darauf.«

»Die wie lautet?«

»Ich konnte die Vorstellung nicht ertragen, meine Chance zu vergeuden und dich am Ende mit irgendeinem froschfressenden Franzosen ziehen zu lassen.« Raven hob ihre Hand an seine Lippen, ohne sie aus den Augen zu lassen und drückte einen kurzen Kuss auf ihren Handrücken. »Also. War ich noch rechtzeitig?«

Statt einer Antwort beugte Liliana sich über den Tisch und war hinreichend froh, dass er ihr etwas entgegenkam. Damit sie dem Ganzen nicht die Krone aufsetzte und in diesem verdammten Restaurant über den Dächern von Paris die Weingläser umstieß. Weit genug, um ihn auf die Wange küssen zu können.

»Wir werden sehen«, sagte sie leise und lachte dann. Mit einem wesentlich besseren Gefühl im Magen, als noch vor ein paar Minuten. Mit neuer Zuversicht und der Hoffnung, doch nicht alles verloren zu haben. Ein gutes Gefühl.

Bemüht, sich weder seine Anspannung noch die kaum noch zu übersehende Erregung anmerken zu lassen, stieg er vor dem Hotel aus dem Taxi und ging hinten um das Auto herum. Lil hatte die Tür längst aufgestoßen, um aussteigen zu können und Raven grinste.

»Da wollte ich einmal beweisen, dass ich doch eine gute Kinderstube genossen habe und du nimmst mir den Wind aus den Segeln, Prinzessin. Also wirklich!«

Ihr anfänglich verwirrter Gesichtsausdruck wich einer Art beschämter Belustigung. »Hey, ich versuche gerade noch zu verdauen, dass du hier bist und offensichtlich sogar im selben Hotel eingecheckt hast wie ich. Da kannst du wohl kaum von mir erwarten, dass ich den Gedanken einfach so hinnehme, dass du plötzlich Manieren entwickelt hast!«

Trotzdem ergriff sie die Hand, die er ihr hinhielt, und ließ sich in seine Arme ziehen. Auf dem Bürgersteig vor dem Hoteleingang beugte er sich zu ihr hinunter und küsste sie auf die Stirn. Allein ihr Geruch brachte ihn schon fast um den Verstand, aber noch gelang es ihm tatsächlich, sich zu beherrschen. *Noch!*

»Naja«, setzte er an, »ich hoffe mal, dass du nicht erwartest, dass ich sofort eine 180-Graddrehung vollziehe. Aber ich bemühe mich, okay?«

Liliana lächelte. »Bemühen ist super«, antwortete sie. »Ich glaube, ich kann es einfach immer noch nicht richtig glauben. Dass du hier bist. Dass du -«

»Soll ich gehen?«, unterbrach er sie grinsend, konnte dem einsetzenden Drang aber nicht widerstehen, seine linke Hand langsam über ihren unteren Rücken und weiter zu ihrem Hintern wandern zu lassen. »Wenn du auf heißen perfekten Sex in meiner Suite verzichten kannst ...«

Den Rest des Satzes ließ er offen, sah aber das Leuchten in ihren Augen und die verräterische Röte auf ihren Wangen, als sie die Zähne in ihrer Unterlippe vergrub. Zweifellos um das noch deutlichere leise Keuchen zu unterdrücken, das ihm so vertraut war.

»Suite?«, murmelte sie, als er seine Fingerspitzen langsam in ihr seidiges blondes Haar schob. Und etwas kurzatmiger: »Sex?«

Raven lachte leise. »Was denn sonst? Dachtest du, ich wollte die verbliebenen zehn Tage hier mit Schachspielen vergeuden?«

Bevor sie den Mund aufmachen und protestieren konnte, überbrückte er die verbliebenen Zentimeter zwischen ihnen und küsste sie. Gierig und genauso hart, wie er es am liebsten hatte. Damit sie nicht auf die Idee kommen konnte, er würde es nicht genau so meinen.

Sofort setzte das brüllende Verlangen wieder ein, das er in den letzten Stunden mehr oder weniger gut kontrolliert hatte, das sich aber jetzt - mit der Aussicht darauf, sie endlich wieder für sich allein zu haben - nicht mehr länger bezähmen ließ. Es war genauso heftig wie früher. Als hätte sich nie etwas geändert.

Ihre Zunge war immer noch heiß und süß, genau wie ihr Atem auf seinem Gesicht. Ihre Finger hatten noch immer dieselbe Angewohnheit, sich zu verselbstständigen, sobald sie sich in seinen Haaren vergruben. Ihr zierlicher Körper passte immer noch so perfekt in seine Arme, als wäre er nur dafür gemacht. Und immer noch versuchte sie, ihr eigenes Verlangen nach ihm vor Raven zu verbergen, auch wenn sie beide wussten, dass es keinerlei Sinn hatte.

»Wir machen das schon wieder falsch«, flüsterte sie irgendwann leicht abgehackt und kurzatmig an seinen Lippen, schlug die Augen aber nicht wieder auf und machte auch keine Anstalten, sich von ihm zu entfernen.

»Wie darf ich das verstehen?«, grinste er und zog sie noch enger an sich. Unter den Fingern seiner rechten Hand konnte er ihren rasenden Puls fühlen. »Und was heißt hier schon wieder? Gibt's da irgendwelche Regeln, die ich vergessen habe? Wenn ja, hilf mir auf die Sprünge, Prinzessin. Damit ich drauf scheißen kann.«

Liliana grinste, sah ihm dann aber doch ins Gesicht. »Dates! Das war unser erstes Date überhaupt! Man vögelt nicht beim ersten Date!«

»Sagt wer?«, antwortete er leicht amüsiert. Zur Bekräftigung seiner verdammt eindeutigen Absichten in dieser Hinsicht verstärkte er seinen Griff um ihren süßen Hintern. »Und seit wann kümmern dich irgendwelche Konventionen, hm? Ich glaube, ich hab darüber irgendwas in meiner Abschlussarbeit geschrieben, was war das noch ... hm.«

»Okay, vergiss es«, flüsterte sie kopfschüttelnd und grinste ihn dann an. Mit der verführerischen Röte auf ihren Wangen, die allein schon Antwort genug war. »Wollen wir weiter hier rumstehen? Weil der Typ am Empfang uns nämlich zusieht ...«

Raven lachte. »Ich glaube, ich schulde ihm jetzt was. Er war gewissermaßen mein Komplize.« Das verschwörerische Zwinkern konnte er sich nicht verkneifen, als er ihre Hand in seine nahm und sie schließlich doch aufs Hotel zu zog.

»Komplize?«, antwortete sie leise und mit hochgezogenen Brauen, weil er ihr tatsächlich die Tür aufhielt. »Lass mich raten. Das Frühstück?«

»Genau«, grinste er. »Und der heiße Fummel, den ich dir gleich vom Leib reißen werde, Prinzessin. Sorry im Voraus.«

Sie lachte, während er Marvin an der Rezeption zunickte, der nur grinsend den Daumen emporhielt, und er Lil zum Aufzug führte.

»Also«, setzte sie an, als die Türen des Lifts aufsprangen und sie sich gegen die Wand des Aufzugs lehnte, »du hast wirklich vor, zehn Tage hier zu bleiben? Und dann?«

Amüsiert legte er den Kopf schief, widerstand dem Bedürfnis aber, ihr das hübsche Mundwerk einfach zu stopfen. »Dann schleppe ich dich zurück in die Staaten und fessle dich an mein eigenes Bett, was sonst?«

»Du meinst unser Bett«, konterte sie und hielt dann den Schlüssel zu seiner Wohnung hoch, den er ihr vorhin gegeben hatte. »Wir machen wirklich alles falsch, was?«

»Ist das so?« Raven drehte sich zu ihr herum und stemmte die Hände neben ihren Schultern gegen die glatte Wand, ohne sie zu berühren. Trotzdem war ihm, als konnte er ihr Verlangen beinahe körperlich spüren, auch wenn sie zu versuchen schien, ihn abzulenken. »Ich finde, ›unser Bett‹ hört sich verdammt gut an. Und irgendwie - korrigier mich, wenn ich mich irre - sehe ich keinen Unterschied zu vorher. Du hast eh ständig bei mir gepennt, oder?«

Er schaute ihr ins Gesicht und war weder davon überrascht, das erwartungsvolle Blitzen in ihren blauen Augen zu sehen, noch ihre Hand an seiner Wange zu spüren, als sie sein Gesicht näher zu sich zog.

Doch Raven hatte es viel zu sehr vermisst, mit ihr zu spielen. Genau wie früher. Etwas, das sich offenbar nie änderte und er konnte nicht behaupten, dass ihm die Vorstellung gefiel, es könnte irgendwann anders sein. Dafür fand er es viel zu geil, seinen Daumen so langsam über ihre Unterlippe wandern zu lassen, dass sie den Atem anhielt. Zuzusehen, wie sich ihr Verlangen nach ihm mit jeder Sekunde und jedem weiteren Atemzug ausdehnte, war fast so berauschend wie der Akt selbst.

Und so zwang er sich, sich auch weiterhin unter Kontrolle zu halten und ihr nicht das zu geben, was sie wollte: einen Kuss. Stattdessen nutzte er den Moment, in dem sie ganz leicht den Mund öffnete, und drängte seinen Daumen zwischen ihre Lippen.

Lil ließ ihre Zungenspitze darum kreisen, lehnte den Kopf zurück und schloss die Augen, während Raven diesen Anblick einfach nur genoss. Es turnte ihn unglaublich an, sie so zu sehen. Entspannt und gleichzeitig erregt und allein die Vorstellung, sie gleich unter sich zu haben, ließ ihn sich auf die Innenseite seiner Wange beißen.

»Hast du eine Ahnung, wie sehr ich das vermisst habe?«, sagte er leise und seine Stimme klang selbst in seinen Ohren viel tiefer als sonst. »Dabei zuzusehen, wie du all deine niedlichen Hemmungen meinetwegen fallen lässt und mich anbettelst, es dir zu besorgen?«

»Ich ... ich bettel nicht«, antwortete sie kopfschüttelnd, aber mit alles andere als ernstzunehmender Vehemenz. »Und du bist immer noch dasselbe arrogante Ar-«

Raven ließ sie nicht ausreden. Bevor sie ihre charmante Beleidigung auch nur bis zum Ende denken konnte, presste er seine Lippen auf ihre, drängte seine Zunge in ihren Mund und küsste sie so hart und bestimmt, dass sich ihre verbliebene Selbstbeherrschung umgehend in Luft auflöste.

Genug gespielt!

Derselbe Schluss, zu dem auch Lil gekommen zu sein schien, denn mit ihrer Beherrschtheit bröckelte auch die Fassade der Vernunft, die sie um sich herumgezogen hatte, seit sie das Restaurant und den Eiffelturm verlassen hatten. Als wäre es nötig und erforderlich, ihre Beziehung dieses Mal anders und vorsichtiger anzugehen. Als würde sich die unglaubliche Anziehungskraft zwischen ihnen in Schranken weisen lassen, in denen sie noch nie einen Platz gehabt hatte, seit sie ihr zum ersten Mal nachgegeben hatten. Damals in seiner Wohnung, als sich die schwelende sexuelle Spannung zwischen ihnen endlich entladen und alles begonnen hatte.

Ein wirklich verdammt heißer Kuss, der so viel besser war, als in seinen Erinnerungen. Die Realität war eben meistens besser als die Fantasie, richtig?

Raven schob seine Hand in ihr weiches Haar und presste sich gleichzeitig enger an sie, damit sie seine Erektion an ihrem Bauch fühlen konnte, was ihr ein alles andere als verhaltenes Keuchen entlockte.

Dann hielt der Aufzug und er beendete den Kuss, indem er seine Zähne um einiges sanfter in ihrer Unterlippe vergrub als sonst.

Atemlos grinste er sie an. »Bist du sicher, dass du dich nicht von mir vögeln lassen willst, Prinzessin? Ich würde jede Wette eingehen, dass dein Höschen mehr als ein bisschen nass ist. Wäre doch schade, es nicht zu Ende zu bringen, oder?«

Lil leckte sich mit der Zungenspitze über die Unterlippe und erwiderte sein Grinsen. »Wer sagt, dass ich ein Höschen anhabe?«, antwortete sie leise, bevor sie ihn an der Hand aus dem Fahrstuhl zog.

»Biest«, knurrte er amüsiert und deutete auf das Ende des Flurs, an dem sich seine Suite befand. Das Jackett zog er sich beim Gehen aus und warf es schließlich achtlos über die Garderobe neben der Tür.

Die Zimmertür war kaum hinter ihnen zugefallen, als Raven sie erneut an den Hüften packte, sie aber erst herumdrehte und seine Arme von hinten um sie schlang. Tatsächlich spürte er ihre harten Nippel unter seinen Händen, was ihn in der freudigen Annahme bestätigte, dass sie gar keine Unterwäsche trug. Gesetzt dem Fall, das galt auch für ihr Höschen, wie sie es vorhin angedeutet hatte. Aber das würde er schnell herausfinden.

Raven beugte sich vor und presste seine Lippen auf ihren schlanken nackten Hals, bevor er mit der Zunge darüberleckte und ihr ein Keuchen entlockte, als er seine Zähne in ihrer zart duftenden Haut vergrub.

»Du bist so schön, Prinzessin«, raunte er ihr ins Ohr und sah schließlich, dass sie sich auf die Unterlippe biss und die Augen geschlossen hielt, während sie ihren Hinterkopf gegen seine Schulter sinken ließ. »Aber was soll das mit den Haaren, hm? Wirst du sie wieder wachsen lassen?« Langsam fuhr er mit den Fingerspitzen über ihren bloßen Nacken und strich die wesentlich kürzeren blonden Haare zur Seite.

»I- ich brauchte ... eine Veränderung«, bestätigte sie seine Annahme recht kurzatmig und Raven sah die dunkler werdende Röte auf ihren Wangen. »Warum - soll ich sie wieder wachsen lassen?«

Seine Finger wanderten denselben Weg zurück. Höher zu ihrem Haaransatz und geschickt wickelte er ein paar einzelne Strähnen um seine Hand, bevor er leicht daran zog. Lil stöhnte leise.

»Deswegen«, murmelte er grinsend und schob seine freie Hand unter ihr Kinn, damit sie ihm das Gesicht zuwenden musste, bevor er sie erneut küsste. Genauso hart und dominant, wie er es am liebsten hatte.

Ihre Haare ließ er los, streichelte runter über ihre warme Haut und tastete sich zum Reißverschluss vor. Er hörte nicht auf, sie zu küssen. Drängte seine Zunge in ihren süßen heißen Mund. Genoss es, ihren rasenden Puls unter seinen Fingern zu spüren, als er seine Hand fast zärtlich an ihren Hals legte und ein bisschen mehr Druck darauf ausübte, und zog gleichzeitig den Reißverschluss herunter. Einen tiefen Atemzug später stand sie nackt vor ihm. Kein Höschen. Perfekt.

»Du machst mich fertig«, knurrte er und ließ von ihr ab. »Beweg dich nicht.«

Liliana gehorchte stumm, aber Raven sah an der Art, wie sie die Finger zu Fäusten zusammenballte und daran, wie sie sich noch immer auf die Lippe biss, wie angespannt und erregt sie war. Verdammt - wie er das vermisst hatte ...

Mit schnellen Handgriffen löste er den Knoten seiner lästigen Krawatte. Den Seidenstoff zwischen den Fingern spannend ließ er seinen Blick an ihrer nackten Rückseite hinunterwandern und öffnete dann auch den Knopf der schwarzen Hose, um wenigstens ein bisschen Druck von seinem amoklaufenden Schwanz zu nehmen. Trotzdem zwang er sich zur Ruhe. Er wollte es genießen. Jeden Moment!

»Geh nach rechts ins Schlafzimmer und zum Bett«, befahl er leise, weil er sich über den heiseren Klang seiner eigenen Stimme wunderte. »Nicht hinlegen! Bleib davor stehen.«

Wieder gehorchte sie kommentarlos und setzte sich in Bewegung.

Raven beobachtete sie. Ihre fließenden Bewegungen, das Schattenspiel der dezenten Zimmerbeleuchtung auf ihren ellenlangen nackten Beinen, die noch immer in den Highheels steckten, die er gekauft hatte und die den Anblick noch perfekter machten. Vor dem Fußende des Doppelbetts blieb sie stehen und warf ihm einen Blick über die Schulter zu. Keine Spur von Unsicherheit oder Nervosität. Sie sah absolut entspannt und zufrieden aus. So hatte er sie selten gesehen ...

Raven schluckte. »Hände nach hinten.«

Er sah zu, wie sie auch dieser Anweisung nachkam und die Hände hinter ihrem Rücken verschränkte, ohne sich vom Fleck zu bewegen, bevor er sich vom Türrahmen abstieß und mit langsamen Bewegungen die Krawatte um ihre Handgelenke band. Als er das Ganze festzog, gab sie ein leises Stöhnen zum Besten, an dem wirklich nichts mehr verhalten war.

Als wollte er seine Theorie mit Fakten untermauern, wanderte seine Hand von selbst über ihren Arsch und zwischen ihre Beine. Eine Berührung, die sie umgehend erzittern ließ und seine Annahme bestätigte: sie war so feucht, dass er problemlos mit drei Fingern in sie eindringen konnte. Ohne jeden Widerstand.

»Fuck!« Raven atmete ein paar Mal tief durch, um seine Beherrschung nicht sofort zu verlieren, schloss seine Finger fester um das lose Ende seiner Krawatte und streichelte schließlich mit der anderen Hand hoch über Lils Arm, zu ihrer Schulter und wieder vor zu ihrem Oberkörper, ohne ihre perfekten Brüste dabei zu berühren. »Ich hoffe, du bestehst nicht auf Zurückhaltung, Prinzessin! Damit kann ich nämlich nicht mehr dienen, sobald mein Schwanz erstmal in dir steckt, das ist dir bewusst, oder?«

Liliana lachte leise, schüttelte aber den Kopf. »Wag es nicht, dich zurückzuhalten! Ich glaube, ich kann es immer noch nicht fassen, dass du überhaupt hier bist. Also -«

»Also brauchst du einen unwiderlegbaren Beweis, hm?«, beendete er ihren Satz lächelnd. Er berührte sie an der Hüfte.

Nur das, aber sie begriff sofort und kletterte aufs Bett. Auf der Matratze kniend und mit hinter dem Rücken gefesselten Händen sah sie ihn an. Beobachtete ihrerseits, wie er sich seiner lästigen Klamotten entledigte, ohne sie auch nur eine Sekunde aus den Augen zu lassen, die sich an ihrer Schönheit festsaugten und sich nie wieder davon lösen lassen würden.

Lil kniete an der Bettkante. Die perfekte Position, die perfekte Höhe. Das musste man den Froschfressern lassen - von bequemen Betten verstanden sie eine Menge.

Raven ließ seinen Blick über sie wandern, ohne sie zu berühren. Mit jeder Sekunde wuchs die Erregung weiter, aber nicht nur bei ihm.

»Raven«, flüsterte sie seinen Namen und ihre süße Stimme schien seinen Schädel vibrieren zu lassen. »Tu es endlich! Los - fick mich! Ich kann nicht mehr warten ...«

Eine Aufforderung, die aus ihrem Mund beinahe absurd klang. Jedenfalls, wenn er sich daran erinnerte, wie sie sich Monate zuvor noch geziert hatte. Davon war nicht mehr zu spüren. Keine Sekunde zweifelte er an der Ernsthaftigkeit ihrer Worte oder an der Daseinsberechtigung ihres Wunsches, dem er nur zu gerne nachkam. Erst recht, wenn sie ihn auf die Weise ansah, wie sie es tat: Mit geröteten Wangen, feuchten Lippen und dem erwartungsvollen Funkeln in den Augen, das er so sehr vermisst hatte, dass er ihr über einen ganzen Kontinent hinweg gefolgt war. Völlig verrückt! Und trotzdem -

»Dein Wunsch sei mir ausnahmsweise Befehl«, lächelte er kühl, umfasste ihre schmalen Schultern und drängte sich hinter sie.

Tatsächlich schien es um ihre Beherrschung deutlich schlechter bestellt zu sein als um seine eigene. Sie schrie auf, als er seinen Schwanz zwischen ihre Beine drängte und sich mit einem harten festen Stoß tief in sie hineintrieb. Raven umklammerte ihre Hüften, um sie im Gleichgewicht zu halten und biss die Zähne zusammen. Sein Körper erinnerte sich an ihren. Er reagierte automatisch auf sie, auf ihr kaum merkliches Zittern, ihren stoßweisen Atem, die Art, wie sie zusammenpassten und - so schräg das auch war, weshalb er es niemals laut ausgesprochen hätte - daran, wie unglaublich perfekt sie miteinander harmonierten ...

Denn genau das taten sie. Liliana passte sich Ravens Bewegungen und seinen Stößen sofort an, als hätte es in ihrer Beziehung nie eine Unterbrechung gegeben. Er spürte die sengende Hitze zwischen ihren Beinen und fühlte ihre Nässe, als er seine Hand nach vorn über ihre Hüfte gleiten ließ. Die andere ließ er dort, wo sie war. Um sie weiter zu stützen, sein Gesicht an ihrem Hals zu vergraben und schließlich ihren rasenden Puls unter seiner Zunge zu spüren, als er seine Zähne in ihrer Haut vergrub. Langsam. Tiefer. So zärtlich, wie er selbst es noch nie getan hatte.

Lils Atem ging schneller, ihre Brust hob und senkte sich in kürzeren Abständen und er wusste, wie dicht sie schon davor war, auch den kläglichen Rest ihrer Beherrschung zu verlieren. Der Augenblick, in dem Raven beschloss, endgültig alle Hemmungen fallen zu lassen.

»Perfekt«, raunte er ihr zu, strich ein letztes Mal sanft über ihren Hals und drückte ihren Oberkörper dann runter auf die Matratze, um die erste Runde zum Abschluss zu bringen. »Absolut - perfekt!«

Sie unterdrückte ihre Schreie nicht länger, als seine Stöße schneller und gezielter kamen, drängte ihm den Hintern entgegen und kam schließlich so heftig unter ihm, dass er sich von der Wucht ihres Höhepunktes anstecken und mitreißen ließ. Eine Hand hielt weiter ihre Schulter umklammert, die andere lag an ihrer Hüfte, als auch er mit einem letzten intensiven Stoß tief in ihr kam.

Einen Moment verharrten sie so, ohne sich zu rühren. Dann zog Raven sich langsam aus ihr zurück und rollte sich neben sie aufs Bett, schlang seine Arme um sie und presste sich gegen ihren Rücken, ohne ihre Hände loszubinden. Er genoss es unglaublich, seine Nase in ihren Haaren zu vergraben, ihren wahnsinnigen Geruch zu inhalieren und zu spüren, wie sich ihr Atem ganz langsam wieder normalisierte. Schweigend. Wahnsinn.

Dann zog Liliana leise die Nase hoch und schüttelte kaum merklich den Kopf. Ihre Haare kitzelten ihn am Kinn. »Du hast mir gefehlt, Raven«, flüsterte sie. »Wag es nie wieder, mich zu verlassen! Oder ich schwöre, ich reiße dir die Eier ab!«

Der Tonfall ihrer Stimme verriet ihm, wie aufgewühlt sie wirklich war. Wie tief er sie verletzt hatte. Und wie viel er zukünftig dafür tun musste, ihr Vertrauen zurückzubekommen. Er hatte Scheiße gebaut - und er wusste es. Das allein war schon ...

»Ich verspreche es«, murmelte er, drückte sich ein Stück hoch und küsste sie ungewohnt sanft auf die Wange. »Ich war ein Arschloch.«

Lil nickte. »Ja, das warst du. Ich hoffe wirklich, dass wir das hinbekommen. Ehrlich - ich kenne keine Frau, die deine gestörte Art einfach so hinnehmen würde. Vögeln ist nicht alles. Vielleicht überrascht dich das ja, aber -«

Raven lachte leise, ließ sie aber nicht ausreden und rollte sie stattdessen auf sie. Nicht unbedingt das Bequemste, was er sich vorstellen konnte, weil sie immer noch am Fußende des Bettes lagen. »Soso. Dabei bin ich immer davon ausgegangen, dieser Vorzug an mir könnte meine emotionalen Defizite gänzlich ausgleichen.«

Mit hochgezogenen Augenbrauen grinste sie ihm ins Gesicht. »Genau das meine ich«, antwortete sie und bewegte sich unter ihm, weil ihrer beider Gewicht nun auf ihren Armen lag. »Ich weiß, dass du auch anders kannst. Und deswegen ... habe ich mich in dich verliebt.«

Raven erwiderte ihr Lächeln nur eine Spur kühler, bevor er sich hochdrückte, um sie nicht unter sich zu zerquetschen und einen Kuss auf ihre verschwitzte Stirn zu hauchen. »Ja, ich weiß. Wobei ich ja gestehen muss, dass es bei dir einfach nur dein Arsch war. Sorry, Prinzessin. Dein Arsch ist einfach ...«

Sie grummelte etwas Unverständliches, als er sich neben sie auf die Matratze setzte und sie auf seinen Schoß zog. Seine nach wie vor gewaltige Erektion zwischen ihnen, mehr als bereit für eine weitere Runde.

»Ich liebe dich, Raven«, flüsterte sie und küsste ihn dann sanft auf den Mund. Kurz, aber deswegen nicht weniger anturnend. »Erinnere dich beim nächsten Mal daran, wenn deine Sicherungen durchknallen. Sonst bin ich endgültig weg.«

»Ich hab's kapiert«, antwortete er leise, ohne sich allzu weit von ihren Lippen zu entfernen.

Lilianas Bewegungen waren fließend, als sie die Hüfte anhob, die Knie neben ihm auf dem Bett auseinanderdrückte und sich wieder auf ihn gleiten ließ, ohne seinen Blick loszulassen. Genauso bereit für eine neue Runde. Genauso bereit für den Schritt in eine gemeinsame Zukunft und Raven bereute es keine Sekunde, sich ins Flugzeug gesetzt zu haben, um ihr hinterher zu reisen und sie zurückzugewinnen. Nicht einen Moment. Niemals.

Drei Jahre später

Ungeduldig lief Raven in seinem Büro auf und ab und warf immer wieder Blicke durch das Sichtfenster ins verlassene Foyer. Mrs. Cranshaw, ihre Empfangsdame, war schon vor zwanzig Minuten gegangen. Der Wandbildschirm im offenen Wartebereich war schwarz. Gott sei Dank. Raven schaffte es nie, länger als dreißig Sekunden am Stück auf den langweiligen Werbefilm zu schauen, den sie sich vor drei Monaten von einer Promotionfirma aufs Auge hatten drücken lassen. Geldverschwendung, fand er. Leider sahen die anderen beiden Inhaber das anders. Allen voran sein Prinzesschen, das schon fünf Minuten überfällig war. Aber eigentlich sollte ihn das wohl nicht überraschen, schließlich neigte Liliana dazu, ihre Sitzungen von sich aus zu überziehen und sich diese Minuten nicht einmal in Rechnung stellen zu lassen. Typisch für sie.

Als er wiederholt runter auf seine Armbanduhr sah, fiel ihm auf, dass er grinste. Unwillkürlich. Doch die Vorstellung, sie gleich noch schnell auf seinem Schreibtisch flachlegen zu können, war leider einfach zu gut. Dabei wünschte er sich gerade doch, viel mehr Zeit dafür zu haben, bevor sie später eingequetscht wie die Ölsardinen mit hundert anderen Passagieren in einem stickigen Flugzeug sitzen mussten, um ja nicht zu spät zur dämlichen Party zu kommen. Verlobungen konnten aber auch lästig sein. Und ätzend. Und hoffentlich nicht so langweilig, wie er befürchtete.

Aber was kann man von Ty auch anderes erwarten, dachte er seufzend und hörte endlich das Geräusch der Tür zum Nebenraum, auf das er so begierig wartete.

Lil verabschiedete sich offenbar noch von ihrem letzten Klienten und brauchte allen Ernstes auch dafür eine gefühlte Ewigkeit, während Ravens Schwanz schon seit Stunden darauf wartete, sie endlich für sich allein zu haben. Der Mann, dessen Namen Raven vergessen hatte, lief durch das Foyer auf die Tür der Gemeinschaftspraxis zu, ohne sich umzudrehen.

Keine drei Sekunden später flog seine Bürotür auf und sie steckte ihren Kopf herein. »Sorry«, grinste sie. »Er hatte einen kleinen - Rückfall. Hat etwas länger gedauert. Bist du sauer?«

Die Röte auf ihren Wangen und die Art, wie sie sich unabsichtlich mit der Zunge über die Lippen leckte, entschädigte ihn immerhin ein kleines Bisschen für die Warterei.

Raven verengte die Augen und grinste böse. »Denkst du wirklich, ich würde mich so leicht abspeisen lassen, Prinzessin?«

»Nicht?«, antwortete sie sarkastisch und lehnte sich lässig gegen den Türrahmen. »Ich dachte, ein Klient, der in den letzten beiden Tagen seinen ganzen Schrank mit nagelneuen Frauenschuhen vollgestopft hat, um seine bevorstehende Versetzung zu kompensieren, wäre ein hinreichender Grund, dich zu versetzen, Darling.«

Amüsiert zog Raven die Augenbrauen hoch und schüttelte den Kopf. »Da hast du dich wohl geirrt. Diese Ausrede würde ich höchstens gelten lassen, wenn du einen Klienten mit einer wirklich coolen seltenen Störung hättest. Einen mit Ganser-Syndrom vielleicht. Oder einen mit Dermatozienwahn. Ich glaube, ich würde sogar eine Erotomanie durchgehen lassen. Aber ein simpler Fetischismus? Ich bitte dich, Prinzessin.«

Liliana lachte, als er die Augen verdrehte. »Bietest du dich gerade für eine Konsultation an? Bitte, Doktor Rhys. Ich bin ganz Ohr. Welche Therapie würden Sie für einen männlichen Klienten in den Vierzigern empfehlen, der seit seinem dreizehnten Lebensjahr unter dem chronischen Zwang leidet, in jeder erdenklichen Stresssituation in einen Schuhladen zu rennen und sich dort ein schickes Paar teurer Pumps aus der neusten Kollektion von Manolo Blahnik zu besorgen?«

Während sie sprach, stieß sie sich lächelnd vom Türrahmen ab und fing langsam an, die Knöpfe ihrer weißen Bluse zu öffnen. Einen nach dem anderen, ohne ihn aus den Augen zu lassen, bis der weiße Spitzen-BH darunter zum Vorschein kam. Ein Anblick, der seinen Schwanz in seiner Jeans beinahe Amok laufen ließ.

»Hm, ich denke, ich würde zur üblichen aversiven Konditionierung greifen. Konfrontation mit dem Problemauslöser ist doch immer nett, oder? Sagen Sie nur, Sie sind da anderer Meinung, Doktor Crane?«

Mit kribbelnden Fingern wartete Raven darauf, dass sie ihren hübschen Hintern endlich herüberschwang, damit er sie aus diesem heißen Rock schälen konnte. Grau, knielang, mit einem Schlitz an der Seite und der Eigenschaft, sich wie eine zweite Haut an ihren perfekten Arsch zu schmiegen. Sexy, definitiv. Aber nicht zu aufdringlich für einen Ort wie diesen.

Lil ließ ihn links liegen und bewegte sich lächelnd auf seinen Schreibtisch zu, ohne ihn dabei aus den Augen zu lassen. Nur, dass sie das Funkeln in ihren blauen Augen nicht verstecken konnte, als sie die Bluse langsam von ihren schmalen Schultern streifte. Wenn sie es auf Sex in der Praxis anlegte, bevorzugte sie meistens seinen Schreibtisch und schien seiner überteuerten cremefarbenen Ledercouch mitten im Raum nicht viel abgewinnen zu können. Nichts, über das er sich beschweren würde.

»So? Und was ist mit der wesentlich effektiveren Methode des Gedankenstopps? Die lässt sich auch bequem auf andere Störungsbilder anwenden«, fuhr sie ungerührt fort und ließ ihren Blick an ihm herunterwandern. »Auf ausgeprägten Voyeurismus im fortgeschrittenen Stadium zum Beispiel. Oder auf promiskuitive Verhaltensweisen.«

»Promiskuitive Verhaltensweisen?«, lächelte er kühl und legte den Kopf schief, als er zusah, wie sie sich gegen die Kante seines Schreibtischs lehnte. Kurz bevor sie sich mit einer ziemlich geschmeidigen Bewegung auf die Tischplatte setzte. Einen Fuß auf dem dem Stuhl, der für seine Klienten vorgesehen war, den anderen locker herunterhängend.

Dieses Biest ...

Sie war sich sehr wohl darüber bewusst, dass sie ihm auf diese Weise zwar einen durchaus interessanten Einblick unter ihren Rock gewährte, aber nicht genug. Lange nicht genug.

»Willst du mir etwa vorwerfen, dass ich dich eben gerne flachlege, Prinzessin? Wir gehen in großen Schritten auf die dreißig zu. Danach ist es vorbei mit dem Sex.«

Ein Kommentar, der ihr ein helles Lachen entlockte, das er nutzte, um die beiden Schritte zwischen ihnen zurückzulegen und sich direkt zwischen ihre Beine zu schieben. Eine Hand an ihrer Taille, die andere unter ihrem Knie, um ihr Bein um seine Hüfte zu legen.

»Wer hat dir das denn erzählt?«, fragte sie plötzlich um einiges kurzatmiger und Raven sah zufrieden zu, wie sie noch mehr errötete. »Denkst du, ich würde dich weniger attraktiv finden, nur weil du Falten und graue Haare bekommst?«

»Wer bekommt hier graue Haare, hm? Sehe ich etwa aus wie mein Bruder?« Raven beugte sich ein Stück runter, um ihr einen Kuss auf die Schulter drücken zu können. »Es reicht, dass ich den das ganze Wochenende um mich herumhaben werde. Da musst du mich nicht noch mit ihm vergleichen, Prinzessin.«

»W- würde ich nie tun«, keuchte sie und zitterte, als er seine Zähne in ihrer zart duftenden Haut vergrub, ohne so viel Druck auszuüben, wie er es gern gehabt hätte. »Wag es nicht! Oder du musst mir in Dallas ein neues Kleid kaufen, Doktor!«

»Schon gut«, antwortete er grinsend und widmete sich statt ihrer Schulter ihrem Hals. »Warum musstest du dich auch ausgerechnet für ein schulterfreies Kleid entscheiden, hm?«

»Weil es brütend heiß in Texas ist, deswegen! Soll ich vielleicht in Rollkragenpullover auf der Verlobungsparty meiner besten Freundin auftauchen?«

Ihr biestiger Blick reichte, um ihn zu überzeugen. Vorerst. Schließlich gab es noch andere Stellen, denen er sich widmen konnte, um ihr den einen oder anderen süßen Schrei zu entlocken.

»Verrate mir noch mal, wieso wir uns das antun, ja? Ich habe nämlich immer noch Schwierigkeiten damit, mir meinen vermaledeiten Bruder mit einem Ring am Finger vorzustellen!«, flüster er in ihr Ohr und entlockte ihr damit ein weiteres mehr oder weniger verhaltenes Keuchen. »Meinst du, wir könnten einen späteren Flug buchen? Dann hätte ich ein bisschen mehr Zeit, dich dazu zu bringen, mich anzuflehen, dir auch einen Ring an den Finger zu stecken.« Sein fieses Grinsen wurde breiter, als er das latente Entsetzen in ihren Augen sah.

»Wag es nicht«, zischte sie, bevor sie die Hände an seine Wangen legte und ihm in die Augen sah. »Das wäre für dich doch eh nur ein weiterer Stempel, den du mir aufdrücken könntest. Danke, aber ich verzichte.«

»So, denkst du?« Raven schaute in ihre wunderschönen leuchtenden Augen und fuhr schließlich mit seiner Zunge über ihre Unterlippe, bevor er sie gierig küsste und gleichzeitig seine Hand an ihre Brust legte und zudrückte. Fest genug, damit sie ihre Finger in seinen Haaren vergrub und daran zerrte.

»Ich schlage vor, wir vertagen dieses Thema, bis wir fertig sind«, fügte er leicht atemlos hinzu, als er sich schließlich von ihr löste. Seine Finger suchten bereits nach dem Verschluss ihres BHs, weil er es kaum erwarten konnte, sie nackt vor sich zu haben. »Connor ist doch schon abgehauen, oder?« Er nickte kurz zur Tür rüber.

»Ja, schon vor einer Stunde«, antwortete sie leise. Ihr Seufzen klang wie das Schnurren einer Katze, als er seine Finger durch ihre langen blonden Haare gleiten ließ, bevor er ihren Nacken damit umschloss und sie den Kopf zurückwarf.

Immerhin etwas. Wenn ihr Kollege bereits verschwunden war, musste er sich nicht zurückhalten.

Connor war spezialisiert auf Kinder- und Jugendtherapie und ergänzte sie beide tatsächlich perfekt. Ohne ihn hätten sie sich diese Praxis im Herzen von Topeka wahrscheinlich nicht einmal leisten können, aber das hatten sie ihm selbstverständlich damals nach dem Studium verschwiegen. Stattdessen hatten sie ihre Ersparnisse zusammengekratzt und waren gleich ins kalte Wasser gesprungen. Eine der besten Entscheidungen seines Lebens, wie er heute fand.

»Hey, konzentrier dich gefälligst«, sagte sie tadelnd und tatsächlich merkte Raven erst jetzt, dass sie ihm bereits das

Jackett abgestreift hatte, ohne dass er es mitbekommen hatte. »Wir haben es ein bisschen eilig!«

»So?« Raven lächelte, bevor er sich ihre Handgelenke schnappte und sie mit einer Hand zusammenhielt, während er schnell den Knoten seiner Krawatte löste. »Umdrehen«, befahl er eisig, und wartete darauf, dass sie vom Schreibtisch rutschte und gehorchte.

Sie schaute ihn über ihre Schulter hinweg an, während er mit geschickten Bewegungen seine Krawatte um ihre Handgelenke band und sie hinter ihrem Rücken festband, sodass sie sich nicht befreien konnte.

»Dann wirst du mir sicher verzeihen, wenn ich es ein wenig beschleunige, hm, Prinzessin?« Ohne weitere Umschweife griff er unter ihren Rock und zwischen ihre Beine, was ihr umgehend ein ziemlich lautes Stöhnen entlockte. Es überraschte Raven nicht im Geringsten, dass Liliana mehr als nur ein bisschen feucht war und ihm willig den süßen Hintern entgegenreckte.

Raven riss ihr den Rock von den Hüften und genoss den Anblick ihres halb nackten Körpers vor sich. Ihr perfekter Rücken, ihre schlanke Figur, ihr heißer Arsch und ihre elend langen Beine ...

»Verdammt, ich werde echt nie genug davon bekommen, dich anzusehen. Auch nicht, wenn du dreißig bist, fürchte ich.« Er grinste, ohne dass sie es sehen konnte. Sie kniff die Augen zusammen und stöhnte auf, als er das weiße Höschen zur Seite zerrte und mit zwei Fingern in sie eindrang.

»Ich - werde nächsten Monat erst achtundzwanzig«, stieß sie hörbar mühsam hervor. »Du hast also noch genug Zeit, um dich -«

Raven ließ sie nicht ausreden. Er gab ihr einen ordentlichen Klaps auf den Hintern und sah zufrieden zu, wie sich ihre zarte Haut rot färbte.

»Ich an deiner Stelle«, sagte er mit einem fiesen Grinsen auf den Lippen und öffnete den Knopf seiner Jeans, »würde den Hals nicht zu voll nehmen. Sonst könnte es mir in den Sinn kommen, dich heute noch so hart ranzunehmen, dass du mich anbettelst, von dir abzulassen.«

Lil lachte auf, antwortete aber nicht sofort und verschränkte ihre Finger hinter ihrem Rücken fest mit seinen, als er mit einem kräftigen Stoß tief in sie eindrang. Um es angenehmer für sich und leichter für ihn zu machen, beugte sie sich vor und lag nun mit dem Oberkörper auf der Tischplatte vor ihm. Gut, dass er den vorsorglich nach seiner letzten Sitzung aufgeräumt hatte.

»Nicht heute, Darling«, flüsterte sie heiser und drehte ihm das Gesicht weit genug zu, damit er das zufriedene Lächeln auf ihren Lippen sehen konnte. »Ich bin ziemlich sicher, dass du nichts tun könntest, das mir heute nicht gefallen würde. Meine beste Freundin verlobt sich mit deinem Bruder. Das muss man irgendwie kompensieren.«

Ihr anschließender Aufschrei ließ seine Fingerspitzen kribbeln, weil er ihrem Wunsch umgehend nachkam und sie mit ein paar kurzen heftigen Stößen fickte, bis auch der letzte Widerstand ihres Körpers brach. Wehr- und nahezu willenlos hing sie unter ihm und leistete absolut keinen Widerstand, als er sich kurz aus ihr zurückzog. Um sie an den Schultern hochzuziehen, sie umzudrehen und rückwärts auf seine Couch zuzuschieben, während er sie küsste. Hart und bestimmt, so wie er es am liebsten hatte.

»So, du benutzt mich also, um die Tatsache zu verdrängen, dass du dich nicht traust, den Schritt selbst zu gehen?«, fragte er mit einem fiesen Lächeln auf den Lippen und drückte sie runter, bevor er sich zwischen ihre Beine kniete und ihre Knie auseinanderdrückte.

»Wa- was soll das denn heißen?«, antwortete sie nicht ganz so schnippisch, wie sie es zweifellos gern gehabt hätte, und funkelte ihn an. »Du hast mir ja noch nicht einmal einen Antrag gemacht. Wieso sollte ich also etwas zustimmen, das gar nicht zur Diskussion steht?«

Er ahnte, dass diese Lage alles andere als bequem für sie war, aber er gedachte nicht, so schnell etwas daran zu ändern. Immerhin hatte sie es nicht anders gewollt. Jedenfalls bewegte sie die Arme, die nach wie vor hinter ihrem Rücken mit seiner Krawatte fixiert waren und schien Mühe zu haben, sich zu entspannen.

Raven nutzte den Moment, seine Finger in ihr Höschen zu schieben, ohne noch einmal in sie einzudringen. Er umkreiste ihre Klitoris, genoss es tierisch, das Leuchten in ihren Augen zu sehen, das ihm verriet, wie sehr sie sich den Orgasmus bereits herbeisehnte, den er allein in der Hand hatte. Und genau das - wussten sie beide. Zu schön. *Wunderschön.*

»Du willst einen Antrag, Prinzessin?«, raunte er ihr zu, und beugte sich weit genug vor, um ihren schneller werdenden Atem auf seinem Gesicht zu spüren, ohne ihr den erlösenden Kuss zu geben, den sie sich mindestens so sehr wünschte, wie den Höhepunkt. Dabei war sie von dem nicht einmal weit entfernt, wenn er die Hitze zwischen ihren Beinen und ihren rasenden Puls richtig interpretierte. »Würdest du mich denn heiraten, wenn ich dich frage?«

»Nicht - in diesem - Leben«, keuchte sie und warf den Kopf zurück, als er doch zwei Finger in sie schob und sie umgehend krümmte. Das trieb sie schon ziemlich nah an den Rand.

Raven fand es verdammt geil, welche Wirkung er auf sie haben konnte, wenn er es darauf anlegte. Und eigentlich wussten sie auch beide ziemlich genau, dass sie ihm alles versprechen würde, wenn er ihr die Erfüllung weiter verwehren und stattdessen ihr Verlangen ausdehnen würde, bis sie nicht mehr widerstehen konnte und wimmernd darum bettelte. So verlockend ...

»Du bist so schön, wenn du für mich weinst, weißt du das, Prinzessin?«, flüsterte er ihr zu, als er seine Finger schließlich doch wieder durch seinen Schwanz ersetzt hatte und sich so tief in ihr versenkte, dass sie aufschrie.

Zärtlich wischte er die Tränen von ihren erhitzten Wangen und küsste sie erneut. Langsam und im krassen Gegensatz zu der besitzergreifenden Gier, mit der er sie weiter fickte. So lange, bis sie zitternd und keuchend unter ihm kam, seinen Namen in die Stille der Praxis schrie und ihm dadurch alles gab, was er sich wünschte: Sie. Nur sie allein. Genau hier. Genau jetzt.

»Ich liebe dich, Raven«, flüsterte sie schließlich atemlos in sein Ohr und schien Schwierigkeiten zu haben, sich wieder unter Kontrolle zu kriegen. Ebenso wie er selbst, denn am liebsten hätte er direkt eine weitere Nummer hinterhergeschoben. Leider war ihnen das nicht so ohne weiteres möglich, wie er mit einem schnellen Blick auf seine Uhr feststellte.

Trotzdem gönnte er es ihnen noch einen Moment, so liegen zu bleiben. Seine Nase in ihren Haaren und an ihrem Hals zu vergraben, mit den Fingern über ihre Wange zu streicheln und ihrem ruhiger werdenden Herzschlag zu lauschen, bis sie sich wieder gefangen hatte. Ein Augenblick, den er einfach nur genoss.

»Ich liebe dich auch, Prinzessin. Aber ich gehe trotzdem jede Wette ein, dass du mich noch anflehen wirst, dich zu heiraten. Früher oder später. Ich bin gespannt, wie lange es dauert, wenn du deiner Freundin erstmal hinterher hinkst.« Er zwinkerte ihr zu, bevor er sich vom Sofa hochdrückte und ihr beim Aufsetzen half.

Liliana verzog das gerötete Gesicht, als er seine Krawatte von ihren Handgelenken löste, aber er war sicher, dass es nicht deswegen war. »Ich kann es einfach nicht fassen«, sagte sie leise und strich sich die leicht verschwitzten Haare aus dem Gesicht, bevor sie aufstand und anfing, ihre Klamotten wieder aufzuheben. »Ich meine, wenn du mir damals erzählt hättest, dass dein Bruder irgendwann meine beste Freundin heiraten würde, hätte ich dir ins Gesicht gelacht und dich für verrückt erklärt.«

»Tja, da wären wir schon zwei. Das ist nicht mal das Schlimmste an dieser Verlobung«, gab er lächelnd zu und warf ihr ihre Bluse zu. »Ich habe echt keinen Bock darauf, meine Eltern zu sehen. Darauf kann ich wirklich verzichten.«

Ihr Lächeln erstarb einen Moment, doch dann unterbrach sie das Zuknöpfen ihrer Bluse und griff stattdessen nach seiner Hand. »Du schaffst das, Raven. Ganz bestimmt. Und ich bin ja auch noch da. Notfalls mache ich die Torten ihres Mannes schlecht. Dann ist sie beleidigt und haut vielleicht von allein ab.« Sie lachte leise, klang aber nicht sonderlich überzeugend.

»Ich habe dich nicht verdient, Prinzessin.« Er hauchte einen Kuss in ihre Handfläche, ließ sie dann aber los und band sich die lästige Krawatte wieder um. »Trotzdem kann ich einfach nicht vergessen, was sie getan haben. Ich weiß, das ist nachtragend. Aber so bin ich halt.«

Lil nickte verständnisvoll. »Das verlangt ja auch keiner von dir. Versuch einfach nur - nicht vollkommen auszuflippen oder wegen irgendwas, das sie sagen könnten, gleich an die Decke zu gehen, okay? Mir zuliebe.«

»Ich verspreche es«, antwortete er lächelnd, wusste aber nicht, ob er dieses Versprechen wirklich halten konnte.

Es schmeckte Raven ganz und gar nicht, dass seine Mom nach allem, was sie und sein verdammter Vater hinter seinem und Tylers Rücken abgezogen hatten, nun doch wieder in seinem Leben auftauchte. Und wenn es nur für diesen Anlass wäre. Wenn es nach ihm ginge, würde er sie Zeit seines Lebens nicht mehr wiedersehen.

Er hatte ihr nicht verziehen, auch wenn er es anfangs wirklich versucht hatte. Wenigsten verstehen wollte er es, aber auch das war nicht möglich. Sein Verstand hatte einigermaßen Verständnis für ihre Entscheidung, aber der Teil von ihm, der von seiner eigenen Mom verlassen worden war, wusste, dass es nie einen Weg für sie geben würde. Er wollte es nicht verstehen und hatte für sich damit abgeschlossen. Möglicherweise nicht die reifste Art, damit umzugehen, aber die einzige, mit der Raven klarkam.

Er hatte sie weggeschickt, als sie einen Monat nach seiner überstürzten Abreise aus Los Angeles vor seiner Tür gestanden hatte. Keinen ihrer Anrufe oder ihrer Briefe beantwortet. Vielleicht würde sich nie etwas daran ändern, das konnte er nicht sagen. Vielleicht konnte er seinen Eltern nie vergeben, dass sie ihre Söhne belogen hatten. Die Wunden waren zu tief und ja - bis zu einem gewissen Grad fürchtete er sich davor, wie viel er selbst durch diese Erfahrung von seiner eigenen Persönlichkeit eingebüßt hatte. Wie viel es zerstört hatte, war ihm erst bewusst geworden, als Liliana ihm davongelaufen war. Damals. Nach Paris. Wo er alles dafür getan hatte, sie zurückzubekommen und weil ihm da klar geworden war, dass er nicht so weitermachen konnte. Dass sich etwas verändern musste, wenn er einen solchen Verlust nie wieder durchmachen wollte.

Weil die Trennung von ihr um so vieles schlimmer gewesen war, als alle Trennungen und jedes Verlassenwerden davor.

Weil Lil mich von Anfang an so genommen hat, wie ich war, schoss es ihm in den Kopf, als er sie aus dem Augenwinkel dabei beobachtete, wie sie ihre Klamotten wieder anzog.

Nein. Sie wollte er auf keinen Fall gehen lassen. Niemals wieder!

Also hatte Raven einen Strich unter diesen Punkt seiner Vergangenheit gemacht und konnte wirklich gut damit leben. Daran würde nichts und niemand rütteln und er war froh, dass Liliana nie versucht hatte, ihn dazu zu zwingen, es doch zu probieren. Oder irgendwer sonst.

Selbstverständlich hatte Tyler mehrfach versucht, Raven dazu zu bewegen, einen Schritt auf ihre Eltern zuzumachen. Und selbstverständlich hatte Raven jeden dieser Versuche abgeblockt, bis Ty es irgendwann aufgegeben hatte. Wahrscheinlich nur, um das inzwischen deutlich bessere, wenn auch etwas oberflächliche, Verhältnis der Brüder nicht zu gefährden. Trotzdem ...

»Ach komm, hör auf dir den Kopf zu zerbrechen«, sagte Lil lächelnd und half ihm, den Knoten seiner Krawatte zu richten. »Es wird bestimmt gar nicht so schrecklich, wie du denkst. Aber falls du noch einen Anreiz brauchst, deine Wut besser zu kontrollieren, Doktor Rhys ... Ich gedenke, unter meinem schulterfreien Kleid heute Abend keine Unterwäsche zu tragen.«

Mit einem breiten Grinsen im Gesicht schüttelte er tatsächlich die unliebsamen Gedanken an seine Vergangenheit ab und zog sie an sich. Er erwiderte ihren für seinen Geschmack fast zu kurzen Kuss mehr als bereitwillig. »Ist das deine Verhandlungsbasis? Der Einsatz ist nicht sonderlich hoch, oder? Ich denke, wir erhöhen ihn. All in, Prinzessin.«

»Das soll was bedeuten?«, fragte sie auf ihre gewohnt herausfordernde Art und schlang ihre Arme um seinen Hals.

»Dass ich dich nach dieser Party einfach fesseln und knebeln werde, bevor wir einen Abstecher nach Vegas machen, natürlich. Weil *ich* gedenke, dich bis ans Ende deines Lebens daran zu erinnern, dass es keinen Ort auf der Welt gibt, an dem du vor mir sicher wärst.«

»So?« Ihre Augen leuchteten. Ein deutliches Zeichen dafür, dass sie dem Vorschlag grundsätzlich nicht so abgeneigt war, wie sie ihm vorspielte. Natürlich nicht. »Tja, das wäre immerhin konsequent und würde uns die Peinlichkeit ersparen, unsere Eltern dabeihaben zu müssen, hm?«

Raven lachte leise und nickte. Er wusste schließlich, dass Liliana ebenfalls keine Lust auf ihren Dad hatte. Freispruch hin oder her. Nur weil er die Nutte damals offenbar nicht abgemurkst hatte, hieß das ja nicht, dass ihn das automatisch zum Vater des Jahres kürte. Dasselbe galt für den feinen Gouverneur, der sich zwar darum bemühte, Raven dazu zu bringen, wieder mit ihm zu reden, was aber an Ravens grundsätzlicher Abneigung gegen ihn auch nichts änderte. Pech.

Lil telefonierte immerhin ab und an mit ihrem Vater, Raven vermutete allerdings eher, dass sie es aus Schuldgefühlen ihrer Mutter gegenüber tat. Immerhin hatte sie ihr Versprechen nie gehalten und hatte auch nicht vor, es zu tun. Die Bar, in der sie jahrelang geschuftet hatte und die so viele unliebsame Erinnerungen für sie bedeuteten, würde sie nicht zurückkaufen. Für ihn war das in Ordnung und für sie wohl inzwischen auch.

Und so schließen sich die Kreise, dachte er und war wirklich zufrieden mit den Entscheidungen, die sie beide für sich und füreinander getroffen hatten, und bereute keinen einzigen Schritt der Vergangenheit.

Liliana erwiderte seinen Blick und nickte kaum merklich, als hätte sie jeden seiner Gedanken gelesen. Ihre stumme Zustimmung war meistens alles, was er brauchte. »So«, sagte sie grinsend. »Und jetzt komm endlich. Wir wollen doch nicht, dass die Feiergemeinde auf das Trauzeugenpaar warten muss, oder?«

»Das wäre in der Tat unverantwortlich«, antwortete er lächelnd und ergriff einen Moment später die Hand, die sie ihm hinhielt, bevor sie ihre Praxis gemeinsam verließen. »Womit habe ich dich nur verdient, hm?«

»Das ist eine gute Frage, Doktor Rhys. Eine wirklich gute Frage.«

Raven küsste sie langsam und zärtlich, bevor die Fahrstuhltüren mit einem Klingeln aufsprangen, und war froh, das Spiel
um sie und ihr Herz gewonnen zu haben. Das einzige Spiel im
Leben, das wirklich zählte.

Happy End

Danksagung
... und abschließende Worte

Liebe Leserin,

ich freue mich, dass du es bis hierher geschafft hast!

Ravens und Lilianas Geschichte steckt voll Emotionen, Höhen und Tiefen und die beiden haben mich mehr als einmal an den Rand des Wahnsinns getrieben (das kannst du mir ruhig glauben - aber das tust du vermutlich eh, oder?).

Vielleicht wunderst du dich darüber, dass das letzte Kapitel den Zusatz »Bonus« trägt.

Nun.

Das ist allein meinen wunderbaren Testlesern zu verdanken, denn in der ursprünglichen Version wäre eigentlich schon vorher Schluss gewesen. Danke, Mädels! Ihr seid wundervoll und die Zusammenarbeit mit euch hat mir riesigen Spaß gemacht!! Euretwegen ist Ravens und Lils Geschichte also noch besser geworden.

Wo wir bei den Hauptakteuren der Danksagung ankämen - die Mädels aus meiner Schreibgruppe Wortkünstler. Ohne sie hätte ich - wie immer - irgendwann das Handtuch geschmissen und ganz sicher sogar mehr als einen Anfall während des Schreibens bekommen. Ihr seid die besten Kollegen, die es überhaupt gibt! Danke für die vielen gemeinsamen Schreibabende, die mehr oder weniger liebevollen Tritte und die Motivation. Danke an Julia für die Peitsche. Danke an Nadja für die genialen Telefonate und die Hilfe bei der Cover-suche. Danke an Jennifer und Melissa für eure genialen Schnipsel, die immer wieder für die nötige Ablenkung gesorgt haben (das gilt auch für alle anderen Mädels). Und danke an den Rest, weil wir uns vor Monaten gesucht und gefunden haben. Bleibt, wie ihr seid, und lasst euch niemals unterkriegen!

Danke auch an meinen Mann! Zwischen Kaffee, diversen Fast-Nervenzusammenbrüchen und »Töpfchentraining« hast du mich auch dieses Mal nicht aufgegeben (ich finde, dafür solltest du einen Orden bekommen! hihihi.)

Ach - bevor ich es vergesse!

Danke an Julia Michaels für deinen Song »Issues«!! Einen passenderen Soundtrack für dieses Buch hätte es nicht geben können. (Ja - er lief fast während der ganzen Arbeitszeit in Dauerschleife!)

Die nächste Story ist bereits in Arbeit.

Bis bald, ihr Lieben!

Eure Sandra
(Juni 2017)

Bisher erschienen:

BELOVED DARKNESS: DAVID

Der Vergangenheit kann man nicht entkommen - egal wie weit man rennt.

Normale Menschen gehen nach der Highschool aufs College oder suchen sich einen gewöhnlichen Job mit minimalem Risiko für Leib und Leben.
Normale Menschen verdienen ihr Geld nicht damit, andere Menschen zu töten.
David Harper schon.
Bis er eines Nachts von einem Auftrag zurückkehrt und eine ehemalige Mitschülerin in seine Arme stolpert.
Rain ist auf der Flucht vor ihrem gewalttätigen Ehemann und David ihre einzige Chance!
Das allerdings ist ihr geringstes Problem, denn ihr Mann setzt Himmel und Hölle in Bewegung, um sie zurückzubekommen.
Plötzlich ist David der Einzige, der zwischen Rain und einem übermächtigen Feind steht. Ein tödlicher Feind, den er besser kennt, als ihm lieb ist.

Der Wettlauf gegen die Zeit beginnt. Und die Schatten der Vergangenheit schlafen nicht.

Break Out-Reihe in 2 Bänden

Eine Flucht ohne Entkommen und das Spiel mit dem Feuer

Untersuchungshäftling Eric kann sein Glück nicht fassen. Kaum aus dem Knast getürmt, läuft er an einer Tankstelle Jen über den Weg - Mitten in der Nacht, irgendwo im Nirgendwo, offensichtlich gut bei Kasse und in einer für sie ziemlich blöden Lage. Er beschließt, ihr zu helfen; hält er den hübschen Goldesel doch für die perfekte Möglichkeit, Texas so schnell wie möglich hinter sich zu lassen. Mit ihrer Kohle und ihrem Auto. Aber Eric unterschätzt Jen. Ein Fehler! Für ihre Freiheit kämpft sie nämlich auch mit unfairen Mitteln und scheint dafür einen guten Grund zu haben ...

Das explosive und gefährlich heiße Katz-und-Maus-Spiel beginnt. Und nur einer kann es gewinnen.

New York, New York ...

Ein reibungsloser Neuanfang, eine gemeinsame Zukunft und eine leidenschaftliche Liebe, der sich nichts und niemand in den Weg stellen kann. So in etwa hat sich Jen ihr Leben mit Eric vorgestellt. Schließlich hatten sie beide so hart dafür gekämpft. Doch die Realität sieht anders aus. Frustriert und hilflos muss Jen zusehen, wie sie beide immer mehr in den Alltag rutschen. Harmonie? Fehlanzeige. Ein Streit jagt den nächsten, und als ob das nicht

schon schlimm genug wäre, taucht Jessica unangekündigt bei ihnen auf. Und Erics Schwester verheimlicht etwas. Etwas, das zusammen mit einem anderen unerwarteten Problem ihr ganzes Leben auf den Kopf zu stellen droht. **Während alles um sie herum im Chaos versinkt, muss sich Jen der Frage stellen, ob ihre Liebe wirklich stark genug ist, all das zu überstehen.**

Spielzeugkaiser

Fürchtest du dich vor der Dunkelheit?

Ryan Blake besitzt die größte Waffenfirma an der Westküste der USA.

Doch das Erbe seines Vaters ist an Bedingungen geknüpft: ein wöchentlicher Besuch in der Kirche. Jeden Donnerstag. Für exakt 15 Minuten.

Ein lästiges Übel, dem sich der Unternehmer nur zu gern entziehen würde.

Ausgerechnet dort wird er von einer jungen Frau angesprochen, der er unter anderen Umständen keinerlei Beachtung geschenkt hätte.

Aber die schöne Rachel reizt ihn. Sie ist neugierig. Und furchtlos. Und sie steht unter dem besonderen Schutz des Priesters - seines verhassten Bruders!

Eine Kombination, die viel zu verlockend ist, um sie zu ignorieren. Schließlich lässt er sich von niemandem in seine Schranken weisen!

Ryans düsteres Spiel beginnt - aber er hat nicht die geringste Ahnung, mit wem er es spielt.

(~Dunkle Tetrade~)
Der Narzisst - strebt nach Bewunderung ...
Der Machiavellist- ist manipulativ ...
Der Psychopath - handelt gewissenlos ...
Der Sadist - will seinen Spaß. Und die Konsequenzen interessieren ihn nicht.

Du willst keine **Neuerscheinung** mehr verpassen?
Exklusive Einblicke in kommende Projekte schon vor allen
anderen haben? Immer auf dem Laufenden bleiben?
Kein Problem! Melde dich einfach für meinen **Newsletter**
an (garantiert spamfrei!) und bleib auf dem neusten Stand.

www. sandra-parker.com/newsletter